BAINIAN GUANGXI DUOMINZU WENXUE DAXI

百年广西多民族文学大系

（1919—2019）

史料卷

（1919—1949）

总主编 ◎ 黄伟林 刘铁群

本卷主编 ◎ 黄伟林 李咏梅

⑯

GUANGXI NORMAL UNIVERSITY PRESS
广西师范大学出版社
·桂林·

出版统筹：罗财勇
项目总监：余慧敏
责任编辑：唐　娟
责任技编：李春林
整体设计：智悦文化

图书在版编目（CIP）数据

百年广西多民族文学大系：1919—2019：全 18 册 / 黄伟林，刘铁群总主编 . —桂林：广西师范大学出版社，2019.12
　ISBN 978-7-5598-2282-6

　Ⅰ．①百… Ⅱ．①黄…②刘… Ⅲ．①中国文学－当代文学－作品综合集－广西②中国文学－现代文学－作品综合集－广西 Ⅳ．①I218.67

　中国版本图书馆 CIP 数据核字（2019）第 217639 号

广西师范大学出版社出版发行

（广西桂林市五里店路 9 号　邮政编码：541004）
　网址：http://www.bbtpress.com
出版人：张艺兵
全国新华书店经销
广西广大印务有限责任公司印刷
（桂林市临桂区秧塘工业园西城大道北侧广西师范大学出版社
集团有限公司创意产业园内　邮政编码：541199）
开本：720 mm × 970 mm　1/16
印张：591.5　　字数：9420 千字
2019 年 12 月第 1 版　　2019 年 12 月第 1 次印刷
定价：2800.00 元（全 18 册）
如发现印装质量问题，影响阅读，请与出版社发行部门联系调换。

目　录

导　言

·桂林文坛纪实·

导　言

　　我们在编选《百年广西多民族文学大系（1919—2019）·史料卷》的时候，遇到一个问题。我们首先是编选《百年广西多民族文学大系（1919—2019）·史料卷（1949—2019）》这个部分，选择的标准是广西作者以广西文学为研究对象的宏观性的评论文章，但开始编选《百年广西多民族文学大系（1919—2019）·史料卷（1919—1949）》这个部分的时候，我们发现，很难选到符合这个标准的评论文章。

　　于是，我们在编选内容上做了调整，尽可能收入广西评论家的评论文章。同时，收入部分以桂林文坛为评说对象的纪实性文章，它们共同构成了《百年广西多民族文学大系（1919—2019）·史料卷（1919—1949）》的内容。

　　在这个时段里，首先应该提到的评论家当然是梁宗岱。我在本科期间阅读过梁宗岱的文章。在做本书的编选时，我专门找出了外国文学出版社出版的《诗与真·诗与真二集》，出版时间是1984年1月，重新阅读书中我当时做的阅读记录，发现我应该是1985年阅读这本书的，当时我已经本科毕业。根据阅读笔记可以看出我很认真地阅读了《论诗》《象征主义》《谈诗》《李白与歌德》几篇文章。梁宗岱的文章给我的印象是既有哲学思辨的实力，又有感性兴发的魅力，文字上不像朱光潜那么通俗，思想上也不像朱光潜那么成体系，但梁宗岱对诗、对文学的审美分析确实给我极大的冲击。

　　很多年以后，我才知道梁宗岱是广西人，是怎么知道的，我已经忘记了。同时还知道梁宗岱的第一任妻子是沉樱。这两个信息都令我惊讶。因为这时候我已经回到广西多年，并且较深度地参与了广西文学评论，没想到广西这片土地上还曾经有过一个如此纯正、如此超卓、如此才华横溢的评论家，这是第一个没想到；第二个没想到是梁宗岱的妻子是沉樱，本科期间我曾经读过山东人民出版社出版的沉樱的译著《同情的罪》，其中《一个陌生女子的来信》和《一个女人的二十四小时》都是当时我们同学津津乐道的作品。而此外，特别让我感触的，还有《同情的罪》和《看不见的珍藏》。

这次有机会编选《百年广西多民族文学大系（1919—2019）·史料卷（1919—1949）》，我首先想到的就是梁宗岱，我觉得应该以这样一种方式，致敬这样一位文学评论领域的广西先贤。

九叶诗人之一的陈敬容在《读书》1985年12期发表过一篇《重读〈诗与真·诗与真二集〉》，文章说："在作者撰写这部论著的二十年代和三十年代，比较文学在我国还极为罕见，实际上从事这方面研究的人士也很少。当梁宗岱以诗人的笔墨纵谈古近（今）中外文学，犹如将读者领进了一座浓荫掩映的芳香的森林，那里阳光是多么温煦，树叶和小草绿得令人心醉，禽鸟们飞翔得多么欢快，它们的歌声又是那样的宛转亲切，仿佛发自诗人的肺腑。哦，优秀的、伟大的文学艺术，同大自然、同宇宙本身，原来是这样融洽无间！人的心灵，原来可以上升到如此崇高、如此清纯的境界！作者在论述古近（今）中外伟大诗人、作家、艺术家的同时，把他自己一颗晶亮的心，也捧现在读者眼前了。"

的确，梁宗岱的评论文字，确实让读者感受到文学艺术崇高清纯的美，唤起了读者对世界、人生和文艺的爱。

如果说梁宗岱的文学评论引领读者做爱与美的生命飞翔，那么，周钢鸣的文学评论则让我们做战争与斗争的生命激荡。我第一次知道周钢鸣的名字是在漓江出版社出版的《周钢鸣作品选》中，后来也曾听朱袭文先生多次提及周钢鸣，但我并不是一个好求甚解的人，因此，很久以来对周钢鸣并没有多少了解。因为做抗战桂林文化城研究，才越来越多地接触周钢鸣的文章。直至有一天，我在电脑上打开周钢鸣作词的《救亡进行曲》，听着这曾经在电影《青春之歌》中出现过的旋律，体会那些充满时代气息的文字，这时候，我才稍稍地对周钢鸣多了一些感性的理解。

梁宗岱是中国现代第一个象征主义诗学理论家，周钢鸣是中国现代第一位报告文学理论家，他的《怎样写报告文学》成为许多报告文学写作者的启蒙读物。据他的妻子、著名儿童文学作家黄庆云说，《怎样写报告文学》一书出版不久，就再版了一次，"正由于它引起了读者的注意和受到读者的欢迎，当政者却把它禁了。这本书又在延安抗日大学采用过来当课本"①。

我很早就听说了林焕平的名字，知道他是"左联"时期的文艺评论家，大学毕业后成为他的同事，曾经得到过他的关心。遗憾的是，那时候我年轻无知，不知道这是一个很好的向他学习的机会。2010年，我有机会带着学生编选《广西当代文艺理论家丛书》(第一辑)的"林焕平卷"，才意识到先生在文学理论领域的勤奋、执着、敏锐及其独到的贡献。

林焕平出生于广东台山，1942年到桂林先后任教广西大学和桂林师范学院，1944年离开桂林，1951年重返桂林，先后任教于广西大学和广西师范大学，在桂林生活了半个多世纪。在桂林文化城期间，林焕平曾经参与过"诗与自然"的讨论，为评论朱光潜的《文艺心理学》，专门写了一本《文艺的欣赏》，此外，还发表了一系列有关当时文坛的评论文章。1990年，他在回忆录中专门回忆了他在桂林文化城时期的文艺生活。

李文钊并非严格意义上的文学评论家，他原来做过国防艺术社的社长。国防艺术社是全面抗战初期影响极大的桂系部队旗下的一个文艺团队。脱离国防艺术社之后，李文钊创办了在中国现代戏剧史上颇有影响的新中国剧社。全面抗战时期，他是桂林文化城很活跃的文艺家，创办了《战时艺术》半月刊，参与了许多抗战文艺活动的组织工作，其中最具影响力的是他作为抗战歌咏团团长，组织了1938年1月在桂林体育场举行的"万人火炬公唱"，该活动被美国福克斯公司拍摄了影片。②

---

① 黄庆云：《〈怎样写报告文学〉校后记（代序）》，周钢鸣《周钢鸣作品选》，漓江出版社，1985。

② 魏华龄、李建平主编《抗战时期文化名人在桂林》，漓江出版社，2000，第191页。

李文钊从青年时期开始就很喜欢戏剧，曾编写话剧《朝鲜亡国痛史》并组织演出。抗战时期，他撰写了大量文艺评论，评论对象主要也是戏剧。桂林文化城的戏剧活动有声有色，李文钊是推动者之一。与梁宗岱、周钢鸣、林焕平等人相比，李文钊的桂林本土色彩较浓郁，他所评论的对象时代性和地域性都很鲜明，时代性表现为抗战的主旋律，地域性表现为桂林文化城演出的作品。研究民国时期桂林本土文化史，李文钊是绕不开的人物。

说到戏剧，在中国诸多地方剧种中，桂剧是较有影响的一种。晚清至民国，唐景崧、马君武、白鹏飞等广西文化名人，都关注过桂剧。本集有意选收了罗复、唐兆民、莫一庸有关桂剧的评论文章，这些文章对桂剧的历史变迁及当年情形皆有描述，可以说是桂剧研究的重要文献。

上述几位桂剧文章的撰写人，罗复生平不详，莫一庸与唐兆民都是学者型人物。我曾在丰子恺的《教师日记》中读到一则有关莫一庸的轶事。当时丰子恺在广西省立桂林师范学校任教，莫一庸亦在此校任教，在此之前，莫一庸曾担任桂林中学校长。丰子恺在1939年1月25日的日记中写到莫一庸辞职，第二天赴教育厅任第二厅厅长，这天下午学生开欢送会，莫一庸说他到学校来任教是服从命令而来，现在离开学校去做官也是服从命令而去。对此，丰子恺颇有所感，认为这是广西教育精神之一面，而广西教育之异于浙江，亦全在此种精神。此种精神是优是劣，丰子恺并未评价，只称此种教育宜于训练民众。莫一庸虽然担任过不少教育行政职务，但似乎更具学者本色，有多种著作存世。

唐兆民亦值得一说。我最初是在《灵渠文献粹编》知道唐兆民其人，后来阅读费孝通大瑶山考察的文献中，知唐兆民亦是随行者之一，后来还读过他有关瑶族研究的文章。不久前，我在阅读董咸熙《回顾广西师专初办时期》一文时，发现唐兆民是广西省立师范专科学校首届学生。根据该文的叙述，1933年6月，广西师专进行军事教育科目的野外演习，强行军一个下午后，同学们非常劳累，个别同学没有按照教官的规定排队进饭堂，其中就有唐兆民。几天后，学校以唐兆民带头不进饭堂开除其学籍，另外两个同学也被记大过一次。唐兆民是广西省立师专的学生，为此事我专门打电话告诉唐兆民的儿子，但感觉唐兆民的儿子对其父这段学历不甚清楚，故在此一记。

接下来要说到桂林文化城。

1938年，随着广州、武汉等城市的沦陷，中国的文化中心转移到重庆、延安、桂林、昆明等西南、西北城市。桂林因为特定的地理位置及桂系相对宽松的政治氛围，赢得了众多文化人的认同，成千上万的文化人云集桂林，桂林因此成为著名的文化城。

以前，桂籍作家必须走出广西才可能在文坛成名，如梁宗岱、韦杰三等人为其代表。全面抗战以后，随着桂林成为全国文化中心，桂籍作家足不出广西，亦可能享誉文坛，像秦似、严杰人堪称典型。

这些桂籍作家在文学创作之余，对文学评论亦有涉足，本集选收了陈迩冬、严杰人等的评论文章。

多年来，许多亲历者和学者都曾撰文描述桂林文化城的文化盛况，本集则有意收录了一批同时期描述桂林文化城文学情况的文章。这些文章多为记者撰写，可称为文学报道。

其中曾敏之和哈庸凡为桂籍记者。

曾敏之其人知者甚多，这里不多介绍。

我可能是在做《抗战桂林文化城史料汇编》的时候接触到哈庸凡这个名字，后来蒙凌世君女士送我一本《瑰异庸凡》，此书是哈庸凡的儿子哈晓斯花三年多时间到国家图书馆，北京大学图书馆，河南、安徽、广西图书馆和档案馆，桂林图书馆广泛查询收集其父文稿编辑而成。其中，也收入了多篇哈晓斯有关哈庸凡生平事业的考证文章。

从哈晓斯的文章可知，哈庸凡1936年即在桂林发起组织风雨文学社和风雨剧团，创办并主编《风雨》月刊，投身戏剧救亡运动。1937年成为《桂林日报》外勤记者，不久，《桂林日报》改名《广西日报》，哈庸凡成为《广西日报》记者。卢沟桥事变之后，哈庸凡曾主编《克敌周刊》。1938年6月，他投笔从戎，派往陆军第八十四军，同时兼任《广西日报》特派战地记者，从此离开广西，转战湖北、河南和安徽，继续从事军队文化工作。

后来，我与哈晓斯先生联系上。哈晓斯先生非常支持我们的工作，专门给我们发来哈庸凡写作的文化报道和文学作品。在此我们深表感谢！

本卷与其他各卷不同的地方，在于收录了一批非桂籍作者撰写的与广西文学有关的文章，它们组成了一个单元，称为"桂林文坛纪实"。这里的桂林文坛特指由数以百计作家云集而成的桂林文坛，纪实则是指这些文章大多属于纪实类文体，是对当年桂林文坛的纪实性描述。这些文章与后世的回忆性文章相比，最大特点在于即时性、现场感，有当时的历史体温和文化气氛。

这些文章的作者主要由两种类型的人组成。一种类型是记者，记者的报道是最及时的，并且有相当的客观性；另一种是作家，作家的文章有一定的主观性，但因为写于同时代，而有较强的现场感。它们都是当时桂林文化城文学状况的记录。如今阅读，会感受到有珍贵的文献价值。

这里我们简单说说两位戏剧家，即欧阳予倩和田汉。欧阳予倩和田汉分别领导了两个桂林的艺术团队。欧阳予倩是广西省立艺术馆馆长，广西省立艺术馆是一个官方艺术机构，欧阳予倩是官方任命，有官方的经费支持。田汉是新中国剧社的精神领袖，新中国剧社是民间戏剧团体，无官方经费支持，完全依靠社员自力更生。然而，两个团队都做出了很大成绩，成为桂林文化城最具影响力的艺术团体。正是这两位戏剧领袖及他们领导的这两个艺术团队，策划举办了中国戏剧史上的空前盛举——西南剧展，在世界范围内产生了较大影响，亦成为桂林文化史上的文化巅峰。我们有意识地收录了欧阳予倩和田汉在桂林期间撰写的记录当时戏剧运动的文章，其中不仅有历史的实录，而且有他们从事文艺事业的思想理念，像田汉《岩下纵谈——艺人的行路难》一文既记录了当时戏剧人的生存境况，又提出了这样的观点："地方戏剧艺术，小之代表一地方的文物，大之代表一国的神明，此类工作原应由地方政府或文化机关来主持。无奈今日戏剧的一般处境，维持其存在已经不容易，谈不到被提倡保护的话。"今天来看，田汉在桂林形成的对戏剧的看法，的确是真知灼见。

创作与评论构成了文学的两翼，文学创作以抒发感性打动读者，文学评论以表达理性说服读者，然而，文学评论的理性是建立在感性基础之上的。客观地说，民国时期，并没有形成像如今"广西文学"这样的地域文学概念。然而，即便如此，当时广西的本土评论家，确也逐渐形成了具有本土意识的文化自觉。比如，陈迩冬在《广西的民间艺术》中就表达了这样的思考：

一、广西艺术应该是汉、瑶（苗、侗、壮、仫佬等）民族文化的结合体、化合物，它应该有它的特殊内容、特殊技巧、特殊风格。

二、广西自从太平天国革命，到辛亥革命、民初护法护国诸役、十四年北伐，以迄于今天的抗战建国，莫不站在最前线。旁及清季的安南抗战、"台湾独立"，亦莫不与广西有直接的关系。这些迭次的革命行动，应该在艺术上有特殊的表现。

三、据上两点，我们一定要大量的艺术干部来从事这部分的工作，政府方面，应该多多罗致，多多培植，个人方面则多多学习，多多创造，使今日的广西，有无数的曹邺，无数的石涛，无数的刘三妹……

陈迩冬既从事文学创作和文学批评，也从事学术研究，对中国文学历史和广西本土文化皆有较深入的了解，他的看法，对我们今天从事文化建设亦有借鉴的价值。

2015年，我们完成了15卷本的《抗战桂林文化城史料汇编》，其中一卷为《抗战桂林文化城史料汇编·文学卷》，加上这本《百年广西多民族文学大系（1919—2019）·史料卷（1919—1949）》，两者补充阅读，或可更全面地了解民国时期广西文学历史、广西文学评论的全貌。

黄伟林

2019年8月9日完稿于广西师大育才校区

1920年代

保罗哇莱荔评传

梁宗岱

当象征主义——瑰艳的、神秘的象征主义在法兰西诗园里仿佛继了浮夸的浪漫派外表的班拿斯派而枯萎的三十年后，忽然在保罗哇莱荔（本卷人名、地名、书名等，保留原文翻译）的身上发了一枝迟暮的奇葩；它的颜色是妩媚的，它的姿态是招展的，它的温馨却是低微而清澈的钟声，带来深沉永久的意义。

文艺界有一种传统的误解：伟大的艺术家，必定是从穷愁中产生的。所以我们意想中伟大的诗人，不是潦倒终身，就是过一种奔放或流浪生活的人。固然，深沉

作者简介

梁宗岱（1903—1983），出生于广西百色。1921年应郑振铎邀请成为文学研究会会员。1923年进广州岭南大学。1924年赴欧在日内瓦大学修习法语，后转赴巴黎大学听课，在法国得到瓦雷里、罗曼·罗兰的赏识。1930年出版瓦雷里作序的法译《陶潜诗选》，同年赴德国。1931年入意大利佛罗伦萨大学就读，九一八事变后回国出任北京大学法文系主任。1934年与女作家沉樱结婚，东渡日本。1935年回国，后任南开大学英语教授，主编《大公报》文艺副刊《诗特刊》。1938年主持重庆复旦大学外文系。1944年回广西百色与甘少苏共同生活及从事医药研究。1945—1950年任广西西江学院教务长。1956年任广州中山大学外语系法语教授。1970年调至广州外语学院。1983年病逝于广州。有诗集《晚祷》《芦笛风》，评论集《诗与真》《诗与真二集》等存世。

作品信息

《小说月报》1928年第20卷第1号。

的悲哀，有如麝兰的一缕芳馨，往往引导我们深入人生的花心；到了泪咽无声的绝境，我们便油然生打破沉默的意念。然而有一派诗人，他的生命是极端内倾的，他的活动是隐潜的。他一往凝神默想，像古代先知一样，置身灵魂的深渊作无底的探求。人生悲喜，虽也在他的灵台上奏演；宇宙万象，虽也在他的心镜上轮流映照；可是这只足以助他参悟生之秘奥，而不足以迷惑他对于真之追寻。他的痛楚，是在烟波浩渺中摸索时的恐惧与彷徨；他的欣悦，是忽然发见佳木葱茏、奇兽繁殖的灵唤时恬静的微笑。

可是倘若他只安于发见而不求表现，或表现而不能以建筑家意匠的手腕，音乐家振荡的情绪，来建造一座能歌能泣的水晶宫殿，他还不过是哲学家而不是诗人。诗，像一切艺术一样，固可以写一刹那的感兴、瞬间的哀乐。但是诗，最高的文学的使命，仅止于此么？夜草的潜生，泉心的霁月，死的飞禽，累累下坠的果，以至婴孩的悲啼，睡女胸间停匀的起伏……一般诗人所不胜眷恋萦回、叹息吟咏者，对于我们的诗人，却只是点缀到真的圣寺沿途的花草，虽然这一花一草都为他展示一个深沉的世界；却只是构成巍峨的圣寺的木石，虽然这一木一石都满载无声的音乐。

神话的时代——无论希伯莱的还是希腊的——过去了，颂赞神界的异象和灵迹的圣曲隐灭了；英雄的遗风永逝了，歌咏英雄的丰功伟业的史诗也消歇了：人类的灵魂却是一个幽邃无垠的太空，一个无尽藏的宝库。让我们不断地创造那讴颂灵魂的异象的圣曲，那歌咏灵魂底探险的史诗罢！

保罗哇莱荔（Paul Valéry）以一八七二年十月三十日生于法国的舍提（Cette），一个濒临地中海很小的却四方杂处的城。他的父亲是城里的统税局员，母亲是意大利产。他的祖先多是海员，到了他的父亲才从法属地中海的哥尔司岛（Corse）移来，岛中居民，至今犹有保存古希腊的遗风的。如其土地与血统对于文艺天才有相当的影响，我们可以说，哇莱荔的先天已决定他是那一种天才了。

他的童年全被囚禁在城内的中小学校里。他唯一的消遣，就是从校舍的窗口仰观那一碧无际的天，俯瞰那比天还要蔚蓝的晴波万里的海和天上的流云，海角的沙鸥，出没的船只。可是对于这想象丰富的——虽然据他自己说是庸碌的——小学生，这茫茫的天海之交，已是使他默识宇宙的旷邈了。考取了学士学位之后，他便到邻近的一个大城蒙伯利（Montpellier）省立大学肄习法律。但他所孜孜不倦的，不是法律的研究而是读诗与遨游——曾经到过地中海沿岸，到过风光明媚的南方的读者，便知道他的诗怎样地浸润着地中海的波光涛语、丽日蓝星和柠檬橄榄的甘芳、月桂与长春的绿影……是的，那在上晶朗而终古凝定的青天，在下永久流动的深不可测的碧海，正是他一切作品的共通德性的征象。

有谁不信重大的收获往往出于偶尔的机缘么？舍提与蒙伯利之间，有座名叫玛格龙尼（Maguelone）的古寺，是六世纪传下来而屡经修葺的。寺在古树丛中，绿荫深处，一半已圮毁不堪了，一半还好好地保存着留给游客看。寺顶有些婆娑的异树，为法国所不常见的。据说是鸟儿从非洲带来，不经意地遗下的种子。现在遂为该寺一种奇丽的点缀。哇莱荔所以能在诗界有偌大的贡献，为法国诗坛，不，世界的诗坛放一异彩，也可以说是偶然的。他最先曾一度做海军将校梦。幸而学校笨拙的教授法使他和数学格格不相入，才不得已把这场噩梦割弃了。在蒙伯利习法律时，他对于文学虽表示极端的热忱，但他只以欣赏自足，毫无执笔的冲动。直至一八九〇年的五月，在蒙伯利大学六百周年纪念会上，他和一个来自巴黎的青年的邂逅，才决定了他对于文艺界永远的使命。

这巴黎的青年便是日后有名的热烈的肉恋的讴歌者，法国近代有数名著《卑列提斯之歌》（*Chansons de Pilitis*）与《婀扶萝嫡蒂》（*Aphrodite*）的主人彼得鲁易斯（Pierre Louys）。这两位青年——一个温文尔雅，双目澄碧如蓝宝石，一个爽直、真挚、衣裳楚楚——会晤才不过十分钟的时候，嚣俄、波特莱尔、瓦格尼（Wagner）、廉布（Rinbaud）、魏尔仑、马拉梅等名字从他们的会话中流过了，便站起来手挽手大踏步走着。他们的亲昵，使旁观者都不胜惊愕。未几，便在人海中散失了。哇莱荔从学校回到军营之后两日——那时他正在军役——前事差不多全置诸脑后了，忽然接到一封字迹雄丽的洋洋数十页的长信，里面所载的不消说都是一千八百九十年间一个努力文艺者的信条。翌年哇莱荔在蒙伯利大学取了法学硕士学位，便决计离开他的风和日丽的故乡，来到法兰西的京都，新世界文艺的中心点巴黎。

这时候浪漫主义的余威，已消灭殆尽。以文学界的拿破仑自居的嚣俄，也像不可一世的拿破仑一样，一倒而不能复起了。散文中佐拉及其自然主义的党徒和环绕着勒江特李尔（Leconte de Lisle）的一般班拿斯派的诗人，正如荧荧的星座，辉映于文艺的天秒。可是，自然主义也好，班拿斯派也好，黄金中已现败絮，灿烂中已呈衰象，高唱凯旋的歌里，已隐约地露出力竭声嘶的征兆。文艺的空中，大众开始听到一阵新奇的歌声，万千空前的曲调，有如一座神秘的幽林的飒飒微语，它的呻吟，它的回声，甚至它的讥诮，都充满了预言与恐吓，使当时文坛的权威怛怛然预感他们的末运。表面上看来，那一般青年诗人的言行，至少在当代人的眼光里，不免调侃与嘲讽的嫌疑。其实他们态度之严肃，求真求美的热诚与恳挚，从欧洲文艺复兴以来，没有与之比肩的。这时候，那些青年诗人所宗仰的目的物，已由嚣俄、由勒江特李尔，而转移到已死的恶之花的园丁和尚存的马拉梅与魏尔仑的身上了。

这三个新领袖的名字，在我国文坛，总算有相当熟悉的了，虽然我不得不赶紧加一句：关于他们的介绍——波特莱尔还比较好些——直到现在还是片断而不正确的。但这也难怪，马拉梅的伟大，就是在他本国，也是近年才给大众完全公认的。魏尔仑那种浅显、深刻、沉痛、婉妙、蝉翼一般的调子，又给一般无聊的诗人（？）糟蹋得不成样子了。——言归正题罢！马拉梅与魏尔仑，虽同是当时青年诗人的老师，他们的生活，他们的艺术，却几乎都处极端相反的地位。前者是循谨和蔼、严肃有仪的中学教员；后者却是放浪无行，布什米人一样地生活。前者的诗是要创造一个比现世更纯粹更不朽的世界；后者的却是感情的自然流泻，不论清与浊。随从他们的青年，自然也划分两派。这区分是极粗陋的。因为马拉梅与魏尔仑究竟不是两个敌系的首领，而是非常相得的朋友。追随他们的青年，也以周旋于两者之间的居多。

这真是法国文学史上的美谈：每星期二晚上，巴黎罗马街（Ruedu Rome）五号的住宅里，聚集着一班青年——当时及现在尚存的法国及欧洲文坛上许多显赫的名字。一灯荧然，在卷烟缭绕的重重薄雾中，马拉梅对他们柔声低谈艺术上的各种问题。这班青年诗人都把他的话像金津玉液般饮了，灌溉出来的便是日后绚烂的象征之花。哇莱荔就在这时候到巴黎，寄居于芦森堡公园附近一间狭小的房里。他那不愿意执笔的恶习是永远不改的。可是因为彼得鲁易斯的缘故，他开始和当时努力文艺的青年如联尼尔（Henri de Régnier）和耶依德（André Gide）等混迹了。他们那时正创办一个名叫《角号》（La Conque）的诗杂志。他们都婉转地谴责他的懒惰。他被逼不过，才勉强写了一些诗应付他们，这些诗便是现在收集在《旧作的诗谱》（Album de Vers Anciens）里的。鲁易斯更把他介绍给马拉梅。于是巴黎罗马街五号，每星期二晚上，又增多了一个极有恒极忠心的听众了。是的，哇莱荔实在是马拉梅最忠心最专一的门徒之一，就是马拉梅所以能在法兰西诗史上占第一流的位置，至少一半是哇氏之功。据他对我说，他那时几乎无日不自远看见魏尔仑和一般青年诗人在先贤祠及芦森堡公园之间的一间咖啡店（就是现在的 Café de Pauthéon）呼啸成群。可是不知为什么，他总觉到一种"神圣的畏惧"，使他不去亲就他。不久，马拉梅的预言家般的直觉，也在许多青年中特别看起哇氏了。他的空前创作《骰子的一掷永不能毁除侥幸》（Un Coup de dés jamais n'abolina Le Hazand），一首极有趣味、极瑰秘的诗初脱稿时，哇莱荔就是第一个得先读的人。

哇莱荔第一次在《角号》发表的诗是《水仙辞》（Narcisse Parle）。诗中所咏的，除了希腊神话中一个名叫水仙的美少年临流自鉴的故事而外，还有以下一段哀艳的逸闻：蒙伯利的植物园中，有一个无名少女的坟墓，相传是十八世纪英国诗人容格（Young）的女儿。容格晚年，曾与其妙龄爱女寓居蒙伯利。不幸她竟绝命客旅。蒙伯利居民因为他们是新教徒，不允把她葬在他们的墓园里。容格不得已把她私埋在此园中。后人怜之，为立一碑，碑上刻了"以安水仙之幽灵"（Narciseae Placandis Manibus）几个拉丁字样。植物园是哇氏在蒙伯利习法律时常游之地，深感少女之薄命，因采用希腊神话中水仙的故事而成诗。在一首诗中吟咏数事，或一句诗而暗示数意，正是象征派诗的特别色彩。《水仙辞》发表于《角号》后，它那惨淡的诗情，凄美的诗句，哀怨而柔曼如阿卡狄的秋郊中一缕孤零的箫声般的诗韵，使大众立刻认识了作者的天才，《巴黎时报》登了一篇恭维备至的批评以后，他更在《角号》及《山驼儿》（Le Centaure）等杂志先后发表两篇重要的散文——一篇是近年大众才了解而影响法国今日的作家最深的《与太司特先生之一夕》（Une Soirée Avee M.Teste），一篇是深奥谨严的《达文希方法导言》（Introduction à la Méthode de Léonard de Vinci）——和十余首诗：有的精致如明珠的颈链，有的玲珑如荷花间的纱灯，有的娟雅如景德瓷器的雪上一点胭脂，更有的缟素无瑕如马拉梅的天鹅，都使读者对于这青年诗人抱了无穷的热望。可是这羽衣蹁跹的天鹅，因为太洁白的缘故，只在那春草般的湖面漾起了粼粼的碧漪，便飘然远举了。

人类是善忘的，哇莱荔长期的缄默引起了一般读者的遗忘正是当然的事。可是，一九一七年，欧战方酣的时候，一件大事发生了！那就是哇莱荔的长诗《少艾的命运女神》（*La Jeune Parque*）的出版。在爱好文艺的社会中，无处不听到《少艾的命运女神》的回声，许多诗人及学者都莫名其妙地把它互相背诵以为乐。巴黎有名的文学杂志 *Le Divan* 适开了一个"谁是法国今日最大的诗人"的公开访问，所得的答案差不多都不谋而合地指哇莱荔。某批评家更严重地说："我国近来产生了一桩比欧战更重要的事，那就是保罗哇莱荔的《少艾的命运女神》。"这诗对于知识界震撼之大，影响之深可想而知了。从形式上看来，《少艾的命运女神》的音韵之和谐，色彩之浓郁，比他的少作固丰圆了许多。而且，这一回，那森林中黄毛脚的猎神可不仅以斜睨那累累的透明的葡萄果而自足了。现在，每句诗，每个字，都洋溢着无限的深意，像满载甘液的葡萄般盈盈欲裂了。诗的内容，是写一个年青的命运女神，或者不如说，一个韶华的少妇——在深沉幽深的星空下，柔波如语的海滨，梦中给一条蛇咬伤了，她回首往日的贞洁，想与肉的试诱做最后之抗拒，可是终于给荡人的春气所陶醉，在晨暮中礼叩光明与生命——的故事。它所象征的意义是很复杂的。详细的分析是本文所做不到的事。某女批评家对于此诗的赞语说得好："诗句这么优美，欲解剖他的意义固觉得不恭；诗意这般稠密，若只安于美的欣赏又觉得不敬；诗义这般玄妙，想彻底了解他又觉得冒昧。"

哇莱荔作《少艾的命运女神》的动机，像他的一切作品一样，是极轻微的。空前的大战未启端之前一年，他的朋友耶依德和法国新评论书局的主人屡劝他把他少作的诗收集起来印单行本。哇莱荔终于首肯了。但是未付印以前，他很想用最冷静的眼光把它们大修改一番。这么一来，他的久消沉的诗兴又渐渐死灰复燃了。他忽然想作一首四十行左右的短诗附在旧作的后面，作为与诗神永别的纪念。可是酝酿了二十余年的丰富的沉思生活，一朝找到了决口，如何能遽然截止呢？他在这二十余年当中，为了糊口的缘故，曾相继充了几处政府机关的科员，但是求知与深思的习惯，已成为他的生命之根源了。他一方面致力于从前在学校时格格不相入的数学，一方面更在想象中继续他的真之追求与美之创造，希望把准绳的科学与美感的直觉融在一起：数学是训练他的臂力的弓儿；柏拉图教他深思；达文希和笛卡儿教他不特深思而且要建造；悲多汶和瓦格尼教他怎么能使诗情更幽咽更颤动；拉芳登、莱莘，尤其是马拉梅，教他怎么用文字来创造音乐的工具。是的，哇莱荔这二十余年的默察与潜思，已在无形中，沉默里，长成了茂草修林了，只待一星之火，便足以造成辉煌的火的大观了。那原定四十余行的诗系，乃一抽而不能复断：虽在欧战的枪林弹雨之中（那时他正在前敌某机关任职），他还是一样地在他的心灵的幽寂处焦思经营了四年，终于织就了一个五百余行的虹色的幻网。

从此，他和诗神更结了不解缘了。不时有一种隐约飘忽的节奏，在他的耳边忽高忽低地敲着。像群蜂把远方的音信带给芳馥的午昼一般，思想在他的心灵深处嗡嗡飞鸣，要求永久的不朽的衣裳。这样，在一九一八年至一九二一年之间，他先后发表了二十首长诗和短诗，然后更把它们集在一起，名曰《幻美》（*Charmes*）。在这二十首诗中，我们可以和当时的批评家齐声说一句，哇莱荔的天才找到了它的最高的表现了。一九二四年，他的散文集《杂文》（*Variété*），所载的是十余篇哇氏关于哲学及诗学的重要论文）和两篇以前曾经在杂志上发表过的会话体的美学论文《建筑家》及《灵魂与舞蹈》（*Eupalinos précédé de L'Ame et la Danse*）出版，使法国的文学界知道他们今日不独具有法国有诗史以来五六个最大的诗人之一，并且具有法国光荣的散文史上五六个最大的散文家之一。他的散文风格之谨严，声调之和谐，论者以为要数到十七世纪的布输乙（Bossuet），才可以找到他的匹配。

一九二四年冬天，法兰西学院院员法朗士，一个广博却并不渊深的世界知名的多方面的作家逝世。却不过各亲友的苦劝，哇莱荔也像其余在法国文坛稍有声誉的作家到学院去报名作后补员。在他的意思，不过想满足他的亲友的要求罢了。谁知，出乎一般批评家意料之外，出乎他自己的意料之外，以保守著名的法兰西学院竟毫不踌躇地张臂接纳他！于是——这真是一个莫大的讽刺！——生平反对象征派诗最力的批评家法朗士先生，竟找着了一个集象征各派之大成的诗人作他在法兰西学院的承继者了。去年六月十六日，是哇莱荔正式加入学院的盛典日。赴会的人数之多，为福斯将军以外所未有。于是久为知识界所推崇的大诗人，才普遍地知名于法国的民众了。可是，根据一般批评家很有见地的批评，哇氏之加入学院，与其说是哇氏之荣幸，毋宁说是学院之荣幸。因为法国历代天才的大诗人，除了很少数外，都是给学院所摒斥的，如波特莱尔，如魏尔仑，如马拉梅。这回哇莱荔之被选，实在是空前的盛举。

伟大的诗人生前的光荣是可宝的，因为是难得的，然而也可咒诅呵！一九一七年至一九二四年之间，哇莱荔的声誉，已由法国的知识界而展拓至全欧了。德英荷意及欧洲各国的学术机关，已不时有他讲演的足迹。自从他被选入学院之后，他真再无宁日了。不独谒见的人士络绎不绝，就是国家有什么重要的学术及政治的集会，他也不能不莅会了。空前大战所不能打断的幽寂，不意竟被光荣破碎无余了！

哇莱荔为人极温雅纯朴，和善可亲，谈话亦谆谆有度，娓娓动听。我，一个异国的青年，得常常追随左右，瞻其丰采，聆其清音：或低声叙述他少时文艺的回忆，或颤声背诵廉布马拉梅及他自己的杰作，或欣然告我他想作或已作而未发表的诗文，或蔼然鼓励我在法国文坛继续努力，使我对于艺术的前途增了无穷的勇气和力量。可是他老了！虽然今年才五十六岁，深思和忧虑已在他的颊上划下两条深深的皱纹。而他却老当益壮，虽在极忙碌、极喧哗的光荣中，还每天自晨至午孜孜不倦地继续他的写作生涯——他现在正预备一部关于宇宙和人生问题的哲学。让我们诚心祝祷他的康健吧！

他已出版的重要著作，诗有《旧作的诗谱》、《少女艾的命运女神》及《幻美》三本，散文有《建筑家》及《灵魂与舞蹈》、《杂文》、《太司提先生》、《B 字练习部》（Cahier B）、《罗盘针上之诸点》（Rumbs）、《续罗盘针上之诸点》（Autres Rumbs），后面三部是关于诗学及哲学的随笔。

批评家和读者都异口同声称哇莱荔是哲学的诗人。一说到哲学的诗人，我们便自然而然地联想到那作无味的教训诗的蒲吕东（Sully Prudome），想到那枯燥的，虽然是很真的诗人韦尼（Alfred de Vingy），或者，较伟大的，想起歌德的《浮士德》第二部——他们都告诉我们以冷静的理智混入纯美的艺术之危险，使我们对于哲学诗发生很大的怀疑。哇莱荔却不然。他像达文希之于绘画一般，在思想或概念未练成秾丽的色彩或影像之前，是用了极端的忍耐去守候，极敏捷的手腕去捕住那微妙而悠忽之顷的——在这灵幻的刹那顷，浑浊的池水给月光的银指点成溶溶的流晶，无情的哲学化作缱绻的诗魂。

> Patience, Patience,
>
> Patience dans l'azur !
>
> Chaque atome de silence
>
> Est la chance d'un fruit mûr !
>
> Viendra l'heureuse surpise:
>
> Une celembe, la brise,
>
> L'ébranlement le plus deux,
>
> Une femme qui s'appuiè,
>
> Feront tember cette pluie
>
> Où l'on se jette ù genoux !

忍耐着呀，忍耐着呀，在青天里忍耐着呀！每刹那的沉默，便是每个果熟的机会！意外的喜遇终要来的：一只白鸽，一阵微风，一个轻倚的少妇，一切最微弱的摇撼，都可以助这令人欣然跪下的甘霖沛然下降！——这是《幻美》的末章《棕榈》一诗中，天使在异象里把甘实盈枝的棕榈的沉毅，慰藉那任重致远的诗人的天音，也就是诗人在创造竣工时，回首过去的辛酸与困劳，不禁感恩跪下，发出的和谐的默祷。

可是与其说哇莱荔以极端的忍耐去期待概念化成影像，毋宁说他的心眼内没有无声无色的思想，正如达文希的心眼内没有无肉体的灵魂一样。譬如食果，干脆的栗子固值得一嚼，而无上的珍品，却是入口化作一阵甘香与清凉的哀梨。所以我们无论读他的诗甚或散文，总不能不感觉到那云石一般的温柔，花梦一般的香暖，月露一般的清凉的肉欲——我并不说淫欲。希腊的雕刻，达文希的曼娜李莎图，济慈的歌曲，都告诉我们世间有比妇人的躯体更肉欲的东西。——而深沉的意义，便随这声、色、歌、舞而俱来。这意义是不能离掉那芳馥的外形的。因为它并不是牵强附在外形的上面，像寓言式的文学一样；它是完全濡浸和溶解在形体里面，如太阳的光和热之不能分离的。它并不是间接叩我们的理解之门，而是直接地，虽然不一定清晰地，诉诸我们的感觉和想象之堂奥。在这一点上，哇莱荔的诗，我们可以说，已达到音乐，那最纯粹，也许是最高的艺术的境界了。

把文字来创造音乐，就是说，把诗提到音乐的纯粹的境界，正是一般象征诗人在殊途中共同的倾向。而哇莱荔尤不讳言他是马拉梅——那最精微，最丰富，最新颖，最复杂的字的音乐的创造者——之嫡裔。他从没有说到马拉梅而不说及他自己的，也没有说及他自己而不说到马拉梅的。浅见者流，因而讥诮他在诗里没有新的创造，以为他都是踏马拉梅的旧辙的，而他的狂热的崇拜者，则又以为他们两者之间，有天渊之隔，毫无影响的迹象。平心而论，哇莱荔的艺术观，到某一程度上，是完全采纳他的先进的。就是他的诗之修辞和影像之构造，精锐的读者，尽可以依稀地寻出马拉梅的痕迹。况且马氏的逝世，他正当感受性最富之年。这老师的高洁拳拳的一生，影响于他的人格，因而影响于他的艺术之深而且永，自不待言。可是马拉梅的模糊、恍惚、春梦一般的迷离，正是哇莱荔的分明、玲珑、静夜的钟声一般的清澈。前者的银浪起伏，雪花乱溅，正是后者的安平静谧的清流，有耀眼的闪灿，只有丰激的绉纹。前者的是霜月下的雪景，雪景上的天鹅的一片素白空明；后者的空明中细认去却有些生物飞腾，虽然这些生物也素白得和背景几不能分辨……

有一派批评家以为哇莱荔的诗的题材，他的一切作品，无论诗文小说笔记会话的唯一题材，不是智慧，不是观念，而是智慧的戏剧的观念。他的天才和限制，不在于象征了精神的产物，而在于诗化了精神的自身，这内在的权能，内在的工作和高贵。我们只要拿哇莱荔的作品略加分析，便知道这一派议论有相当的立足点。譬如他论舞蹈，他所开发的，并不单是舞蹈的哲学，却是借舞蹈来象征灵魂的精神作用。他论建筑，并不单是建筑的真义，却是借建筑来歌颂灵魂的巍峨之创造。《少艾的命运女神》，在许多解释中，我们分明可以寻出它代表智慧的睡与醒，不觉与自觉的两个境界。就是《幻美》的二十首诗，也可以说是诗人或哲士许多不同的灵境的写真。《晨光》描写心灵与朝暾初出混沌时惺忪的睡态；《致青榆》和《司杭眉之歌》吟咏心灵醒后感觉到肉体的束缚；《圆柱颂》是心灵认识了自我的自由，虽然同时给肉体维系着的歌声；《水仙辞》是心灵解放后对于自我的默契与端详……《棕榈》篇却是心灵于创造完成后恬静的微笑了。

然而心灵的作用，并不是隔绝一切而孤立的；岂特和它自身的产物，不能须臾离；就是和身外的一切，世界与宇宙，也有密切的关系。马拉梅往往因寻警句而得妙理，这是因为两者同是心灵冥想入神时偶现的异光。哇莱荔讴歌吟咏心灵，能够只限于心灵的自身么？在《司杭眉之歌》里，心灵一壁儿碰到肉体的羁绊，一壁儿已听到"建筑呵，建筑呵"的呼声了。

然则哇莱荔的诗的内容是什么呢？所包含的是什么思想呢？那是永久的哲理，永久的玄学问题：我是谁？世界是什么？我和世界的关系如何？它的价值何在？在世界还是在我，柔脆而易朽的旁观者呢？——但如果我们想向他的诗找寻直接明了的答案，我们也许会失望。因为它所宣示给我们的，不是一些积极的或消极的肤浅哲学观念，而是引导我们达到这些观念的节奏；是充满了甘、芳、歌、舞的图画，不是徒具外表与粗形的照相。我们读他的诗时，我们应该准备我们的想象和情绪，由音响，由同声，由诗韵的浮沉，一句话说吧，由音乐与色彩的波澜吹送我们如一苇白帆在青山绿水中徐徐地前进，引导我们深入宇宙的隐秘，使我们感到我与宇宙间的脉搏之跳动——一种严静、深密、停匀的跳动。它不独引导我们去发现哲理，而且令我们重新创造那首诗。只有这样才是达到纯真的哲学思想的适当步骤，也只有这样才是伟大的哲学诗。因为艺术的生命是节奏，正如脉搏是宇宙的生命一样。

哲学诗的成功少而抒情诗（狭义的）的造就多者，正因为大多数哲学诗人不能像抒情诗人之捉住情绪的脉搏一般捉住智慧的节奏——这后者是比较隐潜，因而比较难能的。

譬如《幻美》中的《海墓》——他的诗都是杰作，《海墓》《水仙辞》《少艾的命运女神》却是杰作中之杰作——它的深沉和伟大，不在于诗人对于生与死的观念而在于茫漠的天海间，诗人心凝形释，与宇宙息息相通，那种幽默的深邃的起伏潆洄。又如《水仙辞》，除了那少年作的纯是美感的歌咏而外，从包含在《幻美》的三断片里，我们可以听到一种宁静、微妙、隽永的音浪：时而为诗人对其创造之沉吟歌咏，时而为哲士对其自我之低回冥想。至于《少艾的命运女神》——这无量数世间的抚触，这开始而立刻收回的姿势，这踟蹰不前的步履，这保存而同时消磨我们的内在的汹涌，这血与血轮的潮汐，这包藏着的火焰，却一样像烛光任风所飘摇的火焰，这沉酣的睡眠，这短促的睡眠，这吃语，这遽然的醒觉，这休憩，这奋兴，这自我的包围，这晨光，这暮霭，这葱茏的岛屿，这流荡而折叠得盐水中的绿藻一般的薄纱，这全个惊骇而镇定的小世界。[①]——更是我们的思想之全部，以至它的最纤细的阴影，最轻微的战栗的同声与反映了。

像他的老师一样，哇莱荔是遵守那最谨严、最束缚的古典诗律的，其实就说他比马拉梅守旧，亦无不可。因为他的老师虽采取旧诗的格律，同时却要创造一种新的文字——这尝试是遭了一部分的失败的。他则连文字也是最纯粹最古典的法文。然而一经他的使用，一经他的支配，便另有新的音和义。所以法国的批评家，往往把他和魏尔仑廉布及许多自由诗的作者并称为"机械主义的破坏者"。就是提创自由诗最力的高罗德尔（Paul Claudel），也赞他不特能把旧囊盛新酒，竟直把旧的格律创造新的曲调，连旧囊也刷得簇新了。

他所以采用旧诗的格律，并不是一种无意识的服从，也不因为他觉得有遵守之必要，他实在有他的新意义和更深的解释。他说："一百个泥像，无论塑得如何完美，总比不上一个差不多那么美丽的石像在我们心灵里所引起的宏伟的观感。前者比我们还要易朽；后者却比我们耐久一点。我们想象那块云石怎样地和雕刻者抵抗；怎样地不情愿脱离那固结的黑暗。这口，这手臂，都靡费了无数的时日。经过了艺术家几许的匠心，几千度的挥斧，向那未来的形体慢慢地叩问。浓重的影在闪烁中落下来了，随着火花乱喷的粉屑飞散了……然后才得到这坚固而柔媚的精灵，在无定的期间从同样坚贞的思想产生出来的。"[②]

没有雕刻那么缚束，因为不必要和工具奋斗，自然被剥夺了最后的完全的胜利：诗，最高的文学，遂不能不自己铸些锁拷，做它所占有的容易的代价。这些无理的格律，这些自作孽的桎梏，就是赐给那松散的文字一种抵抗性的；对于字匠，它们替代了云石的坚固，强逼他去制胜，强逼他去解脱那过于散漫的放纵的。"接受了这些格律之后，我们便不能什么都干了，我们便不能什么都说了。而且无论想说什么，单是熟筹深思，或单靠那在神秘的顷刻，不觉间露出来一个几乎完成的影像是断不够的了。只有上帝才有思与行是一事的特权。我们呢，我们是要劳苦的；我们是要很苦闷地感到思想与实现的区分的。我们要追寻不常有的字和不可思议的偶合；我们要在无力里挣扎，尝试着音与义的配合，要在光天化日中创造一个使做梦的人精力俱疲的梦魇……有时神灵很恩惠地赐一句诗给我们，但是却要我们去制作第二句第三句和全首诗，务使它们和前一句一样铿锵，使它们配得起它们的天生的哥哥。"

这样地全副精神灌注在形式上面，自然与浪漫主义以来所盛行的"灵感"说相距甚远，所以他说："兴奋不是艺术家的境界。"这并非说他漠视内容。我们读他的诗，总感觉到一种隐秘而且异样的声音冥冥中指挥作者。不过当他制作的时候，他的努力就专注在表现方面，内容呢，那是沉默的工作。我们不要忘记作者是经过了二十年浓厚的沉思生活的人。"一个真正诗人的真正条件是和梦境再歧异不过的。我只看见有意的探寻，思想的揉折，灵魂对美妙的拘束之首肯和牺牲的不断的胜利。——想描写他的梦境的人，他自己就要格外警醒。如果你想模仿你刚才熟睡时一切奇诡和变幻的状态；想在你的深渊追踪那沉思的灵魂的坠落如一张枯叶穿过记忆的无边境界，别昂然自傲，以为你能够不加极端的注意而成功——注意的妙工就在于擒住那单靠它的消耗而存在的事物的。"

一九二八年六月二日作于法京

| 注释 |

　①这段撮取法国现代哲学兼批评家 Alain 的读《少艾的命运女神》的印象一篇短文。

　②参看哇莱荔的 Au sujet d'Adonis 原文。

1930年代

桂戏在桂林

罗　复

一　桂戏繁荣在赌场

广西的桂林像中国的北平。

桂林城，被广西人称为古城的，大圈圈里也有个小圈圈，名叫皇城。到夜间，电灯燃了，桂林城的电灯比煤油灯暗。照见街上往来行人像鬼影似的。

鬼影似的桂林城里人和广西人是有些不相同的，便和桂林乡下人也好像有些两样。

因为，桂林乡下人说桂林城里人，有一个最恰切的故事：一位桂林城里人穷得天天吃白饭，但他保存一块猪油，在每天饭后搽一些在嘴唇上面，出外去向旁人夸他家的肉的滋味。一天，他向旁人说得天花乱坠，他的儿子跑来了，儿子向他说："爹爹，你搽嘴唇的那块猪油，被野猫吃去了。"

这故事从桂林乡下人的口里说出来，像一个旗人的故事一样。所以，桂林乡下

作者简介

罗复，生平不详。

作品信息

《新语林》1934年第2期。

人对桂林城里人也不会有好感的。这一班鬼影似的东西，最爱虚文却最不讲面子，你和他们做生意，除非你最精于讲价钱便不会大吃其亏，但你讲好价钱，他们拿纸包将买好的货物包好给你，你回家打开包裹，便又会发现他们短少你一两件的。

你如果到他们米粉店里吃消夜，第一次，你将以为很便宜；第二次，却不是你吃消夜而是他们吃你了；第三次你来不来，他管不了许多，因为，他们真也饿得慌了。

他们大都很穷，但他们却又很懒。有一次，我雇来了一位挑夫，他来了，只携带一条扁担；你骂他为什么不带索子，他恍然大悟，跑回去，很久，他拿来一根麻绳，三尺长，像一条钱串子；再骂他，他又恍然大悟了，跑回去，很久，再拿来一根索子，较麻绳大些粗些，这绳合用了。但因此耽搁了点多钟的光阴，他却能行所无事地瞧着你一人发急，半句话也不说，半口气也不叹。

这情形有加无已地普遍起来，像一种传染，桂林城里人每天在穷和懒的包围中使他们的天晓得的狡猾，于是更加像鬼影似的了。这许多的鬼影，在以前的四城赌场和现在的特区赌场更见其往来憧憧。因为，桂林城里人是懒的，同时是爱寻乐的，城里的影戏院和西湖酒家的桂戏戏价贵了，烟和赌又适合他们的口味，于是，桂林赌场便好像北平天桥，做了这许多鬼魂的枉死城了。

于是，桂戏便在赌场繁荣起来。

二　最可怜的寄生者

桂林城是有两家影戏院的，戏价毫洋四毛、两毛，并不贵，但看影戏的却很少。西湖酒家有一台桂戏，日夜开演，戏价毫洋一毛、二毛、三毛，是我在桂林时时常光顾的地方。

有一晚，天虽下着雨，但我和两位同事都很得闲，西湖的戏目又引起了我们的兴趣，于是便冒雨同到西湖了。我们找了座位，吃了很久的瓜子，等了一点多钟，开戏的时间过了，园子里还只在三位菩萨。忽然，酒家经理来退票了，说今晚开戏，自己的损失太大，请我们大家原谅。演员们从内场走出场门，头上戴着网巾，身上穿着戏衣，在可惜今晚的几毛戏银落空——因为他们不是包银制的，戏银以每晚计算；便是名角，每晚的收入也不过毫洋几毛罢了。眼见着我们三人"起堂"走了。

大概，这样的现象是任何地方所不曾有过的吧，然而，西湖酒家却能够淡然处之，而且，这一所不景气的园子一直维持到现在，真令人莫明其土地堂了。但也并不奇怪，因为，桂林城的普遍的穷已经穷到极点了。

有一次，我的妻子很得意，因为她买了一对很便宜的花瓶。花瓶是景德镇的出品，在九江，每只花瓶的值大洋八角，在桂林城洋货店里，要开价毫洋一元四毛。而她，却在瓷器担子上花毫洋一元买一对花瓶，并找回一只牙签筒。她当然很得意。但是，在九江价值大洋八角的东西，运到桂林便连毫洋五角也不值了，桂林人的购买力可想而知，西湖酒家不景气自有它的原因，真不是可奇怪的事情了。

我以为最可奇怪的却还是桂戏繁荣在赌场的事情。桂林城的穷人是可以不吃饭的，但多数不能不吹烟赌钱。我家里仆妇的儿子失业了，他母亲每天给他一毛毫洋，他拿去便花在赌上，到晚上没有寄宿的地方，又来寻他母亲哭了。有一次，龙隐洞旁的小洞外有乞丐就岩洞结草棚寄居，推开草棚的门便见两个乞丐睡在地下吃洋烟。其余的，可推想而知了。

所谓四城赌场和特区赌场都是些煎油渣的地方，经常地有许多穷人的憧憧鬼影。赌场是寄生在穷人们的身上的，但桂戏却寄生在赌场身上，离了赌场它便很难图取生存了。

桂戏这玩意儿才真是最可怜的寄生者呵！

三　太平歌舞结缘深

寄生在赌场身上的桂戏毕竟是凑热闹的一种东西。

像商店的广告似的，在以前，桂林有一张城门便有一座赌场，有一座赌场便有一班桂戏。戏园子是设在赌场中的，被赌摊包围着，因陋就简地搭一座白木板的戏台，摆许多白木椅凳便是客座，楼上的戏价是毫洋一毛，楼下的却一任赌钱的朋友们自由赏鉴了。

到后来，特区的三都戏院也一样地设在赌场里面，但规模比四城的桂戏园子扩大一些，楼上的戏价毫洋三毛，瓜子、清茶都在内。这戏园我是去观光过的，看戏的很多，但九分九是赌钱的朋友们，因此，演员们比西湖酒家的更肯卖力些了。它倚伏着赌场的靠山，便更使西湖的桂戏走上了劣败之路。

所以，桂戏在普遍的穷的桂林城，仍有它发展的径路的；反过来说，桂戏在桂林城除去这凑热闹的发展也另有它发展的径路，这便是说桂林城里人对桂戏极感兴味。桂林真像北平，桂林城里人大都是很有些闲工夫的，他们整天讲"味道"；上流社会整天栽花玩石山，下流社会整天斗鸡养雀子，他们都拉得几下，唱得几句，再替他们吹点牛皮，便是说彩排的话也不费很多力的。

学校的游艺会，白话剧比文明剧还不如，但学生演桂戏却还有些精彩。听说三初中还聘有教戏的先生，印有桂戏的讲义，该校新年同乐会，女学生所演的《梨花斩子》也居然能够叫座，这真像把北平搬到广西来了。

桂戏能普遍地深入桂林城的民众，在现在，是可以不言而喻的了，但绝不是一时的事，也正和桂林城像北平不是一时的事情一样。桂林城在以前是藩王的都城，这是谁都知道的。这便是桂林城里人的腐化的根子，也便是桂戏的成长的原因。所以，京戏的祖师是唐明皇，说书的祖师是周庄王，乞丐的祖师是明太祖，赌钱的祖师是宋太祖……凡关于堕落的行业，祖师都是皇帝。

以前的戏剧是"太平的歌舞"，沉醉于太平久了，便永远不能振作，于是，"太平的歌舞"便和腐化深结不解之缘了。

因此，桂戏普遍深入桂林城里人，从往昔直到今日。

四　女伶被捧男伶倒

桂林城的女学生大都是像煞有介事的，每星期，她们敢同男朋友游山，但在桂林城里实现男女合演的白话剧，无论如何，总是不可能的。在去年，不知是为着什么，要举行游艺会了，据筹备者的宣传，说将有一种纯女性的戏剧组织上演，在他们，总以为这是件了不起的事情。

但桂剧却早是男女合演，比广州的粤剧都好像多有几分自由。不过，它这种男女合演毕竟是女伶本位，男演员只好像帮闲似的。他的组织大概是男女演员和一群跑龙套的小女孩子，净是由男演员充担的，但生和丑却不由男演员一手包办，而且，半数是女演员充担的。看戏的最捧场的是旦，像西湖的金玉国、尹榕妹，三都的小燕飞，这一班女孩子都成了全剧场的主盟，所有的男演员，虽然是老伶工，也不能和她们争短长的，这并非因他们所扮的不是旦，实在，是他们全不是女孩子，如果是女孩子的时候，像西湖的小生熊香仔，这一位刚升正角的女孩子，不一样地被看官们大捧其场么？

原来，从历史上讲起来，桂剧里的旦，下场时不卸装，在后场给一班公子大佬摆花酒的事情，我记和欧阳予倩先生曾在哪里说过这些话的。现在，虽没有在后场摆花酒的事情，但在女伶家里打茶围却也是很通行的。女演员，其实也是一种变形的私娼，据说你能唱得几句桂调，最好是能唱得几句京调，你和她们往来，便能够很容易地取得她们的欢心，这地方，所少的只是没有戏报罢了。

她每晚能得到毫洋几毛的戏银，她便已是女名角了。这一班可怜的女孩子，当然地要走到密卖式的道路上去。但更值得我们同情的却还是一班男伶，在西湖的男演员里，有一位唱老旦的唐大厚，他在西湖剧场的地位不见得比跑龙套高得许多，但有一晚他独唱佘太君观星，他的唱功实在是够老到了。西湖的白凤奎老板，是一位独特的二花脸，便在湘戏极盛时代，他如果加入湘戏班，也是一位名角，然而，他在西湖真是潦倒极了，听说现在他已不在西湖了。

因此，桂戏在桂林，又另有一种不良的势力支配着它。这势力在桂林早已有它的根基，在中国却又是一种趋势，虽说是对于艺术，创伤是很大的，但不能不寄生在密卖式的女伶本位，也正和不能不寄生在赌场身上一样的不能抵抗，又将若之何呢？

所以，最后的结论是：桂戏在桂林虽有它深入的潜势力，但保存它的灭没却全靠赌场和密卖式的女伶本位。因此，桂戏在这种寄生的命运之下，结果，便也将渐渐地走上它的绝路去了。

谈桂戏

罗　复

　　粤戏的音调是充满着现代的强烈的刺激的，京戏是北方人高歌激昂的本色，但桂戏却好像桂林人说话似的，曼声地将尾一字着重地唱出来，使我们感到些南人的清脆，土薄水浅的地方情调从他们的歌声里充分地表达出来了。

　　桂戏和湘戏是很相近似的，但湘戏的音调如安流的小溪，虽不能使人兴奋，但使人感到舒缓。从音调的好尚说，我是宁取湘戏的。桂戏才真是靡靡之音，连胡弦的尾音都很像湖南的花鼓调，所以，除旦的音调有一些像琉璃，我以为是一无可取的。

　　但他们能循规蹈规地唱他们的桂戏，也还差强人意，最可怕是他们要掺入些京调的花腔。桂林城究不是北平城，京调从北平到桂林，路隔几千里，早成了非驴非马的东西，再经他们运用起来，连京调的祖先到京调的子孙都给他们辱没完了。

　　十年前，湘戏班的唱工须生，也爱闹这玩意儿的，以闹这玩意儿著名的是陈少益，却不想到今日，桂戏又普遍地给传染上了。因此，想听到纯正的桂调非碰机会不可。像须生王树梁，是以唱做认真著名的，但与其说他认真，不如说他过火。他

作品信息

《人世间》1934 年第 11 期。

正像湘戏大靠陈少益，有同样的声名和同样的笨拙，但他是不爱闹京调的花腔的，他所闹的另是一种浊音。

自我看桂戏以来，能使我不忘记的仅有一次：这一晚，西湖的最后一出戏是唐大厚的《钓金龟》，这一位傍角儿从不曾被别人注意过的，他忽然用张康氏的扮装独自上场唱佘太君观星，这算是清唱了。我以为，只有这回听戏，所听的才可算纯正的桂调。

桂戏的扮装，有很多的地方值得我们探讨。

像《玉堂春》的皮氏大娘，桂戏是用花旦扮的，从这类的傍角儿的扮装还可看见元剧中的"包头"。最使人惊异的像散发、蓬头、孩儿发之类，桂戏都用青布代替：用一条几尺长的青布，生、净等角像孝子戴拖头似的，一头包住前额，另一头拖到脚跟。于是，小生的紫金冠下也压着这种拖头，只戴网巾的像《骂殿》的八贤王也用这种拖头，战将丢盔之后也用这种拖头，但将它盘在颈上像打架盘辫子，以便上场跳打，这好像是使用网巾以前的一种遗制了。旦角青布横盖在头面上，像京戏披纱似的，《玉堂春》的晓装用梳子梳着青布，《珍珠塔》陈小姐自尽后用青布表示她云鬟不整，不紧要的告状女人表示她披散头发也用这青布盖头，从这些可看见元剧中"包头"的另一种用法。

桂戏里特别地爱用狐尾，而且，好在蟒靠的里边缘一层羊皮表示它所着的是皮袍皮铠。这好像南方的戏曲比北方更胡人化了。其实，雉尾、狐尾和缘皮全是苗俗，旧戏的番邦不是以匈奴做对象，而是以苗民做对象的。这理由说来很长，不想在此地多讲，不过，我自从看了桂戏，这假定的根基更坚确了。

桂戏，像没有红髯口的，只有些像京戏的刘唐须的东西，使用得极为普遍。司马师、赤发鬼之类的角色我在桂戏里不曾见过，就我所知道的说，马武、史思明、李自成……的髯口是在红髯左右侧靠面颊的地方加两绺黑髯，连《背娃进府》的中军官也使用这种髯口；另一种像张飞、余洪……所用的是在黑髯两旁近耳际加两绺红髯，穿入额子里，像京戏的红耳毛子。桂戏是导源于湘戏的，人都是这样说，但湘戏并没有这种髯口，京戏却反有一种，真使人有一些想不透的地方。

桂戏的扮装有许多是湘戏的遗留，这些，也可以说它是昆剧的遗留，因为是近于古的。像生角抹彩，桂戏的老伶工都只在鼻梁上揉一线朱痕，像早年的湘戏，施脂粉像京戏的只是些新的角色。老旦的假头仍保存湘戏早年旦角的风规，但其他的旦的扮装早已京戏化了。扮番邦公主的在七星额子上加雉尾狐尾，也和湘戏一样，这是一种苗女的舞装，比京戏的一字头（旗头）当然是较早些的扮相了。

只是，近来的桂戏里也种了很多的恶化的因素，因为它和粤戏的地盘接近，将粤戏的可憎厌的自由性都吸收起来了。最使我们感到大胆的便是那带平顶草帽的藩王和小打扮的王宝钏之类，王宝钏穿一套青色时装的短褂裤，只在腰间系一条弯带，王宝钏失去了长袖，是到处都感到不方便的，青衣像这样扮装，简直是不懂戏了。

再谈到桂戏的脸谱。

桂戏的脸谱也像湘戏一样，是只用红白黑三种色组成的一种图案，比京戏较简单，因此，也可知是较早些的。三都戏院的净角勾脸更和湘戏类似，但西湖净角白凤奎脸谱却令人感到它技巧的更简单和表现的更有力了。因此，便可知桂戏脸谱也自有它的特点，这特点常使我想象到湘省的影子戏和木人头戏的脸谱上面去。

尤其是桂戏的粉脸能使我们见到最早的副净那一种和丑角相近似的风趣，这一类的脸谱，可恨的程度比湘戏少得多了。因为它的表现并不怎样穷凶极恶，从它的阴柔里倒反有些幽默之感。我第一次看桂戏是在柳州，这一夜演《秦雪梅》的正本，扮秦丞相的却只在脸上揉些红彩，画两道粉脸浓眉，我以为这已是副净的最好的例子了。后来在西湖，看白凤奎扮毛延寿，他却在脸骨内用粉脸的勾法，京戏里的粉脸有齐眉的一种方式，但粉脸的地盘和“豆腐块”一样大，却只在桂戏里终能见到。因此，净是从丑角里分化的事，便也可以考知了。

旦在眉心画一条黑线，像唐代女人的佛装，虽还不是一点红珠，但式样是很早的。这在湘戏京戏都不经见，却不想桂戏的旦，连青衣都改成时装了，这一点却长远地保留着。生角的眉，也和湘戏接近，却并不长眉插鬓像京戏的生角。但小生好画眼圈，又自成一种脸谱，不过并非创作，是从粤戏的武生传染得来的，虽说他们的眉不画成一把镰刀。

再谈到戏的编串，京戏务求精粹简短，但桂戏是务求烦琐枝蔓的。

像京戏的《捉放曹》，通常是不捉不放，只演杀家一段，如真演捉放时，便大书"准带公堂"，这可以看出他们务求精简的痕迹来的。但桂戏演《芦花河》便一定带演哭尸，我一连看过三次，单排斩子的戏我一次也不曾见过。

又像《芦花河》，京戏在梨花绑子之后，薛丁山一声"马来"，便上场了；桂戏在绑子之后，出场的是大夫人，二夫人，这一段说情的穿插，三旦角大晾嗓子，实在是画蛇添足，但这一类的烦琐桂戏是不嫌忌的。再像《背娃进府》，张元秀说完了上场白，内白表大老爷到，李平儿便上场了，其次是表大太太上场，所以，在情节的支配上能剪除一切枝蔓；桂剧在元秀上场后有元秀夫人进府的出场，这自然是不必要的，但因此，表大太太不得不先上场了，其次才是平儿上场，这不但引起了情节上的枝蔓，而且，将背娃的主人表大太太和平儿宾主倒置了。

便可知京戏是曾受过内庭的拣选来的，是一种百炼的精金；桂戏是仍保有民间戏剧的整本的风格的。而且，爱演整本戏也成了桂戏的一种趋势，像什么《彩楼招亲》《春秋配》《独占花魁》《秦雪梅》等正本，是愈长愈妙地常搬来和粤戏的香艳的剧本争一日之短长的。只是，精彩的仍只有几段，像《玉堂春》正本的起解、大审，《大抢状元》正本的"拷打春桃"等，散出的力量仍支配着这种趋势，但因此，粤戏的紊乱无序，还不曾整个地侵入到桂戏的领域里来，却也是一宗好处。

再谈到京戏和桂戏的演变。

《玉堂春》的剧情，据说是本于《金钏记》的。但《金钏记》的王舜卿，《玉堂春》是王金龙；《金钏记》的皮氏置毒酒中，《玉堂春》是置毒面里。桂戏《玉堂春》却又有些两样了，沈洪是被药茶毒死的；便在大审出中，王金龙的道白，也说"先审药茶毒死亲夫一案"。大概是京戏《药茶计》拦入桂戏《玉堂春》的里面来了。

京戏《女起解》，解子是崇公道。当点名的时候，他又应崔公道的卯，原因是他的伙计打摆子，崇公道与他顶杆。这不过开开玩笑罢了，解子像董超、薛霸，总不是一个人的，玉堂春是青年女犯，只能够来一位老年的解子，解子是寂寞些的，所以他不能不聊以解嘲。而且，玉堂春是会问崇公道"可有儿子"的，崇公道说他没有，于是，玉堂春便许他"披麻戴孝"，但不曾认作义女。

桂戏《女起解》，剧情却差得远了。解子是两位，有一位是崇公道的侄子（？）。玉堂春在馆店里认崇公道做义父了，这老头忽然想喝凉水，喝水后肚痛大作，患时疫死了，于是，玉堂春便由他的侄子解往太原府去。这虽然给沈洪吃药茶找到一个陪衬，只是，到处都表现它笨拙的卖力，当然，这比起京戏来，妄人这的修改痕迹便显然露出来了。

《玉堂春》是由北而南的当然不生问题，因为，它原是洪洞县的实事。但它由北而南，愈演变愈笨拙了，像一部恶劣的翻版的书，须我们拿原书校刊，只是这种校刊在戏剧发展的探讨上是多少有些补助的。

像就剧词的改易说，《会审》的玉堂春唱词"鱼儿落网有去无还"，据说，老词是"羊入虎口"，"鱼儿落网"是因为西太后属羊的忌讳改的；《珠帘寨》李克用上场白"太白斗酒诗百篇，长安市上酒家眠"，据说是谭老板的创格。但桂戏的《玉堂春》却正唱"羊入虎口"，桂戏的李克用正念"太白斗酒诗百篇"也和湘戏相同。由此，便可知这些剧词，在北方曾有过一次改易，它的本来面目却要在南方的戏里寻找。所以，南方的戏剧也自有它们的老资格的。

半年来看桂戏已成了我的嗜好，虽说是整天忙于教书。尤其是久离故乡的人，偶然从桂戏里听到一句乡谈，便如同得了异宝。像《大抢状元》的正本，有一句"牛绚犁脱"的话是全剧的关键，这话是湘人的土语，扮王三隆的丑角说这话的神气到现在还在我心头活跃。

且不管是不是桂林的出产，但用一句土语便使全剧充满着农村的情调是一件可喜的事情。这戏的情节是如此的：韩员外的小妾春桃被大妇赶走后，在土地庙样产了一个孩子，不走时运的王三隆被土地神支使到庙里来了，春桃便将孩子托付三隆。三隆的阿姊在这时生了一个女孩，三隆将这孩子送给阿姊，换了她的女孩抱回家去抚养，于是，这孩子便在他阿姊家里长大成了。王三隆渐渐转运，有了一些钱了，他便到韩家里还钱。这时，韩在病中焚烧一切借据，王三隆从灰烬里寻出借据，将钱还了。他以为韩员外是不当没有后代的。他再到他姊夫家里借牛犁田，姊夫说："肯是肯的。但我是老发户，牲畜看得贵重；你是新发户，不要牛绹犁脱。"王三隆一怒走了。到后来，这孩子中了状元，王三隆便证明这孩子是韩员外的亲生儿子。

这真是乡下的"公公婆婆经"了。尤其是王三隆大怒之下，场面闹得火热，忽然，说："算了，算了。"鼓不敲，鼓不打，悄悄地走下场来。这对于农民意识，实在是表现得太有力了。

我以为桂戏的真的好处，并不在大吹大擂，却还在这些地方。

象征主义

梁宗岱

Alles Vergängliche

Ist nur ein Gleichnis;

Das Unzulängliche,

Hier wirds Ereignis;

Das Unbeschreibliche,

Hier ists getan;

Das Ewig-Weibliche

Zieht uns hinan.

一切消逝的

不过是象征；

那不美满的

在这里完成；

作品信息

《文学季刊》1934 年 2 期。

不可言喻的

在这里实行；

永恒的女性

引我们上升。

当歌德在他的八十一岁高年，完成他苦心经营了大半世的《浮士德》之后，从一种满意与感激的心情在那上面题下这几句——《神秘的和歌》（Chorus Mysticus）。说也奇怪，这几句和歌，我们现在读起来，仿佛就是四十年后产生在法国的一个瑰艳、绚烂，虽然短促得像昙花一现的文艺运动——象征主义——的题词。如果我们把这八行小诗依次地诠释，我们也许便可以对象征主义得到一个颇清楚的概念。这并非因为歌德有预知之明，虽然绝顶的聪明往往可以由对于事理的精微和透彻的体察而达到先知般的直觉；只因为这所谓象征主义，在无论任何国度，任何时代的文艺的活动和表现里，都是一个不可缺乏的普遍和重要的元素罢了。这元素是那么重要和普遍，我可以毫不过分地说，一切最上乘的文艺品，无论是一首小诗或高耸入云的殿宇，都是象征到一个极高的程度的。所以在未谈到法国文学史上的象征主义运动以前，我们得要先从一般文艺品提取一个超空间时间的象征的定义或原理。

我们现在先要问：象征是什么？

许多人，譬如我的朋友朱光潜先生在他的《谈美》一书里，以为拟人和托物都属于象征。他说："所谓象征就是以甲为乙的符号。甲可以做乙的符号，大半起于类似联想。象征最大的用处，就是把具体的事物来替代抽象的概念……象征的定义可以说是'寓理于象'。梅圣俞《续金针诗格》里有一段话很可以发挥这个定义：'诗有内外意：内意欲尽其理，外意欲尽其象。内外意含蓄，方入诗格。'"

这段话骤看来很明了，其实并不尽然。根本的错误（但这不能怪他，因为"象征"一词的特殊意义，到近代才形成的），就是把文艺上的"象征"和修辞学上的"比"混为一谈。何谓比？《文心雕龙》说：

比者，附也。附理者切理以比事。

接着又说：

盖写物以附意，扬言以切事者也。

换句话说：比，便是基于想象的"异中见同"的功能的拟人和托物，把物变成人或把人变成物，所谓"物本吴越，合则肝胆"。比又有隐显两种，如

皎如山上雪，皎若云间月

或

线条悲鸣，声似筝籁

等假借"如""似""方""若""异"等虚字的媒介的是显喻。不假借这些虚字做媒介而直接托物，如

关关雎鸠，在河之洲；
窈窕淑女，君子好逑。

一节诗里把"雎鸠"暗比"淑女"和"君子"，或拟人，如

东风，且伴蔷薇住。
到蔷薇春已堪怜！

的"东风"和"蔷薇"都是隐喻。可是无论拟人或托物，显喻或隐喻，所谓比只是修辞学的局部事体而已。

至于象征——自然是指狭义的，因为广义的象征连代表声音的字也包括在内——却应用于作品的整体。拟人或托物可以做达到象征境界的方法；一篇拟人或托物，甚或拟人兼托物的作品却未必是象征的作品。最普通的拟人托物的作品，或借草木鸟兽来影射人情世故，或把抽象的观念如善恶、爱憎、美丑等穿上人的衣服，大部分都只是寓言，够不上称象征。因为那只是把抽象的意义附加在形体的上面，意自意，象自象，感人的力量往往便肤浅而有限，虽然有时也可以达到真美的境界。屈原、庄子、伊索、拉方登等的寓言，英文里的《仙后》（Fairy Queen）和《天路历程》都是很好的例。不过那毕竟只是寓言，因为每首诗或每个人物只包含一个意义，并且只间接地诉诸我们的理解力。

象征却不同了。我以为它和《诗经》里的"兴"颇近似。《文心雕龙》说：

兴者，起也；起情者依微以拟义。

所谓"微"，便是两物之间微妙的关系。表面看来，两者似乎不相联属，实则是一而二，二而一。象征的微妙，"依微拟义"这几个字颇能道出。当一件外物，譬如，一片自然风景映进我们的眼帘的时候，我们猛然感到它和我们当时或喜，或忧，或哀伤，或恬适的心情相仿佛，相逼肖，相会合。我们不模拟我们的心情而把那片自然风景作传达心情的符号，或者，较准确一点，把我们的心情印到那片风景去，这就是象征。瑞士的思想家亚美尔（Amiel）说："一片自然的风景是一个心灵的境界。"这话很可以概括这意思。比方《诗经》里的

昔我往矣，杨柳依依；

今我来思，雨雪霏霏。

行道迟迟，载渴载饥。

莫知我哀。我心伤悲！

表面看来，前一节和后一节似乎没有什么显著的关系，实则诗人那种颠连困苦、悲伤无告的心情已在前半段的景色活现出来了。又如杜甫的：

风急天高猿啸哀，渚清沙白鸟飞回。

无边落木萧萧下，不尽长江滚滚来。

即使我们不读下去，诗人满腔的穷愁潦倒，艰难苦恨不已经渗入我们的灵府了吗？

有人会说：照这样看来，所谓象征，只是情景的配合，所谓"即景生情，因情生景"而已。不错。不过情景间的配合，又有程度分量的差别。有"景中有情，情中有景"的，有"景即是情，情即是景"的。前者以我观物，物固着我的色彩，我亦受物的反映。可是物我之间，依然各存本来的面目。后者是物我或相看既久，或猝然相遇，心凝形释，物我两忘：不知何者为我，何者为物。前者做到恰好处，固不失为一首好诗；可是严格说来，只有后者才算象征的最高境。试把我国两位大诗人的名句比较：

池塘生春草，园柳变鸣禽。

采菊东篱下，悠然见南山。

大家都知道，前两句是谢灵运的，后两句是陶渊明的。像李白和杜甫一样，因为作者是同时代的大诗人，又因为这几句诗不独是他们的名句，并且可以代表两位诗人全部作品的德性和品格，所以我们很容易联想到它们，古人把它们相提并论，品评优劣的亦最多。可是与李杜不同——对于他俩的意见是最分歧的——关于这几句诗的评价却差不多一致。严沧浪有一段话很可以作代表：

> 汉魏古诗，气象混沌，难以句摘。晋以还方有佳句。如渊明"采菊东篱下，悠然见南山"，谢灵运"池塘生春草，园柳变鸣禽"之类。谢所以不及陶者，康乐之诗精工，渊明之诗质而自然耳。

把陶放在谢上，可以说是一般读者的意见。不过精工何以逊于质而自然？理由似乎还不能十分确立。我们且先看谢诗的妙处何在：显然地，这两句诗所写的是一个久蛰伏或卧病的诗人，一旦在熏风扇和、草木蔓发的季候登楼，发见原来冰冻着的池塘已萋然绿了，枯寂无声的柳树，因为枝条再荣，也招致了不少的禽鸟飞鸣其间。诗人惊喜之余，误以为枝遍郊野的春草竟绿到池上去了，绿荫中的嘤嘤和鸣也分辨不出是禽鸟的还是柳树本身的。这看法是再巧不过的。大凡巧很容易流于矫饰。这两句诗却毫不费力地用一个"生"字和一个"变"字把景象的变易和时节的流换同时记下来。巧而出之以自然，此其所以清新可喜了。但这毕竟是诗人眼里的风光。这两句诗，如果我们细细地玩味，也不过是两个极精工的隐喻。作者写这两句诗时，也许深深受了这和丽的光景的感动，但他始终不忘记他是一个旁观者或欣赏者。所以我们读这两句诗时的感应，也止于赏心悦目而已，虽然像这样的赏心悦目，无论在现实里或在文艺上，已经不可多得了。至于陶诗呢，诗人采菊时豁达闲适的襟怀和晚色里雍穆遐远的南山，已在那猝然邂逅的刹那间连成一片，分不出哪里是渊明，哪里是南山。南山与渊明间微妙的关系，绝不是我们的理智捉摸得出来的，所谓"一片化机，天真自具，既无名象，不落言诠"。所以我们读这两句诗时，也不知不觉悠然神往，任你怎样反复吟咏，它的意味仍是无穷而意义仍是常新的。

于是我们便可以得到象征的两个特性了：(一)是融洽或无间；(二)是含蓄或无限。所谓融洽是指一首诗的情与景、意与象的惝恍迷离，融成一片；含蓄是指它暗示给我们的意义和兴味的丰富和隽永。英国十九世纪的批评家卡莱尔（Carlyle）说得好：

一个真正的象征永远具有无限的赋形和启示，无论这赋形和启示的清晰和直接的程度如何，这无限是被用去和有限融混在一起，清清楚楚地显现出来，不但遥遥可望，并且要在那儿可即的。

换句话说：所谓象征是借有形寓无形，借有限表无限，借刹那抓住永恒，使我们只在梦中或出神的瞬间瞥见的遥遥的宇宙变成近在咫尺的现实世界，正如一颗蓓蕾蕴蓄着炫煜芳菲的春信，一张落叶预奏那弥天漫地的秋声一样。所以它所赋形的，蕴藏的，不是兴味索然的抽象观念，而是丰富、复杂、深邃、真实的灵境。歌德回答那问他"在浮士德里所赋形的观念是什么"的话很可以启发我们。他说：

> 我写诗之道，从不曾试去赋形给一些抽象的东西。我从我的内心接收种种的印象——肉感的，活跃的，妩媚的，绚烂的——由一种敏捷的想象力把它们呈现给我。我做诗人的唯一任务，只是在我里面模拟，塑造这些观察和印象，并且用一种鲜明的图像把它们活现出来……

是的，邓浑（Don Juan）、浮士德（Faust）、哈孟雷德（Hamlet）等传说所以为人性的伟大的象征，尤其是建筑在这些传说上面的莫里哀、摆轮、歌德、莎士比亚的作品所以为文学史上伟大的象征作品，并不单是因为它们每个象征一种永久的人性——譬如，邓浑象征我们对于理想的异性的无厌的追寻；浮士德，我们追逐光和花和爱的美满之生的热烈的战栗的冲动；哈孟雷德，耽于深思者应付尖锐迫切的现实之无能——实在因为它们包含作者伟大的灵魂种种内在的印象，因而在我们的心灵里激起无数的回声和涟漪，使我们每次开卷的时候，几乎等于走进一个不曾相识的簇新的世界。

我们又试拿屈原的《山鬼》和《橘颂》比较。在这两首诗里，我们知道，诗人都是以物自况的：诗人咏橘，和咏山鬼一样，同时就是咏他自己。可是如果依照我上面的解释，我们会同意《橘颂》是寓言，《山鬼》是象征。为什么呢？最大的区别，就是前者是限制我们的想象的，后者却激发我们的想象。前者诗人把自己抽象的品性和德行附加在橘树上面，因而它的含义有限而易尽。后者却不然。诗人和山鬼移动于一种灵幻缥缈的氛围中，扑朔迷离，我们的理解力虽不能清清楚楚地画下它的含义和表象的范围，我们的想象和感觉已经给它的色彩和音乐的美妙浸润和渗透了。"……而深沉的意义，便随这声、色、歌、舞而俱来。这意义是不能离掉那芳馥的外形的。因为它并不是牵强附在外形的上面，像寓言式的文学一样；它是完全濡浸和溶解在形体里面，如太阳的光和热之不能分离的。它并不是间接扣我们的理解之门，而是直接地，虽然不一定清晰地，诉诸我们的感觉和想象之堂奥……"我在《保罗梵乐希评传》里曾经这样说过。

我们既然清楚什么是象征之后，可以进一步跟踪象征意境的创造，或者可以说，象征之道了。像一切普遍而且基本的真理一样，象征之道也可以一以贯之，曰"契合"而已。"契合"这字，是法国波特莱尔一首诗的题目 Correspondances 的译文。我们要彻底了解它的意义，且先把原诗读一遍：

La Nature est un temple où do vivants piliers
Laissent parfois sortir de confuses paroles;
L'homme y passe à travers une lorêt de symboles
Qui l'observent avec des regards familiers.

Comme de longs échos qui de loin se confondent
Dans une tênébreuse et profonde unité,
Vaste comme la nuit et comme la clarté,
Les parfums,ies couleurs et les sons se répondent.

Il est des parfums frais comme des chairs d'enfants,

Doux comme les hautbois,verts comme les prairies,

Et d'autres,commrompus,riches et triomphants,

Ayant l'expansion des choses infinies,

Comme l'ambre,le muse,le benjoin et l'encents,

Qui chantent les transports de l'esprit et des sens.

自然是座大神殿，在那里

活柱有时发出模糊的话；

行人经过象征的森林下，

接受着它们亲密的注视。

有如远方的漫长的回声

混成幽暗和深沉的一片，

渺茫如黑夜，浩荡如白天，

颜色，芳香与声音相呼应。

有些芳香如新鲜的孩肌，

宛转如清笛，青绿如草地

——更有些呢，朽腐，浓郁，雄壮。

具有无限的旷灵与开敞，

像琥珀，麝香，安息香，馨香，

歌唱心灵与官能的热狂。

在这短短的十四行诗里，波特莱尔带来了近代美学的福音。后来的诗人、艺术家与美学家，没有一个不多少受他的洗礼，没有一个能逃出他的窠臼的。因为这首小诗不独在我们灵魂的眼前展开一片浩荡无边的景色——一片非人间的，却比我们所习见的都鲜明的景色；并且启示给我们一个玄学上的深沉的基本真理，由这真理波特莱尔与十七世纪一位大哲学家莱宾尼滋（Leibniz）遥遥握手，即是："生存不过是一片大和谐"。宇宙间一切事物和现象，尽管如莱宾尼滋另一句表面上仿佛相反的话："一株树上没有两张相同的叶子"，其实只是无限之生的链上的每个圈儿，同一的脉搏和血液在里面绵延不绝地跳动和流通着——或者，用诗人自己的话，只是一座大神殿里的活柱或象征的森林，里面不时喧奏着浩瀚或幽微的歌吟与回声；里面颜色、芳香、声音和阴影都融作一片不可分离的永远创造的化机；里面没有一张叶，只要微风轻轻地吹，正如一颗小石投落汪洋的海里，它的音波不延长，扩大，传播，而引起全座森林的飒飒的呻吟、振荡和响应。因为这大千世界不过是宇宙的大灵的化身：生机到处，它便幻化和表现为万千的气象与华严的色相——表现，我们知道，原是生的一种重要的原动力的。

　　不幸人生来是这样，即一粒微尘飞入眼里，便全世界为之改观。于是，蔽于我们的小我的七情与六欲，我们尽日在生活的尘土里辗转挣扎。宇宙的普遍完整的景象支离了，破碎了，甚且完全消失于我们的日前了。我们忘记了我们只是无限之生的链上的一个圈儿，忘记了我们只是消逝的万有中的一个象征，只是大自然的交响乐里的一管一弦，甚或一个音波——虽然这音波，我刚才说过，也许可以延长、扩大、传播而引起无穷的振荡与回响。只有醉里的人们——以酒，以德，以爱或以诗，随你的便——才能够在陶然忘机的顷间瞥见这一切都沉浸在"幽暗与深沉"的大和谐中的境界。林和靖的玲珑的诗句：

疏影横斜水清浅，暗香浮动月黄昏

便是诗人陶醉在自然的怀里时，心灵与自然的脉搏息息相通、融会无间地交织出来的仙境：一片迷茫澄澈中，隔绝了尘嚣与凡迹，只闻色、静、香、影的荡漾与萦回。

所谓：

　　　　三杯通大道，一斗合自然

实在具有诗的修辞以上的真实的。

　　可是各位不要误会。陶醉所以宜于领会"契合"或象征的灵境，并不完全像一般心理学家的解释，因为那时候最容易起幻觉或错觉。普通的联想作用说——譬如，一朵钟形的花很容易使我们在迷惘间幻想它的香气是声音，或曾经同时同地意识地或非意识地体验到的声、色、香、味，常常因为其中一个的引逗而一齐重现于我们的感官——虽然有很强固的生理和心理的根据，在这里至多不过是一种物质的出发点，正如翱翔于空中的鸟儿借以展翅的树枝，又如肉体或精神的美是启发两性间的爱慕的媒介，到了心心相印、两小无猜的时候，爱是绝对超过一般美丑的计较与考虑的。

　　事实是：对于一颗感觉敏锐、想象丰富而且修养有素的灵魂，醉、梦或出神——其实只是各种不同的缘因所引起的同一的精神现象——往往带我们到那形神两忘的无我的境界，四周的事物，固已不再像日常做我们的行为或动作的手段或工具时那么匆促和琐碎地挤过我们的意识界，因而不容我们有细认的机会。即当作我们的认识的对象，呈现于我们的意识界的事事物物都要受我们的分析与解剖时，那种主、认识的我，与客、被认识的物之间的分辨也泯灭了。我们开始放弃了动作，放弃了认识，而渐渐沉入一种恍惚非意识，近于空虚的境界，在那里我们的心灵是这般宁静，连我们自身的存在也不自觉了。可是，看呵，恰如春花落尽瓣瓣的红英才能结成累累的果实，我们正因为这放弃而获得更大的生命，因为忘记了自我的存在而获得更真实的存在。老子的"将欲取之，必先予之"，引用到这上面是再确当不过的。因为，在这难得的真寂的顷间，再没有什么阻碍或扰乱我们和世界的密切的，虽然是隐潜的息息沟通了：一种超越了灵与肉，梦与醒，生与死，过去与未来的同情的韵律在中间充沛流动着。我们的内在的真与外界的真调协了，混合了。我们消失，但是与万化冥合了。我们在宇宙里，宇宙也在我们里：宇宙和我们的自我只合成一体，反映着同一的阴影和反应着同一的回声。关于这层，波特莱尔在他的《人工的乐园》里有一段比较具体的叙述，他说：

　　有时候自我消失了，那泛神派诗人所特有的客观性在你里面发展到那么反常的程度，你对于外物的凝视竟使你忘记了你自己的存在，并且立刻和它们混合起来了。你的眼凝望着一株在风中摇曳的树，转瞬间，那在诗人的脑里只是一个极自然的比喻，在你的脑里竟变成现实了。最初你把你的热情，你的欲望或你的忧郁加在树的身上，它的呻吟和它的摇曳变成你的，不久你便是树了。同样，在蓝天深处翱翔着的鸟儿最先只代表那翱翔于人间种种事物之上的永生的愿望，但是立刻你已经是鸟儿自己了。

可是这时候的心灵，我们要认清楚，是更大的清明而不是迷惘。正如颜色、芳香和声音的呼应或契合是由于我们的官能达到极端的敏锐与紧张时合奏着同一的情调，这颜色、芳香和声音的密切的契合将带我们从那近于醉与梦的神游物表的境界而达到一个更大的光明——一个欢乐与智慧做成的光明，在那里我们不独与万化冥合，并且体会或意识到我们与万化冥合。所以一切最上乘的诗都可以，并且应该，在我们里面唤起波特莱尔所谓

　　歌唱心灵与官能的热狂

的两重感应，即是：形骸俱释的陶醉和一念常惺的彻悟。歌德的《流浪者之夜歌》：

Ueber aleen Gipfeln

Ist Ruh'

In allen Wipfeln

Spürest Du

Kaum einen Hauch.

Die Vöglein schweigen im Walde.

Warte nur,balde

Rubest Du auch.

一切的峰顶

沉静；

一切的树尖

全不见

丝儿风影。

小鸟们在林间无声。

等着罢：俄顷

你快也安静。

不独把我们沉浸在一个寥廓的静的宇宙中，并且领导我们的灵魂觉悟到一个更庄严更永久更深更大的静——死；和日本行脚诗人芭蕉的隽永的俳句：

古池呀——青蛙跳进去的水声，

把禅院里无边的宁静凝成一滴永驻的琉璃似的梵音——都是最好的例。

从那刻起，世界和我们中间的帷幕永远揭开了。如归故乡一样，我们恢复了宇宙的普遍完整的景象，或者可以说，回到宇宙的亲切的跟前或怀里，并且不仅是醉与梦中闪电似的邂逅，而是随时随地意识地体验到的现实了。正如我们不能画一幅完全脱离了远景或背景的肖像，为的是四围的空气和光线也是构成我们的面貌和肢体的重要成分。同样，我们发现我们的情感和情感的初苗与长成，开放与凋谢，隐潜与显露，一句话说吧，我们的最隐秘和最深沉的灵境都是与时节、景色和气候很密切地互相缠结的。一线阳光，一片飞花，空气的最轻微的动荡和我们眼前无量数的重大或幽微的事物与现象，无不时时刻刻在影响我们的精神生活和提醒我们和宇宙的关系，使我们确认我们只是大自然的交响乐里的一个音波：离，它要完全失掉它的存在的理由；合，它将不独恢复一己的意义，并且兼有那磅礴星辰的妙乐的。

于是，当

炎炎红镜东方开，
晕如车轮上徘徊，
啾啾赤帝骑龙来

（李长吉的《六月》）

的时候，一轮红日也在我们心灵的天空升起来，一样地洋溢着蜂喧与鸟啼，催我们弹去一夜的混沌与凌乱，去欢迎那生命普赐众生，同时又特别为我们设的一件丰盛的礼物：一大悠长的时光，阴或晴，献给我们的沉思、劳动、感受和歌唱。

当暮色苍茫，颜色、芳香和声音的轮廓渐渐由模糊而消灭，在黄昏的空中舞成一片的时候，你抬头蓦地看见西方孤零零的金星像一滴秋泪似的晶莹欲坠，你的心头也感到——是不是？——刹那间幸福的怅望与爱的悸动，因为一阵无名的寒战，有一天，透过你的身躯和灵魂，使你恍然于你和某条线纹，柔织或粗壮，某个形体，妩媚或雄伟，或某种步态，婀娜或灵活，有前定的密契与夙缘。于是，不可解的狂渴在你舌根，冰冷的寂寞在你心头，如焚的乡思的烦躁在灵魂里，你发觉你自己是迷了途的半阕枯涩的歌词，你得要不辞万苦千辛去追寻那和谐的半阕，在那里实现你的美满圆融的音乐。

当最后黑夜候临，天上的明星却一一燃起来的时候，看呵，群动俱息，万籁俱寂中，你的心灵的不测的深渊也涌现出一个光明的宇宙：无限的情与意，悲与欢，笑与泪，回忆与预感，希望与忏悔……一星星地在那里闪烁，熠耀，晃漾；它们的金芒照彻了你的灵魂的四隅，照彻了你所不敢洞悉的幽隐……

而且这大宇宙的亲挚的呼声，又不单是在春花的炫熳，流泉的欢笑，彩虹的灵幻，日月星辰的光华或云雀的喜歌与夜莺的哀曲里可以听见。即一眼断井，一只田鼠，一堆腐草，一片碎瓦……一切最渺小、最卑微、最颓废甚至最猥亵的事物，倘若你有玲珑的心机去细认，清澈的心耳去谛听，无不随在合奏着钧天的妙乐，透露给你一个深微的宇宙的消息。勃莱克的

To see a World in a grain of sand,

And a heaven in a wild flower,

Hold infinity in the palm of your hand,

And eternity in an hour.

一颗沙里看出一个世界，

一朵野花里一个天堂，

把无限放在你的手掌上，

永恒在一刹那里收藏

和梵乐希的：

Tout l'univers chancelle et tremble sur ma tige,

全宇宙在我的枝头上颤动，飘摇，

便是两朵极不同的火焰——一个是幽秘沉郁的直觉，一个是光灿昭朗的理智——燃到同样的高度时照见的同一的玄机。

因为，正如我们的官能的任务不单在于教我们趋避利害以维护我们的肉体，而

尤其在于与一个声、色、光、香的世界接触和会晤以梳洗、滋养和娱悦我们的灵魂。同样，外界的事物和我们相见亦有两副面孔。当我们运用理性或意志去分析或挥使它们的时候，它们只是无数不相联属的无精彩无生气的物品。可是当我们放弃了理性与意志的权威，把我们完全委托给事物的本性，让我们的想象灌入物体，让宇宙的大气透过我们的心灵，因而构成一个深切的同情的交流，物我之间同跳着一个脉搏，同击着一个节奏的时候，站在我们面前的已经不是一粒细沙，一朵野花或一片碎瓦，而是一颗自由活泼的灵魂与我们的灵魂偶然的相遇：两个相同的命运，在那一刹那间，互相点头，默契和微笑。当浮士德在森林与幽岩的深处，轮流玩赏着自然与灵府的无尽藏的玄机与奇景，从那盈盈欲溢的感激的杯里，找不出更深沉更雄辩的声音去致谢那崇高的大灵：

Du fuhrst die Reihe der Lebendigen

Vor mir vorbei,und lehrst mich meine Brülder

Im stillen Busch,in Luft und Wasser kennen,

你把有生的行列带过我面前，

教我一一地认识我的弟兄们

在空中、水中和幽静的丛林间。

于是日常的物价表——大小，贵贱，美丑，生死——勾销了。毫末与丘山，星辰与露水，沙砾与黄金，庄周与蝴蝶，贵妇与暗娼……在诗人的思想的光里混合了，或携手了。因为那里唯一的度量是同情，唯一的权衡是爱：同情的钥匙所到，地狱与天堂齐开它们的最隐秘的幽宫；熊熊的爱火里，芦苇与松柏同化作一阵璀璨与清纯的烈焰。

但丁的《神曲》和波特莱尔的《恶之花》都是最显著的例。

我第一次读《地狱曲》的时候，差不多对但丁起怀疑和失望的反感。我觉得这泪乡，这血河，这毒林，这兽岩与蛇窟，这永久的恐怖与咒诅，号啕与挣扎……所给我们对于造物者——上帝或诗人——的印象太残酷了，太狭隘了，或太幼稚了。痛楚的日记，酷刑的纪年，丑恶与怨毒的写真，于我们果何有呢？可是当我挽着诗人影子的手穿过净土的幽谷与嘉林的阴影，渡忘河而达天堂的边沿，在那里贝雅特丽琪（Beatrice）像一朵爱花，一朵贞洁的火焰般在缤纷的花雨和天使的歌声中用婉诮、轻谴和嫣笑来相迎——尤其是当我们追随着贝雅特丽琪从碧霄到碧霄，从光华到光华，一层层地攀登，递升，直至宇宙的中心，上帝的宝座前，在一个极乐与光明的灵象里谛听着圣贝尔纳向玛利亚为我们的诗人低诵这圣洁和平的祷词：

Vergine madre,figlia del tuo figlio……

贞洁的母亲呵，你儿子的女儿……

我才恍然大悟了！因为在这震荡着虔诚、悲悯、纯洁与慈爱的祷词里，咒诅远了，怨毒与仇恨远了，但丁毕生的悲哀与失望、困苦与颠顿和远远传来的地狱里被咒诅者的惨淡的号啕，净土里忏悔的灵魂的温柔的哭泣，都融成一片颂赞的歌声或缕缕礼拜的炉香了。

从题材上说，再没有比波特莱尔的《恶之花》里大部分的诗那么平凡，那么偶然，那么易朽，有时并且——我怎么说好？——那么丑恶和猥亵的。可是其中几乎没有一首不同时达到一种最内在的亲切与不朽的伟大。无论是伛偻残废的老妪，鲜血淋漓的凶手，两个卖淫少女互相抚爱的亲嬲与淫荡，溃烂臭秽的死尸和死尸上面喧闹着的蝇蚋与汹涌着的虫蛆，一透过他的洪亮凄惶的声音，无不立刻辐射出一道强烈、阴森、庄严、凄美或澄净的光芒，在我们的灵魂里散布一阵"新的战栗"——在那一战栗里，我们几乎等于重走但丁的全部《神曲》的历程，从地狱历净土以达天堂。因为在波特莱尔的每首诗后面，我们所发见的已经不是偶然或刹那的灵境，而是整个破裂的受苦的灵魂带着它的对于永恒的迫切的呼唤，并且正凭借着这呼唤的结晶而飞升到那万籁皆天乐、呼吸皆清和的创造的宇宙：在那里，臭腐化为神奇了；卑微变为崇高了；矛盾的，一致了；枯涩的，调协了；不美满的，完成了；不可言喻的，实行了。

（民国）廿三年正月廿日于北平

附注：本文大意，曾在北京大学国文学会演讲。当时只随意发挥。事后追写，增减出入处，在所不免。

谈 诗

梁宗岱

诗人是两重观察者。他的视线一方面要内倾，一方面又要外向。对内的省察愈深微，对外的认识也愈要透彻。因为二者是相成的。正如风的方向和动静全靠草木的摇劲或云浪的起伏才显露，心灵的活动也得受形于外物才能启示和完成自己：最幽玄最缥缈的灵境要借最鲜明最具体的意象表现出来。

进一步说，二者其实不独相成，并且相生：洞观心体后，万象自然都展示一副充满意义的面孔，有水到渠成之妙；对外界的认识愈准确、愈真切，心灵也愈开朗、愈活跃、愈丰富、愈自由。

哲学家、宗教家和诗人——三者的第一步工作是一致的：沉思，或内在的探讨，虽然探讨的对象往往各侧重于真、善或美一方面。真正的分道扬镳，却始于第二步。因为哲学家最终的目标是用辩证法来说明和解释他所得的结论；诗人却不安于解释和说明，而要令人重新体验整个探讨的过程；宗教家则始终抱守着他的收获在沉默里，除了，有时候，这沉默因为过度的丰满而溢出颂赞的歌声来。

还有：宗教家贬黜想象，逃避现象；哲学家蔑视想象，静观现象；诗人却纵

作品信息

《人间世》1934年第15、17、19期连载。

任想象，醉心现象，要将宇宙间的千红万紫，渲染出他那把真善美都融作一片的创造来。

在创作最高度的火候里，内容和形式是像光和热般不能分辨的。正如文字之于诗，声音之于乐，颜色线条之于画，土和石之于雕刻，不独是表现情意的工具，并且也是作品的本质；同样，情绪和意境——题材或内容——的修养、锻炼、选择和结构也就是艺术或形式的一个重要元素。

我在给志摩论诗的信里，曾经提及文字本身音义间密切的关系，配上作者接受外界音容的锐感，往往遂产生绝世的妙文。其实这文字的音义间的关系，又可分为两种：一是固有的（intrinsic），一是外来的（extrinsic）。淅沥、澎湃一类谐音的形容词以至根据物声成立的名词如溪、河、江、海等都属于前一种。后一种则字音本身与意义原不相联属，不过因为习用久了，我们听到某音便自然联想到某义，因而造成一种音义间不可分离的幻觉——虽然是幻觉，假如成为普遍的现象，对于诗的理解和欣赏也是一个极重要的元素。因为诗的真谛只是借联想作用以唤起我们心境或意界，或二者相并的感应罢了：牵涉的联想愈丰富，唤起的感应愈繁复，含义也愈深湛而意味愈隽永。（这幻觉也有由于个人局部的附会的。譬如有人读惯了陶渊明的"悠然见南山"，"南"字和其余四字在他的口头和心里都仿佛打成一片了，觉得换上"西"、"北"或"东"等字都有几分不顺口，于是便武断"南"是表现这句诗境唯一适当的字，否则"总觉得不是陶渊明的诗，甚至于和他的人格都不相称"。这种个人的牵强附会，除了对于他读诗的兴趣，不用说是没有什么意义的。）一个大诗人的绝技，便在生运用几个音义本无关系的字，造成一句富于暗示的词气凑拍、音义浑成的诗。马拉美所谓"一句诗是由几个字组成的一个新字"，并不单指意义一方面。

"如其诗之来"，济慈说，"不像叶子长在树上一般自然，还是不来好。"对了。

可是我们不要忘记：叶子要经过相当的孕育和培养，到了适当的时期，适当的季候，才能够萌芽擢翠的。

马拉美酷似我国的姜白石。他们的诗学，同是趋难就易（姜白石曾说"难处见作者"，马拉美也有"不难的就等于零"一语）；他们的诗艺，同是注重格调和音乐；他们的诗境，同是空明澄澈，令人有"高处不胜寒"之感；尤奇的，连他们癖爱的字眼如"清""苦""寒""冷"等也相同。

我说"连他们癖爱的字眼……"其实有些字是诗人们最深沉隐秘的心声，代表他们精神的本质或灵魂的怅望的，往往在他们凝思出神的刹那有意或无意地透露出来。这些字简直就是他们诗境的定义或评语。试看姜白石的

数峰清苦，商略黄昏雨，

二十四桥，仍在波心，荡冷月无声，

千树压西湖寒碧

或

嫣然摇动，冷香飞上诗句……

哪一句不是绝妙好诗，同时又具体造出些纤尘不染的胸怀？

姜白石《疏影》里的

昭君不惯胡沙远，但暗忆江南江北。

想佩环月夜归来，化作此花幽独。

用典之超神入化，前人已屡道及。古今中外的诗里，用事与此大致雷同，而又同臻妙境者，有英国济慈《夜莺曲》这几行：

Perheps the self-same song that found a path
Through the sad heart of Ruth,when,sick for home,
She stood in tears amid the alien corn;

说不定同样的歌声透过了
路得的愁心，当她怅望家乡，
含泪站在异国的麦陇中。

二者同是咏物——一花一鸟——而联想到两个漂泊女子——一个放逐番邦，一个流落异国——的可怜命运。一玲珑澄澈，一婉转凄艳，不独花精鸟魂，皆袅袅烘托出来；诗人的个性和作风，亦于此中透露无遗。寥寥数语，含有无穷暗示。真可称双绝！

谁说典故窒塞情思？谁说规律桎梏性灵？"运用之妙，存乎其人"，固不独兵法为然也。

近人论词，每多扬北宋而抑南宋。掇拾一二肤浅美国人牙慧的稗贩博士固不必说；即高明如王静安先生，亦一再以白石词"如雾里看花"为憾。推其原因，不外囿于我国从前的"诗言志"说，或欧洲近代随着浪漫派文学盛行的"感伤主义"等成见，而不能体会诗的绝对独立的世界——"纯诗"（Poésie pure）的存在。

所谓纯诗，便是摒除一切客观的写景、叙事、说理以至感伤的情调，而纯粹凭借那构成它形体的元素——音韵和色彩——产生一种符咒似的暗示力，以唤起我们感官与想象的感应，而超度我们的灵魂到一种神游物表的光明极乐的境域。像音乐一样，它自己成为一个绝对独立，绝对自由，比现世更纯粹，更不朽的宇宙；它本身的音韵和色彩的密切混合便是它的固有的存在理由。

这并非说诗中没有情绪和观念；诗人在这方面的修养且得要比平常深一层。因为它得化炼到与音韵色彩不能分辨的程度，换言之，只有散文不能表达的分子才可以入诗——才有化为诗体的必要。即使这些情绪或观念偶然在散文中出现，也仿佛是还未完成的诗，在期待着诗的音乐与图画的衣裳。

这纯诗运动，其实就是象征主义的后身，滥觞于法国的波特莱尔，奠基于马拉美，到梵乐希而造极。

我国旧诗词中纯诗并不少（因为这是诗的最高境，是一般大诗人所必到的，无论有意与无意）。姜白石的词可算是最代表中的一个。不信，试问还有比《暗香》、《疏影》、"燕雁无心"、"五湖旧约"等更能引我们进一个冰清玉洁的世界，更能度给我们一种无名的美的战栗的么？

文艺的欣赏是读者与作者间精神的交流与密契：读者的灵魂自鉴于作者灵魂的镜里。

觉得一首诗或一件艺术品不好有两个可能的因素：作品赶不上我，或我赶不上作品。

一般读者和批评家却很少从后一层着想。

只有细草幽花是有目共赏——用不着费力便可以领略和享受的。欲穷崇山峻岭之美，就非得自己努力，一步步攀登，探讨和体会不可。

其实即细草幽花也须有目才能共赏。

许多人，虽然自命为批评家，却是心盲、意盲和识盲的。

正如许多物质或天体的现象只在显微镜或望远镜的审视下才显露：最高，因而最深微的精神活动也需要我们意识的更大的努力与集中才能发现。而一首诗或一件艺术品的伟大与永久，却和它所蕴含或启示的精神活动的高深、精微与茂密成正比例的。

批评家的任务便是在作品里分辨、提取和阐发这种种元素——依照英国批评家沛德（Pater）的意见。

中国今日的批评家却太聪明了。看不懂或领会不到的时候，只下一个简单严厉的判词："捣鬼！弄玄虚！"这样做自然省事得多了。

可怜的故步自封的批评家呀，让我借歌德《浮士德》里这几句话转赠给你吧：

Die Geister Welt ist nicht Verschlossen;

Dein Sinn ist zu,dein Herz ist tod

Auf,bade,Schuler,unverdrossen

Die irdische Brust im Morgenrot

灵界的门径并没有封埋；

你的心死了，你的意闭了！

起来，门徒，起来不辍不怠

在晨光中涤荡你的尘怀！

记得在中学读书的时候，曾经在什么地方看见有人要证明《远游》不是屈原的作品。其中一个理由便是屈原在其他作品里从没有过游仙的思想；在《离骚》里他虽曾乘云御风，驱龙使凤以上叩天合，却别有所求，而且立刻便"仆夫悲，余马怀兮"……回到他故乡所在的尘寰了。

我却以为这正足以证明《远游》是他未投身于汨罗之前所作——说不定是他最后一篇作品。

因为他作《离骚》的时候，不独对人间犹倦怀不置，即用世的热忱亦未消沉，游仙的思想当然不会有的。可是放逐既久，长年漂泊行吟于泽畔及林庙间，不独形容枯槁，面目憔悴，满腔磅礴天地的精诚与热情，也由眷恋而幽忧，由幽忧而疑虑，由疑虑而愤怒……所谓"肠一日而九回"了。曰《渔父》，曰《卜居》，曰《悲回风》，曰《天问》，曰《招魂》：凡可以自解，自慰，自励，怨天，尤人的，都已倾吐无遗了。这时候的屈原，真到了山穷水尽的绝境了。"从彭咸之所居"，是他唯一的出路了。

然而这昭如日星的精魂，能够甘心就此沦没吗？像回光返照一般，它重振意志的翅膀，在思想的天空放射最后一次的光芒，要与日月争光，宇宙终古：这便是《远游》了。

其实"山穷水尽，妙想天开"，正是人类极普通极自然的心理；即在文艺里，也不过与黄金时代之追怀及乌托邦之模拟，同为"文艺上的逃避"（Evasion Littéraire）之一种。不过屈原把它发挥到最高点，正如陶渊明在他的惊人的创造《桃花源记》里，同时树立了两种的典型罢了。

在世界的文艺宝库中，产生情形与《远游》相仿佛，可以与之互相辉映的，有德国大音乐家悲多汶的《第九交响乐》。悲多汶作《第九交响乐》的时候，正是贫病交困，百忧麇集，备受人世的艰苦与白眼的时候。然而"正是从这悲哀的深处"，罗曼·罗兰说："他企图去讴歌快乐。"岂仅企图？我们今天听了，也被抛到快乐的九霄去呢！可是假如落到我们的文学史家手里，岂不适足以证明这是悲多汶的赝品吗？（这《第九交响乐》犯赝品的嫌疑，还有一个证据，就是在悲多汶的九个交响乐中，它是唯一有合唱的。）

其实这种愚昧的"文化破坏主义"（Vandalisms），还是欧洲的舶来品。三四十年前，欧洲曾经有不少的无聊学者，想把过去文艺史上的巨人（Giants）一一破坏毁灭。否认荷马，怀疑莎士比亚，曾经喧闹了一时。推其动机，不出这两种心理：说得忠厚一点，就是他们的确因为自己人格太渺小，太枯瘠，不能拟想这些诗人的伟大与丰饶，因而怀疑他们的存在，说得刻薄呢，就是"好立异以为高"，希望轰动观听，在学术界骗一地位。

然而无论动机如何，多谢天！这种破坏主义在欧洲已成陈迹了！法国一位荷马专家，费了三十余年的工夫苦心钻研，著了廿七八本书，结果是证实了荷马确有其人，而且《伊里亚德》大部分是出自他手笔。还有《奥特赛》，据他的揣测，也有好些部分是荷马作的。不过他不敢断言。他愿意还能活二十年的工夫，得从事研究这部大作，以探其究竟。（看看人家做学问的精神！）至于莎士比亚，经过了英、法、德三国专门学者的研究和讨论，所得的结论还是与未翻案前无异，就是说，莎士比亚是他的剧本的作者，而他的生平事迹，比起普通那两三页传记，也不增不减。

不料我国的文化领袖，不务本探源，但拾他人的余唾，回来惊世骇俗：人家否认荷马，我们也来一个否认屈原；人家怀疑莎翁的作品，我们也来一个怀疑屈原的作品等。亦步亦趋固不必说，所仿效的又只是第三四流甚至不入流的人物。如果长此下去，文化运动的结果得不等于零！

美国十九世纪的大思想家爱默生尝说"我们的时代是回溯的"（Our age is restrospective），意思是叹息他所处的时代离开创造的黄金时期已远，只能够追怀、陈述和景仰过去的伟大。假如他生在今天，眼见我们连过去的伟大都不敢拟想，不敢相信，不知感想又何如？

然而不！"所有的时代是相等的……"德国的歌德与英国的勃莱克差不多同时在他们的日记里记下这句至理。十九世纪何尝是回溯的？诗界的歌德、嚣俄，小说界的士当达尔（Stendhal）、陀士多夫斯基，音乐界的悲多汶、瓦格尼，画界的特洛克尔（Da la croix）和雕刻界的罗丹，哪一个不是伟大、精深、创作力横溢，可以和文艺史上过去的任何代表人物相媲美呢？而在过去的伟大时期中，这种专事毁坏的蛀书虫恐怕也不少，不过他们只是朝生暮死罢了。

《卜居》《渔父辞》和《九歌》都是屈原所作。如果不是屈原，必定是另一个极伟大的抒情诗人——结果还是一样。

《九歌》即便一部分原来是民间的颂神曲，亦必经屈原（或另一个伟大抒情的人）的点化，或者干脆就是屈原借来抒发自己的幽思的，不然艺术不会那么委婉雅丽，内容那么富于个人的情调。

《卜居》和《渔父辞》则显然是屈原作来自解自慰的，所谓"借人家杯酒，浇自己块垒"。《渔父》和《卜居》都不过是屈原自家的化身（Extériosation du moi），用一句现代语说。

中国古代文学史中善用"自我的化身"的，屈原而外，有庄子和陶渊明。

庄子的寓言用这种写法的很多，且不举例。陶渊明则《形影神》《五柳先生传》，以及《饮酒》里的"清晨闻叩门""有客常同止"，《拟古》里的"东方有一士"都是极完美的例。

曾国藩把"有客常同止"解作真客（见《十八家诗钞》注），所以越解越糊涂，因为绝对不会有一个客与主人"趣舍邈异境"又长年同眠同起的。实则主客只代表陶渊明的"醒的我"和"醉的我"罢了。结尾四句似乎是两个"发言各不领"的"自我"互相嘲讽之词：

规规一何愚！

兀傲差若颖。

醉的我说。

醒的我却答道：

寄言酣中客，

日没烛可秉！

有人以为我这解法近于"自我作古"，因为两重人格或自我的化身在近代文学里才出现。后来我读苏东坡诗集，发现其中有一首《咏渊明饮酒》（非《拟陶》）的已经先我说了。至于两重人格至近代才有说，我们只要想到庄子《齐物论》的"今者吾丧我”便不攻自破。

至于陶渊明这种写法，我疑心是得力于屈原的。试细读《渔父辞》及"清晨闻叩门"，便知道两者除了文体而外，段落、口吻及神气都极相仿佛：蜕化的痕迹历历可辨。

哲学诗最难成功。五六年前我曾经写过："艺术的生命是节奏，正如脉搏是宇宙的生命一样。哲学诗的成功少而抒情诗的造就多者，正因为大多数哲学诗人不能像抒情诗人之捉住情绪的脉搏一般捉住智慧的节奏——这后者是比较隐潜，因而比较难能的。"（见拙著《保罗·梵乐希先生》）因为智慧的节奏不容易捉住，一不留神便流为干燥无味的教训诗（Didactic）。所以成功的哲学诗人不独在中国难得，即在西洋也极少见。

陶渊明也许是中国唯一十全成功的哲学诗人。我们试翻开他的全集。众口传诵的：

结庐在人境，而无车马喧……

孟夏草木长，绕屋树扶疏。
众鸟欣有托，吾亦爱吾庐……

等诗意深醇，元气浑成之作；或刻画遒劲，像金刚石凿就的浮雕一般不可磨灭的警句：

形迹凭化往，灵府长独闲。
贞刚自有质，玉石乃非坚。

不容怀疑地肯定和确立了心灵的自由，精神的不朽——固不必说了。即骤看来极枯燥，极迂腐，教训气味极重的如：

> 人生归有道，衣食固共端。

> 先师有遗训：忧道不忧贫。

等，一到他的诗里，便立刻变为有色有声，不露一些痕迹。苏东坡称他"大匠运斤"，真可谓千古知言。

陈子昂的《登幽州台歌》：

> 前不见古人，后不见来者。
> 念天地之悠悠，独怆然而泪下！

字面酷肖屈原《远游》里的：

> 唯天地之无穷兮，哀人生之长勤！
> 往者吾不及知兮，来者吾不闻！

陈子昂读过《远游》是不成问题的，说他有意抄袭屈原恐怕也一样不成问题。唯一合理的解释，就是：或者陈子昂登幽州台的时候，屈原这几句诗忽然潜意识地变相涌上他心头，或者干脆只是他那霎时胸中油然兴起的感触，与《远游》毫无关系。因为永恒的宇宙与柔脆的我对立这种感觉是极普通极自然的，尤其是当我们登高远眺的时候。试看陶渊明在《饮酒》里也有

> 宇宙一何悠！人生少至百……

之叹，而且字面亦无大出入，便可知了。

无论如何，两者的诉动力，它们在我们心灵里所引起的观感，是完全两样的：一则嵌于长诗之中，激越回荡，一唱三叹；一则巍然兀立，有如短兵相接，单刀直入。各臻妙境，要不能互相掩没也。

我第一次深觉《登幽州台歌》的伟大，也是在登临的时候，虽然自幼系把它背熟了。那是在法国夏尔特勒城（Chartre）的著名的歌狄式的古寺塔巅。当时的情景，我已经在别处提及。

我现在却想起另一首我癖爱的小诗：歌德的"一切的峰顶……"这诗的情调和造诣都可以说和前者无独有偶，虽然诗人的彻悟的感喟被包裹在一层更大的寂静中——因为我们已经由黄昏转到深夜了。

也许由于它的以"u"音为基调的雍穆沉着的音乐吧，这首诗从我粗解德文便对于我有一种莫名其妙的魔力。可是究竟不过当一首美妙的小歌，如英之雪莱，法之魏尔仑许多小歌一样爱好罢了。直至五年前的夏天，我在南瑞士的阿尔帕山一个五千余尺的高峰避暑，才深切地感到这首诗的最深微最隽永的震荡与回响。

我那时住在一个意大利式的旧堡。堡顶照例有一个四面洞辟的阁，原是空着的，居停因为我常常夜里不辞艰苦地攀上去，便索性辟作我的卧室。于是每至夜深人静，我便灭了烛，自己俨然是脚下的群松与众峰的主人翁似的，在走廊上凭栏独立：或细认头上灿烁的星斗，或谛听谷底的松风，瀑布，与天上流云的合奏。每当冥想出神，风声、水声与流云声皆恍如隔世的时候，这雍穆沉着的歌声便带着一缕光明的凄意在我的心头起伏回荡了。

可见阅历与经验，对于创作和理解一样重要。因为我们平日尽可以凭理智作美的欣赏，而文字以外的微妙，却往往非当境不能彻底领会，犹之法郎士对于但丁的

Nel Mezzo del commin di nogtra vita…

方吾生之半途……

虽然反复讽诵了不止百遍，第一次深受感动，却是在他自己到了中年的时候。

严沧浪曾说："大抵禅道在妙悟，诗道亦在妙悟。"不独作诗如此，读诗亦如此。王静安论词，拈出晏殊的

昨夜西风凋碧树。
独上高楼，望尽天涯路。

欧阳修的

衣带渐宽终不悔，为伊消得人憔悴。

和辛稼轩的

众里寻他千百度。
回头蓦见，那人正在灯火阑珊处。

来形容"古今来成大事业大学问者必经过之三种境界"，不独不觉得牵强，并且非常贴切。

这因为一切伟大的作品必定具有一种超越原作者的意旨和境界的弹性与暗示力；也因为心灵活动的程序，无论表现于那方面，都是一致的，普遍的。掘到深处，就是说，穷源归根的时候，自然可以找着一种"基本的态度"，从那里无论情感与理智，科举与艺术，事业与思想，一样可以融会贯通。王摩诘的

玩奇不觉远，因以缘源穷。

遥爱云木秀，初疑路不同。

安知清流转，偶与前山通！ ①

便迂回尽致地描画出这样寻与顿悟的程序来。

我在《象征主义》②一文中，曾经说过"一切最上乘的诗都可以，并且应该，在我们里面唤起波特莱尔所谓'歌唱心灵与官能的热狂'的两重感应，即是：形骸俱释的陶醉和一念常惺的彻悟"。

我的意思是：一切伟大的诗都是直接诉诸我们的整体，灵与肉，心灵与官能的。它不独要使我们得到美感的悦乐，并且要指引我们去参悟宇宙和人生的奥义。而所谓参悟，又不独是间接解释给我们的理智而已，并且要直接诉诸我们的感觉和想象，使我们全人格都受它感化与陶熔。譬如食果，我们只感到甘芳与鲜美，但同时也得到了营养与滋补。

这便是我上面说的把情绪和观念化炼到与音乐和色彩不可分辨的程度。

陶渊明的

平畴交远风，良苗亦怀新，

表面只是写景，苏东坡却看出"见道之言"，便是这个道理。其实岂独这两句？陶渊明集中这种融和冲淡，天然入妙的诗差不多俯拾即是。

又岂是陶渊明？拿这标准来绳一切大诗人的代表作，无论他是荷马、屈原、李白、杜甫、但丁、莎士比亚、腊幸、歌德或嚣俄，亦莫不若合规矩。

王摩诘的诗更可以具体地帮助我们明了这意思。

谁都知道他的诗中有画；同时谁也都感到，只要稍为用心细读，这不着一禅字的诗往往引我们深入一种微妙隽永的禅境。这是因为他的诗正和他的画（或宋元诸大家的画）一样，呈现在纸上的虽只是山林、丘壑和泉石，而画师的品格、胸襟、匠心和手腕却笼罩着全景，弥漫于笔墨卷轴间。

反之，寒山、拾得的诗，满纸禅语，虽间有警辟之句，而痕迹宛然：自己还未熔炼得到家，怎么能够深切动人？王安石以下的谶语似的制作更不足道了。

| 注释 |

①　因为原书不在身边，本文所引各诗，皆凭记忆，错讹之处，望读者原谅。

②　已收入拙著散文集《诗与真》中，由商务印书馆出版。

论崇高

梁宗岱

朱光潜先生是我的畏友，可是我们的意见永远是分歧的。五六年前在欧洲的时候，我们差不多没有一次见面不吵架。去年在北平同寓，吵架的机会更多了：为字句，为文体，为象征主义，为"直觉即表现"……大抵光潜是专门学者，无论哲学、文学、心理学、美学，都做过一番系统的研究；我却只是野狐禅，事事都爱涉猎，东鳞西爪，无一深造。光潜的对象是理论，是学问，因求理论的证实而研究文艺品；我的对象是创作，是文艺品，为要印证我对于创作和文艺品的理解而间或涉及理论。因此，我们在追求的途中虽然常有碰头的机会，而不同的态度和出发点，尤其是不同的基本个性，往往便引我们达到不同的结论。最近在逆旅中得读他的《刚性美与柔性美》（见《文学季刊》第三期），觉得非常钦佩与愉快；可是和往常一样，钦佩愉快之余，又在我胸中起了一番激烈的辩论。从前在北平的时候，光潜曾有把我们的辩论写下来的提议，这在目前恐怕是唯一的办法了：因写这篇文章以就正于光潜。

宗岱附识

作品信息

《文史春秋》1935 年第 4 期。

朱光潜先生在他那篇精博而且雄辩的《刚性美与柔性美》里，引用前人两句六言诗，"骏马秋风冀北，杏花春雨江南"，以为"可以象征一切的美"，而且"遇到任何美的事物，都可以拿它们做标准分类"。这两种美，如果用形容词说出来，在中国是刚柔或阴阳，在西洋便是 sublime 和 grace。

对于美的分类我没有什么成见，因为这多少是主观的，我几乎想说武断的。司空图把诗分作二十四品，严沧浪却只分九品，如果他们同时代，这场笔墨官司会永远打不清，普通西洋美学依照美的品格把美分作五个畴范，即是：崇高（sublime，朱译雄伟），伟大（grandeur），美丽（beautiful），妩媚（grace，朱译秀美）和乖巧（prettiness）。朱先生为求简明起见，从美的性质立场，根据中国旧有的阴阳说，分为刚性美与柔性美，自无不可。

可是朱先生又根据德哲康德的学说，把西文的 sublime 和 grace 附上去，译前者为"雄伟"，后者为"秀美"，以为相当于我国的阴阳，我便不能不有异议了。

这本来不是自朱先生始的。王静安先生，不用说也是受了康德的影响，在《人间词话》里早就有"壮美"和"优美"之别。如果完全以康德为根据，朱先生的译名自然是进一步的，甚至可以说是译名中一个杰作。因为"伟"字，依照朱先生自己解释，可以括尽康德的"数量的 sublime"的意义，"雄"字可以括尽"精力的 sublime"的意义。

可是翻译一个名词——问题便在这里发生了——翻译一个名词是否可以抛开字源而完全采纳一家的诠释呢？是名词成立在前，还是某家对于这名词的诠释在前呢？

朱先生以为"'sublime'一词起源于希腊修辞学者郎吉纳司"，因为"他曾著一书论雄伟体"。我则以为这词先郎吉纳司而存在，不过他那书是现存的最早用修辞学眼光解释这词的罢了。同样，如果近代关于 sublime 的学说大半发源于康德，无非因为他是第一个从心理的观点试去解释这名词，或这名词所代表的感觉或境界罢了。无论他是怎样伟大的哲学家，无论他的思想怎样独断众流，他的《判断力的批判》怎样富于启发和暗示，他的诠释，即使，或者正因为，是第一个，只代表他个人对于这名词的理解，只是一种发轫的尝试，至多亦不过是一种基础的草案而已。他断不能对这问题说最后一句话，我们亦断不能接受他的主张作为定论，换言之，他的理论正有待于后人的修正与补充。

况且就在康德自身，他的学说也不是一朝一夕成立的；我们很可以从他的作品里追踪它的胚胎，形成与修改的历程。

当他写《秀美与雄伟的感觉》时，他只陈述自己对于美的现象的感觉或印象，所以只列举事实为印证。事实的印证，我们知道，对于一个富于创造性的头脑，自然会引起理论的思索与探讨。《判断力的批判》可以说就是康德对于这问题多年的思索与探讨的收获。大体上说，他早年的观察（如其朱先生的述说不差，因为我没有读过《秀美与雄伟的感觉》原文），是粗疏的，简陋的，因为他只肤浅地列举高山、暴风雨、夜景和条顿民族为 sublime 的代表，而以花坞、日景、女子和拉丁民族为对照，在《判断力的批判》里，他的观察似乎比从前改进了，因为他的理论是比较完密的，当他把"崇高"分为"数量的"与"精力的"两种的时候。

这观察的改进似乎只是潜意识的，因为他所举的例——譬如，以高山例数量的崇高，以暴风雨例精力的崇高——依然和从前一样粗疏与简陋。所以我们读他这部书时，常常感到例证赶不上理论的印象。这或者由于他的思想力强于美感罢^①（对于康德我常常有这印象）；或者干脆因为"精力的"这字的含义超过康德原来的命意。无论如何，康德自己对这问题也在摸索，探寻是显然的。他所给我们的答案是否圆满还是疑问，根据他的定义来译这名词自然更成问题了。

在未阐发我的解说以前，我们试先将朱先生的译名应用到几种文艺品上，看看妥帖的程度如何。

先就造型艺术说吧。

朱先生拿米可朗琪罗（朱译玛珂安杰罗）和达文奇对照，以为前者代表刚性美而后者代表柔性美。他对于这两位文艺复兴大师的作品的评释大致可以说很深刻很确当的。让我们设想我们站在这些作品面前，按照朱先生的分类用 sublime 和 grace 来形容我们所得的印象。

对着米可朗琪罗的《摩西像》，或置身于圣比得寺的希斯丁大殿里，只要对美术有最皮毛的认识，也会不住口地喊出"sublime！ sublime！"来。这样做，我想是没有人会觉得诧异的。

但是假如你凝视的对象是达文奇的《孟纳里莎》，摄收你的心魂的是孟纳里莎的空灵神秘的微笑，那比她背后隐隐约约显露出来的缥缈的雪峰和不可测的幽岩还要空灵神秘的微笑——或者假如在你面前的是米兰城大慈大悲圣玛利亚寺（Santa Maria delle grazie）里的《最后晚餐》，那上面的十二圣徒每个都带着他的性格，他的使命，他的惊讶，他的自白或自疚的表情那么生动，那么逼真地坐着，站起来或互相倾诉，你会毫不踌躇地认出，如果你熟悉《圣经》，谁是比得，谁是约翰，谁是西门……更不用说犹大了；而同时这十二个性格，表情和动作都迥不相同的圣徒的精神又都像群山拱伏于主峰般有意无意地倾注在耶苏身上；耶苏呢，那简直是彻悟与慈悲的化身，眉宇微微低垂着，没有失望，也没有悲哀，只是一片光明的宁静，严肃和温柔，严肃中横溢着磅礴宇宙的悲祥与悲悯，温柔中透露出一副百折不挠的沉毅，一股将要负载全人类的罪恶的决心与洪力；不，这耶苏决不如朱先生所说的，"像抚慰病儿的慈母"，朱先生所指的恐怕只是达文奇的初稿②——假如我们更进一步而探求这两个神奇的创造（《孟纳里莎》和《最后晚餐》）的秘徽，我们将发现，啊！异迹！这里（异于米可朗琪罗）没有夸张，没有矜奇或恣肆，没有肌肉的拘挛与筋骨的凸露。它的神奇只在描画的逼真，渲染的得宜，它的力量只是构思的深密，章法的谨严，笔笔都仿佛是依照几何学计算过的，却笔笔都蓬勃着生气——这时候我们应该用什么字来形容我们的感觉呢？

依照朱先生的分类，那就只有 graceful（妩媚或秀美）了。但是我知道这字才出口，旁边的观众将不谋而合地回头来瞟你一眼；假如诗人考洛芮滋在场，恐怕他觉得你煞风景的程度，不亚于那用"乖巧"来形容瀑布的太太呢！不，我们得多说一点：beautiful！ grand！（美丽呀！伟大呀！）可是这些字眼，在这样的作品前，响起来也多么无力，多么暗哑！唯一适当的字眼，恐怕只有 divine（神妙）或 sublime（崇高）吧。

其次我们试说音乐。

因为朱先生在眼中的刚性美和柔性美的特征是动和静，又因为尼采在他《悲剧的起源》里曾经用狄阿尼苏司（酒神）和亚波罗（日神和诗神）各象征动的艺术（音乐和跳舞）与静的艺术（图画和雕刻），于是朱先生又引用到他的文章里。这引用是不得当的，因为一切譬喻的真实，其实一切道理的真实，是有一定的限度的，越过这限度便成了牵强附会。尼采的妙喻只合他自己用来解释悲剧的起源。照朱先生的引用推论起来，则一切音乐和跳舞都是崇高或雄伟，一切图画和雕刻都是秀美或妩媚了，朱先生立刻也发觉了，于是便补充一句，"不过在同一艺术之中，作品也有刚柔之别"，接着又说，"譬如音乐，贝多芬（即悲多汶）的《第三交响乐》和《第五交响乐》固然像狂风暴雨，极沉雄悲壮之致；而《月光曲》和《第六交响乐》则温柔委婉，如怨如诉，与其谓为'醉'，不如谓为'梦'了"。

一切艺术的欣赏都是主观的，音乐为尤甚。所以我不想，也不必，在这里把朱先生所举的例一一讨论。概括地说，每个交响乐都分为四部分，每个奏鸣乐（Sonate，《月光曲》即属于这一类）却有三部分或四部分，其中急调（Allegro）、缓调（Adagio）、平调（Andante）、轻快调（Scherzo）等的交替或蝉联是有一定的，朱先生所谓《第三交响乐》及《第五交响乐》如狂风暴雨，《月光曲》和《第六交响乐》如怨如诉，大概是指他在这几个曲中特别爱好的部分吧？

我现在只想拿《第三交响乐》说，因为我也和朱先生一样，觉得这曲是属于 sublime 一流的，不过我们的解释却刚刚相反。朱先生说这曲像狂风暴雨，大概他特别爱好第三和第四节（第三，尤其是第四节，的确有起死回生的沉雄的呼声，虽然并不一定像狂风暴雨），所以他的印象也根据它们。我呢，却特别爱好第二节，就是那有名的《葬礼进行曲》（Marche funèbre）。我以为这节是全曲最精彩部分——至少它感动我最深。从结构上言，在悲多汶的九个交响乐中，《第三交响乐》的第二节和其余三节的比例是格外长的（几乎等于全曲五分之二长），说不定是悲多汶特别着力的地方。

这节的旋律和音调究竟是怎样的呢？缓极了，低沉极了，断断续续的，点点滴滴的，像长叹，像啜泣，像送殡者的沉重而凄迟的步伐，不，简直像无底深洞的古壁上的水漏一样，一滴一滴地滴到你心坎深处，引起一种悲凉而又带神圣的恐怖的心情，正是属于姚姬传之所谓"阴"的艺术的。然而 sublime 呀！究竟不失其为 sublime 的艺术呀！

夜深了。圣彼得堡——是不是圣彼得堡？我读那叙述这段故事的小说已经是十年前的事了——一条偏僻的街上一间狭小、潮湿、杂乱的屋子里，聚着一男一女，女的是妓女，男的是一个谋财害命的苦学生。他们默无声息，眼上依稀有几线泪痕——说不定他们刚才在争辩，在吵骂或在互诉衷曲以至泪竭声嘶了吧？可是夜仿佛还听见他们的灵魂继续在缄默中挣扎、抗拒、偎贴或抚慰……忽然，扑通一声，那踱来踱去的男子仿佛受了千钧的重压坠下来似的，不由自主地双膝跪在那妓女面前，并且长叹一声回答她的惊骇道："我并不是跪你，我是跪在全人类的大悲苦面前呀！"

谁读《罪与罚》到这里，不要带着一眶热泪拍案叫道："sublime！ sublime！"呢？

上面三个例子可以证明：（一）用 grace（妩媚或秀美）来形容达文奇的艺术是不妥帖的，无论所指的是他的《自画像》，他的《最后晚餐》或《孟纳里莎》；（二）柔性美和 sublime（崇高）并不是不能相容的；（三）形容这三件文艺品都应该用 sublime 一词，可是如果译为"雄浑"则三处都不适用。③

为什么呢？最基本的理由，据我的私见，就是所谓刚柔纯粹指美的性质而言，sublime 和 grace 却偏于品格方面。性质和品格常常有密切的关系，但是品格并不就是性质；一般粗糙的灵魂容易从刚性美认出 sublime；一片属于柔性美的自然，尤其是一件艺术品，登峰造极的时候，一样可以使我们惊叹，使我们肃然起敬，使我们悦服和向往，一言以蔽之，使我们起崇高的感觉。

最显著的柔性美代表总算女人了。我们形容女人和形容男人一样，有时也可以用"崇高"一词；而这，并不因为她具有男性，建树男子所建树的丰功伟业，如朱先生所举的木兰和秦良玉的例子；也不仅限于精神一方面，和屠格涅夫的《麻雀》一样有被称作崇高的权，不，当一个绝世丽姝骤然出现于我们眼前的时候，sublime（崇高）一词同样可以从我们心里跳出来。因为崇高和秀美（grace）或美丽（beautiful）只是程度上的差别而已。如果她的美仅足以引动我们的心，使我有闲情逸致去仔细认辨和赏玩她，我们只称她美丽；当她的美达到顶点，使我们骤视之下震惊失色，心往神驰，她便是 sublime（崇高）了。

所以，我以为"崇高"只是美的绝境，相当于我国文艺批评所用的"神"字或"绝"字；而这"绝"字，与其说指对象本身的限制，不如说指我们内心所起的感觉。"高山仰止，景行行止。虽不能至，心向往之"，太史公这几句话便是崇高境界的恰当描写。所以我以为崇高的一个特征与其说是"不可测量的"（immesurable），或"未经测量的"（immesured），不如说是"不能至"或"不可企及的"。假如我们承认日景和夜景同样可以使我们起"不可解"之感，或者《孟纳里莎》与《摩西》或《大卫》——前者由它的精深，后二者则由它们的雄劲——同样达到那使我们心凝形释的不可企及的境界，我们就不能不承认柔性美和刚性美同样有被称为 sublime 的权利，而把 sublime 译作"雄伟"是怎样不适当了。

法国十九世纪一位名叫格连（Maurice de Guerin）的诗人有一段可以帮助我们了解上面的意思："昨天，西风狂暴地吹着。我看见那汹涌的海了。可是这凌乱，无论怎样崇高，在我看来，也比不上那平静而且蔚蓝的大海的景象。但是为什么要说这比不上那呢？谁能够测量这两个崇高的境界，并且说，'前者比不上后者'呢？让我们只说，'我的灵魂爱宁静比波动多'好了。"

觉得"宁静"比波动感人更深，恐怕不止格连一人，理由也不难找。我们试读瑞士的思想家亚美尔的日记："静呵，你多可怕！可怕得像那晴明的大海让我们的眼光没入它那不可测的深渊一样；你让我们在我们里面看见许多使人晕眩的深处，许多不可熄灭的欲望，以及痛楚和悔恨的宝藏。狂风吹起来吧，它们至少会把那蕴藏着无数可怕的秘密的水面摇动。热情吹起来吧，它们吹起灵魂的波浪同时也会把那些无底的深渊遮掩。"假如类似恐怖的成分是崇高的境界所不可少的，这段日记，一个极精诚缜密的思想家的自白，总可以在我们相信晴明与宁静和黑暗与波动一样可以在我们心灵里兴起这种成分了吧。何况这不一定是不可缺乏的呢！

可是要弄清楚。我并不说这种晴明、静谧与精深的崇高境界，或者可以称之为达文奇式的崇高境界，是人人所能体会和领略的。我们的日常生活和思虑距离深藏在灵魂里的崇高的源泉太远了，我们的精神太专注于外物而意志太散漫了，明媚的景物只能诱惑我们的感觉，煽动我们的官能，使我们怡然自足。像皮球受凌压才能高举一样，我们的灵魂也得要有一种意外的阻力横亘在我们面前，逼我们承认我们的感觉和官能之无能，自我之渺小，然后才能够聚精会神，集中思想的力量，去和它抵抗，和它较量，在那一瞬间解脱了感官的束缚而达到绝对的独立，自由与超升，亦即所谓崇高的境界。波涛汹涌的海，嵯峨耸立的山和漆黑的夜……都是最容易在一般人里面激起这种精神的反抗的阻力，因为它们是最表面、最有形的。

可是对于一颗修养有素、敏感深思的灵魂，那宁静、深邃和光明的景象会和汹涌、嵯峨与黑暗一样能够引起精神的集中与反抗；不，它们会比这后者更持久，更耐人寻味。因为宁静是精力的凝聚而波动是精力的交替；因为高山是可测量的而深渊却无底；因为光明比黑暗更神秘，正如生比死还要复杂如变幻一样。

文艺复兴的另一位大师拉斐尔依照《旧约圣经》的故事所画的《大卫伏魔图》或者可以帮助我们具体说明这一层。对于三尺之童或且一般人，无疑的，那恶魔弋里亚会更能惊心动魄，因为除了面貌狰狞而外，无论躯干与筋肉他都比大卫——那时候不过是一个牧童——高大了好几倍，然而结果是大卫胜利了。或者有人以为这只是诗人和画家的想象，可是如果这想象不符于现实，它感动我们绝不会深。中国拳术界之所谓"内功"不必说了，就是外国的竞技与角力，那体量较轻，外视比较和善的占上风也不少见。关于这点，达文奇在他的《画论》(*Traite de la Peinture*) 或《风景论》(*Traite du Paysage*) 里有一句观察极准确的话："肌肉不丰的人的筋肉是不外露的，力气却往往比那些筋肉生棱的人大。"这说不定就是他夫子自道。我们知道达文奇在西洋人当中至多不过是中人的体格，可是他抛石子比任何武士都高；而当那统率大军入米兰的法国大将看见他为米兰公爵惨淡经营了十余年的骑士式的雕像给法军的弓箭手毁坏，举剑要斩那负责的队长的时候，他在旁边用手托住那大将的手腕，那护腕的铁袖竟在他手里碎了。

这似乎单是关于体力的，但我们正可以用来说明"力"的多方面的含义，因为如果康德的"精力的"和司马迁的"景行"可以括尽崇高的深一层，我们简直可以说真正的意义（因为进一步说，只有思想和行为本身是崇高的，物质和数量的崇高则全视它们在我们心灵里所引起的感应而存在），前者必定要推广到物质的力以外，后者亦必定要扩张到德行以外。

屠格涅夫的麻雀，那受了爱的驱使奋不顾身要从猎犬的口里救出它的小雏的渺小的麻雀，已经很动人地证明德行的力——一切发自高贵和真挚的情感的行为的力——和数量比休力更无大关系了。

可是在体力以外，在德行以外，还有一种力，它的渊源，它的中心是在智慧深处的。它的元素是观察的深入，理解的透彻，分析的精微和论理的谨严；它的目的是接受者的领会、了悟，和领会与了悟后的诚心悦服。要感受这种力的崇高便不能单靠我们的感官，单靠我们的直觉；我们得要运用我们的心灵，一步步循着思想的步骤，智慧的途径。如果宇宙间真有不可测量的东西，除了时间与空间外，恐怕就只有这种我们可以称之为智慧的力的了。

达文奇或许就是这种力的最具体的化身。"这亚波罗"④，梵乐希诗翁说，"这亚波罗使我神往到我自己的最高度。还有比一个拒绝玄秘，不把他的权力建树在我们官能的混乱上，不把他的威望诉诸我们的最暗昧、最软弱、最不祥的部分，要我们不得不首肯而不是要我们屈服，他的异迹就是燃照，而他的深度，一个演绎得极分明的远景——还有比一个这样的神更能诱惑人的么？还有比那'光明磊落地施行'是一个真正而且合法的权力的更好标志么？——狄阿尼苏司再没有比这英雄更沉着、更纯粹，或装备了这么多的光明的仇敌了。他并不忙着去把那些妖魔屈折或揉碎，因为他要细察它们的弹簧；不屑用箭矢去刺射它们，因为它对它们所发的问题那么直透底里；它们的优胜者多于它们的征服者，他的最完全的胜利就是了解它们——几乎要把它们再造出来。"

这是一幅理想的达文奇肖像，也就是智慧的最忠实最美妙的写真。梵乐希的意思是说：多数文艺界的权威都是利用我们的官能与情感的弱点，创造些悲剧的基调，惊人的姿势，夸大的描写或神秘的意象……总而言之，都是用些欺人的伎俩以煽惑威吓我们。达文奇独不然。他的权力是建树在我们的智慧上；他的威望不施诸我们的混沌的官能与柔弱的情感而施诸我们的健全清明的理性；他的目的并非要我们屈服而是要我们同意；他的异迹就是散布光明，拨开玄秘的云雾，而他的深度就是把一幅画或一切事物的远景清清楚楚地描画指示出来。对于当前的事物或玄机，他第一个念头并非要征服、占有或解除，他首先去细细寻根究底，穷源尽委，希望得到一个彻底的了解——透彻到可以把它们再造或重现出来。

从对于事物的彻底了解以至于把它们再造或重现出来，我们便追到艺术问题，也就是力的另一方面，另一含义了。

"谈到艺术"，我在一封论画的信曾经这样说，"所谓力便不止是题材之宏大，线条之活跃，色彩之强烈及章法之横肆；而在于一种内在的自由与选择，以达到表现之均衡与集中。何谓自由？从细草幽花以至崇山峻岭都可以毫无隔阂，挥洒自如地在笔下活现出来。何谓选择？把繁的削成简的，复杂的删为至要的，使物的本体更为坚固，观者的精神更为集中。换句话说，一件艺术品应该是'想做'与'能做'，'能做'与'应做'间一种深切的契合。譬如唱歌，放声的未必动听，拉破嗓子的不一定能动人，而在于抑扬高低皆得其'宜'——岂止，到该沉默的时候就不能不沉默。只有这样才算是力，只有这样才是力的实现。"⑤

因为艺术上最高的力的实现是在于"抑扬高低皆得其宜"，所以不独尺幅可以有"千里"之概；不独孟纳里莎的微笑或花草禽鸟——譬如，八大山人的花卉或德国文艺复兴大师都烈（Dürer）那几枝神妙的绿油油的花草——可以使我们出神；就是两种颜色的极单纯的配合，无论在自然界或在艺术里，如果恰到好处，也可以摇荡我们的心魂而为我们开真理的秘府。

相传印度一位圣者得道的经过是这样的：他一天从田垄中走过。天是一色的蔚蓝，微风柔和地吹拂着。他猛抬头看见一行白鹭紧靠着青天飞着，仿佛受了什么圣灵的默示似的，他就在田垄边跪下来。重新站起来的时候，他已经是一个新人。从那刻起，他便矢志修行以至于得道。⑥对于这位印度的圣者，这幅单纯的"一行白鹭上青天"图和那繁星烂然的太空对于康德一样是人类心中道德律的启示者。

"懂得这个道理"，于是我可以引用朱先生的《诗的主观与客观》里这段话，"我们可以明白古希腊人何以把和平静穆看作诗的极境，把诗神亚波罗摆在'永远蔚蓝'的山巅，俯瞰众生扰攘，而眉宇间却常如做甜蜜梦，不露一丝被扰动的神色"。懂得这个道理，我们也可以明白为什么在魏或唐的最完美的佛像的恬静光明的微笑前，我们的灵魂如受了天乐的轻波之浮载和摇荡，飘飘然高举遐升。懂得这个道理，我们也可以明白为什么看了法国夏尔特勒（Chartre）古寺的庄严的朴素，自然的雕刻之后，米可朗琪罗的《摩西》和《大卫》——我并不说希斯丁大殿的壁画——都显得夸张和矫饰；而达文奇《孟纳里莎》和《最后晚餐》却丝毫不受影响；或者为什么巴哈（Bach）的雍穆、和谐、稳健、谨严的音乐的构造，无论是《追逸曲》（Fugue）或《弥撒曲》（Messe），对于深于此道的人，比起悲多汶的纵横排傲，大开大合的交响乐还要勾心夺魄，还要使人神思飞越，一句话说吧，还要使人起崇高的感觉！

（民国）二十三年二月十八日于叶山

❘ 注释 ❘

① 正如批判力与创造力一样，思想与美感是常常不一致的，因为前者的器官是理性，后者的却是趣味或眼光（Taste）。为了这缘故，我们常常可以看见精于文艺理论的人对于作品，尤其是未经前人发现的，毫无理解；反之，许多对于作品的价值极敏感的人不能陈述或解释他们的印象。

② 达文奇的《最后晚餐》，前后共画了十二（？）年。单是基督的像，也起了不知多少次的稿；现存最流行的，除了用在《最后晚餐》的定稿外，还有一张半身像，女性极重，朱先生的"抚慰病儿的慈母"是再好不过的评语。

③ 朱先生也说过的："这词在中文里没有恰当的译名。'雄浑''劲健''伟大''崇高''庄严'诸词都只能得其片面的意义。"在这种情形之下，我以为应该译字源（Etymology），因为这样做，至少可以包括这词原来的含义，虽然因为不习惯，初用时不免稍觉生涩。何况上面所举的"崇高"一译名根据拉丁文 sublimis，从动词 sublimare 变出来，有高举的意思——在中国文坛久已沿用了呢？

④ 指达文奇，见梵乐希所著《达文奇方法导言》(*Introduction à la Méthode de Léonard de Vinci*)。原文思想太浓密，字句太凝练，译出来颇不易解。

⑤ 见我的散文集《诗与真》。

⑥ 这故事听来似乎很神秘。其实这种由于良辰美景或超诣的艺术品所引起的"陶醉"或"神往"是敏锐的感觉所常有的必然的反应，这不过是一个极端的例罢了。

关于报告文学的写作

周钢鸣

报告文学被介绍到中国来已是几年前的事了。由于当前救亡运动的高涨，民族解放斗争的展开，许多参与战斗的人们，运用这种泼辣而又迅速反映斗争实景的文学形式来作描写大众英勇行动的通讯、速写，已经产生了不少具有历史意义的动人的报告文学作品。于是报告文学问题，又重新引起文坛上的讨论。

但许多讨论的文字，多般是只谈到报告文学的常识，还没有更深入地讨论到写作实践的过程。然而事实上许多参与民族解放斗争行动的战斗员，正在用他们的铁笔，蘸着鲜红的热血来写出悲壮的史诗，他们是把写作和行动统一在实践中。我想来谈一谈报告文学的写作方法是非常必要的。

（一）报告文学的写作方法与一般现实主义的创作方法是共通的，然而也有它独特的形式。就是报告文学所表现的不但是概括的现实和真实，而且必须是个体的

作者简介

周钢鸣（1909—1981），广西罗城人，1932年参加"左联"，抗战时期在桂林任《救亡日报》记者，《人世间》副主编。著有歌词《救亡进行曲》，论文集《论文艺改造》《怎样写报告文学》。1949年后，曾任华南文联副主任，广西省文化局局长，第一届广西文联主席。

作品信息

《生活知识》1936年第3期。

事实（历史的和社会的事件和行动），因为历史的事实是现实中的偶然，也是现实必然发展的一形态。报告文学不仅是在忠实地记录事实，而它是在把事实通过感性的形象而表现的，这也就是报告文学与一般记录事实的新闻（消息）和报告事实的通讯相异的地方。因为一般的新闻和通讯，只是消极地记录事实，叙述事件，而没有描写，没有形象的表现，因此它不能成为文学作品。所以报告文学与一般新闻通讯的分野，就是它把历史事实的全面经过批判地、通过感性的具体形象表现出来这一点上。这是一切艺术（文学）作品的本质和特质，就是形象地表现，表现形象。

（二）有人说"报告文学"与"新闻"的区别，是因为前者是有目的的，而后者——"新闻"是无目的的。其实照近代新闻学说起来，任何报导的本身，都是含有目的和作用的。所以说"新闻"是无目的的是错误的，用这有无目的来区别"新闻"与"报告文学"的不同也是不充分的。

在这没落期的资本主义社会，一切商业托辣斯的新闻都成为这一社会制度的代言人。这些服御于资本主义社会的"报人"（也有许多进步的，有正义感的报人在内）所谓"每天都在替老板们给千万读者制造脑筋"。这就是指那些所谓无目的的远离现实和歪曲现实抹杀事实含有毒质的新闻报导。像中国工人梅世钧给日本纱厂资本主义家活活打死之后，而御用的新闻就说梅世钧本患有神经病，以图湮灭事实。当然这是显明的例子，还有许多看去是毫无作用的桃色新闻，但它的制作，正是投合于统治层的愚民效果和麻醉政策。

所以一切"新闻"报导都是有目的的，不过它的表现是在直接与间接上，显明和暧昧的程度上。报告文学则是更目的地反映大众斗争的实景和显示历史事实的动向与英雄的行动。

（三）一般新闻报导的"报人"与文学报告员的任务也是不同的。前者是服御于资本主义的知识分子，消极或积极地被雇佣而履行其职务，为现存制度而服务于新闻报导。但这种新闻报导必须受现制度的尺度所制约，同时"报人"本身亦动摇于两重生活中。因此这些新闻报导是毫无社会情感的，只是消极地，站在虚伪的客观态度上来报导一个事件的发生和消灭（当然不是正确地报导历史社会事实）。但一个报告文学员呢，他必须是某一特定历史阶段中特定阶层的战斗员，或是一个具有正义感和正确的世界观的人。他应当根据确凿的事实，经过慎密的调查，科学的分析，历史地、客观地去瞭望和认识事件的本质和矛盾，加以批判、报导和暴露。他自身不仅是历史的旁观者，应当是历史的一粒酵素，一个具有强烈社会情感的战斗员，与一切被压迫大众斗争的意志密切地结合着。

（四）一切艺术品都是战斗性的，报告文学更是战斗中一种强有力的武器。一张小型的工场新闻，然而它所寄予大众战斗的热情，在历史上是具有决定的意义的。每一个报告文学员必须紧紧地把握住这战斗性的文学形式，从工场、农庄、兵营、学校、街头、队伍的行列中，旅行的征途上，从一切事件、一切场合中把大众战斗的血景和他们最英勇的行动与最英勇的人物，真实地表现出来，把他们的战斗热情传扬开去，用坚实的笔触去揭破这旧社会的绚烂彩衣，刺出它的脓血来。报告文学所描写的"主题应该是在世界史的全社会的关心之下描写出世界与人间之必然的行动"来。

（五）报告文学所表现的是企图真实，就是事实的逼真。不能模糊，不能浪费一丝一毫的笔触去描写远离事件主题的烦琐细节。当一个报告文学员在写作的时候，应当考虑，怎样才能把斗争的实景活画地展现在读者的前面。所以在写的时候，必须注意到明确、具体、直接的表现方法，在写作过程中必须注意以下几点：

（A）首先要表现的就是某一特定的行动和事件斗争的主题。把这一事件的社会意义、内在的矛盾、斗争的目标和要求，鲜明地表达出来。这就是把每一行动或事件的特征具体化，使读者很明快地渗透那一行动的特征和教训。

（B）要表现特定行动和事件中的特定的人物，就是参与这特定行动或事件的代表人物和斗争中心的特定阶层。因为每一行动事件中有一推动这运动的主力军，要把这主力军的特定阶层、职业、生活的特征表现出来，和他们在整个历史的进程中所处地位，同时应当给以批判。这样才能刻下历史运动的纪念碑，才能把那运动的主潮和主导者——阶层——的历史任务提示出来。记得一个朋友写了一篇纪念"三八"示威行动（一九三六年在上海）的报告文学，把群众的行动表现得非常的英勇，但他忘记了表现那作为这一次示威运动的主导力量和为这一历史斗争的本身的妇女们；因为"三八"那天是妇女（尤其是女工和女学生）很英勇地远在群众的最前面，高擎起为她们自身的解放而斗争的旗帜。若是忘了表现这些自觉的妇女大众的英勇典型，那么这篇报告文学就失掉了它的真实和特征了，就是一篇没有特定历史意义的文字了。

（C）一个行动和要件的发生，必定是在一个特定的场合。这个特定的场合是与整个行动事件——斗争的主题——有着密切的关系。所以报告文学必定要真实地把那行动和事件发生的特定场合、环境、背景、一般形势，给它用明朗的线条画出它的轮廓来，使人更真实地意识到这是在某一特定的空间中所发生的事件。

（D）一个历史社会的事件的发生，它是现实中必然的反映，它是在整个历史不断地进展的环锁中最凸现的一环，是历史进程中某一阶段的火花的闪烁。报告文学必须把这闪烁的历史事件的特定时间性表现出来，"应该在和现在的关联上显示过去和未来"。

（E）此外还须注意的，就是要表现围绕某一行动和事件周围的氛围气，这种氛围气的表现是与主题的发展有着强调意义的。

上面所指出各点，是在写作报告文学中所不能疏忽的基本法则，这是每篇报告文学所必须表现的几个基本特征。这些基本特征必须统一在一个主题中来发展，但必须注意这样的处理不会抹杀报导的真实性。

（六）有些人认为报告文学只是适合于报导事件，而不能表现典型的人物。这种说法是错误的。报告文学同样可以表现典型的人物。不过它表现的方法与一般写作的表现方法略异的。报告文学的表现典型人物是从动的过程中，从特定的中心事件中、行动中、深入群众中，选出群众中最英勇的人物，把他的声音、姿态、英勇的行动、不畏难的精神，用"开麦拉"一样地去分析他们，用夸张、强调特写的手法把每个群众活的姿态凸现出来。这种表现方法是戏剧的，外形的，动作的，而不是静地去写心理的过程（这里并不是说戏剧没有心理表现）。

（七）每个报告文学员必须学习"开麦拉"的手法，把事件人物的背景、轮廓、光线、情调、颜触照明出来。同时要懂得深入浅出的方法，夸大，特写的表现，使一篇报告文学像电影的"剪接"一样地展开在千万读者之前，使每个读者更能具体明确地看到每一行动和事件的中心意义，使他们为这活的真实的斗争而燃烧起来。

在救亡运动的前线上，在新与旧的历史变革中，每个参与战斗的人，必须学习报告文学的写作，向世界，向千万被压迫的人们传达我们斗争的信号！这是血的历史所课与我们的任务啊！

一九三六年五月二十六日

"七七"纪念与《曙光》《青纱帐里》的演出

李文钊

一

"七七",伟大的纪念;光荣的一天——光荣的一周年。

这一天,这一天,黄帝的子孙抬起了头来,中华民族下了自救的决心,反抗!反抗!四万万七千万不愿做奴隶的人们燃烧起愤怒的火焰。

这一年,这一年我们喊出了:打倒日本帝国主义,抗战到底!收回失地!以还击答复侵略!予打者以打击!我们亿万人一颗心,结成新的血肉的长城!

我们不怕敌人的强暴狞狰,我们不怕炮火血腥,我们要在血泊里争取我们的独立,自由,平等!

作者简介

李文钊(1899—1969),广西临桂县人,毕业于广西法政专科学校,曾参加过五四运动。1925年加入中国共产党。1926年赴莫斯科孙逸仙大学学习。1929年回国,与党组织失去联系。1932年任第四集团军总政训处宣传科长,主编《创进》月刊。1937年任五路军总政训处政治部上校秘书,后任国防艺术社社长。1938年创办《战时艺术》半月刊,担任《诗创作》月刊社社长。1941年创办新中国剧社,抗战胜利后在重庆担任西南学院教授。1949年以后任广西大学教授、广西文史馆馆员等职。

作品信息

《战时艺术》1938年第2卷第3期。

在过去一年中我们失掉了无数的土地，牺牲了无数的人民，然而我们的英勇抗战继续着。千万个战士在炮火下浴血了，千万个仍踏着先烈的血迹前进。只有死，没有屈服；这英勇的壮烈的抗战，发挥了我们无尽藏的伟大的威力；粉碎了敌人速战速决以征服我们的迷梦；在人类历史上写上了最光荣的一页。

然而这抗战，这伟大的民族革命的抗战，是一件艰巨的事业，乌里雅诺夫说："革命是一种艺术。"这正指出，革命不是简单容易的事，不是可以一蹴而及的。我们神圣的民族革命战争，正需要我们以极大的艰苦卓绝的、沉着、镇静、精明、干练的精神，很艺术地来处理、来领导、来支持才能把握最后的胜利。因此，在"七七"一周年中我们不应仅是唤起全国大众的抗战热忱，加强民族抗战的精神，使每个中国人更英勇、更壮烈地参加抗战。在抗战已进入第三阶段的"七七"周年中，我们更需要的是如何训练大众、组织大众、教育大众，培养大众以更大的忍耐，更大的刻苦，更大的聪明，很巧妙地艺术地来应付敌人的孤注一掷和克服抗战中所遭遇的巨大的困难，以争取最后的胜利。

二

过去一年来的戏剧工作者也如其他部门的一样在抗战的洪流里，尽了它时代的使命。一年来剧运的蓬勃，抗战剧本产量的增加，救亡演剧队的深入前线，深入乡村，前辈的、后起的、各家各派的都一致不分彼此地携着手在努力。这一年的戏剧演出工作无论在内容在形式都在配合应时代前进着的。戏剧的本身在这大时代的动荡中选择了它应走的路向，奠定未来社会新演出的基石。

但在这伟大的"七七"纪念中，却正如欧阳予倩先生所说："没有一个相当的戏足资纪念。"这所谓没有，不是没有适合的剧能在"七七"周年演出，而是说这神圣的"七七"是太伟大了，太光荣了，我们还没有能够产生一个如此伟大的剧本来表现来纪念它的伟大。不过欧阳先生最近改编原作的《青纱帐里》在"七七"演出是适合的。它不仅是抗战的意识适合，并且适合目前进入抗战第三期的政治要求。但这并不是他所指，他所理想足资纪念"七七"的戏，所以不能在他的剧本结尾处改一两句台词就算是达到了的。如果艺术是这样容易的事，我想欧阳先生他早已完成了他自己的期望。

三

《曙光》《青纱帐里》虽不是专为纪念"七七"写的，然而我们选了这两个剧配合在"七七"公演不是没有意义的。《曙光》它无情地暴露了、指谪了代表大部分有闲人们准备做顺民的汉奸心理。像朱永安所说的："其实地方维持会也不是完全没有道理，古时候打仗，百姓跟着皇帝走，如今可不同了，比方像上海，三百万人口，倘若我们的军队退了，这三百万人都跟着退吗？那也得有人来维持地方呀。"这一类汉奸理论不仅在抗战初期存在着，尤其在长期抗战中每碰到艰苦、困难的时期，容易在怯懦的、安闲的人们心理中滋长。这是最容易动摇人心危害抗战的，在长期抗战中要不断地克服、肃清这些准奴隶、准顺民的观念。不过《曙光》在这方面还嫌薄弱些。假如再强调些，或在结尾写得更有力些，当增加不少的舞台效果，也就是增加演出的收获。《青纱帐里》便进一步了。这里的汉奸出卖民族利益，供敌人驱使来毒害同胞更形象化了，而被迫的同胞怎样处置了汉奸、对付了敌人也更具体化、现实化了。汉奸在"我们中国人里就不能容你这样无耻的败类"之下。结果，敌人在反抗的枪声里击毙，正如李大鹏说："这才是正当的办法。"这也正是《曙光》与《青纱帐里》配合演出适合的地方。

但这里要特别指出的是我们不可忽略了《青纱帐里》的第三幕。《青纱帐里》之成为完整的剧本在第三幕；《青纱帐里》之适合着抗战第三期的政治要求，也在第三幕。照在艺术上惯习的手法来看，第二幕的结尾剧情已发展到了最高峰了，第三幕或许是多余的。然而假使没有第三幕张老丈烧了房子与李大鹏出走后怎么办，正如娜拉出走后怎样一样成为疑问，这有人说过了。但它的意义还不止此。第三幕在义勇军固守在山地里的挣扎和李大鹏怎样坚强、镇静、忍耐、精明地去训练他的伙伴，正教育了大众在长期抗战中，在碰着艰难困苦的环境中应该怎样地去克服环境，战胜敌人。这是《青纱帐里》比其他抗战剧本深刻的地方，也是欧阳先生写剧的方法高明的地方。在旁人写了第二幕"高潮已经到了顶点"或许难于再写下去了，欧阳先生却能更深一层写成第三幕，《青纱帐里》之最适合于伟大的"七七"演出，正以有此。也许作者侧重于画面的美丽了些，假使能将第三幕结尾，改成集合广大的队伍，擎起国旗，高唱着雄壮的前进曲，浩荡地前进，我想能更显现得强烈些的。

四

这次国防艺术社的公演《曙光》与《青纱帐里》也如平时的公演一样，开着快车赶成的。《青纱帐里》是较大的三幕剧，六月中旬欧阳先生才开始改剧本，二十日左右的时间，连编剧的工作都计入了，这并不能算优裕。《曙光》里一个演员在七月一二日才考取参加，不过排一星期便演出了。这样短的准备时间，还没有得到很坏的批评，这不能不算得到欧阳先生亲自导演自己的剧本之力。同时仅在一个狭小的走廊上排排部位、动作，没有适当的排剧场，没有经过彩排，也没有经过预演，便搬到舞台上来了，这一方是我们受时间物质设备的限制，一方也是导演表现它特殊的手法。

我常常这样说："排剧要打破偶像的观念，不然，没有名导演的地方便不能演剧了。但我们要虚心学习别人的经验，如果经验是不可贵的，那一个成名的导演，他所费去大部时间便是白花。"前次《飞将军》的演出，证实我打破偶像观念是对的。但有些同志便不觉自满，以为从前有名导演排剧，演出的成绩并不怎样惊人；而这次自己排演，成绩还更好些。这无异刚从一个泥坑里爬出，却又走向另一个危险的深渊。没有自信是危险的；自满，也一样危险。这次《曙光》《青纱帐里》的演出，使我们知道一个名导演的经验的宝贵，丰富的宝藏，是最值得从事戏剧工作者掘取的。

五

这次演出还有值得一提的便是观众的处理。过去话剧公演，不外发票及售票两种办法。单是发票，有不能出机关团体工作人员范围之外的流弊；单是售票，虽较能自由购券入场，但亦不能普遍于大众。这次是不同了。公演的第一晚纯招待本市基层工作人员——镇街甲长及工会代表。二、三、四晚售票，入场者大概为公务员、自由职业者及学生，每晚约一千人。第五、六晚搬到体育场，完全公开。两日来广大的士兵、市民群众，成千成万地拥挤着在体育场参观。由于布置的得法，及观众的有训练，在一定界内者均席坐地上，非常严肃，台词声浪可传甚远。在能听清台词的圈内，每晚约有数千人以上。第七晚招待军校同学，亦在广场演出，参观者几两千人。声浪传至最后一列，犹十分清晰。这不仅纠正了平时演剧招待来宾、处理观众的方法，并且肯定了舞台剧搬到广场来一样可以演出，而且更收到广泛的效果。

六

这次的演出，得到了许多对戏剧有深刻研究的同志热烈的诚恳的批判，我们非常地感谢，尤其是能指出多少缺点的批判，在艺术救亡工作之改进上是极其需要的。好些文章里指出演技上应该改进的地方，尤其台词太快是演员们一般的缺点，这我希望演员同志诚恳地接受，不过这里要说明：《青纱帐里》的郝春德那种要杀就杀要干就干的幼稚，正需要克服，吸住观众同情的是李大鹏的坚强而不是郝春德的"你们不冲我去冲"的冲动。所以郝春德的动作使观众发笑是并不破坏剧情之发展的，此外女童军朱凤英之送同学行礼，也不妨活泼点的，因为是孩子打招呼，不是正式的敬礼。

七

"七七"这伟大的、光荣的"抗战建国"纪念，在我们抗战第三期的现在，在我们过去一年英勇、壮烈、艰苦的抗战之回忆及检讨中，我们不是需要时时警惕着我们的大众，不要在困苦中发生畏难、苟安、妥协、动摇的心理来更巩固我们阵线吗？不是需要教育我们的大众如何艰苦卓绝地咬实牙根来克服困难，支持抗战，争取胜利吗？是的。"七七"纪念中的最大政治要求，要我们每一个中国国民相信："抗战必胜""建国必成"。这就是我所以说，虽然还没个足资纪念"七七"的剧本，然而《曙光》《青纱帐里》的演出，是适合的，因为这两个剧正配合了当前的政治要求。

在伟大的民族革命战争的洪流里，我们的政治目标是争取民族的独立、自由、平等，一切部门工作者都不能超脱这个政治目标，我们艺术工作者也不能例外。不仅艺术本身离不了政治，即艺人也不能不在一定的政治方向下活动，受着政治的指导。有人提出《青纱帐里》第三幕"统一战线已成立"不如改作"关内已团结一致抗日了"，以求通俗。这是对的。但认为这是一个政治缺陷，以为若有人以"统一战线"的说法，是一个党派宣传牙慧的拾取，是很难加以解答。因而贡献我们的艺人，为了国族前途，要超党派，这便不敢赞同了。在现时代里，党是与政治紧紧联系着的，任何一个政治立场，都不能离开它的党。艺人加入一个党与否是另一问题，然而他却不能不站在一定的政治立场努力。艺人超脱党派的提议者，曾补充说："我并不否认国民党过去有若干不好的地方，但我要承认，国民党过去自有其光荣的历史，现在负有其伟大的使命，我们在工作上，对于它现在正确的政治宣传，应该有所采取。"这证明了，不管艺人是否国民党员，然而对于国民党现在正确的政治宣传，应该采取的。我们希望每个艺人都采取国民党目前的正确的政治路向，不希望超脱。现在是精诚团结、一致抗敌的时期，哪怕一点一滴的力量，我们也不希望它分离。这是有党派的人们应该明白的。中国国民党承认并且也要求各党派在抗战第一、民族第一的政治目标下，依着国民党的目前的政治路向，一致精诚团结，抗敌救亡。所以我们并不希望艺人能有例外——超脱。古人平时犹不以人废言，何况我们在风雨同舟的今日？所以认为有人以"统一战线"一语为拾取某个党派宣传的牙慧之假定，是敏感的，过虑的。"统一战线"一语并不见得危险；我们要问的在什么形式下统一。目前的所谓统一战线，无疑的是在国民党旗帜下统一起来，这就说统一，抑又何伤？

在"七七"的周年，我们需要增加我们的团结，增加我们的忍耐，增加我们的抗战实力。一切从事艺术救亡工作的人们，我们紧握着手前进吧！

《梁红玉》上演与旧剧改良

李文钊

"改良旧剧运动"在抗战动员中是一件不可忽视的工作。

虽然这问题已不在讨论时期而进入如何实践的时期了，然而对这问题的了解却存着多少分歧的意见——还有许多人没有正确地认识。

"旧剧改良"一会以"旧瓶装新酒"提出于戏剧工作者之前，引起过热烈的讨论。这问题在桂林也曾起过不小的波澜。不仅年轻的情感的人们对此问题容易发出激昂的反感，即是在剧运中有历史、有经验、有贡献的人，也有些还不免存着偏见。在一次《战时艺术》准备发表一篇与田汉先生说话的通讯（该稿正是讨论旧剧改良的）时，当时的编者曾几番考虑，想等待某名导演写一篇相反的文章同时刊出，或者竟想割爱转送他刊发表，这很可看出"旧剧"在人们传统的印象，及"旧剧改良"在一般人们眼中的评价。

旧剧，在内容，在思想，如果不经改变，自然可以说百分之九十九或百分之百都不合于现时代了。但在形式、在技巧都不能一概抹杀；虽然一定的内容须配合一定形式，但这不能绝对地、机械地划分的。旧瓶并不是绝不能装以新酒。譬如《石

作品信息

《战时艺术》1938年第2卷第4期。

榴青》原是广西的一种民谣，是农村青年男女恋爱歌唱的，我们将它改编为应征抗日的内容，在抗战建国纪念日汉口的音乐会里公唱，曾博得不少的同情，这就是"装新"的例证。又如《桃花江》原是太过萎靡了，但一改编为《黄浦江》却多么雄壮。这是"改良"的例证。人类的知识是由历史的经验累积而演进的，虽然在现阶段进步的阶段，也不能将过去的一笔勾销，这正如任何反资本主义的新社会不能将资本主义留给的技术、文化及物质基础一概抛弃一样。所以反对旧剧可以改良，或轻视旧剧改良这一工作的都是错误。

自然，我们改良旧剧并不是要挽回旧剧的没落，并不为了旧剧本身的命运。我们是为了旧剧的技巧尚有可以利用的地方，而他的形式因为千百年历史的关系使它到现在还有千百万的群众能领会、能接受——即是拥有广大的观众。如果我们认为旧剧只是上层分子或有闲人们消闲娱乐的东西，而忘了它在城市中对广大的小市民、劳动者和在乡镇中对无数农民群众的影响，那是离开了实践的空论。在目前，需要动员全国民众参加抗战的目前，我们不应让成千成万的旧剧从业员，置身抗战以外；我们更不能让全国极广大的民众任由那些代表封建残余思想的旧剧在麻醉、在引入迷途，我们正因为瞧不起旧剧更应该将它改革，不能让它依旧以原来的面目出现，我们的改良是为着挽救民众尤其水平线下的民众，而不是挽救旧剧的本身。这是我们要认清楚的。旧剧也许在改良运动之下延长了生命，然而也可以说在积极的改良运动下毁灭。因为内容改变，甚至形式也逐渐改变之后，即旧剧将不复以原来的旧面目出现，虽然平剧仍呼为平剧，桂剧仍呼为桂剧……然而究不是原来的东西，而既改良的旧剧，起码非另呼为新平剧、新桂剧……不可。新平剧、新桂剧……之出现虽然不是为了挽救旧剧的本身，但在目前技术与物质条件还不能够产生、完成我们的新歌剧的时期，旧歌剧的以新姿态出现，一方刺激了、应响了新的歌剧的发展，而另一方也就挽救了旧剧的没落，使改良的旧剧在这过渡时期中尽它应尽的任务。这就是旧瓶装新酒，连瓶也变新了的说明。一切机械论者以为旧瓶无论如何装新酒，瓶总是旧的，却不懂得改良的成分——数量多了，会影响到原来的质也起变动的。

过去的旧剧改良运动不能展开，固然是因为许多人还没有对它有正确的了解。而主要原因之一却是由于只有改良理论而少改良实践的工作。最近欧阳予倩先生编导的《梁红玉》在桂上演，正给了旧剧改良运动一个实践的贡献，予此方旧剧从业者以莫大的刺激。

《梁红玉》并不是以目前抗战情况做题材则是以金人侵宋的故事作主题，这是谁也知道的。但它的内容却正针对着目前抗战的情势。它指出："一个国家民族遇侵略时只有反抗到底，这抗战并不分男女，都负责任的，而争取抗战的胜利非民众一致起来不可。"这却无异对目前抵抗暴日而说的，虽然它不是一个抗日的剧本。正为此，它能在上海失陷后演出，这是它与其他剧本不同其价值的地方。中华民族过去的许多悲壮的历史，在封建时代的关系下，许多被歪曲了，湮没了；正需要着我们重新以新的目光、新的手法去整理、去表现；而同时在海外，在外人统治下的无数侨胞热念着祖国的目前，我们能提供些什么东西去兴奋他们安慰他们？这是从事戏剧工作的人们所不可忽视的。从这里我们感到《梁红玉》之类的剧本的需要。

《梁红玉》的上演虽然这不是第一次，然而这次在广西戏剧改进会主持、编者欧阳先生自己导演及国防艺术社的协同工作下演出，是有它特殊意义的。它不仅给"旧瓶装新酒"一个实践的说明，而在这次工作中表现着许多旧剧从业者在救亡工作中不甘落后，不甘置身局外；同时国防艺术社的与旧剧演员们合作，正洗扫社会传流轻视旧剧从业者的观念。有人说："我们干话剧的为什么要去干旧剧？"这次的事实答复："干话剧的正要去帮助旧剧改良。"把许多旧剧伶人，置诸救亡工作之外是错误，而认为旧剧改良只是旧剧从业者或票友们的事，亦是错误。好高务奇的理论虽自以为彻底、激昂、前进，而实际每每会收到相反的作用的。这正如托洛茨基的理论并不会帮助苏联一样。青年们每喜走偏锋而不知道结果的危险。我希望过去不屑，或太轻视旧剧改良的人们，在《梁红玉》的公演里，重新评价"旧剧改良"这一运动在目前抗战动员中的地位和需要。

名戏剧家欧阳予倩访问记

哈庸凡

在爱好戏剧者及戏剧工作者的心目中，欧阳予倩先生，应该是一个不生疏的名字。同时，欧阳予倩先生多年来对于中国剧运的贡献，以及在剧坛上的地位，也是一般努力戏剧的人所忘不了的。特别是自抗战发生以后，欧阳予倩先生在被敌人威胁的"孤岛"，运用他那深刻的、独到的戏剧修养，从事于戏剧理论上的阐扬和改编旧剧的实际工作，给抗战戏剧辟开了一条光明的前路。假如我们说抗战戏剧是抗战中的一件武器的话，则对于这件武器的铸炼人——欧阳予倩先生——当然是表示无限的钦仰。所以这次欧阳予倩先生到广西来，其意义不仅限于促进广西剧运的发展，就是在抗战戏剧的整个部门里，也应该是一种有力的帮助。在这种伟大的意义

作者简介

哈庸凡（1914—2003），广西桂林人，回族。1936年发起成立风雨文学社和风雨剧团，创办《风雨》月刊，创作有剧本、小说等文艺作品，先后担任《桂林日报》《广西日报》外勤记者。1938年投笔从戎，派往陆军八十四军，同时兼任《广西日报》特派战地记者，历任少校团指导员，一八九师政治部、司令部少校秘书。1943年由安徽转鄂北，先后任第五战区司令长官部《阵中日报》副刊《台儿庄》主编、《阵中日报》社长等职。1949年后曾在安徽省民政厅工作，担任《江淮英烈传》《安徽民政志》主编，晚年撰写新编历史京剧《徽班进京》等。

作品信息

《克敌周刊》1938年第12期。

下，我开始了访问欧阳予倩先生的工作。

是一个很热的下午，太阳像火一般地蒸着世界的时候，在中华大旅馆一〇七号的房间里，我开始和欧阳先生握手。那时，欧阳先生刚在外面访友回来，脱了外衣，穿着一件线衣和一件柳条竹纱裤，正在房里坐着憩息。进门之后，我仔细打量这位名闻全国的戏剧大家，他是一副很合度的身材，胖胖的，头发很光滑地分梳着，眼睛里闪耀着艺术家特有的光辉，是一张圆润亲热的脸，说话时神情非常洒脱，而且饱含着笑意，除了额角眼梢略有几条皱纹之外，简直叫你不相信这是一位年近五十的人，一番照例寒暄之后，我们便并不客气地闲谈着。

讲到戏剧，欧阳先生劈头便认为戏剧在战时，是一件直接的有力的武器。他说："以话剧而论，话剧的形式及表现方法是很多的，这许多的形式和方法都各有不同，目前话剧虽有相当的基础，但还未得到普遍的认识，在上海、北平这些大都市里，因为人才集中，物质条件充分，就是努力于戏剧运动的时间也比较长久，所以话剧有相当的观众。但是话剧在内地就比较困难，无论在主观上的力量和客观上的条件都够，所以我们从事戏剧应该有两重工作：（一）建设话剧，（二）用话剧宣传抗战。现在是迫不及待的时候，所以我们的话剧只需顾到内容健全、意识正确，但是，我们也并不容许导演有过于粗制滥造的事，现在的话剧，是形式、技巧跟不上内容的时候，所以我主张赶紧训练技术，尤其是表演技术，因为戏剧本身就是动作艺术，在非职业团体或想走上职业团体的剧团中，往往苦于没有相当的先生或模范来做指导，而我们又不能把成功的导演集中在一处指示我们。所以我们只能根据过去的基础，从演员的表演与观众当中，实际去训练我们的技术。本来观众就是我们的先生，但我们并不是迎合观众，而是要给观众以一点东西。"

欧阳先生很亲切，很兴奋地在说着，不时睁起一对灵活的眼睛来望我，似乎是在征求我的同意，我满足地点了点头，欧阳先生微笑着，又继续谈下去："凡是一个剧的演出，一定有三个问题：第一，想给点什么东西给观众？这就是中心思想。第二，想从观众收到什么效果？这就是出演的目的。第三，怎样使观众接受？这就是技术问题。这三个问题是一贯的，而且都是剧中的主要部分，前两个问题是内容问题，第三个问题则属于技巧，所以内容跟技巧，在戏剧中是同样的重要的。如果我们能够像苏联、法国一样，有很多的剧场设立，有很多的导演来指导我们，那么，一定会有很快的进步。但是在现时的环境里，我们只有一天一天借自己的聪明才力去测验观众的反应，从实际行动中，去获取宝贵的经验，虽然这样的成功慢一点，但我们对于戏剧的努力，依然是毫不松懈的。"欧阳先生始终认为戏剧是一个战争，是跟传统思想战争，跟社会上的恶势力斗争，跟帝国主义斗争，从这些艰苦的斗争，去锻炼我们的技术。

虽然欧阳予倩先生很奖掖戏剧工作者应从实际行动中去接受教训，但他认为同时也不可看轻专家，虽则专家并不是万能的，可是却也各有所长，各有所短，一个真正献身于戏剧工作的人，应该是很虚心地从每一个专家中间摄取好的成分，而集其大成。同时，欧阳先生以为抗战戏剧并不只是抗战一个时期中的需要，就是抗战结束，而民族复兴运动得继续进行，所以我们目前应动员广大的民族文化力量，来克服当前的许多困难，以展开我们更伟大的前进。

谈到这里，欧阳先生更具体地指示了抗战戏剧的内容，他以为抗战戏剧的内容，应该离开公式，因为抗战戏剧并不是把战场缩小来再现于舞台，主要的是解释抗战意义，提高人民抗敌情绪，并廓清一切足以妨碍抗战的传统思想，譬如：俗语所说的"各为其主""得人钱财，与人消灾""忍辱含垢，以免生灵涂炭"这些话，在本质上都有汉奸理论的毒素，是我们的戏剧所应该粉碎的。又如历史上的人物，有许多是不妥协的，这种不妥协、不屈服、强硬到底的精神，是我们足以效法的。所以抗战戏剧的题材，也可以采用一些激励气节的故事，使观众从这些故事里，联思到现在的环境，在这里，欧阳先生并且更进一步地告诉我们："无论写什么戏剧，第一，要故事完整。第二，要人情味丰富，不要神化。第三，要趣味丰富，即是从整部看起来，是很戏剧的（Dramatic）。

歇了一会，阳光有些斜了，这间小屋子里给反射得更闷热，我的汗珠已经透湿了一件内衣，可是我还不想轻易丢开这个宝贵的谈话，我把欧阳先生预备好的冷开水，咕嘟地喝了两盅，又继续提出街头话剧这个问题来向欧阳先生请教，欧阳先生对于这问题的意见是这样的：最初苏联以为戏剧要从室内，解放到露天去，使多数人看，不但要多数人看，而且要使多数人演，使大众自己有自己的戏剧，于是就主张户外剧，并利用宗教式的仪式来宣传思想，像这样，相当的效果自然是有的，但是也有限度。现在关于这种户外剧大半归到电影方面去了。街头剧也自有其效果，但是本人对于街头前没有经验，不敢作十分肯定的批评。由这里，欧阳先生并联谈到化装演讲，他说："有些人以为化装演讲过于浅薄，但是我并不反对，我以为这种口号式的东西，也有在一个时期的作用，一个时期的宣传方式，总是不免浅薄的，就是苏联也承认他们初期的宣传是比较浅薄。不过，我们虽然不反对化装演讲，但我们也得应时代的需要，在这个大转变的机会中，建立中华民族的戏剧基础。"

最后，我知道欧阳先生对于旧剧很有独到的修养，他自己所改编的《长恨歌》《梁红玉》《桃花扇》《渔家恨》等剧，又是那么地轰动一时，所以我虽然看到时间已过了四点半，而且也明知这欧阳先生马上要应友人之约去吃晚饭，但是我仍然还把改良桂剧这个问题提出，询问欧阳先生的意见。欧阳先生微笑着说："我认为改良桂剧和改良京剧一样，第一要彻底澄清桂剧的内容，对于那些不好的戏，要毫不姑息把它抛弃，而对于那些有特殊表现的地方，也可以把它保留；第二，脚本完全新写，不一定就原有的习惯，同时要把剧中的唱工、做工完全拆开，另外重新接过，这样做法，并不是破坏桂剧，而是延续桂剧生命的一个方法。至于演出时，我也主张用布景，但我不求写实，只求像画，像图案画。因此在台上站的位置，也完全变更，是要利用整个舞台成为有变化的舞台面，每一个舞台面，成为一个画面，每一个人在画面上的动作，就好像浮雕，活动的浮雕，这样就是把画的成分和雕刻的成分加入到桂剧中去，同时，在剧本的编撰上，是一套完整的，不是片段的，在唱工方面，桂剧中有许多是不够表情的，所以新的腔调也必须编制，特别要把合唱加进去。就是人物的上下场，也得重新支配，戏是要在舞台上视分晓的，或许经过几度导演之后，桂剧可以换上一个新的面目。艺术是没有国界的，当然也没有省界，我们并不否认桂剧有其地方色彩，地方色彩有时也可加深它宣传的力量，增加观众的兴趣。"

问题到这里，当然是告一个结束。在欧阳先生站起来更衣预备外出的时候，我便一面挥汗，一边告别出来。

（民国）二七年五月十七日

桂剧本身的没落

唐兆民

有些人，认为桂剧是桂林"特有"的艺术，主张好好地保存它。这理论，不问它是否正确。在笔者的意见，认为存在目前的桂剧，实在仅是桂剧的渣滓，它从前原有的精华，也许随着时代的推移，逐渐地丢遗，到于今，只见它呈现着江河日下之势了。

这话可不是凭空乱说的，无论从桂剧的本身任何方面，都可以找出它日趋没落的痕迹。下面，就是笔者个人认为它日趋没落的一点一滴的证据。

第一，先就音乐方面说起。

桂剧的音乐方面，也和其他歌剧一样，分为器乐和声乐。说得通俗一点，器乐便是左右两种场面，声乐便是各种唱法。

笔者在幼年时候，当有闲看桂剧时，常常听到有二弦、月琴、三弹、横笛、喇

作者简介

唐兆民（1906—1984），广西兴安县人，曾就读于广西省立师范专科学校，后在中小学任教。1950年任桂林民族师范学校副校长。1954年调广西博物馆和民族研究所工作，对广西瑶族、广西民间文学和兴安灵渠有较深入的研究，有著作《灵渠文献粹编》等。

作品信息

《克敌周刊》1938年第12期。

叭等管弦乐器和着唱词伴奏，特别是弦乐占着必不可缺的地位，使唱词因它们的帮助而优美起来。而且，有时因为剧情的不同，而管弦乐器的伴奏，是比较有选择的，例如：净角歌唱时，以三弹伴奏，容易显出唱声的洪亮而有力；旦角歌唱时，以月琴伴奏，容易显出唱声的柔和而清脆；在悲哀情调的唱出，则配以胡琴的反调，以显示歌声的凄怆，如《孔明拜斗》《卖子投崖》等剧是；当悲壮的情绪激发时，则配以洪亮的喇叭，以显示歌声的高亢，如《三打王英》《大审刘忠》等剧是；当轻松情趣唱奏时，则配以横笛，以显示歌咏的愉快，如《打桃会友》《攀松救友》等剧是。然而时至今日，在各戏院的场面上，我们虽然听到有管乐与弦乐，可是月琴与三弹，却轻轻地被遗弃不用了。虽然喇叭与横笛有时还配合剧情在伴奏，但大多数的戏出，只有一把二弦在拉，所谓"单弦独板"，常常弄得一出好戏也无生气。至于何种剧情，应该配合何种管弦，那更加无人注意到了。

再讲唱法，也显然能看出它的没落趋势，演员为着敷衍，"丢本子"便是家常便饭。"吊板"本来是桂剧最不好听的唱法，而打懒主意的演员们，简直常常在唱。至于道白，那更随便，特别是丑角的戏，他为了要迎合观众的低级趣味，尽可把不痛不痒的话，胡说八道一大堆，有时想说出几个新名词和新字汇来打趣，本来是可以的；然而为了唱者不懂它原意，便弄得牛筋不接秆草，使知识稍高的观众听了，反觉肉麻。再说曲调，许多比较曲折的腔调，便很少有人能唱得出来，例如《世隆抢伞》一出，它全剧的曲调便有所谓"九腔十八调"，这九腔十八调，据笔者所知，在桂林这个角落里，能唱得不忘腔夹板的，固然不多，即是那掌左右场面的，能够打得不"跌跤"，拉得不"架马"的，恐怕也很少见。这，并非故甚其词，只要问问桂剧的"内行"，便可证明这话绝对不撒谎了。

第二，再讲桂剧的身段方面。

大家知道，戏剧是一种综合艺术，一部分它包含着跳舞在内。桂剧里面的跳舞姿态，便叫作"身段"。桂剧虽然渊源于京剧，但论到身段，桂剧却还不及京剧来得优美。即单就桂剧的身段方面而论，亦大有每况愈下之概。试看武戏的"跳台"，分明是要给观众以一些舞姿的美感，但时至今日，许多演员都把它看作绝不重要的东西，七手八脚，马马虎虎地跳了两跳了事，其余如剧中每一个动作，可以纵心所欲，随便乱动，绝不管姿态是否优美，那更是数不胜数的事实。纵心所欲、随便乱动的结果，原有许多的优美身段，就逐渐会丢弃。例如《拦江救主》一出，大家都知道是武生最不易唱做的戏，但一般人只知道：饰赵云的武生，在演出的时候，又跳又唱，有些难于应付。其实，这只是皮相功夫，这出戏最难为武生的事，还是要表演一百零八个身段，即一百零八个姿态。在目前，这出戏虽然还在不时上演，可是，试问能真正演出这一百零八个身段的，究竟能有几人？

第三，再讲到桂剧的化装。

戏剧的化装，不独可以增加演员姿态的优美，同时可以表演剧中人的人格个性和身份。所以它在戏剧中的地位，也不稍逊于音乐与跳舞，须得随时随处加以注意的。

桂剧之于化装一道，究竟能够做到随时随处注意这一点没有呢？试看当它演出时，第一个不好的现象，便是畸形发展：只见剧中一两个"当场角色"——即主角注意到化装，其余的配角，尽可随随便便。有些剧，因为是婢女当场，则婢女的装束往往比她的小姐还漂亮；有些剧，同是四个同僚的大臣，除开其中一个因为他是当场角色，化装的衣冠靴带比较整齐外，其余的三个，尽可歪着冠，松着带，皱着衣，反着鞋，无精打采地在旁撑场面；有些剧，跑龙套的本要全副武装才行的，可是他们尽可拖着长辫，穿着旗袍，身上虽然披着一件红背心，头上却并不戴上一顶小卒帽，令人看去，想象不出他们在台上究竟是什么人。第二个不好的现象，便是明明是个面貌丑陋的人，却偏偏把他装得如花似玉，例如《孟良搬兵》一剧的排风，她本是一个丑陋的女婢，但往往把她扮得花枝招展。第三个不好的现象，便是当穿破衣的人，却偏偏给他披上一件美丽的衣衫，例如《绣楼赠塔》一剧，方卿本是个捉襟见肘、纳履决踵的穷措大，却把他扮成一个衣冠楚楚的花花公子。第四个不好的现象，便是不着重剧中人风度的表出，例如表演诸葛孔明，常常不穿朝靴，甚至趿着鞋，弯着腰，虽有意扮作温文尔雅，但实际上竟扮成个吸鸦片的"雅人"，失掉他纶巾羽扇道貌岸然的风度。——总之，桂剧的化装，甚为虎马，往往不能由化装而烘托出剧中人的人格个性和身份。

第四，最后来讲"新茶花派"的越轨发展。

近五六年来，桂剧有个总崩溃的现象，便是打大鼓演奏的所谓"大戏"。大戏的老祖宗，大概要算《新茶花》，故这派的戏剧，只好名之为"新茶花派"。

大戏本是桂剧的新花样，但这种花样，实在是一种越轨的发展。何以呢？因为桂剧在日就没落的过程中，原有各剧的内容，已呈不能吸引大量观众的衰老气息，从而对于取材方面，便有着添加新的成分的趋势，但新内容的剧本，又不能应运而生，一般以牟利为目的的剧业经营者，便异想天开地来一个只有"桥本"而无"脚本"的大戏，例如《莲花帕》《笔生花》《赵五娘》……一类的大戏，都是一丘之貉。这种戏剧既无脚本，而各演员对于剧的故事又未必熟悉深知，故无论在科白唱词方面，只有任各演员临时胡诌。在这种情形之下，哪怕演员绝对聪明，要演得圆满，是绝对不可能的。

大戏之索然寡味，这是尽人皆知的事实，但它不但不因索然寡味而无形消灭，相反的，却不断地正在发展，这是什么理由呢？我想，第一，大戏的观众，大多数都是一些知识水准较低的太太们。她们本来很少地理解真正的戏味，但她们却又有些好奇，以为只要是新戏，她们在有钱有闲的条件之下，都要前去光顾。第二，大戏是连台演奏有头有尾，最适合妇女们寻根究底的脾胃。第三，大戏取材多半是妇女们最好阅读的旧弹词或小说，她们在阅读时，已经有了相当的旧经验，再来观剧时，新的经验与旧的经验很容易接头，使她们对这一故事更加容易了解。——有了上面这几种条件，所以，一般太太们便做了支持大戏的柱石，使大戏得以越轨继续发展。

大戏仅在发展着，这是桂剧的好现象吗？只要稍有戏剧常识的人，都会感觉它是桂剧致命危机，如任其发展下去，桂剧的坟墓，距今真是不很远的了。故笔者个人认为，这种新茶花派的大戏的发展，就是桂剧总崩溃的象征。

综上所述，可见桂剧本身的任何方面，都呈露了没落的现象，这现象，即许不是桂剧的致命创伤，至少也是它贫血的征候，要治疗亦颇费力的。因而我希望那些主张保存桂林"特有"的艺术——桂剧——的先生们，以及热心改良桂剧的人士们，大家平心静气，承认事实，把桂剧目前所呈露各种现象，好好地加以检讨，然后决定怎样去保存它，或怎样去改良它，甚至怎样去推翻它。

《夜光杯》的演出

李文钊

在"大众化"口号下，忽略了技术问题是一个错误。

人们往往以为作为宣传工具的各种艺术，非常简单，无须考究。这是不知道技术在艺术上的价值和重要性，不讲技巧的艺术，犹如不曾煮熟的饭，是不能叫人消化的，所以正为了是宣传的艺术，尤其要它熟练才能得到宣传的效果。

注意技巧，并不就是忽略内容；把"技巧""内容"对立起来也是一个错误。

国艺社是一个宣传机关，同时也负了推动救亡工作以至教育青年艺术工作者的任务，因此在过去，虽然一方面常以充满着民族意识的内容和极其粗野的、大众化的、崭新的形式来进行戏剧、歌曲、漫画等工作，来作为新艺术的尝试，然而一方并没有忘记技术水准的提高。

就戏剧说，虽然常排独幕剧、街头剧，在街头，在露天演出，而同时也不断排演大戏和多幕剧，如《飞将军》《青纱帐里》《前夜》《古城的怒吼》等。并且在限于社的编制及经济，没有力量聘请导演的场合下，尽量地运用可能的机会请有名的导演帮忙，自从章泯先生离社后，先后请欧阳予倩、马彦祥诸先生义务导演，就是在

作品信息

《战时艺术》1939年第3卷第2期。

训练社员，提高社员的水准。

有人以为一个宣传机关是不必排演舞台剧和大戏的，因为这些戏不能搬到乡村。这一面是对的，但我们演舞台剧不一定是原原本本地搬到乡村，而是使社员们多学习舞台经验。有丰富的舞台经验和多幕剧的训练，才能够游刃自如地去演其他的戏，才能够去指导旁人、训练旁人怎样从事戏剧工作。国艺社是不仅自己演戏的团体，它是常常奉命派去指导，去帮助旁人工作的。所以社员们的工作能力不能不特别加强。

《夜光杯》之继《古城的怒吼》公演，其动机就在此。

《古城的怒吼》公演后，一个使我们兴奋的消息就是全国盛誉的戏剧界先进洪深先生由衡重到桂林。我们感觉这是一个不易得的机会，假使不能使我们社员在这个机会学习，是一个莫大的损失，我们要把握这一个机会，我们不要放过这不易得的机会里的一刹那。

洪先生是容易商量的，我们很感谢他工作的热忱和诲人不倦的精神，他是很高兴允许了我们的要求。成问题的倒是剧本问题。的确，在抗战已进到第二期的目前，能适合于当前政治要求的剧本不容易找到。我们只好在桂林可能找到的剧本中选定了《夜光杯》，并且由洪先生在排演时加以改正，弥补了剧本中的多少缺憾，使它成为一个较为有力的反汉奸的剧本。在敌人战略失败计穷力拙而实行软化诱惑政策的时期，在大汉奸汪精卫甘为傀儡，降敌卖国而被中央开除的时期，在我们正发动民众，加紧反汪锄奸工作的时期，这个剧本是相当适合的。

洪先生是负有工作使命不久便要到重庆去的，为我们的排演勉强逗留下来，因此这个剧要以最速的时间排成。计此剧对台词三天后由廿五日排起，廿九晚洪先生才将最后一幕改编完毕，卅日才排地位，而卅晚我们便预演，卅一就公演了，演员、后台工作者，都在日夜加工着，这短促的时间，这紧张的工作，只有洪先生的精神，洪先生的手法，洪先生的魄力，才能使这戏有把握地演出。

我们是常常受着两种不同的非难的：一种是学院派的眼光，他们轻视大众化的艺术，他们不屑似的讥嘲我们的各种粗野的表演，而另一种是对于艺术不加深究的人们的见解，他们太忽视技术在艺术上的重要性了。我们觉得这都不很正确的。我们将以工作的实践来答服这些非难！

1940年代

关于"民族形式"云云

陈迩冬

在一个专讨论"民族形式"和"大众化"问题的座谈会上,我偶尔提出质问:

1. 有的是老牌的民族形式,但并非目前大众所了解,所需要的;

2. 有的并非民族形式,但大众却了解它们,需要它们。

当时我所谓的第二项,在座者都认为有的,而第一项却有人说没有这样的怪事。当时我解释事并不怪,并举唐诗宋词元曲为例子。若既为民族形式又是大众化的只好乞灵于《花鼓调》《五更叹郎》之类,但这些东西在范围上未免太窄,而作用上又失之太小。当时又有人把《大路歌》《队长骑马去了》之类也归入此范围,说不

作者简介

陈迩冬(1913—1990),原名陈钟瑶,广西桂林人,早年就读于桂林桂山中学、广西省立第三高级中学和广西省立师范专科学校。曾任第五路军国防艺术社宣传部主任、前线出版社出版部主任,在桂林、重庆等地主编《战时艺术》《拾叶》《风雨》《大千》等杂志,担任过《桂林日报》、桂林《力报》、重庆《新民报》等副刊编辑。1947年任广西艺术专科学校教授。1949年后曾任北京《新民报》副刊编辑、山西大学中文系教授。1954年调任人民文学出版社古典文学编辑,兼职中央美术学院、中国人民大学教授。1949年以前出版有诗集《最初的失败》、历史剧《战台湾》、传记《李秀成传》、叙事诗《黑旗》、短篇小说集《九纹龙》等。1949年以后出版有《〈古诗十九首〉新释》《苏轼诗选》《苏轼词选》《韩愈诗选》,著有《宋词纵谈》《闲话三分》。

作品信息

《抗战时代》1940年第2卷第1期。

算窄小。而当时我所质问的中心"如果这也算是民族形式,民族形式就应该打折扣。如果这不是民族形式,民族形式究竟包括些什么呢?"当时没有人在理论上予我以正确的答复;直到今天,我还没有看见完满解释这问题的文件。

在这个口号甚嚣尘上的今天,在一些似是而非的聚讼持论之外,我具体地提出下面的管窥。

这里先附带插入一句:有的既非民族形式又非大众化,像田间的诗,庄涌的诗,不在本文讨论之列。

试一寻找民族问题这口号提出的马迹蛛丝,其缘由大致不外:

1. 客观上要使文艺下乡,文艺入伍,旧形式不妨利用;

2. 主观上是随着抗战发展而意识到中国过去文化乃至文艺乃至文艺的诸般形式亦并不弱于外邦。

但这里所谓"形式",我想它字样上应有折扣,而在意义上则是强调的。

在今天,它应该是本着三民主义中的发扬民族精神、提高民族意识、恢复民族道德的原则,本着"民族至上"的行动指针为皈依的。

溯目鸦片战争以后,甲午战争以后,八国联军破北京以后,国人感觉到国体政体不如别人,感觉到枪炮兵舰不如别人,感觉到道路桥梁不如别人,感觉到服饰衣冠不如别人,感觉得房屋茅厕也不如别人,这感觉一经过分的发展,直到"五四",也感觉到中国是诗歌小说戏剧都远不如外洋了。文学革命的时代背景,固然是雏形(严格说是始终没有成型的胚胎)的资本主义社会否定了封建社会,但国人的"望洋兴叹"乃至望洋生敬的心理普遍于国民革命军北伐以前的那一时间。在文艺上,一个俯拾即是的例子,譬如描写爱情的诗歌小说戏剧中,亚当夏娃代替了织女牛郎,"丘比脱的箭"射断了月老牵千里良缘的红丝,……连神仙菩萨也是外来居上了。

但今天"民族形式"的提出是"还原"么?我敢回答一千个"不"字!照十九世纪迄今的中国文艺发展过程来看,由鸦片战争到五四运动是由"正"到"反";由五四运动到七七抗战是由"反"到"合"。宇宙万象逃不出这辩证法的铁则!

话说回来,我之所谓民族形式的外在折扣和内在强调,意思就是说应该把它当

"民族内容"看的。"大众化"是"民族内容"中条件的前提，"民族形式"是"民族内容"中条件的附加，而它们，又是互相推移，互相制约，互相生成的。

而"民族形式"云云亦绝不应看作"抵制外货"的文艺行情，它并且广泛地吸收古的，洋的，土的，新的，为其创作骨干，所谓"奥伏吓变"，就是这之中的基本原则，也是这之中的起码态度。

就以诗为例，西洋诗起源于叙事，中国诗则起源于抒情（譬如《击壤歌》乃至十五国风都是，这是世界诗歌史上的特例）。一直发展，中国诗千百年来皆是抒情居多，试一将《长恨歌》《连昌宫词》比诸《奥得赛》《依利亚特》，我们将觉得前者是不够伟大的了。而我们今天正是战斗在伟大的时代里，抱残守缺地乞灵于老牌民族形式是不够表现的。

或曰：你在前一章里非难"五四"前后的模仿西洋，而这里你又说过去的民族形式不够表现，你自己的理论里已有对立的存在了。

是的，关键就是这里。我的回答是：

不望洋兴叹；

不敝帚自珍；

矛盾的统一。

文艺作战与军事作战初无二致：现代化的战争，武器上不能倚仗于丈八蛇矛、方天戟、袖箭、朴刀；一定要有坦克车、轰炸机、鱼雷、重炮。战略、战术上也要将孙子、拿破仑、曾国藩、鲁登道夫……的兵学融汇地运用机动地运用。

至于"民族形式"的标准作品，直到今天，还未见出现，田间、庄涌的诗与此相距十万八千里，除非孙行者的"筋斗云"才能算数。若《花鼓调》《五更叹郎》，自不够斤两；若《大路歌》《队长骑马去了》，则属于杂牌；若唐诗宋词元曲，又是封建的木乃伊；……标本去哪里呢？

标本还未有，我们以一个最大的期望向中国文坛投资！

五月廿九日草

年青的文学形式

——报告、速写和通讯

严杰人

报告、速写和通讯之类的文学新形式之出现于中国文坛，还是九一八事变以后的事情，当时由于民族危机的日趋严重，救国运动因而汹涌澎湃地蓬勃起来，许多可歌可泣的有血有肉的现实场面和景片，是不断地展演出来了，我们的新文学应该怎样去把它迅速地具体地描画反映出来呢？于是，报告、速写和通讯之类的文学新形式，被介绍到中国来，开始在中国文坛上以战斗的姿态出现了。

报告、速写和通讯之类的文学新形式，是伟大的革命的斗争时代的产物，同时它又是最适宜于描写伟大时代中，每个紧张的场面。在伟大的革命时代，作家生活在急剧变动的斗争生活中，或直接参加在斗争的队伍里，已经没有从事创作巨大结

作者简介

严杰人（1922—1946），原名严爱邦，广西宾阳县人，在宾阳念初中时发起成立"奋流文学研究会"，初中毕业后在武鸣和雒容参加一年军训。1938 年到桂林高中上学，1939 年底考取《广西日报》外勤记者。1940 年加入中华全国文艺界抗敌协会桂林分会。1941 年兼课桂林逸仙中学。后到南宁黄花岗中学任教并任《曙光报》副刊编辑。1943 年返桂林任《广西日报》记者。1944 年到重庆，任《正气日报》副刊编辑。出版有诗集《今日之普罗米修士》《伊甸园外》。

作品信息

《游击》1940 年第 3 卷第 4 期。

构的环境了，而为了生活为了斗争，作家也没有余暇去创造巨大的文学结构，于是只能从斗争生活中抽取某些紧张场面和片段的题材，以短小精干的富于刺激性和斗争性的活泼形式，去迅速地具体地反映出来。报告、速写和通讯之类的年青的文学形式，便是在这种时代的客观环境下成长起来的。同时，报告、速写和通讯之类年青的文学形式，具有充分的新闻性、现实性和形象性，能够迅速间具体地反映革命斗争的现实景片的片段，暴露一切荒淫与无耻的黑暗面，而成为革命斗争时代的战斗的文学武器。

每一个革命斗争的伟大时代，就是报告文学蓬勃的时代；这个理论可以从目前抗日斗争中得到证明，我们从目前报纸和杂志上去观察，报告、速写和通讯，是占着第一位的。抗战以来，年青的文学形式的收获，是非常丰富的，我们已经有了许多天才的报告文学者、速写作家和文艺通讯员，生产了无数优秀的报告、速写和通讯，刘白羽、奚如、□平、野蕻、黑丁、碧野、姚雪垠等青年作家不是产生了很多血泪交织的优秀作品么？由于这些报告、速写和通讯的出现，已经奠定伟大作品产生的基础了。

但是，尽管报告、速写和通讯，已经在抗战中发展起来，而且已经发挥了它积极的能动的战斗性，仍然有人蔑视报告、速写和通讯之类的年青的文艺形式，认为它是低级的艺术形式，而加以鄙夷。高尔基说："报告文学当被批评家认为是文学上比较低级的形式，这是错误的。我们只要想起两位报告文艺的巨匠——乌斯彭斯基和莫泊桑就够了。"而基希和《屠场》的作者辛克莱不也是著名的文学巨匠么？文学本质上是理实的时代的反映，而迅速地反映时代以形象的描写来报导真实的青年的文艺形式，为什么是低级的艺术形式呢？这显然是一种偏见。

报告文学的特性，一方面是迅速地具体地反映错综复杂而变动的现实暴露黑暗面，另一方面激发大众斗争的热情，正确地启示光明的远景速写是新闻与报告的混合体，是将新闻事件部分地用具体形象来表现的方法。而通讯则是报导一个地方的色彩和特征，某一事件的发生和经过，某种运动的展开和进行。但是它们之间是具有着共通性的，大家都具新闻性、形象性和现实性，在写作上都要求具体、生动和深刻。唯其如此，每一个报告文学者、速写作家和文艺通讯员，都要参加到现实生活里去，参加到斗争行列里去，而为现实的一分子，战斗的一员；每一个报告文学者、速写作家和文艺通讯员，都应该有非常尖锐的敏感，深入现实深入斗争中去，作深刻的观察和分析。

年青的文学形式之共通特性之一□年青的文学形式乃是介乎科学与文学之间的有机混合物，它一方面用哲学和科学的方法去分析、处理和报导活生生的现实，一方面又将现实用文学的描写手法表现出来。因此，一个优秀的报告文学者、速写作家和文艺通讯员，不但应该有文学的修养，而且要有渊博的社会科学理论和各种丰富的知识，才能观察和分析错综复杂的现实，才能善于寻找适当的题材，而作出具体生动和深刻的报告、速写和通讯来。记住一个优秀报告文学、速写作家和文艺通讯员，应当是一个政治家同时又是一个文学家。

年青的文学形式之又一个共通特性：它不仅是一张相片而且是一张美术画。现实和斗争是复杂的而非单纯的，不断发展的而非静止不变的，我们不应以摄影术去反映给读者，我们要去分析、批判和把握，像调色一般描画一张美术画。那么，就靠作者正确的世界观了。加里宁在论通讯员的写作和修养中说："如果你想使你的通讯能感动人，那么必须把你的血流一点进去。"对于一切年青的文学形式，又何尝不是一样呢？所以一个报告文学者、速写作家和文艺通讯员，需要正确的世界观、强烈的社会正义感和大众同情心。

请记住高尔基的话吧！"报告文学就是由语言而来的生活描写的真的艺术。"又说："对于速写作家的工作取真挚的态度，不要把速写看为低级的艺术形式，而帮助它成长及发展到可能的完成的极限，——这是完全必要的。其次也不要忽视地方性的通讯。"

努力培育年青的文学形式，向着伟大作品产生的大□前进！新的中国，一定有比基希和辛克莱更成功的作家，和无数天才的优秀的报告文学者、速写作家和文艺通讯员！新的中国，也一定有比《铁流》《毁灭》更伟大的作品！

诗歌创作的几个问题

周钢鸣

最近又有很多人提出当前诗歌运动方向问题来讨论，到底向什么方向走呢？似乎大家又有些混乱起来；其实，中国新诗歌运动虽然仅仅是短短二十几年的历史，但它已找到它发展的正确方向，和其他艺术部门一样——走向革命的浪漫主义和新现实主义正确的路上去了。所以今天，不管是抗战诗歌，或诗歌的民族形式，诗歌的大众化等问题，都离不开革命的浪漫主义和新现实主义的范畴，反之抗战诗歌，诗歌的民族形式等问题的提出，正是站在诗歌艺术这两个基本方法上，来要求诗歌的主题和思想内容形式的创作上，更能表现出民族革命战争的现实和现阶段多彩的民族生活以及大众丰富生动战斗的语言。因此当前所要讨论的不是运动方向的问题，而这也就是诗歌创作的倾向而已。

在当前诗歌的创作倾向上，是有着几种不正确的理解的：

第一把诗歌的艺术创造，是当它看作是纯语言的问题来处理，如是把朗诵诗、诗歌大众化、诗歌的民族形式等，都把它看成诗的语言通俗化——听得懂，念得出这表现形式的一面来了解，而忽略了诗歌语言所表现的内容——思想情感与生活是

作品信息

《中国诗坛》1940年第6期。

否是大众的或大众化的问题却忽略了，因此形式只管是通俗大众化的，而所表现的思想内容和生活形象都不是大众的思想情感和生活，因此这种"大众化"的诗歌就变成一种空洞枯燥的语言，缺少生活的诗意，因此这种大众化只是大众化的形式而缺少大众的和大众的丰富生活内容，因此大众也不喜欢这种空洞的"大众化"的诗歌。譬如最近林山在本刊上所发表的几首街头诗：

给难民

告诉我，同胞！

你们是从什么地方逃来的？

离开家乡已经多久？

肚子饿吗？

身体冷吗？

心里痛苦吗？

愤恨吗？

想报仇吗？

去！不要在街头流浪，

去！不要躲在收容所

去！去！去！

去打仗呀！

去报仇呀！

去把鬼子赶走呀！

去夺回被践踏的家乡呀！

……

像这样一首诗，在诗的语言和形式方面，的确是朴素而通俗化的，也适合于朗诵；是达到作者为大众而写，写出来可给大众读得懂的目的。但是这首诗是多贫缺生活思想情感的内容，一点动人的激情和对于生活的一点战斗和抒情的成分都没有，连作者自己作为诗人燃烧的感情也是没有的，而所有的只是对这些悲惨人们漠然枯燥的命令一样的言辞而已。这样的诗是非大众化的，当然这只是一个显著的例子。其他很多专写朗诵诗的诗人的作品也都犯了把大众化的语言脱离了真正表现大众生活思想情感的毛病，把诗歌单纯地当作语言的大众化来处理的错误。

但这里，我是不是否定了诗歌的语言要大众化呢？不是的，诗歌的特质，是语言的艺术；大众化的诗歌，必定要用大众化的语言来写出大众的诗歌。因此要创造大众化的诗歌，而诗歌语言（表现形式和语言的内容）的大众化，正是创造大众化诗歌的一面；而另一面就是要用大众化了的诗歌语言，来表现大众的思想情感和斗争，就是表现和传达出大众生活当中的诗情来。许多民歌和民间的唱本正是很好的例子，每支民歌当中都是用人民的诗的语言，来表现了人民生活当中的诗情，传达出他们的申诉和希望，充分地表现出民间的抒情；而许多的民间唱本，正是民间的叙事诗，是用人民的韵律的语言来歌唱民间的英雄，民间丰富故事，民间青年男女真纯的爱，而在这里人民的语言和人民的生活思想情感，是达到了谐合的统一。因此诗歌大众化的创作问题，除了抱为的大众而写的积极启蒙者的态度之外，而更进一步去写出大众的思想情感和生活，这样才能为大众所"喜闻乐见"，不然还只是停留在诗人自己的"大众化"和空洞的没有植根于大众生活当中的"大众化"上面。所以我们要指出《平汉路工人破坏大队》的成功的地方，在它的诗歌语言的大众化方面还没有达洗练的程度，而它成功的地方还多在表现了工人大众性格那种乐观的生活气质，和对于工人参加民族解放战争的战斗教义方面。所以大众化的诗歌的创作，不仅吸取他们固有的生动的生活语言来表现他们的生活和斗争，而且还要吸收新的生活语言，来表现新的正在发展的生活，并且要传达新的战斗教义，但这里诗人必定要有充分的燃烧的激情，将这些新的教义渗透在大众的生活思想情感里，凝练出为大众所"喜闻乐见"的真正大众化的诗歌来。抗战诗歌亦即是在诗歌的主题内容方面，表现出在抗战中的大众的战斗生活和思想情感来。因此诗歌大众化就不是单纯的语言问题了。只有这样才能解决大众化的诗和朗诵诗能真正为大众所接受的问题。至于目前所提出写朗诵诗的问题只是一个过渡期的问题，是由于和大众的文化水准低落不能听懂深奥非语化的词汇，另一方面也是由于中国的语文还没有达到统一所形成的问题；若是中国诗歌能真真用大众的（也包含知识分子的，因为大众的语言由于文化水准的逐步提高，大众的语言也会发展，而慢慢与知识分子的语言相汇合）口语来描写的话，大家将来都可以看得懂，听得懂的时候，那就不是创作朗诵诗的问题，而是诗歌是可以朗诵的了。

在诗歌创作第二种倾向，也是把诗歌当作单纯的语言来处理，想找寻诗歌的新形式，有所谓新象征主义，或以未来派者自居，他们也只是在诗歌的语言形式方面标新立异，故意将诗的形象和诗的语言朦胧起来，或是专写出些令人不懂的字句，而命之为诗，这也是落进了形式主义的泥沼，传达以有害的影响；尤其是对于许多刚刚想从诗歌方向来表现自己的思想和情感的青年诗歌爱好者，以坏的影响。

诗歌的创造是不是需要新的表现形式呢？需要的，而这新形式要有新的真实的内容。学习玛耶阔夫斯基，只看到他表现形式这一点上的特彩，那真是"舍本逐末"，在玛耶阔夫斯基凝练、坚决、爽朗的语言中，有着那战斗的思想和壮大的热情被组织着；而它的表现形象是通过他自己的民族语言来创造的。学习玛耶阔夫斯基只硬生生地在他的作品中钳到一些词汇，而当作新形式来炫耀，那会变成了烦琐的形式主义者。这种形式主义者是他们跟现实生活相游离，或是逃避现实，他不敢正确地表现现实，或是他没有更生动地表现现实的能力，对于眼前的现象描写，只是孤立画出他的片段，而没有组织现象透达成为真实的形象的能力，于是他只好用烦琐的形式的堆砌，来代替诗歌形象的刻画的语言的和谐。用空虚的幻想来代替真实。自诩为革命的罗曼蒂克。自己在做着翱翔的美梦。今天有些人又开始模仿艾青的《旷野》，去描写自然，但他们也只看到自然现象的片段，而没有看到在自然中所烙印着中国人民苦难的生活，与对于土地和剥削的重负，传达出他们对于人民的炽烈的深爱。而这里也就可以说明新诗歌的创造的新形式问题，也不单是用新奇的语言来表现的问题，而是要有壮烈的新的战斗生活主题。深入广阔的生活沃野去耕耘。反之若形式语言上固然有些新的创造，但是所表现内容贫弱得很，那会将新诗歌引向更狭隘的路上去。过去"现代"派的诗歌找不到更大的前途就是一个很好的例子。然而"现代"派的诗歌的优点，它在形式语言方面，达到了相当洗练的地步，但终没有壮阔坚实的内容而像红叶一样飘零了。

第三个倾向，是把诗歌创造，单纯地当作诗人自我情感来表现，有小诗的创作见于一时。这里也是找不到前途的。这种创作倾向，发展到在诗人自己的日常生活当中去找寻小巧的警句以自满。但这种警句只能慰藉抒发诗人一时的冲动的感情，然而壮烈的现实战斗生活强有力地肉迫着诗人，使诗人感到表现这伟大的时代，成为他不可缓移的任务，然而怎样来表现这时代呢？诗人们感到彷徨了。于是觉得要将"抒情放逐"，"是不是需要叙事诗呢？"这样使诗人从生活当中找寻警句创成小诗的自腐中焦灼自觉起来。这是一种进步，当然我并不是绝对否定小诗，但专从日常生活当中找寻警句，而忽略了伟大的现实，正是和现实游离迷避现实的一种倾向，诗人的世界不是自己的田园，而是辽阔的一类社会和壮烈的历史远景。诗人也不应当把"抒情放逐"，而抒情正是诗人的琴弦。应当是从诗人自己个人的抒情到为大众的抒情，大众的抒情，通过叙事诗的形式，将人民广大生活的主题给以描写，将人民的英勇斗争给以抒情和歌颂，弹出人间洪亮的声音来，所以不是是不是需要叙事诗的问题，而是要是造出怎样的叙事诗来的时代了！

一九四〇年十一月十四日

论诗和诗人

周钢鸣

A

一 诗的特质

文学是语言的艺术，而诗正是文学的语言。文学的语言的特质是在于它描写形象，形象的表现；——所谓形象的思索。而诗并不是文学的一般的语言，却是文学的最洗练的形象的语言。这里我想要指出的就是，诗虽然是属于文学的语言的范畴，然而诗还有它的特质，要说明它的特质，所以只说出它是文学的形象的语言是还不够的。

为了说明诗的特质，我们首先要了解诗与散文的关系，有许多人总觉得诗与散文是没有什么分别的，但另外也有些人觉得诗与散文还有分别的；这里的论点一方面是没有将诗和散文得到一个清楚的解释，但同时也说明了诗与散文的界限性是非常参差的。其实诗的言语描写中和诗的组织成的形式上，常常是具有着散文的美

作品信息

《文艺阵地》1940年第9期。

和散文性，而散文的描写的语言中也具有着诗的美和诗的节奏；所以诗与散文的界限性，不是在它们所用的艺术语言的分类上，——诗的语言比较散文的语言，是更富于生命的直接的语言。而是在他们表现一个作者对于现实的意欲和对于现实的描写的角度，以及在这艺术语言的组织所构成的形式上（如用八行诗与自由诗的表现样式等），才能分出它们彼此的特质来。但这里并不是说诗与散文在共通的创作方法上，存在着不能联系的矛盾，因为艺术的总的创作方法是一致的——透过现实而思索与表现现实，而不是绝对界限着。这里我们可以从许多古典的史诗和叙事诗之中，看出这种诗与散文的相互地糅合的美。这正说明了诗的语言是含蓄有散文的美，而诗是散文的升华。所以诗绝不是与散文割绝的，而诗的艺术的语言是具有充分的散文性。这是诗的语言的第二个特质。

诗是散文的语言的升华，它必须是语言中最富于形象性的和最洗练的与概括的语言。这是它以直接的语言表现作者——诗人对于现实的意欲和感情，以及直接地表现现实的形象的真实起见，所以他不得不选取这种洗练的概括的直接的语言。因为诗就是用很经济的语言，来表现作者的意欲感情的方法。所以洗练的语言，就是将那些没有生活感情的，没有形象的美的词类，没有思想的概念，没有美的旋律的语言去掉；而换取那最富于生活情调，富有形象的美，强烈的思想的概念，谐和的旋律的洗练的语言，来直接地表现出作者对于现实生动的意欲，这就是诗的语言的创造的意义。同时诗的语言的洗练，和语言的概括性是相统一的，越是洗练的语言，它对于现实的描写和表现更富于概括性。同样诗的概括性的语言的创造，是对于现实的申诉要达到最深刻最丰富的意味，这也就是诗的语言的洗练最重要的范畴。所以诗的艺术的语言的洗练性和概括性，正是诗的第三个特质。

诗不仅是形象的语言的组织，或对于现实的意欲的思想概念的组织——主题。它还是作者对于现实的激情以及由现实所激发的情感的组织。这种感情的组织，往往由作者——诗人通过表现现实的语言的抒情的音调，词句的节奏，字句的音韵的和谐，以及由语言的含义所构成的旋律，来表现作者对于现实所激动的被组织了的感情。这是诗的语言的音乐性。这是诗的语言的第四个特质。

在上面说明了诗的一般特质之外，我们不要忘记诗对于现实的主要意义，这就是诗所具体的语言特质之外，它还有一个诗的灵魂。这灵魂是透出作者——诗人对于人间伟大的申诉，这就是诗应当是作为战斗的语言；诗的语言要富于战斗性，这就是作为诗的语言的本质，来组织作者对现实所激动的情感和思想——意欲，这正是诗的主题。这个主题意义是作者对于现实的认识，以及表现现实的面貌与对于指导现实的意欲，是作家的主观对于现实的客观有机地相互作用和渗透，而组织了的具体的活生生的形象，这就是主题。而诗的主题的组织，就是诗人用诗的特质的语言，所组成他对现实的表现的意欲；因此诗的语言是整个主题的一部分，而诗的特质的语言的战斗性，又是构成诗的主题的统一。

......

你们，那些惯于作恶为非的，

先人们的虚荣的后裔，

你们，奴隶们，一脚踢开了

被损害的一族的权利；

你们，自由，光荣，天才的迫害者，

贪污的一群，站在国王的周围，——

在你们之前，一切都得静下，

你们躲避在保卫你们的法律之内！

但是罪恶之子啊！有最高的审判

上帝等待着那审判的时光！

你们不能再用钱赂贿"他"了，

他见到了一切的行为，一切的思想；——

毁谤的扯谎不中什么用了，

也不中用了，你们的恳求和祷告

也不中用了你们的黑血，

将这诗人的神圣的血迹洗掉。

（见莱芒托夫《普式庚之死》一节）

上面这节诗我们看到每句诗都是战斗的语言，由这些战斗的语言的组成，完成了控告那在沙皇黑暗统治下那班丑恶的贵族们谋害天才的罪恶的主题。这是诗的艺术的第五个特质，也就是诗的灵魂。

在上面所论到诗的五个特质，不是互相分立的，而是相互统一着。这是从诗来说明诗的语言的特质，同时也就是从诗的语言的特质来说明诗的特质，这是诗的特质的一个整体。

二　诗的本质

诗的特质是在它语言的意义和样式上显示出来，然而诗的本质是什么呢？它不仅是表现现实的语言，或是用语言来表现作者对于现实的意欲而已。所以诗的本质，应当是将诗和它对于现实所起的作用来理解，这才能判明诗的本质的真实意义。为了打破向来对于诗学那种传统的形式主义的见解，我们不能不指出，诗不仅是由语言所组成的形式来决定它的本质的意义的，而是要从他用语言所组成的表现的形式起，到所反映的现实的内容，以及由内容和形式所表达出的现实与对于现实的意义，来决定它。这是将诗的本质的意义对于现实的深化和强化更积极的意义。所以诗的本质的意义必须具备着"真、善、美"的确定意义。

诗的本质必须"真"，这个"真"字对于现实有深刻的本质的意义。"真"是"真"实，诗必须表现现实——时代的真实的面貌，即通过现实的本质而思索，同样地在作者表现现实的面貌，即通过现实的本质而思索，同样地在作者表现现实的面貌中，同时要表现出作者对于现实的真正的感情和意欲，而反映到诗中成为真实的语言。所以这个"真"是将现实的"真"实与作者——诗人主观的"真"实相渗透，而反映到诗的语言的"真"实上——生活的活生生的语言。这是构成诗的第一个本质的意义。

其次在"善"的意义上，正显示了一切伟大的诗人们，在愚昧的残暴黑暗时代，他们都会光荣地尽了先知者觉醒的战斗任务，为着这个使人类从黑暗的暴力的摧残下得到"善"的解放而控诉，叫号，以至战死。每个伟大的诗人都是具有这个"善"的良心和先觉，他们在自己诗的主题中表现为着"善"的希望，表现着人类真实的"善"和恶；将现实的人类的"善"和人类对于善的希望，以及诗人对于"善"的希望和为"善"而战斗的意欲，用他那伟大的诗人的鲜血来渲染在他们光辉灿烂的诗篇里，这真是显出了诗的本质"善"的最重要的范畴。这就是诗人进步的世界观对于现实发展——历史进步的方向相统一的一个范畴。只有这表现诗人"善"的希望，表现现实人类中真实的"善"恶这才能真真显示出诗的最本质来。伟大的人类的斗争历史就是阶级的善与恶的斗争的演进；因此伟大的诗是要真真表现出"善"而对恶斗争！这才是真正伟大的诗。倘使表现恶的"诗"，譬如贵族诗人尼采在他的诗里面所表现着对于奴隶的那种奴隶主的思想，如他说："奴隶制度，是文化本质上的必然条件，这真理毫无疑问的余地。""奴隶最爱着的东西，是使他们忍受世界上的压迫的性质。"这是奴隶主对于奴隶的征服的意欲的诗，纵使他在语言和形式上如何完整地优美，但我们绝不能承认它是诗；因为诗必须是具有着"善"的本质的。所以我们要说明诗的本质还要从这"善"字来判断，因为一切伟大的诗人们和伟大的诗篇都是具有着对现实"善"的意义，一切"善"的都是进步的与历史更进步的方向相统一的。所以"善"的意义就存在着阶级性的意义。只有与历史的进展相一致的特定阶级，它才能写出伟大的诗篇；与历史进展相违反的阶级，它绝不会产生伟大的诗篇。纵写出来那也不能算是真正的诗，正如尼采的诗我们可以说他是对于奴隶的咒骂和封建贵族疯狂的诋语，这是因为他已失掉了它"善"的诗的本质了。

在美的意义上，有些人以为诗学应当属于形式的美学的范畴；诗的语言的美，节奏的美，形式的美，这固是诗的特质的美的一面，但在诗的本质的美的意义上，它应当打破这种所谓形而上学的美学的观点，找出诗的新的美学意义来。这就不仅是语言、节奏、形式的美的一面，而应当是诗的美的语言艺术中，诗人表现现实本质中的"美"——人类生活里充满着的至善崇高的希望，与光明自由灿烂的远景；显示人类被隐蔽在社会的抑压下那本质的多面的美，与从社会解放中所显示出来的那种崇高的性格的美。但绝不仅是沉醉于自然的农民性的美；而应当是从一切人类伟大的斗争和事业中看出那最真实最善良的觉醒的灵魂和感情的美。玛耶阔夫斯基的诗就显示出这种被解放的战斗的美。高尔基所描写的散文诗篇，就从那被隐蔽在社会的抑压下的不幸者的最美丽的灵魂——社会主义的诗人们，他们所歌颂的集体农场，丹尼泊尔的水电场——那里显示出人类解放与社会主义征服自然的最伟大的歌声，这些诗，是显示人类解放斗争伟大的美。而在这诗篇的描写中，同时也显示出诗人的觉醒的"美"和"善"的灵魂和美的感情，以及由诗人从新的现实生活中吸取了丰富的语言，而创造出诗的"美"的新的语言和节奏，显示出人类新的希望和新的感情，和诗人自己那觉醒的灵魂与现实的美相融合渗透谐和的旋律，这才是新的诗的美学。这个作为诗的"美"的意义，才更丰富而深化。这是诗的本质的第三个特点。而这诗的三个本质相互渗透，融合成为诗的光辉灿烂的艺术。

三　诗的组织

诗除了它语言的特质和诗的"真、善、美"的本质而外，它应有它的组织。这组织不仅是语言的构成的单纯意义。它正是诗的特质和本质一个有机细密地交织；这里是显示出诗人对现实的意欲的表达，对艺术语言的创造，对现实感情的流露，这是诗的创作方法的总合过程。

第一，诗的主题，是作为诗人对于现实的意欲的表达的最大企图。诗人应根据这主题的现实的实践意义来处理他诗的语言。所以主题的明确性、现实性，应成为诗人一个创作的重要课题，也是每一诗篇的艺术语言和诗的组织所要完成的重要企图，正是显示诗人"真、善、美"的世界观的一个主要企图。以诗的组织首先要要求诗的主题的明确性与现实性。

第二，诗的形式的完整和统一，这是诗的特质的美的一面。诗的形式应当是在表现主题的完整性和单纯性，表现的感情要有组成有起伏，表现的言语要有关联性；以及诗的音乐性的节奏旋律的谐合；诗的段落要完整和相互的衔接融汇；这些都是要求诗组织形式的完整性和统一性。

第三，诗的表现形象要真实性，这一方面是在诗所表现的现实的真实，诗的形象的真实，诗的语言的表现形象的真实。在诗人所表现他的形象的时候，他要选取现实真实的形象；在他表现现实的时候，他要以真实的形象的语言来表现形象的真实。所以诗的主题形象的真实性和诗的语言的形象的真实性是相统一的。而诗人所处理的形象真实性，一定要从诗的样式来着眼，因为诗的样式本身，亦即是诗的表现形式的形象真实性的范畴。

第四，诗是将生活直接申诉于大众的样式的语言。这语言的含蕴与喷射的，应是诗人最深厚的感情与雄浑的气魄。诗人正视现实，为广的现实——人类与自然的情景——所激动，使诗人的灵魂与现实的激动相交响，从诗人内心里发出激越的共鸣，这样诗人才能表达出最深厚的感情来。所以在诗的里面，不仅是诗人将他内心与现实所激动的共鸣表现出来，他同时还要将"人间"所含蓄的深厚感情表现出来，这样的诗才富于感情和激越性的。而这深厚的感情是组织在诗的每句直接的语言中，一首诗缺少了表现诗人和"人间"所含蓄的深厚的感情，那这首诗虽然是有战斗的概念，那只不过是标语口号，不能算是诗。

上面所提到诗的组织的几个特点，和一般文艺创作组织的原则是有相共通的地方，但在这个共通的原则中，应当把握到诗的语言的直接性、旋律性、洗练性、规律性和它在样式上所特具的风格来处理，这才能达到诗的组织的完整与统一，达到诗的内容和形式的和谐；在这里诗的形式的组织，是不能离开诗的样式的范畴的，然而在每一个时代和每一现实的主题的表现，往往将会打破一切诗的原有传统样式和风格，而它本身将成为一个在不断地创造的过程，这诗的样式的风格，亦只有与现实的内容相融合才能达到它更丰富多样的美的。

B 诗人

一 敏感性与深刻性

诗人，他是人间的人；诗人虽不与常人两样，但作为诗人的人，他是应有一种诗人所不能缺少的素质的，这就是对于人间的敏感性与深刻性。这也是他异于庸俗的人间的圣火。

所以对于诗人，敏感与深刻，应是他在创作过程（生活）中所必要的条件；对于时代的敏感，积极性主题的掘发，与人间真实感情的流露，时代巨风的预感，他应尽着先知的作用。但这种敏感，是他从对于现实的深刻的认识所形成的。至于深刻性，除掉了对于现实深刻的透视之外，对于诗的艺术地表现形象的真实，人间生活的欲望的申诉，这都是从深刻性来完成他诗的艺术的高度与统一。所以在诗人，艺术的敏感与深刻，应当互相统一在他诗的创作生活中。

但所谓诗人的敏感，绝不是那绝望的苍白的神经质的感情脆弱的哀叫，更不是那所谓感觉派们的嗅觉上变态的悲泣与未来派的奇想；它应当是从深刻的现实主义出发。所以我们要求每个诗人对于时代的敏感，不管他对于现实的悲哀或忧郁，热爱与憎恨，然而他是由于对现实生活的直感而发出的悲鸣，无论如何他或多或少是一个现实主义者。而这里的悲哀绝不是前面所说的那种疯狂的绝望，而正如普式庚、涅克拉索夫他们严肃地流露出民间中的真实的悲哀，这种悲哀对于我们是温暖的。像艾青的《北方》与《雪落在中国的土地上》，他们悲哀是亲切严肃，而温暖地拥抱着我们。

然而徒有对现实的敏感，而缺少深刻的表现，仍不能成为诗的艺术，与真正现实主义的诗人。所以他应从创作过程中对现实深刻地作主题的掘发，才能达到深刻的表现，才能成一个真正现实主义的诗人。一个现实主义的诗人是对于现实的敏感与深刻的观察相统一。但这种敏感性与深刻性，不仅是成为一个现实主义诗人的第一个阶梯——走上第一步就够资格而停止告终了，他应当是不息地贯穿于诗人整个一生的诗的创作生活中，不使他自满，不使他枯渴；若要这样，诗人是要作为一个真正"人间"的人，与"人间"脉息相关，与"人间"亲切地拥抱着前进。这才是诗人所应赋有的素质与特质。

二 积极性与战斗性

诗人的敏感性与深刻性，这是诗人对于人间的深度的了解，与作为创作方法上的现实主义的见地。但除了这两个特质而外，诗人还须具备有他对现实的积极性与战斗性；因为诗人不仅是人间的平凡的人，而是人间真实正直的人。他深刻地敏感到人类本质的"善"被现实不合理的"恶"所损害；或是他参加人类伟大的历史斗争中，民族解放的伟大战争中，他深深地为现实激斗的感情所激动，他深刻地预感到历史进展的远景、人类解放前途的光明与崇高至善的希望，他由这种对现实的深刻的敏感而达到对于现实的积极性与战斗性。表现在他的诗里，表现在他对现实生活的战斗里，为着自由为着战斗——为着善而对恶战斗！这是作为真实的正直的人的诗人，所必定赋有的诗人的特质。

这种积极性与战斗性，是和一切伟大的诗人连在一起的。拜伦对于希腊的民族解放运动；裴多菲、海涅、普式庚、莱芒托夫、惠特曼和伟大的苏联诗人玛耶阔夫斯基、白德内宜——他们的名字就代表着自由和战斗的旗帜。虽然他们彼此的时代不同，所代表的历史社会阶层不同，但他们在他们所处的时代中，以及代表的历史社会阶层中，在他们所属的那个时代和所属的那个阶层，多是作为进步的历史特定阶级而出现在历史舞台之上的。正因为他们所代表的历史特定阶级——他们那一阶级的世界观，以及他们对于当时历史社会斗争的实践，正与历史的方向相一致。所以作为那一时代那一进步的特定历史阶级的角号者的诗人，他的本身作为争自由与战斗的任务的诗，是赋有历史的进步的积极意义的。所以诗人的积极性与战斗性，不是凭空而降的，他是深刻地对于现实的敏感，对于历史远景的预感与对人类崇高至善的希望和对于伟大的民族解放斗争，要深深地沉入这伟大的现实中或斗争中，他才能创造出富有积极性与战斗性的诗篇来。

同时这种积极性与战斗性正是诗人的英雄主义——他为人类的自由对现实的"恶"作英雄的战斗！表现出对英雄的歌颂和他英雄的战斗的语言——诗篇。拜伦的《哀希腊》、普式庚的《致十二月革命党人》、裴多菲的《勇敢的约翰》、惠特曼对于新兴时代资本主义的文明的歌颂、玛耶阔夫斯基的战斗的诗歌、白德内宜的讽刺和许多西班牙反法西斯伟大战争中的诗人歌颂西班牙人民英雄斗争的诗歌，都说明了诗人的战斗性与积极性，是和每一时代的进步的政治斗争联系在一起，以至献出他们珍贵的热血和生命。所以诗人不是一个政治斗争的旁观者，而是进步的政治斗争总的任务中的一个战斗员。但这里我们并不是说要诗人用口号来说明他的政治主张和他所处的时代，而是要在诗人站在这个总的政治斗争任务中，发挥出他的积极性与战斗性，使这个积极性与战斗性透进他那形象的深厚情感的雄浑的诗篇。这样才能达到诗人的任务不仅是歌颂这个世界，而且使这个世界燃烧起灿烂光明和崇高至善的希望来！

三　诗人与群众

诗人，他虽然是人间平凡的人，但他一向是被人看作特殊的人。这一方面是固由于诗人对现实的深刻的敏感，与对于现实的热爱和积极的战斗，——从对于现实不合理的制度的"恶"，以至于愚蠢、污浊、猥琐、庸俗的贵族官僚市侩们的生活的"恶"，起着极大的憎恨，深恶痛绝地反抗，以求得在他的灵魂与生活不羁的解放，因而常常在这现实的不合理的"恶"中显出他不屈服独特地叛逆于旧现实的生活来，这就显得诗人是一个特殊的人。这是诗人异于旧现实的"常人"的积极的一面。

但我们也不能否认的是，诗人也有着他消极的不健康的一面，这就是诗人由于对旧的现实的不合理的"恶"的极度憎恨，而不自觉地形成了自我中心主义者的，他对人间感觉不到温暖，对人间抱着一种动物性的憎恶主义。——这是由于诗人不能更科学地去了解分析现实所致，而形成了对现实直觉的憎恶，被虚无主义的阴影所笼罩，而不自觉地走向阴郁、消沉、强烈的刺激与暗淡的死。法国诗人波德莱尔、日本的青年诗人春田生月，这是旧世纪末的诗人的悲剧，他们的美丽而悲哀的诗，变成了死前绝望的叹息。新世纪的诗人玛耶阔夫斯基、叶赛宁，他们固然是深受人类和解放的斗争，但也由于他们没有彻底地克服了个人主义的英雄主义，因此他多少是和新的人类和新的群众有着相当的距离；所以他不了解新的困难，新的任务，与新的力量在新的艰难困苦中生长，于是他——诗人自己，也不能在新的现实苦难中生长，结果也只有用悲剧来将他自己英雄的战斗结束了。

更下焉者的"诗人"呢？他们就有意识地自命不凡，剽窃反抗旧现实的美名，而放任于自己个人萎靡的生活，而做最无聊的特殊行动，甚至专弄形式主义的生活气派——好比打着大领结，留着女人一样的长头发，拿着手杖在街头上徜徉，他好像要拼命叫出来"你们来看，我是诗人呀！"这是一种丑恶。这是"诗人"异于常人的消极的一面。因此"诗人"被"常人"看作是一种神经质的特殊的"人间"的人。而诗人自己也觉得"人间"的烦琐，而自己孤独地，在"人间"中独步着，这仿佛是成了诗人的宿命一样。纵然，今天有许多自觉的诗人，想亲切地去拥抱人间，但他总觉得人家离他太远——也许是他离人家太远了，于是他似乎总不自在地觉得人间的温暖是稀薄的。

怎样来挽救诗人这种孤独的悲剧呢？我想除了用科学的世界观来武装自己的头脑，使得敏感而深刻正确地认识现实，用坚定的对于真理热烈追求的信念，来加强自己对于现实的积极的战斗而外，诗人应当和群众热切地拥抱，生根于广大群众中间。但这也并不是说我们要每个诗人都要去作群众政治斗争的领导者，而是要求诗人自身是群众当中的一员，和群众健康而亲切地呼吸着。

这里有一个很好的例子，诗人柯仲平先生在他写《边区自卫军》和《平汉路工人破坏大队》的时候，却是他经过和这许多群众很多的接近，细心耐性而忘我地和他们谈话，倾听他们战斗的故事生活、思想、要求，以及他们战斗的感情，在战斗生活中创造了的新的言语和清楚明白地了解他们这战斗的英雄们活生生真正实在具体的人物；诗人也同时以他丰富的热情来和他们亲切地拥抱着，同群众一同呼吸在战斗的空气中，这样，诗人创造了他的新的诗歌。

这个例子，并不是作说明《边区自卫军》和《平汉路工人破坏大队》这两篇诗的意义，这里只是显示出诗人与群众的一条新的道路；这条道路，不仅是打破了诗人的特殊生活与群众游离孤独的悲剧，它同时还是积极地在使诗人的创作方法走向更丰富的道路。这条道路是正确的。

诗人，他对于现实深刻的敏感，这固然需要他有正确的世界观，与敏锐的触须；但诗人不应当陶醉在他以自我感情为中心的世界里，他应当倾听活生生的人间的真实的申诉，这样他就得在生活上群众化，才能接近群众。但这并不是要诗人改变他优良的觉醒的素质，而去顺应群众的某种落后的生活，这只是要求诗人不要给"常人"感到你的特殊，而将你推到他们生活的外边去。同样诗人对人间的爱，不是在人间之上翱翔，而应当是在人间平凡而又真实地生活着。这样诗人才不会感到人间的寒冷而得到温暖，这点温暖对于我们是非常重要的；这将是我们战斗的力的源泉，也是我们诗的泉源。所以这又是诗的创造的一个积极的道路。在这里我们诗人应当是主动地投身于群众之间，用我们的诗去启发群众、影响群众、接近群众；启发群众对于人间的真、善、美的了解和谛听，一方面也启发群众自身中的真、善、美的崇高的希望和感情，同时也是诗人将他自己的，对于人间真、善、美的希望与感情直接倾诉于群众；另一方面也是将群众自身对于真、善、美的希望和感情的倾诉，亲切地直接反映到诗人所创造的诗篇里。

新的诗歌可以教育出新的群众，玛耶阔夫斯基、白德内宜曾用他们的新诗教育了苏联新的人民；新的人民生活的变革也能产生新的诗歌，也能产生新的诗人。只有新的诗人——能和群众一同健康地呼吸在战斗空气中的诗人，才能产生出更伟大光辉灿烂的诗篇。——这里只有一条路，新的诗人要紧紧地和新的群众拥抱着；而新的诗人也只有是新的群众的一员，才会被新的群众看成是他们的新的诗人！

第二次大战与世界作家

林焕平

一　世界作家对战争的态度

第二次世界大战的腥风，已吹遍了整个的世界。在这中间，世界作家的动向怎样？他们对于这次战争的态度如何？世界各作家团体的动向如何？今后世界文学的动向又如何？这些是我们很感兴趣的问题。在这里，据我所知，给读者作一个简略的报导与论述。

这次大战的主角是英国和德国。但德国自希特勒执政后，已没有了文化，没有了文学，一切有人性、有正义感的思想家、文学家都被放逐了，散居于法国、瑞士、

作者简介

林焕平（1911—2000），广东新宁（今台山）人。1930年就读于上海中国公学大学部文学系，参加中国左翼作家联盟。1931年转上海暨南大学国文系就读，加入中国共产党。1933年赴日本留学，先后就读于日本东京铁道专科学校、东亚帝国大学，任左联东京支盟负责人。1937年回国。1938年任广州市立美术专科学校教授、广东国民大学香港分校教授。1942年香港沦陷后，到桂林任广西大学副教授。1943年任桂林师范学院教授，并兼课于西南商专。1944年离桂。1948年任香港南方学院院长。1951年回桂林任广西大学、广西师范学院（今广西师范大学）教授、系主任。有《林焕平文集》等著作。

作品信息

《文艺阵地》1940年第10期。

英国和美国，人颇不集中，他们的活动如何，寡闻的我，还未十分清楚。而据我所看到的，对战争问题讨论得最热烈的，是战争主角的英国。讨论的中心问题，是战争的目的究竟是什么。因为目的不鲜明，所以大家的意见便一般地都趋向于反对战争。反对的动机大概可分三种：第一，是意识地反对霸权争夺的战争；第二，是从人道主义的悲悯立场：恐惧人类"文明"的毁灭；第三，虽然不很明显，却总似乎有"英法德兄弟阋墙，徒然给苏联造机会"的色彩存在。

第一种倾向，可以举八十三岁的老文豪萧伯纳做代表。虽然萧翁不是共产党员，只不过是一位社会主义者，但这次他对二次大战的态度的彻底，却实在使人吃惊，他说："自然我们大呼：'牺牲！是的；但为了什么？'你们要我们坚决，但我们不能对一无所有的事情表示坚决。我们受苦为的什么？我们对什么表示坚决？我们决定了什么？我们已抛弃了波兰，还要这一套鬼把戏做什么？"

这是他攻击"师出无名"。

这战争的结果怎样呢？和怎样来解决这次战争呢？他说：

"如果我们胜，不过再来一次凡尔赛，只有更坏，下次大战或等不到二十年。"

"现在我们的路是向他（指希特勒——笔者）向全世界讲和，而不是再造出是非来把自己也毁灭。……"

他对于张伯伦、达拉第二先生所坚持着的战争的认识是这样：

"……这次纯粹是一个思想战争。也就是说，我们不打碎德国的纳粹主义和俄国的共产主义而代以大不列颠的宪政，我们决不停止战争，我们手中的宝刀绝不安息。不过在我们的宪政下，我们的工资劳动者在九年之中只找到一天的工作。"

"任你说我是失败主义者也好，一切其他也好；杀了我，我也不能承认会产生这种结果出来。"（就是代以大不列颠的宪政——笔者。）

因为他坚信"不能使历史开倒车"，所以他得出如上的结论。由这一结论，他再回头骂那批"不学无议"的"蠢货""顽固党""恐俄党"道：

"让我来警告他们：他们已不复是一群有教养、有纪律的贵族面对着一堆无教育、无纪律的混蛋了。"

第二与第三种倾向，每有彼此模糊得看不清的地方。所以我们不分别举例，而举出以下两件事作为双方的解释。

在《新政治家》周刊去年十月七日号里。C.E.M 佐特发表了一个"和平的提议"，内容大概如次：

"……无论什么和平提议，我们不应随便拒绝，而应慎重地考虑其条件，在会谈之间，应宣言休战。如果会谈成功，就由休战到和平；如果会谈失败，就再战。

"现在对和平有二大障碍，一为英国对波兰的保证；二为英国不以希特勒主义为对手的声明。……但是苏联军队开进波兰以来，情势已一变，应该承认恢复波兰以前的状态为不可能，承认波兰的现状为既成事实。

"第二点为语言上的问题。我们应该说不与希特勒为对手。但我们既经再三声明不干涉他国内政，则希特勒若否认其在奥国、捷克及波兰所实行的侵略主义，则我们仍可以与他协商。大概有许多人不信任他。但我们有两种保障：第一，我们有压倒的力量，能够强迫希特勒遵守条约。第二，我们大家都着手实质的缩小军备。……我以为第二个方法，在中立国监视下，做实质的军备缩小，是我们所指的保证。

"这个计划，是包含撤废关税壁垒，废止按配制，提高欧洲各国生活水准。同时，也撤废渥太华协定，大英帝国开放通商，殖民地及未开发的领地，由国际委员监理。这国际委员须有关系各国的代表参加。

"这样的联邦的解决案，有三种好处：

第一，如果纳粹党拒绝这个共同监理案，则纳粹政府与德国人民有发生决裂的危险；

第二，这个提案可以使德国人民脱离共产主义的威胁；

第三，这个方法是波兰与捷克问题之唯一的解决方案。

"我上述这个草案，似是漠然的东西，我承认这一点。但是，如果认为是不可能实现，那还有什么代案呢？要之，如果我们继续打下去，不是某一方面得胜，就是变成长期战，到疲敝之极才讲和。结果，第一的场合，是再来次第二个凡尔赛；

第二的场合，是陷于不能想象的悲惨与损失。得到的几乎什么都不会有，那我们为什么做这样的大牺牲呢？"

文学家、批评家支拉尔特·贝李伊、克拉瓦·贝尔、鲁斯·爱加顿、黑·福赛特、鲁斯·弗莱、爱德门·哈瓦伊、卡尔·佐奥丹、L.C.玛金、米尔敦·玛里、H.M.谭林孙、E.B.华涅等人，发表了提议休战共同宣言。内容大意认为"决定的胜利不管属于哪一方面，这次战争都显然是将带来前代未闻的苦痛与荒废的长期战。……英法现在诋毁攻击希特勒，实在是不懂德国人的心理。他们是承认希特勒为他们的领袖的，他们不会由外部的命令而抛弃希特勒。所以如果得到德国人民的支持，则不问由何人提倡，一切和平提议我们都要考虑。如果他的提议不能接受，我们就乘机提出对案，但这对案，必须是宽大的，建设的，适合情势的"。

"苏联红军侵入波兰，局面已经激烈地变化了。我们应该把握这个机会，做许久以前应该做的工作，即是，承认凡尔赛的错误，以新的办法处理波兰与捷克的新情势。相信关系各国政府必赞成休战，参加对这复杂微妙的诸问题之公平的再检讨的。"

这提议，这共同宣言，表面上看去，不用说，是反对战争的，但细心一看，就会了解到他们反对战争的理由究竟是什么，也容易发现我们上边所说的"英法德兄弟阅墙，徒然给苏联造机会"的意义存在。

此外，著名历史家文学家H.G.韦尔斯在十月二十一日号《新政治家》周刊上发表了他的《给笔会大会书》。国际笔会常年大会，原定于去年九月四日至七日在瑞典京城斯托克荷尔姆举行，后因二次欧洲大战爆发，各国团体决定不参加，遂中止。而韦氏的这封信，也就移至该周刊发表，内容大倡"美术、音乐、科学的世界共和国"，认为"真正的作家、美术家、科学家是人类社会集团的贵族，是地球上最崇高的人"，认为"在艺术与科学的二大部门的自由问题上，必须拥护世界主义。自由地想，自由地说的知性，比任何政治的、民族的、党派的区分，尤有更高的价值"。"我们的主要问题，是检讨文学表现的自由，通过世界的思想之自由的发表与交换，政府及为政者对于这样的世界的思想的干涉与攻击的关系。""现在正是我们从正面对处以暴力及堕落化攻击人类精神的权威的人。对处这样的攻击的唯一精神，是大胆地积极地主张独创的思想与创造的活动。"

因为这封信写得早，故很少明显地直接地关涉到这次战争的本质的问题。但从此却能够看出这位老预言家（他曾预言过二次世界大战必在一九四〇年爆发，证之现在的事实，是早爆发了四个月）的理想。赛雪尔·科诺里发表了一篇《向象牙之塔避难》，以为英政府的检查强化了，"自由"被缩小了，作家们不得已，只好回归抽象的世界，回归挖掘自己的思想与感情的纯粹的技术的世界。这又是代表了另外一部分作家对战争的态度。

曾到西班牙去看过市民战争，又到中国来看过中华儿女的英勇抗战的诗人奥丁及戏剧家易守吴，却向美国定居去了。这也许是他们感觉到住在英国说话行动，有时不免多受些限制的缘故吧。

国际作家对战争的态度是很显然的：同情，支持，援助正义的、进步的战争；反对掠夺的、反动的强盗战争。德国的亡命作家亨利·曼所表示的态度就足为范例。他说："德意志反对派是真正的德意志。德意志反对派委员会组织于国外，与国内的诸势力保持不断的接触。不管秘密警察的存在，还是经常给地下运动以情报与激励。"

日本作家对战争的态度怎样呢？

在日本，最"正式地"讨论这个问题的，是《文艺》十一月号由中野好夫、高桥健二、中岛健藏三人用对谈形式举行的"欧洲战争与文学座谈会"。这三人据称对欧美文学都是有深刻的研究的，但是，令我们吃惊的是，三十页的洋洋大观的座谈稿，读完了，竟茫茫然不知它里面说了些什么！日本的文学家，真可慨叹！对于这些被日本军阀的剑影吓得失了理性的所谓"自由主义者"的高论，我们可不必去理会它了。

苏联的作家，谅必已异常热烈地讨论着这关系于人类命运的第二次欧洲大战问题。但直至今日，我们只从国际文学读到三数篇欢迎西乌克兰及白俄罗斯的民众，从已崩坏了的波兰统治下解放了出来，回到祖国的怀抱的小论，此外什么都未看到，使我们未能详细论列他们的态度与见解，实在遗憾。

二　国际作家团体的动向

一九三五年以后，相应着国际政治上的反法西斯统一战线运动，在艺术文学分野上，也发动了活泼的反法西斯统一战线运动。因为鉴于法西斯意大利的窒死艺术文学，纳粹德国的放逐一切有良心的艺术家、文学家，弗朗哥在西班牙的摧毁艺术文学，以及其他资本主义国家内的法西斯运动，威胁着文化与文学，使敏感的国际作家，不能不采取防卫文化与文学的措置。因此在国际间产生了两个著名的作家团体，一个是"国际拥护文化作家联盟"，另一个是"德意志作家防卫同盟"。

"国际拥护文化作家联盟"是在高尔基、罗曼·罗兰、巴比塞、纪德等领导之下组成的，是一个积极性的，行动性的，是文学史上从所未见的最大规模的国际作家团体，到这第二次世界大战爆发为止，除远东外，在欧美各国执拗地做着文艺活动与政治活动的。苏联及各民主主义国家的世界著名作家，德意志的亡命作家，意大利的亡命作家，几乎全部都参加了这个团体。

"国际拥护文化作家联盟"几年来的斗争路线，是左翼作家与民主主义的自由主义作家的联合，反对法西斯。但是，由于苏德互不侵犯协定的签订及第二次欧洲大战的爆发，尤其是由于苏芬战争的爆发，引起了欧美资本帝国主义国家间的大规模的反苏战争之酝酿。世界情势和一九三九年八月二十三日——苏德互不侵犯协定签订日——以前，完全不同了。从前民主主义统一战线运动国家之一的苏联，现在中立在欧洲帝国主义战争的圈子以外，对于一切突然的袭击，日夜采取着防卫与警戒的步骤。一句话说，从前的民主主义统一战线运动，由于英法两国的包藏祸心，已在美法苏谈判失败，苏德互不侵犯协定签订之日终结了。

那么，在这样的新情势之下，最初以民主主义统一战线而结合的"国际拥护文化作家联盟"，它的态度，将怎样转变呢？

我在上面已经说过，这次欧洲大战，和第一次世界大战，本质上没有什么不同。那么，一切有正义感、以推动社会进步为职志的艺术家、文学家，对于这次大战应采什么态度，不是很明显吗？我们相信，"国际拥护文化作家联盟"里的一切左翼作家，必将继续他们过去一贯为反法西斯而斗争的精神，像老当益壮的萧翁一样，反对第二次帝国主义世界大战，是毫无置疑之余地的。至于那些自由主义者，我们也当知道他们中间有许多是思想很进步的，对于这次战争的后果如何，也是很了解的。所以我们也相信他们必将走进步之道路。只有少数动摇分子，对于当前现实之急激的变动，抓摸不定，才会彷徨，甚至没落也有可能。这样，这个团体有分化的可能。

同时，还有一点颇值得注意，就是这团体前年夏天所举行的世界大会，苏联的作家没有一个代表参加。去年的大会，原定在美国或墨西哥举行，但到如今还没有听到开会的消息。这样，似乎已表现了这个团体的"消沉过程"。但无论如何，这个团体里的进步作家，应该积极地把握住所有的会员。推动他们走上进步的道路，才不辜负几年来拥护文化的初衷。

"德意志作家防卫同盟"，是德国亡命作家的团体。分两个小集团，其一为以托马斯·曼、许特芳·支魏克、阿尔夫力特·德布林等所代表的自由主义派；其二为以亨利·曼、约涅斯·贝希业、弗里特力希·瓦尔夫、乌里伊·布里特尔等所代表的左翼系。他们各在阿姆斯特丹和布拉格出版机关杂志。几年前，又共同在莫斯科出版机关杂志《语言》。但是这个机关杂志，据传已从去年五月起停刊了。不过这个团体也是在反法西斯统一战线的政治情势下，以反对希特勒纳粹统治，拥护亡命作家利益为中心任务而组成的。同时，因为苏联是反法西斯统一战线的主动者，又最能给这些亡命作家以最大的便利，所以他们对苏联特别好感。他们能在莫斯科出版反纳粹的机关杂志，即为明证。

此外，还有一个我们在上面提及过的"国际笔会"。它的份子有大半是代表落后势力的人，从来很少积极地工作，但是因为严重的政治的压力使这个一向标榜不谈政治的绅士集团，也纷纷地闹起政治来了。预定在瑞典京城举行的年会，因战事停开了，在托马斯·曼给笔绘的觉书里，热论了自由的问题。

三　今后世界文学的动向

第二次欧洲大战，是人类有史以来最残酷、毁灭性能最大的战争。它是退步的、反动的战争。第二次欧洲大战，在某一种新的条件（现在那些制造战争的头目正在积极地用各种各样的阴谋手段去制造这些条件）之下，它又有变质的可能。不管它在现在的场合也好，变质的场合也好，都将是长期地展开着进步的与反进步的人类之血鲜的斗争。由这一个观点去认识，也就是这种客观现实的反映。第二次世界大战过程中的世界文学，将必然地分为反战争的文学和拥护战争的文学。反对退步性的掠夺战争的文学，将会在德国、英国、法国等交战国蓬勃地发展。同样，拥护战争的文学，也必然地将会在德、英、法等交战国发展。而战争越达到最残酷的阶段，这两种文学倾向的斗争也越残酷。在这一个时期以内，我们可以断言：现在欧洲文艺里还残存着的形式主义、审美主义、新心理主义等，必将完全地灭亡。这理由很简单：因为在两个势力残酷的斗争当中是没有一条中立地带的。它要不是有意无意地跟着前者前进，就是有意无意地附和于后者。

但是，这大概只是这个战争达到最顶点这一阶段以内的现象。越过了这个顶点，欧洲开始显现出破局的时候，文学又会开始发生显著的变化了。一方面，是反战争的文学益趋英勇与积极，越发与前进的力量密切地结合起来。他方面，便是拥护战争的文学之没落与分化。这没落与分化，有一些是表现得更为顽固、反动，有一些表现为动摇、幻灭，而最后的结果，便是这些文学的灭亡。

在世界文学的形式发展上，以这次大战为契机，也将会发生新的变化，过去的旧形式，甚至连资本主义发展的产物的小说，也恐将不能十分恰合地与迅速地反映这最残酷的血鲜斗争。因此，新的形式的产生，是必然的。这种新形式，恐怕以报告文学发展的可能性最大。但这些报告文学的形式，除了一些简短的存在以外，恐怕长的报告文学发展最容易与迅速。这些长的报告文学，与资本主义社会产物的小说（其意义是偏重于指长篇小说）结合，将会产生新时代的新的形式。从社会发达史、从文学形式发展史的眼光去观察，这种可能性是非常大的。

　　自然，文学的倾向，文学的变化，文学的形式，在这次战争过程中的变动，恐怕都不只是这样简单。但我们主要的是预测其主潮，不是细论其枝节，所以也不深究下去，而以此而结束此文了。

一九四〇年一月十四日至十九日于香港

桂剧之产生及其演变

莫一庸

笔者非戏剧专家，只以对桂剧曾略加研究，对剧苑掌故，粗识一二，复感觉目前之桂剧，有日趋没落之势，实有急追改进之必要。近屡读焦菊隐及欧阳予倩两先生对桂剧研讨之文，卓闻硕见，心倾殊深，认为桂剧今日得诸戏剧界先进之指导，正可视为复兴之机。笔者不敏，愿将一己之管见，献诸明达，借以引起社会一般人士对于桂剧共谋改进之意，使成为国中一有力之生力军。笔者草此文时，叨蒙欧阳予倩先生、林秀甫先生、汪福亮先生之指正及供给材料，得以成篇，谨此致谢。

一 桂剧之起源

桂剧的历史，算来已经有一百卅余年了。最初是由前清嘉庆末年，有安徽人萧

作者简介

莫一庸，广西百寿（今永福）县人，毕业于广东高等师范数理化系。曾任桂林初级中学校长、桂林师范学校教师、广西省政府教育厅第二科科长、广西建设研究会文化部秘书、桂林文化供应社秘书兼编辑、广西通志馆编纂等职。编译的书有《原子弹讲话》《广西地理》《广西乡贤文选》《桂剧源流考》等。

作品信息

《建设研究》1940年第4卷第1期。

德元及邵某者，宦游来桂，传授徽调于桂人，遂为桂人习剧之始，后来才由徽调演成桂调，遂成为今日之桂剧。所以桂剧的原始，还是推源于徽调，这可以说是与平剧同出一源。因为平调也就是由安徽调（即二黄调）、甘肃调（即西皮调）演变而来的。桂调受胎于此而成为南路与北路。当初徽调传入广西，同时——或在早一些——又传入了湖南，所以现在的湘剧，也可说是与桂剧同源。又因为邻省的关系，接触的机会多，互相取材的地方也不少，以至造成现在的桂剧渗入了许多湘剧的成分。如剧本、词白、腔调以及演员等，差不多大部分与湘剧相同。不过桂剧与湘剧，各有发展之途径，各有其特殊之表现——这完全是地理环境、风土人情之造成，所以我们还是不能拿湘剧就当作桂剧，也不能拿平剧就当作桂剧。焦菊隐先生说："我们只有地方调而无地方剧。"这是对的。但桂剧确是形成了特殊地方调，这种地方调有其独特之意味与风格，与湘剧、平剧都有不同之点。而外形与内容方面，我们又承认大部分是与平剧、湘剧或其他国剧相同的。所以谈到桂剧将来的前途，一方面是要把它的特点保存和发扬；一方面要把它放进与其他国剧改革的运动当中，共同努力，使其成为国剧中有力的一环。

二　桂剧之班口及其人物

嘉陵时，萧邵两公来桂传授徽调，不过是一时的逢场作兴，并未正式成立班口。直至咸丰末年，在桂林才成立了桂剧的始祖瑞华班，搜罗了湘剧中一些人物和私人传授的徒弟。当时著名的角色，有生角：刘玉彩；旦角：小喜美、大喜美等。到了同治初年，在桂林又成立了庆芳班，著名的角色有生角：德全、德禄；旦角：大七仔、蒋满九、莲生、银兰；净角：福满；丑角：沙板钱等。同时又组织有尚兴班，著名的角色有生角：诸三苟，喜仔；旦角：唐满仔、谢五仔、大宝、玉凤；净角：殃仔、春吉；丑角：玉材等。同治末年又由在桂林的各衙门上下文武员司组织了一个卡斌班，这班里的演员，因为大都是各衙门的员司和商店里的老板、司务之类，所以他们的演出不是营利性质，而全为娱乐性质，其中著名的角色有生角：潘太爷老金（浑名蚕豆）、王师爷运生、曾老爷向廷；旦角：廖玉亭、春春；净角：黄师爷小甫、阳老爷焕廷（浑名活霸王）；小生：关关；丑角：杨老板元宝等。到了光绪初年又有小卡斌班（以前的卡斌班又称为老卡斌班），是由在桂林的上下文武员司以及商家的子弟组织而成的，拥有演员如净角：曾金宝、胡云臣；小生：李禄禄；旦角：林秀甫等，都是当时很有名的角色。到了光绪七年，在桂林又组织了人和班，班主系梁国安，搜罗的著名角色有生角：萧明云、尚金生、周双魁、何老五；旦角：林秀甫、唐满、冬仔、云开、一枝花；净角：曾老二、罗满子；丑角：齐双富等。在以上的各个班口，其中的演员一部分是私人传授成功的徒弟，一部分是自己练习而成的票友——久而久之，后来便变成了正式的演员，还有一部分是由湘剧演员转变过来的——这些人多数是湘南一带祁阳、永州人氏。至于桂剧成立科班，训练生徒，则为光绪十一年间，由英七老爷辅臣创立英乐小舍科班，该班的教习为桂永秀、蒋晴川两君，其中所训练出来的角色，有生角：福生、福荣、福喜；小生：福祥、福春；旦角：福芝、福香、福花、福凤；老旦：福彩；净角：福庆、福宝、福雄、福魁；丑角：福高、福材、福亮等。这一班的角色，有不少优秀之士，不过现在多数已经物故或不再出演；唯其中福祥、福亮两君还健在着，并担任本市鼎新剧社的演员。英乐小舍成立之后，跟着在光绪十年，张七老爷绍兴又组织宝华成英科班，教习则为萧明云、小喜美、欧二等，养成的角色有生角：宝福、宝禄、宝喜、宝祺、宝生；旦角：宝凤、宝銮、宝翠、宝秀、宝香、宝安、宝容；丑角：宝杰、宝刚、宝英、宝灵；净角：宝和、宝顺等。至光绪十八年，蒋晴川君又组织瑞祥班，著名的角色，有生角：粟文廷（浑名活马超，又名二十仔）、汤宝善（又名蚂蚓仔）、喜仔；小生：九成；旦角：何元宝、蒋晴川、江三仔；老旦：高子秀；净角：连仔、乔大、王满；丑角：蒋老五、曾八等。光绪二十一年林秀甫君又组织桂林春班，著名的角色有生角：宝福、宝喜、马老二；小生：明才；旦角：林秀甫（又名压旦）、灵花、怀春；老旦：玉振；正旦：松白；净角：月朗、宝龙；丑角：蒋老五等。同年，在平乐方面，又由林明芝君组织兰字科班，造成的角色有生角：兰珍、兰琪；小生：兰芳；旦角：兰舫、兰玉；净角：兰魁等。并成立芙蓉词馆，由马老二、宝龙、林秀甫等任教习，造成的角色有生角：平荣、安荣、运荣、桂荣；旦角：娇荣、宝荣、花荣、玉荣、琼荣；净角：培荣、关荣、演荣（即白凤奎）；丑角：喜荣、巧荣等。后来蒙山方面，马二爷曼卿又组织仪字科班，养成的角色有生角：仪璨、仪茂、仪容；小生：仪芳、仪香；旦角：仪玉（即刘少南）、仪娇、仪凤、仪桂；净角：仪雄、仪亮、仪魁；丑角：仪形、仪勇等。阳朔方面，则有马岭麦瑞云组织全字科班，养成的角色有生角：金章、金襄、金祥、金瑞；小生：金文、金武；旦角：金美、金珠、金秀；净角：金龙、金标；丑角：金才、金巧等。

以上所成立的戏班，有的是科班——它的演员是先在班里受了训练之后而出来演剧的；有的是搜罗已经有演剧技能的演员组织而成的班口。大都遍布于桂林、全州、平乐一带，而带有充分之流动性，今天他是甲班的演员，明天又可转变到乙班去；今天在甲地演，明天又在乙地演，没有一定的戏院和剧场。桂剧之有固定地点之戏园和戏院是在光绪末年开始，即是因为桂剧演员林秀甫君旅沪归来仿沪上戏园制于光绪二十八年与何元宝君创办景福园，园址在现在的凤北路，经理为林秀甫，它拥有的演员，多数为瑞祥班的人物，并搜罗了各方的优秀，如生角：汤宝善（蚂蚁仔），粟文廷（二十仔）、十一仔、雷老二；小生：唐世臣；旦角：何元宝、林秀甫、蒋季瑞（又名小麻子）；老旦：高子秀；净角：唐玉轩（浑名活魏延，又白殊仔）、赵大；丑角：蒋玉全、蒋福高、汪福亮等。其中人物，均有可观。到了宣统元年，该班因事解散；该园亦随而停办。复由石长之先生筹设和园，园址在现在的中南路，经理亦即石长之先生，其中的演员有生角：李志清（又名李三苟，浑名活孔明）、李玉亮、杨兰琪、马老二；小生：李步云（又名李麻子）、江石山；旦角：林秀甫、苏荣兰、唐玉明、杨兰舫、兰玉、宝珠；老旦：高子秀、黎品高；净角：曾八、蒋老五；丑角：宝灵、宝杰、宝龙等，都是当时优秀的演员。

宣统二年又由陈利东先生创办世镜园，旋改为仪园，园址在现在的凤北路，其中的演员多属仪字科班的人物，故名。

桂剧之有女演员，是始于民国元年，由桂林周锡侯先生创立福增园，发起女科班之组织，该园最初训练出来之女伶有：一串珠、双合剑、三山月、四海春、五更钟、六龙车、七弦琴、八音珍、九连环、十锦屏、百花魁、千劬球、万国旗、水晶珠、碧玉箫、多宝厨等，教习则为林秀甫先生。接着民国二年石长之先生在和园又训练了甲乙两女科班，甲班所养成的女角色有：一封书、一斛珠、一剪梅、小桃红、海棠春、木兰花、玉芙蓉、竹香子、醉太平、兰枝花、小蓬莱、桂枝香、三花子、采桑子、西江月等。乙班则有：柳长春、一痕纱、锦上花、绮罗香、白苹香、玲珑玉、金莲子、金缕衣、桃红菊、满江红、天仙子、一江风、洞天春、天边雁等。其后仪园又成立一班，其人物则为：花蝴蝶、花解语、盖飞雄、满庭芳、雁传书、白翎雀、云中仙、小兰芬、金如意、玉笙香、小金魁、红芍药、月中桂等。此外梁少安先生创办时乐园女班，角色则有：一江柳、荔枝香、江东锦、顺东风、赛阳侯、凌波仙、小韶英、洞庭波等。薛茂松先生创办群芳圃班，著名的角色有：一丈红、金凤仙、鹤顶红等。王尧甫先生办人和园班，其中所养成的女角色有：如意珠、露凝香、惜春阴、清风剑、孔雀屏等。民国六年林秀甫先生又办凤仪园女科班，养成的女角色有：凤凰雏、凤凰鸣、凤凰屏、凤凰飞、凤凰彩、凤凰棋、凤凰书、凤凰仙、凤凰丽、凤凰美、凤凰英、凤凰笙、凤凰麟、凤凰舞、凤凰仪、凤凰旦、凤凰皋等。自此以后，因为时局上的关系，人事上的变迁，训练科班的事，无人再为提起，便这样地停歇了下来。直至现在，本市启明戏院才举办仙乐科班，教习为苏荣兰先生等；刘九恩先生举办桂剧训练班，招收女童加以训练，教习为林秀甫先生等；可说是承先后启的工作了。至于目前桂剧各戏院所有的演员，则概属以前各班口的既成演员，游离转徙，随遇而合，以成为目前桂剧各班口的局势。

三 桂剧之组织及其训练

桂剧班口之组织，多系由一班主出资组织班，聘请师傅（或称教习即今之导演）若干人，担任班务设计及授徒传艺工作。此外尚有管班（担任管理督促学徒演习戏剧）、教师（担任教授学徒熟读剧本——因学徒大半不识字）及录事（担任写剧本及抄记口述剧本）等，故组织非常简单。但因班规颇严，师傅有绝对发布命令、处分学徒之权，故组织简单而实严密。此外因传统关系，班中多供奉"老郎王爷"，每逢旧历每月初一、十五，必焚香列拜，学徒犯过，并须罚跪王爷案前，以示忏悔，而予以神秘的精神的制裁。所以班子里的纪律是很严肃的。直到现在，桂剧班子的组织上，也还未改变旧有的作风，只不过内容渐趋松懈，精神上的制裁，也有许多不生效力了。

桂剧学徒，在以前多为桂林、全州、平乐及湘南一带之人，年岁在十三岁至十六岁之间，称为科班，多未受何种教育，即识字者亦甚少。学习时，剧本则由教师口授，一切技术则由师傅面授。班规极严，初入班时，由学徒之父母写投师帖，并拜老师；普通以四年毕业，毕业后，帮师一年，演剧所得报酬，概归班主及师傅所有。一年后，即可以自己名义登台演剧，谓之出师。但普通学徒在训练四五个月之后，即须登台试演，以资实习。学徒在班受训时，概由班主供给伙食及一切服用，出师后，则由其自给。

训练学徒的科目，没有一定的成规，大别之则为：唱、做、表情、武打等。唱的训练包含：练嗓、道白、行腔、读剧本、压板、上弦等。做的训练包含：把子、台步、抖袖、拂须、甩发、抢背、吊毛等。表情的训练包含：面部、手部、足部、身段各部表情之动作。武打的训练包含：器械运用、拳术、跟斗、跳跃等。此外特殊技能的训练，如受伤伪装、残废伪装、武大郎之矮庄脚、老汉背妻的男脚女身等，都是靠师傅们去传授的。但这里并没有什么教科书和教授法，完全是师傅们传统的所得或经验的所获，所以创作的成分少而因袭的成分多，这也就是桂剧难于进步的一个理由。

四 桂剧之剧目及其演变

桂剧之剧目，据焦菊隐先生的考据，共有四百多出，大多数是和平剧相同，有些取材于汉剧、徽剧、湘剧与粤剧。桂林本来有一种民间的乡土剧——在最初也许都是由外间传来的，称为"调子"，其中唱做，都极简朴，完全表演民间的习俗和色情的狂欢，如《娘送女》《探亲家》等都是，内容有些像各地的《采茶》。这种"调子"，趣味低级，不为士大夫所欢迎，是以流行的区域不广，又因无人支持与提倡，到现在便差不多绝迹了。现在桂剧所演出的剧目，也因为人才的缺乏、观众的嗜好和政府的取缔的缘故，存在而常演出的并不多，笔者根据三年来在桂林市各戏院所经常演出的戏剧，仅有以下的六十余剧：

《大闹严府》《荷珠进府》《桃花装疯》《回九问路》《三司大审》

《四郎探母》《回营斩婿》《梨花斩子》《李大打更》《大闹酒楼》

《皮正祭棒》《相公变羊》《连劈三关》《银屏绑子》《雷氏赶桃》

《看目跌牢》《文昭关》　《雪梅吊孝》《秦王吊孝》《放曹落店》

《秋胡归家》《双双界碑》《姑娘查关》《攀松救友》《曹福走雪》

《姜福走雪》《孟良搬兵》《黄鹤饮宴》《烤火下山》《柴房分别》

《法场生祭》《进城探亲》《抱筒进府》《张生游寺》《贾氏骂殿》

《杀蔡鸣凤》《打雁回窑》《开弓吃茶》《花园扎枪》《取虹霓关》

《三气周瑜》《罗章跪楼》《宋江杀妻》《赏氏扇坟》《打桃赴会》

《探监起解》《孔明借箭》《五花大阵》《收杨再兴》《玉姣拾镯》

《桂枝写状》《背娃进府》《秋莲捡柴》《双别窑》　《秀英下山》

《张义别母》《竹林成配》《狄青赶关》《宝玉哭灵》《断桥相会》

《世隆抢伞》《算粮登基》《大下河东》《雪燕刺汤》《古董借妻》

此外下列八十余出，也有演出，但不多见：

《孙氏祭江》《二堂训子》《小宴大宴》《金定度药》《盘河大战》

《白氏盗草》《腊妹从良》《审霜审彪》《借兵破曹》《长坂救主》

《马超打城》《琴房送灯》《打渔杀家》《闯端午门》《大炸姚刚》

《马刚带标》《荣归祭祖》《巧云下书》《柴绍招亲》《御河斩蛟》

《高三上坟》《林冲夜奔》《水淹金山》《收妃比武》《酒毒杨勇》

《沙河斗宝》《秀章摆渡》《穆成替死》《三请梨花》《丁山劈棺》

《皇姑观星》《割发代首》《鹿台饮宴》《拦马过关》《四郎探母》

《张李拿风》　《上寨劝降》　《双官诰》　　《李刚打朝》　《十五骂茉》

《湘江大会》　《仕林祭塔》　《马武夺元》　《病擒五侯》　《夜逃跌涧》

《夺取机阳》　《太君辞朝》　《黄泉见母》　《挑帘裁衣》　《黑风宝帕》

《金殿争夫》　《扫雪打井》　《打云蒙关》　《三娘教子》　《哑子背疯》

《姊妹闹学》　《浪子滚豆》　《刘备招亲》　《宫门挂带》　《落店赠图》

《司马洗宫》　《张松献图》　《老虎吃媒》　《罗成修书》　《夺取潼关》

《张旦借靴》　《北门擒布》　《芦花休妻》　《叶包写状》　《造八珍汤》

《审头刺汤》　《东坡游湖》　《黄忠戴箭》　《李密投唐》　《杨滚教枪》

《瞎子观灯》　《取定军山》　《夺取洛阳》　《五台出家》　《法场换子》

《兵困荥阳》　《梅龙戏凤》　《凤仪戏貂》　《杨雄杀妻》　《昭君和番》

两者合计不过一百五十出左右，此余还有二百五十余出，是久已不演了。其中的原因，固然是由于政府的取缔和观众的嗜好，但大多数还是因为老伶工的凋零，继起者无人，有许多吃力卖劲戏是没有排演了。如《武昭关》《南阳关》《孔明拜斗》《洛阳失印》《夜战马超》《宫门挂带》等剧，便因为没有得力的生角——《洛阳失印》还需要好的丑角，便差不多绝迹于舞台。但是这在民国初年桂剧的名角如粟文廷（二十仔，绰号活马超）、李志清（李二句，绰号活孔明）演来是有声有色的。再如《雁门提潘》《夜探庐山》《沙陀搬兵》《五关斩将》，便因为没有得力的净角，这些戏也极少出演了。但在二三十年前桂剧的名净，如唐玉轩（白瘷仔，绰号活魏延）和宝杰、宝灵、宝龙等演来还是很好。此外许多的跌打武戏，如《鸳鸯楼》《蜈蚣岭》《辰州打擂》《武松打店》等，更因为老成凋谢，后来的科班的坤角，不注重练习武艺，如是这些剧目也绝缘于桂剧的舞台。所以在量的方面，桂剧演出的数目，是减缩了许多，而新编的剧目，则更属寥寥可数。同时在质的方面，也较前大为减色，无论在唱做表情各方面，都渗入了敷衍和马虎的成分。如桂剧的腔调，虽然不多，但各出有各出的不同，不能千篇一律，任意胡诌，但目前有些演员，为图轻便起见，动辄将正板换为吊板（即夹唱夹奏），既不悦耳，又失剧情，是很不对的。又如偷句漏字，道词生硬，都减低了戏剧本身的价值。因为桂林戏剧的要素百分之五十以上在听——平剧里不曰看戏，而曰听戏，可见声调词腔之重要，若戏剧里不注重腔调，这种剧演来便毫无意味。其次再说到做工方面，桂剧的做工，原是很细腻的，如以前的名旦蒋晴川、林秀甫、苏荣兰、蒋小午等，他们演的剧，一举手，一投足，都丝毫不苟，他们的"台步""蹉子"，都十分稳健；耍枪舞剑，是相当的熟练。又如以前桂剧名小生步云、兰芳及桂州小生等演《拦江救主》之把子，《三气周瑜》之抖冠、舞扇以及吊毛、翎翅等之动作，都是生动而富有气韵的。再如李志清、兰祺等之冠、笏、须、袖等之运用及其美化之动作，现在显然是失传了。这种动作的失传，一方面固然因为无训练，一方面因为看众不注意，所以演员也就懒了下来。此外其他的象征动作如掩门、上梯、开弓、挂剑、挥泪、拭汗等，都失之于忽略。如进去关了门，出来而不开门；上梯十二步，下梯又变为十五步，这些都是表示演员动作之粗心。本来中国戏剧之动作，以象征代替了布景，这是中国戏剧之特点，也就是它的优点。今若动作失脱象征的意味，或竟连动作而省略之，这种戏剧，便算是失掉了它的灵魂。还有一些特殊技能的戏剧，如《大打五彩》《大郎卖饼》等，前者是利器受伤之伪装，后者为矮装脚步之表演，都因为设计与练习之相当繁重，大家都不愿费心力去学去做，如是这种戏剧，居然是绝演了。最后说到表情方面，桂剧的表情，也是相当的细腻和认真的，以前是每一个剧员上场，不能把这种事情放松一点，假如有一点疏忽或儿戏的表示，后台的班主或台下的观众是立刻给予严格的责罚和批判的。可是在现在的桂剧中，对于剧情——喜、怒、哀、乐——的表现是相当的马虎，多数只有低级趣味的哄笑，这实在是桂剧本身的一个大损失。假使长此以往，无论怎样好的剧本，表演出来，不会有好的结果，或者还得着相反的结果。

关于桂剧的整本戏，现在很少演，一来是社会的趋势，因为人事日繁，大家没有大量的空余时间来花上三五天或十天八天的光阴，来看完一本戏。二来是排演整本戏，需要多些的人力物力，所以班子里也不愿意演这种戏。但如《珍珠塔》《春秋配》《再生缘》《瑞罗帐》《回龙阁》以及《梅开二度》《红书宝剑》等，也不时有些戏院排演，但都是择取精彩，以一天最多两天的时间就演完了，绝没有演到三天以上的整本戏了。

五　会馆剧与社戏

桂剧之有一定地点：戏园或戏院，及卖门票、编座位等办法，是由光绪廿八年才开始的，以前桂剧的演出地点，在城市则利用各种会馆或庙宇，在乡间则集中于祠堂或圩市。前者的观众为一般工商分子及普通市民；后者的观众，则为一般农民，一直到民国十五六年，因为会馆庙宇多改为公共机关或变卖改作私人产业，庙宇里的神像，因破除迷信运动，都给捣毁了，演戏的动机，便也给消灭了（因为各庙宇演戏，大都是为着庆祝神诞而发动的）。农村方面，因为经济日渐枯竭，庆神祝醮的举动也少了，如是演剧的地点，便限制在各戏院或戏园里，演剧渐渐变为贵族化，一般民众，享受的机会，也一天一天地变少了。本来会馆庙宇剧或农村的社戏，对于一般民众的日常生活及正当娱乐，都具有很大的调节作用。譬如会馆剧，多数是因为同乡关系、行业关系，才在那里演剧娱客。演剧的日期，有几个大会馆（江西、湖南、广东等）经常是每月初一、十五一定演剧；有些是逢着诞期（如木匠行的鲁班诞、缝农业的轩辕诞等）卅演；有些是逢着特殊会期（如同乡会的年会，各行业的会员大会等）；还有就是私人宴客的演剧。至于庙宇方面演剧的动机，多数是神诞日演剧祝神，但有人演剧还神愿的，也有借庙宇演剧宴客或集会的。总之，在每一个职业工商分子或市民每月中都得有几次的集体娱乐，这都是不须花费一文而得来的。在这里他们可以舒畅精神、联络感情以及商讨问题。在这种演剧的空气里，只充满了和融快乐的现象，确是大众化的娱乐。这样的演剧，虽然不是在广场而是在一定的院落里，但绝不收门票，只是在场中摆起高与肩齐之长凳若干张，凳主可向坐凳者收取极微之代价，场中的行动，极端的自由，随时可以来，随时可以出，虽不十分静肃，但也不十分嘈杂。这种院落，有大部分还是露天的，戏台在入门的中央，凸出于观众，多为四方形，高出于观众的头顶，这样观众的视线，便不至被阻。场的四周，摆设一些食物摊、小书摊——多卖唱本、曲本等。总之，场中是充满了自由和平与轻松愉快的空气，确是平民化、艺术化的一种娱乐。当时作为演剧地点之会馆和庙宇，已有许多不存在了。但是为着不使它湮没无闻起见，笔者重新把它调查出来写在下面：

会　馆

湖南会馆　　索梓街即现榕荫路

广东会馆　　三所：一在行春门即现春华路，一在文昌门即现文明路，一在对河码头脚即现东镇路

两湖会馆　　伏波门即现环城东路

江西会馆　　二所：一在榕荫楼即现环湖北路，一在东腰街即现环城路

庆陵会馆　　东腰街

四川会馆　　四会街

福建会馆　　大边隅巷即现环湖东路

浙江会馆　　福棠街

江南会馆　　福棠街

新安会馆　　富春街

八旗会馆　　行春门

云贵会馆　　黄泥街

山陕会馆　　永东街即现桂东路

庙　宇

关帝庙　　五所：一在县前街即现临桂路，一在王辅坪即现正阳路，一在依仁坊即现依仁路，一在凤凰街即现凤北路，一在北门大街即现桂北路

火神庙　　二所：一在南门外，一在常德街即现桂西路

城隍庙　榕城路

三姑庙　正阳路尾

三圣庙　东腰街

李真人庙　棠梓街

雷帝庙　泥湾街

鲁班庙　乐群路

平章庙　乐群路

仰山庙　凤凰街

马王庙　八角塘街

三皇庙　凤凰街

龙神庙　桂南路

东岳庙　西门外

五通庙　泥湾街

雷祖庙　北门外

坤元宫　泥湾街

自从民国十年以后，因社会资本的集中，各行业经济的凋零，会馆、庙宇所在地之日渐破坏和改造，桂剧演出的地点，便渐渐变到戏园或戏院，其享受者遂只限于少数的生活优裕的有闲阶级，一般市民和工商职业分子便渐渐地绝缘起来，这实在是值得惋惜的事！

乡间的社戏，多数是在秋收以后，或旧年正初的农隙时间；借酬神、祝醮的名义，几乡联合或一乡独办，请一些"穿山班"（即常下乡演剧而不在城中开演的班口）去演十天或半月的剧。这种演剧的地点，多数是在圩市旁边或其他的广场里，临时搭盖篷厂。舞台和观众的座位都很简陋，这种演剧，当然是公开不收费的。观众几全为农民及其家属，场内的空气，当然是轻松和自由，唯是他们要求演剧的技术水准提得很高，演员的唱做上一有疵谬，马上提出指正或批评。所以"穿山班"在乡下演剧，往往不敢马虎而比较在城市开演还要认真。这虽是一年一次的开演，但这种娱乐，倒是很普遍而切实。每一个农民都得有相当的享受，他们是感觉满足的。一到新正过后，农民便忙于工作，就是能常时演剧，他们也无暇兼顾，所以在农隙时候，一年一次的集团娱乐，是一件很合理的事。

此外还有各私人家宅的内台戏，在三十年前也担当了桂剧演出的地点，如五美塘唐景崧公馆、依仁坊范公馆等，都是起有内台而常演剧娱宾的。并且唐景崧先生是一个编剧家，桂剧中有许多剧本是由他编出或修正的。不过这种繁荣时期很短，由于人事上的变迁，这种盛况，只不过在剧史上留一些儿痕迹罢了。

六 桂剧之将来及其改进

桂剧过去有一百三十余年的历史，且保持有各种优点，在国剧中常有其相当地位，故桂剧之将来，自有其前途。唯因其本身不求改进，社会人士复漠视之而不加以扶持，以致日渐退步，缺点滋多。今后欲使桂剧恢复其往日之场面，并能适应现代之要求，实应力求改善，努力创进，方足以在国剧中占一地位，否则恐日趋没落，或且陷于消灭而已。

至于桂剧改进之方，本甚复杂，今择其重要者言之，约为数端：

一、设立桂剧学校或训练班。桂剧演员自民元以来，即无正式之训练场所，只有零星之科班，然亦因营利关系，只收女生，不收男生，而造成今日之畸形发展及不健全之组织现象。至原日男伶，老成凋谢，后起无人，以至桂剧中今日有才难之叹。故今后第一要图，当在培养桂剧演员人才。以往桂剧演员，只靠短时期之科班及个人之私人传授，学徒之年龄过稚、程度太低、训练之时期既短，标准复各不相同，故毕业之后，技术仍有未逮，不特无以开来，亦且难以继往。此后应宜整齐标准，提高程度，收受年龄较大之男女学生，并加长训练时间，以期得有充分之技术及修养。此种责任，目前最宜委之于"广西省立艺术馆"，因馆方设有戏剧部，实应负担此种任务。若目前因经费、人才问题，不能即刻举办，则为补救起见，将现在桂剧之演员，抽调训练，开训练班以提高其演剧之技能。此种训练班，亦宜以省立艺术馆之力量为之。再则目前各戏院及私人团体已设有科班之组织（如启明戏院附设之仙乐科班、刘九恩先生等举办之桂剧训练班等），最好在彼等训练之后，调入艺术馆，再予深造，如此则事半功倍，众擎易举。

二、设立桂剧改进研究会。在两年前桂林已有桂剧改进研究会的组织，是由马君武先生等发起和负责组织的。成立之后，对桂剧的改进，也尽了不少力量，但为着增加效能起见，愚意以为此种研究会应正式地设立于省立艺术馆内，由馆延聘专家及热心改造桂剧人士参加指导及研究，分门别类，从事改良，不只是在理论上使桂剧之地位得以发扬，最重要的还是在订出许多具体的改革方案来以促进其革故更新。如（1）剧本的编订，（2）词调的修饰，（3）演技的讲求，（4）道具的设备，（5）服装的配制，（6）布景的设计，（7）乐器的充实，（8）武技的训练，都是亟须改进和订出具体办法来的，这些都是研究会的实际工作。换言之，即是要把国剧的长处吸收到桂剧中来，把桂剧中的短处设法免掉，把剧坛上应有的作风要尽量地采纳，把桂剧中违反剧坛原理的事件要彻底地铲除，这样才是研究会应有的任务和工作。

三、公立剧场的设立。一个地方的戏剧应该极力地使它大众化和经济化，以便一般民众尽量地享受，使这种娱乐成为大众最普遍的娱乐。这样的演剧，才足以尽教育大众、训练大众的责任。以前桂剧的演出，在城市都是会馆剧或庙宇剧，在乡村则为圩市之社戏，一般民众都能得着无条件享受之权。唯以后因效颦外地各埠之商业资本化组织，始成私人营利之戏园或戏院，收受门票，限定座位，致使一般民众无法享受，而令桂剧的演出成为贵族化，只供一般有闲之富裕市民享受，这实在是桂剧演出的一种退步。此后吾人应设法创立广大公立之剧场，恢复以前之办法——不收门票、不限座位，如是则使一般民众可借剧场为娱乐之所、社交之所、教育之所，及集会进修之所。这样的剧场，才是大众所享、大众所有和大众所需的。

笔者对于桂剧的过去与未来，所搜集得到的材料和提出的见解只是如此，在质量上来说这当然是不够，不过希望由此引起爱好戏剧的人们的一种兴致，而造成一种研究讨论的空气。使桂剧在这种活跃、进取的动态下发扬光大起来，这就是笔者草拟此文的一个最重要的动机。

谈谈《雷雨》的演出

李文钊

一

抗战多年来，桂林经过不少的名导演上演过不少名剧，如章泯、马彦祥、孙师毅、凌鹤诸先生，都在桂留下了深刻的纪念。而最轰动观众的要推欧阳予倩先生导演的《前夜》，洪深先生导演的《夜光杯》，田汉、夏衍、孙师毅、焦菊隐诸先生集体导演的《一年间》和焦菊隐先生导演的《雷雨》。

这些次有名的演出中，除却《一年间》是动员所有在桂的戏剧工作者共同合作之外，国防艺术社占了三次。

这几次演出之所以能轰动一时者，除了剧本和导演外，《前夜》有凤子、孙毓棠，《夜光杯》有唐若青等赫赫有名第一流演员主演，同时有党明、公孙旻、蔡虹等富有十余年舞台经验的好演员合作。《一年间》虽然没有全国闻名的演员然而是集中了全桂林戏剧工作人员的人力和精华来演出的。所以这几个剧能具有特别强力的号召。《雷雨》就缺乏了这一方面的条件——没有最有名的演员也没有集中各方

作品信息
《广西日报》1941年2月6日。

面的力量。但《雷雨》的上演，不仅对比上面几个剧本的公演没有逊色，而且拥有其大量的观众和观众中极好的反应，居然骎骎乎有驾而上之之概。这不能不说是导演的特殊的成功。（关于演员各别技术部分已另有一文发表。）

《雷雨》不仅在并不优良的条件下演出，而且是在多少非议和责难的情况中大胆地、勇敢地上演的。《雷雨》的成功，给我们看见国艺社在承继着并发挥着过去的历史光辉，给我们看到国艺社的演剧水准的不断地长进，同时，它给不曾享有威名的青年的演员们一个很大的鼓励，也给桂林戏剧界一个很大的激刺。

《雷雨》正如春雷似的在卅年度的戏剧运动上发出了一声惊人的巨响！也如春花似的在桂林新演剧上开放着一朵奇瑰灿烂的鲜葩！

二

在《雷雨》各演中最值得我们崇敬与介绍的有两件事：

一是，扮周萍的殷之濂和扮鲁妈的周涤尘都被调换了。他们不是在排演中调换的，而是在一次招待公演后方被换掉。调换角色在排剧中固然是很寻常的事，然而在排演成功后则是不得已的，同时也是最被忌的。因为人情人抵不乐意遇到这样的事体。但国艺社这次更换角色后，周涤尘女士几乎负起了管理服装的全责，井井有条，丝毫不紊；殷之濂先生则一连担任提示，直到他吐出血来。他们没有感到一点儿不乐意。这样难得的工作态度——服从导演，尊重工作——是非常值得演员们和青年工作者学习的。

二是，每被人们忽视的后台工作者的特殊努力。被称为"无名英雄"的后台工作者，在一个演出中很少被人注意，尤其不能希望与演员们一样相提比拟。所以后台工作非是有修养的工作人员不能把它做好。《雷雨》的后台工作要较其他剧为难。因为雷、雨、风暴的音响，闪电的光，舞台的明暗，于剧情的弛张、惊怖、急骤……关系太大了。这次《雷雨》的舞台工作的成功，可以说与演员的成功同是一个新创的纪录。舞台设计和装置（布景和道具）的优美，可以说与过去的《飞将军》

和《前夜》鼎足而三。可惜的是客厅的道具太新了，没有三十年前遗物的气氛。而鲁贵家用的开水壶老是没有见过火的，不能不说是美中不足。电光和风、雨、雷的效果都非常类似与准确，它们帮助了不少演员的成功和剧情的发展。这是在观众中有口皆碑的。这些成就不能不推功于舞台监督的指挥有方和全部后台工作人员的能坚守自己的岗位。据说姚展先生是几天几晚没有睡觉了，一直陪伴着导演看着排剧；肖照先生则一连几晚伏在舞台顶上用电光指挥着效果，谭奇先生为着放射闪电，已经有了目疾；此外陆国灿等每晚不停地播放着暴风雨的响声，也毫不感到疲倦。这些都是非常宝贵的精神。我觉得这些精神在一个演出中是不应该被淹没的。

三

关于剧本的批评很多，但我不同意下面的意见。

有人以为抗战时期不应演出与抗战无关的东西。于是有人以为抗战多年来，前后方都紧张得要命，假如演剧再老是那一套杀敌锄奸的抗战戏剧，那真叫人透不过气来了。所以演演《雷雨》一类剧本，正可以换换口味，调剂调剂。要演与抗战有关的东西和要口味都换换是对的，但《雷雨》并不是与抗战无关，更不是抗战戏剧之另一面的软性剧本。它虽然没有炮火与血腥的气息，然而它里面充满着血泪支流的极端的爱与极端的恨的矛盾。有火山奔放似的热情，有炸弹爆裂似的呐喊。它大胆地揭露了中国几千年来封建的旧社会里的黑幕，它一层层地剥下了仗着旧道德、旧礼教掩护着的伪善的外衣，它同情受着人的嫉恶、社会的压制，抑郁终身，呼吸不着一口自由的空气的现社会里的这样无数的女子。它厌恶现实社会的丑态，它抨击现实社会中的不平与不合理。它赋予它的主人翁以火炽的热情，强悍的心性，无情地冲破一切桎梏。它本身就是一个强烈斗争的反封建的剧本。所以《雷雨》虽然没有炮火厮杀，虽然与其他抗战剧不同其风格，而看过后仍旧是非常紧张、激荡，震动着透不过气来，给人以深刻的反省。

其次，有人以为《雷雨》是"宿命论"的。这里所谓"宿命论"是指四凤的死

150

为食言背誓的报应吗？四凤当揭破她所恋的人是她的兄长时的无地自容而狂奔赴死，正是人情之常。是指周冲、周萍之死为周朴园的报应循环而成为宿命论吗？代表着黑暗势力，仗着钱、势、传统的男子的优越地位而肆行无忌的周朴园的罪恶的家庭，必然走向破灭之路。家败人亡，正是它必然的结局。这结局是社会的因果律而不是神的报应。（这正是《雷雨》与古典剧不同的地方。）是鲁妈、朴园、老仆们说了不少"天定""天命""天意"的话吗？这无伤的，在这些人物中间，他们不曾认识他们所遭遇的是现社会的必然，自然一切委之于天。但在繁漪，在鲁大海的脑子里就不相信命运，即使有时也呼到天，说到报应。繁漪她做错事，错就错到底，绝没有后悔，而且也不承认做错。大海是个非常同情、顺从他的母亲的孩子。但听鲁妈说到报复是完不了的，一切都是天定的时候，他马上说"那是妈自己"来表示否定。他和繁漪一样，对国家——黑暗和压迫——始终是反抗和憎恨的。这是可以看到作者的态度，并不是一切都委之于命，更不是一切都听天由命，而是对现实的残酷，要呐喊，要反叛，要抨击，要斗争，要粉碎的。所以《雷雨》虽然部分人物有宿命的意识，故事也似乎是宿命的发展，但整个剧的精神，则并不是"宿命论"。

也有人以为《雷雨》过于巧合，或过于雕斫，我以为这里所发生的事件，都是现实社会所可能甚至是必然的。必然中的偶然，并不伤害它的现实性。鲁妈因着了四凤重回到卅年前自己住过的周家是个偶然，而穷人的女儿出去做使婢是非常可能甚至是个必然。一个恋爱的故事偏偏发生在两兄妹的身上，是偶然的，然而一个有几分可爱的婢女落在纨绔子弟的大少爷手里却又是个很寻常的事。周家花园断了电线，四凤恰巧碰上，触电而死，是很偶然的，但四凤当在母亲前面发现她恋着的正是她同母的哥哥时，由于感到无地自容的内心的苦痛和感情的矛盾，而凄叫狂奔，又是人情之常。《雷雨》中诸如此类的偶然巧合的地方并没有违背社会的必然的规律。它的奇离巧妙，生动曲折，正是抓住观众的地方。这是《雷雨》技巧的成功，并非过于雕斫。

四

《雷雨》并不是没有缺点，我很同意这一说："作者对现实社会的全面的认识还不够，尤其是工人方面的了解。所以他把鲁大海所代表的矿工与厂主的斗争插在《雷雨》里，感到嵌进去似的很不自然。而鲁大海——他笔下的工人——也很不健全的。大海始终是感到多么孤立无援呵。"不过，这也受着时代和环境之限制的。反映到文艺作品上来，自然不能遇事苛求。所以，我以为与其责备作者对大海写得不健全，不若说他写繁漪还不够强悍，不够醒觉。虽然如繁漪这一类型的妇女，还不能认清社会的面貌和本身苦痛的根源，但她是《雷雨》的主人翁，她已受不住环境的压迫而表示反抗，她敢以行动来做现存礼法的叛徒，她代表几千年来无数被残酷的社会制度窒息得呼不出气来的妇女，嘶叫出尖锐的吼声。她应该是相当醒觉并且非常强烈的，至少在爱情方面。作者虽然也赋予她以强烈的感情和坚硬的性格，但她被周朴园抑制着的内心的痛苦，始终没有强烈地同朴园发泄过。她始终不曾在朴园前面，痛快地揭破他的过去的罪恶。虽然在感情激越到带些疯狂的时候，尤其是她向周萍的死命纠缠，周萍并不理她，而她仍旧求他救救她的一段，使人感到有些憎恶，有些轻夷了。作者赋予他们以悔悟或饰非文过的机会，所以我觉得赋予繁漪的强烈和觉悟都还不够。这样的繁漪，在观众中是不能对周家父子制胜的，这样的繁漪，将损害了全剧的反封建的意义。幸好，这方面的缺陷，这次的导演多少给他弥补了。

《雷雨》虽然不免于有缺点，虽然仅是曹禺先生的一部习作，然而技巧方面是成功的。曾经轰动上海，轰动全国各地的《雷雨》，新年中在桂林上演，这在桂林新演剧史上，它是诚如一朵鲜艳的春花似的在炫耀着的。

大时代中的一个悲剧

李文钊

昨天，在月明如昼的晚上，一口气把宋之的新作的五幕剧《鞭》(《雾重庆》)读完了。今天，当我提起笔来写字的时候，已经是风雨凄凄的下午了。如果是在重庆的话，也许正是潮湿发霉的蒙雾天气吧？

我们都是抗战时代的青年，我们需要的是光明而热烈的太阳，不然，就给我们来一个激昂峭厉的狂风暴雨吧！可是，不，我们所过的今日后方城市的生活，却正处在一个凄风苦雨、潮湿发霉的梅雨天。抗战几年后，前线的战争相当平静——虽然这个平静却是一个更深入的酝酿，后方的秩序相当的安谧，物价和生活的激变，使人们重新用了更多的气力去应付个人的生存利益，而不是对于抗战，对于民族的生存和利益。在这一个熙熙攘攘的人群当中，又一种紧张，又是一种窒闷。光明而热烈的太阳可以使人欢欣鼓舞，呈献整个的生命，激昂峭厉的狂风暴雨可以使人拼命抗冲，奋不身顾。可是在凄风苦雨，潮湿发霉的天气呢，却可以腐蚀人们的生命，寂寞地死去！

请看《鞭》下的一群人物，特别是林卷妤、沙大千、老艾、苔莉他们，也曾经

作品信息

《广西日报》1941年3月18日。

在太阳光下活跃过呢！他们曾经在一起念书，一起生活，一起哭，一起笑，他们曾经在学生运动的时候，"膀子勾着膀子，向着警察的水龙头、刺刀、警棍冲锋"。那时候，他们的心是"靠得多么紧啊"，可是后来逃到后方，受了生活的压迫，忽然想到做生意也不错，如果能够赚点钱，不是将来对于自己志愿的工作更能顺利吗？于是沙大千率领着他们钻机会，先开饭馆，后到香港去运货，靠了投机取巧。钱是有了，生活是有了，可是他们的心却离散了！他们的理想死了！林卷好因不可解决的矛盾，脱离沙大千而去。苔莉被人抛弃，有水枯花谢之感。老艾因肺病郁郁而死。沙大千投机失败，爱人出走，更刺激起他的堕落思想，渴喊着要"钱，钱，钱!"

另外还有几个人物，走了同样坎坷的命运。万世修，一个廿七岁的青年，居然挂起"活神仙算命论相"的招牌，落得给人驱逐出境；袁慕荣，一个中年的小官僚，抛弃了一个女的，又为另一个女的所抛弃。

这一群人，没有什么大善大恶，其实是很可悯的。可是他们的悲哀就在这里。他们不能善始善终，恶始恶终，"坏得容易甄别"。因为他们都是知识分子，还有一颗脆弱的心！可是他们在重庆的雾里，腐蚀了生命，寂寞地死去了——至少他们的灵魂已经死去！至少他们之中有的人已经死去！

可是，我们又何必用了抽象的字眼儿来咒骂他们呢？请听投机家——我们的乱世英雄沙大千的自白："有人比我还坏百倍，坏一千倍，交了歹运的却只我一个人。"这是很诚恳而忠实的表白。如果我们还有一条"鞭子"的话，在对付这一群弱者之外，是否还可以留下来鞭打那些更坏一百倍、一千倍的罪魁祸首呢？

"我讨厌你们，讨厌你们这些人，再见吧！先生们！"这是林家棣——林卷好的妹妹的话。她满脸涂了红药水，穿着军服和草鞋，背着背包满街跑。这样一个女孩子出现在这样一群鬼魅当中，也许有点"刺儿头"，但是在临了，这一出悲剧的批评者，还是她！

这是一个激荡的时代，这是大时代的一个悲剧。要不是腐蚀了生命，寂寞地死去，就是培养着生命，默默地干下去，干下去！

"旧瓶装新酒"的另一面

陈迩冬

抗战以来，我们的文艺和军事一样，不断地展开阵地战、运动战、游击战，以打击敌人。军事上的武器，从大刀到战车，从红枪到飞机，各皆收得很好的效果；而文艺上的武器，在形式上除了新型的小说、诗歌、戏剧、杂文种种外，也应用了五古、七律、大鼓词、旧戏、小调之类来装新内容，文坛上流行的口号，就是"旧瓶装新酒"。

这口号一经提出，"货色"上就有"搜庙反正""陈二石头""抗日十杯酒""抗日五更调"等，也未尝没收到了相当的效果。可是只挤在这一面，而另一面则是空着的。

文艺的形式与内容，本非"瓶"与"酒"所能比喻，它两者之间是相互作用、相互推移、相互制约、相互生成的。不过今天"瓶""酒"之说既已存在，我们也姑就喻打比：所谓挤在一面，另一面空着，就像"瓶"没有直立，它是横放着的，里面的"酒"没有满的缘故。

用什么来填补这些空的呢？

作品信息

《抗战时代》1941年第3卷第3期。

中国历史上有无限的为民族尽忠、为国家尽孝的光荣事实，可写可歌可演的真是取之不尽，用之不竭；在今天，我们这应该做发掘的工作，不能视作"古董"而蔑视的。

这工作过去已经有人开了头，如郭沫若的《贾长沙痛哭》等，茅盾的《大泽乡》等，各为这工作立下了里程碑。虽然有人说前者是借古人的酒杯，浇自己的块垒，而后者是强调了"闾左贱民"对嬴氏政权的仇恨，而忽略了楚民族对秦民族的民族意识……然而也有人写岳飞，写戚继光，写太平天国，写明末遗恨……他们的取材、分析、手法、形式纵不为我们所师承，最低限度未尝不可作净友，成语地说，应该"借助他山"；术语地说，就是"奥伏赫变"的接受。

把中国人民所熟习的故事，把中国民族斗争的史实，重加整理、渲染，用各色各样的形式交给读者，难道不是他们所"喜闻乐见"的么？难道不是"民族形式"以内的东西么？

惭愧得很，我们的文艺在抗战上还不够"攻势"。就敌人几十年来对我们的罪恶，我们也缺少文艺上的书记和会计——没有像样的记录和正确的清算。一个可以随口说出的例子：划时代的"甲午之战"我们就没有产生一篇史诗！

这是"旧瓶装新酒"的另一面，我们不要以为它是"新瓶装旧酒"而视作敝屣浮云！

旧诗新话

陈迩冬

吴梅村晚年病中诗有云："受惠欠债须填补，纵比鸿毛也不如。"又有："我本淮王旧鸡犬，不随仙去落人间。"

原来当清兵取得中国的时候，侯朝宗曾从南方寄信到北京，力劝他千万不要降敌。而吴梅村最初是感到"翘翘车乘，召我以弓，岂不欲往，畏我友朋"的，可是终于经不起硬刀软刀的胁诱，还是降了。及到晚年，生命快要告终，这才"人之将死，其言也善"，发出这样凄楚之声，纸面上铺满了忏悔的言辞，也算得是"知惭愧"了。

可是以后劝告他的朋友也走上了他的道路，这位力劝吴梅村莫降敌人的侯公子也出而应试清朝主子举办的"顺天乡试"。大概那时只是"普天之下，莫非王土"，而这些遗民、清流、作家、隐士、东林后辈、复社台柱、簪缨子弟、前明少爷之类，也就"率土之滨，莫非王臣"了。既不能做伯夷叔齐，又不能做陈涉吴广，所以就出来敷衍敷衍，虽则不是烈士，你总不能说他是汉奸，深得庄子"处乎鸣与不鸣之间"的神髓，那时"儒家"之儒是采用了"道家"之道了。

作品信息

《野草》1941年第2卷第3期。

不过我们还是可以原谅的，他没有参加过满汉更生文化座谈会，也没有受爱新觉罗王朝的招待去盛京旅行。

至于吴侯之间，所差的尺度不过是"五十步与百步"，若与阮圆海比，那还是相差千里的。

这些事情已经过了三个世纪，今天我们来衡量也许有些不准确。不过今天我们却看见了一个想超过"五十步百步"的吴侯——周作人先生！

周作人是自号"知堂"的，是做过"思想界的前驱"的，是讥讽过"老人的胡闹"的，是以陶潜自况的，而又是常常使用着一颗"知惭愧"的图章的……

这是抗战以前的，且说抗战以后的——

周作人是矢志做苏武的，但苏武却没有在被匈奴俘去的汉人中教他们上学作顺民的，周作人是出席了"中日更生文化座谈会"的，周作人是四月十八日到敌京受招待欢迎的……

周作人是作过"我不认识核桃，错看他作梅子"的诗的这么多年了，难道还是套用老调，说"我不认识侵略，错看他作亲善"，或者是"我不认识敌人，错看他作朋友"么？

周作人又有诗云："镇日街头听谈鬼，终夜窗前学画蛇。"上句"谈鬼"，早已否定了他过去的"谈龙""说虎"；下句"画蛇"，是预言了今日的添足，于是乎去国行矣！

借问出入"苦雨"之门，小品于"苦茶"之徒，"雨"后"茶"余，难道还是以"周公恐惧流言日"一句一唱三叹兼作解释吗？

广西的民间艺术

陈迩冬

广西在艺术上有过不少的"大师"，唐代出了一个名诗人曹邺，清初出了一个大画家石涛，其他如朱琦、龙启瑞等是当时盛行的"桐城派"的巨子，王鹏运、况周颐领导中国词坛。广西文化，早已符然成为中原的一大支流了。但广西真正的艺术，却在民间。

我们知道，广西是"歌之国"，而刘三妹是"歌之王"。直到今天为止，每一个农村男女，皆是很好的歌手，走到广西每一个岭上，每一座林子，每一个渡头，皆能听到歌声。而左江流域中越接壤的千百里地方，还有很多"歌圩"的存在；苗瑶区内，间亦有"芦笙堂"的举行。桂林北乡，还有人为丧家唱"南鼓"；南乡一带，还流行插田时节的"秧歌"。在夏之夜，秋之夜，我们在灯火辉煌的街巷或者人们乘凉的屋前和草坪，随时可以听见盲妇卖唱"莲花落"和"打渔鼓唱道情"的男声。至于"调子""玩子"，也还盛行于乡镇和城市，那是属于民间戏剧的范围了。桂戏，是人尽皆知的，它原是民间艺术，不过后来走进了"纱笼"去，试从（1）唱白上看，平剧是典雅的、文饰的，桂剧是通俗的、质朴的，如《四郎探母》一出，平剧的四

作品信息

《抗战时代》1941年第3卷第4期。

郎上场说的是"金井锁梧州，长叹空随一阵风"，桂剧则是"被困幽州，思老母常挂心头"。（2）流动作上看，平剧是太规矩，太礼貌，而桂剧又恰相反，如《李广顶本》一出，平剧中的李广是很惧惮、很恭敬地跪着，虽然是"顶本"，虽然是对"昏君"，他仍不敢越过做"臣仆"的范围一步；而桂剧的李广，却在舞台上摆来摆去，嬉笑怒骂的。（3）作化装上看，因平剧的净角脸谱是尽量地使用各种颜色，桂剧则至多在一块脸上使用三色而已，这一方面说明平剧为进过宫廷，往往因图热闹以取悦于贵人而胡乱增加剧中的人物，剧中人一增加，又恐雷同，故只好在脸谱上打主意，五颜六色的来分别剧中人。而这种复杂颜色涂在一块小小的面孔上，远看是看不出的，所以它只宜乎近看，若在广场上、"草台"上，它便失去其作用。这已反面地说明桂剧是"民间的"了。桂剧虽与平剧同源，而所走的方向是各不相同的。

至若绘画方面，广西乡村中的小庙寺，常见有极好的墙饰和"壁画"；织造方面，广西西北境有壮族织制的"壮饰"。这些东西，都有他们的特殊风格和技巧。不过过去注意者少，只让它自生自灭，所以这些民间艺术，只是作为民间生活的一种附庸，没有在整个中国艺术乃至世界艺术上占有重大的地位。并且，作为革命策源地的广西，近百年来，在民族解放斗争中每一次都站在最前线，而这些民间艺术，往往没有与政治行动配合——没有作为斗争的武器和政治的反应。这实在是广西民间艺术的不幸，也是广西艺术迟迟不能发展的原因！

今天，艺术上既提出"地方性"和"大众化"在前，我们应该努力于实际的收集、整理、接受、发扬，使这民间艺术从已老的枝干上开花结果！

笔者谨以管见三点，提供本省从事艺术工作的同志们及国内时贤参考：

一、广西艺术应该是汉、瑶（苗、侗、壮、仫佬等）民族文化的结合体、化合物，它应该有它的特殊内容、特殊技巧、特殊风格。

二、广西自从太平天国革命，到辛亥革命、民初护法护国诸役、十四年北伐，以迄于今天的抗战建国，莫不站在最前线。旁及清季的安南抗战、"台湾独立"，亦莫不与广西有直接的关系。这些迭次的革命行动，应该在艺术上有特殊的表现。

　　三、据上两点，我们一定要大量的艺术干部来从事这部分的工作，政府方面，应该多多罗致，多多培植，个人方面，则多多学习，多多创造，使今日的广西，有无数的曹邺，无数的石涛，无数的刘三妹……

夏衍剧作论

周钢鸣

最近较有更多的时间，使我能将夏衍的几个剧本，重读一遍。读过之后，深感作者所表现的人物时时出现在我的眼前。而夏衍在剧作上的谨严和写实，正可以代表我们当前剧作创作方法上一个正确的方向，将自己读后感写出来，作为在戏剧写作的研究上一个参考。夏衍先生正当年富力强，在戏剧的写作上还可预期他有更多贡献，若说现在去写夏衍论，则未免过早，所以这篇东西，只就已发表了的几个剧作主论。这里，我不是一个一个剧本的细微末节地去研究，而是在这些制作中，作一个概略的分析。因此，这篇东西也不是剧作技术的研究，而主要的是想从这些剧作中找出剧作者表现现实主义的创作精神。作了这样说明，就此带住吧。

向现实主义的道路前进

一个现实主义的作家，他的创作精神，主要有两个特征：一方面是忠实于反映现实——正在进行着的历史事变和历史的远景；另一方面是面向着不合理的现实战

作品信息

《文艺生活》1941年第1卷第3期。

斗，在矛盾的现实中来展开它艺术的主题。夏衍的戏剧创作活动，是朝着这个方向前进的。首先我们看到，在他的戏剧主题上和人物性格的表现上，处处都表现出一个"合理"的地步，表现出社会、人情的关系的合理和自然，不粉饰，不臆造，不夸张。而这些人物，如在《一年间》中的刘爱庐、刘绣笙，《上海屋檐下》的林志成、黄家楣、赵振宇、赵妻，《心防》里的刘浩如、沈一沧……这些人是比真实的存在更真实，真实到平凡的地步，而这些人物的存在和被表现出来的性格，是非常合理地在现社会上存在着。这种合理的存在而被合理地适当地表现出来，正是现实主义的真实性。而夏衍所表现的人物的真实性是素朴的，平凡地存在着，很少看到剧作者在这些人物的身上赋予加工的成分——这一方面是由于作者表现手法的刻画的完整与细致，但另一方面是所表现的人物是具有真实地存在的地步。因此作者的现实主义的精神，正是一个"合理"的现实主义，而作者所追求的艺术形象亦是要求达到现实主义的"合理"的地步。这是作者在创造方法上的一个重要特点。虽然在他初期的一两个剧本如《赛金花》《自由魂》中的某些人物，为了增加对于历史的嘲讽，而赋予了若干夸张的成分，但这些夸张亦是历史的症结，而赋予在某些人物身上具现，因此这种夸张也就显得合理地存在了。但作者并不停留在这些作弄的夸张的趣味上面，这些趣味虽然是幽默的，但不能阻碍作者，作者是向更坚实的合理的现实主义前进了。

另一方面呢，作者的戏剧艺术的主题，是在不合理的现实中展开的。从《赛金花》《自由魂》《上海屋檐下》《都会的一角》到《心防》《愁城记》止，戏剧的主题是深刻地反映着这不合理的现实。《赛金花》《自由魂》里现出当时清朝专制的昏庸腐败、丧权辱国、倒退落后、残酷黑暗的不合理的历史现实。在《上海屋檐下》《都会的一角》表现在世界不景气的萧条浪潮中和民族的屈辱的暗云下，许多人呻吟在上海这半封建半殖民地化的都市屋檐下，被不合理的现实生活重压得透不过气来。在《心防》里虽然透出战斗的胜利光辉，而黑暗与光明的对比，逆流与老鼠的猖獗，正是进步与倒退的对比，忠与奸的对立；《愁城记》里也表现出囤积居奇的发国难财者的不合理的现实。而作者站在这不合理的现实中，向我们提示了"合理"的前途，揭发了不合理的黑暗，要我们去严防"老鼠"，鼓励我们去战胜不合理的现实。这些，在这些剧作中，给予了鲜明的对比。这对比不是作者在向观众说教，而是透过舞台的真实形象而具现于我们的眼前。而我们在这些剧作中所看到的，这些生活在这不合理的现实中的人物性格，是我们在当前社会中可以常常地碰得到的。这正是剧作者面向不合理的现实的现实主义的创作精神。

夏衍正是往这两个创作的基本精神出发，而"忠实地去刻画人生的严肃"。从这两个特征，我们更进一步地去了解——

他的现实主义的表现手法

现实主义的反映现实，是通过典型的人物来具现的，但由于作家所处的社会地位不同，因此他对社会和社会阶层生活，也是从不同的角度去接触它，理解它，以至于从不同的生活角度来反映它，于是表现在作品上，形成了现实主义不同的表现手法。有些现实主义的作家采取了英勇的行动——战争和历史事变的伟大斗争场面，来表现伟大事变中的英雄性格和反映历史的现实。另一种现实主义的作家，则概括每一社会阶层的生活习尚，透过这一阶层的人物，在他们的生活的葛藤的侧面中，来表现这一阶层的典型和历史变动的现实。这两种现实主义的表现手法，在戏剧史上我们是可以找到很多例证的：如古代希腊的悲剧，以至莎士比亚、席勒、易卜生、罗曼·罗兰……都是属于第一种现实主义表现手法的范畴。而从莫里哀、哥果尔、契诃夫、高尔基，以至现代许多欧美的创作家，都是属于第二种现实主义表现手法的范畴。而这两种现实主义的表现手法中，前一种多是悲剧的类型。而后一种，则近于喜剧的类型。但这里也有例外，契诃夫的戏剧的现实主义的表现手法，正是这两种手法的综合，这里，呈现在他的剧作中，是喜剧的表现手法和悲剧的主题的糅合，构成他的戏剧——在阴暗的现实中，充盈轻松的幽默和淡淡的哀愁。这正是所谓"含泪的微笑"。

夏衍的剧作，正是和契诃夫这种的戏剧表现方法相接近的，在夏衍的剧作中可以看到他受契诃夫的影响很深。因此，我们在他的剧作中，很清楚地看到他的表现手法，是喜剧式的，用幽默和嘲讽来表现某一社会层的生活典型，如在《赛金花》一剧里嘲讽清朝当时办理洋务的外交官：

官：（叩头如捣蒜）奴才是在天津洋务总局办事的。

通：他是……是办外交的。

哈：（好奇地）外交官？嗯，会干些什么？

官：（迟疑，又惶惑）会……会……奴才只会叩头，跟洋大人叩头（作叩头状）……

这是多辛辣的嘲讽，当你看到这种昏庸的无气节的奴才，被表现在眼前的时候，你会不能抑止地大笑，但在这笑声里面，你会被这民族屈辱的历史而激怒起来。为这民族的悲剧感奋着。这种嘲讽是无情的，作者对这种奴才是厌恶的。在《心防》里的倪邦贤，也是这种人物，但倪邦贤这人物的表现，是十分真实的。虽然有些夸张，一点也不过火，而至不像人，相反地，在倪邦贤这人物，赋予了下流的"海派"小丑以活的性格。在其他的几个剧作里，如《上海屋檐下》的赵振宇、赵妻，《都会的一角》里的邻居，《一年间》里的刘绣笙，作者也同样采用喜剧的手法来表现他们，将他们那种生活的错觉描绘出来，而令人发出欣欢的笑，但这不是无情的嘲讽，而是幽默的写实。作者虽然开这些人物的玩笑，而作者却是深深地热爱着他们的，为他们被这不合理的现实的重压，而付了深厚的同情。

作者对于这种现实主义的表现手法的运用，是非常洗练的，从一个很小的角度，来反映当前严重的现实。同时作者很巧妙地，选取了他所表现的人物的生活的特征，和这大时代的风暴联系起来，使你看到，虽然是几个人物生活的遭际，而这些生活的遭际中正激流着时代的暗潮。但作者不是正面地去表现这些历史的突然事变和巨大的战争场面，也不在暴风雨的斗争中去展开人物的性格，而在日常的生活细节中，在斗争的背面的"和平"生活关系中，来展示人物的自发的自自然然的行动，从这些生活的特点来素描、刻画人物。这种不正面去表现斗争和事变的手法的运用，看来是避重就轻和取巧，但这里所取的巧，正是非常不容易做到的洗练的地步；相反的，有很多正面去表现斗争的作品，固然是把人物变成了"英雄"，但多是公式的作品。夏衍的剧我们很少看到这种公式，这里主要是他的人物富有生活的特征、性格的特征。然而他的缺点，也正是缺少那沉重的、强烈的、粗线条式的斗争的行动，因此很多人总觉得他缺少一种强有力的刺激的力，不能令人倾腹大笑，也不能令人号啕地痛哭，而只是轻松的幽默和淡淡的哀愁而已。这正是作者喜剧的表现手法和悲剧的主题的糅合，这正是作者在面向着不合理的现实中，虽然是面向着战斗，面向着光明，但作者还缺少一种溶解在群众中的战斗的力，群众所要求的战斗的力。原因是可以用作者所处的社会生活来说明它。而作者正是用他作为进步的现实主义的知识分子作家，充满着正义感，对于历史事变的关心，顽强的战斗精神，来参与面向现实的战斗，因而他也是从这个社会的角度来表观他所熟悉的人物——进步的市民生活。但作者是不会僵化在他这个原有的社会地位和社会角度之内的，他是在发展着的，在《心防》里，我们已看到这种溶解在群众和战争中的力，已在成长着，这正是作者向现实主义更坚实的道路前进了一步，这就是作者自己的现实主义的道路。我们更希望作者向这个方向努力！

一个平凡的悲剧作家

前面已经分析过，他的现实主义表现手法，是喜剧的表现手法和悲剧主题的糅合。而在这种糅合中，相互的彼此的成分是冲淡了，因此成为轻松的幽默和淡淡的哀愁，不过严格地说起来，夏衍还是一个悲剧的作家。

古希腊的悲剧，是英雄与神的斗争；封建时代的悲剧，是奴隶与奴隶主的斗争；在资本主义上升的悲剧，是个性与传统的斗争；在资本主义独占的时代的悲剧，是被剥削者与剥削者的斗争。这些斗争，是悲剧的现实。在半封建半殖民地的中国，正是反封建反帝的民族革命的斗争，这是中国的悲剧的现实。但这种悲剧是新的悲剧，不是旧的悲剧。旧的悲剧是消极的，是宿命论的命运的悲剧，失掉了自主的性格；新的悲剧是战斗的，自觉自主的，它看到自己的战斗的道路，而积极地向不合理的现实冲突搏斗。这是中国新悲剧的性格。但正因为中国是个半封建半殖民地的国家，在这双重的压迫下，中国的民众，一部分是自觉自主地向现实战斗着，但多数，却被蒙昧着而失掉了自觉自主的性格，这不仅是大多数落后的农民，即都市的小市民，也被这残酷的现实的重压和蒙昧，再加上生活的重担，因而失掉了他自觉自主的性格，而成了庸碌卑琐的人物了。这些人物是被现实生活压碎了——虽然他们自己也有他们的梦想与憧憬，他们的生活是悲剧的生活。作者很熟识这些人物，了解这些人物，他看到这些人物的生活的阴暗面，他很同情他们，这反映在作者的戏剧上是悲剧的现实。这是生活的悲剧，平凡的悲剧，失掉了在生活中自主的人的悲剧。因此在《都会的一角》《上海屋檐下》，甚至《一年间》《愁城记》，我们都听到这种小市民的叹息，这是吃不饱、饿不死的悲剧。作者很体念这些人物，但也尽可能地给这些人以最大的热情和鼓励。在《赛金花》里我们也看到作者的过分同情赛金花，而将这个"庚子赔款"的民族历史悲剧，写成了个人的悲剧了。虽然也有不少的噱头，破坏了他的悲剧的严肃性。因此作者不是一个英雄的战争的悲剧作家，而是不合理的现实生活矛盾重压下，平凡的悲剧作家。

这种生活的阴暗和忧郁，笼罩着他的剧作中的所有人物。如《赛金花》一剧，固然是这个人物的一部分生活的写实，但这曾经"握过飞特丽皇后的手"的公使夫人，驻过仪鸾殿，跟联军德帅瓦德齐办过"外交"，帮过"老佛爷"访人情，"西太后沾了（她）的光"的赛二爷，结果，她那沦落烟花的出身，也终于决定了她那悲凉的身世，为维持道统尊严的孙尚书之流所撵走，结果沦落在悲剧的生涯中。而《都会的一角》的失业青年和舞女，《相似》里的女性，《上海屋檐下》的林志成、匡复、杨彩玉、黄家楣、桂芬、施小宝、李陵碑，正是一伙悲剧人物的猬集。《一年间》里的于明杨、《愁城记》里的青年夫妇林孟平和赵婉贞，这些人都是有着自己的理想与热望，但他们的理想很快就被残酷的现实击碎了。作者虽然给这些人物的苦难生活，以抒情诗的气氛，然而纵使在这些抒情诗的雾团中，那生活的阴影，时代的暗潮，不能防堵地，时时冲进他们那最小的圈子里来，鞭挞着他们，威胁着他们，他们在挣扎着，发出怨怼与叹息。这种悲剧，尤其是《上海屋檐下》这个剧本，是平凡的悲剧的典型，它深深地打动了我们。这是阴暗的梅雨时代知识分子的悲剧，他对于我们这时代的知识青年是异常亲切的。

过渡期的典型

在作者所表现的人物方面，可以看到两种类型。一种是在生活的重压下面，失去了自主自觉的性格的人物和茫然于现实的乐天主义者。虽然他（她）们有些也看到了自己生活的阴暗面，但是缺少战斗的勇气，结果这种人被生活压碎了，被时代的浪潮的冲击而成了渣滓。如《上海屋檐下》里的黄家楣、桂芬、杨彩玉、林志成，《都会的一角》里的失业青年、舞女，《一年间》里的于明扬，《心防》里的施小玲，《愁城记》里的林孟平和赵婉贞年轻夫妻和赛金花，都是属于这一种消极的，失掉了生活自主和得过且过的，在这急剧的时代变革中，他们成了没有光、没有热、没有力的过渡期的典型。

另一种，同样是在时代浪潮的冲击下，被不合理的现实所鞭挞着的人物。他们看清了自己生活苦闷的原因，看到现实黑暗的本质，也看到了新时代的光明，意识地认清在中国的社会变革中，自己的命运只有和被压迫的大众的战斗合流起来，才有自己的前途。同时在大众的战斗合流中，了解到自己在中国的民族解放运动中自己所负担的先锋作用。在这样自觉的过程中他们自主地更积极地和大众的战斗合流起来，成为民族解放运动中的战斗员。

这种自觉自主的类型，如《自由魂》里的秋瑾、《上海屋檐下》的匡复、《心防》里的刘浩如、《愁城记》里的李彦云，都是具有强烈的社会感和革命的战斗精神的自主的性格。而在这些人物性格上都有共通的特点，他们是从旧的社会中生长出来的，还有着很多旧的习气，如秋瑾的个人英雄主义；如匡复从黑暗的监狱里出来，看到自己的爱人——妻子，已经和自己的好朋友同居了，自己的孩子也长大了，一切的关系都在改变了，生疏了，自己颇感孤独和迟暮，他有些受不住这新的浪潮所冲击而有些动摇颓然起来，直到他从他的妻子和女儿的家里离开的时候，虽然是再开始重新走上战斗的路，但还是带着一颗不能释然的心情而忍痛离开的。这种心情，正是所谓人之常情，非常富于人性的，也正是许多知识分子的感情。《心防》里的刘浩如，也是偏激的，这偏激固然是对于"老鼠"之流不妥协的战斗性，但这种性格也是从旧生活带来的。而这些人物第二个共通点大都是中年人。这些人物，虽然具有顽强的战斗性格，但他们都带着一种重负，在苦斗着，喘息着，缺少乐观的气质。这些人物身上的苦斗和重压，也传达到每个观众的身上，而使我们深深地警惕着。

这自觉自主的性格，在作者写来，并没有把他们表现成殉道者和清教徒，但也没有把他们刻画成与我们一般人所不同的"英雄"，因为一般所表现的英雄性格，是在这些英雄身上给予向人说教的权利和英勇的超人的行动，而作者的人物，却缺少这样的性格。就是秋瑾这个人物，虽然是一个新时代的进步女性，但作者给我们表现出来的秋瑾，也并不是如上面所说的那种英雄性格。《心防》里的刘浩如，的确是英雄地战斗着，但他的事业并不是"英雄"的事业，而他的事业，正是平凡的事业，是我辈的平凡事业，因此刘浩如的英雄战斗，正是平凡的英雄，而在战斗着的人们，自己也绝不会意识到自己是英雄，也不是为了做"英雄"而去战斗的。总括起来，夏衍所表现这类自觉自主的人物性格，正是积极的，具有顽强的战斗性的过渡期的典型。

作者对于他所表现的人物，是非常深地爱着他们，作者更深切地了解他们，特别是了解他同时代的人物——中年人、老年人。对于小孩子，作者更有些偏爱，在他几个剧作中，如《自由魂》《上海屋檐下》《都会的一角》《一年间》《心防》《愁城记》，都有小孩的角色，而对于少年男女的爱护，更赋予很大的热望，而作者将对于新时代的热望，多寄予在这些纯洁的富有热血的后一代的少年身上。而这些少年都具有颇多共通的性格，如《一年间》中的阿涛、《心防》中的咪咪、《都会的一角》的舞女弟弟、《上海屋檐下》的葆珍。这些少年，正想从老年人那一代的生活怀抱挣扎出来，对老年人的生活表示了怀疑，对于自己有着新的期望和自信，在自己的天真与社会的影响中成长了起来。

但作者对于青年——特别是这时代在救亡工作中成长起来的青年——二十岁上下的青年的了解是不够的，《一年间》的俞志华，作者把她表现在悲观失败主义中清醒的人物。但这个人物的性格表现是不具体的，虽然是在《一年间》达到了戏剧的主题作用，但在人物的表现上——与作者对于人物的生活素描表现手法上，却失去了全剧格调上的艺术性的统一，因此俞志华这个人物的生活的形象性是不够明显的，失去了这个女性的所具有的个性了。正因作者对于青年生活的理解不够深切，因此作者所表现的人物都是中年人物，这些人正是背负着生活的重负，缺少乐观的健康的气质。这也是决定作者的戏剧是悲剧的性格。因此不能表现出新生的健康的青年活生生的典型。

其次在作者所表现的这些人物——积极的典型或是消极的典型人物，对于他所写的社会气质，还是不够强烈的。这一方面是由于现实的限制，不能不更明显地表现出来，因此作者所反映的多是进步的市民层，所谓小市民的生活的典型。但是表现市民生活不是迎合市民生活，因为迎合式地反映市民生活，会走到庸俗的现实主义。而作者对于小市民的生活是批判，对于他们由旧社会的生活习尚常形成的生活错觉，给以讽刺和幽默，同时，作者将小市民生活给以洗练，去掉庸俗的一面，把握住他最本质的一面。因此表现手法上虽然是生活的素描，却是将这些最富于生活特征的日常生活现象组织起来，给以具现，这是作者对于人物的处理方法。

历史事变而不是历史剧

在作者的戏剧题材中，是最富于反映历史事变的，但这不是历史剧。历史剧不但是要反映出历史时代的特征、历史的事实，而更要反映出历史的本质。至于历史事变，在反映历史的事件时，只要把握住那一时代的特征，概括出那一时代的典型而给以具体的分析来反映，就不必顾之于历史的事实。在作者的这几部剧作中，都是极赋于这种反映历史事变的意味。《赛金花》这一剧作固然是反映了一部分历史的事实，但作者并没有正面去反映历史。因此在这个剧本里，看不到这在封建专制下，在原始性的农民反抗的义和团运动中，帝国主义其同来掠夺殖民地的历史本质和当时的这矛盾的发展。因而《赛金花》这剧本，只是以赛金花为中心，借着历史事变的伟景，来刻画当时清朝专制的昏庸——特别是那时代割地赔款的外交的失败，用这个题材，来嘲讽历史和警惕现实，使我们重新去体味一次历史的教训。因此这剧作，不是历史剧，而是历史事变的反映和对于历史发展的警惕。所以这剧作是历史发展的必然中，个人的偶然的悲剧。

在《自由魂》这个剧本里，作者也是用了同样的手法，来表现与赛金花同时代的一个进步女性。作者仍是以秋瑾这个人物做中心，来反映那个时代的斗争，批判那时代的个人英雄主义，同时也是对于革命的气节的砥砺，使我们从这里去接受革命的血的教训。而作者在这里也是表现出这一事件，而不是那时代的历史。

《上海屋檐下》《都会的一角》，正是反映我们民族苦难和世界不景气的现实。在《一年间》里、《心防》里，反映着民族战争的伟大事件，《一年间》正反映抗战第一期的现实，《心防》则是反映汉奸汪精卫叛国降敌的逆流时代。作者从这些伟大历史事变中来把握主题，透过并不大的场面，来表现这大时代，来警惕我们，来对失败主义、汉奸投降主义以尤情的痛击，这种反映历史事变的手法是值得学习的。

对于家庭的爱和从家庭中发展戏剧

作者表现的戏剧场合，多是从家庭的关系中来展开进行的。如《上海屋檐下》《一年间》《心防》《愁城记》，都是从家庭的纠葛中来展开戏剧的主题，《自由魂》也是从这家的关系纠葛开始。另一方面，也反映出作家对于家庭的深爱，不管是破落户，或是被恐怖所包围的"危巢"，作者是非常留恋的，家庭的温暖，使作者不能自抑地在他的剧作中，寄予了忆念和哀愁。《上海屋檐下》的家，虽然是雀笼一样，但这里也有着温暖的自己亲切的人。《心防》第三幕的家，使得刘浩如这人物内心的表现更微妙而错综地表现出一个中年人的感情，传达出感人的抒情诗的气氛。《愁城记》里的家，使不惯于钩心斗角的青年夫妇，得到一个暂时的栖身，而《一年间》的家呢？

刘爱庐慨然地说："嗯，你们年青的，记住了！这是我们的家！这次出去之后，我，大概是不能回来了，可是，你们要记得，这是我们的家，我们祖先传给我们的家！"这几句话是非常沉痛而深感人心的，我们多少的家在敌人的摧毁下失去了啊！

作者用家庭来展开戏剧的进行是颇难的，这里会将主题限制在一定的位置上。要将社会的关系去迁适于家庭的关系——虽然家庭的关系也是社会关系的一部分，不过在更明确地去表现现社会的矛盾和对比上，是受限制的，这会削弱了更富于社会性的主题。因此我们希望作者更深入地从社会矛盾关系中来更广阔地反映社会的现实。

此外，作者对于家庭氛围气的处理是非常得当贴切的，他剧中的人物和戏剧的环境很协和地统一起来，构成了抒情的气氛。如《一年间》第二幕的开头，很适当而有诗意地将这个环境与人物安排着，构成一个初冬晚上一个家庭融融的生活气氛。而《心防》里的第三幕，刘浩如和杨爱棠之间的沉默，伴着咪咪的琴声，将刘浩如和杨爱棠二人之间的心理起伏，在无言中传达出抒情一般的亲切，深深地感动着观众们，这是一点没有夸张的布置，构成了作者特有的平凡而真实的环境和平凡而真实的人物的统一。

我的希望

在上面对夏衍的剧作作了这研究式的分析之后，我想提出几点对于夏衍的希望：

第一，作者在表现在战斗中，新与旧的成长中，常常将这希望寄在一些人物身上。如在《一年间》里，将一家人的热望寄予在刘瑞春这个人物不死的身上，同时用我空军飞到上海的战斗代替了旧团圆主义的手法，这是很好的。《心防》的重心也是集中到刘浩如这个人物身上，这样处理是很危险的，万一这些人物死了呢？这特别在小市民的生活上是有一个重大影响的，因为他们只看到个人，只看到当前的，这样处理，万一这些人死了，给他们的影响会仍旧成为悲观失败主义，会造成命运的感伤。而于明扬这人物不能得到观众的同情，亦是将他当作个人来处理和他的身世不调合的缘故。因此，我觉得应将这些希望寄予在事件本身和大众的身上，因这是一个现实的问题，而不是个人命运的问题了。

第二，在《心防》里我们已看见作者更具体地把握着和自己的世界观相统一的主题。我们希望作者能沿这条路发展。今天作者的剧作中所显示于我们的历史教训是非常深广的，但我们还希望于剧作的主题，有更强烈的思想和工作的指导，从社会的矛盾和社会生活的具体行动中，来展开性格与性格的斗争，而更健康地表现出年轻的强有力的典型来。

论"诗与自然"

——由于吕亮耕、林焕平两氏的意见而作

胡明树

一

《诗创作》第九期上，吕亮耕先生在《诗论八题》中发表了他的对于"诗与自然"的意见；第十期上，林焕平先生在《论诗与自然及其他》中对此意见提出了反驳。

我现在来写这篇文章，与其说是站在两者的某一面来说话，不如说是站在两者之间来述说我的意见。因为：（一）两氏的意见我都有同意之点与不同意之点——对于林先生的"诗与人生"有"纠缠不清的血统关系"的意见，我很赞同。但对于吕先生的"诗与自然"有"永远纠缠不清的血统关系"的意见，我还保留着不予反对（后面再详说）。又，吕先生的"为什么田园诗人陶潜、王维、华茨华士等的诗篇这样被人们爱好着？"其意若说是"过去"或"某部分人"是"那样"爱好着他们是对

作者简介

胡明树（1914—1977），广西桂平人，曾在广州中山大学、日本早稻田大学攻读，有短篇小说集《失意的洋服》，诗集《朝鲜妇》《难民船》等，1949年后任《广西文艺》编辑、广西文联副主席。

作品信息

《文学批评》1942年创刊号。

的，若说"现在"或"大部分人"还都"这样"爱好他们，我就不同意，比方我及我的很多朋友就很少读过他们的作品，而且并不见得"怎样"爱好他们的，而林先生的"随便一位现在的小学生来，问问他们竟喜欢杜工部还是陆放翁？我想他的回答必定是后者吧"。我是读过中等以上学校的"小学生"，假若林先生拉到了我出来，问我喜欢那个，我的回答不是"后者"，自然也不是"前者"，而是答不出。我觉得林先生扯畅太远，不合实际，所以也不同意。

（二）吕先生的文章太短，意见太简单；而林先生的文章也是针对着一二点问题发挥的意见，所以两者对"诗与自然"的关系都没有作较详的述说、究研与讨论。

所以，对这问题，我想借此机会，较为广泛地谈一谈。

二

为了便于述说起见，先抄一段厨川白村的话吧：

"宇宙人生的一切现象，若映在诗眼里，那不消说，是一切都可以成文艺的题材的。为考察的便宜起见，我姑且将这广泛的题材，分为（1）人事，（2）自然，（3）超自然三种。再来想第一的人事，用不着别的说明；第二的自然，就是通常所谓天地、山川、花鸟、风月的意思的自然；那第三的超自然，则宗教上的神佛不待言，也包含着见于俗说街谈中的一切妖怪灵异的现象。这三种题材，怎样地被人所运用呢？那相互的关系，又是怎样的？……"（东西之自然诗观）

不管厨川白村的观点如何，他的对诗的题材的分类是很公平的。为了便宜起见，我想在这里把第三种的"超自然"取消，因为神佛妖怪灵异之类的作品，在文艺的领域里并不占很重要的范畴，况且有些有价值的神话童话之类又可分别归于"人事"与"自然"这两类之中。

宇宙人生的一切现象，其本身并不是诗，但必须通过了"诗眼"，才成为诗的题材。人类以外的动物，因为没有由于生产关系、社会关系而积蓄了的增长了的各种的经验与知识，自然也没有直观的知识——自然没有"诗眼"，没有审美能力自然也没有"诗"。而人类却有"诗眼"，因为人类有直观的知识——审美的能力，这些知识都是关于人类要共同生活，要有生产关系、社会关系而积蓄了的集中了的丰□了的全人类□知识。所以"诗"是发生于人类有了较复杂的生产关系的"人事关系"之后，即人类有了"诗眼"之后。因为这个理由，对于林先生的"诗与人生"有"纠缠不清的血统关系"的意见，我表示赞同。

人类自从"生产关系""人事关系"复杂了以后，与"自然"的关系也跟着复杂起来。人事（人生）的一切现象映造了"诗眼"里而可以成为诗的题材，宇宙（自然）的一切现象当然也可以映造了"诗眼"里而成为诗的题材。假若我们对于诗的题材的分类没有错误，假若自从人类有了"诗眼"之后"人事的诗"与"自然的诗"是一直都存在着，那么，对于吕先生的"诗与自然"有"永远纠缠不清的血统关系"的意见，我说我还保留着不予反对，就是因为这个理由。

那么，诗的"血统"是有两条了的么？

三

原来，人生与自然是有着难于分解的关系。

原来，使人类发生"人事关系"的人类社会就是"人生"的内围，这外面，还包围着一大层厚厚的"自然"的外围。

原来，在整个"诗"里，是"人生"与"自然"这两条血统的结合，犹如父性和母性的血统的结合一样。一个诗人，有时候表现自然，有时候表现人生，有时候同时表现两者，这犹如一个人的血统遗传，有些是现出了母性的特征，有些是现出了父性的特征，有些是两者的特征都有。

在过去的诗人之中，企图突破人生的内围，而专门去写"纯自然诗"的人是很不少的。最显著是日本的西行和芭蕉之流，他们到了远离人烟的山上，结草庵，友风月，超然地写着"俳句"，如什么"青蛙跳进古潭里扑东的声乐"（大意）之类的俳句，完全是"超人生"的"纯自然诗"。

以自然为本位的"纯自然诗"的出现，是在"出世思想"的佛教思想，或厌世主义思想发达之后。西行、芭蕉本来就是"出家人"。拜伦是于"憎恶人间之极"遂追慕"自然"的诗人。

举出了这一点点，我们就可以明白在过去的时代中，自然诗有过其兴盛时代的原因了吧。

至于吕先生是否有企图要突破"人生"的内围而奔向外围的自然圈里去写"纯自然"呢？我不想研究，假若有那样的企图，是不会成功的，因为"出世思想""厌世主义思想"已成为过去了，但在现代以自然为本位的"自然纯诗"是难于立足的了。

四

而陶渊明的诗并不是"纯自然诗"。说是追慕自然、偏向自然是可以的。他并不是故意要追慕自然、偏向自然，是他的"生活"使他接近自然，而歌咏自然。

他本是一位受过教育的村夫，家里虽有点田，但有知识的人却不大愿意做农夫的。于是用他的知识去换"五斗米"。但究竟还是做村夫，且还有一颗"诗心"，不甘于"为五斗折腰"，觉得还是"归去来兮"耕植那"将芜"的田园的好。假若他得到的"待遇"不止五斗米，又用不着"折腰"，恐怕会是"搁笔书斋上，忙然见宾客"的吧？

陶渊明不是生在屈原或杜甫的时代，处境也不同，所以过的不是颠沛流离的生活，而是安静的生活，所以能够很写意地"采菊东篱下"而"悠然见南山"。

我们又何尝不想过过那种种田、做做工、读读书，于是又采采菊、见见南山的"悠然"的生活呢？原因不是不想，是不能。反过来说，假若陶渊明是生在现代，家乡沦陷了，"田园将芜"也无法归，一方面又要生活，那五斗米——也许比五斗更少——他绝不轻易放弃吧？那么他的诗一定又不同了："归去来兮"一定就是"打回老家去"的意思了；他也许会写"忽然见南山"——见南山的碉堡、高射炮，或

"喘然登南山"——登南山，打游击，或避空袭。

说陶渊的诗不是"人间本位"大概是可以的，但他并没有企图突破"人生"的内围而逍遥于外围的自然中。况且他的诗还带有不少的"人间味"，如"田园将芜胡不归"就是的。假若陶渊明是"自然本位"的诗人，"田园将芜"是没有关系的，反正他还有天地、山川、风月、林海、花鸟等更"自然的"东西供他欣赏。但他偏偏要说"田园将芜"者，是因他还没有忘记"生产"，即没有忘记"人生"。

一句话，决定一个诗人的写作倾向的，首先是诗人的客观的生活环境，其次是诗人的主观的思想人生观、宇宙观。

一句话，诗是生活的歌唱。宇宙人生的一切现象只是可以成为那诗——那歌唱的题材。诗人必须首先通过他的生活形式，其次通过他的"诗眼"，才能从宇宙人生的一切现象中获得题材。

五

一句话，诗是生活的歌唱。

最原始的诗（即人类初期的诗），我想，一定是"人间本位"的诗，因为太古的人类，直观的知识还没有发达，审美能力还是很弱。艺术还只有雏形，"诗眼"还是很近视，但他们已经有生活的歌唱，因为他们已经有人事关系——社会关系，因为他们要生产，要劳动，所以有共同生活，所以有生活的歌唱。但因为他们的直观知识还没有发达，审美能力还是很弱，"诗眼"还是很近视，所以他们的诗的题材还是很狭窄。这就是诗的"人间本位"的开始。

后来，神权得势了，宗教形成了，诗大部分就为了宗教服役，于是"神明本位"的诗——即厨川白村所说的"宗教上的神佛不待言，也包含着见于俗说街谈中的一切妖怪灵异的现象"的"超自然"的诗就繁盛了，最低限度与"人间本位"的诗并存了，而发展了。

又后来，"出世思想""厌世主义思想"抬头了，于是"自然本位"的诗就盛起来了。况且"文艺复兴"之后，"归于自然"的口号叫得很热闹。

但到了现代，"超自然"的"神明本位"的诗不用说已经没有了势力，跟着"出世思想""厌世主义思想"的没落，"自然本位"的诗也渐渐失了地位。而今后，"人间本位"的诗将会更繁盛，更发展。但我并不是说，自然诗将不会存在。不是的。不存在的将是"纯自然诗"。对这问题，我们应该这样来理解：

上面我们已经承认，"人生"与"自然"之与诗的"血统关系"，譬之为父性和母性，"血统关系"，则"自然"怎能离开了诗呢？

上面我们已经承认，宇宙人生的一切现象，只要通过我们的生活形式，又通过我们的"诗眼"，是一切都可以为诗的题材的，则"自然"又有什么离开诗的必要呢？没有必要。

所以说，将不存在的只是"纯自然诗"。

而所谓"纯自然诗"或"非纯自然诗"并不是题材本身的问题，而是处理题材的问题。

六

虽然是"人间本位"的诗，但写的都是身边琐事，差不多千篇一律，为什么□不得到读者的喜欢？这就是因为作者的"诗眼"太小，太近视，而他所表现的诗的宇宙也就太窄，而读者也就有将被窒息的感觉了。

要远大，要明利我们的"诗眼"，就只有如吕先生所主张，林先生也赞同的"观察自然"。但切不可忘记了一件事：于观察自然时，必须通过了以自己为中心的"人生"的内围而要到作为我们的外围的"自然"去。"自然本位"的诗人之观察自然就是只从"诗眼"去看而不从"人生"的大眼去看。

我们不独要观察自然，而且还要认识自然；我们不独要认识山川、花鸟、风月，而且要认识更远大的天文；我们不独要从审美的眼去认识自然，而且要从智力的眼去认识自然。"自然本位"的诗人就是只从审美的眼去认识自然，而不从智力的眼去认识自然。

总之，一句话，透过了"人生"与"自然"相融合。

匆促写来，有些地方未能详细考虑。对吕亮耕和林焕平两先生的意见有同意的有不同意的，但原则上恐怕并没有十分大冲突的吧？如有错误之处，希有以正之。

一九四〇年六月十日

岁末话文坛

林焕平

一 沉滞的文坛

暴风雨的一年过去了。我们的文坛却似乎颇为风平气静。在太平洋的烽火正在燃烧得顶猛烈的时候，我们的文坛却似乎顶为沉滞。反而是太平洋的烽火燃烧到了相当的程度，而示下火了，我们的文坛才似乎较示活气。这是很自然的。只可惜这种活气，和战争的扩大联系很稀薄。

太平洋战争的爆发，改变了世界战争的形势，也改变了我们抗战的形势。在这以前和这以后，我们的文艺的任务，在基本上没有大的改变，但它的内涵却确是更广更深了。在这以前，我们的文艺的任务是反日反汉奸，今天这个任务还不会减低，只有加强。但因为我们的抗战与整个反侵略战争之密切的联系起来，已使我们的艺术文学的任务成为反法西斯反汉奸的了，而反日也正是被包含在反法西斯这一总任务里面。

在世界战争延拓到太平洋来以后，我国文艺的题材也显然拓大了。因为我们是

作品信息

《文艺生活》1942年第3卷第3期。

太平洋上的大陆国家。我们和南洋群岛有特殊深切的关系，所以日本帝国主义的侵略南洋，不但对其宗主国有重大影响，对我国也有重大的影响。比方南洋未失之前，华侨每年兑回来的几千万汇款，对抗战的帮助是何等的大呀。而今失守了，所有华侨的财产，俱灭于敌人之手，损失之大，影响之广，于此可见。再如难侨纷纷归国，而形成了救侨的社会运动，他们归来祖国以后，职业问题，生活问题，如何解决？如仍留在沦陷区不归，他们的态度、思想、心理如何？诸如此类，问题多得很，在在需要文艺家挖掘。

在新形势的开展下，我们似乎需要一种运动。但我们在理论上，始终没有把这些问题提出来。我们也没有从理论上指出作家应该如何去把握和表现这种新展开的现实。作家们倒已写了若干这一类的作品，小说或报告。但据管见所及，也仅限于以香港沦陷为题材的居多数，其他方面的尚属少见。理论批评家对于这些作品，似乎也没有给予应有的适当注意。理论既未能给创作以指标于前，复不能给予正确而热切的批评于后，这是理论批评界的一大遗憾。文坛的沉滞，固有其客观的原因。但我们也不要坐而待毙，风雪虽冷，也需要讲求取暖的方法。文艺家本身的积极努力，也是使文坛不沉滞的重要条件之一。

二 "客气"的文坛

不知道什么道理。近来文艺界的朋友们倒"客气"起来了，世故起来了，大家都感觉到人事纠纷的难于处理，彼此之间，对人对事对作品，都不说一句话。于是批评似乎是失了踪迹似的了。我们的文坛虽然沉滞，却还有些不同的理论在流布，还有些作品在产生。这些不同的理论，应该从正确的观点，给它以分析和评价，使它是好的，能够更广泛地在民众中间传播，使它是坏的，能够更迅速地在民众中间消失。那些作品，应该给它们以公正的客观的评价，分析它们是表现了怎样的现实，真实程度如何，它们对于抗日民族解放战争提供了多少的帮助力量，它们的好处在哪里，它们的缺点在哪里，等等。但是我们并没有这样做。

我们现在是蔑视批评，也忌避批评。一方面，觉得批评家全都不用心看作品，他们都是糊里糊涂地瞎说瞎骂瞎捧，因之，把批评家看作一文钱不值，把他们的存在都抹杀了。他方面，有些人总以为批评家一批评到自己的作品，总是说这不行那不行，而全不会说好话，因之而忌避批评，仿佛一旦被批评，就伤了他的面子似的。

固然，中国的批评界幼稚是不可否认的。不过幼稚是一回事，他们的批评是否胡说八道，对创作家毫无补益，又是一回事。作家要求批评工作者细读作品，固属正当，但我们对批评家的工作，也不可采取抹杀的态度。我们如果采取这种抹杀的态度，唯有阻碍批评的发展而已。因为批评工作者也是人，自己的工作既然是吃力不讨好，那自然是客气一番了。其实这一种客气，是虚伪。彼此虚伪，用一副假脸孔对人，完全丧失了严正的自我批判的精神，则文艺家之间互相观摩的现象，从何产生呢？我们以为文艺家有把这副假面具除下来之必要。我们以为不论其为创作家或理论批评工作者，均有说真话之必要。对事不对人，只问作品不问人。我们要养成说真话的风气。我们要胸襟豁达，容量广大，共同虚心为新文学的发展而努力。

三　分散的文坛

今年的文坛又有一种新的倾向。这也许是客观的社会原因使之然，那就是文坛的分散化。这就是杂志同人化，文坛同人杂志化。

半年以来，桂林和重庆文艺杂志出版了许多种，使文坛似乎顿呈活气。杂志出版得多，是好现象，可喜的现象。我只是有一点感觉：杂志出得这么多，这么分散，力量是否能够集中呢？假如力量能够集中，那分散也无妨；假如分散了使力量不能集中，那就有调整的必要。

据我的观察，这个问题似乎未可如此乐观。现在的杂志的分散，彼此之间，甚少联系；非但无联系，反有竞争，既有竞争，就有妒忌；既有妒忌，就易有矛盾和摩擦了。这样的情形如果发展下去，便容易形成小 Group 的倾向。小 Group 的倾向一旦形成了，文坛的矛盾斗争便将频繁了。

我们的战时文艺的目标，就是打倒日本帝国主义，争取中华民族的独立自由解放。不管文艺家运用怎样的组织和形式，文艺家所有的笔杆，都是向着这个目标，都是为了完成这一个任务。从这样的观点来看，则不论文坛上有千百个团体和杂志，其每一个所担负的任务和使命，都是一致的。

而且为了敌国的现代化，为了我国的落后性，历史地注定我国唯有全民族团结合作，方能御侮却敌；唯有共同奋斗，始能全体解放。否则，小至在一个文坛内，又充分表现"文人相轻"的劣根性，尔虞我诈，矛盾摩擦，结果只有阻挠抗战文艺的发展，削弱抗战文艺的力量，从而低减了抗战文艺对抗建的贡献而已。文坛的分散无妨，但需其力量集中；力量而不集中，则真分散矣。

四　诗歌上的两种倾向

我国五四新文学运动以后的新诗歌，从其产生之初，就有两种不同的倾向。其一是由胡适之、康白清、汪静之等发展到创造社的郭沫若、王独清等，以后再演变至蒋光慈、殷夫等的革命诗歌，迄于今日大多数的抗战诗人，仍循着这方向走。另一倾向是闻一多、徐志摩等，发展成新月派，新月派冷落后，现代派继起，在其根本的创作倾向上，两者实相近甚至相一致。循至今日，也仍有人保持这种倾向。

过去有些新月派或在倾向上近于新月派现代派的诗人，在抗战的大时代里，正在努力离开那种旧倾向，走向新的道路去。如拼命摆脱法国象征派的不良的残余影响，走向新现实主义的道路去的艾青，及全国竭力摆脱新月派的形式束缚，而走向新的创作道路去的卞之琳、何其芳等，便是显著的例子。

之琳最近才出版了一套《十年诗草》，里面共收《音尘集》《音尘集外》《装饰集》《慰劳信集》等几个集子。从这个集子，我们看到之琳的十年创作过程，其进步快得惊人。在抗战之前，恐怕没有人想得到他这么快会写出《慰劳信集》这样的作品。然而他是毕竟写出来了。这是多么值得为诗坛欣喜。何其芳也有同样快的进步。今年九月三十日，他在桂林《大公报·文艺》上发表了首诗，名为《我为少男少女们歌唱》，兹摘录数节于次：

我为少男少女们歌唱

我为少男少女们歌唱。
我歌唱早晨，
我歌唱希望，
我歌唱那些属于未来的事物，
我歌唱那些正在生长的力量。
……

轻轻地从我琴弦上
失掉了成年的忧伤，
我重新变得年青了，
我的血流得很快，
对于生活我又充满了梦想，充满了渴望。
……

去参加歌咏队，去演戏，
去建筑铁路，去作飞行师，
去坐在实验室里，去写诗，
去高山上滑雪，去驾一只船颠簸在波浪上，
去北极探险，去热带搜集植物，
去带一个帐篷在星下露宿。

去过寻常的日子，

在平凡的事物中睁大你的眼睛，

以自己的火点燃旁人的火，

去以心发现心。（下略）

像这样的诗，和过去其芳写《画梦录》时代的作品比较，不正像前后判若两人似的吗？这种走向现实的、明朗的、大众化的倾向，正是之琳、其芳他们的正路，也是中国新诗的正路。

然而，近年以来，却又有好些诗人，他们过去是走的现实的正路，而今却走上推敲形式，使生活在"美丽"的形式里闪灼的路子去了。我们随手举《文艺生活》第二卷第六期里 SM 的《白杨》为例吧。他是这样歌唱的：

当微雨未晴

敞开着窗户

从湿透着的红土路那里的行树

被细风不断地吹来无花的白杨的清香。

那纤秀的白杨的影子

沉静在淡淡的开始的黄昏里

那高举着的圆柱体

特别皎洁和正直于紫黑的昏昧所凝结的地平线上

而那枝梢之上

有七色的断虹和一小块明绿的天。

夜

这是敞开着窗户

而卧

当一觉酣畅地睡醒

听见白杨在自己嘈嘈絮语

而轻飔的枝叶上正闪映着那太好的

从云朵缓缓地排出的

闪烁得如此欢喜的

朴素的月光。

　　这样的诗，在作者主观上也许以为是刻意于形象的描写及意象的创造，但结果，生活和现实性却从这种描写里躲藏和闪灼起来了。这样的倾向，很值得诗人们注意研究和改正。当然我们很热望诗歌上的形象描写的深刻和意象创造的美化，我们也很热望诗歌形式的多样性。但是，它却不能离开新现实主义的基本的轨道。

目前剧运与对"新中国"的蕲望

李文钊

一别经年的"新中国"已载誉归来了，作为一个普通观众的心情，也当非常欣慰。

在桂林戏院的欢迎会上，为了时间，除看余兴节目外，参加欢迎会的人们的热烈的情感，都无法倾吐。会后我想把当时的感想写出，却又因事去了全县；转回时不断看到演出的消息，才抽闲写下了这几句闷滞在胸中的语言。

随着抗战的洪流，新演剧运动曾蓬勃一时，演剧团队的风起云涌和广大群众对新演剧的热烈欢迎与同情，直到现在新演剧技术的不断进步和观众水准的不断提高，这诚然是可喜的一面。然而在目前物质条件极端艰苦之下，新演剧团体数量日渐减少，机关或部队里，演剧团队的裁并和职业的与业余的剧团之不容易支持；同时，捐税与院租的高度担负，更增加上演的困难，许多剧团因演出后的亏蚀感到生存的威胁；无疑地新演剧运动之一般地走向低潮，已成为不可掩的事实。这个情形在桂林表现得特别明显。在"新中国"不曾归来时，除却了少数学校剧团，只有

作品信息

原载《扫荡报》1943 年 10 月 24 日。现根据广西艺术研究所、广西社会科学院、广西桂林图书馆主编《戏剧运动》版收录整理。

一个广西省立艺术馆的话剧实验剧团存在；动员了多数留桂剧人所组织的留桂剧人实验剧团，□□□□□□人所筹划的新中华剧艺社都无法继续或实现。在演出次数上也非常低，由新年到现在十个月来，除去新年中演剧七队所演出的《新年大合唱》和较近的《金镑的故事》《家》和《财魔》，此外的演出，几乎全是上演过的旧剧。而即是旧节目的重新搬上舞台，也常常要三月或五月才能碰到一次。这并不是新演剧的观众在减少，而是新演剧的自身满足不了拥有四五十万居民的文化城中广大观众之渴望。这在每次话剧上演时无论演出后盈亏如何而观众总是相当拥挤的一点上，可以得到说明。这不能不是新演剧运动中的一个可悲的局面。

自然，这并不就说明了新演剧运动完全没有了活跃的地方。比如，在桂林不能立足的剧团，到曲江能站住了；在别处亏蚀的剧团到衡阳能有盈余了。又如，成都，由于"中艺"、"怒吼"和"剧校校友剧团"的先后到临，《第七号风球》《孔雀胆》《家》《牛郎织女》等剧连续上演，而剧校的《清宫外史》一演整月，《岳飞》一演半月，接着《林冲》的上演还不知要演多少日子，这未尝不极一时之盛。然而这仅仅是暂时的、局部的，一个大都市里能经常待住一个以上的话剧团体，能有一个以上的剧场由话剧团体经营，能每个月不断地有新的话剧本演出，这在全国中，简直还没有见到。同时，在各地演出中如《碧血花》，如《陈圆圆》，如《天国春秋》，如《清宫外史》，如《大明英烈传》，如《屈原》，如《岳飞》，如《忠王李秀成》等，足以号召观众的几乎全都是古装或半古装戏。甚至《林冲》，甚至《牛郎织女》都要搬上舞台了，这一趋向好似在说我们的戏剧工作者将由竞演历史剧（亦即古装戏）而走向武侠神怪之途了。这里并不是说历史剧目前已失掉了演出的意义和价值，而是说历史剧在整个新演出的比重上居于压倒优势时，这一偏向是要不得的。自然，历史剧的多产有它的历史因素，历史剧的竞演也有它的环境关系，然而发展的结果，将使我们的戏剧工作者不敢正视现实，甚至于逃避现实，这是在新演剧运动不能不顾及的。

其次，要指出另一个现象，是新演剧工作者的改业或转向。我们不断地看到剧团的解体，剧人的星散，不断地看到许多青年剧人由兼职兼薪而改业，甚至干脆去做商人。在桂林更看到新剧作家新小说家不写话剧而专写旧歌剧了，新剧团领导者不做导演而做编辑了，青年剧人离开话剧团体而竟然唱平剧、唱粤剧去了，甚至整个团体停止了新演剧的活动而居然做了旧戏班的附庸了。虽然我们体谅这许多各有其环境与苦衷，我们也承认一部分朋友投到旧剧改革中自有其影响与意义。然而这许多有才能的新演剧运动者，不能在新演剧工作中充分发展，而不能不掉转或暂时地掉转方向，这总该是新演剧运动的一种损失，是新演剧运动低潮的另一表现。

在这一切不正常的现象里，"新中国"能在十个月的长期旅行中，克服一切困难，不断地在各地公演跋涉往来。诚如他们的社徽所示沙漠中的骆驼一样，这种任重致远的艰苦卓绝的精神，在目前剧运中是自有其特殊意义及影响的。我们对这一战斗的团体寄予无限的薪望。

第一，在大都市里在麻痹了的戏剧圈里给予新的血液和新的激刺，而在小的城市演剧水准较低的区域尽拓荒的任务和示范的作用，使新演剧运动的影响普遍地扩大和深入。即是说不仅求自己的团体好，自己团体的戏演得好，同时得注意所在地的剧运和当地的剧人合作、研究、观摩，或协助新的剧团的建立。这样使新演剧运动随着剧团所经过的地方而扩大而深入。也即是希望"新中国"不仅是一个演剧的团体，同时是一支新演剧运动的新军。

第二，目前的桂林也和过去的衡阳一样，在不久《财魔》的演出中，曾用我的名义并演出，并曾亲自参加工作，常得各方的赞助。□（省）查审处很快地审查完毕，给予准演证，同时市政府、警察局、税务团都备过案，才开始演出，而即在这短短四天的演出中，已惹了四次几乎停演的麻烦。结果虽然都应付了过去，但一个参加的女演员据说还受了开除的处分，这虽然有些应归咎于演出本身之还不够周到，然而一般对新演剧的观念，毕竟与旧戏子还没有多大的分别。桂林这文化城尚且如此，其他地方更不消说了。"新中国"的同志们曾经以严肃的工作、严肃的生活争取了所过地方的同情，希望不断发挥这一精神，来改变社会对新演剧的传统的观念。

第三，戏剧艺术不仅是对观众给予什么，灌注什么，培植什么，同时也应该在群众里吸取什么，学习些什么，它是在与大众生活紧密联系里才能生长起来的。我们希望"新中国"能更深入各阶层生活中，发挥蕴藏在群众生活中的艺术源泉。过去我们看到"演剧七队"的《新年大合唱》和"新中国"最近在欢迎会上的活报剧是些社会现实生活的最好的表现。我希望"新中国"能在这方面发展，使今后的演出能更深刻、更现实、更大众化而产生更新的形式。

第四，末了，我希望"新中国"在认识上，在理论上，在艺术修养上，在工作态度上，在生活纪律上，不断地前进。这我相信，在"新中国"这些战斗的青年戏剧工作者，自己会以工作的经验、集体的学习、社会的教养，不断地检讨自己、激励自己，得到更深的体念而前进的。我无须再加赘言。不过我仅在这里对一个共过艰苦的团体，深致衷诚的期望。我愿意看到一个在成长中的"新中国"不断地加强自己、健全自己，使它能真正成为新中国演剧的代表剧团，能成为新中国演剧的巨大的柱石，能在将来新中国戏剧史上写下不可磨灭的光荣的纪录。

试论直觉与表现

梁宗岱

××兄：

谢谢你关于拙词的美意和提示。在百忙却又极无聊赖中，忽然得接久远的挚友的音信，我的欣悦是不言而喻的。何况你所谈的又是我新学会的，因而最感兴趣的玩意儿——词！

不过，宽恕我的不义，我得首先声明你所说的好话（虽然我听到这话已不止一次）实在是过誉。关于批评，我始终深信"时间是最公允的裁判"。同时代的意见大抵不流于过誉就是过毁。过毁，不独因为有价值的文艺作品总多少含有超越当代一般理解力的元素，也因为很少读者甚或批评家肯加给一件无名作品那为深刻的批评和欣赏所必需的注意和努力。所以济慈一类的悲剧总不免一代一代地照例发生。反之，或由于作品所描写的生活和我们比较接近，因而我们很容易在里面找着我们深秘的祈向或夸大的影子；或由于作者是我们的知交，因而我们在他的作品里发现他所想表达而其实没有成功的独造的匠心：于是我们便难免不放大这作品或作者的价值了。试打开任何一部诗选或文选，你就会发觉当代作家所占的篇幅总超过以往

作品信息

《复旦学报》1944年创刊号。

任何一个黄金时代。而同属一个文艺会社或小圈子里的作家们之互相标榜，在旁观者觉得那么可笑，焉知在他们自己不是由衷的真诚的互相倾慕？即在词的范围里，自两宋以来，哪一代没有一两个词人自以为，或被朋友誉为可以睥睨古人？然而时过境迁，温韦二主冯欧晏秦苏辛周姜依然光芒万丈，那些不可一世的词人却早已坠入遗忘的深渊了。

至于你担心我的词会给新诗坛一种消极的不良的影响，我却觉得是过虑。新诗在新文学中虽然是最遭人白眼的产儿，其实比哪一部门都长进。小说至今恐怕还没有比得上《呐喊》那样成熟的作品；反之，把《尝试集》《草儿》和卞之琳的《十年诗草》或冯至的《十四行集》比较，你就可以量度这中间的距离。不过诗，无论新旧，都是最难的艺术：不独难作，并且难读。一部小说或一出戏，只要情节相当有趣，文笔相当流利或对话相当生动，便很容易——尤其在一个欣赏力贫弱的文坛里——获得读众热烈的欢迎。诗呢，雅俗共赏的虽所在多有，却不能说曲高和寡不是比较普遍的事实。我以为新诗最大的危机，正和旧诗一样，就在于一般作者忽略它的最高艺术性：每个人都自己，或几个人互相，陶醉于一些分行的不成文的抒写，以致造成目前新诗拥有最多数作者却最少读者的怪现象。幸而出类拔萃的也不少：孙大雨、何其芳、艾青和上面提到的两位都可以说是新诗的忠实工匠，而且他们一部分作品毫无疑义地已经为新诗奠立了不可摇动的基础。孙大雨和何其芳两人发展的过程恰好成一个对照。在孙先生最近发表的商籁里，我们认出他无论题材和作风（除了旧辞藻比较丰富外）都极力保持十余年前作《自己的写照》时的面目，有时甚或使我们带着几分惆怅去怀念《自己的写照》几个卓越的至今还未能超过的断片。何先生天生是清新婉妙的歌者，却硬要扯破自己的嗓子去做宣传家。最能吸引大众的是艾青，因为他不独怀抱着极热烈的社会意识，并且能运用文字加以恰当的节奏的表现，如《火把》里有些部分所显示给我们的。只可惜不能抑制这意识的泛滥，因而往往流于一些不很深刻的随笔。最成熟的，或者不如说，最投合我趣味的，是《十年诗草》和《十四行集》。这两部诗集大体上都是卸却铅华的白描：前者文字的运用和意象的构成似乎更活泼更流丽更新巧，后者则在朴素的有时生涩的形式下蕴藏着深厚的人生的体验和自然的观感或二者的交融。新诗能够拥有这样的诗人，这样的作品，还有什么可以阻止它光明的前途呢？

这些考虑使我觉得无限的羞惭和自疚。过去我对新诗是一个爱唱高调而一无所成的人，现在却只落得一个弃甲曳戈的逃兵。——至少，形迹上是这样吧。

但我经过了几许自由的摸索与冒昧的试探，所以终不免皈依到这最因袭也许最腐烂的形式，其过程或许不是不可说明的。

一半由于天性里固有的需要，一半或者也由于在那决定我们精神发展的方向的紧要年龄。在二十岁前后，我接受了一种当时认为天经地义的文艺原理或偏见（既然一切文艺原理在另一时代或从另一观点看来都不免是偏见）：诗应该是音乐的。——虽然是偏见，而且在许多人眼中是极不健全的偏见，对于我却仍然是颠扑不破的真理。我这二十余年如一日（我相信你不会以我为夸大）对于诗的努力，无论是二十岁前的《晚祷》之系统地摒除脚韵（那是为获得一种更隐微更富于弹性的音节），或者那对于极严格的几乎与中国文字的音乐性不相投合的意大利式商籁之试作，差不多都指向这一点：要用文字创造一种富于色彩的圆融的音乐。在今日看来，完全摒除脚韵固然是一个无知青年的固执，那严密而又复杂的意大利式的商籁之尝试也往往证实是吃力不讨好的工作。我不甘承认我所奉的信条是错误，却不得不默许我的实施之失败。我踟蹰，彷徨，思索。我模糊地意识到白话这生涩粗糙的工具和我的信条或许是不相容的，却又没有勇气（在某些场合打退堂鼓所需要的勇气并不亚于唱进行曲）放弃我这在沉默中磨炼了二十多年的武器……

就在这时候我的情感起了某种波动。我想把握住这些内在的战栗的节奏，试用一种删掉若干不和谐的虚字的白话去写一些与歌德、雪莱或魏尔仑的有名的短歌相类似的短诗。我写出现在收入《芦笛风》里的第一首词的前四行：

菊花香里初相见，

一掬笑容堆满面。

当时只道不关心，

谁料如今心撩乱?

这，你得承认，总相当接近我当时的理想：一种比较简练却仍不失其单纯自然的白话。但当我仔细审视之后，我发觉它酷似我那时常常翻阅的六一词里的《玉楼春》的前半片，平仄也完全调协。你可以想象我的惊讶——或者还带了几分喜悦。最不幸的是，我在诗里长期的探讨和思索不知不觉地把我引到一个那么抽象的几乎可以说形而上的观点，以致中外古今或新旧这些畛域已无形中消灭。"就是词又怎样呢，如果它能恰当地传达我心中的悸动与晕眩?"我说。于是我继续填完下半片。

这意外的遭遇引起一个颇幼稚的念头：像从前计划写几十首的商籁环一样，我计划写几十首的"玉楼春环"——我是一个那么不可救药的爱好形式上的一致的人！

心灵的活动是那么神秘，缱绻的诗神之惠临我们绝不仅单独一次。距离那时候不久，另一个机会便由一个梦提供给我。那是一个极平凡的梦，但醒后引起那么不可抑制的惆怅，使我又不得不设法凝定它以便把它从心中解放出来。首先我自然还是想用前调。但并没有如愿！因为当我躺在床上把它在心里盘旋的时候，梦中最扼要的部分已自然形成了四句五言：

"老了，莫蹉跎！"

齐声唤"奈何"！

不甘时已老，

依旧相欢好。

它们把梦中的口吻表现得那么贴切，我只好放弃了"玉楼春环"的企图，而易以比较恰当的调子，结果便成为《芦笛风》里的第一、二首《菩萨蛮》。这又使我得到另一个显而易见的结论：词之具有这许多小令和长调，正是它一个特长，因为我们可以任意选择那配合我们情意的形式。这经验还有一点特别值得注意的，就是填词（虽然它的格律那么谨严）比较作商籁对于我是轻而易举的事。我过去所试作的商籁最快也要一周以上的苦思；词则长调如《金缕曲》《水调歌头》亦只需要半天，就是抽象如《芦笛风》的序曲也不过两天便完成——小令则至多两三小时而已。而且如果你知道写时的感觉是多么愉快而自然，真与春天的叶子在树上生长一样！

我并非为词辩护，更无意于损害商籁或新诗的尊严去替词说法。我只叙述我的经验。我以为在艺术领域里，每个作家都必须为自己寻找那最适合自己个性的方式，没有谁能够勉强或诱掖谁，也没有方式可以自诩占有绝对的优越。问题只在于找到你的个性和方式间的和谐，有时甚至是两种极端的矛盾性的和谐。譬如我自己在生活上最爱野朴与自然，在艺术上却极醉心于格律与谨严，而我最大的野心就是要在极端的谨严中创造极端的自然。

以上是我开始作词的经验。差不多全部《芦笛风》都在这种情形下，在短期间写成的。我现在想更详尽地对你叙述我作《鹊踏枝》的经过，因为你特别喜欢，特别提到它们；也因为我写它们的动机和《芦笛风》里大部分的词不同，不是迫于强烈的切身的哀乐，而是从一种比较超然的为创造而创造的态度出发，个中甘苦，颇有一述的价值。

最令人垂涎的是禁果。我相信那诱惑夏娃的蛇，并不在伊甸园中，而在她自己心里：一种对于不合理的禁令的本能的反抗。我这种倾向似乎特别强，尤其是在艺术方面。正如对于生活我只有一个理想：修持一个真诚高贵的人格；同样，关于艺术，我只信奉一个我以为合理的戒条：一个作家必须创造一些有生命的美丽的东西。此外什么"不能做"或"必须做"一类外来的命令都是空谈，都是妄人的强解。我国二三十年来的新文学自然是一个解放运动，但因为一切解放或革新都不免矫枉过正，所以也带来了不少的另一方面的专制。其中最令我不服气的就是硬说什么规律是灵魂的枷锁，而特别是，在诗一方面，贬责押韵尤其是步韵为泪没性灵的工作。

距离现在恰好一年，我初学填词的热忱已经消沉了好几个月，为要把《芦笛风》告一结束，我继续填了该集里的《金缕曲》第四、五首和序曲《水调歌头》。不料这竟重燃起这热忱的死灰。另一个我极爱好而在过去填得最少的调子——《蝶恋花》或《鹊踏枝》——在我耳边不断地喧响，使我立意要填它一二十首，以补从前的缺憾。为了增加我和这调子的熟悉，我第一次读到冯正中的十四首《鹊踏枝》，其中四首是我在六一词里已经熟读的旧相识。但我决不会冒昧到要步武这些显赫的榜样，如果我不偶然在一本词话里又看到一番反对步韵的高论……

其实我写《芦笛风》甚或作商籁的经验已经告诉我：即不步韵亦得受韵的支配。无论你所要写的是庄严的思想或轻倩的情绪，是欢乐的高歌或悲痛的沉默，第一步走近表现的关键就是找到一套恰当的韵。我曾经侥幸得窥见欧洲许多大诗人的稿本或未完稿，大抵皆先把韵脚排好，然后把整句的意思填上去。不过多数诗人都在诗成后极力把痕迹掩饰，像野兽抹掉它们洞口的爪印。直到梵乐希才坦白承认："从韵生意比从意生韵的机会多些。"这并非说作诗纯是一种舞文弄墨，没有真情实意的工作，只说明这是一首诗形成必经的步骤而已。即如《芦笛风》里你所称为"句句是悟，句句是迷，愈悟愈迷"的几首《金缕曲》的第一首：

何事空萦想？
叹更番深盟密约
终成惆怅！
月缺常多圆月少，
此恨凭谁与讲？
君不见海鸥和浪，
相遇相亲还各散，
白茫茫一片空凝望？……
歌一曲
为君唱！

从今莫再相偎傍，
只愁他窗前叶底
倍增凄怆。

虹彩易消秋色冷，

况复人间情网！

算只有梦中来往；

还怕路斜风烛暗，

枉教人恻恻荒途上……

心一瓣

祝无恙！

一股不得不决绝却又不甘决绝的苦闷积压萦绕于胸中几乎两三日之久[①]，直到进出上下两片的最后两句"歌一曲为君唱"和"心一瓣祝无恙"，从"唱"和"恙"唤起其他韵脚然后在一个下午一口气完成。可知押韵和步韵之受韵支配是一样的，不过前者比较（因为每部韵合用的究竟有限）可以自由选换，后者则须依照别人的式样而已。但一个崇奉规律和谨严的艺术家是不会在这一点增添的约束前退缩的。何况苏东坡和章质夫《水龙吟》的例子昭示我们，胜利之究竟谁属，还在未知数呢！

可是说我的《鹊踏枝》之产生，完全出于技巧的考虑，节奏的煽动，也不符事实。因为这是精神活动的一个奇迹，在这些表面似乎纯是辞藻的游戏，以及对韵脚的挣扎，竟融入了我（或许我与一般人共有的）生命中一个最恒定最幽隐的脉搏，一个我常常被逼去表现而迄未找到恰当的形式的情感生活的基调，那当万物都苏醒的时候一年一度袭击我心灵的基调，那为欧阳修这句词

每到春来，惆怅还依旧

泄露得那么透彻的春之惆怅！

"春之惆怅"——我在二十岁时曾试写过一篇短篇小说，但刚开场便放弃了——这是一个解心学者认为完全出自性欲而在前进者眼中最不合时宜（或最缺乏所谓时代精神）的题材。这两种立法者自然都有他们的理由。

但据我的短见，事情并没有那么简单。因为人性是极复杂的，时代精神更复杂：最明显的不见得是最代表的或最持久的。身历德国两次极强烈的对外战争的歌德始终没有试去反映当时抗战的情绪，而只毫不动容地歌唱他个人的哀乐（《东西诗集》及其全部抒情诗），或沉潜于他那上天入地的理想的追求（浮士德）。德国人却一致承认他最能代表德国民族性，欧洲人也公推他是西方近代精神的典型。反之，与他同时的以作战歌为职业的福格特（Vogt），除了在歌德谈话中偶一听到他的名字外，已默默无闻了。福格特姑毋论。就是在那最高的文艺天空里，第一流诗人譬如但丁和嚣俄本人的作品亦可以给我们同样的启迪。《神曲》是世界诗史上最大的纪念碑之一。可是对于我们，那些最有生命，最使人百读不厌的已经不是那些直接表彰中世纪精神的部分，而是一些具有普遍性、永久性的人物，如保罗与法兰奢士迦（Paulo Francesca），乌果连奴（Ugolino）和郁里色（Ulisses），或一些超现世的景物，如那风光旖旎的地上乐园（《炼狱》第二十九阕）和光华夺目的最高的天堂（《天堂》第三三阕）。最能抓住时代的动态，最伟大最有力的正面攻击政潮发挥社会意识的诗，莫过于嚣俄那义愤横溢的《惩罚集》（Le's châtiments），但从诗的价值而言，终远逊他自己那把个人的情思、社会的倾向、政治的信仰融为一炉，化炼为极抒情的象征的《历代传说》（La Légende des Siecles），特别是其中《撒提尔》（Le satyr，希腊神话中的半兽神）一诗。在另一方面呢，如果诗是诗人全人格的表现，如果诗人的心灵不是一洼淤浊的死水，而是一泓有活水源头的清泉，我不相信时代的天光云影甚或那最恒定的星辰运行不多少被摄入他的诗中。二十世纪的词，无论技术多么高妙，绝不能是五代两宋的词。

至于解心术者们的理论，自有其强固的生理上的根据。可惜他们没有彻底。他们只看见那萦绕人心直到梦寐深处的求爱的欲望，却忘记了那在性欲的源头，那要抵抗死的幻灭与凄惶的超出梦寐以外的永生的祈向。因为传种（永生的方式之一）是极痛苦的工作，大自然不得不多方诱惑我们，迷醉我们，而性爱——性能的欢乐——就是她最有效的一种手段。所以一切文艺的动机或主题，说到是处，并非爱而是死，并非欲望的文饰而是求生的努力。②

死，是的，这总是一切艺术的最初的永久的源头。因为一切惊风雨泣鬼神的悲剧，一切卷肚弯腰、哄堂大笑的喜曲，一切芬馨幽渺、回肠荡气的抒情诗——都不过是要麻醉我们对死的痛苦的感觉，预防死的意识之侵蚀，或发泄一切由死或死的前驱与扈从所带来的积压我们心头的哀怨罢了。死，是的，还有死的前驱与扈从：疾苦和忧虑，衰残和腐朽，难弥的缺陷，蚕食生命的时光……一切最高的诗都是一曲无尽的挽歌哀悼我们生命之无常，哀悼那妆点或排遣我们这有涯之生的芳华与妩媚种种幻影之飞逝。《古诗十九首》，二主冯欧的小令，法国十五世纪罪犯诗人维雍（Fracois Villon）的沉痛的不朽的

但那里是去年的白雪，

拉玛丁布尔日湖潋滟的波光，汤显祖牡丹亭迷离的梦影，以及济慈夜莺的哀吟，雪莱云雀的欢唱——都不过是这挽歌各种不同的奏法。而洪沙（P.de Rorsard）和莎士比亚的金声的《商籁集》差不多自首至尾都喧响着这对于死和时光的坚决的抗议：

可是我的诗未来将矗立千古，

歌颂你的美德，无论他多残酷！

差不多每首商籁都是从时光贪婪的手夺来的悲欢刹那凝成永驻的清歌；都是和死搏斗得来的一场胜利，一件俘掠品……

这并非我自以为可以踵武这些煊赫的前贤。无论我怎样狂妄，决不至这样僭越。但如果他们艺术的造诣我只能仰止，他们的灵感，那蕴藏在他们诗里的透过想象的生活，却是我所深切体验到的；是，正如我上文所说，我情感生活的基调之一，在我未识之无之前已经朦胧地意识到，不，已经迫切地窖扰我无知的童心了。

我六岁而慈母见弃。在送葬回来那天，我还清清楚楚地记得，沉没在那骤然失

掉一个慈爱而在小小的眼睛里显得非常美丽的年轻母亲的悲哀里，我幼稚的心已试去探索死的玄秘。"埋在层层的泥土下，怎样呼吸呢?"我想。于是仿佛四块棺木逼拢来一般，我窒息到喊出来。从那天起，再没有比庄周得道长生一类的故事更受我热烈欢迎的，——它们那么刺激我的幻想，以致在十岁以前，不瞒你说，我曾经偷读过两本修炼长生的道经。

十岁我在小学教室里自己翻阅清人吴定的《紫石泉山房记》。当我读到"游从旧侣，半皆散亡;竹既凋残，池亦竭矣"这几句平淡的描写时，我环顾满堂天真活泼的面庞，竟无异于从前那西征希腊的波斯皇帝登高凭眺他那五百万大军踏桥西渡时所起的幻灭的悲感，不觉凄然下泪。直到现在，虽然我表面似乎只会前瞻永不回顾(大体说来，事实也的确如此)，可是有时当午梦醒来瞥见窗外黄日中一枝花影，或微云淡月下仰望几张树叶在风中抖颤，或万籁俱寂时潜听远远传来江涛的呜咽，或在热闹街头突然听到一声小贩对于生活的迫切呼喊，或途中邂逅一双晴朗或黝深的灵活的眼睛……心中总像微风吹过的湖面掀起一层涟漪，蓦地感到一阵似曾相识却又从未经历过的乡思似的战栗。

就是这神秘的战栗，这同时眷恋着往迹却又憧憬着未知的远方的战栗，浮士德所谓"人性中最好的部分"(Das Schaudern ist der Menschheit Bestés Teil)我希望有一天摄入我的诗里。

我上面说过，我之写《鹊踏枝》，首先是由于这调子的节奏之敦促，起意要填一二十首;后来因读了冯正中词，又立心要步他的韵。我得补充一句，大概就在这二者之间吧，我曾经有一刻模糊地想到我的题材应该是一个极因袭的题材:楼头思妇的哀愁。但这都不过是些昙花一现的念头，想到了立刻放下，迟早总会和其他许多在一个空闲又好遐思的头脑里忽起忽灭的文艺计划或幻想同归于无的——如果不发生一件极轻微但在这种问题上极富决定性的事。那就是当我有一天在翻阅《阳春集》里的《鹊踏枝》第五首到第三行

新结同心香未落

的时候，一个久沉睡在我记忆里的意象忽配上了它的音节醒来，成为

怕见白帆开又落。

这意象之获得乃在十五六年前一个春天，当我游览梵乐希诗翁地中海的故乡那因他一首诗而著名的海滨墓园的时候。舍提是法国地中海一个港口，墓园就在城外滨海的高崖上。从墓园远眺蔚蓝的海上船只（特别是一种供游玩的小帆船）之出没实在是一个奇观，所以梵乐希的《海滨墓园》一开头便说：

这平静的瓦背，白鸽在那上面蹀着……

可是这些以白鸽的姿态显现给梵乐希想象的眼的小帆船，我却觉得是一朵朵白花的开谢。但这也不过是当时偶现的幻觉罢了。谁想到多年后竟混合了别的情感的元素（"怕见"二字我疑心是来自张玉田的"怕见飞花，怕听啼鹃"），配上或种音节重现于我的意识界，而完成了我那江边"楼头思妇"的一幅画图！

去年这里的春天（我不知道你那里是否一样）来得分外芳馥分外灿烂分外拥挤。园中的红梅绿萼桃李和海棠梨争先恐后地开放。有些日子那么透明我几乎以为置身于意大利或法国的南方。这眼前的风光使我毫不费力便按照原韵凑成前半阕：

绮丽晴光纱样薄。

几度登楼，欲上还休却。

怕见白帆开又落，

春心负却斜阳约。

不知仍是玉田的杜鹃在作怪（因为那时正当初春，杜鹃还未开始它们那迫促的哀吟），

抑或干脆只是我心里的杜鹃（因为对久客西蜀的人，春天这观念很难不伴着鹃声）要吐出它积压了多年的感悟："人间何处无哀乐！"我很自然地把鹃声当作下半片的主题，而得

何处鹃声啼索寞？
语语声声，悔把欢云酌。
寄语杜鹃休再作：
人间何处无哀乐？

最后一句或许和苏东坡的"天涯何处无芳草"同出自一个根源：李长吉的"人间何处无春风"。

这容易的成功自然给我很大的喜悦。如果它本身没有什么很大的价值（自然更讲不上媲美原作），它至少没有染上一般人所宣称的步韵诗词共具的通病：那因凑韵而生的牵强、空洞和不连贯，证明韵并非不可步。

我继续下去。这次我的对象是原集第三首，它的第一行，你知道，是：

秋入蛮蕉风半裂。

这"裂"字唤醒我几年前看一出通俗的悲剧的强烈印象，把它凝结为：

不待闻歌心已裂。

接着的三行：

开到寒梨，那更堪摧折！
纵使芳菲无间歇，

怎禁误却相思结？

它们的形成则颇复杂。"开到寒梨"一句，熟悉词的我想很容易认出它那两重书本的来源：一方面是梅圣俞的"落尽梨花春又了"，另一方面是玉田生的"到蔷薇春已堪怜"。所以有些朋友以为"寒梨"应该改作"梨花"，因为梨花开时，天气已暖和了。不知梨花色白，不独在落日晚风中往往可以暗示料峭的寒意。我所写的亦不仅是眼前的梨花（我和这词正是海棠凋谢，梨花盛开的时候），而且是我记忆里的梨花——那出悲剧的名字便是"暴雨折寒梨"。"纵使芳菲"二句自然是欧阳修半片有名的《玉楼春》：

芳菲次第长相续，

不奈情高无处足。

尊前百计得春归，

莫为伤春眉黛蹙。

翻深一层的说法，同时却无意中泄露了近年来特别缠绕着我，而为两句古诗很具体地说出的一个执念："何时盛年去？欢爱永相忘。"这，不用说，也是"死"这主题下的一个重要支题，一般自爱的人们都很尖锐地感到的。"逝者如斯夫，不舍昼夜"，是一个圣哲的大彻大悟的看法；"白日昭昭乎寝已驰"（"昭昭寝驰"这几个双声是何等咄咄逼人！），是一个功业家迫不及待的看法；而

日月忽其不淹兮

春与秋其代序；

唯草木之零落兮

恐美人之迟暮，

则是一个大诗人兼功业家无可奈何的看法。因为大自然的芳菲尽管次第相续，一己的盛年——那立德立功立言或立情的大好时光——却一去永不复回。这道理并不因尽人皆知而减掉其尖锐性。我的和作第七首下半片开头两句

怎得游丝千万缕，

飞遍天涯，遮住韶华路

所表的正是同一的感觉，不过更为沉郁而已。

无论如何，这第二次小小的成功（我的意思是，在它自己的条件内的成功）更坚定了我的自信心，而怂恿我去从头逐一和下去。

我和原作第一首是在过江的渡船上（那些日子我可以说进了词的迷魂阵，几乎无时无地不挟着正中的《阳春集》）。缙云山顶的落日射在嘉陵江上，把江水照得通红。我在一封信皮上写下了前后两片：

逝水残阳红片片，

日日江头，心逐旋涡转。

枝上温馨吹又散，

游丝枉把芳心限。

长记玉楼初见面：

满眼花枝，独忘交深浅。

此去阳春何日见？

低头惊觉残红遍。

谁到过嘉陵江小三峡的，都会认出我这里（尤其是前半片）步的虽是正中的韵，写的却是眼前的实景。但经过再三讽诵之后，觉得第一句虽是写实，究竟太贫弱了，

配不上其余的句子，不能给整个意境极高度的表现，更不能领起全套的《鹊踏枝》（因为我已隐约感到这十二首词是有一统性的）。我忽然想起温庭筠两句和这相仿佛的极妙的小词：

> 过尽千帆皆不是，
>
> 斜晖脉脉水悠悠……

经过了两三日的苦思之后，把它们炼成一句：

> 立尽斜晖帆片片，

这不独比原句简练，意境也丰富得多了。全首还有一处和写定稿微有出入的，那就是第三行的"枝"字今改作"襟"字。这字修改的过程颇可笑，但我现在对你所做的既然等于一种自我解心术，如果不说出来便欠真实。那是一个乍暖还寒的时候。有一天两个女朋友来看我，其中一个因天气陡变把我的毛织衣穿走。还给我后我照常穿着。我晚上把它脱下时忽闻到一阵芳香，这使我联想起法国一位女诗人瓦尔摩（Desbordes Valmare）夫人一首婉丽的小诗，我从前北大一个女生曾译成中文的：

> 今早我想带些玫瑰花给你；
>
> 但我采了那么多在腰带里
>
> 那太紧的扣儿竟容纳不住。
>
> 扣儿断了。玫瑰花随风飞散，
>
> 飞向那潋滟的海洋，一瓣瓣
>
> 逐着波浪流去，永远不复还。
>
> 波浪染成嫣红，火焰般升沉。
>
> 今晚，余香犹绕着我的衣襟……

请闻我身上那温馨的忆痕！

于是我决意把"枝"改作"襟"而成为

襟上温馨吹又散，

以增加它的亲切和紧凑，因而增加全诗的统一与和谐。狭义的灵感主义者自然会觉得可笑，但文学史并不乏这样的例子。梵乐希曾经告诉我，他《海滨墓园》里的："Le changement des rives rumeur"的"rives"原来是"rêvess"。校对时他发觉手民所误排的"rives"音义都较佳，遂接受手民的错误为写定本。所以他曾说："诗人是最实用的人。懒惰，绝望，语言上的偶遇，奇特的目光，——一切为那些比较实际的人们所抛弃、忽略、删除或遗忘的，诗人都把它采纳，并且由他的艺术给以或种的价值。"

　　一般人都觉得步韵束缚性灵，窒塞情思。我的经验却正相反。我以为对于内心生活丰富的人，这束缚反足增长他的自由与力量。因为原作的精美或崇高固可以一方面为我们树立一个努力的标准，另一方面由于消极的限制又可以指给我们那应该用力或运思的方向。我的和作第二首就是一个例子：

梦里依依偎倚久。
惆怅醒来，风月浑非旧。
行客天涯谁劝酒？
可怜独遗花枝瘦。

我所以把词的背景移到梦里，完全由于在现实生活中很难找到一个诗意可押"久"字韵而不重复原作的意思的，押"旧"字更难。"劝酒"和"花枝瘦"之获得也完全为避免复用"病酒"和"朱颜瘦"之故。因为步韵不步意——就是说，在命意上须绝对别开生面——是步韵的一个合理的基本原则。基于这原则，又因为一切步韵诗当然都是由韵求意，于是便往往因韵脚本字含义之广狭或多寡而有难易之分。譬如第六首第一行的

萧索清秋珠泪坠

的"坠"字含义较富，可应用的方面较广，我的和句

风里落花飘复坠

在我正苦心焦思第四首时已自然从我脑海里唱出来；反之，第四首第一行

窗外寒鸡天欲曙

的"曙"字因为含义比较有限之故，我就费了不少工夫才找出

懊恼晨曦看又曙。

但开始显得很难的，结果未必完全失望。"置之死地而后生"，往往也可以应用到这种精神的搏斗上，而胜利后的喜悦也因而越大。第六首下半片第一行

阶下寒声啼络纬

就是一个例子。据我所知，"纬"字除了与"络"字连用外，另外只有一个意义、一个用途，那就是"经纬"。而络纬是秋虫，在我这首暮春的挽歌是无论如何用不着的。想来想去，只有把它和"经"字连用而移到天上去，成为

起看夜空经与纬，

结果竟和全首的意境凑泊无间，如有一种前定的和谐一般。当然亦有走不通的：我所以不和原作第九首，就因为第三行"杨柳千条珠簾簌"之"簾簌"二字不独难得找到另一用法，也因为它们在我心里唤不起任何新鲜活泼的境界。

要各个韵都在我们心里唤起一个新鲜活泼的境界：这是步韵诗甚或一切诗创作成败的关键。如果你的韵对于你只是一些空洞嘈杂的音响，如果它们只使你想起一串模糊、黯淡、无意义、无组织的字，而不能在你心里唤起一幅甘芳歌舞的图画，或一句有光辉有色彩的旋律——那么，不独你步别人的韵时不免牵强生涩，就是你自己的创作也会和一切失败的趁韵诗一样无生命无灵魂。我想就仗我这方面的努力，我的《鹊踏枝》不致完全失败，就是说，它们还多少能传达我最隐秘的一种心声，虽然我执笔时全副精神都仿佛用来和韵脚搏斗。

最有趣也最值得深思的是：在我这十二首《鹊踏枝》中，那被人认为最富于真情最代表我切身的幽隐的，却是那来源最庞杂最少个人经验的元素的一首：

只道未言心已许，
谁料东风，反促花飞去！
心事重重谁寄语？
可怜都被浮云误。

怎得游丝千万缕，
飞遍天涯，遮住韶华路？
夜夜相思肠断处，
为君默祷君知否？

第一行我最初想到的只是"目成"的意思（事后才发觉它还可以暗示别的意蕴），而所以这样说法则因为那时到我记忆里的是陶渊明的"未言心先醉"——由"先醉"到"已许"大半是平仄和韵脚的要求。第二行则精明的读者或可以联想到欧阳修另一首《玉楼春》的前半片：

> 东风本是开花信，
> 及至花时风更紧。
> 吹开吹谢苦匆匆，
> 春意到头无处问。

不过在欧词里是即景抒情，在我的词里却因上下文的关系，变为象征的了。第三第四行则各自脱化于《古诗十九首》的"盈盈一水间，脉脉不得语"及"浮云蔽白日"。只有下半片第一、二行，我上面已经提过，是我近年来最迫切的感觉。第三、四行则全录自我在中学读书时（恰好是二十一年前的事）一位多情的同学给他爱人的信，承他给我读后至今还念念不忘的。我只稍加以调整使合律而已。

其实一般读者所以觉得这首（即第七首）词比较亲切，也不是事出无因。从第一至第六首，词中的主题都可以说是"思妇的哀愁"；从"只道未言心已许"起以下六首，除了"当日送君浮海去"（即第十首）则不知不觉已由设身处地的口吻一变而为作者自己的口吻，——在某一意义上，也可以说直接表现作者当时的心情。不知你的印象如何，我觉得第八首的开头一句

> 过眼芳华常苦短

已经带我们到我所要表达的主题——春之惆怅——的核心。但是如果没有当时气候和景物合作，全首也不会取得现在的形式，虽然那潜伏并鼓动全诗的灵感来自一个更遥远但更基本的情感的经验。

前年秋天自桂归来的途中，我邂逅一个十几年前在欧洲过从颇密的女友。我表面上的欢欣几乎抑制不住我心里的哀鸣："这难道就是我昔日的热泪和叹息，倾慕和希望的对象？"分手后我不禁对自己反复低吟维雍这名句：

但那里是去年的白雪？

去年春天那种拥挤和芳馥（越拥挤越芳馥，结局也越零落越萧索）自然不免撩起——也许是下意识的——我上述的和许多其他同样的回忆。所以当我提笔和原作第八首

霜落小园瑶草短

的时候，一方面或者也受了曹阿瞒的"去日苦多"和《古诗十九首》的"昼短苦夜长"以及莎士比亚的

当我默察一切活泼泼的生机
保持他们的芳菲都不过一瞬

的影响，我不觉写下了

过眼芳华常苦短。

但因为夜已深，我便搁下。不料那夜天气陡冷，一夜狂风急雪。明朝起望，缙云山顶尽白。园中橙花，在写"风里落花飘复坠"时仅带着极悠闲的节拍飘坠的，已经纷纷洒遍地面。园外田里的麦和陇上正开花的蚕豆，均狼藉地上。于是我立刻援笔和下去：

不奈飘零，况复惊时换？

一夜霜风吹雪管，

千花百草俱魂断。

惨绿残红堆两岸，

满目离披，搔首观天汉。

瑟缩流莺谁与伴？

空巢可记年时满？

最后一行固然是园中的实景。这实景的苍凉和萧飒却因我当时一个较亲切的经验，而变成了一个意蕴丰富的象征。那时一位曾经在短期间与我平分哀乐的朋友和她几个孩子正准备远行，一切东西都搬走了，只剩下一所空洞的房子。想起走后的情景，自不能无感于中。但我相信这词（并非为夸大它的价值）所抒写的，绝不仅个人心中的哀怨。抗战以来，我曾一次身历（北平和天津），两次几乎等于目击（巴黎和广州）我心爱的几座大城在一夜间沦陷于暴敌之手。这些事件都在我心里镌下不可磨灭的印象。如果在极高度的想象的刹那，大自然的山川、风云或光影都不过是我们灵魂的变幻、流转的写照，——谁敢决定我那由骤然兴亡之感而起的义愤、怆痛和悲悯不无意中流入这首词的字里行间呢！

当我正酝酿着要和原作第十首（即和作第九首）的时候，上文所提的那位朋友忽决定那踌躇了许久的远行，——同时也决定了这首及以下三首的题材。但这并非说这几首词所写的尽是由她的辞别引起的离绪，虽然在她临行的前夕，我们（还有两位别的朋友）在灯下度过一个极平静又极温暖的晚上。因为，一切文艺的目的固不是纯粹外界的描写，也不是客观的情感的表现，而是无数的景象和情思交融和提炼出来的一个更高的真实。所以，

谁道人生如喜宴？

此夕欢娱，几度人间见？

握手灯前刚一面，

回头已觉春云远。

莫为离情牵别怨，

且学春枝，风里垂垂懒。

欢盏奉君须饮满，

尽他明日芳尊断

所写的大部分固可以说是当晚的真情，但同时也汇合了已往不止一次的经验。人生最可留恋也最无可奈何的莫过于一见如故却又一瞥即逝的交情，法国诗人维尼（A.de Vigny）所唱的"我们永不能见两次的东西"。而且有时不一定要一见如故的深情，而只是一种泛泛之交甚或陌生的偶然会合，在我们想象里往往也生出一种淡淡的但悠久的惆怅。我不能忘记我在法国西部海滨度过的一个夏天。因为我到得太迟，旅馆通住满了，只得由旅馆主人在附近的民居找了一间屋子歇宿。海滨的生活是整天在沙滩上过的，所以同住的虽还有两位法国女郎，却始终不通闻问。直到暑期将过，各自归家的前夕，女房东决意请我们欢聚一次，在那一灯荧然下，我们各自介绍我们的过去与未来，却没有一刻做过再见的计划，而只带着一种无奈的满足去享受我们的最初也最后一次的恬淡的亲切的会晤。这一幕遥远的无可惜却仍不得不惜的离情之鼓动我去写

握手灯前刚一面，

回头已觉春云远，

我相信，并不亚于一场摧肝裂魄的知心的诀别。

最后，为要打破你对灵感的迷信，我不妨告诉你你在第十和十一首里最喜欢的

几句的来源。你所惊叹不置的

　　强作朝颜，掩却心头暮

和上文所引的"夜夜相思肠断处，为君默祷君知否"一样，只是从一位朋友的情信抄来的一句话："强作欢颜，掩却心头苦"。和前两句一样，这种至情至性语往往那么自然合律，我只为了要押"暮"字韵才改成现状而已。至于

　　独对残阳听燕语，
　　花飞水阔人何处

二句，则上句大概无意中受梅圣俞的"满地残阳，翠色和烟老"的影响；后一句的前身或许会使人容易联想到那显赫的"曲终人不见，江上数峰青"或"蒹葭苍苍"，而不知却是我幼时听到的两句身世较贱的广东的南音：

　　曲终花落人何处？
　　一场春梦总如烟！

　　支配《鹊踏枝》产生的条件，当然不止这些。我上面只指出那些比较显著的或扼要的罢了。还有许多更隐秘，因为更原始的元素，表面无迹象可寻，而其实像大气般包围着全部又渗透了表里的；也有轻微如过翼的霎时的显现，只在意识的湖面无声地掠过，而其实留下了不可磨灭的痕迹，有时甚或改变了整个思路的进程的。我在我的译诗集《一切的峰顶》序里曾经说过："一首好诗是种种精神和物质的景况和遭遇深切合作的结果。产生一首好诗的条件不仅是外物所给的题材与机缘，内心所起的感应和努力。山风与海涛，夜气与晨光，星座与读物，良友的低谈，路人的欢笑，以及一切至大与至微的动静和声息，无不冥冥中启发那凝神握管的诗人的沉

思，指引和催促他的情绪和意境开到那美满圆融的刹那：在那里诗像一滴凝重、晶莹、金色的蜜从笔端坠下来；在那里飞越的诗思要求不朽的形体而俯就重浊的文字，重浊的文字受了心灵的点化而升向飞越的诗思，在那不可避免的骤然接触处，迸出灿烂的火花和铿锵的金声！"好诗的产生固然是这样，就是我这些平凡的作品恐怕也没有两样。因此，我觉得我这自我解心的叙述会陷于不忠实，如果不把我在和这些词的前后写在心上的一页日记撕给你看：

给一双晴蓝的明眸所诱惑和驱迫，我觉得烦躁不宁。我走出去，希望从浸着夕阳的远山和近水找到一点抚慰。可是空明如水的夕照终不能熄灭我心中的火焰。途中碰见两位朋友拉我到他们家里谈心。这时夕阳已完全下去，让位给一片更清凉更柔和的黄昏。从他们的走廊可以看见远处江水的熠耀，以及参差的树木楚楚的剪影。但我坐不下去。他们再三强留我。我说："不，今晚不是谈心的心境，我得听音乐去。"我回来，独自把留声机打开在那橙花将残、葡萄花的幽香正像一个高贵的少妇的驾临般弥漫着的院子里。我试唱几张她平日爱听的四弦琴独奏或独唱的片子，希望从那里把握住一些妩媚嘹亮的音容。但是不行，我的心还是烦躁不宁。我所需要的太深太强烈了。于是我试唱悲多汶的《大礼弥撒》(*Missa Solemnis*)。听了不一刻，看，心头忽地轻松了。我仿佛忘记了一切——忘记了那闪灼的明眸，忘记了嘹亮的笑声，只一阵阵葡萄花的妙香偶一提起她那不在的存在，但只能在我心头引起一缕沁人的芳馨。不，她并非被遗忘了，而是和音乐合体了。我再听下去。院子忽然特别光亮起来（这时正是四月下旬的开始）。我晓得月亮快要升起来了。我一面听着，一面从密叶的交荫间朝着发亮的方向凝视。看，她徐徐地升起来了，最初只露了一半，接着便整个搁在山顶上。这时宇宙间的一切——明眸、欢笑、葡萄花的妙香，都浸在一片神秘的幽辉里，和那庄严的圣乐融作一团，交织成一片光明的悦乐。我几乎不敢自问：是醒？是梦？是人间？是天上？还是上帝光荣的乐土？

这页日记也许和《鹊踏枝》的题材表面没有极微弱的联系，但我丝毫不疑怀，那笼罩着全页的怅望与预感，有如初春氤氲的暖气，冥冥中熏焙和催促这些情感之花的开放。

为了十二首小词啰啰唆唆地写了这一大篇，未免太小题大做了吧！但我所以这样做，并非纯粹耽于自我叙述的逸乐，而是想借此和你彻底讨论一次我们十年来没有解决的问题：文艺创造上的直觉与表现。

我读前人的作品，常常觉得有一个极大的遗憾：那就是他们从他们那没入创造的深渊回来，只让我们欣赏他们所采获的珠宝，却不肯给我们分享个中甘苦的历程，所谓"鸳鸯绣取从君看，不把金针度与人"。为了这缘故，不独像我这爱寻根问底的凡人对于那些伟大的作品莫测高深，就是一般美学者或理论家们对于文艺心理的探讨，因为缺乏明确的对象作推论的根据，往往只能作模糊影响的揣测，或纸上谈兵的浮泛的论断。这种流弊，我大胆地说，就是你所服膺的克罗采也不免。

"直觉"与"表现"，这两个名词，我们将用来作讨论的中心，显然是从克罗采的美学借来的，虽然我根本上反对他那"直觉即表现"说：它和我的创作经验太相径庭了。我现在没有工夫，或许也没有这样的能力，去对他的美学作系统的批评。但为要说明我的立场，不妨略略指出它里面一个显而易见的谬误：他太忽略，甚或太抹杀，那至少是艺术的一半生命的传达和工具问题。如其我没有误解，在他的美学里，表现可以说是文艺创造问题的核心。而所谓表现，在他看来，就是能够清清楚楚地拟想你所感到的作品的内容或直觉，除非你已经把你所要创造的艺术品的内容全部想出，你不能夸说你已经有关于它的直觉。因此，普通所谓"埋没的诗人"，或"不可言喻的情思"都是名词上的矛盾。在另一方面呢，只要你有了这作品的表现，就是说，你已经能够在心目中把它全部清清楚楚地构想，则传达与否，或用什么工具传达，都是无足轻重的偶然的事件，因为你已经尽了创造的能事了。

我很怀疑。为避免问题复杂化起见，让我们姑且放下直觉，单谈表现。

首先，我不相信在艺术上有一种离开任何工具而存在的抽象的表现。一个艺术家，无论他是诗人、画家、音乐家、雕刻家或建筑家，如果他要运思或构想，绝不能赤手空拳胡思乱想，而必须凭借他的特殊的工具：文字、颜色、声音或木石，——

不独凭借，还要尽量利用每种工具的特长和竭力迁就它的限制。所以在某一意义上，文字之于诗，声音之于乐，颜色线条之于画，土木石之于雕刻和建筑，不独是传达情意的工具，同时也是作品的本质。同一个题材，在各个不同的诗人、画家、音乐家的手里固然得到不同的表现；就是对于同一个艺术家（如果他是多才多艺的话），他所表现于诗、画或音乐的亦将各异：基本灵感也许没有出入，侧重点却必定有极大的差别，因为一切艺术都只能利用一己的偏长去暗示灵感的全部。其次，这是每个艺术家所必有的经验。我们的表现，无论在心灵里如何玲珑浮凸，如何肢完体固，必定要写在纸上，画在布上，或刻在石上才能够获得确定的形体，才能够决定它是否达到最高或最完美的程度。试看已往伟大作家的稿本，无论是悲多汶的乐谱或器俄的诗稿，都是充满了修改和涂抹，就是说，经过几许的摸索与尝试，才达到最后的定型的。

但这又并非如我们的朋友朱光潜先生所说，改了一个字同时也就改变了意境。朱先生，你知道，是比你更热烈的克罗采信徒。他把克罗采的"直觉即表现"说签为己有，把它作他自己的文艺心理学的基本原理。大概由于过度的热忱以致把持不住自己的思想吧，在他那对于克氏学说的不断的发挥和阐释里似乎有一个极原始的罅隙：他常常用思想与文字的关系来说明"直觉即表现"，而忘记了克氏在他的《美学》一书里开宗明义就很合理地把知识分为"直觉的"与"概念的"——艺术是前者的产物而思想是后者的产物。但我现在不愿意在这上面逗留，而只想引用他所最喜欢举的一个例子作我们讨论的出发点。

为要替"直觉即表现"辩护，为要说明"意在言先"之不可能，朱先生曾不止一次引用王介甫"春风又绿江南岸"这句诗比较以前的未定稿为证。"这句诗中的'绿'字，"他说，"原来由'到''过''入''满'诸字辗转过来的。这几个不同的动词代表不同的意境，王介甫要把'过''满'等字改成'绿'字，是嫌'过''满'等字的意境不如'绿'字的意境，并非本来想到'绿'字的意境而下一'过'字，后来发现它不恰当，于是再换上一'绿'字。"

这说法，除掉犯了我上面所指出的混淆"概念"和"直觉"两种知识的错误之外，还有一个极大的毛病，就是把艺术或艺术的意境看得太支离破碎了。

据我的常识，一件艺术品（一首诗、一支曲或一幅画）似乎只应该表现一个意境或直觉。一首诗的每一行每一字以及每字的音和义，都是为要配合成一种新的关系，以便在读者心灵里唤起作者所要传达的意境。如果照马拉美的说法，一句诗是几个字组成的一个完全和簇新的字，则一首应该是许多句组成的一个更完全更簇新的大字。所以在一首诗里，一个字（尤其是一个字所含的音或义），即使是最精彩的，即使是全句或全首诗的和谐所系如我们通常所称的诗眼，正如一幅画上的一笔颜色，一支曲里的一个音符，或一个书法家的字里的一点或一撇，只是构成全诗的意境的一个极小元素或单位，——它本身并不能代表一个意境，它只能把它完成或表现到最高度。就王介甫这句诗而论，诗人所要表现的意境可以勉强说是"春风吹到江南岸所给他的清新的印象或快感"。低能的艺术家也许在"到"字或"过"字便止步。对于介甫则由"到"而"过"而"入"而"满"都不过是一步步逼近"绿"字的许多阶段（因为"绿"字包括其余的字，而其余的字不能包括"绿"字）。整个意境在本质上并不因此而改变，不过最后一字把它表现得最活跃最丰满因而最恰当，最能在我们心里唤起与他同样的印象罢了。不独一句诗里的一个字是这样，就是一首诗里的一句亦是这样。当我把《鹊踏枝》第一首第一行"逝水残阳红片片"改作"立尽斜晖帆片片"的时候，在本句范围内意境似乎多少变了质，但就全首的意境而言，那修改亦只是程度上的而不是本质上的，——无论音节、意象和含义，后者都比较凝练、鲜明、丰富，都和其余的诗句更调协，都使整个意境更强烈更集中。因为前者只写景（或者还多少暗示"似水流年"一类叹逝的感觉），与全首的意境"江边思妇的哀愁"只有比较外在的联系；后者则既寓景于情，不独情景交融，并且领起整个意境，与其他诗句密切到成为一个不可分离的有机体。同一首词第三行的"枝"改作"襟"亦有同样的效果："枝"字纯属外界，"襟"字却立刻引起一个比较亲切的联想，增加全诗情愫的氛围。

那么，究竟直觉是否即表现呢？是否没有表现即没有直觉呢？在大自然的明媚或庄严的景象之前，在情感生活的严重关头，当全民族的命运千钧一发之际，我们心头所起的亲密而浩瀚的回响，模糊而强烈的感触———一段哀愁，一片欢欣，一缕温情，一阵酸楚，一线希望，一股恐怖，或一团更复杂的这许多情感的混和在我们心中闪烁，汹涌，漾洄——是否因为找不到适当的字句或形式宣泄出来便不存在呢？当埃及王皮山民尼屠给波斯王干辟色大败和俘虏之后，看见他那被俘虏的女儿穿着婢女服装汲水，他默不作声，双眼注视地下，既而又看见他儿子被拉上断头台，依然保持着同样的态度。可是一瞥见他的奴仆在俘虏群中被驱逐，就马上乱敲自己的头，显出万分哀痛来：是否他对自己亲生儿女的命运毫不动于衷，反而经不起他奴仆的灾难呢？他所说的"只有这最后的忧伤能用眼泪发泄出来，起初两个超出表现力以上"，是否只是自欺欺人的诳语，一种游离空洞的幻觉呢？

无疑地，由于工具上的限制，没有一种艺术能够把这些强烈或幽深或浩荡的感情全部表现出来。每种艺术都只是借有限来暗示无限，都"只能用"，诚如朱光潜先生所说，"可以凝定于语言文字的来暗示其余"。那么，是否只有那凝定于语言文字的部分才算直觉，而那被暗示的其余部分不算呢？或者，如果这没有表现出来的"其余"可算直觉一部分，为什么那还未找到表现的全部情感或内在生活便不能算甚或不存在呢？这看法，移到认识的阶层说，就等于那些只窥见太阳系的天文学家否认其他天体的存在，或者，比较不恭敬地，等于庄子的夏虫否认那从未出现于它的意识界的冰的真实。

若说直觉在美学上的定义就是已表现的内在生活，或美学不承认没有被表现的直觉，——那么，这只是琐碎的精微的字面之争，还不如干脆说艺术即表现或表现即艺术更简单更准确了。因为，现代欧洲最大诗人梵乐希关于他的创作经验说得好，"只有上帝才有思行合一的特权。我们呢？我们是要劳苦的，我们是要苦闷地感到思想与实现的区分的。我们要追寻不常有的字和不可思议的偶合；我们要在无力中挣扎，尝试着音与义的配合，要在光天化日中创造一个使做梦的人精力俱疲的梦魇……"纪德，另一个现代欧洲的大作家（他的作品启示给我们许多在文艺品里从未被表现过的思想的阴影与情感的回声的)，反驳戈蒂尔 (Theophile Gautier) 的"对于优越的作家，没有不可表现的东西"说，"那只是因为他没有什么了不得的东西要表现"。这两位大作家关于思与行或直觉与表现之间的距离的自白，在两个儿童心理学家克拉巴烈德（Claparede）和皮雅日（Piaget）的实验里找到了强有力的支持。据这两位心理学家的经验，"当儿童试去用话说明一个动作的时候，他往往陷于他在行为阶段已经克服的困难。换言之，一个动作的学习在言语的阶段将重复这同一的学习在行为的阶段所发生的演变"。我想不独儿童如此，就是成人（谁只要试去叙述他最普通的动作）都会有过同样的经验。说明我们眼看得见的外在动作尚且如此，要把我们的直觉或情思（这些更错综更微妙更难捉摸的内在动作）寻求适当的文字或其他物质的表现，当然更非一举手之劳了。③

我觉得与其毫无结果地讨论一些把一只牛斫为四段便以为尽解剖的能事的原理，还不如回到我们自己的经验，试去追踪和把捉一些也许对于少数人准确的创造过程的痕迹。我想我们可以从两方面接近这问题：从作者活动本身，以及从作品形成的步骤。

据我对自己的观察，一个艺术家，当他整个儿从事于创作的时候，可以说同时是资本家、工程师和裁判。一个供给资源、意向和冲动；另一个剔爬，配合，组织；第三个选择、删除和监督整个工作的进行。从作品形成的步骤而言，则由直觉到表现，至少经过四个阶段：受感，酝酿，结晶和表现或传达。

这自然只是一种说明的方法，而且也许只适用于某一种性质的人。有些幸运的作家，譬如米珂朗杰罗、拉斐尔、莎士比亚、歌德、悲多汶、嚣俄、罗丹和我国的李白、苏轼，他们的创造几乎等于孟夏草木长，那么蓬勃、蓊郁、容易，仿佛不独不知有资本家工程师和裁判之别，并且在他们精力弥满的时候，直觉与表现简直是同一个动作，同一刻，同一件事。我自己——在我卑微的限度内——似乎也曾经有过这样一个幸运时期。

那是二十余年前，当每个人都多少是诗人，每个人都多少感到写诗的冲动的年龄，在十五至二十岁之间。我那时在广州东山一间北瞰白云山南带珠江的教会学校读书。就是在那触目尽是花叶交荫，红楼掩映的南国首都的郊外，我初次邂逅我年轻时的大幸福，同时——这是大自然的恶意和诡计——也是我的大悲哀。也就在那时的前后，我第一次和诗接触。我和诗接触得那么晚（我十五岁以前的读物全限于小说和散文），一接触便给它那么不由分说地抓住（因为那么投合我的心境），以致我不论古今中外新旧的诗都兼收并蓄。于是，踯躅在无端的哀乐之间，浸淫浮沉于诗和爱里，我不独认识情调上每一个音阶，并且骤然似乎发现眼前每一件物的神秘。我幼稚的心紧张到像一根风中的丝弦，即最轻微的震荡也足以使它铿然成音。我拾起一片花瓣，这花瓣便成为我情人的心影，于是我写道：

> 我在园里拾起一片花瓣，
> 我问她要做我的情人。
> 但她涨红了脸不答我；
> 我只得忍心地把她放下了。

眼看着一朵白莲在月下慢慢地凋谢，我便想起伊人终有天和一切芳菲共同的结局，于是我半诅咒半惋惜地沉吟：

> 白莲开在清池里，
> 她要过她酣梦的生活。
> 夏夜的风淡淡地吹了，
> 她便不知不觉地
> 瓣瓣的坠落污泥里了。

山谷间一条澄静的小溪使我哀悼以往澄静的生活，埋在污泥里的藕根又兴起我对于美满生活的憧憬：

> 莲藕因为想得清艳的美花，
> 不惜在污湿的泞泥里过活。

树梢儿在河浦的晚风中摆动，我也微颤地低唱：

晚风起，
树梢儿在纤月昏黄下
微微地摆动了。
我的心呵！
别尽这样悄悄地颤着。
让她蹁跹的绿影
在你沉默的歌途里
扫下淡淡的轻痕。

是的，直到我梦魂的深处，天地的交契也自然形成了具体的意象，使我从梦中欣快
地醒来：

当夜神严静无声地降临，
把甘美的睡眠
赐给一切众生的时候，
天，披着件光灿银烁的云衣，
把那珍珠一般的仙露
悄悄地向大地遍洒了
于是静慧的地母
在昭苏的朝旭里
开出许多娇丽芬芳的花儿
朵朵地向着天空致谢。

总之在这短短的几年间——或许是我的诗的生活最热烈的时期——一切诗的意象都那么容易，那么随时随地形成（只有一个迫切而又深微的心声当时始终没有找到具体的表现，那就是眼看着课堂周围的合欢花和白槐在几天内纷纷开且落，我不断地在心里叹息："繁华呵，今天哪儿去了？"）。我可以毫不夸张地说心到手到，直觉和表现是同一刻的现实。

但是，严格地说，当时这许多像春草般乱生的意象，除了极少数的例外（譬如《晚祷》集中《晚祷二》），能算完成的诗么？它们不只是一些零碎的意象，一些有待于工程师之挥使和调整的资料么？

虽然正当弱龄，我已很清楚地意识到：无论情感生活如何丰富，如何蓬勃（而我丝毫不怀疑我当时情感生活之丰富与蓬勃），除非有深厚的艺术修养，纯熟的技巧，正如没有机器的火力，无论如何猛烈，必定飘流消散于大气中，至多能产生一些不成形的浅薄生涩的果。所以在赴欧前一年，我毅然停止了一切写作的尝试。到欧后又刚好遇见梵乐希，他那显赫的榜样更坚定了我的信念。我毫不动心地目睹许多同时和后起的诗人在我们新诗坛上络绎不绝地出现，成名，熄灭。我只潜心去培植我里面的工程师和裁判。

这自然也有危险。过分清明的意识和理智会窒塞那不很充沛的情感：太精明的工程师和裁判也许会杀掉我们那不很富庶的资本家（这或许正是我的现状）。但这有什么关系？如果我们里面的诗人被窒死，难道另一方面我们不会有所获？这就是为什么当制作的时候，我总不忘记冷眼观察自己；也就是为什么虽然我所绣的或许只是凡鸭而非鸳鸯，所用的针是铁而非金（金或铁，那历程可不是一样的？），我愿意把内部机构摆出来给大家看。我现在想就我的观察所得，作一些比较详细的论述。

我所谓作品形成的第一阶段受感，就是接受灵感。灵感的最大来源当然是生活。月夜和大海，星空和幽林，生离和死别，倾慕和怨望，严肃的沉思，崇高的德行……这些都是容易在我们情感世界引起剧烈的变化，激起我们创造的冲动的。这灵感的影响又可分为两种：一般的和特殊的。所谓一般的，就是那在一个相当长久的期间，把受感的人整个生活和人格感化和激动到那么紧张和透明，以致他创造的冲动特别猛烈，创造的活力特别发达。所谓特殊的就是那在一定的时与地启发诗人去创造某一首诗的事物：一片花瓣，一朵白莲的凋谢，或那潜入睡眠深处的天地交契的脉搏……

灵感的另一个来源是书本。一个故事，一种诗体，一句诗，或一种节奏，都可以在适当的时辰度给适当的心灵那企图与造化争工的温热和悸动。莎士比亚和莱辛的悲剧，莫里哀的喜剧，歌德的《浮士德》，嚣俄的《历代传说》……大多数是作者用自己生命的光和热去灌注一些在别人看来极平凡的故事的奇迹。席勒的《钟歌》，梵乐希的《海滨墓园》，这两位大诗人的自白，却是一种迷人的节奏，一种炫惑心魂的韵律的结晶。（在一个比较卑微的范围内，这也是我的《鹊踏枝》，我上文已经说过，主要的灵感之一。）至于受了一句诗或一句散文的启迪而形成的诗，文学史上也不乏璀璨的例子。上面引的瓦摩尔夫人那首芳馥婉丽的小诗完全是波斯诗人沙狄（Sadi）一句散文格言的升华，维尼的惊心动魄的杰作《狼之死》显然也是摆轮的讽刺长诗《唐浑》里两句平常的比喻的光荣的化身。为使你摆脱你那在我每首诗后面都瞥见一个情影的成见，我不妨把我一首商籁的本事告诉你。

四五年前，我到合川去看弟妹。除夕前一天，我在家里偶然翻阅一位法国诗人格连（Maurice de Guerin）的选集，其中两句：

像一个挂在密叶影里的（苹）果，

我的命运在幽林的深处形成

特别惹我注目，我不觉反复讽诵了两遍。第二天我便动身步行到合川去，不再想起它们。除夕晚上，我睡前在旅馆柜台上瞥见重庆一个曾经屡次催我写稿的某报副刊。入睡后忽梦见我在北温泉参加某种文艺会，席上该主编责备我不守诺言。我大窘之下，起立口占了一首诗为自己辩护。随即在新年的爆竹声中醒来，该诗还历历如在目前。因为诗里提到果熟问题（如何措辞我现在忘记了），格连那两句诗忽然回来在脑际辗转盘旋，直到朦朦胧胧睡去。天亮醒来，法国诗人的诗句已和梦中的诗意合在一起，开始萌芽，渐渐扩大成一首商籁。我第二天步行回家，伏案疾书便得到如下的形式：

我摘给你我园中最后的苹果：
看它形体多圆润，色泽多玲珑！
从心里透出一片晶莹的晕红，
像我们那天远望的林中灯火。
因为，当它累累的伙伴一个个
争向太阳去烘染它们的姿容，
它却悄燃着（在暗绿的浓影中）
自己的微焰，静待天风的掠过：
像我献给你的这缱绻的情思，
它那么恳挚，却又这样地腼腆，
只在我这幽寂的心园里潜滋，
从不敢试向月亮和星光窥探，
更别说让人（连你自己，爱啊！）知。
受了它吧：看它尽在风中抖颤！

当时本想将格连两句诗放在前头发表。但因为一来觉得自己的译文有点辜负原作，二来那时也许还未完全放弃冒充创造者的雄图，三来觉得为那些责备我专学歌德坏处的俗物多供给一些道短说长的资料也是极有趣的事，——便把它们抹掉了。

无论如何，书本和生活一样可以激发我们创造的冲动，是很明显的事（说到是处，生活当然是最初的源头，因为只有生活经验丰富才能够从书本找到灵感）。拿我自己的词说，则《芦笛风》大部分的词可以说是直接受命于生活，而《鹊踏枝》则直接灵感于书本。

不过来自书本也好，来自生活也好，一个经验要成为灵感，必定要能够引起我们意识深切强烈的注意，使我们意识感到它是一个热烘烘的富于意义的现实。在那一刻里，心灵像受了酵母一般，整个儿发酵、膨胀和沸腾，以致那沉睡在我们内在的混沌深处的梦幻和影像，憧憬和记忆，湮远的恐怖，无名的欢欣……都一齐醒来，互相冲击、抗拒和吸引。沉溺在爱的晕眩的怅望与追求中的心境——譬如我上文所述的《晚祷》期的生活，或写《鹊踏枝》时那段日记所描写的情愫的氛围——所以特别适宜于创造的活动，就是因为在那长期的癔寐思服中，我们灵魂或人格的每根纤维都在这种紧张状态中——紧张而又透明到像一个快要吐丝的蚕。

是的，紧张而又透明：这正是艺术家和一般人的基本区别。如果重大的事变或紧张的情绪在一般人心里只能产生一团纷乱，一片混茫，——艺术家的想象在这纷乱和混茫的紧张达到最高度的时候（一方面或者也由于各种元素本身的拒力和吸力慢慢地自己凝结，安排和组织，正如暴风雨后地面的凌乱自己理出秩序来），借了一种我可以称之为"形式的感觉"[④]隐约地但强烈地预感或辨认出一堆融洽的关系，一个宇宙的意识，一个完整的意象或境界之诞生。这形式的感觉也许是每个人都赋有而在一切精神的工程师（包括哲学家、科学家和艺术家）都特别强的先天机能（正如有些人视觉或听觉的记忆特别强），不过艺术家因了后天的熏陶与培养——他和优美的艺术品不断地接触——而发达到一个异常敏锐的程度。所以当那宇宙的意识，那境界或灵象显现出来的时候，它是那么玲珑、匀称和确定，就等于闪动在营造师眼前的一座建筑的图案。这就是我上文关于步韵所说的"要在我们心里唤起一幅甘芳歌舞的图画，或一句有光辉有色彩的旋律"。米珂朗杰罗一首有名的商籁开头两句：

> 大艺术家任何的构想，
>
> 无论哪块云石都藏有，

也是这个意思。这就是说，一个大艺术家看见了一块云石便从云石的固结的黑暗里看出一座轮廓分明的雕像。里尔克《好上帝的故事》里的《听石头的人》通篇都可以说是这两句诗的注解，尤其是下面这一段："那雕刻师重复俯向他的作品。他不断地想道：你不过是一块小石头，别人就很难得在你里面找到一个人影。我却在这里感到一只手臂：那是约瑟的。玛利亚在这里低俯着，我感到她那战栗的手搀着那死在十字架上的我们主耶稣。"

以上我很匆促地（因为我发觉这封信已经超出普通的长度）描写一件艺术品在作者心里形成的阶段：从受感，酝酿以至一个完整的灵象之显现。这第三阶段，对于克罗采是唯一的阶段，他称之为表现。但为避免和那用工具表现出来以传达给读者的意义相混淆，我宁可称之为结晶。受感—酝酿—结晶：这是一切艺术品或者甚至一切科学与哲学原理在心灵里形成的历程的大概。我说大概，因为心灵活动是那么诡秘、飘忽和错综，我们的肉眼和文字或者只能把捉和记载一个粗糙概括的状态。这三个阶段次序之先后或互相或同时动作，往往视作品之种类大小长短而出入极大。譬如陶醉在爱里，德里，沉思里，酒里，甚或麻醉药里（随各人的个性而不同），随时所产生的短歌，如歌德的《流浪者之夜歌》、雪莱的《一个字》，或陈伯玉的《登幽州台歌》，可以说整个心灵先已在长期酝酿中然后一触即发，因而直觉和表现（包括传达）几乎是同一刻的事，或者给我们同一刻动作的印象。那是一些骤然开在诗人心灵树上的奇葩。反之，一些长篇的巨制如《神曲》或《浮士德》或《红楼梦》，则灵感之坠入诗人心里几乎等于一粒种子跌入沃土里，慢慢胚胎，萌芽，经过了长期或毕生的灌溉和栽培，然后长成枝叶婆娑夹着千百奇花异果的大树。大抵这灵象或境界之崇高，伟大或完美的程度，可以说是灵感之强弱大小与形式的感觉之丰歉锐钝及酝酿时期之久暂的三位乘数。譬如对于我这才短的人，也有一首商籁而经过几年潜意识的孕育，然后受了意外的接触才开放的，譬如这首：

我们并肩徘徊在古城上，
我们的幸福在夕阳里红。
扑面吹来袅袅的枣花风，
五月的晚空向我们喧唱。

227

陶醉于我们青春的梦想，

时辰的呼息又那么圆融，

我们不觉驻足听——像远钟——

它在我们灵魂里的回响。

我们并肩在古城上徘徊，

我们的幸福脉脉地相偎：

你无言，我的灵魂却没入

你那柔静的盈盈的黑睛……

像一瓣清思，新生的纤月

向贞洁的天冉冉地上升。

这首商籁所唱的是我自欧洲初到北平时一段如火如荼的生活中最完美的一刻。开头两句：

我们并肩徘徊在古城上，

我们的幸福在夕阳里红。

在夕阳、晚钟和古城墙上枣花的香气交织中已完整地闪进我脑里（当时却并没有向那赐我这幸福的人诉说），而全首的意境——那浸在夕阳、晚钟和新月里的由明亮而渐渐进于亲密的幸福——也可以说在那一刹那（至少是潜意识的）完成。可是一直等到前几年我寓北温泉时，偶然读到一首音节相仿佛的德文诗才下决心费了一周的时间把它写就。最大的原因当然是由于我里面那工程师的踌躇和疏懒，故意稽延一首或许会使他失望的诗的出现。

说到工程师，我们于是可以进到一件艺术品产生的最后一个阶段：表现或传达。对于克罗采，这是一个无足轻重的阶段，或者，依照朱光潜先生，"写不过是记录，犹如将声音灌到留声机器片——不能算是艺术的创作，更不能算是替自己的思想安一个形式。"可是米珂朗杰罗，正如一般极端自觉的大艺术家，却另有想法，因为他那几十年几乎和造化一样丰饶的创造经验教他，而他在我上面所引的一节商籁后二句告诫我们：

唯独那服从思想的手

才能使它在上面开放。

"唯独"——我们听见了吗？——而不是"任何"或"随随便便"。而"服从思想"几个字又多么富于暗示呀！他这里所谓思想，我想就是现代术语之所谓想象（因为当时各种名词的含义还没有十分确定）。在那三位一体的艺术家或心灵中，如果情感或感觉的生活是资本家，想象所担任的职务就是工程师。

想象对于一切精神的工程尤其是艺术的创造所以主演一个这么重要的角色，我以为因为它具有两种机能：一个是我上文所指出的"形式的感觉"，另一个则是运用适当的工具去表现或暗示那灵象的"塑造的意志"。一直到现在，对于一件艺术品之形成，由受感，酝酿，以至结晶，心灵的工作大部分可以说是被动的；一直到现在，那在艺术家心里形成的只是一个潜在的模型，虽然为了说明的方便，我们不得不引用已经实现的作品。唯其如此，愈足证明传达或物质的表现对于艺术创造之重要。因为没有传达，没有已成的作品，我们的欣赏固完全落空，一切文艺心理的讨论也只是脑中的旋风。一个艺术家所以成为艺术家，并不单是因为他有活跃明确的灵象，最紧要的还是要能够把这灵象从私己的感觉变成大众可以欣赏的对象；把自己的体验变成公共体验的工具。假如他是真正的艺术家，这灵象的活跃与丰盈一旦达到顶点时，他的想象、他的形式的感觉和塑造的意志绝不容他保持缄默。像十月期满的孕妇（用一个最烂的比喻），她要被迫去卸除她怀里的重负。

可是像一切比喻，这精神的孕妇（既然一棵树上没有两张相同的叶子）亦只能说明事实的一部分。因为如果孕妇所产的天然是一个肢体完备的婴儿，而她的分娩是被动的工作，——我们的艺术家却没有那么幸运。他的积极的工作可以说从此刻才开始，并且还不能依样画葫芦或像声音灌进留声机片那么毫不费劲，而只能依照他的工具之特殊器量去暗示他的灵感或心内的宇宙：以质实凝定空灵，局部代表全部，单纯影射繁复，有限表征无限。换句话说，艺术的表现必然地是间接的和象征的，而间接和象征的程度又视各种艺术的工具之不同而异。大体说来，造形艺术如图画和雕刻的表现比较直接，建筑和诗和音乐则偏于象征。因此，讨论艺术品形成的前三个阶段我们可以泛指艺术，到了表现或传达便不能不限定我们的对象。（准确地说，前三个阶段亦不能不多少受艺术家习用的特殊工具所限制或影响。）

让我们单就诗说，既然我们的出发点是我自己的诗词，而只有在这方面我可以夸说有一星星直接的知识。

要知道一首诗从结晶到表现，我们的想象怎样工作，我们先要确定它所用的工具和方法；要确定它的工具和方法，就不得不先认识诗的性质。

诗的最大不幸，就是由于它那工具的共同来源，被划入和散文同一部门；又因为它和散文之间有许多可能的阶段（散文诗，诗的散文⑤，或内容完全散文的诗骸），往往被人与散文混为一谈。因此，许多人讨论直觉与表现问题，时而从散文着眼，时而从诗出发，常常甚至用处理散文的眼光和手法来待遇诗，全看它是否方便于一己的成见。结果自然是夹缠不清，只能产生一些混乱的观念。

我以为如果撇开一切游移于诗和散文之间的枝节和阶段（并且暂时撇开一切形式的元素），我们便会发觉二者之间一个基本的区别：这两个名词，"散文"和"诗"，其实代表着我们心灵两种不同的甚或对抗的倾向，两种品质完全各别的精神活动。一个努力要将那献给我们感官的混沌、繁复、幽暗的现象分辨、解剖、碾碎为一些条理井然的明晰的观念，它的器官是理智。一个却要体验和完全抓住这现象的整体，它的器官是想象。在散文里，作者有一定的题目。无论这题目是待解释的思想，待叙述的事实，待描写的情景，或这一切的糅合，作家的任务是要把那组成的元素条分缕析，剔爬到底里，然后用清楚的文字把它阐明、陈述，或刻画出来，使我们看见，明白，首肯或悦服。换句话说，散文的基础是分析；它的极致是概念或思想的和谐，逻辑的系统与秩序；它的诉动的对象，我们的理解力。诗人的任务却正相反。诗的基础是完整的存在的宣示，是全人格的统一与和谐之活现与启迪。所以诗的命题，在一意义上，只占次要的位置。一首最上乘的诗所传达的不是一些凝固的抽象观念，亦不是单纯的明确的情感，而是一些情与思未分化之前的复杂的经验或灵境，而是一切优美或庄严的自然与人事在我们里面所唤起的植根于我们所不能认识的深渊（非意识的区域），同时又伸拓和透达于我们肢体和肌肉的尖端的深邃错综的反应，无限的精微又极端的普遍，超出一切机械的理智与逻辑的把捉的。即使当一种情感（悲欢兴奋或忧郁），一个观念（善恶或永生），或一种景象（月夜或花朝）显得特别强烈，占据着作者意识的中心时，作者的反应与态度，以及那随着来的万千联想与回声，也组成一种不可分析的氛围与微妙的阴影。

基于这性质上根本的差异，诗和散文的表现工具和方法当然各别，虽然它们所用的表面同是文字。

当作文学的工具，文字具有三种不同的元素：颜色、声音和意义。除了颜色在散文里毫无位置而在诗里永远处辅助的地位外，其他两个的重要性因在诗或在散文而各自不同。在散文里，意义——字义、句法、文法和逻辑——可以说是唯我独尊，而声音是附庸。在诗里却相反。组成中国诗的形式的主要元素，我们知道，是平仄、双声、叠韵、节奏和韵，还有那由几个字的音、色、义组成的意象。意义对于诗的作用不过是给这些元素一个极表面的连贯而已。在任何文字的诗学里，句法之倒置，主词动词之删略，虚字系词之减削，都成为不可缺乏的规律。这都足以证明二者不可得兼的时候，宁可牺牲意义来迁就声音。这是因为只有节奏和韵以及它们的助手双声叠韵之适当的配合和安排，只有音律之巧妙的运用，寓变化于单调，寓一致于繁复，才能够延长我们那似睡实醒、似非意识其实是最高度意识的创造的时刻；才能够唤醒和弹出那沉埋在我们的无我深处的万千情条和意绪；才能够把捉那超出我们意识以外的思想的阴影和心声的余韵；才能够，一句话说吧，表现或暗示那为我们的呼喊、眼泪、抚摩、偎拥、叹息等姿态或动作所朦胧地试要表现的一些什么。所以如果散文的发展全仗逻辑的连锁，一首诗的进行大部分靠声音的相唤。

这或者就是为什么同是从一种纯粹的诗体出发，同是受了一种模糊而美妙的音节所煽惑，梵乐希的《海滨墓园》被发觉为他诗中最亲切，就是说，在那里面他融入最多的个人回忆和经验的诗，而在我自己渺小的范围内，我的《鹊踏枝》竟凝定了一种我蕴蓄最久的隐秘的心声。这也就是为什么梵乐希的《年轻的命运女神》和巴赫的遗作《追逸曲的艺术》(Die kunst der Fugue)——那自从一九二四年在莱锡第一次奏演被音乐界公认为西方音乐最大的杰作的《追逸曲的艺术》——完全出自技术上的考虑，却成为诗人和音乐家各自的人生观、宇宙观和艺术观的最丰盈最光明的结晶。因为诗境，和音乐一样，是一个充满了震荡与回声的共鸣的世界。当我们凝神握管的时候，我们整个生命的系统——官能和理智，情感和意志，意识和非意识——既然都融作一片，我们的印象和观念，冲动和表现，思想和技术，就有如铜山西崩洛钟东应，一切都互相通约，互相契合，互相感召。

试回头省察我上文所述的关于《金缕曲》和《鹊踏枝》形成的经过，你就会发觉无论诗境是来自一股不可抑制的浓烈的情感，或一种不可抗拒的迷人的节奏，想象的功能都是要找寻或经营一个为它的工具和方法——声音及意象——所允许的与这诗境或灵感相仿佛的象征。我们又会看见，我们这位工程师在他追求象征的努力途中，忽然或有意或无意碰上一句或两句完整的诗，有时是全诗中最鲜明的一句，如那首商籁里的

我们的幸福在夕阳里红；

有时是最能领起或总括全段心史的概要，如《金缕曲》的

歌一曲，为君唱；

有时甚或只是诗中任何一句，只要本身意蕴丰富，音节铿锵，如《鹊踏枝》第五首的

及其他许多例子。这一句或两句诗之印在我们心灵上或写在纸上，就等于在琴键上弹出一个圆融的乐音在我们潜意识界所掀起的一句互相应和的音波或旋律，立刻在我们想象的眼前树立一个理想的潜在的和谐或模型。韵脚就是帮助我们把捉这些飘忽的音波的尖端的。为凝定或实现这潜在的和谐未实现的宝贵部分，想象凭了它那塑造的意志将不惜上天下地去搜求（陆士衡所谓"精骛八极，心游万仞"），或专心致志去守候和谛听（有时甚至不要过分地守候和谛听）那奇迹似的意象和字句，那长短、音节、色调和含义都恰到好处，都凑泊无间的意象和字句：从书本来，从生活来，从记忆，从眼前的景物，或从一句偶然听到的话或一缕不关心的衣襟上的香痕，都没有关系。

对于伟大的艺术家尤其是诗人，天地间的一切，从最高的星辰以至他最内在的脉搏都同时是灵感的源泉和灵感象征的宝库。（而什么是天才只是极敏锐的感觉和极热烈的生活以及由这二者得来的极丰富的内在资源，再加上一颗能够自由挹注和运用的心灵或想象？）他的最大职务就是要拒绝一切差不多的音和义，拒绝一切拉长或凑数的诱惑。在这里，我们里面的裁判便有他的分。因为这由一句或一节诗唤起的潜在的和谐是那么微妙和空灵，我们不独要看得准，听得清，还要有一只毫不踌躇、毫不抖颤的手把它捉得住、描得出。一个字的意义太强或太弱，声音太浊或太清，或色泽太鲜明或太黯淡，都无异于一支乐曲的悠扬的奏演中忽然掺杂一声謦欬，足以破坏整个和谐的宇宙，使全诗失色。这就是为什么"悠然见南山"不能改作"悠然望南山"；这就是为什么王介甫在他那句诗里要由"到"而"入"而"过"而"满"而终于改定为"绿"；这就是为什么甚至在别人的诗里，我们常常感到他某字火候未足，并且可以为他换上一个更确当更妥帖，就是说，为全首或全句的标准和谐所要求的句或字。而我所以费了一周的工夫才写就那全意境早已完整和成熟的商籁"我们的幸福在夕阳里红"，就因为这中间我的想象受了拉长的诱惑，想把原来天造地设的后半段延长为另一首商籁，用别的不调协的材料填补上去。经过我里面的裁判反复辩论和抗议，然后达到或恢复那应有的原状。在另一方面呢，嚣俄《历代传说》里那首冲淡隽永的杰作《睡着的波阿斯》(Booz Endormi)，许多最精彩的部分，你知道，都是后来添上的。我以为这是因为虽然伟大如嚣俄，他那想象在创造的最高热度里，也有踌躇或迷惘的一刻。直到后来他那清明的理智在冷静的反省中才发觉它忽略了或遗漏了那整句旋律的最极端也最美妙的余韵，像开在最高枝的花朵一样。

至于你来信所提及的我的《鹊踏枝》比前人特别富于双声叠韵及前人所很少的重韵如"叠酌"和"再作"和"哀乐"，我可以坦白告诉你这是我每次写诗时（除了很少的例外）绝对没有想到而每次写完后总引以为异的。譬如那首"我们的幸福在夕阳里红"——不知你注意到没有——前八行所用的韵"上唱响想"和"红风钟融"全是响亮开朗的，后六行的"徊偎""睛清""入月"则全是低沉幽闭的，和全诗的意境由明亮而亲密正暗合。这岂是有意做得到的吗？这原因，除了基于文字本身音义间前定的和谐及作者接受外界音容的锐感外，我们不得不承认在每个作者里面都有一个韵律的潜在的标本，使他写作的时候不依照这标本便不满足，便不肯搁笔。莎士比亚歌唱古希腊的圣哲披达歌拉士那关于天乐的思想说：

> 这样的和谐也在凡夫灵魂里；
>
> 可是由于这泥污臭腐的衣裳
>
> 粗糙地盖住它，我们无从听见……

也许只有艺术，特别是诗和音乐，可以从我们这血肉之躯偶然解放出来我们灵魂里这钧天的妙乐吧？

一九四四年三月二十八日于嘉陵江畔

① 反之《金缕曲》第四首："莫把琴弦拨！怕琴弦不胜凄怨，砰然中折。不是陌生无可诉，——怎奈满腔难泄！君不见江涛呜咽？只为滩多流湍急，到深渊一碧平如抹：千顷浪，心头噎。莫将心事分明说；只凄然无声有泪，相偎相贴。试向莹莹泪光里，默识梦魂千结。更多少悲欢圆缺！恰似联翩白雁影，向蓝天耿耿明和灭。幽谷里，空啼鴂……"却大部分起于一个理智的构思。我曾经住过一所望着无尽深谷的高楼。暮春时节，每当清晨、傍晚，尤其是深夜，往往从谷底传来一阵比一阵凄紧的子规啼。接着来的是一片更大的凄寂。这使我油然想起"鸟鸣山更幽"这名句，而得煞尾两句："幽谷里，空啼鴂……"我于是想象两个悲剧的人儿在这样一个深夜秉烛相对，含泪无言，生怕拨动那一触即发的心事，——只远远传来的鹃声不时加重这凄寂的紧张。江涛一喻不用说是北碚到北温泉一段江水提示给我的，并已和全诗意境在我心里萦回了不少的日子。适值一位多才善感的女友骤然接到她一个最心疼的女儿的噩耗，被抛进那么悲痛的深渊，以致没有一个朋友敢对她提起一句慰解的话。这强烈的印象遂催我按韵脚把全首填出来。

② 唯物史观和解心术的理论根据，都不外孔子的"食色性也"一句话，而只各执一端。但从生物学的立场，食的动机是维持生命，色的动机是传递生命。所以说到是处，人类的最后动机，和一切有生之伦一样，是求生，就是说，是对于死的畏惧、抗拒、悲悯或征服。

③ 直觉与表现之间的距离，还有一个极普遍的例证：一般年轻诗人歌唱他们自己的恋爱的幸福或失恋的悲哀时，往往显得过度的夸张与感伤；显得虚伪与矫饰。并非他们的感情不真，而是他们还没有学会适当表现的艺术。

④ 我所谓形式的感觉（Fornal sensidility）不独从混沌中看出和谐，并且从最无关系中看出关系。前者是整个诗境的体认，后者则是局部意象之构成。一切意象和比喻之构成都是一种架桥的工作：在两个极不相类的东西找出共通点，把它们结合起来。诗人的想象力愈丰富，他所架的桥亦愈广阔。最伟大的诗人在意象构造上的成就往往等于勃莱克所说的"天堂和地狱的结婚"，那么离奇却又那么贴切，因而

那么可惊而又那么耐人寻思。

⑤ 我自己的散文就最喜欢流连于这两不管的地带而为朱光潜先生所最不赞同的。从批评的分类看，我接受朱先生的意见。但是文学，如果我们不斤斤于分类的成见，而只把它当作自我表现的工具，那么，只要能够充分表现我自己，就是说，能够在读者心里唤起我所要传达的相同，类似或更无限的意境，我始终相信偶然把诗的手法移用到散文里并无大碍。为达到某种效果，现代诗不也充分利用散文的技术么？——虽然我不很赞同这后一种办法。因为诗，我觉得，总应该是最纯粹的艺术，而我们精神的努力应该是"高攀"而不是"屈就"。

对于戏剧的若干意见

林焕平

一、剧本创作的问题

近年来，创作者受到诸种客观条件的限制，未能如心所欲地写作，但从文坛的一般情形来说，剧本已算产生不少，特别是历史剧最蓬勃。（我们衷心感激这些剧作者的坚韧努力！）虽然如此，现在还是到处闹剧本荒，使有些朋友不胜感慨系之地说：文化城的桂林，剧本还有依靠重庆的倾向。而重庆本身，又何尝不感到剧本荒的严重呢？如何增加剧本的创作，这是量的问题；如何使写出来的剧本，都可以上演，即是说，如何使剧本写得好，写得深刻动人，这是质的问题，部分的是技术的问题。质的提高可以使量增加，量的增加也可以促进质的提高，互为因果，而问题的根本却在于质。爰在这里谈谈质的原则上的问题。

一个作品（或一个戏）对读者（或观众）所引起的共鸣之多寡与深浅、所留下的印象之深浅与久暂，是文艺欣赏（戏剧也包含在内）的一个最普通、最简易的尺度。内容沉厚、形式完美的作品，唤起的共鸣必多而且深，印象必深而且久。反之，如

作品信息

《改进》1944年第9卷第2期。

一阵浮云之消散，看后便渺不可捉摸了。那么，怎么样才算够得上称为内容沉厚、形式完美呢？这便涉及整个的创作问题了。

首先是内容沉厚。这包括认识的问题，主题的问题，人物性格的问题。

一般剧本，是悲剧多过喜剧。悲剧的最本质的特征，是善与恶之最尖锐的对立。其对立越深广、越尖锐，感人的力量也就越大而且深。对立斗争的结果，有时是明明白白的善战胜了恶，有时因现实条件的限制，即使表现为恶遮盖了善，也会从人们对于恶的切齿痛恨中预示着善的抬头。因其如此，所以才收到扬善阐恶的效果。喜剧的氛围，虽一反于悲剧的"严肃"。但在它的场合，却正可以说是"笑里藏刀"，刀就是除恶的利器。因为它在笑中，也孕育着眼泪。嘲笑就是讽刺。讽刺的最终目的也是在于阐恶，而阐恶即所以扬善。艺术的真，本质上就在这个地方。故悲剧和喜剧，都是合于文艺的一般任务。

内容的矛盾对立的深广和尖锐，就是主题的积极性之表现。主题的积极性的把握，一方面根据于作者的认识，他方面根据于作者对于人生的态度。前者可以靠学习去获致，后者虽然也可以靠修养去增益，却和作者的个性、人格，尤有密切的关系。没有嫉恶如仇的精神，缺乏向黑暗搏斗虽死不辞的气魄，则虽学得满肚子的社会科学，对于善与恶的尖锐对立，也不能体贴入微。换句话说，就是把握不到戏剧的感人的力点。所谓伟大的艺术，寄寓于伟大的人格，这句话的本质的意义，就是在这个地方。我们曾看到过粉饰现实、做现实的奴隶的人，写出有生命的作品吗？

善与恶的尖锐对立，是由人物来体现。善的极致就是善的典型；它给人以温暖、希望和光明。恶的极致就是恶的典型；它给人以厌恶、憎恨和迷惘。对于善与恶的认识，不能从现象的表面去获致，需要从生活的"三度"——深、广、密——去探寻。既有伟大的人格，又有正确的世界观，则对于主题和典型的认识与把握，虽"效伯高不得，犹为勤敕之士，所谓'刻鹄不成尚类鹜'者也"。若既无伟大的人格，又不敢正视现实，复缺生活的体验，犹妄作主题之积极的把握，典型之突出的描绘，是犹"效季良不得，陷为天下轻薄子，所为'画虎不成反类狗'者也"。（俱

见马援诫侄）

若是作者对于自己的人格、世界观和生活体验，有了信心，而尚是两次三次"刻鹄不成只类鹜"，则这是技术的问题。虽然艺术是形象的思维，内容与形式分不开，但若两次三次仍是"刻鹄不成只类鹜"，显然是根本的工夫，都还欠缺修养，只好向这方面倍费心血。

若是作者对于自己的人格、世界观和生活体验，毫无信心，则"画虎不成反类狗"，已算他有天才，"画虎不威余白纸"，才是道理。

明乎此，则怎么样才可以使剧本的质提高，就思过半矣。

二、演员的演出态度问题

在文艺的创作（在戏剧上包括演出）和欣赏上，自古以来就存在着两种态度，它们有时远离，有时接近，有时渗透。在欣赏上，则正如德国美学家佛拉因斐儿司（Muller Freienfels）把审美者分为两类，一名为分享者（Participant），一名为旁观者（Contemplator）。分享者观赏事物，必起移情作用，把我放在物里，设身处地地分享它的活动和生命。旁观者则不起移情作用，难分明察觉物是物，我是我，却仍能静观形而觉其美。尼采的意见和这暗合，他分艺术为两种：一种是达奥尼司式（Dionysion 酒神的），专在自己的活动中领略世界的美，例如音乐跳舞；一种是亚波罗式（Apollonion 日神的），专处旁观的地位以冷静的态度去欣赏世界的美，例如图画雕刻，前者是分享，后者是旁观。

在创作和戏剧的演出上，亦复如是。在这里，我不许介过去许多人对于这个问题的议论，只提出我的主张。

演员在演出的时候，我是主张采取分享的态度的。

话剧是靠演员的对话和表情来传达整个剧本的思想感情的，这和京戏与广东戏，稍有不同，京戏是以唱来表达思想感情，表情和布景等并不占重要位置，所以它不叫"看戏"而叫"听戏"。广东戏虽较京戏为注重表情、服装和布景等，但亦仍以唱为主。所以粤人评戏，不是说某人做得好，而是说某人唱得好。正因如此，京戏和粤戏的演员的演出态度，每每显出浓厚的"旁观"要素，一个主角，他可以像兼导演一样，在台上指挥布景等工作。布景及音乐的工作人员，可以留在台上，在京戏里，甚至有一位工作人员照常携着一个茶壶给主角唱一阵喝一口。他们之所以能够如此，是因为在京戏和粤戏的习惯上，演员的性格和剧中人的性格是分立的。演员一方面扮演剧中人，在台上演戏；他方面自己还保持自己固有的个性和人格，自己的精神并没有完全换成剧中人的精神。

上述的情形，在话剧里是不允许存在的。假如话剧的主角在台上指示布景或戏的进行；假如在话剧也允许一批布景和音乐人员在舞台上活动；假如话剧的主角也需要一个人拿着一壶茶站在身边，让他对话一番喝一口；那么，整个戏的统一的情绪，就被这些行动破坏无余了。

话剧演员的演出，就是艺术的创造。他不是随便可以上去舞台表演的，他需要经过一个和艺术家所经验的同样的艰苦过程。这个艰苦过程的次序约略为：第一，全部了解透彻整个剧本的内容思想和精神；第二，彻底领悟自己所扮演的角色的性格和思想感情；第三，牢记剧中人的对话，及对话的每字每句的感情和思想；第四，摆脱自己原有的脾气、嗜好、个性、性格和思想，换上剧中人的脾气、嗜好、个性、性格和思想，然后在舞台上出现。一个演员出现在舞台上的时候，已经是入于一种"忘我"的境界，只知道自己已是百分之百地变成了所扮演的剧中人，而不知道自己的原来的存在了。直至整个戏演完了，脱下服装，洗去化装，才恢复原来的自我。

达到上述那种纯熟程度的演戏，提词制度是不必要的。我们曾经讨论过提词制度是否必要的问题。假如演员演到半途把台词忘记了，需要一个人在幕后给他提词，则他对于整个戏的了解，对于所扮演的人物的性格和思想感情的领悟，对于台词的一字一句的思想感情的咀嚼，必不纯熟。这样，他对于自己扮演的角色，必不能体贴入微，必不能把自己整个人换成自己所扮演的角色的整个人。这种人，希望他演得成功，那真是"水底摸月"了。

幸好我们现在已经几乎完全不用提词了。这比诸十年前，是惊人的进步。这是基于演剧界同仁对于戏剧的更深一层的严肃理解。我们很欣幸有这样的收获。

三、后台工作的问题

现当战时，受到严重的物质条件的限制，后台工作如布景、化装、服装、照明、效果等，很难做得合乎我们的理想。我们已很高兴有今日的进步和成果，虽然我们还须精益求精。

后台工作，我们也要认识得更为严肃些，这也是专门的作业。舞台设计和装置，就不仅需要审美的眼光，尤需要建筑学的知识。化装也是如此，不仅需要审美的才具，尤须对于生理学和心理学有深奥的心得。印度的"看相哲学"，虽然属于一种迷信，但它说"心理＋生理＝相"，却是有科学根据的。化装的第一义是与剧中人相称。而他的工夫几乎全部集中在脸孔。脸部的轮廓，从美的观点来说，总是瓜子脸胜过苹果脸。圆脸的女性，在搽胭脂的时候，就应该拖长而不应该拉宽，使她的脸看来要长些，眉毛压在眼皮上，或两眉的距离过窄，看来就沉滞而不清秀，化装时就要使它长得高些和距离得宽些。温和的脸多饱满而带笑意，凶恶的脸多颧骨耸立而尖削。或杀气的，或威严的，或忧郁的，或愉快的脸，表情状貌都截然不同，脸貌又随着年龄而变迁。一位二八年华的处女，和三十前后的少妇，脸貌已然两样，若与已过四十的半老徐娘相比，其异处更为显著。偶见话剧演出，母女二人出现在舞台上，显然看去，使观众疑是两姐妹，其更甚者使观众起母女换位之感，这便是化装的失败。不但此也，人的脸貌容止，也受他（或她）的社会身份的深刻影响。高贵身份的人和卑俗身份的人的脸貌，其间有明显的悬殊。因此这不但需要生理学和心理学的了解，也需要社会学的认识。

总之，舞台装置也好，化装也好，这些都需要专业化的人才。这是在演出同仁的内部所应该建立起来的观念。

至于观众，也应该建立起来后台工作人员和前台工作人员同样重要的科学观念。一般的情形，大概都是观众只知道在舞台上做戏的演员，而不知道在后台做各种繁重工作的人员。好名之心，人皆有之，这就使不少从事戏剧工作的朋友，仅是想在戏里当主角，而鄙视后台工作了。实在一个戏的演出，是由导演到前后台工作人员的全体配合而成功的。有导演而无演员，固然不成；有演员而没有后台工作同志的协调合作，也是不成。所以我们需要纠正观众的这种观念，在他们中间建立起健全的社会心理来。

（特）（民国）卅三年二月廿二日于桂林

从《茶花女》到《大雷雨》

——西南剧展剧评之三

林焕平

《茶花女》是资本主义上升期，萌芽中的新道德同封建的旧道德之沉默的反抗。青年阿芒热爱茶花女马格里特，她也不爱像苍蝇一般包围着她的任何一个贵族，独爱青年阿芒。但阿芒的父亲乔治·杜瓦乐，他是旧社会的人物，竭力阻止自己的儿子和妓女结合。在这里，便产生渐望意识的交战。乔治·杜瓦乐最后虽然了解马格里特的高尚的人性，允许阿芒和马格里特往来，这表示了旧社会旧道德的动摇，但旧的力量到底还不小，而且马格里特在这个爱情斗争中已受了鲜血的创伤，她爱自由，爱人权，她在争不到这些胜利的时候就倒下去了。

《大雷雨》也是在资本主义上升期，代表新思想的青年们在自由的憧憬之下向封建束缚的反抗。

在这里面，卡笿琳娜、娃尔娃拉、鲍里司、奇虹、库约略兹，及哲学家预言家似的角色的库里斤，都是属于代表新力量的人物，虽然他们的意识有程度高低的不同。而奇虹的母亲卡彭诺瓦却是旧道德的化身。

作品信息

《力报》1944年3月25日。

卡答琳娜是过惯了自由生活的青年女子，嫁给了奇虹以后，家庭却像座铜墙铁壁的监牢，把她囚起来了。卡彭诺瓦的封建教条，像千万条锁链锁着她的颈背一样，窒压着她不能呼吸，自己的丈夫奇虹又是一个软体动物，虽爱她，却碍于母亲的淫威，不敢带她往外飞，飞向自由。奇虹的妹妹娃尔娃拉却是一个憧憬自由的敢作敢为的孩子，她不但自己要和爱人库约略兹幽会，她也看出了嫂嫂寄托了光明在谁的身上，于是她把鲍里司带给了嫂嫂：她们两对过了两个礼拜的自由幸福的生活——在奇虹去莫斯科的期间。可是奇虹忽然回来了。卡答琳娜犯了罪，不敢抬头看她的丈夫。这个时候，卡彭诺瓦对她的迫害，是不可以言语形容的。娃尔娃拉也同样受到无家的压迫，她便不管三七二十一，像娜拉一样，和她的爱人私逃了。卡答琳娜也请鲍里司带她到西伯利亚去。可是鲍里司也是软体动物，虽然说：假如我将来有力量的话……但就在现在，没有勇气带她私逃。她在最苦的瞬间，很真情地说：我是多么渴望光明的阳光啊！然而光明的阳光竟没有出来！她幻灭了！想往自由的天空既飞不成了，那怎么办呢？只好用血来向旧道德抗议，于是她跳下了伏尔加河！当她的尸体被打捞起来以后，奇虹才站直了脊骨，举起了拳头指着他的母亲说：

"妈妈！是你害死了她！"

此外，库里斤这个人物也很值得注意。他像个哲学家，像个预言家。这样的人物在俄国的剧本里特别多，在契诃夫，在高尔基的剧本里都有。库里斤说他发明了避雷针，希望将在美国卖得一百万的专利。旧势力说他是强盗，他却说智慧支配世界，等他有了一百万的时候再来和他们说话。奇虹为了自己的老婆和人家勾搭，痛苦万分，不知如何处置才好，他却说：你饶恕了她吧！总之，他在在表现着自己的实证科学的思想，表示出未来的希望和新的道德观念。

因为如此，《大雷雨》的时代，在资本主义的发展过程中，就显得比《茶花女》高了许多了。《茶花女》只能作沉默的抗议，《大雷雨》却已能用血，用拳头，用出走来斗争了。而对我国的现实，《大雷雨》的意义也就大过《茶花女》了。

这些古典剧本，都是创作于欧洲封建社会的没落，资本主义的上升期。今天我们中国的封建残余，还拼命地在挣扎，他们或则投身敌人，公开在政治上、军事上来反对抗战；或则在抗战阵营内以各种各样的巧妙方法来破坏抗战。我们中国虽然不是走资本主义的路子，而是走三民主义的路子，但是三民主义共和国的建立，必须以抗战胜利为前提。而封建残余是破坏抗战、阻碍抗战的，肃清封建残余，也是抗战的基本任务之一。所以反封建的古典剧本，在今日上演，仍有它的现实意义。但是，假如撇开了或游离了这样的现实意义而去上演古典剧本，就是陷落于为艺术而艺术的泥沼。

谈到演技，从整个上说，《茶花女》的巴黎气氛是没有浮现得出来的。导演对于整个戏的把握，及艺术的烘托的功夫做得也不够，使得整个戏似有松懈之感，不知这是否原剧本也须负多少的责任？

从个别演员来说，饰茶花女马格里特的叶仲实可算成功的。我阅学生的周记，有一位说自己从他看过《天国春秋》以后，他至今还憎恨着叶仲实，因为她在那个戏里饰着一个罪恶的女人的角色，太使人憎恨。到他看了《茶花女》，发见了从前的那么一个悍妇，竟变成一个这样富有人性的年轻女子，于是他不但不憎恨她，而且开始爱她了。这是大学生的一种直觉，但从这种直觉中，倒也可以看到叶仲实的演技已到了纯熟之境了。不过在这个戏里，她也仍有瑕疵：第一，她饰的是名妓，妓女有她一套的素质，不管她人性如何高贵，总不能免。但在这次演出中，她却似乎变成一个真妇人了。第二，通过全剧，她的情感似乎过于平板了些。不管她如何患肺病，生涯怎样可悲，总不会每一秒钟都是愁容满面。第三，她的步态有时似乎像过于做作了些。第四，化装似仍嫌不够年轻。第五，服装不大合身，两肩耸得真像元帅的肩章了。

饰阿芒的黄茗海却仍需斟酌。他似乎有点儿欠认真。因此，就使叶仲实显得更为凸出了。其他角色，都是平平。

《大雷雨》从整个上说，应有的气氛是被烘托出来了。也许是导演手法的上乘，更也许是原作结构的紧凑及场景的调和，给观众一个很完整的美的印象。这和曹禺改编的《家》刚刚是一个对照。《家》一开始是洞房，布景固堂皇，人物也多得使观众摸不着头脑。第二、三幕都是高老太爷的公馆或花园，也是高贵华丽，可是到了最后一幕，却是乡下的茅房子，人物也少，这样一来，给观众的印象是开始喜结尾悲，开始排场结尾褴褛，这也许是思想发展的必然，但艺术的效果似乎不完整了。场景的下坡破坏了剧情的上坡，质之导演与改编者，未知以为何如？

话说回头。且说《大雷雨》的演员技巧。饰库约略兹的李孔昶，饰奇虹的许秉铎，饰卡彭诺瓦的石联星，都很能够把握着自己所扮演的角色，把性格具象化出来。饰库里斤的李宝中也还不错，饰女主角卡答琳娜的朱琳，表情、动作，都嫌不够。我有这样的直觉：叶仲实饰《茶花女》演得太悲，朱琳饰卡答琳娜演得不够悲。朱琳演得嫌太快了些。像第二幕末及投水之前，原来可以慢慢儿演出，使全体观众都流下眼泪来的，但朱琳还没有做到这一步。语言和表情，在理论上是一致的，在实际上是有距离。一句话从嘴巴里说出来是很容易的，但这句话所包含的感情，从脸部、从手足及身势表现出来，都是比较的缓慢的，假如上一句话的感情还没有表露出来，就说出下一句话来，则感情就有遗漏，艺术的力量就会削弱了。这一点朱琳不知道是经验未够还是理解未够。嗓子也压低了些。虽然如此，效果也还算不错的。饰鲍里司的严恭，嗓子也是太差，而且表演得也很呆板，只有悲而无喜，缺乏青年的活气。

三月十日写

茶花女——时代的祭品

（并涉及创作的问题）

林焕平

小仲马的茶花女马格里特，是一个可怜的然而是伟大的女子。可怜的是她一生的悲剧生涯，伟大的是她成了时代的祭品。

茶花女是巴黎的名妓，贵族们像苍蝇一样围绕着她。但她有独立的人格，纯洁的心志。她的心从未许给任何一个贵族。她碰到了青年阿芒，在她病中，经常给她送素净的茶花的青年。她便第一次把真正的爱情呈献给朴实的他。

但是，在封建意识还很浓厚的社会里，从贵族们的眼光看起来，只像蜂儿吸花蜜一样，她被人吸饱了就走开的，要是说到和她恋爱，和她结婚，那便是大逆不道了！所以阿芒的父亲知道阿芒和她的关系之后，立刻去警告她说：

你已把我们搅得身败名裂，破家荡产！甚至连我的已订了婚的女儿，男方都要退婚了！

作品信息

《广西日报》1944年3月25日。

这样，他要她和阿芒断绝关系。

她是良善的人，她卖掉首饰家具，想和阿芒过一点安静的日子，以休养身体，连这样的单纯的做人权利，都被社会道德剥夺去了！

为了她心头的良善和软弱，她放弃了自己的美丽前途，而弥缝阿芒的家庭幸福，但她的心却没有片刻离开阿芒。而阿芒竟不察，认她为真正的将肉体当商品，谁出得高价便可获得的东西，恨她，刺激她，侮辱她。她内心的隐痛，不可言喻，促使她痼疾转剧致死！到了临危的时候，阿芒深悔前非，找着了她，却已经过迟了。——她在爱情的幸福里永远离开他了！

然而，在临死的瞬间，她亲切地对阿芒说：

在我的抽斗里有一帧照片，请你留作纪念。假如将来有一位美丽的女子爱上你，你就娶了她，这你是应该的，假如她一旦发现了我的照片，你只是说是你从前的女友的……

贵族的道德观点，认为妓女是毫无社会地位的，甚至说她们是不入人群的圈子。他们何尝把妓女当作人看呢？虽然他们也像小孩玩弄玩具一样地玩妓女，像用金钱买商品一样地买妓女的肉体！

他们认为婚姻必须"竹门对竹门，木门对木门"。一个贵族的儿子已然不允许和平民的女儿结婚了，妓女更不在话下了。他们认为和卑贱的人结婚，会污辱了他们的家门。

他们尽管恃钱依势，十个百个地去糟蹋平民的纯洁的女人，可是当他们自己或儿子们结婚的时候，必是贞操第一！他们把贞操和爱情认为是一个统一体，有贞操的有爱情，爱情必附有贞操。如果是爱情在先，贞操在后，那已然是"殊不妥当"；如果是失身在先，爱情在后，那更是"有背妇道"了。

近代新兴社会的道德观念，却和刚才说的正相反，他们认为是爱情第一，贞操第二。所以失身在前，爱情在后，并不算什么回事，而一般情形，都是爱情在先，贞操在后。所以一个女子失身于结婚之前，并不妨碍她的婚姻进行；一个女子两次三次离婚，并不成为她三次四次结婚的障碍。

在《茶花女》一剧里，那些像狂蜂浪蝶似的玩弄名妓马格里特的贵族和阿芒的父亲乔佐·杜瓦乐，都是代表前一种的道德观点。马格里特和阿芒（虽然他还很动摇），却是代表后一种的道德观点。这是两种社会道德的对立，这是两种婚姻制度的葛藤。在这个斗争里，马格里特最后便成了牺牲品。这已把握着戏剧的最高的力点，而马格里特本身又具备着温厚的人性，所以说能博得广大人民的同情。

近年来我越读文艺作品，特别是悲剧，越发感觉艺术的感人的力量，主要是在乎主题的积极性和深广性。主题的积极性，已经遇许多人的讨论；主题的深广性，却似乎未见前人提过。它也许可以说是主题的积极性的新解释，或深一层的解释，但它不只是深，而且还要广。既深且广，所以和普通所谓的主题的积极性稍有不同。

普通所谓的主题的积极性，是指主题富于斗争性、革命性，甚至必须在作品里出现血斗的场面，哪怕这个场面是很狭隘的事件。也许这是庸俗的解释。假如这真是庸俗的解释，那么，我所提出的深广性，恐怕才是主题的积极性的真正内容。

那么，怎么样才叫作主题的深广性呢？简单说起来，也就是前人所常说的话：通过小的事件，反映大的世界。但是这必须加以进一步的诠释。这小的事件，第一，必须和社会的最尖锐的现实联系起来；第二，必须和时代的主要思潮结合起来；第三，必须和广大的人民福利一致起来。换言之，必须代表真理、光明和正义，最勇敢地向腐败、罪恶和黑暗搏击，才能够反映出大的世界来，即是说，才能够表现出主题的积极性和深广性来。一出民众在舞台上枪杀日本鬼子的戏，固然有它的积极性。但一个描写敌人和汉奸互相结托，施展政治阴谋，破坏我国团结抗战的剧本，它的积极性，并不下于在舞台上打日本鬼。阳翰笙的《天国春秋》，虽然写的是太平天国前期的历史事实，但太平天国的领袖们在大敌当前，却自己互相残杀。它的现实的意义和力量，使人感动得太深且大了！郭沫若的《屈原》，虽然是描写两千年前屈子的失意，但他的一颗火一样的爱楚国的心，和他的天一般大的救楚国的抱负，都被狗肉群臣咒为疯子，逼迫着他去自跳汨罗！这感人又是何等的深广呀！曹禺著的《雷雨》，巴金原著、曹禺改编的《家》和欧阳予倩的《旧家》，同是表现中国旧家庭的崩溃，但在唤起看众的共鸣，即感人的力量上说，《雷雨》大过《家》，《家》又大过《旧家》。这里面的理由究竟在哪里？凡是读过或看过这一个戏的人，不是不言自喻了吗？

希腊悲剧，都是表现爱与仇的尖锐血斗。莎士比亚的《罗密欧与朱丽叶》，是描写因他们二人的恋爱而闹成了械斗，他的另一名著《威尼斯商人》暴露犹太人高利贷榨取金钱到要求借债人的一磅鲜肉。自古以来有名的作品，没有一个不表现着天地人间最尖锐、最深入的斗争。

茶花女不是一个爱情至上主义者，她是代表了一种新的思想、新的道德，向旧的思想、旧的道德作沉默的抗争，而终至于自己躺下去了的。她和易卜生笔下的娜拉，性质虽异，实质却并无什么不同。她们之所以同垂不朽，正是表现了这种意义上的积极性和深广性。

（民国）卅三年二月廿八日于桂林

流徙中的文艺工作者

曾敏之

"世乱遭飘荡"，这是杜甫尝尽了流离颠沛滋味后写成的名诗，他在当时度的是无限悲愤的生涯。湘北战争影响到桂林这文化城，疏散令下，于是许多文化人失了生活的凭依，又一次走上茫茫的流亡的道上。不管杜老所处的时代与今天已有着若干的距离，但国家飘摇之感，极目烽烟之象，他们的情怀也正糅合着杜老的悲愤与缠绵吧？

正因为杜老的悲愤诗作，使我怀想到许多作家。他们是社会的脊梁，也是对抗

作者简介

　　曾敏之（1917—2015），1917年生于广西罗城县，15岁小学毕业后曾到黔桂边境任梅寨小学校长。1935年到广州半工半读。1938年在三江古宜镇小学任教。1939年考入桂林广西建设干部学校，后到柳州任《柳州日报》采访主任和副刊《草原》编辑，出版有散文小说集《拾荒集》。1942年到桂林任《大公报》文教记者。1945年任重庆《大公报》采访部主任。1948年任香港《大公报》华南版主编。1960年任暨南大学中文系副教授。1970年调华南师范大学。1978年任香港《文汇报》副总编辑、代总编辑，呼吁内地文学界关注港台海外文学。1980年被推选为中国当代文学学会港台文学研究会会长。后台港暨海外华文文学研究会换届，改名世界华文文学研究会，与秦牧同被选为会长。2002年，经民政部、国务院侨务办公室批准，中国世界华文文学学会正式成立，被推举为名誉会长。著有《望云海》《观海录》《晚晴集》《文苑春秋》《温故知新》《旧曲难忘》等。

作品信息

　　《大公报（桂林版）》1944年8月5日。

战尽过力量的一群忠贞者，在桂林，他们过的是与穷困挣扎的生活，在今天，他们流亡何处？关心他们行踪的人也许不少，记者的报导，第一个要提到的就是与杜少陵有着类似经历的南社诗人柳亚子。

柳亚子，自香港回国后，一向暂居桂林，半安定的生活靠着他的儿女奉养。当衡阳战局转紧，疏散声中他偕家人东走，溯江而下，先到平乐，后到八步。现在还在八步度着艰难的生活。由于再一次的逃难，这位南明史的研究者，将怵目于逃难的现象。而痛感自己研究上所得的参证太真切吧？诗人老矣，须发如霜，每当夜深露寒，月照离人的时候，虽不至涕泪沾裳的程度，也会涌起"万家流血实堪伤"的诗感吧？

悲怀东走的除柳亚子而外，还有宋云彬、胡仲持。宋在桂林时曾与柳亚子组设南明史社，从事史料纂集工作，料不到这有意义的事业刚开始，挫折就来了，剩下断简残篇，带着东去。有朋友在八步那弹丸的小城看见他，烟斗悬在口边，风尘之色呈于脸上，至于生活苦到什么程度，朋友没有说，只摇摇头。

胡仲持在平乐，随身的行李有一部分是他十余年来沥尽心血的译著。但这些东西在乱离中换不到钱。离桂之前，他的译述最近出版的有斯各脱的《飞虎远征记》与笃斯的《俄罗斯母亲》。前者介绍了十四航空队前身飞虎们在华助战的英雄的经历，后者帮助我们了解友邦苏联反纳粹的胜利战争，凭着什么因素。然而，他虽然尽了他文化教育的责任，但他掩不了深沉的悲哀。

挟着作品逃难的还有艾芜，这位只问耕耘不问收获的作家，最近在柳州已陷入穷途，妻儿几口嗷嗷待哺。在逃难中不仅尝尽酸辛，同时也遭受了"友情"的轻蔑，他最近以愤懑的笔触写了一篇逃难的文章，叙述他抢车时受到一位有车可乘的友人拒绝的经过。柳州非久留之地，他决心要在短期内离开，想回到他十多年未回的川中去，可是千里风烟行路难，妻弱子幼，囊少川资，要走也走不动，《漂泊杂记》的续篇，将在这次涕泪满途抑制激动的心情下，来执笔吧？

彷徨在柳州的司马文森、周钢鸣、韩北屏，挈妇携雏，和艾芜一样的狼狈。文章无地发表，可怜的稿费收入也绝了来源，韩北屏打算找书教，但尚无定着。司马文森向友人诉苦说："设法活下去，成了最迫切的问题，今后行踪，不能预卜。"周钢鸣的妻儿患病，日困愁城，无以自解。

说到病，记者要慰问王鲁彦先生。当敌骑迫近茶陵时，他扶病跟随他的太太覃谷兰女士，带了儿女三人逃难南来，过衡阳，在车站躺了三夜，得到站上工作人员的仁慈，继能登车，到桂林时，病势已十分沉重，最近入××疗养院治疗，稍有转机，但因医药费不能按日缴纳，院方对他的保证人不信任，逼债的难堪，令他辗转呻吟、向守护着他的妻含泪地说："离院吧！我要离开这里！"

《文艺杂志》合订本在全国各大书店陈售了，那是他心血的结晶，几年来这销路最广的刊物教育了千千万万的青年，而今天这刊物的创办人遭到危难了，这对新文学运动有过奠基功绩的作家病倒了，慰助的表示，政府应该及时，有效！

此外，我得声明：离开桂林流亡转徙的文艺工作者不止上述人数，如方敬、邵荃麟、葛琴、熊佛西、新波、穆木天等，都已散处贵阳等地，忍受着生活的鞭挞，他们的穷窘都有共通处，卖文无路与版税无着，加上飘流中所受的折磨，其困难是不难想象了！

时代的苦难，虽煎迫着文人，但觉醒的知识分子是创造新中国的中坚，他们有强韧的意志，写此文，不仅聊寄怀念，同时也寄以希望，希望他们健康，继以忠贞的心，为塑造千万有用的灵魂而努力。

八月四日晨

艺术力是从哪里来的

——谈本期里的三首诗

严杰人

我在这里要说的是本期里的三首表现广东解放区战斗生活的诗。虽则不是什么长篇叙事诗，但是，广东人民的英雄事业，广东人民的英雄主义的战斗精神，是被强烈地表现出来了的。在绿燕兄的《盼望》里，这样写着：

告诉你——
一支人民抗日游击纵队
怎样由八个人发展成几万人的大人马呀
七,六八，单响，大头六火，MED 仔
缴获敌人的白郎林，捷克，汤姆生，钢炮
在战争中壮大自己，
告诉你——
一只渔船怎样缴获了敌人的电扒

作品信息
《文艺世纪》1946年第2期。

赤手空拳地建立了一支神奇的海军

守卫着南国的绿色的海岸

告诉你——

人民怎样选举着自己的乡长，区长，县长

建立了解放区的民主政权

在这儿

农民不再负担八市斗的赋谷了

禾花谷也被取消了

在这儿

实行了四分减息和二五减租

军民过着丰衣足食的日子

这简直是一个奇迹呀

是的，这的确是"一个人间的神话""一个奇迹"，人民的革命事业，因为它是用广大人民的意志，广大人民的力量创造出来的，因此人民的革命事业的胜利和成功，本质地是现实的人间的。但是因为人民的敌人，国际的法西斯和国内的法西斯的力量的相对的庞大和顽强，人民的军队一开始就要在两个敌人的夹攻中转战，因此，人民的革命事业的胜利和成功，就带有几分"神话"和"奇迹"的意味。在这里，我记起了歌德的《浮士德》卷末的《神秘的和歌》所歌唱的："一切消逝的，不过是象征。那不美满的，在这里完成。不可言喻的，在这里实行。永恒的女性，引我们上升。"

《浮士德》也即歌德所要建立的"理想国"，是怎样的一个具体形态，在这里没有多说的必要，但这《神秘的和歌》里所憧憬的，"那不美满的，在这里完成"，"不可言喻的，在这里实行"，这种改造世界改造人生的境界，可以说只有在广大人民的手里才有可能，而这，我们在广东解放区（也在其他解放区）里确实看到了。而引导着人民去"实行那不可言喻的"和"完成那不美满的"的"永恒的女性"，则已不是海伦，或用来作一种象征意义的海伦了。引导着人民行动的，就是本身的生存、温饱和发展的欲望和意志。这就是"引我们上升"的"永恒的女性"。

就是这个求生存求温饱求发展的意志，引导着人民去战斗而且战胜，创造了"神话"，创造了"奇迹"。但自然这不是《创世记》所记载的上帝说要有天就有天，上帝说要有地就有地那样的荒唐的"神话"，也不是福音书上所记载的耶稣和他的门徒所行的手杖变蛇、指水变酒之类那样的"奇迹"，因为这是要经过战斗和牺牲，用大堆大堆的血肉奠基又筑造起来的。而由于革命的敌人的力量的相对的庞大和顽强，装备的优势……因此，人民革命斗争就带着伟大的悲壮性。在萧野兄的《一朵红花的凋落》里，我们可以看到了惨烈的悲戚的险壮的人民战争的真实画面：

猛烈的内战

爆发着……

顽军的机关枪

像夏天的暴雨……

我们

守住山头

用拙劣的土枪

勇敢地

回击……

天红

山红

金色的雨雹

飞向你

打中你

你红色的花朵

就这样凋落

　　这是如何惊心动魄的悲壮的战斗！在这悲壮的战斗中，人民是不仅献身而已，且须同时献出心，献出意志的。在萧野兄的《一朵红花的凋落》里，我们已经体验到人民的跃动的心脏，炽热地燃烧着的意志，英雄主义的战斗精神和气魄，而这些在冬青先生的《留不留一颗子弹给自己》里，更得到了集中的表现。听吧：

全世界肃静下来了

聆听这生死的决斗

　　我们只消读这两句，那战斗的悲壮的紧张的气氛就已经呈现在我们的眼前，而且压迫着我们的呼吸了。在那千钧一发的时刻，"留不留一颗子弹给自己？"仿佛电光一般闪过战士的脑际，而随即在一瞬间决定了："不！"这绝不是恐惧、动摇、退缩的心理表现，因为这里所考虑的并不是抵抗抑或投降的问题，而是愿不愿在弹尽援绝中作俘虏的问题，这是和"抵抗呢还是投降"那种临阵动摇退缩的怯弱感情有着本质上的分别的。这是战士的性格和意志的闪光。

　　广东人民的革命事业，广东人民的英雄主义的战斗精神，在这里是通过了艺术的概括给表现了出来的，而且表现得非常生动有力。这几首诗，和那些将一些政治的概念加以演绎，没有血肉的干叫的标语口号的诗有分别，也和那些在口号标语之上加上所谓"形象化"的灰白贫血的诗有分别，更和那些挂着革命的招牌欺骗读者以便推销的市侩主义作品有分别。这分别在于什么地方？就在于这几首诗里有着作者的战士的人格和生命在，有着作者的战士的血肉和感情在。而且，这里面也凝结了人民的血肉，人民的感情，也就是从这里，涌出来了这几首诗的艺术力。

　　雪峰先生在论到艺术的战斗力的时候，说："作品和艺术的距离之远，是完全由于和现实的人生距离之远而来的。……首先是作者就没有将自己和自己的艺术创造，移到现实的人生的战场上去，在那里去发展人类社会的具体矛盾斗争，以自己的生命加入斗争，而以人生的战斗精神创造着艺术。于是，……自然创造不出人生，创造不出艺术和艺术力。"因此，他认为关键在于作者对现实的态度与关系上，在他看来，艺术实践就是人生现实斗争的实践，创作过程就是人生的战斗过程。所以，他认为作者必须毫无保留地深入到现实斗争的大海里去，从其中改造自己，从其中成长着自己艺术家的人格和生命，也成长了自己的艺术。正从这里，极可能诞生艺术力。

这几首诗所发挥出来的艺术的力量，可以说，就是直接从作者的战士的生命和人格那里来的。这几首诗的作者，都曾经：

进了光明的门

投入战斗的海

让战火沐浴灵魂

（萧野《一朵红花的凋落》）

因此，从这些战火沐浴过了的灵魂创造出来的诗篇，在《留不留一颗子弹给自己》，就是一篇强烈的宣言；在《盼望》，就是一个有力的召唤；在《一朵红花的凋落》，就是一首庄严的哀歌。在这里，没有公式主义的标语口号，没有抽象的概念，没有灰白贫血的"形象"，没有婚丧乐队式的虚伪的感情。

有些理论家在大言不惭地讲写作的"技巧"，也有些作者在苦心焦虑地追求什么"技巧"，其实这都是钻牛角尖的把戏。因为艺术和艺术力的由来，既然是直接从人生现实的斗争中来的，那么，舍去追求人生而去追求艺术追求技巧，实在是荒谬的事。茅盾先生说："所谓技巧，第一就是作品要生动有力，第二是真实，第三是创造性。"而他认为这都是与作者对于生活之体验之深浅有密切的关系的。这可说是给了技巧论者一个耳光。此外，也有些理论家在指导我们要学习什么"形式"，在用图式把西洋诗的形式或中国的旧诗向我们解说，而且"请君入瓮"似的要我们

"学习"，竟有些作者自动走进那"瓮"里面去。其实，形式的追求也必须由人生现实斗争的追求里去达到的。内容决定形式，艺术内容既然直接从人生现实的斗争中来，而艺术形式又既然是从艺术内容的成长中成长起来的，则艺术形式就一定是人生现实的斗争成长起来的。舍去了人生现实斗争而去追求什么形式，岂非极愚蠢的事？罗曼·罗兰在说到他的《约翰·克利斯多夫》时，这样说道："那么这部作品究竟是什么呢？一首诗么？——你们何必要有一个名字呢？当你们看到一个人时，你们会问他是一部小说或一首诗么？我所创造的是一个人呀！"这一段话，对于那些尚未动笔之前先预定"我要用什么形式来写"的作者，对于那些读了一首诗之后追究着那首诗是属于什么形式的读者，简直开了一个大玩笑。

而这几首诗的作者，显然和那些技巧论者和形式主义者不同，在他们，是无暇顾及这些，而只是拼着自己的心血写着他们的作品的。而艺术力就从这里发射了出来。

四月二十八日香港

诗人与诗片断

陈 闲

一位写诗的朋友写了一首关于刘伯承将军南下的诗。诗人在这里写出了他对于大反攻的兴奋，对于一切可憎的对象的痛恨。这是诗人对周遭不满现象的反映，感情是真挚动人的。但我总觉得，还缺少一点什么，因为只是报复似的痛骂，忘却了加紧工作，迎接胜利，就有点痛快一阵之后，等待胜利到来的毛病。我们只有用加紧工作来迎接反攻大军，一位朋友还说：最朴素的，比如校对，就是少错一字也是好的：

比如校对，

就是少错一字也是好的。

作者简介

陈闲（1902—1987），原名冯培澜，生于广西博白县。与王力、王贞谔、梁存真合称博白"四才子"。1926年加入中国共产党。1932年毕业于上海复旦大学。1933年到桂林初中任教。1934年到日本早稻田大学哲学系学习。1936年回国到梧州高中任教。1937年到桂林高中任教。1941年任《广西日报》副刊编辑。1951年任广西文联筹委会秘书长。

作品信息

《群众》1947年第46期。

就我个人的感触来说，这就是诗，"最朴素的"诗。然而说这话的朋友并无意于写诗，只是我感到是诗罢了。

十几天前，一位朋友又告诉我：一位朋友被捕去了，被捕前来了一信，写的有这样的两句：

风萧萧兮易水寒，
壮士一去兮不复还！

来访的朋友还加重地说，他早晓得被监视，但无法脱走，这两句话，是他绝不投降的坚决表示。是的，我不只相信这说法，我更知道他是拖着因工作疲劳而病着的身体被缚去的。他在为共同争取人民解放而置生死于度外，这情景是感人的。

"壮士"也绝无暇于写诗，我想，他只不过借这两句恰能表达他的悲壮情绪的老话，把他的心境传达出来。然而在我听来，这就更是诗了！

又好几个月了，我在九龙一个码头上，偶然听到一位卖柑小贩的控诉：

我一连接到三封屋头来的电报
要我回去当兵：
打内战，
懒刮你的猪头；
如果是打外仗，
有头也去！

只是寥寥的几句，但态度是何等斩钉截铁，咬定的是不为独裁者打内战，又是何等有情理？"打内战"，就"懒刮你的猪头"；"打外仗"，就"有头也去"。这种鲜明的对比，这样生动的语言，广大底层反征兵反内战的情绪是这样简括地喷发出来，如果也可说是诗，我想它就必然更属于大众的。

诗在文苑，应是海里的盐，不是没有盐不成海，而是盐味比水味更浓，不是没有诗不成文苑，而是诗应比一切文艺更凝结有力，更深切感人。

沉实的工作是诗的素材，迫真地反映沉实的工作是诗；没有战斗没有诗，战斗者本身就是诗；凝结着大众健康的感情，由大众活生生的口语表现出来的诗，必然是更属于大众的诗。

评创作竞赛的入选小说

周钢鸣

文协主办的暑期文艺创作竞赛，选了四个短篇小说，发表在上期本刊，就是《动摇》《新贵胡院长》《在捷发轮上》《独眼龙》。许多青年朋友读过之后，纷纷讨论，有的认为第二篇比第一篇写得好，或是认为第三篇应选为第一名……这真见仁见智，各有各的欣赏观点。现在编者要我对这四篇小说写些批评，我虽然不能代表评阅委员各人说话，但看过四篇作品之后，我是同意这次的评选标准的。以下就是我对这几篇作品的读后意见。

第一篇《动摇》，是写四川自流井盐场，在蒋政府所施行的生产统治，限价配购配销统治政策和官僚资本的垄断盐卤之下，许多盐灶商人的痛苦的小说。

为了要了解这篇作品所描写的盐灶商人和官僚资本的斗争状况，我们就得对于川盐的生产过程，先有一个大致轮廓的说明。川盐初生产是和我们南方海滨盐场生产过程有些不同。在四川自流井这个地方是天然的产盐地区，有俗称盐矿和天然瓦斯埋藏在地下，盐商们投资锉井，就是在地下锉入地底二三百丈深，有时锉到盐崖，就是出产盐卤水的井，就成为井户。若是锉出天然瓦斯（为一种地下油矿的

作品信息

《文艺生活（海外版）》1948年第2期。

气体）即俗称火井的，就成为灶户。（有些盐商也同时兼有盐卤井和火井。）但是灶户若要生产盐，就得向井户买盐卤水在火井的灶上来烧盐。若是买不到盐卤水，那么灶户的火井无盐可烧，火井里不断喷出的天然瓦斯就是白白地浪费去了。（这就是和海滨盐场可以无限制地取海水来晒盐最大不同的地方，至于井户的盐卤水若不卖给灶户，还可以用炭来烧盐，——但据说用炭烧出来的盐的盐质，比不上用火井烧出来的盐质好。）有了以上的情形，灶户就存在有这种买不到卤水或买卤水不够用的痛苦。（最好是拥有盐井又拥有火井的盐商，就可以免去这样的痛苦。）官僚资本最毒辣的手段就是垄断盐卤水，并沟通盐务局限制收购火盐配额量，那么一个拥有六十四口火井的灶户，所配得到的收购额若仅用三十多口火井烧的盐就够了，那么其他三十口火井的生产就是销不出去。或是盐卤水只买到的三十多口火井的烧盐量，其他之三十口火井的天然瓦斯和管理火井的人力，也是白白地浪费去了。这时灶户若不忍痛地贱价把火圈卖出，就只好忍痛受损失。在这情况下，因此这里产生了灶户对垄断盐卤水的官僚资本，和反对盐务局对炭盐和火盐收购配额的不合理的分配限制的斗争。

《动摇》的主题，一方面是控诉蒋政府官僚资本和盐务局勾结扼杀盐灶商人的剥夺阴谋，同时也暴露大灶户苗荣生这个商人在斗争中自私自利，出卖同行共同利益的动摇性格。这篇作品的题材是能现实的，主题也富有积极的控诉意义，从这篇作品中我们看到官僚资本的黑手，处处都在扼杀民间工商业的生命。作者把握题材分析社会矛盾的眼光，是相当敏锐的。对于苗荣生这个商人的性格，也能从社会矛盾中和他重视经济利益的这些角度，来把他这个人的性格轮廓衬托出来。

在处理这个题材上，作者把盐商的痛苦与官僚资本盐务局的矛盾，集中在盐务局科长夏禹九与苗荣生谈判的这个主要事件上。处理得很经济，概括能力也很强。本来这样的题材，若是写成二三万字一部中篇小说，就可以把矛盾的具体情况、斗争的过程写得更具体一点，可以把各方面的人物也刻画得更深刻一点，可是现在作者是尽量地把这题材压缩起来了，而且用三个主要场面来表现。令人读起来，就觉得事件发展的过程不够清楚，典型的社会环境与人物的关系表现不够明确，就是没有把这些矛盾和斗争，放在人与人之间的具体社会关系之中来表现。所以可以说它还不是一篇结构严紧发展顺序完整的小说，只是社会斗争的横断面的一个片段。

这样的处理我想是由于作者，对当时当地的社会矛盾的环境和人物，还缺乏多方面的深入了解的缘故。因此在他的处理这个题材上，就还不能很好地消化它，剪裁它，剔取它，于是就只好观念地把许多素材堆集起来，只好用分拆的叙述来代替了具体的描写。这就是这篇小说在表现技巧上很大的弱点。

但它的优点，也正是他能够把题材集中地来分拆表现。如开头苗荣生两兄弟对话的场面，就把灶户的痛苦和官场的腐败，官僚资本与盐务局勾结的黑暗，通过两人的对话与两人的简单心理描写暴露出来。其次是夏科长与苗荣生那场外松内紧的谈判，也写得很泼辣老练，人物的性格也刻画得相当突出，如运用夏天突忽变化的风云雷雨和抑闷的气压，来衬托出当时钩心斗角的气氛。象征苗荣生这个干练人物性格，时柔时刚动摇不定的心理的矛盾状态，这些都是作者描写能力的长处。

但是作者对现实的认识，还只是看到灶商的痛苦的一面，而没有看到在灶商的剥削下的员工们的惨苦生活。虽然在小说中也提到了员工要求加薪的话，但作者却没有正面地去接触到他们的生活。事实上官僚资本命盐务局勾结的共同剥夺灶商，这正是大鱼吃小鱼的把戏。这些灶商呢——像苗荣生一样，他不仅为着自己的利益动摇出卖同行，而且他还会更加重对于员工的剥削，来填补他的"亏损"的。所以真正受剥夺的却是那些员工。因此这些灶商的发迹成功，也就不仅是作者开头所分拆的，说是碰到好运，而这种好运也就是由工人的锉井劳动和灶商们加重剥削工人们的剩余劳动而集聚起来的。我想作者若能从这个角度去描写盐区的社会矛盾和斗争，那它给予我们的真实性也就更大而更有力量。

第二篇《新贯胡院长》所描写的，可以说是一个投机取巧的小人物的"升官图"。这类人物，在蒋政府的统治下，和他的一切政权机关中，真是多如牛毛，不可胜数，是随时随地都可以碰到的"熟人"。这种小人物只不过是为着个人的名位，想向上爬；所谓吹牛拍马，阿谀奉迎，钻营奔走，攀依裙带，都是他们登龙的捷径。但他的为害比起官僚资本来当然不算大，顶多不过是一个帮闲的角色，依势的奴才而已。这是封建社会里的必然产物。所以就题材本身的社会意义来讲，他是不如第一篇的意义来得大的。

至于作者对这个人物的分拆也是相当深刻而明确。他不仅写出一个小人物投机取巧的一连串的发迹过程，同时他在写他这些投机过程中，暴露出蒋管区的官僚腐败，党棍专横和所谓是"参议长"等的假公济私，这是一幅蒋政府颠顶无能的官僚社会的解剖图。可是作者的描写缺乏了讽刺力。这种题材这种人物，最好就是用最强有力而带有些夸张的笔触，来给以无情的讽刺，才能勾勒出一幅活生生的漫画。

同时作者对胡院长这个人的性格，还只是作了平面的叙述与书写，却没有把这个人物性格所产生的动作织入他和人与人的社会瓜葛的事件、行动、场面之中。所以这个人物是显得有些呆板，还没写成一个在对人对事的一切活动、场合中八面玲珑的活人。

第三篇《在捷发轮上》，可以说是一篇纪实的报告，描写外国轮船公司和洋奴买办超额滥装乘客，草菅中国人命的罪恶。同时他告诉我们到海外去的侨胞，是由于在坏政府的剥削敲诈之下，迫得不已到海外去谋生的。可是一个半封建半殖民地的国家，惨胜之后，仍未能争取到国际上的平等地位，中国人民到海外去，依然还要受到殖民地政府，或甚至半殖民地国家的反动统治者的种种压迫和侮辱。作者将在捷发轮上，过着八天地狱一般的生活，用种种具体的事实，来提供出令人热血沸腾的有力控诉。这可以说是一篇表现得很有力的报告，不能说他是一篇小说。

这种事实，我想每个投身到海外去的侨胞，都有过这样亲身的经历和体验的，可贵的就是作者能在这种视以为常的"平凡"中，善于敏感的体验和尖锐的观察，这可以告诉我们许多青年朋友，随处都有表现的题材的，主要的是你站在什么地位去感受体验，从什么角度去观察分拆，以掌握到写作的主题。这篇作品就告诉我们，作者是站在许多被剥削被压迫的下等乘客的地位来感受体验这许多不合理的剥削和压迫，因此他在实际生活中，看到了更真实的迫害，看到了外国资本家的经济侵略和洋奴买办超人剥削的可怕面目。譬如作者写着：

为了通气筒的不通气，我找到一个脸庞瘦削的水手设法，他告诉我说这条船顶多只可载四百客，而舱底往常只是装货物，当我问到为什么要这样滥载时，他恨恨地回答："那是洋行买办的事，因为到暹罗没有什么货物可载，便把人当成货物了。"

于是洋行买办为着他的主子和他自己的利益，就在这条只能载四百人的捷发轮上，载上一千七百多个"不值钱"的中国苦难人民。作者以这个简单数字的对比，就把一切洋行买办的罪恶面目揭露出来。这也说明了，在这不合理的社会中，只要你紧紧地和被压迫的人民联系在一块，你就随时可以感受到这不合理的社会的压力的迫害。只要你留心细密地去观察分拆，去调查研究，你就可以获得许多有血有肉的控诉暴露的文学主题。

第四篇《独眼龙》，是描写作者越过敌人封锁线的一篇报告，它的好处，就在它集中地描写一个护送他们越过封锁线，机警耐劳友爱而又忠实于革命事业的工人战士的人物。

作者的文笔是很流利的，描写也细致入微，首先把战地行军疲劳雨夜的气氛渲染得非常真实。接着他把这个工人战士的性格，先从他简单沉默的行动做个介绍，当深夜大家都在疲劳中休息的时候，这个不知疲倦的战士，还在热心地读着小册子，机警地把握着时间；在领着同志们走上泥泞的路上，为同志肩负沉重的背包；把同志安置隐蔽好了，自己又不顾疲劳不顾饥饿地去打听情况，找寻联络，一直不休息地完成任务之后，又愉快地赶忙去迎接新的任务。作者是非常扼要地把这战士的人民英雄性格，从他的很短促的行动中用侧面的观察描写出来。

我觉得这篇文章虽然不超过三千字，却是写人物性格写战地气氛写得很好的一篇作品。而作者写这篇作品时，他自己也紧紧地和他所写的人物，结合起来了，所以他写出了一个活的战士的典型。这篇作品里洋溢着同志爱，充满了真正的革命人民的人性美。所以这个战士的面孔虽然是"满面宽瘦的皮肤织成了数不清的纹路，像一个快烂的橘子，一只眼睛是瞎的，是个独眼龙……"待作者第二天看他时"遍身是发霉的臭气，衣服潮湿地贴着身体，面孔脏得怕人，有泥泞，有眼屎，有口水，而且还歪扭着嘴，这面孔丑吗？不，我们感到比什么都美，我们恨不得抱住他，亲他，可是我们并没有那样做，……"的确，这绝不是作者——一个小资产阶级知识分子的少女的浪漫谛克的情感冲动，而是她被这个革命战士的英雄性格的崇高行动所感动，被紧紧结合在人民战争伟大事业的战斗的同志爱中，才能体会出这最崇高的自觉的革命人民的人性美。

这样坚决忠实的革命工人战士，是一定可以完成任务的；这样的人民，一定可以取得胜利的。作者已在文章中雕型出了他们的典型。所以作者在文章后面的那些结束的话很有意义："让他永远带着我们赶路吧！"这是这篇作品提示给我们的重要主题。

很草率地写出了自己这不算批评的读后意见，四位作者的作品这次获得入选，也是他们平日热心学习、关心社会生活所获得的成绩。现在正是他们写作工作的开始，我祝福他们继续努力前进吧！让我们将来读到他们更辉煌的作品！

一九四八年三月十六日

关于《虾球传》速写

陈　闲

《春风秋雨》《白云珠海》这两本书，自从《华商报》《热风》版陆续印出后，就为广大读者所欢迎，我也是天天喜欢读它的读者之一。直到现在为止，关于这两本书，也已有了不少的评介，趁着热闹，把我的一些感想写出来，以供作者读者的参考。

一　普及与提高

这两本书是为什么人而写的呢？不用说，每一读者都明白，它是为小市民而写的，说得更明确，那就是为华南的小市民而写的。既然是为华南的小市民而写的，那么，我们就可以问：这两本书是不是充满了小市民的气味？是不是适应了今天华南小市民的文化水准，既做到了普及，又尽可能尽了提高的作用？我想，这是应该首先肯定的便是这一光彩的特色。

这两本书——《春风秋雨》写的是香港小市民喜见乐闻的地方景物，《白云珠

作品信息

《文艺生活（桂林）》1948 年第 6 期。

海》写的是广东小市民喜见乐闻的地方景物。从内容说，既可广泛地适应小市民的需要，但又脱出了今天充斥华南文化市场的黄色文学的窠臼。从形式及语言说，它有着不少章回小说的长处，很少章回小说的缺点，语言的生动，到处有着华南小市民的口语。这两本书能从普及的基础上提高，因此就能从华南黄色文化市场争回不少读者，这意义我想是非常重大的。

这两本书的通俗性，又和充满知识分子性的新文艺不同，这也是所以被小市民读者特别喜爱的地方，这也不消说的。现在，我只想举几个例，较具体地说明这两书的提高性。

在《春风秋雨》的"身在香港，心在祖国"里面，作者就用了适合小市民需要的故事及口腔，把抗日期广九路附近王作尧游击队的优良秩序介绍出来：

原来丁大哥过去曾在广九路附近王作尧领导的游击队里干过事，日军侵占时期鳄鱼头做走货生意，经常通过王作尧的防区，货物纳了规定的税，就受王作尧部队的保护通过他的活动地区。

在《白云珠海》的"长途"里，作者同样通过书中人物的对话，把游击队的另一有力的侧面介绍出来：

虾球一五一十照实答道："我在香港认识一个姓丁的朋友，他回到葵涌去打游击，我现在就同我的结拜兄弟牛仔去投他，他说过他队伍是有很多小鬼，可做大人一样的事，所以……"

又在《白云珠海》的"三人行"里，作者同样用了适合小市民需要的故事及口腔，把世界革命巨人最形象的一种伟大的爱介绍出来：

万听了丁的叙说后，他闭上他的眼睛，他追忆他看过的一套电影片上最感人最有人情味的一个镜头：伊里奇在一九一八年某天百忙之中，带了一个无依的孤儿到他的办公室来，跟副官耳语道："有吃东西吗？给这小姑娘吃饱！"

虽然这几个例，在普及的基础上提高，就绝非充斥华南文化市场的黄色文学所有，通过作者普及的笔，送给华南市民层去，作者这样的努力，谁说不是很可贵的呢！

二 人物性格及发展

关于这两本书的主要人物——虾球的性格及其长成，论者意见不一，但在我看来，虾球无疑地是一名流浪的小孩子，家庭虽有妈妈，从阶级看，自然是属于流氓无产者。从虾球的经历看，作者是让他和谐地走了不少的港粤的华洋声色走马的场所了的。这是不是华南流浪汉活生生的形象呢？我想可以说是的。为什么？由于广大读者关心虾球，不愿虾球的收场不好，这就证明了虾球是活生生的形象，特别是富有此时华南独特的流浪汉的形象。这，我们可以说，今天的虾球，应该是不同于高尔基笔下的流浪汉的。

但或许可以作为提供作者读参考的，毛泽东说过，流氓无产者阶级性是游离的，恩格斯甚至认为是"有奶便是娘"的家伙！因此，笔者感到作者对虾球的此后的发展，越能紧紧掌握着先进的理论，越能参考中国革命改造流氓的事实，作为此后本书发展的根据，我想在普及而提高的意义上，必然会收到更大的效果的。

一九四八年八月廿日

回到人民战斗的洪流去

陈　闲

一

我是在不断地享受着朋友们伟大的爱的批判的。

一位朋友来说："你们文化线究竟做些什么？在人民解放斗争的战场上，多需要你们，你们还留在这里做什么？我主张：凡是身体健康的，四十岁以下的，没有必要留在这里的，都应该回去！"

一位朋友来说："我们要回，喊声就回，绝不讨价还价，不像你们文化线问题这样多！有人说：某某是优秀分子，可以留下来，这完全是让人家去拼命，自己坐着来享其成果的思想！"

这样的批判，这样的诤言，我已经听到不少次数了；我每听一次就暴跳一次，我告诉了朋友："我是在迫切地等待着'动员令'的啊！"

作品信息

《正报》1948年第2卷第21期。

二

是的，我们应该回去，可以回去了！

一年来，我们清算了士大夫、知识分子的弱点，我们有了全心全力为人民服务的决心！

一年来，我们清算了中间路线，明确地再指出，路只有一条，要胜利就只有斗争。人民的解放，自身的解放，只有从对人民的敌人展开无情的血肉斗争才能获得！

一年来，事实表明：只有解放区的文化领导中国前进，而不是任何别的地方文化领导中国前进。

一年来，我们沿着毛泽东先生最辩证最天才的指示前进了。毛泽东先生说："我们的提高，是在普及基础上的提高；我们的普及，是在提高指导下的普及。"毛泽东先生更具体地说："我们的提高，只有从农工兵的现有文化水平与萌芽状态的文艺的基础上去提高。""沿着工农兵自己前进的方向去提高。"我们都有了相当深入的学习与成果了。

一年来，我们沿着毛泽东先生这最天才的指示，我们不只在消极上对资产阶级、封建阶级文化有了清算，而且在积极上我们有方言文学、艺术普及的运动及成果。

三

是的，我们可以回去，应该回去了！

我们有了这一年来相当艰苦的思想斗争及学习，这是可以回去的基础；面对现实，在人民解放的酷烈斗争中，他们需要我们，我们应该回去！

一年来我们的思想改造及学习，为的是为人民服务，但要进一步真实地考验我们，从真实的服务中提高人民同时也是提高我们，我们应该回去！

四

真诚地为人民服务的文化工作、文艺创作的朋友们，我们要时刻准备着，我们要自动要求，回到人民战斗的洪流去！今天，是我们置身于旷古未有的人民大翻身的战斗里的时候了！

鲁迅是怎样看农民的

陈　闲

　　鲁迅从进化论进行到阶级论，从绅士阶级的逆子贰臣进到无产阶级和劳动群众的真正的友人以至于战士。他是经历了辛亥革命以前直到现在的四分之一世纪的战斗，从痛苦的经验和深刻的观察之中，带着宝贵的革命传统到新的阵营里来的。

　　这是瞿秋白一九三三年分析鲁迅思想发展的道路的结论。在大众文艺"论批评"里，胡绳写的《鲁迅思想发展的道路》一文，就是从这发展观点对鲁迅思想加以详论了的。现在，我想就鲁迅关于农民的挚爱，再从这发展观点，作一分析。

　　鲁迅的《故乡》，是他写农民最真挚的第一篇，那里面，鲁迅为闰土、宏儿、杨二嫂、水生等。在这里，鲁迅写的闰土是：

　　这来的便是闰土。虽然我一见便知道是闰土，但又不是我这记忆上的闰土了。他身材增加了一倍；先前的紫色的圆脸，已经变作了灰黄，而且加上了很深的皱纹；眼睛也像他父亲一样，周围都肿得通红，这我知道，在海边种地的人，终日吹着海风，大抵是这样的。他头上是一顶破毡帽，身上只有一件极薄的棉衣，浑身瑟索着，

作品信息

《文艺生活》1948年第7期。

手里提着一个纸包和一支长烟管，那手也不是我所记得的红活圆实的手，却又粗又笨而且开裂像是松树了。

我躺着，听船底潺潺的水声，我想：我竟与闰土隔绝到这地步了，但我们的后辈还是一气，宏儿不是正在想念水生么。我希望他们不再像我，又大家隔膜起来……然而我又不愿意他们因为要一气，都如我的辛苦展转而生活，也不愿意他们都如闰土的辛苦麻木而生活，也不愿都如别人的辛苦恣睢而生活。他们都应该有新的生活，为我们所未经生活过的。

《故乡》是一九二一年的作品，在这里，我们可以看到，鲁迅对农民的挚爱是怎样亲切，他说："他们都应该有新的生活，为我们所未经生活过的。"但这只是渺茫的愿望，也正是篇末说的："希望是本无所谓有，无所谓无的。这正是如地上的路，其实地上本没有路，走的人多了，也便成了路。"

为什么鲁迅在这时候对农民仅仅只有这渺茫的"希望"呢？这原因就不能不说是时代的限制了。

这是鲁迅的说明，最能传达出这时代精神的作用，鲁迅在一九三五年写的《〈中国新文学大系〉小说二集序》里，他很清楚地写着：

从一九一八年五月起，《狂人日记》《孔乙己》《药》等，陆续地出现了，算是显示了"文学革命"的实绩，又因那时的认为"表现的深切和格式的特别"，颇激动了一部分青年读者的心。然而这激动，却是向来怠慢了介绍欧洲大陆文学的缘故。一八二四年顷，俄国的果戈理（N. Gogol）就已经写了《狂人日记》，一八八三年顷，尼采（Fr.Nietzsche）也早借了苏鲁支（Zarathustra）的嘴，说过"你们已经走了虫豸到人的路，在你们里面还有许多份是虫豸。你们做过猴子，到了现在，人还尤其猴子，无论比那一个猴子"的。而且《药》的收束，也分明的留着安特莱夫（L.andreev）式的阴冷。但后起的《狂人日记》意在暴露家族和礼教的弊害，却比果戈理的忧愤深广，也不如尼采的超人的渺茫。以后虽然脱离了外国作家的影响，技巧稍为圆熟，刻画也稍加深切，如《肥皂》《离婚》等，但一面也减少了热情，不为读者们所注意了。

鲁迅的说话里面，就明白地说明在这时期内他的作品怎样受着果戈理、尼采的影响。自然，在这时期及直后，在特定的"暴露家族和礼教的弊害"的意义上，这内容还是有着深厚意义的。然而我们可以看到，"故乡"表示"希望"的渺茫，却正也受着这时代精神所限。

可是又是鲁迅，在同上一篇《〈中国新文学大系〉小说二集序》里，对尼采却又作了痛烈的批评："尼采教人们准备着'超人'的出现，倘不出现，那准备便是空虚。但尼采却自有下场之法的：发狂和死。"

鲁迅对农民的看法是发展的，时间同是一九三五年，鲁迅在写《八月的乡村》序文里，却就采取了全完肯定的态度：宋代的人民怎样为蒙古人所淫杀、俘获、践踏和奴使。然而南宋的小朝廷却仍旧向残山剩水间的黎民施威，在残山剩水间行乐；逃到哪里，气焰和奢华就跟到哪里，颓靡和贪婪也跟到哪里。"若要官，杀人放火受招安；若要富，跟着行在卖酒醋。"这是当时的百姓提取了朝政的精华的结语。

人民在欺骗和压制之下，失了力量，哑了声音，至多也不过有几句民谣。"天下有道，则庶人不议。"就是秦始皇、隋炀帝，他会自承无道么？百姓就只好永远箝口结舌，相率被杀、被奴。这情形一直继续下来，谁也忘记了开口，但也许不能开口。即以前清末年而论，大事件不可谓不多了：鸦片战争，中法战争，戊戌政变，义和拳变，八国联军，以至民元革命。然而我们没有一部像样的历史的著作，更不说文学作品了，"莫谈国事"，是我们做人民的本分。

……

但是，不知道是人民进步了，还是时代太近，还未湮没的缘故，我却见过几种说述关于东三省被占的事情的小说。这《八月的乡村》，即是很好的一部，虽然有些近乎短篇的连续，结构和描写人物的手段，也不能比法捷耶夫的《毁灭》，然而严肃，紧张，作者的心血和失去的天空，土地，受难的人民，以至失去的茂草、高粱、蝈蝈、蚊子，搅成一团，鲜红地在读者眼前展开，显出着中国的一份和全部，现在和未来，死路与活路。……

鲁迅这样肯定农民，而且不只反对，而且鲜明地信赖农民有反帝的力量，远远超出了尼采式的观点写农民了。

只从这里，我们就已看到，鲁迅不只肯定农民有反封反帝的力量，而且明确地肯定中国的全部的活路，就在一九三五年的时候，已经鲜明地展示在读者的面前。

今天，中国不只有了广阔的解放区，而且就在非解放区里，占全人口百分之九十的农民，亦必将受着无产阶级政党及人民政权的领导，完全解放。中国全部的活路，已经着着实现，曙光在前，中国全部农民大翻身的日子已在目前。然而可惊的，就在今天，我们的文坛，竟还有人在强调所谓数千年奴役的创伤，强调和农民的创伤斗争（见《泥土》六期），这不只显现了对现实的无知，而且其夸大狂妄，直与尼采相等！

鲁迅是从对农民渺茫的愿望发展到确信农民无穷无尽的力量的，这之间，我们不容忽视，今天我们的文坛里出现的对农民尼采式的怪论，不只远离鲁迅后期是怎样确信革命集团的精神，而且是反鲁迅后期的光辉革命的思想传统的！

桂林文坛纪实

剧运在广西

白 克

能够毫不阻碍地自由建立国防戏剧，并且非但遭受不到压迫摧残的现象，而相反地还会加以提倡和维护，在国内怕只有广西才会有吧？

去年四月里，作者初到南宁时，就目睹着这样一个新奇的运动："话剧比赛"。这不能不使我们剧运工作者惊奇和兴奋：集合了各业余团体，各学校，在一个小小的礼堂里，公演了一个星期，而且每天有着不同的剧目；大家诚诚恳恳地演，观众也一本正经地看，演完之后，还有评判员的批评；值得惊异的是得到"比赛"冠军的竟是一所小学校，剧目《械斗》，一幕完全用儿童演出的群众剧。

是的，广西是有着它独特的机构的，这机构的好坏且不管，但它能够给我们戏剧运动有条广阔道路走，而且路上也还不像别地方那么多的绊脚石，这却是不能否认的；剧运工作者在这里虽也有他的苦闷，但不像在别地方那么窒息；空气的新鲜，环境的比较自由，这些都是不能加以抹杀和否认的。

作者简介

白克，生平不详。

作品信息

《光明》1936年第2卷第12期。

在这遥远的边陲，因着交通的滞碍，要吸收外面的新东西自然很不容易，如果以全中国为中心的上海的文化水准来比较这里的文化程度，那是贫弱得可怜了。

然而一年来，广西各地的戏剧运动比较起来，却又不能不说是相当丰富的。

从去年算起吧：除了四月里南宁举行的"话剧比赛"之外，在桂林，良丰师专剧团也同时在桂林城内公演了《怒吼罢！中国！》和《巡按》。六月：南宁救国联合会发起"抗×宣传游艺大会"，动员了所有团体上演话剧。七月：在南宁，有二一剧团公演《警号》《东北之家》《父亲与孩子》。八月：梧州成立救国话剧社，公演了一次。九月：国防剧社在南宁成立，公演二次。十月：国防剧社作盛大的第一次正式公演，剧目为《回春之曲》。十一月：桂林举行援绥联合公演，动员了全桂林的剧团。十二月：国防剧社迁移到桂林，作了第二次的大规模公演。以整个去年来说，平均每个月都有剧团演出。

一九三七年的今年，开头第一天就以"庆祝元旦"名义来了一次联合公演，一连四天。国防剧社演出：《女记者》《撤退赵家庄》《回声》；二一剧团上演：《金宝》《东北之家》；风雨剧社上演：《一个女人和一条狗》《打出象牙之塔》；桂林初中剧团上演：《家》《最后的胜利》等。继着二月：国防剧社组织旅行公演队作第一次省内的巡回公演；在柳州、梧州等地并和当地剧团举行联合公演。三月间：桂林庆祝妇女节，国防剧社和二一剧团参加演出《别的苦女人》（《光明》半月刊载）等。

最近，因广西省内果德等县发生荒灾，桂林是省会所在，特组织了一个赈灾委员会发起募捐运动，并决定于五月十五日起举行话剧联合公演，参加上演的有国防剧社、二一剧团，及各学校剧团；上演的剧本有《我们的故乡》（《光明》刊载）、《中秋月》、《旱灾》等。

同时正在积极筹备中的，有将于今年八月间举行的戏剧周，这是广西剧运一个更高度的发展，主催者是国防剧社。这个戏剧周是学苏联每年九月间所举行的戏剧周一样，将集中全广西所有的剧团作一次最大规模而又最优秀的演出，影响不用说是很大的。届时除了洪深先生已允到广西参加这个戏剧周外，广西当局并闻将延聘田汉先生和国内几位盛名的戏剧家莅桂指导。

　　最后，顺便介绍广西的几个剧团：一、国防剧社：这是一个职业剧团，直属于总政训处，大部分社员是去年参加"六一运动"的男女学生军。国防剧社的姊妹组织，还有一个巡回演讲游艺团，以表演游艺为多。二、二一剧团：是省政府一部分职员所主持的一个业余剧团，已有五年的悠长历史，为业余组织中很杰出一个剧团。三、西大剧团：是广西大学师生所组织，前身即良丰师专剧团。四、风雨剧社：是一部分文艺青年所组织。五、蝶社：是广西大学与一部分高中学生所组织。六、雨社：由一般小市民所组织，分子较复杂。

　　其他以俱乐部或同乐会等组织而上演话剧的组织各地很多，至于学校剧团除了上面所列的西大剧团外，有南宁高中剧团、南宁初中剧团、桂林初中剧团等。

　　剧运在广西像朝霞一样正在开始，而且显着灿烂的前途，但它到底还仅是萌芽，要靠长期的灌溉和垦殖才会成长的，这还是有待于工作者的努力和在上的维护的。

　　　　　　　　　　　　　　　　　　　　　　一九三七年四月二十八日于桂林

论目前广西之剧运

吴广略

在抗战的现阶段，戏剧在抗战过程中所担负的使命之重大，是尽人皆知的，因此如何发挥戏剧的效能，去帮助抗战运动的开展，这确是当今剧运同志应该切实留意的问题。

新兴话剧在中国大的已有三十余年的历史，但是有意识地踏下新兴话剧的正轨，严格地说，当以一九二七年以后或近数年始，在以前的剧运是没有什么具体的正确鹄的，活动的范围又很狭小，而技术亦非常幼稚简陋，所以只可说是一种所谓"野生的艺术"。到了近数年，我们的民族和国家遭逢了空前未有的危机，从事剧运者才纷纷起来，清算过去的错误，整顿戏剧界的阵容，把"反帝""反封建"作为剧运的中心目标，与其他救亡运动采取一致行动，以期发生密切的联系，才把剧运扶上光明的坦途。

剧运在广西，也和其他救亡运动一样，在贤明的革命领袖倡导之下，得很顺利的生长和发展，在短促的时间内能获得水准以上的成绩，这不能不算是罕有的宝贵

作者简介
吴广略，生平不详。
作品信息
《全面战》1938 年第 7 期。

收获。而这收获又要归功于剧运同志的努力了。

一切的运动是时时刻刻在行动中变动着发展着的，自然，剧运也不能例外。过去我们欲奠定剧坛的基础，每次公演的目标大概是侧重舞台艺术的完成，这企图已由各次公演的效果去证实相当地完成了。然而在这单独的舞台艺术的进展中，却包含了许多绝大的矛盾：剧本的缺乏，观众的稀少，在都使我们看出这种技术的单独进军的危险。因此现阶段我们剧运的重大问题是：（一）产生此时此地所迫切需要的剧本；（二）争取大量的观众。这可以说是我们的剧运的当前主要的课题，而且必须进行使之完成的。

记得若干年前，熊佛西曾很沉痛地说：七八年来我们的戏剧完全是一班优秀的知识分子所干，所看，剧运始终在知识分子间兜圈子，剧运哪能发展？所以他跑到定县去从事农民的剧运，然而直到现在可以说我们的各次公演仍是未能完全脱出知识分子的范围，而扩展到各阶层民众间。譬如桂林此次元旦各剧团联合公演，一般观众仍是知识分子，一般老百姓因无福领到"入场券"而望"剧坛"兴叹，"不得其门而入"去欣赏那个新兴的话剧艺术！历史的教训是最宝贵的参考资料，过去剧运未得充分发展是为着没有获得多量的观众拥护之故，既有这样的前车之鉴，今后从事剧运者应痛改前非，把戏剧献给民众欣赏，才不失从事剧运之旨趣。

此次我国对日抗战，是全面战和全民战。戏剧界的当前最大任务是要唤起我们有无限制力量的民众，使他们坚决认识全面战之意义，加强他们的民族自信力及抗战决心。然而在救亡运动过程中，戏剧界的救亡任务绝不是话剧可以一手包办的。在戏剧的领域内，要少树敌人，要尽量地化敌为友，而且某阶层的人，还须该阶层所领有的艺术去说服他们。我们说戏剧界应该担负它的特殊岗位上的救亡任务，但实际上并不去从事各种旧戏的改革和联合，这正是疏忽了充实救亡阵线实力的重要任务，把偌大的观众丢弃了，所以把旧戏的漠视，那无异犯了闭门主义的错误，把剧运救亡运动的友军拒之千里之外，这是剧运同志应克服的错误之点。在目前我们应从速建立戏剧界的联合救亡运动，把桂戏、粤戏改革一番。所谓改革，自然是侧重"意识形态"问题，将"反帝"的抗战救亡的主题注入它们的内容，批判地保存它的为一般观众所了解的技巧，这正如文学界利用说书、章回小说的形式来担负"反帝"的任务一样。例如武汉的旧戏目前已改革一新，和话剧界热烈的举行救亡的公演了。

语云"一年之计在于春"，当兹阳春佳节，我们怎样"计划"去推进我们的剧运呢？笔者不揣浅陋，谨陈数端作为从事剧运者的参考：

第一，剧运应深入民间去进行，为民众所爱好，所拥护。

第二，与其他各种戏剧发生联系，将其错误的倾向纠正，扶其走上正确的救亡正轨。建立健全的戏剧界的救亡组织。

第三，尽量利用一切民众所了解的形式及技术，而演出之内容尤应配合各种观众集团的切身要求与任务。

第四，从事达到真正的艺术的完成，积极训练戏剧的技术人才。

第五，所谓主题的积极性，是和政治的任务（社会现实的发展）的要求统一的，因此我们时刻不要忘记"抗敌救亡""焦土抗战"的政治任务，同时我们更须把"抗战第一""三自政策""四大建设""三寓政策"作为我们广西剧运的中心目标，帮助我们的政治纲领的完成，以冀贯彻建设广西救中国之神圣任务。

战期中桂林文化的动态（上）

——战期中桂林的新姿态之一

丽　妮

一　抗战使桂林文化飞跃起来

由于日本帝国主义飞机大炮的残酷，我们文化中心的上海和南京北平杭州广州等地，遭受了空前的惨劫，或者竟成了"荒岛"废墟。然而，相反的素为人们目为"沙漠"的内地城市，却在抗战的怒潮中，怒发了新的文化之花。桂林，也是其中的一个，过去是受过"古城"的嘲笑的，而现在大家都以另眼相看它了！因为它已呈现了新的姿态，无论各种文化机关、学术团体、出版业界、艺术集团，都在急激地加增。这也可以说是拜受日本帝国主义之赐，由于它的大炮飞机，给予"古城"中的文化人的一个最厉害的激荡，不能不紧急动员，去努力展开救亡的文化工作；同时，另方面也给予许多过去迷恋着十里洋场的文化人，以一个最大的教训，从敌人炮弹炸弹下跑到后方，来重新建设新的文化阵营。桂林的文化，就在这两个地带

作者简介

丽妮，生平不详。

作品信息

《克敌周刊》1938 年第 23 期。

中的文化人，会合握手，分头工作，而造成现在的新姿。

二　出版界的新气象

看吧！最显著的，促进文化的桂林出版界，逐日现着新的蓬勃的气象。过去本城的日报非在午刻或竟至午刻以后不能见面的，现在一到清早，便可看见派报人在街头奔走，并且晚上也已有"二次版"阅读了。为欲得知前方的战情，三个铜板一份的"二次版"，最得人欢迎，尤其在前方军事胜利或有特殊事件发生的时候，就在平时没有读报兴趣或最悭吝的人，也不惜一破悭囊，争着叫买。这就表现着文化水准的已在向上，同时也足以表现桂林出版界的热和力。桂林的日报，现尚只《广西日报》一间，省党部所办，社长也就是省党部常委韦永成氏，经费尚属充裕，为唯一的代表广西的报纸，因其属全省性，故销路甚大，尤其在抗战发生以后，现约达八千份，"二次版"亦达二千余份。现者，抗战转入第三期，武汉将成大决战的地域，为着疏散。第二老牌的《申报》，也已由汉迁来，大约不久可在桂出版，此后桂林的读者，益多得一优良的全国性的报纸，作他们的报道。同时由于这新的力量的注入与刺激，会使桂林甚至全广西的报纸，起了新的变化，那是无疑的。

如果，阅者们以为日报是在作片段的报告吧，那么稍有系统的刊物，则也很有几种。广西省抗敌后援会出版的《克敌周刊》、五路军总政训处出版的《全面战周刊》、国防艺术社的《战时艺术》和乐群社的《文化》两半月刊，都各有可取。《克敌》为龙振济氏主编，是一种综合的杂志性质，为广西销数最大的刊物。《全面战》为莫宝铿主编，也是一种综合性的刊物，唯多载战地通讯，亦其优点。《文化》编者现为白治苍，为适合青年阅读的刊物。《战时艺术》的编者现为李文钊（？），性质是一种纯粹的艺术刊物。此外，桂高中出版的《五月》和某君所编的《拾叶》，同是文艺刊物；过去还有生路书局出版的《生路》，前导书局出版的《前导》，现均停刊。"办刊物难，在广西办刊物更难"，这是一位深知个中苦况的朋友对我说，因为最困难的是钱和印刷工具的不良。钱的方面，以《全面战》经费最足，月达三千余元，《克敌》月仅三百余元，《文化》甚至仅靠广告费支持，所以《生路》等的停刊，和尚有许多准备出版的刊物胎死腹中，都因经费关系。然而，虽然这么困难，但桂林的出版界并不灰心，还是竭力地支撑着。因为他们深知在此抗战期中，必务积极展开救亡文化工作，同时他们也认为物质是不难以精神去克服的。况且他们认为和抗战已入第三期的现在，桂林有建设为出版中心的必要，一如柳湜氏的建议。而最近科学教育社的《今论衡》的移桂出版，更足以促起他们的努力了。

桂林现在出版的几种刊物，或许有人以为还嫌于只适合于中等教育以上的人所阅读，在此水准线下的大众，还少直接得到此种精神粮食。可是，补此缺陷的，还有许多的壁报，以及街头漫画、抗战地图等，在每一处较为繁盛的街头，都有张贴，总政训处漫画股、省抗敌会壁报组，以及桂初中女中国中等学生会，都是负此工作者。没有钱买报，或知识较浅的人，从壁报中，也可以得到精神的粮食。所以，每在壁报的张贴处，都常见着成群的大众在阅读前方战讯或漫画地图。

至于小册子的出版，现亦在增加中。省党部和总政训处不时有出版，个人方面，则有梁立言氏等，亦有一二小册出版；书商方面，除前导、生路两书局间编印一二种外，其他还少。大约出版书刊，在桂林由于人才与物质条件的不足。与乎"本地胡椒不辣"的观念，尽钱不易，不是"生意经"的缘故。

三　精神级食店的激增

从上述的桂林出版界的蓬勃现象中，已可看见"古城"文化，在战期中有着飞跃的进展，虽然，较之汉口、广州还远所不及。同时，我们再从另一方面——书报店去看，则尤可以作桂林文化跃进的尺度□桂林的街头，最容易触目的，是贩卖精神食粮的书报店的增加率，和贩卖粮食的饭菜馆等量齐观。试看桂林的文化街范围，已从中北、中南两路，拓展到桂西环湖二路。战前桂林原有的新书报店，仅有桂海、文海、文源、文南、大成、典雅、前导七家，报局莫林记、张日光两家，旧书店全文堂、经益、少卿、石渠等几家。战后，生路、正中、开明、生活、中华、文明、商务各家，都先后来桂设店。（生活书店总店且有移桂消息。）这可见桂林民众不仅要求食粮的增多，对于精神食粮也同样要求加增。固然，也有人说，那些外江书商原不过避难而来，但我们到书店，便看见大群的人，围着书摊，在翻阅，在购买，尤其晚饭以后，直像雨前的灯蛾，在灯畔追求光明。

由于外江书商的纷纷前来，桂林的读者，增多了眼福。过去，无论杂志或书籍，虽到省立第一图书馆去，尚恐难得齐全，现在呢，国内出版的任何一书一刊，大抵都得购读的便利。然而这还是量的方面的增多，同时质的方面亦有惊人的转变。即过去所谓新书店，亦大抵以贩卖教科书为中心，次则新式标点的《聊斋志异》《封神榜》的一折书之类，也满架地摆看，旧书店则更不必说。现自各大书店大批运到适应战时的读物以后，使到一般学生专买教科书的，更欲多买些战时的新读物，一般民众过去在旧书店用老花眼镜以《封神榜》《西游记》，甚至《推背图》《诸葛神数》之类作"精神安慰"与"哲学研究"的，也换了副眼镜到新书店去看报纸杂志以及《大战台儿庄》《新三字经》了。因此，桂林的书报业，旧的是没落了，然而旧的没落，正是新的展开。桂林文化便从这种书报业的转变中，可以测度得出是在急激地跃进了。

谈谈战期中桂林的戏剧和电影

丽　妮

　　为想将战期中桂林文化飞跃的情形，述以介绍于国人之前起见，曾撰《战期中桂林文化的动态》，并经将上节刊载于前期本刊。嗣想文化的各方面范围太大了，要欲一一叙述于一二篇短文中，未免不详，同时仅是直叙，也无甚意义。因此乃将中下二节易稿，改为谈谈之类的文字，应就一事一类，加以叙述，间益以评语和建议。既免篇幅的限制，且可发抒一点意见，此即易稿之一。

　　桂林文化在战期中是有着飞跃的发展，在戏剧和电影方面，也可看到。本来戏剧和电影，是具有帮助政治宣传、社会教育、文化推进的功能的，在这抗战时期，尤足利用以为抗战宣传，唤起民众。故战期中桂林的戏剧运动电影事业，是有足称的。

　　在新剧方面，剧团很多，有国防艺术社的话剧部、省抗敌会的话剧组、二一剧团，以及桂高中、桂初中、桂女中、国中、妇工校、省立实小，与各镇中心小校的剧团。最近复有七七剧团、孩子救亡剧团的成立。

　　在各剧团中，以国防艺术社话剧部最有成绩。该部常常出演，并且分有一部分

作品信息
《克敌周刊》1938 年第 24 期。

工作人员组织巡回剧团到各县，一部分人员到前方去表演。该部是一个专门性质的剧团，隶属五路军总政训处，原名国防剧社（设于南宁，迁省后始移桂林），因其经费充裕，备有齐全的道具，固定的从业员，且聘有名导演家（前有万籁天，今有欧阳予倩）为之设计指导，所谓"长袖善舞，多财善买"，自非其他剧团所可及。该社最近在欧阳予倩指导下，表演《飞将军》《曙光》《青纱帐里》各剧，大博得社会的好评。

其他各剧团，大多是学生本位。即省抗敌会话剧组亦以学生为中坚。他们都苦没有充裕的经费、整齐的道具、固定的人员，及名导演家的指导。但是他们富有热情与毅力，利用课余时间，以很经济的方法，表演得很有成绩的话剧。所以每在一个纪念日到时，各剧团都很热烈地出演。

同时，他们还有一种倾向，就是"街头剧"的出演。因为街头剧如《放下你的鞭子》之类，多是一种救亡的短剧，无须假借华丽的布置与衣装，只需演员能以巧妙的技术，配以简单的道具，把富有刺激性的剧情表演出来，便可以感动大众得到好收获。所以街头剧无须什么经费，就可以随时随地表演于大众之前，不仅适合许多苦于经济所限的剧团，而且在这战期中，尤合节约的原则。所以街头剧现在很盛行，无论桂林的街头或者乡村市集中，也不时见到他们去表演，有时他们苦于剧本太少，或原来的剧本有不适于地方性，还常常自编或改变。

现在街头剧的流行，我以为是一种好的倾向。我所谓好，固然以街头剧无须甚多的经费，适合于为经济力所限的各剧团的表演，使其能不因经济条件所限，积极展开其剧运工作。同时戏剧的生命，系于表情，如果话剧而专在布景衣装上用功夫，为一幕剧耗费千数百元，浪费固可惜，舍本逐末，亦非所宜。而若使之形成贵族化以后，则也只宜演给士大夫去赏玩，脱离了大众，失掉对大众宣传的效用。街头剧乃是一种大众化的戏剧，在这国难期中，正应尽量采用，对大众表演，所以我希望一般正苦于经济力所限的剧团，尤应尽量利用！不必斤斤然于舞台剧的竞争。

自然舞台剧，亦有其优长之处。在经费充裕的好像国防艺术社，则也能利用其所长，表演得很精彩的戏剧。不过费用较多，在国艺社有政府之力援助，自属例外，现并闻该社有计划设院，售票营业，务期将来能以自立之说。我以为这是一个最好的方法。这不仅该社可以"自力更生"，减少政府负担；同时还可以给新剧运动者做一个最好的榜样，而促其努力。

然而，桂林除掉这些在时代尖端的新剧之品，一般认为不合时代的旧剧，则也仍然风盛。桂剧不必说，桂林原是桂剧的发源地，班子自然很多。固然，桂剧是没落了，可是现尚有南华、同乐、清平、三都四个戏院锣鼓不息。并且近来京戏粤剧——尤其是京戏，最为流行，各戏院一班班地重金聘来，这正与热烈的新剧运动，成一对流。因此也就有人摇头太息："古城"不免仍是古城了。

桂林旧剧之所以仍盛，自然因为一般的旧剧从业员，为了生活不能不售技糊口。同时旧剧的爱好者也很多，固然有许多是为捧角的关系，但旧剧在唱做上也有其优长，为新剧所不及，是以表演旧剧的各戏院，日夕满座。所以现在欲想完全排除旧剧是不可能的。

因此旧剧改革论者，便主张以改革的手段，去其陈腐的内容，易以新的剧情，并换以新的表演技术，使之成为适合时代的东西。故"旧瓶装新酒"问题，曾不时引起激烈的辩争。然而因为空谈改革，未曾尝试，问题虽仍为问题，而未有实证。战后，因为戏剧宣传的关系，马君武博士等毅然在今春成立桂剧改进社，着手于桂戏的改革。最近由于名戏剧家欧阳予倩的南来，以新的方法，助该社导演《梁红玉》一剧，一变原有的作风，博得盛大的赞誉，连演十日夜，由于这种事实的表现，不仅予旧瓶新酒问题以一个有力的答复，同时由于这种尝试成功，亦可改变旧剧艺人的思想，使其今后有更进一步之继续试验。今后的桂林旧剧，无疑地以此为起点，而有划时代的转变了。

电影呢？电影本是较话剧尤为进步的时代产物，最为观众所欢迎，故其对于促进文化，有助宣传之力量更大。但是，以言电影，桂林却无一间专映的电影院。过去高陆、新华两家，尚间放映，现则大都改演平剧粤剧。这也是一件遗憾的事吧。

然而，桂林电影业之所以如此衰落，根本由于我国电影事业的落后，过去仅靠沪港几家电影公司供给影片，抗战以来上海影片公司都因敌人摧残歇业，来源既乏。桂林电影业自因之影响。同时抗战以还，只有抗战性质的影片，才易得到社会欢迎。所以在战期中，高陆、新华虽亦放映电影，而《夜来香》《风流寡妇》之类的旧片，是不足以博群众的观赏的。而抗战影片，现时仅有中宣部的中华电影公司的出品，片既少又易失掉时间性，"聪明"的影院商人，自然只好停映而改以重金聘请粤剧、平剧来桂表演了。

可是在这期间，我们不能像商人的眼光，在营业上着意。所以省党部为宣传抗战，乃在最近由汉向中宣部购买几部"抗战特辑"在桂放映。后方民众是渴欲得看前方抗战情况的，所以每放映，人如山海，结果费用虽大，而收效甚巨。近省府电影队，亦派员赴港采购机片，以便放映。不过收效虽大，而耗费亦多，固然以政府的力量是容易的，但亦恐难乎为继。因此，有人建议，最好在新片到时，暂行以营业方法取最低票价，俟收到全部或部分片价之后，再免费放映，既可宣传，又可减少费用，周流不息，可以维持长久。

至于影片的制作，国防艺术社电影队，早年已曾尝试，制有《七千俘虏》等片，嗣以用费颇多，停止摄制。及到最近，因抗战宣传始复重做制片工作，已制有《五路军抗战第□辑》，颇为成功，现该片已曾在港桂放映，该社复已从事于第□辑的摄制，继续不息，自可望更有进步。

本来电影制作，是费大工程的，但假使能由政府以充裕的经费作支持，在□抗战期间，利用抗战的题材制作影片不仅可以发挥其宣传效用，同时亦可以当立电影事业的新基。桂林因为环境良好，异常安定，若能乘时发展电影事业，则将来亦不难使之成为中国的"好莱坞"的。

一年来戏剧运动的展望

欧阳予倩

戏剧运动，有这句话以来，是作话剧运动解的，"八一三"以后，时代的暴风雨催着这运动超速度地进展，大有令到一班戏剧运动者应接不暇之概。于是许多戏剧工作者以种种姿态配合着客观环境的需要出演于城市、乡村，甚至于出生入死演于战区的最前线。

这一期戏剧界的情形有一桩最可注意而影响又最大的就是集中在沿海大城市的戏剧工作者——作家、导演、演员分散到内地各小城市和各乡村去，使内地各处的剧运登时蓬勃起来，内地的文化工作者都认戏剧为有力的宣传工具，极力予以提倡赞助，或者组织剧团参加表演，而内地的小市民和工农群众也借此机会领略到话剧表演，受到新的刺激与教训。这于话剧前途有深厚而良好的影响。

抗战开始的时候，集中在上海的剧人们，分别组织十几个救亡演剧队，出发到

作者简介

欧阳予倩(1889—1962)，湖南浏阳人，中国话剧创始人之一，有"南欧北梅"之誉，主要作品有《潘金莲》《桃花扇》《梁红玉》《忠王李秀成》等，抗战时期在桂林任广西省立艺术馆馆长，为第一届西南戏剧展览会筹委会主任，1949年以后任全国文联副主席，筹建并担任中央戏剧学院院长。

作品信息

《戏剧杂志》1939年第2卷第2期。

了内地，各省也有许多同性质的组织。最初很感到剧本不够，可是不到半年，许多作家赶写出不少的剧本，渐渐勉强可敷应用，及至目下，剧本的产生更多了，不过因为需要增加尚希望多量产生新的，而印刷和邮寄又都不便，传播也尚不能普遍。这许多剧本当中，当然有些是匆匆赶出来的，不免有粗制的痕迹，但是有很好的。如《流寇队长》，如《魔窟》之类颇可喜，素朴而有力，舞台效果也好，比较《雷雨》《日出》之浓施厚抹，另成一种新的风格。本来近两年来写剧的技巧一般地颇为进步，我们的剧作家，能于暴风雨中建筑起新的基础，这对于世界各国的剧坛都无愧色。

自"七七"到现在，已经十八个月了，为说话的便利起见，我想把这十八个月剧作者进展情形分成三个段落。第一个段落，大体注重在激动民众的抗战情绪。第二个段落看见民众都渐渐自动地起来了，不须再十分去激动他们，所以这个段落的作品，大体注重在坚定民众的信念、帮助民众的组织。第三个段落已经进到了教育的段落，一方面指示工作的路线和方法；一方面建立起自我批判，检讨过去的得失。怎样支持长期抗战；怎样建立工、农、商业；怎样扫除奸细，惩治贪污；怎样保育儿童；怎样动员妇女；怎样划除腐败的习惯，建立新的信念；怎样表彰民族的优点，以及前方将士的忠勇和后方民众丰富的热情与超越的劳动力；等等；都是我们当前的课题，或者已经在我们的剧作家处理解答之中，或者正在等待着贤明的剧作家来处理。题材的范围已经扩大，公式的拘束已经解开，我们已经把握住最后的胜利，接近着无尽的宝藏。

至于导演方面，因为客观环境的不同，顺应的方法也就随时随地有些变动。机械的写实主义打破了。新的手法尽量运用，有许多成就。所可说的就是中国的舞台导演术在斗争中已经展开它的新面目。

因为物质条件的不足，没有布景灯光也要演戏，就这一方面看确是贫乏，但正因为这样演技逐渐进步了。我是主张演技中心的。我以为无论什么戏一定要演得好才有好的效果。因为迫切需要，使许多演员都在短期中锻炼出来，不过有一层，尽管是天才的演员绝对要认清偶然的成功，是不足恃的。

抗战以来的戏剧，统一在抗战建国纲领之下是不消说的，不仅是话剧，就是旧戏界也不自甘于化外，戏剧运动者也把我们组织起来了，如汉口、长沙、西安等处，都有组织。上海关于旧剧的改革曾经有五个戏的试验都相当成功，可惜因特殊的关系，我不能不离开上海，便中断了，不过，遂有周信芳先生，部分地在推进着，虽然他的主张和我稍有不同。

本来话剧界还有两件大事，就是业余剧人的解体和中国旅行剧团的事变，前者听说内部组织也有关系，说到中旅的事变，原因很长，大体说起来，是过去的办法不适宜于今日。内部的矛盾无法避免，终于发现了分裂的现象。中国此次抗战，为世界的和平，为人类的幸福负起了极巨的使命。戏剧运动者不过在此使命之下服务而已，我们的行动，被这使命支配着，有大时代的号角在领导着我们，吹这号角的就是人类智慧的总和，是历史淘炼得来的结论，不过在世界得到和平的前夜，必定有更大的暴风雨，扫除污秽，我们也一定有更艰难的遭遇，到了那个时候，职业剧团是不是要改变生活的方式，或者另派用场呢？

总之中国的戏剧运动已经在正确的轨道内走上一个新的阶段，它在艰难困苦中产生，在艰难困苦中长养，经过锻炼的躯干，一定格外强健，它已经不是过去的病态艺术，当能使世界人士，刮目相看，前途有无量的光明，纵有一时的小得失绝不足以摇动我们的信念。

万里长征的演剧队

谷斯范

一九三七年八月十一日清晨，日本的二十九艘军舰开进了吴淞口。第二天中午，中国的精锐师团八十八师突抵上海北站，在这样紧张的"八一三"前夜，由著名的电影明星王莹、金山及一群青年戏剧家组成的"四十年代剧社"正在离北站不到五里的戏院中，公演着《卢沟桥》，这是个富于煽动性的宣传剧，剧中人以近乎歇斯底里的兴奋程度欢呼着：

"卢沟桥的炮声响了！大风暴来了！"

第二天，上海开始混乱，到深夜十二点钟，也响起了比卢沟桥更洪亮的炮声。过惯了奢华生活的戏剧家、职业演员、电影明星，纷纷地抛弃了在上海的一切，组织了演剧队，准备流浪到每一个中国的穷乡僻壤，去唤起国民从事抗日战争。"四十

作者简介

谷斯范（1916—1999），浙江省上虞县人。1929年就读于春晖中学。1938年10月离开上海，在长沙乘新安旅行团的车到桂林，在国际新闻社任职，皖南事变后离桂到《浙江日报》工作。1953年到华东文联为专业作家。1959年调浙江文联从事专业创作，曾任中国作家协会浙江分会副主席。主要作品有长篇小说《太湖游击队》（《新水浒》），长篇历史小说《新桃花扇》，短篇小说集《大时代的插曲》《山寨夜话》《晚间来客》《噩梦》《不宁静的城》等。

作品信息

《译报周刊》1939年第20期。

年代剧社"的演员们，也就组成为"上海救亡演剧第二队"，作为"上海文化界救亡协会"的十五个演剧队之一，每人凑集了五块钱作旅费，在八月二十日早晨，雇了小船，沿苏州离开了上海。

离开上海时，本来是十四人，后来有几个男演员分道扬镳，走上了战场，两个女演员——熊塞声、欧阳菲莉，也远奔陕北，准备投入游击队伍中，但人数现在却增至二十一人：

金 山 王 莹 金 黎 柯 刚 沈 剡 白 鲁 黄 拾 黄 玖

鲁 夫 伍 禾 苏 绘 徐鳌山 陆知微 萧子英 田一文 邹荻帆

金子兼 裴未如 刘丹青 姜韵声 佟苏丹

其中金黎是刚从湖南大学出来的学生，鲁夫是漫画家，伍禾、田一文、邹荻帆是诗人，徐鳌山是摄影师，裴未如是一个十四岁的女孩子，记者第一次到离桂林三里的小村中去访问他们时，诗人田一文正戴着眼镜，穿着长衫当"门房"，摄影师坐在地铺上补衬衫，还有两个在厨房里烧饭。那次访问没有遇见王莹，所以在离开桂林的前一晚，又作了第二次的访问，在一间点着美孚灯的村屋中遇见了她和金山。

在十八个月的抗战期间，他们已跑了八省：江苏、山东、安徽、河南、湖南、湖北、江西、广西，公演了七三二次。

这七三二次怎样演出的呢？王莹小姐告诉我：

我们跑进大冶的矿山，演戏给矿工们看，别处的矿工听到这消息，就从十几里路以外的矿区来邀我们，或者在半路拦住了我们的行李。大冶的一部分煤矿，是敌人资本经营的，因此他们深深地痛恨日本的资本家。看完了我们的戏，我们又要跑到另一个地方去，而他们又得开始整天的劳动，在分手的时候，有的竟流下泪来，激动地说："我们很愿意打日本，但日本兵来时叫我们怎样办呢？"平时，没有一张报纸输送到矿区里去，也没有人告诉他们，怎样的参加抗日的神圣战争，他们是支持抗战的最顽强的战士，但许多人把他们忘了！

我们也曾跑进山峦重叠的大别山里，演戏给游击队员看。他们大多数是沦陷区的农民，在家乡未沦陷以前，殷勤地帮助军队工作，当敌人的炮火毁了他们的家乡时，就揣上枪杆，出没在大别山麓，日夜袭击着敌军。他们生活很苦，吃不到盐，有时只以一点辣茄下饭。

有时候我们用牛车装着行李和道具，经过公路，半路上遇见上前钱去的军队，或者从前线运输回来，流离在道途间的伤兵们，就简单地化装一下，在牛车上演几个短剧，去鼓励他们，安慰他们！

说到这里，王莹小姐沉重地叹了口气，说："在前线的伤兵实在太可怜了！"但我却想起了另一问题：这就是王莹吗？

在银幕上、在照片上所见的王莹是一个娇贵的小姐，她沿袭着好莱坞女明星的传统，爱穿最漂亮最新异的服装，爱过都市的生活。如今却穿着粗布的衣服，有几处已因翻山越岭，为荆棘所刺破，而缝着补丁。布鞋也因长途的奔波而破烂了。如果她住在上海或香港很可以过舒服的生活，但是她不愿意。这演剧队的另一领导者金山，《夜半歌声》和《貂蝉》两张电影名片的男主角，上海新华影片公司会来电聘请几次而不去，宁愿忍受一切苦，过走江湖的生活。他们现在每月的生活费是三元，每天吃两顿，自己背铺盖，烧饭，洗衣服。

"你能吃得消这种苦吗？"

"在这样的时候，这不能说苦。"她回答。

说到这里，她又告诉了我几段上海救亡演剧第二队长征中的故事：

在前线没有警报，敌机来时飞得很低，常以机枪扫射，在十八个月间，我们和敌机几乎变了老朋友，每天见面，我们到徐州时，徐州还没有遭过轰炸。一天，忽然听见一种声音。乡下人说："牛来了！"

那时我们刚下车站，听见声音，情知不妙，急想躲避时，已有十几架飞机盘旋在车站顶上，接连地投下炸弹，但是我们却一个也没有受伤。又有一次是在离大别山不远的宋埠，我们正在那小镇上演《台儿庄》，大概是汉奸告密的缘故吧，敌机二十七架突临这前线司令部所在地的宋埠，向我们所住的招待所乱炸。敌机飞得很低，它飞过的地方，竟把树都吹倒，我们卧在草丛中，它如略有所见，就以机枪扫射。结果别个剧团中死了两人，我们也有一人受了伤。但第二天，我们仍演着《台儿庄》，第三天，再演着《台儿庄》。中国话剧在抗战后已有了基本的观众，已为抗战尽了最大的力，但为了纪念那两位死去的战友，我们要更顽强地担负起我们的任务。

最有趣味的是我们到湖北的襄阳樊城一带时，武汉吃紧，政治部发给我们枪械，大家准备在敌人到来时，在丛山峻岭间作游击战争。但后来武汉外围战越战越稳定，才又继续着演剧生活。

说到这里，在整理着剧本的金山，告诉我，他们今后的计划：到桂林后拟转道（我国）广州，到南洋菲列宾、（美国）旧金山去，准备走上更远的长途，用戏剧的形式，去唤起海外的侨胞，支持祖国的抗战，并要在一年之内，将售票所得，集款五十万元，以二十万元在战区设立伤兵医院和文化供应站，以三十万元筹办资本三万的十个小工厂，使残废军人、出征军人家属、阵亡将士家属能从事生产和借以度口。

"我们在鄂北公路上亲见许多伤兵，因救护车的缺乏，而辗转道路间，受了许多痛苦。救护他们是我们的责任，因此他们愿意牺牲一切，达到筹款五十万元的目的，使对他们有一点帮助。至于我们自己呢，到海外后，决定住不花钱的会馆，除了一日吃两顿饭，买一点必需的道具，别的绝不再多花一文钱。"金山说。他年纪很轻，很热情，映着黄浊的灯光，从他的脸上，我仿佛重见了吕布——《貂蝉》一片中他所饰演的角色。那三国时代的少年英雄，曾手刃了挟汉帝以令诸侯的董卓，吓昏了一世英豪的曹孟德。

这时，王莹又问了我几句关于《台儿庄之战》的意见，这是他们在桂林等待往广州湾去的汽车，偷了一个闲，所作的第七三三次公演，售票所得，全部捐给了李宗仁夫人主持的儿童保育院，教养由炮火下抢救出来的中华民族未来的新的一代，在那次公演的台词上，王莹这样写着：

"这次将是最后的演出了。希望在我们到了海外工作的时候，还紧紧和诸位交流着抗战的热情，共同为祖国的自由解放而奋斗，在回国的时候，并能在诸君之前，演全面抗战最后胜利的戏剧。那时，我们将要朝着建设新中国的道路前进。"

"暂别了，亲爱的战友们！"

因此，当她问我关于《台儿庄之战》的意见时，我只说："愿你们早日归来，演全面抗战最后胜利的戏剧！"

这时夜已很深，美孚灯结着灯花。记者因明日就将去三千六百里外的浙西沦陷区，突破敌军的警戒线，采访抗战的新闻，今夜必须把行装收拾好，就向他们握别。

到了门外，星光稀微，模糊中还辨得出蜿蜒的村道。

"我回来时，你们已不在这里了！"我说。于是我们在门口立了许久，紧紧地握了次手，互道着"珍重！"与"努力！"在夜色朦胧的桂林小村告了别。

《心防》的写作与上演

欧阳予倩

一个导演，倘若遇着他所不喜欢的戏，不仅是弄不好，而且是一种痛苦，《心防》是我所喜欢的。

有人说《心防》不及《一年间》有趣，有噱头。我以为《心防》比《一年间》写得好——更自然，更真切，故事的发展更合拍，穿插也丝毫不牵强，尤其是每一个人物性格都鲜明而且配搭匀称。

夏衍先生写戏，惯于用暗劲，乍看上去，平而且淡，不过是些日常生活，无论谁都懂得，理会得，并没有什么涂脂抹粉的妆点，也没有矜奇眩异的描写，但是力量便从平淡中表现出来。

这样的写法，是很容易被人抓住错处的。倘若全部被人感到真实，有一两处的疏忽，便会觉得不自然。倘若全部夸张，便有一两个小漏洞，也不至立刻发现，所以《心防》难于着笔，难于导演，也难于表演。

这回演员的配置颇多适当，可以说每一个演员都颇适合于角色性格的表现，至于导演，我是想精细一点加以处理的。不过我们究竟没有像俄国导演和演员那样的

作品信息
《剧教》1941年创刊号。

耐性，也就没有更充分的时间做更精密的推敲，求其大体不错，不致过分使作者和观众失望就是了。

《心防》中所叙述的情事，对我却非常亲切。同样的事，我在上海，当国军撤退时，亲自看见，而且经历过。帝国主义者对中国文化人的压迫有种种的方式，尤其在上海，无时无刻不直接感到；沦陷以后，敌人侵入租界，笔杆和舞台工作者首先遭受迫害，汪精卫到了上海，更与敌人以便利，使得通过汉奸组织，加深了迫害的程度，恐吓、收买、绑票、毒刑、暗杀种种卑劣无耻的行动，造成恐怖的局面。但是新闻记者、舞台工作者、作家、教育家、律师以及学生们除了最少数的败类不足轻重者外，大多数不仅没有屈服，而且更加紧了斗争。夏衍先生在《心防》的短序里面声明这个戏"全出臆构，对人物团体绝无影射类似之点"。但是据我这老上海看来，也可以说实有其事，实有其人。在艺术馆的一群工作者里头，对于这个戏感慨最深的恐怕也就是我！

内地的青年往往对留在上海的文化人怀着疑虑，不知他们为什么不回到内地来，《心防》是一个有力的解答。上海终是斗争的前线，也无怪从上海回内地的朋友有时会感到内地的斗争情绪，似乎还不及上海的高涨。《心防》的写作和上演，实有其积极的意义。

省立艺术馆的工作概况

欧阳予倩

广西省立艺术馆是去年三月成立的。从去年三月到今天，已经将近有了一年半的历史。由于战时种种的限制，在这一年半当中，却并没有能完全如理想的完成预定的工作。这是我们——馆里的工作同人，认为最遗憾、最惭愧的事。

一年来，本省以及全国艺术界的同志们和各界的贤明人士，曾寄予我们甚多宝贵的同情、关切、鼓励协助以及严正的指示，我们感到非常的荣幸、愉快和兴奋。对于这些宝贵的寄予，我们除了用"努力工作"来作为酬答外，并愿简要地将本馆的组织及工作情况向友人们公开报告，希望能借此获得友人们更多的、更详细的指示。

一、馆的任务

广西省政府设立艺术馆本有两重意思：一来是为了适应"抗建"宣传的需要，二来是要想建立一个艺术教育的基础。所以艺术馆一方面极力注重研究与训练，同

作品信息

《建设研究》1941年第5卷第5期。

时于当前的宣传工作，也努力从事，从不曾忽略一点。大体说来，艺术馆担负的全部任务是——

（一）培养推行艺术教育的干部。

（二）从实际行动，有系统地研究各艺术部门的理论和技术，以及推行艺术教育的方法。

（三）利用各种艺术作抗战建国的宣传。有人说艺术馆不完全像个研究机关，又不是宣传队和政工队，这种情形在目下自属不能避免。

二、馆的组织

艺术馆是直属于广西省政府的。综理全馆业务的馆长由省政府任命。馆长以下设三部——

（一）美术部——下分绘画与工艺美术两组。

（二）音乐部——下分器乐与声乐两组。

（三）戏剧部——下分话剧与歌剧两组。

这三部所担任的主要的是研究和训练以及各该部门的行政工作。此外适应实际工作，美术部成立了"工商美术供应社"。音乐部组织了小型乐队和合唱团。戏剧部组织了话剧实验剧团和桂剧实验剧团。

三、本馆二十九年度的工作

（甲）美术部：

（1）研究工作——举办绘画研究会。会同艺术训练班、广西美术会及紫金艺术社联合举办中国画金石木研究会。

（2）训练工作——举办星期美术讲座。

（3）出版工作——出版十日画报、时事素描集、战时美术论丛。

（4）社会服务工作——成立工商美术供应社。

（5）宣传工作——联合桂市美术界举行战时美术展览会，编制抗战故事连续木刻画，应各机关团体之请，绘制各种宣传布画。

（6）献金——"九九"美术节纪念日，举行素描写像义卖，收入献作寒衣代金。

（乙）音乐部：

（1）研究工作——研究发扬民族音乐之技术的问题。

（2）辅导工作——协助新安旅行团公演舞剧，主持军委会抗宣一队演出歌剧之音乐方面工作。

（3）创作工作——制作小歌剧（尚未完成）。

（4）演奏工作——

（a）应各机关邀请参加演奏会四次。

（b）联合广西音乐会举行演奏会一次。

（c）每周赴广播电台演奏一次。

（丙）戏剧部：

（1）话剧方面——

（a）排练——完成多幕剧《国家至上》《心防》及独幕剧《越打越肥》《战地鸳鸯》《在旅馆里》。

（b）演出——多幕剧十余次，独幕剧九次，并参加联合公演数次。

（c）辅导——协助排戏，协助演出共六七次。

（d）创作——写作独幕剧《越打越肥》、《战地鸳鸯》、《我无损失》、《我们的经典》、《起死回生》(集体创作)。

（2）歌剧方面——

（a）创作及编制新桂剧《梁红玉》《桃花扇》《人面桃花》《胜利年》《搜庙反正》《渔夫恨》等。

（b）排练《梁红玉》《桃花扇》《人面桃花》《胜利年》《搜庙反正》《玉堂春》《渔夫恨》。

（c）桂剧实验剧团除每日经常工作外，并演出前项桂剧百余次。

（d）协助戏剧改进会建造广西剧场。

四、本馆三十年度工作计划

（甲）美术部：

美术部三十年度工作计划，以根据抗战建国纲领、发展新绘画运动、促进中国美术新的成就为标的。

（1）绘画组——

（a）十日画报改为周报。

（b）举办全省美术展览、素描展览及西洋名作印刷品展览。

（c）出版月刊一种及丛书三四种。

（d）续成抗战故事连续画。

（e）协助各机关团体抗建绘画宣传。

（f）续办绘画研究会及木刻研究会。

（g）设立美术讲座。

（2）工商美术组——

（a）调查全国国营及民营之工商业情形，先以本省工商业为基础，推行工商美术运动。

（b）建议省府并联络本省工商界筹备成立工商陈列馆。

（c）联合全国工商美术作家，组织全国工商美术作家协会。

（d）设立工商美术研究社并训练工商美术人才。

（e）编印丛书及刊物。

（f）举行工商美术展览及发展工商美术供应社社务。

（乙）音乐部：

（1）如何增进及改革战时音乐的质量，加强国民抗建精神。

（2）如何发动本省社会音乐教育及协助学校音乐之改进。

（3）如何获取新的音乐技术途径而试创新的艺术形式。

（4）加紧完成上年度之计划为标的。

马君武先生与戏剧改进会

欧阳予倩

　　戏剧是社会教育的工具，改良旧戏，在当前被认为是教育事业之一种。马先生以教育家从事于戏剧改进运动，是毫不奇怪的事。不过这个事，看起来很简单，做起来却很麻烦，因为以前的科班，除了逼着小孩子死呆八板，记忆几句旧戏之外，什么都不教给他们。所以演员们，从小就都没有受过教育，并且从小就沾染了种种不良的习惯。以习惯不良的文盲，来担负旧戏改革的责任，谁也知道是绝不可能的事。所以改革旧戏必定要有强有力的领导者先从教导演员入手，马先生认定这一点，他便设法集合许多优秀的演员，一动手就组织一个成人补习班，对他们施以相当的教育。两年的时光，成绩最好的能够写信，能够读戏本，还有的能够写简单的韵语。最不行的（或者年纪太大，或者有特别情形，不能按日上课的），也能写自己的名字。最难得是旧时戏班子的习惯，也改善了许多。这样，排起新戏来才有办法，组织也才能一步一步严密。最重要的是要使演员们逐渐明白改革的意义，自动地参加这个运动。

　　其次马先生以为演员们的生活不安定，改革的事便难于进行。所以他将营业收

作品信息

原载《逸史》1941年第12期。

入提出一部分作他们的股，使他们逐渐把生活改善，以期经久而不败，然后才能以相当时日的积累，把改革的事业建立起来，这是绝对正确的。

桂戏本来已趋于没落，经马先生尽力提倡，才又渐渐恢复繁荣。自从改进会组成以后，桂戏的地位增高，演员们的社会地位也一天一天高了，而且他们的生活，是比较安定的。改进会所给桂戏的好处和利益实在不少……将要被遗弃的东西，拾起来加以爱护，并付予以新的生命，使之健全而得到新的地位；被人轻视的人们，被扶植起来，使社会对他们渐加重视，这都不能忘却马先生的好意和努力。

改进会有一个特点，就是会员们绝不以营利为目的。剧团每天表演，售券的收入从没有当红利分过，除掉提取一部分奖给演员们作股而外，每一个钱都用在改革运动上。因为南华戏院烧了以后，不能不有一个可供自由运用的剧场，最近便又东拉西凑造了一个剧场。地是马先生预先买好的，剧场的计划，也是马先生定的。如今马先生去世了，这个剧场也可作他一部分的纪念。

改进会自有改进会的事业，组织剧团，经营剧场，只是事业进行中一个阶段的办法，绝对不是商业行为。不过桂戏被提高了，看的人也多了，就不免有些富于商业头脑的先生，便以赌博式的手段来玩班子图利，甚至于想用种种方法，破坏改进会的剧团组织，以便罗致几个比较优秀的演员。还有些主张保存桂戏原有形式的古董主义者，极力反对改革运动，便在演员当中，玩一点挑拨煽动的小花样，也是有的。尽管可笑，却也有时会引起些小麻烦。我们看这些都是题中应有之义，凡属有主张有办法的事业，有目的有路线的运动，必然会遭受种种的打击。桂戏的改革亦然，马先生提了个头，事情实在还是在开始，可惜马先生死了。

旧戏本是封建的堡垒，它常常与社会的残余封建势力相配合发生作用，有时联系得很密切。我们要从内部把这个堡垒改建，不是在短期间内容易做得到的，种种技术上的问题，亟待解决，横亘在面前的困难越进展便越多。这或者不是马先生始料所及，因为运动已经进入另一阶段了。

旧的演员求其有新的成就，到底怎样为最大的限度？新的演员应如何养成？剧本的体裁，演出的手法，表演的技术，音乐的效能，怎样才能改进？怎样才能使旧戏以新的姿态出现？

目下还只有应急的措置，根本问题虽已经接触到，离结论还远呢。可是马先生虽已去世，改进会的会员诸先生，正在积极推进会务。新剧场不久落成，桂剧当有发扬光大的一天，创业者当可含笑于地下吧！

桂林戏剧概况

张德治

桂林多天然岩洞，不仅是避难胜地，且为文人静居写作之所。年来名伶剧人业集，市区内现有电影院四，平剧院三，桂戏馆四，粤剧院一，马戏团一，此种兴盛情形，足以表现后方康乐气象，兹随便举剧界二三事以飨沪市读者：

桂剧衰落

桂戏和绍兴的笃班差不多，大都出演今古奇观之类的夫妻团圆戏，自经欧阳予倩设法改良以来，排演《桃花扇》等新戏，在布置服饰方面屡屡改进，较前确形美化。后来又经已故西大马君武校长一捧，那般坤角都拜了他为干爷，于是身价百倍，风靡一时，其中有坤角小金凤居然荣誉为桂林"三宝之一"（其他二宝，一为月牙山之软豆腐，一为马蹄即荸荠）。哪知好景不长，自从那些干女在马校长灵前痛哭以后（真的流了不少热泪），桂剧就渐渐衰退下来，欧阳先生虽力图挽救，但没有往时

作者简介

张德治，生平不详。

作品信息

《半月戏剧》1941年第3卷第10期。

的风头了。最近为了坐第二把高椅之女伶小飞燕因病请假逾期，院方仅发半薪，那些女伶就集体请起假来，闹得欧阳先生也发了脾气。他说："我是外省人，省府托我来设法改良，如今你们都请假，那么还谈什么改良呢？"当以想见他的懊恼了！

平剧勃兴

自刘筱衡在国民演《盘丝洞》之蜘蛛精，使观众倒了胃口以后，有些人对平剧讨厌起来，那时《高升》虽有高鼻子金素秋和麒派徐敏初，但总不为人欢迎。后来"南华剧场"失火，改造"三明戏馆"，以田汉学生李雅琴出演，大博一辈单身孤客之所好，李女士的几出《江汉渔歌》等新戏确很也有意义，因此害得"国民"老板发了急，连忙由湘聘来青衣筱毛剑佩，小生毛祺祥，由黔聘来须生陈佩卿，配上旧有武生周瑞华、小丑筱玉楼，果然珠联璧合，气焰大盛，使西南人士对平剧骤感非常欢迎。毛、陈二人，当初专演京派戏，陈之《空城计》《捉放》接连数晚，座无虚席；筱毛年仅十八岁，人小鬼大，脸庞又好，戏路亦正，后来因《盘丝洞》大受一般色情狂的观众欢迎，为迎合大众计，每月亦插上几出海派跳舞戏，正在此时，金素秋迁往"金城"出演，以戏硬价廉为号召，于是合三明李雅琴形成鼎足而三的局面。现时桂林票房林立，播音台不断播送平剧，也是因唱片为调剂一般战时国民兴趣的缘故。

话剧大盛

桂林话剧团体之多，不亚于上海，经常有机关式的省立艺术馆和国防艺术社，前者由欧阳予倩主持，后者由程思远聘焦菊隐主持，其他如向培良之巡回以及铁血、七七、桂中、记者、青年、孩子等，真是不胜数计，他们不断地将公演广告，竖立在十字街口和中正桥头，好在挂上某某号献机名义，尽有人来买五十、一百的名誉券，有些人看到剧人们名利双收，羡慕得也加入他们的团体，于是新旧剧人层出不穷，所演剧本如《忠王李秀成》《陈圆圆》《魔窟》等，或为新作或为改本，其他如《雷雨》《日出》《茶花女》等亦时有演出，不过《雷雨》后来遭当局以天伦关系禁止了。至演技上，一般演员的国语程度，确实渐趋进步，同时在装饰布置、灯光各方面，也很能利用内地缺乏的物质而加以改良和创造，这是很值得欣慰的，可惜没有天天上演的戏院罢了。

爱好戏剧的人到桂林去，依然是很愉快的，那里的伶人没有架子，你尽可和他们在防空洞内讲戏谈天，座位完全公开，不像上海有花钱买不到位子的情形。逢到义务公演，在几小时之内，可以欣赏各戏馆合作的佳剧。不过如果你坐了汽车上戏馆，不仅没人羡慕你是阔客，或者那辆四一年的新车，就不想再开出来，因为早有"无赖青年"在漂亮的油漆上，用刀划上"坐此车来看戏者亡国奴也"的字句，为了这是"一辆汽油一滴血"的艰苦时期！

关于抗战戏剧改进的报告

（军委会政治部的范围）

田　汉

一、抗战戏剧组织工作的一个小段落

二、就剧运全般的五点建议

（1）规定建剧目的

（2）注意全般改革

（3）把握改革时机

（4）稳定青年干部

（5）加强全国领导

三、抗敌话剧报告

（1）从上海救亡演剧队说起

作者简介

　　田汉(1898—1968)，湖南长沙人，中国现代戏剧奠基人，《义勇军进行曲》词作者，主要剧作有《秋声赋》《名优之死》《关汉卿》等，抗战时期在桂林文化城从事戏剧抗战文化活动，与欧阳予倩主持了西南第一届戏剧展览会。1949年后任全国文联副主席，文化部艺术事业管理局局长，中国戏剧家协会主席。

作品信息

　　《戏剧春秋》1942年第1卷第6期。

（2）抗敌演剧队之编成及其工作

（3）抗敌宣传队的戏剧活动

（4）儿童剧团的收编

（甲）孩子剧团的收编

（乙）新安旅行团

（5）关于各剧队生活教育改善及工作展开的几点要求

①政治领导与保护之加强

②剧本等之搜集、整理、制作、分发

③队员生活之支援

④技术训练

⑤工作奖励

⑥战地演剧之加强

（6）从抗敌演剧队到戏剧宣传队

（7）对话剧工作者的五点请求

①确立写实主义的创作态度

②以素朴真实的表现法代替形式主义

③从日常的实践中完成民族形式

④从千篇一律中打深下去

⑤把台上台下的人格统一起来！

一、抗战戏剧组织工作的一个小段落

神圣的对日抗战一开始，使戏剧艺术界过去严重存在的为人生为艺术的争点归于统一。每一个不愿做亡国奴的戏剧工作者都愿意把他的艺术，甚至他的生命，贡献给抗战，以争取中华民族对侵略者光荣的胜利。这样把戏剧和抗战紧密地结合起来了。不仅是在理论上就在戏剧工作场日常实践上亦复如此。不仅新兴话剧工作者如此，就是那些沉酗于千百年来传统的旧剧工作者亦复如此。中国自有戏剧以来没有对国家民族起过这样伟大的显著的作用。抗战以前戏剧尽了推动抗战的作用，抗战开始以后戏剧尽了支持抗战鼓动抗战的作用。抗战到了现阶段戏剧又尽着正视今天现实唤起大众更坚定更勇敢争取最后胜利到来的作用！

这样一个有历史意义的抗战戏剧运动应该留下一些精确的记录，为自己，为战友，为后继者。武汉时代政治部开始收编抗敌演剧队之初，从许多大都市的、地方的、学校的、业余的、流亡的剧团，得到许多关于抗战初期戏剧工作的可宝贵的报告。我们那时想，这若等到太平日子加以细密的整理，公之于世，该是多么好的文化史料。可惜的是武汉退出长沙紧张的时候，为的在兵火仓皇中减轻负担吧，都给管理运输的同志们也付之一炬了。当时我们没有做拔萃工作，至今更无脉络可寻，使许多团队工作经验无法传布，许多任务作者的辛酸劳瘁无法表彰，真是一个严重的损失。

去年五月间汉奉令由长沙到重庆，恰逢政治部陈部长辞职赴前方督师，张文白先生继长部务的时候，以文白先生的嘱托，曾就手边材料写了一个报告作为本部整理部属剧团及领导全国戏剧抗敌宣传的参考。报告中某些建议如改善部属剧团团员的生活教育、加强领导等，曾蒙其部分采纳，且曾宣布戏剧指导委员会及部立戏剧学院的组织。但戏剧改革大业万绪千端，有的也不是政府一纸法令所能奏效，而必须全国戏剧工作者长期间共同的努力。于今我想趁这南岳侍养的期间把这个报告整理一番，交给《戏剧春秋》广泛地就教于贤明的公众，假使大家觉得我的持议有些也不为无见，竟以群策群力使它实现，或是觉得我所提到的一些团体果然在抗战工作中有些血与汗的赤诚的贡献而大家加以扶爱护，使剧运的影响更扩大，实力更坚强，抗敌宣传更有保障，那真是我们馨香祷祝的事了。至于保存史料的意义还是次要。

就我个人说，自从参加政治部工作以来，于剧运的组织工作非无若干成就，但作为剧作者的活动差不多就中断了。而场面多奇，波澜浩阔的数年间想写值得的东西实在不少。因此安排趁这机会改变一下工作的方向。同时在组织工作方面作一个小小的结束，这里所报告的关于各团队的活动因为主要根据我行箧中的材料，有的太断片了，有的或不免略嫌陈旧。我希望各团队同志大家加以补充，使这报告成为更完整的记录，那就再好没有了。

二、关于当前剧运的几点建议

一切文化运动皆针对每一历史阶段的客观现实而发。戏剧运动亦然。抗战戏剧运动尤然。我们在第一期抗战中所遭受的失败，常常是政治与军事不配合，民众动员不够，形成所谓畸形的"军事抗战"。民众的政治动员不够又直接影响士气和兵源。实际上没有政治动员不好的军队能打得好仗。因此第一次南岳会议曾针对此种血腥的经验而有"政治重于军事""民众重于士兵""宣传重于作战"等贤明的决定。但决定是一事，实践又是一事。作为抗战宣传重要武器的戏剧虽则颇能发挥伟大力量，而以种种主客观原因仍未能赶上实际的需要。我曾在那报告之先，提出了几点建议作为失去现阶段剧运的前提：

（一）规定建剧目的

建剧一如建军，必须有一个最高的目的，而随时抱定这一目的去推动，去督励，去检查。凡合于这目的的尽量给他们以奖进提倡，凡违反这目的的应当给他们以纠正。这目的应当和我们今日的历史任务一致——那就是用戏剧来争取中华民族在对日抗战中胜利。没有比真正的抗战胜利再要紧的事，胜利了，民族才有办法。戏剧文化也才有办法，我们记得政治部在武汉编练抗敌演剧队十个队分发各战区的时候，部长副部长训话，明确地教我们通过戏剧艺术，来动员民众，巩固部队。这就是有目的地建立戏剧艺术军，因此三年来也收到很大的效果。今天我们抗战的内外现实又是怎样的呢？自希特勒德国大举侵苏而国际侵略与反侵略力量已分成两个森严的壁垒，中国和英、美、苏联实际已为和平为民主，并肩作战；自德意于承认伪满后又承认汪精卫傀儡政府而我们敌友判然，恩怨分明，我们即时刷新了外交政策。国际情势大体于我有利。我们刻下与敌人可能由相持进入总反攻阶段。但敌人在新形势下，一方想趁希特勒向苏联西线疯狂豕突之际伺隙北进，一方以其较为完整的海军为资本企图独霸西南太平洋。但它的最终目的，仍在集中力量解决所谓"中国事件"，因此除唤起国人与民主阵营的战友同生死共患难之外直到给我正面敌人以决定的打击，使它没有力量再犯为止，实在没有理由松懈我们的警惕性。何况我们的艰苦困难，如交通运输、米盐物价、兵役及伤病兵种种问题，也还是随着抗战进入新阶段而加深，国内团结不如理想之坚，民众动员也还差得很远。历史给我们戏剧工作者的任务，应该是通过我们的艺术，一方给大众以迫近的光明的展望振奋前后方略呈疲弱的士气和民心，一方唤起全国同胞以坚忍不拔的精神正视我们各种艰困的现实，克服军事政治上，以及国民意识上重要的缺点，准备有力的总反攻，来迎接有利的新形势，我们应该根据这些任务来明确地规定我们的工作。这样才能使目前的戏剧运动不致流入枝叶的斗争和种种低潮中常有的偏向而始终适合抗战的需要。

（二）注意全般改革

我们推进剧运该包括整个戏剧部门。新兴话剧当然是我们主要的宣传利器。四年来的抗战工作中，话剧在作剧法及舞台技术上已经有很大的进步。观众层也比以前更为扩大，从大都市到小都市，从内地农村到战地所至都养成了对话剧的爱好。但全国民众各层对于旧歌剧与杂技依然较为熟习和亲近也是无可否认的现象。根据各方估计，平剧、各种地方剧以及杂技之类演员总数竟达五十万人。全国各地，海外各埠每日受他们影响的观众何止百数十万。倘若我们能充分动员这一具有长期技术修养，拥有广大观众的旧歌剧工作者，给他们以必要的组织、教育，洗涤他们戏剧内容中封建的甚至汉奸思想的毒素，而把新的生命灌输进去，使它起质的变化，同时运用进步的舞台技术和表演法来改革并丰富其艺术形式，那么国家不仅在目前徒然增加无数抗战宣传的主力军，也就替中国戏剧文化奠下了平均发展的基石。即由各种地方剧的健康发展形成中国民族歌剧绚烂的开花。

（三）把握改革时机

神圣的对日抗战不仅成为文化全般的推动力，尤其是改革戏剧的千载良机。就新兴的话剧说，那许多优秀的工作者若非抗战，谁肯离开具有一切顺利条件的大都市跑到艰苦不便的内地来？又怎样能容易抛弃比较自由浪漫的氛围走向军事化的组织生活来？特别是旧歌剧了，在抗战以前二三十年非无有识之士热心从事于旧歌剧的改革运动，但是成绩却非常有限。将来抗战胜利以后，紧张之极必有松弛。中国旧剧界又习气极深，无数的毛病积重难返。不趁现在改正过来，将来戏剧界每一小小的改革许也得费十年八年艰苦的斗争。只有在抗战进行的目前，艺人们流离转徙没有苟安的余地，而且谁没有爱国救亡的心肠？他们有的聪明绝顶，有的艰苦备尝，真正不可救药的也是少数。只要政府能够多方替他们解决问题，尊重他们的人格，循循导诱，他们必定极愿意受国家的领导。举武汉剧业剧人劳军公演团为例，开始一年间，劳军捐款经常达五万余元。其他救命出力无役不与。武汉退出前一月政治部和党政各方为阻止旧剧界在大军退出后替敌寇歌舞升平，便合办了一个留汉歌剧演员战时讲习班，参加者武汉所有旧剧演员七百数十人。十月的某天，我在上课的时候提起阳新前线士兵缺乏棉衣，至今还单衣赤裸，冒着寒风与敌人浴血苦战。他们感动之余，立时男的脱绒线衫，女的除金耳环、金戒指，结果连同捐出的现金共达一千四百余元。那一种忠义奋发、争先恐后的情形使我们为之下泪。（那时《大公报》记者彭子冈女士曾有记载。）他们不是知识分子，然而稍稍加以鼓动教育已经能够这样，可知国家过去把这一种民力过度忽视了！

　　后来大军放弃武汉，他们大部分分向川湘各地退出。政治部移长沙，借景星园址，曾进行过同样的训练。时间极短（四天）而收效亦大。除平剧两队外另就湘剧各班编成七个队。及至岳州失守，长沙紧张，仓皇中不得交通工具，各队男女队员多徒步数百里，分赴各地作抗战宣传。及大火后，政治部长沙工作队，于火灾救济工作中，重新编练平湘剧队，于恢复市面安定人心之目的外并作编写抗敌剧本，改革演员生活的尝试。又由任光先生教以新歌曲，由湖南省府干训班同志施以军事训练，精神体貌焕然一新。每整队出外工作，市民们对此新文化军容无不惊异。假使那时各方都能理解此种改革意义予以支持，中国戏剧必有一种新气象。无如我国政治的进步常常是不平衡的。对于这一有意义的工作有的表示一种洁癖的冷淡，有的怀着多余的猜忌。常常有锐意新的生活与抗战工作的剧团反不免遭受意外迫害，而出卖神仙鬼怪海淫海盗的旧戏班反见容许，丧剧人之气，寒志士之心，有些人便开始视改革为畏途了，假使以此坐失改革的良机，使广大民众依然不能不以陈腐有毒的东西为满足，这恐怕不是少数戏剧工作者的损失。

（四）教育青年干部

我们既然希望广大青年干部去鼓舞军心民心，首先便得鼓舞此辈青年干部。全国努力抗战工作的戏剧青年何止数万？年来却又颇形衰退。以目前政治部直属团队说，干部离队的情形非常显著。这当然有种种原因，主要的由于许多革命青年在工作与生活教育上常常不能不感受着一些苦闷。姑且拿经济的原因说，他们的出身与能力都相当高。最初参加各团队，都由于抗敌救亡的热烈崇高的动机，但抗战到了今天，初期的兴奋已经过去了，同时家庭负担又渐次成为问题。他们以前月支生活费不过二十五元，除去五元公积金每月实际只得二十元。因为在战区工作，移动性极大，又不容易按时得到给养。没有法子，他们常常得向工作所在的部队去借支。而工作繁重，物价飞涨，那一点点钱怎么能够用呢？结果被服破烂了没法添补，疮疥满身没法医疗。人家多有笑他们"扪蚤而谈抗战"的。前年春天宾阳收复之后，我在柳州亲眼看见抗剧九队的队员全体三十人只有四条薄薄的被子，没被子的只得扯起演剧用的天幕来御寒。虽然同志们依旧能够艰苦奋斗，但艰难到那样子，怎么能望他们充分展开工作，发挥模范作用呢？加以青年求知欲旺盛，战地工作过久不仅现代学术思想不易接触，连变化多奇的国际国内形势亦不易随时得到指示。领导机关不能多方理解并解决他们的困难，青年干部之不免离去恐怕是自然之势。

（五）加强全国领导

戏剧无论作为抗战宣传及文化教育工具既如此重要，原应该有一个健全有力的全国性的领导机关。在武汉时代成立的中华全国戏剧界抗敌协会本应该是一个理想的推动机关，这协会的成立也是高昂的抗战情绪促成的。从来戏剧界也分为种种派别，很难集合在一起。自二十六年十二月二十日，在汉口举行"全国戏剧界援助各战区游击军联合大公演"，先后集中武汉的戏剧团体达四十个以上，公演的剧种包括话剧、平剧、汉剧、楚剧、杂剧，真是盛况空前。公演以一周后以二十六日聚餐于普海春酒楼，参加者戏剧界重要人士达三百人，席间情绪热烈，洪深先生等发起全国性的大团结，得全场一致赞成，乃于十二月卅日开中华全国抗敌剧协成立大会于汉口大光明戏院，这实在是中国戏剧界有史以来最有意义的纪念碑的组织。我们还记得当时发表的成立宣言是这样指出了戏剧工作者的四种任务：第一，为着抗战已进入最危险阶段！全国戏剧界人士，包括一切剧种，应该奋发其大的热诚与天才为伟大壮烈的民族战争服务。即通过戏剧广大国民作"援助抗战""支持抗战"的号召；鼓励前线将士奋勇杀敌，给后方伤兵难民充分的慰安与鼓励；对于勇烈作战的队伍与将士以最大的褒扬，对每一汉奸、敌探和民族败类以无情的揭破。第二，指出了团结的重要。在今天危迫的局面不容许有任何不必要的门户之见，因而要求全国有血性有觉悟的剧界人士捐除一切成见巩固这一超派系、超职业、超地域的团结。第三，指出了戏剧艺术内容形式统一发展的必要。以为在内容上由于整个社会生活受着战争影响，由于民族战争达至所未有的壮烈，由于对建设自由幸福的新国家抱着同样的志愿，我们的戏剧素材必然无尽藏的丰富，我们创作上史诗的成果必然无比的伟大。在形式上，由于戏剧断然从大都会灰色的舞台走向日光，走向农村，走向血肉相搏的战场，舞台变化，观众层扩大，必然使我们戏剧艺术获得新的生命。因此我们在抗战服务的过程中应该注重对新艺术形式的追求，因为只有艺术高度完整的戏剧才能更有效地推动抗战。第四，指出了我们的抗战已经是全世界争取自由反抗侵略运动的重要一环。我们民族的一切奋斗受到全世界爱自由和平的人士的关怀，我们不要忘记把我们的戏剧作为国际宣传的工具，告诉他们以侵略者的残暴和我们壮烈的反抗挣扎，以争取全世界的同情援助而孤立敌人。我们今日对照那宣言上的话可知三年来，我们的工作有的已经得到相当的成就，有的还没有好好地有计划地展开，所以然者还是由于戏剧界没有一个有力的领导机关随时策划、推动、督励和检查的缘故。我们不是有中华全国戏剧界抗敌协会吗？但自从这个协会移到重庆以后因为交通不便、轰炸频仍等种种关系没有能起充分的领导作用。然而今日全国各地海内外各埠实际有无数剧团存在活跃，据中央社报告："抗战几年来全国话剧团体已有二千五百个单位，每单位以三十人计算，共达六万人。"其他旧剧杂剧更架此而上，不要说全国各地或教育部范围的学校剧团和直属巡回剧队各队了。单就政治部说，除直属的抗敌演剧队抗敌宣传队（现已归并演剧队称艺术宣传队）、孩子剧团等演剧团队外，战区以下各级政治多有剧团组织，合计何止百数十队。以如此庞大之戏剧队伍，政治部本身也迄无统一的指导计划，自数度改组以后专门的戏剧领导机构付之阙如。文化工作委员会成立以后，其文艺组所规定的业务包含文学、美术、音乐、戏剧、电影五个部门，而人员编制共不过十人，戏剧方面不过两人。这能发挥何等力量？因此除非我们对于抗战宣传及文化建设抱可有可无的消极的见解，否则便当加强剧协或建立一较为有力的全国戏剧领导机构。

由于以上五点的认识，我曾于本年初拟定一个抗战戏剧的推进计划，包括话剧歌剧两大部门。

三、抗战话剧报告

1. 从上海救亡演剧队说起

自"八一三"神圣的抗战开始，"所有戏剧界电影界人士在敌人的炮火下立即如爆发的火山，决口的洪流，全部动员起来，而且朝着一个方向，汇合到一个主流，为着民族抗战"（堃容语）。本来上海的电影戏剧工作者是常常合流的，单就戏剧界说，真是不分新旧都集合到一个旗帜下来，这样组成了"上海戏剧界救亡协会"，集中一切戏剧力量从事救亡工作。及至上海形势紧张，便立即组织了上海救亡演剧队十一个队。除第十一队及第十二队留沪外，其余都经由沪杭、京沪各线赴内地宣传。兹就见闻所及，将各队负责人，经过路线及工作情形列表于次：

上海救亡演剧队	队长	路线	经过概况
第一队	宋之的 马彦祥	上海—南京—武汉—郑州—潼关—临汾—西安—西北	该队包含多数演剧技术优秀的青年人，"八一三"全面抗战爆发后，以赴内地广泛开展艺术宣传之目的，经南京到武汉，由平汉路北上到郑州工作中，马副队长另以故宫博物院工作离队南归，由宋队长率该队赴西安，一部由王震之、崔嵬两同志率领。一度到山西临汾工作，旋回西安。另一部转到西北工作学习，近况不详。宋同志亦辗转由武汉转渝，曾组作家慰劳团，视察战地。后在渝从事剧作，作品极多，一时有"之的年"之誉。马彦祥同志后供职三厅六处，现任中国制片厂秘书。最近为中国万岁剧团导演《秋收》诸剧。
第二队	洪深 金山	上海—南京—徐州—郑州—武汉（洪队） 安陆—随县—武汉（金队） 宋埠—武汉—香港—南洋	该队由洪深氏率领，由水路退出上海，洪氏尝自挽纤，备尝辛苦。及抵南京，于轰炸中做各种必要之准备与训练，由津浦路北上，经徐州、郑州，到武汉，沿途演剧，收效极宏，旋与金山同志分领该队，洪队经孝感赴安隆，随县一带工作。政治部成立由汉电邀洪氏归汉，参加三厅六处工作。其所属队员改编入本部直属抗演队一、二队。金山队则赴长江北岸五战区工作，在大别山一带甚著勋劳。归武汉后，一时作制片厂摄《最后一滴血》影片，未毕，旋由粤汉路赴香港，在南洋各埠表演宣传，募得之款累数百万，今又率领由港回沪。其合作者王莹女士，一度归重庆。洪深氏曾在建始第二军军部服务，旋被聘为文化工作委员会委员，一度消极自杀，经救护后刻在广东砰石中山大学任文学院长。

（续表）

上海救亡演剧队	队长	路线	经过概况
第三队 第四队	应云卫 郑君里 陈鲤庭 瞿白音	上海—嘉兴—苏州—无锡—常州—镇江—南京—（三四队合）芜湖—安庆—九江—武汉	三、四两队原由上海业余剧团改编，故两队人才称盛，保有演剧技术之较高标准。总队长为应云卫氏，两队虽先后离沪，而工作路线皆取京沪沿线。九月四日四队由沪出发至苏州与三队会合，旋赴无锡工作约一月乃出发常州，队员刘琼同志即以工作过劳染白喉，卒于该地。及至南京，三四两队合编，为当时政训处抗敌剧团，开赴芜湖、安庆、九江工作，直到武汉。沿途产生多数剧本与适切的工作方式，政治部抗演队编队时三、四两队遂为抗演一、二队的基干。至业余剧团团员，赵丹、王为一同志等离沪后先来武汉恢复该团，上海《塞上风云》后又先入川，今在新疆工作，一度因误会被扣。尚未充分自由。郑、陈、应三同志现皆在中国制片厂工作，云卫导演《塞上风云》。去年率摄影队自西北归，今将组织职业剧团：中华剧艺社。瞿白音同志刻由渝来桂参加新中国剧团任导演。
第五队	左明	上海—南京—郑州—西安—三原	八一三事变爆发约一周后，该队即由左明同志率领由上海赴南京，经津浦线赴郑州转西安，沿途不断展开抗战宣传。入陕后，以左明陕人，乡情熟习，收效更易，而左明多病，尝养疴于北碚，后归汉中，队员已散去。左君亦不幸于原籍病殁，闻者恸之。
第六队	李实	上海—嘉兴	该队开抵嘉兴工作后，受战争影响散去，一部入浙东工作，情况不明。

上海救亡演剧队	队长	路线	经过概况
第七队	丁洋	上海—青浦	青浦转进中散去。
第八队	刘斐章	上海—南京—巢县—庐江—桐城—潜山—太湖—武汉	该队一部队员于八月下旬由上海抵南京住新街口，因缺乏领导，困顿非常，及刘斐章君归队，极力补充阵容，开展工作，旋开赴皖北一带，深入乡村，及小城市。经巢县一带，与张文白先生遇。旋经庐江、桐城、潜山、太湖等地辗转达武汉，由政治部编为抗敌演剧队第八队。
第九队	不详		上海编队时第九队番号原拟以委中旅或影人剧团，以两队先期去沪，未果，后似与大公剧团，情形不详。
第十队	辛汉文 王惕鱼	留沪工作	该队拥有多数有力的戏剧青年。上海成为孤岛后，与留沪各剧团配合，于救亡演剧作韧性的奋斗，功不可没。辛汉文同志先期归武汉，参加三厅工作，惕鱼尝归衡阳。刻返沪，该队前身即著名之春秋剧社，辛汉文君曾在制片厂任化装主任，并参加中国万岁剧团领导工作。近参加应云卫同志之职业剧团任演出主任。
第十一队	侯枫	上海—苏州—无锡—常州—镇江—南京—安庆—舒城—武汉	该队最初在上海作难民教育工作等，演《往哪里逃？》诸剧，到苏州后慰劳伤兵演《再上前线》。旋由丹阳、溧阳至南京。西迁时继八队后入芜湖，演街头剧。到安庆时人民已空，二十军留他们演《陈家行之战》等。兼及各种组训工作，后至舒城与刘保罗同志合作演剧，效果绝佳，后辗转来汉，由本部收编为抗敌演剧队第四队。在五战区工作中侯君离队。今在成都。刘保罗同志最近又在前方演剧手枪失事毙命之说，闻者震骇痛惜。

（续表）

上海救亡演剧队	队长	路线	经过概况
第十二队	尤兢 凌鹤	留沪工作	该队以尤兢同志之领导，在孤岛演剧史上写成极光荣之一页。可见任何困难情形不足以妨碍革命戏剧家之工作。凌鹤同志参加东战场某战地服务团，在张总部工作。转进后先来武汉参加三厅刻在文化工作委员会第二组工作。尤兢最近亦有归内地意。
第十三队	陈铿然	上海—潮州	抗战开始，该队由陈君率领由水道赴潮州，陈铿然同志现在香港任电影导演。

　　以上十三个剧队虽未必尽能发挥力量完成原定任务，而其代表的各队实已从前所未有的艰苦动荡的工作中，无论在生活之体验上，救亡工作方式之创造上，艺术新形式之追求上，都有了初步的成就。他们开始使戏剧真为抗战建国而服务。他们开始放弃其高蹈的、浪漫的、自由主义的旧生活，勇敢地走向士兵化、纪律化的新生活。"到民间去""到内地去""到前线去""到敌人后方去"已经不是宣传口号而是严肃的日常实践。他们也开始发现过去视野的狭小，技术的不够用，在更有效地启迪大众的要求下，毅然做着各种各样大胆的技术上的尝试。这使中国新兴话剧运动踏上了健壮发展的第一步，实在是值得大书特书的一件事。

抗敌演剧队的组成及其工作(一)

——关于抗战戏剧改进的报告第三部分(其二)

田　汉

抗敌演剧队的编成及其工作

二十七年三月军委会政治部成立于武汉。三厅方面，一时集中多数进步的文化工作者，于抗战建国的大纛之下。根据政治部初期庞大的计划，以汇合于武汉的上海救亡演剧队各队为基础，并选拔战地工作较久、人才较齐、技术较佳、成绩较著的剧团编成政治部直属抗敌演剧队十个队、九月上旬先后成立。在武昌昙化林举行两周间的竞赛演出外，并为便利部队工作，他们受了两周以上严格的军事训练。分发各战区之前，武汉外围战已非常紧张，陈部长辞修集合他们亲加训示，给他们以特定的任务。表示部很重视他们，他说："这十个队要当十个师用。"同时由三厅发布了艺术工作者信条五项：

一、吾辈艺术工作者以抗战建国之目的结成此铁的文化队伍，便当随时随地提高政治军事的认识与训练，为此伟大目的之实现而奋斗，一刻不容稍懈。

作品信息

《戏剧春秋》1942年第2卷第2期。

二、吾辈当知技术之良窳，直接影响宣传之效果。故当从工作中竭力磨炼本身技术，使艺术水平因抗战之持久而愈益提高。

三、吾辈艺术工作者不仅以言语文字或其他形象接近大众，尤当直接以身为教；盖艺术风格与艺术家之人格为不可分，抗战艺术运动尤然，要求每一工作者皆为刻苦耐劳、沉毅果敢之民族斗士；沉毅故能持久，果敢故能成功。

四、吾辈艺术工作者的全部努力，以广大抗战军民为对象，因而艺术大众化成为迫切之课题。必须充分忠实于大众之理解、趣味，特别是其苦痛和要求，艺术才能真正成为唤起大众、组织大众的武器。

五、吾辈艺术工作者应知协同一致，为达成战斗目的之要素，艺术工作亦然。不仅一艺术集团内应协同一致，同时应集中艺术战线之各兵种于重要之一点，使能发挥无限之力量，收到伟大之战果。

各队于武汉退出前分别出发各战区。计：第一战区为第十队，第二战区为第三队，第三战区为第五、第七两队，第四战区为第一、第九两队，第五战区为第四队，第九战区为第二、第八两队，苏鲁战区为第六队。（第六战区，成立较后，当时未有分发。）兹将其分发后工作经过及其宝贵经验尽手边随时所能搜集之材料，或与各队队长及主要队员谈话之结果，列记于次。其中第六、第十两队以一在苏鲁战区，一久在河南，工作人员不易晤面，消息亦时断时续，语焉不详，殊为恨事。则望两队旧人及各队同志补充，使成抗战剧运信史。

抗敌演剧队第一队

队长：徐韬——魏曼青

所属战区：第四战区

工作经过地点：武汉　徐州　台儿庄　邳县　睢宁　宿迁　淮阴　宝应　口岸　新生港　上海　香港　广州　武汉　大冶　金牛　咸宁　长沙　湘潭　长沙　平江　衡阳　曲江　翁源　兰浦　梅坑　三华　南龙　潮安　兴宁　五华　揭阳　留隍

梅县　老隆　惠阳　龙川　曲江　衡阳　桂林　柳州　宾阳　上林　武鸣　高峰坳
忻城　柳州　南宁　心墟　大塘　柳州　桂林　曲江　耒阳　长沙　柳州　靖西
龙州

为着概要地描写演剧一、二队的发展过程，我们应该稍稍接触一下上海救亡演剧三、四队的工作史。

上海业余剧团公演《原野》之后，已当"八一三"神圣战争爆发的前夜。上海戏剧界救亡协会旋即成立，广大兴趣集中于南市热演中的《卢沟桥》。及战争开始，一部分工作者欲邀赵丹们赴粤继续电影及演剧事业，另一部分则主分赴内地为抗战服务。争论颇为激烈而以后说占胜。业余被编成救亡演剧队三、四队，八月下旬应云卫同志率三队乘车先行，赴京沪线开始工作。当时大战正酣，军车拥挤，男队员把女队员当行李卷塞上车去。送行者互道珍重，不知彼此何时再见，情绪悲壮。但云卫等到苏州后工作甚为顺利，因派人来接四队。九月五日四队全体同志买舟沿苏州河而下。沿途弹火纷飞，幸得平安脱出。为避免地区重复，该队直趋无锡，住县立中学。半月间工作过二十几家工厂，四五个乡村。历访四郊伤兵医院，获得观众七八万人。至苏州乃与三队会合。

这一青年剧人群，以前却未尝见过真正广大勤劳的中国人。他们的政治觉悟不太强，浪漫积习也未曾尽除，起初有钱的多爱吃小馆子。服饰花花绿绿，三五成群招摇过市，引起内地青年羡慕，也引起封建绅士们侧目。但他们都有无比的热情，常常一天演戏三四场，不知道疲倦。他们是许多救亡小册子热心的读者。他们习惯于个人自由的行动，但在工作中感觉集体性的重要。某次由一工厂归途，大家不自觉地要求整队，晚风轻尘中深感步伍整齐的快乐。自此每出必整队。他们当然都没有生活费，祖国的呼唤使他们忘了一切艰苦困难。那时他们惯演的戏除《回春之曲》与《故乡》外，有所谓《好一计鞭子》。那是《三江好》《最后一计》《放下你的鞭子》。演《放下你的鞭子》时，观众感动多有当场丢银角子或铜板上台的。台上所得扫数归公，而拆台时有掉于台下的则以充队员洗澡早点之用。亦一剧坛趣话。所至乡村学校闻其为上海明星群多高提票价，两队不许，务使广大民众有机会接受新戏剧的启示。

三队在常州工作中刘琼同志以白喉病逝，实在是整个文坛的损失。他们由常州赴扬州时，四队则由苏州赴镇江。工作中遇当时在军委会政训处的邓文仪氏，劝其编为政训处抗敌剧团。一时队员间颇起疑虑。有所谓"入朝"问题。及三队归镇江，乃合开检讨会，决定生活与技术上断然的改进及今后的行止。结论是：

一、生活态度应更严肃而刻苦，技术学习上应更虚心以适合环境的需要。

二、剧本应更配合抗战的发展。《好一计鞭子》等过于简单而贫乏，新的需要督促我们随时自己创作。

三、过去有工作即干，广泛而不能深化。应创造新的工作方式，时常集中全部注意力于一点。

四、过去只要在台上喊出"打倒日本帝国主义"就可以获得观众狂热的掌声，但此种比较草率的演技是否可以持久有效，殊为疑问。应创造更坚实的作风。

五、抗战使全国团结加紧，觉悟的剧人以其新艺术武器各就部署也是很自然的事。决加入政训处。

当时三队队员男的有徐韬、赵丹、魏曼青、王为一、郑君里、沙蒙、舒非、顾而已、吕班、朱今明、金乃华、游丹，女的有海涛、叶露茜、余佩珊、田兰等。四队男的有陈鲤廷、瞿白音、赵明、魏鹤龄、陶金、吕复、舒强、张客、严恭、吴晓邦，女的有英茵、吴湄、赵慧深、李琳、吴衡等。当时赵丹、露茜夫妇，顾而已、朱今明、王为一不愿"入朝"，即在镇江离队，先到汉口恢复业余，公演《塞上风云》。其余的开入南京，编队受训。经发给青布制服与军毡。于是"花花绿绿"的明星们都"老鸦化"了。但这与当时队员们生活规律化的要求恰相配合，故制服穿上身时大家在街头阔步，得意非凡。然而无帽，无符章臂号，又男女混杂，初开入芜湖时站员们不知是何种队伍，皆投以惊异之眼。

两队由南京出发时正当苏州撤守，首都危急之际，他们演了章泯的《故乡》与第一个队员自作的剧本《八百壮士》（徐韬作），于中正堂告别首都人士，极为轰动。他们动身那天下大雨，邓文仪氏亲送他们到车站。对他们说："你们此行辛苦而任务重大。苏州虽失但我们抗战意志坚如铁石，望大家本此意志去工作——"言时声泪俱下。他们从车窗里目送着风雨飘摇的金陵也非常难过。

到芜湖曾在城内演剧，经安庆九江亦如此，此行乡村工作较少，在芜湖曾遇首都平津学生流动宣传团，及刘斐章君所率领之救亡演剧第八队，他们根据镇江检讨会议的决定，即以全力助该团及芜湖学校排戏，一者用力专，二者使友军及地方团队能继起工作。过安庆曾通过戏剧发起保卫大安庆运动。过九江访问各校学生外开始推动伤兵教育工作。当时九江伤兵极多，秩序不太佳。他们街头讲演之外又演剧三日，和伤兵的感情弄得极好。这一期他们组织工作多于口头宣传，生活调子也更机动，更适合环境。缺点是有少数同志怀疑戏剧的用处，因剧本贫乏，热情减低，看不到运动的远景，颇感苦闷。到武汉之后便有少数同志离队。

那时武汉由易庸、马彦祥两同志负责编辑《抗战戏剧》，曾为此召集一座谈会讨论戏剧应如何配合抗战，对抗战究竟有无实际帮助，能不能起作用。他们当然也参加，结论是：一、戏剧，依许多事实证明，确是抗战最有力的文化武器。二、戏剧的政治性与艺术性是统一的，演得越好的戏宣传效果越大。

那时集中在武汉的戏剧团体达四十余单位之多，一度为华北义勇军募捐举行联合公演，由洪深先生导演在汉口光明大戏院演出汉作《最后的胜利》。他们的重要演员及舞台工作者全部参加。

此时军委会政训处与第六部皆已取消，成立政治部，他们便改称军委会政治部抗敌剧团。第一次开入大冶石灰窑工作，这次在种种方面给了他们绝大的影响。他们是受铁工厂招待，住工人子弟学校内。石灰窑煤矿约有工人二千五至三千人。当时平津学生亦在此，为工人组织夜校读书会等。及他们到达，在工厂广场演剧两晚，每晚观众千余人。矿工很苦，每天从早晨五时起下坑，至午后五时出来，整天看不见太阳。他们曾下到第六层坑道去参观，工人多赤身露体面黄肌瘦，但当地工人受北伐影响原有革命传统，理解颇高。他们和剧团同志谈话时曾提出许多实际问题，如当兵去后家里老小处理问题，抗战中的劳资问题等。关于他们厂长也颇有微词。剧团同志曾替工人排戏。工人合作一剧名《同心合力打东洋》。分舞台为二，中隔一壁，一边是劳方，一边是资方。最初彼此仇视，及抗战军兴，双方精诚合作，中间墙壁亦撤去。形式新奇，演出甚为成功。这引起他们创作欲望。回武汉后他们自己便大量产生剧本，首先由赵明写《同心合力》，系将工人合作的剧本加以补充修正的。接着舒非写《壮丁》《民族公敌》《谣言》，徐韬写《上前线》，严恭写《当夫子去》，张客写《回头》《武汉之春》，吕复、赵明合作《荣誉大队》，王为一写《为自由和平而战》，分场用电影方式如侵占、流亡、抵抗等，受大冶工人剧影响最大。此剧曾在汉口维多丽戏院演出，招待汉口各国大公使，经改正后又演出于青年会欢送苏联空军将士。这些剧本虽不必十分完美，但时代感与政治意义却高过《好一计鞭子》。其后队员们随时抓住事象突击剧本，写作欲与勇气皆增大。对新演剧展望亦渐佳。

廿七年四月初我军有鲁南之捷，剧团于十六日奉令赴前方慰劳。大家异常兴奋。徐韬、郑君里、舒非、萧龙在武汉留守，大队由瞿白音率领于二十日到达徐州，他们首赴韩庄利国驿劳军，访问四一军孙德操将军。旋谒白副总长、孙德司令于笆斗军次。在台儿庄两日，访问守土将士，抚慰回乡难民，晤池峰城将军听了许多英勇故事。此次同行的有郁达夫、庄智焕两先生。惜以兵火未熄不及演剧。他们一回徐州又集体创作《保卫台儿庄》。五一节演出于徐州公共体育场，同时上演的尚有《三江好》《最后一计》。观者军民潮涌。五三、五四、五五，除演剧外复由同去的胡考、席与群两君举行抗战漫画展览会，又在民教馆中山堂剧场演《故乡》等剧凡三日，招待李长官，并有新写的鲁南小调，效果甚好。时一战区政治部李主任电邀该队赴郑，而徐州动委员又邀他们做五九工作。他们白天街头宣传，晚上演剧于中山纪念堂。十三日一部敌人已达李庄，徐州吃紧。十六日瞿君设法筹得小款，令队员乘车先离徐，而自任留守。大队乘车行一夜仅达二十五里外之夹河寨，白音赴长官部打听，知蒙城已被敌人突破。赵曙、魏曼青两君当晚赶回徐州，请白音再交涉交通工具。翌日敌机从早晨五时起开始轰炸，到晚上七时警报尚未解除。夜半，白音再赴长官部，则军务丛脞，交涉不得要领。白音等见情势已迫，乃自肩行李搭五十九军张自忠将军专车，开至夹河寨与大队会合。时陇海线已被截断，夹河寨停车辆极多，因下车在附近小村集合。适关总部派工兵连护送记者团亦到此。十七夜四时他们随张总部参谋长吴丽生氏试作第一次突围。到离夹河寨二十余里的杨楼。名记者陆诒、高元礼等同行。及到杨楼北郝集，情况不明只得住下。吴参谋派人侦察，闻我军大队得至，甚慰。买鸡酒大吃。翌日张部三十八师到。半为徒手新兵，无战斗经验，致引敌机滥炸，幸无重大损失。枯等到深夜四时，渐闻炮声、机枪声、步枪声，败兵亦陆续到来。问吴参谋长，吴焦灼无计，尽搓名片，至于粉碎。至四时枪声渐密，旋闻战车声与战车炮声，人心慌乱，队伍走，军民万人一时如潮水怒泻。幸好未遇敌机。该队奔十五里，混乱中与部队及记者团相遇。用手杖举衣衫做标识，全体退到东北八里地黄河古道，开会讨论行止。杨森将军派来观战的周参谋长希濂，与该队同由徐州退出，至是亦参加会议。同志中一部主回徐州，一部主暂藏村中乘夜西行绕到砀山。后说占胜利。晚八时回村觉宿，冷雨不止，鸡犬无声。民家门户皆闭。敲开一甲长门，已为难民住满。另辟一草屋，屋主已逃，他们就住下，赵曙、陈晨两君坚主回徐，不得已多分给他们旅费听其自去。晚三时甲长来告诉他们："敌人已经来了！"乃临时决议，全队连夜返徐，敌人的枪炮声一路跟着他们。到某村，月乃如画。三十八师一团弟兄正横七竖八地睡在稻草上。忽闻集合号起，该团开拔，队员们乃在该团留下的稻草上休息片刻也重复上路。十八日清晨赶到徐州。长官部已开始撤退。敌人的大炮由丰县轰击城郊，隆隆震耳。敌机终日盘旋，城厢开始做破坏工作。当时守城部队为三十一师。剧团在郝集出走时原已尽弃其证章符号。幸范莱君腰上尚系有该师池师长赠给他们的立轴，因得平安通过。

因魏曼青君家系邳县豪农，他们决先走下邳。是日行六十里宿营，已经是下半夜了，第二日又行五十里到庙山子，遇孙连仲部参谋陈君，是曼青的亲戚，正负责组织游击队。他告诉大家"邳县已经沦陷了，整个陇海东段皆入敌手"。他坚留该队协助游击队组训工作。他们已经陷重围中，听说有游击同志们莫不踊跃。剃发换装后不到两小时，敌人大队已过境，枪声乱鸣。队员们纷纷向附近小山匍匐前进中，赵曙君不幸中弹，初中膀，后中腹部。吕复、张勇两君急替他裹扎。张勇系赵曙好友，匆仓中将护尤切。但弹中要害，流血过多，终至不救。附近农民恐遭连累，复不愿收留剧团同志，他们先藏麦田中后藏芦草深处达四五日之久。五月二十四日敌人围剿游击队，搜索甚急。因分成四组家庭，张客、吴衡、魏曼青、顾敏书、郑岩为一组，称魏家；赵明、石炎、吕复、陈元为一组，称高家；吕班、海涛、钱风、陆蔚芳、范莱及周参谋长为一组，称张家；舒强、舒模、熊焰、王为一、俞佩珊、席与群为一组，称王家。二十五日分别化装难民逃出。抵睢宁距敌人仅二十五里，闻炮声而惊，继知是午炮乃安。县府怀疑他们是奸细，幸喜县党部有熟人，未见留难，且发给难民证。由此经宿迁，雇民船到淮阴，转船入里下河。五月三十日张勇又以拉纤陷泥渊中，惨遭灭顶之祸，挥泪草葬毕，船经宝应、盐城、阜宁、泰兴、兴化到口岸镇。走百五十里抵新生港，乘英国船，于六月四日到上海，凡奔波二十六日，因系第一批突围的文化部队，一到孤岛欢迎之热烈可想。韦悫、许广平诸先生招待该队于银行公会大楼，茶话讲演无虚日。

先是，庙山子之役，一部队员被冲散，吕班、曼青被敌捕去置一农舍旁，两君俟隙逃出，范莱亦遇敌被殴辱，两日后始逃回麦田。瞿白音、胡考两君因行不甚远先归村中，第二批敌人大至，两君急离村，漫山遍野去寻找大队，哪里有影子！晚上露宿一荒山上。翌晨离山，行不多远，回头望山上已经遍插日本旗，盖乡民恐敌来骚扰，出此下策！两君在敌人包围线中徘徊了十七日，不辨方向。摸索到了睢宁，在大刘庄林里歇息，势成待毙。乡下人围观两君，幸亏有一位四十六岁的贫农陆文虎，避人注意，延两君至家，狂风暴雨中，杀鸡煮酒款待远客。其人在外流浪十余年做过茶房小工，归乡仍以帮工为活。有一女。两君赴邳，陆君亲送十八里而别，其纯朴与热情深使两君感动。抵邳县访曼青家，见其两兄，资助两君到清江浦。又得江苏省党部周鹏飞、江阴县党部徐秉权之助，由苏北泰兴、泰州渡江，在江阴住二三日，乘意轮于六月二十二日到上海，与大队合。

该队于繁忙酬酢中电部报告，及汇款到乃赴香港。晤夏衍先生等。赴广州乘粤汉通车，六月二十九日全队返汉口。完成了万里突围的壮举。七月六日在武昌昙花林开会追悼赵曙等纪念此大突围中之牺牲者。

徐州突围的痛苦经验，特别是赵曙、张勇两同志之死并没有使大家的工作情绪减低，相反的，因突围接近了老百姓，与老百姓生活在一起，因此知道了新的戏剧究竟在老百姓中间起了什么作用。常常听得他们说："你逃到哪儿去？你鼻子下的那张嘴，哪儿不吃饭？咱们想法子干啊。"

"你们不要跑，回家去组织联庄会起来同敌人拼吧。"

这不都是他们剧本里的台词，透过了老百姓的理解成为他们的意见吗？他们深深感到他们的苦并没有白吃。对于新演剧的认识加强，对它的远景也看得更明朗了。同时也痛切地知道老百姓一般文化水准太低，太需要教育，需要戏剧的启发；太需要更有计划地展开剧运，更深刻地教育剧运者自己。

九月初，抗敌演剧队十个队先后成立，这是一个划时期的剧坛盛事，大家的欢喜可想而知。当时该队少数同志如吕班、李琳、汪洋、吴衡诸君因感学力不足离队赴西北读书。瞿白音君亦赴山西北影片公司工作。抗敌剧团编成了抗敌演剧队第一、二两队。一队以徐韬为队长。昙花林三厅各队竞赛公演时一、二队联合演出的《宣传》，起了很大的模范作用。这是徐州突围后表现前方工作队与农民较成功的作品。再度军训结束后由陈部长授旗，应第二兵团总司令张向华先生之请，部派该队赴大冶阳新。九月中旬重到大冶。那时阳新紧张，大冶遭敌人狂炸，而民众尚多。他们举行寒衣募捐公演，工作方式已较前进步，首先作街头宣传，挨家劝捐棉衣或棉衣代金，捐助者各赠戏券一枚，并将乐捐者姓名在剧场张贴。演出的戏是王震之原作而经张客改编的《血祭九一八》，效果甚佳，马彦祥氏适过大冶会见此剧亦称道不置。那次所得棉衣全部交伤兵医院，演剧收五百元交地方机关代买棉衣。

在盛鸿卿（铁山）地方演剧时观众甚少。研究原因乃知老百姓患疟疾的极多。他们要求消灭疟疾比什么都要迫切。乃赶紧写成一个剧本叫《疟》，告诉人民怎样除疟，因系切身问题演出效果极佳。又将所带奎宁丸分送患者，获得民众信仰。大冶是当时军运要道。虽三令五申，仍不免拉夫之事。因组织那些未病的农民为运输队，规定服务期限待遇军民两便。又根据实在情形写《捉汉奸》。可惜当时大冶危迫，全队仓皇撤退，民众不舍，乡长放鞭炮欢送。当时该队实在敌人三面包围中，因尽弃私人行李权留公物，由金牛突围辗转到粤汉线之咸宁，坐上最后一次列车到长沙。三厅在长沙青年会举行盛大之欢迎会。周副部长演说谓："今日之会第一欢迎郭厅长，他督率留汉人员做过对敌寇必要工作后由武汉最后退出，第二欢迎演剧第一队，他们金牛突围时尽弃私人行李，而使公家的东西毫无损失。"

那时湖南的重要问题之一是湘西的匪患，这不是单纯的治安问题，于军运和兵源及整个抗战支持都关系甚大。他们闻派赴湘西之命也非常踊跃。因为他们心里涌起一种壮烈的理想，他们想使新的戏剧成为消灭土匪有效的武器。（演剧三队曾使豫南四百个土匪投效杀敌，这当然也不是不可能。）因而在湘西可以替新演剧开辟一新天地。但人事多变，他们刚走到湘乡，而长沙有"文"夜大火。十一月二十七日奉调回长沙参加火灾救济。他们购有八部手推车，全队分四小组，每组分配两部。二十九日他们推车离湘乡，沿公路走，中午到湘潭，住一宿，三十日到易家湾，三厅派汽车来接，日暮抵长沙，隔十余里已闻枯焦气味。夕阳影里数处余焰未息，天心阁仅余枯柱数枝，电线四垂如鬼发。是晚与先到各友队同住财政厅。十二月一日开始发赈，不用现款而用救灾委员会签发之领款证到他们各自愿去之地领取，盖寓疏散于赈济之中。起初组织未臻完善，灾民有静待一日不得点水入口者，经工作检讨后第二已有进步，第三日有一万四千灾民赴湘潭，队员晨五时起床至夜十时工作方毕。五日至午前十时开始发赈。

十二月七日奉令赴平江，仍归张总司令指挥。上午乘车出发午后即到达。平江山路崎岖，他们不雇夫子，把一切行李与工具装上八部手车，男的推，女的拉，浩浩荡荡，直达总部，给了军民极好的印象。向华先生对该队训话首对金牛突围之时照顾未周，深致歉意。次则欢迎他们及文化团体多到前线工作。三望他们在今后工作中多多报告部队缺点以便改进。晚间复蒙其到该队宿舍慰问。十日该队到平江城，适在敌机狂炸之后，全城只剩一条小街，白日无人。晚在商会演剧亦有三百余观众。十一日在总部演《三江好》、《宣传》（即《军民合作》）等，并出壁报，报告长沙大火实况。十二号总部送该队全猪全羊各一，白酒一坛，以示慰劳。

那时疾病尚多。队员们白天扶病到城乡工作，晚上回队演剧。山地观众不甚集中，他们各地奔走，颇为劳瘁。这一期间写作方间亦有徐韬的《报仇》《不是贼》，张客的《火烧鬼子兵》，范莱的《×××》等。

不久张总司令升任第四战区司令长官，该队随赴曲江。经衡阳遇演剧第八队，因参加他们发起的寒衣募捐公演。八队演王逸作《生与死》，一队演徐韬新作《报仇》《不是贼》。过去演剧队写作与演出限于时间每多草率从事，经此次观摩深悟过去彼此缺点，引起旺盛的艺术要求。所以他们到了韶关在检讨会上严格批判了过去偏重组训工作忽视戏剧工作，在演剧活动忽视理论及技术。为着磨炼技术他们便排了一些多幕剧。首以《宣传》招待各界，百炼之剧自然轰动一时。二十八年一月参加元旦公演。二月，为一元还债运动演出章泯的《故乡》，并整理短剧，旋奉令赴十二集团军工作一月，由翁源、兰浦、梅坑回韶，三月十六日到三华曾遇敌机轰炸。至五月中旬在韶演出《凤凰城》。当时粤中剧团甚多而技术较差，研究热却非常旺盛。该队在曲江《中山日报》出一《艺术周刊》以为研究联系。对于粤中为艺术学习而苦闷的青年们不失为一良友。因他们一直在战地奔波及到曲江稍得静修机会，曾分成导演、演技、写作、音乐、社会科学等小组，加紧自我教育。因语言不通所用剧本对话减少而动作加多。因经常接近士兵——特别是长官部特务团，与士兵排戏或研究，关系较以前密切，对士兵生活了解加深，他们开始士兵剧的创作。张客的《最后一颗手榴弹》便是这一尝试的优异的成果，在韶时他们每月至少到长官部演剧一次，很少重复的节日，也可见其用力之勤。

其间总部改编各演剧队归战区政治部指挥的命令到达。一队改称"第四战区抗敌艺术宣传队"。徐韬君等十人原留韶工作，至是徐君辞去，战区政治部另调第三科科员赵如琳君任队长。旧队员离去者一时达七人之多，只剩二十二人苦撑。但赵君与战区政治部关系好，诸事尚能维护。队员中加入粤籍青年数人，无形中分国语、粤语两组。粤语剧曾演《卢老虎》，赵君亦曾亲排《流寇队长》。后调至南雄四战区干训团，经常参加周末晚会。该队同志乃自动要求受训，以学员资格每周主持晚会。在学科方面该队男女队员又成绩优异，与各学员感情极恰。全粤县长都是同学，故其后该队到东江一带工作，各地县长招待甚殷。

到东江去是八月二十三日动身的，经时四个月。到南龙不幸翻车，伤十余人，遇吴集团政治部主任李树藩氏，经他热心救护，并代送陆军医院调治。抵兴宁适为双十节，闻湘北之捷曾演剧庆祝。过揭阳为当地挺进队募捐得千元。又由潮州溯韩江过留隍，入梅县，受吴集团招待，演出《凤凰城》，表演新歌咏，募款三千元劳军。经兴宁、五华，到老隆已是年末，二十九年元旦后某日晨到惠阳古巷镇附近。访问独立第九旅华振中部。一直到战壕慰劳。男女距敌人约三百米，可以望见对面换防的情形。弟兄们见这些青年文化工作者竟冒这样的风霜险阻来看他们，都非常的感动。那天晚上他们回古巷演出徐韬作的《报仇》，部队长官把第二线的弟兄们也撤下来看戏。该队忠实执行曲江决议，在任何困难条件下舞台技术绝不苟且。所以几盏汽油灯也设法弄出像样的照明来。士兵们见天幕上忽然现出美丽的晚霞都热烈鼓掌，再加优秀的表演，虽以时宴班长吹哨集合，士兵犹恋恋不舍，戏完还上台细看。可知前方对优秀演剧的饥渴般的追求。但元旦前一日敌人已入龙门新丰，惠阳危急。香翰屏将军转来长官电命沿江口龙川乘车由江西速归。乃再越九连山于二十九年一月十三日到龙南。再遇翻车之祸，幸无死伤。丘主任曾亲来慰问。一月二十四日回曲江，逢粤北之捷，为春节劳军演《寄生草》。时桂南事急，张长官移节柳州，二月十四日奉令开赴桂南并恢复原建制。任命魏曼青君为队长。二月二十九日抵柳州适在昆仑关战事结束之后，在迁江与最亲密的友军演剧九队会合，同入宾阳。协助清扫战场，招抚流亡工作。旋长官命分途劳军，九队任左翼，出昆仑关，访恩隆、永淳、灵山；一队任右翼，访上林、隆山、武鸣、高峰坳诸地。工作对象除战后灾民外主要为第五十四、第六、第四十六诸军。时间为三个月。经费城等地回柳州。在隆山工作时曾遇敌机轰炸，队员农中南君（上海人）中破片，伤太阳穴、左手臂及膝部，以当地无医疗设备，弹片迄未能取出，直至一年后该队访长沙时才在湘雅医院重施手术。

回柳州后开始与九队合作，从七月十九日起十一个月中约可分三个阶段。第一个阶段是工作合作，生活分开，如合演《包得行》时。第二阶段表现在联队会议，经常争取行政的、生活的、学习上的合作，如在五十二军工作时。第三阶段是在共通目的下分工合作，如南宁工作时。收获：第一，是两队工作有了统一的目标与步骤。第二，克服了过去生活上的零乱与松懈。第三，学习上更有计划（每日至少有两小时学习时间）。第四，因文化队伍间的亲密无间给了社会上以良好印象。第五，双方能看出别人的优点补正自己的缺点。

洪深先生的力作《包得行》以两队之力，首在五十二军演出，旋为《戏剧春秋》募捐再在桂林国民戏院演出，是为演剧队成绩在后方大都会表现之始。人们才知道"宣传戏"与"艺术戏"并不对立。及回柳两队又为防空节于九月五日至七日演《花烛之夜》《宣传》。十月十九日至二十一日开扩大歌咏大会。

十月三十日晚南宁克服。十一月一日各地开会庆祝。两队亦突击《桂南前线无战事》。十二月十五日两队奉令随四战区战地旅行团到南宁，目击地区之广大，工作之严重，皆异常振奋而恐惧。当时人民稍稍归来，他们演出《一心堂》《人命贩子》诸剧，不甚能引起当地人的兴趣，因他们感痛苦过深，大家脸上皆呈一种忧郁。义民尤其如此，因为他们房屋被焚，家口离散，牲畜被屠，甚至台阶亦被搬去。但一方颇得青年团队认识，当时军事粗定，青年多不肯下乡，因邀集广西学生军、广州儿童剧团、各县战地访问团及全邕青年团体共三百余人，组织青年联谊会，发动青年下乡运动。当晚即分配工作。十二月二十四日两队分别向乡村出发。九队到心墟、大塘，一队到八尺江边的埔庙镇。原来敌人入南宁防我游击尽占四围村庄，城内不准人民居住，只有部队与慰劳部队的营妓（所谓"慰安所"，地在南宁图书馆，即后该队队部所在）。当时人民多逃居四乡。或从敌苟安或始终与敌人周旋。八尺区多数是顺民，少数是义民。闻中央派人来，顺民们多藏桥内，见生人即开枪。一队同志知道第一件要紧的事是如何接近他们。他们规定每一队员必学习广东话，并练习听。每小组必有一人能操较纯熟的"白话"。第二件是制作适合他们需要的剧本。发动全队分组访问，根据访问所得材料开始写作。在八尺江他们得遇游击队首领陈高和，年五十三岁，忠勇天纵，率领义民们与敌寇周旋，其儿女结婚，冒险带其回家成礼，及为敌人所知又冒险突围，张客为这一民族英雄的现实故事深深感动，写成《陈高和》。李超作《花烛之夜》，大体写日军官逼娶华女之夜，我游击队杀来，另有《游击队》及《一家人》，后者感于敌人挑拨离间，致其去后义民顺民之间时有龃龉甚至械斗。因告诉我同胞大家原是一家人应消灭仇国共同御敌。元旦用广东话演剧三日。剧目为《一家人》《游击队》及《团结》。因为剧本题材系从活生生现实提炼而来，语言是他们的，演者又极力模仿真实人物的形象，所以观众极感亲切。《陈高和》演后，尤兴奋非常，扮演陈高和的綦湘棠君在街上走时，许多儿童青年都跳着笑着地跟着他，叫他"陈高和"！后来就由他组织青年座谈会，扮演陈的妻子的金映焜、胡重华两女同志也很有群众，由她们组织了妇女识字班、儿童歌咏队。后来又帮同县政府办政治训练班，征取顺民，以村为单位，每村六十余人。因和民众关系较密切得到许多民隐。如义民应得的赈款顺民亦有人冒领，义民深感不满；埔庙当时的乡长敌人来时诡称警报不让老百姓逃走等。感于地方文化的低落，他们在埔庙一商家楼上办图书馆，为引起一般兴趣，馆中备有象棋、画报，并代人写信。又为妇孺老幼解除实际困难设集中谈话所。因工作开展又分一部分队员到顺民区那庆工作，另一部到那连、那马。各组主要努力集中于消灭顺民义民间的矛盾。两队相约每隔十日同时派员上城，到办事处交换情报、工作方法及壁报。当时留城人员，九队为黄俊、杨葆衡两君，一队则为陈元、杨凝、孙斯滨三君。黄俊君负责组织青年音乐训练班，前期一百余人成分为各部队团连指导员政治队员、机关及商店职员、学生军团团员及中学生，后因学理渐深减至六十余人。又在《曙光报》每期出《音乐与戏剧》。南宁四乡民歌甚为丰富，他们搜罗研究即利用民间小调作出许多歌曲，一队舒模君所作《王老二当顺民》，九队陈新生君所作《皇军的悲哀》就是成绩的一部。

又组织青年戏剧座谈会讨论抗战戏剧创作演出诸问题，由一队孙斯滨君负责。参加成分同前，而以学生军团同志最多。这会又不只是"坐而谈"，他们还公演过《中华民族的子孙》《包得行》《绯色网》。

杨凝、陈元两女同志的工作更是出色非凡。她们首先组织留城难民妇女儿童为洗衣队，分成挑水、烧水、洗衣、晒衣、收送各班，并以兵法部勒，不懂语言，则"稍息""立正""齐步走"皆以拍手代之，大大小小皆乐受指挥，充分发挥了她们的组织天才。因为外面洗衣一件要两毛，她们只要一毛五，而且服务周到，所以生意甚好。后来把这又变成了夜校，教他们识字读书及一班公民常识。

这一有意义的南宁工作刚有眉目，忽得战区政治部命令"立即回柳"。他们不得已于一月十五日告别了八尺江，临走的时候民众的挽留惜别自不必说。

回到柳州极想把他们的见闻一切反映在戏剧里面而苦于力量不够。于是将过去所表演的综合起来写成《桂南前线无战事》（在粤湘演出时名《南宁克服后》）。技巧虽稍粗大却有其特点：

一、把敌人阴谋的结果——义民与顺民的矛盾问题正面提出。

二、故事与人物相当真实而新鲜。

三、演技倾向真实朴素更接近中国气派、中国作风，但限于能力未能将地方性全部描出。

此剧在曲江演出，张长官亦在。余长官见剧中有张长官慰问民众处，对张长官说："此剧告诉了我许多方法。"余长官亦命艺术院写《打回广州去》（系旧关之战所改），在长沙演出时对于沦陷区义民顺民问题的处理给了一些启示。在桂林演出时文化界及一般观众对该队朴素作风表示称赞。

由此剧，他们更深刻认识必在广大群众生活中去发掘新艺术的源泉，因而抱更大热心向人民学习。他们想对导演表演方面有较新的创造，所以对工作岗位更坚持。他们想从更深处把握各种社会现实，常感觉社会科学的武装不够，他们深知认识与技术应该平均进步，否则无法达到新演剧。他们迫切希望到前方去，到乡村去，战区政治部组织宣访团一、九两队又有开拔的消息，都非常踊跃。

这次是一个庞大的组织，两队之外参加的尚有政治大队、漫画队、忠勇音乐团，还有"五省球王"的华队。过桂林，华队赛了球；过衡阳，全体无甚工作。廿九年二月某日到曲江，在长官部、省政府、银行公会互励社演《南宁克服后》《包得行》，因前者是群众戏，六十余人登场，装置极快，作风朴素而新颖，也轰动一时。七战区政治部李主任熹寰对张长官说："你们有两队，请留一队。"张长官说："这是我们的队，恕不奉让。"

那次还有球赛，华队篮球胜，排球败。又有音乐大会。粤曲队颇得佳誉。

到耒阳已经二月底三月初，湖南省政府坚留演《南宁克服后》。本来还要留他们演剧筹款，团长以时间不许可，没有答应。三月中旬到长沙住中山纪念堂，一、九、二、八与铁血剧团（原八队干部王逸同志领导）五个队会师。为武汉退出以来第一件快事。两周之间他们一刻不曾糟蹋，除联合演剧歌咏外，一、九、二、八四个队把全体队员分成四个混合小组，交换工作经验并讨论生活与恋爱艺术与学习问题。结果认生活方面，一、九两队较为严肃，小组生活好，且相当做到军事化。二、八两队较活泼，而小组生活略嫌散漫，缺少纪律。工作方面二、八队更认真更诚恳，一、九队较沉着，但某些方面尚欠积极。学习方面，一、九队每日两小时学习制实行颇为严格，各种检讨会经常召开。二、八队学习不够严格而每次大规模演出时对剧本检讨则很认真。演出方面，一、九队作风较泼辣大胆，有时亦不免过火，或甚至"形式化"。二、八队作风较朴素实沉着，不过火不夸张，更接近真实，但戏剧空气不浓，容易陷入平板。四个队原各有其特色，而以九队接近一队，八队与二队合作久，彼此濡染逐形成共通倾向。在总的方面他们希望：一、能突破目前演出上"一般化""公式化"的缺点。二、希望有新的指导理论，或创造指导理论。三、努力使新演剧走向"中国化""民族化"。四、加强技术的及一般理论的学习以自力处理问题。五、对新演剧皆已充满信心与热望，相约坚守自己工作岗位不动摇，不退转直到抗战胜利。六、大胆地多量地创作剧本以适应当前需要。七、使生活深化多向士兵民众学习。八、收复武汉再度会师时互期有更光辉的成就。

那一次演出的戏剧，有一、九队的《南宁克服后》《包得行》《花烛之夜》。二、八队的《保卫大湖南》。二队又单演《花烛之夜》，八队单演《国家至上》，铁血单演《明末遗恨》，最后举行二百余人的大合唱，呈长沙抗战艺坛无比的壮观。

及回桂林在省府礼堂演《南宁克服后》，又为绥署政工号飞机募款，在启明戏院演《花烛之夜》三日。

回柳州张长官鉴于一队在南雄成绩，再度命该队入干团受训。入团前长官对学员夸称该队。但离团之日，一女队员遗落所发书籍，为长官所知，大为不满。受训两个月中（四月到六月）凡在晚会演出五十余次。旧戏《秋收》《流寇队长》《国家至上》《人约黄昏》《最后一颗手榴弹》之外又自写好几个剧本，计有刘年的《二斤米》，蒋超、方平的《亲兄弟》，张客的《国难财》，徐光珍的《赵大嫂》。及干团毕业考试前十名皆为一队所占，又使长官欢喜。

九月一日为该队三周年队庆，开十天检讨会，决定拿工作来庆祝，拿工作来测验，并决三十年双十戏剧节演出曹禺《蜕变》。由这一演出工作中克服3年来缺点。即由蜕变中演出《蜕变》。首先表现在排戏时更认真。这剧本的缺点，如关于新力量的个人英雄的非现实的描写，关于公务员生活过于琐碎的叙述皆已大胆地删节。为着获得必要的医学知识并研究一般负伤官兵医疗情况，导演及演员曾数度作一般医院及伤兵疗养院的见学。为着使公务员的描写更生动更真实，曾长期向官厅觅取模蝶儿，对剧中青年职员也给了新的生命。《蜕变》在长官部演出后，长官深有所感，曾亲到各方视察，对卸职怠工的人员加以严厉处罚。长官部职员曾苦笑对该队队员说："我们也在演《蜕变》第二幕呢。"招待全战区卫生人员时效果最好。他们对药品用法、医院人物习惯动作等批评指摘亦多，并有书面建议。政治部王副部长（东原）过柳对他们训话时说："在重庆时也看过此剧，不过那次是看装置，在这次才真看到戏。"柳州警察局某科长建议演此剧给全柳公务员看。民间观众甚至联合慰劳该队。亦可见演剧之实际社会效果。

由此次演出他们深信细心排戏是非常愉快的事，越细心越认真越有助于自己教育。内心演技虽困难而极重要。他们对过去陷于形式主义的表演更觉厌恶。对戏剧之集体性了解亦更深刻。有一部分不能发挥力量即为全体损失。因此要求团体内部机构必须完美。

他们本想到桂林公演《蜕变》，一切必要交涉与准备都已完成，值太平洋战事爆发南境紧张，忽得参加巡回工作团出发靖西劳军的命令，因而作罢。

三十年十二月十一日冒雨出发，同行者有政工大队、铁肩队，另有长官部特务团弟兄一排护送。战区政治部吴科长领队。坐煤车到来宾，由此每日行六七十里。取道迁江、宾阳、武鸣、右江之果德田东，沿途部分工作，不时举行团内娱乐晚会，于三十一年一月中旬到达靖西。原定工作一月，因指挥所主任陈宝沧先生挽留，结果工作了七十余日，由化岗、下雷、硕龙、沿逻水而下转入丽江、龙江，到边陲巨镇的龙州。龙津区巡回一转又需时两月。六月初或能沿左江下南宁，然后转入广东的大小董。返柳之期当在八月底九月初。

关于靖西龙州的工作请介绍该队队员石炎、刘年两君的通讯，以结束我的叙述！

在靖西，令人感到的是"生意第一"，人们脑子里只知道有越纸（安南纸币）、光洋（银币）。文化的寂寞，可想而知。就连所谓正当的娱乐也没有。在生意得手之际，人们只是叫一台"靖西戏"，也就是木人戏来取乐。学校或政工团队有时也来一下粤语话剧，但有件事却是你想不到的：话剧竞争不过木人戏，木人戏的观众比话剧的多。而且，学生一唱"白话戏"，他们的父母们就如临大难，非得连打带骂地把他们拖回去不可。这，好像是古时候新演剧萌芽期的故事。

但目前，情形可略有不同了。青年们有的是热血，今日边疆的紧张情势，以及外来文化的影响，怎会使他们长此守着沉默呢？因此，他们也组织起来协同外来团体，来参与各种抗战工作了，来保卫边疆了。

你看，公共体育场和靖西中学礼堂，已时常聚集着数千观众，来看我们的"抗战白话戏"了。

由于我们几次演出有较高的成效，当地的高级机关开始重视戏剧，为了加强宣传的效果，为了增多工作单位，提高当地的文化，他们动员当地的人民，发动了戏剧演出比赛。所有各团体的导演皆由我们担任。在这样提倡奖进之下，靖西这样一个小县城里有了六个演剧单位（靖中学生剧团、笃行党政剧团、边区政治队、×××收容所、护健剧团、特务连剧队），踊跃参加比赛。在比赛准备过程中，有着近千人在活动，从主办筹划到各单位的准备，同时各机关及当地父老赠送奖品和各方面对比赛的协助，的确，是边境对戏剧从没有过的厚待。

这日子是来了，公共体育场挤得到处都是人。比赛第一天，演出两个节目：边区政治队的《人约黄昏》，与笃行党政剧团的《死的胜利》。

第二天，是靖西中学学生剧团的《王大嫂》，特务连士兵剧队的《逃》，×××

收容所的《两个伤兵》，护健剧团的《咆哮》。这一天的演剧的，都是士兵和学生，文化水准是与政工团队有着极大的差别的，尤其是士兵。然而正因为他们文化水准较低，所以很虚心，很严肃，很忠实、诚恳。因为布条有点歪，一个士兵脱光了脚从一条竹竿爬到台顶上去重新挂好。一个士兵因为在台上忘了一个排好的小动作，下台来打自己的嘴巴，这天所得到的效果是意想不到的，他们能抓紧了观众，并且给观众极深的印象，使他们对于今天的戏带着奇怪的心情回去。

隔几天，人们翘盼着的评判结果公布了，靖中学生剧团获得锦标，护健剧团也得到极好的评论。

在上层机关领导和戏剧工作同志努力之下的这次演出比赛，的确是有着无比的成效，不单是对剧运的推广和戏剧水准的提高，同时也提高了边区人们对于抗战工作的热心与关怀，更高地发挥了戏剧的威力。

戏剧的威力，激起了抗敌情绪。靖西的上层和各机关及青年分子，都希望军民们有一个聚会的场所。这样，就想到小剧场——军民同乐园的建立。他们理想着是这样：在公共体育场新建一个剧场，正中的上方是舞台。三丈宽，二丈深，一丈四尺高，在台上能有一些装置灯光（汽灯）的设备，台后一间房子内分三间，正中是化装间，左右是道具和服装间，剧场是露天的。周围盖几间平房，里面设阅览室、图书馆、下棋处等这样的剧场，在小县城里，可算是十分标准的了。大家希望它早日筑成，乃十分迅速地发动，由当地各机关共同筹备，很快地一切计划都具体了。

于是，×××师工兵负责利用城墙的废砖，县府到各乡镇征取材料。经费一万元。由各机关捐二千。益善会（是士绅为了地方公益所设立的）担任二千。各商家担任一千。其余五千元由我们负责演剧筹出。为了这工作，各机关在靖西中学内设一个联合办公处，每天办公两小时，因之各方面的捐款很快地就缴齐了。

我们演出的是四幕剧《刑》。这剧本内容却与这边区的现实情况十分切合，直接地给靖西走私漏税、控制地方的恶势力一些打击，给当地青年学生一些教育和启发。我们在演出时对剧本有些更改，特别地强调青年对地方腐化现象与恶势力的责任。因之两天演出的结果，不单是在捐款上如数筹得，同时使得靖中剧团的青年学生们在工作上增加了热力。如果靖西两县也如同《刑》里面一样发动一个检举走私屯集大会，他们将是基本干部。

新的小剧场将要开工了，木料砖泥都将要在这空地上组合起来了，边疆演剧的基础打下了，军民的乐园快要实现了。

在戏剧比赛中曾获得好评的护健剧团，是×××伤兵收容所的看护兵和担架兵组成的。该所的主任直接对剧团负责，医官们担任教育任务，是一个上下贯彻的组织，他们有着共同的认识：一方面作为教育自己的正当活动，同时也抚慰伤兵、教育伤兵。曾听到一个担架排的河南士兵说："他奶奶，这玩意（演戏）是不错，搅得咱认识了好些字，他妈的，还给他们（伤兵）取乐。"

在士兵剧团中，自然没有女演员，那怎么办呢？——只有"男扮"了。在靖西的戏剧工作者，为了扶植这新生的剧团，花了很大的气力，用一个月的时间训练两个男扮的女演员，使得他们比赛的时候没有被观众发觉，这两个演员都是看护兵，略微认识几个字，平时是粗野惯了的，在戏剧工作同志的启示和自身努力下，他们成天地很小心地接近附近的乡村妇女，观察、模仿、了解她们，每天回来都有些收获，带回来和戏剧工作同志谈论。如果某一个动作被认为是演妇女必需的或是用在他们扮演的角色上是最适合的，他们便是一天到晚地练习，一点也不是夸张，他们真是梦里也在研究怎样做某一个动作。现在他们或为这剧团里两个基本的男扮的女演员了。一个专扮中年妇人或老妇。一个专扮少妇或少女。这样，他们便解决没有女角的苦闷。

他们在舞台装置上也有新的试验。他们从山里弄些竹竿来做竹框，然后用军毯蒙在上面。竹框，做得和军毯一样高，只有军毯一半宽，使之两面包合，便是很好的硬片，并且可以表现角度线条，创造各种不同的基形。因为毯厚框稳，比软布条反而更好。至于窗门、道具等他们也都用竹子做成，不花一点本钱。

他们的认真、专心，使得我们相信这剧团是有希望的。

刘年寄于靖西

三月二十九日

××兄：

　　首先感谢你寄给我们的"妙峰山"。

　　在靖西七十天的工作，刻已结束。于四·四到达龙州。预计这里的工作，又需五十日之久。且仍要将大部分时间，放在部队里（尚须赴凭祥、镇南关一带。）龙州经过敌人两度侵占，遭受敌机滥肆轰炸在三百次以上，据说除了陪都，受到轰炸次数最多的，要算这儿了。经常空袭警报，日必二三次，现在还是如此。因之，这一处于左江上游相当繁荣的县城，今已成废墟了。

　　本来中越边境就比较落后（沿边一带都是如此），加上敌人炮火的洗劫，更荡然无存了。所以这里可以说是没有文化，没有青年，没有工作团队。

　　虽然走私之风甚炽，虽然对封建劳力根深蒂固，但仍有光明可寻。如海关缉私人员，站在国防最前哨之艰苦斗争。军政人员，还能各就工作本位，发挥其战斗力量。他们要求进步，他们除了终天在严肃工作外，一空下就抓取时间学习。他们需要后方大量文化食粮之供应，需要书报、杂志看，需要戏看，更需要有固定的工作团队留在边境经常工作。

　　我们到了这里，正着手将沿边所搜集的素材整理起来，集体创作剧本，写歌，或作画，并拟将搜集的故事、材料，寄给《戏剧春秋》，发表出来，也许可作剧作家们的参考资料。此段工作中，同志们在剧本创作上，颇不乏人，写了四五个独幕剧，都能反映现时现地的问题，亦颇收效果，增加了对自己创作的信心，这是值得告慰的。

　　由于沿边之行，感到此间工作之重要。可是我们在匆匆行旅中，要想做得如理想，确是难事。那么就希望建立起当地的演剧团队。而尤望后方工作者能开到这边来。这沿边一带，已成为今日国防要地，我们希望《戏剧春秋》能作一号召：戏剧青年到中越边境来！

　　龙州工作后，即赴南宁，或将转赴大董小董，预计返柳之期，当在八月中旬。出来这么久了，后方的演剧动态，已隔膜生疏了。各剧团，各剧队，请你告诉他们我们的关怀！田先生好吗？写什么剧本没有？大家还惦念着你的健康。我们需要剧

本的供应，我们需要粮秣军实的补充，以利作战。望你能寄些好的剧本来。《戏剧春秋》是我们的宝藏的仓库与兵站里！专此敬致

撰安！

剧宣四队诸弟兄姐妹四月十六日寄自龙州

抗敌演剧队的组成及其工作（三）

——关于抗战戏剧改进的报告第三部分（其四）

田　汉

抗敌演剧队第三队

队长：徐世津——王负图

所属战区：第二战区

工作经过地点：武汉　应城　天门　京山　钟祥　襄樊　武汉　漯河　许昌　郑州　潼关　西安　洛川　宜川　圪针滩　吉县　大宁　隰县　灵石　永和　兴集　潼关　灵宝　陕州　渑池　垣曲　阳城　高平　长治　太岳山　晋东南　渑池　洛阳　吉马常村　吉县　兴集　秋林

该队为二十六年双十节在武汉成立的"拓荒剧团"所改编。团员三十余人在光未然君指导下开始戏剧救亡工作。旋全国剧协成立，该队乃于二十七年元旦改为剧协直属之"话剧移动第七队"，"一·二八"纪念日在保卫大武汉口号下，该队以光君为总领队，以徐世津、周德佑、田冲、邹雪铃、龙映琏为主要演员，全队沿汉水

作品信息

《戏剧春秋》1942年第2卷第3期。

而上，以戏剧音乐文化的拓荒者的姿态出现于鄂中、鄂北农村，展开武汉外围深入的政治动员。当时无固定经费，全恃队员自筹与各界捐助。就中以上海银行周苍柏先生夫妇尽力最多。队员每日每人发银三角。旅行公演时须自肩行李，行船须自拉纤。而民众热情与工作效果常能鼓励其勇气。他们在湖北应城、天门、京山、钟祥、襄樊等县巡回半年间，一般工作外，公演过二十九次。上演剧目有《自卫》《九一八以来》《卢沟桥》《放下你的鞭子》《我们的故乡》《生路》等。醉生梦死的市民发誓自新，壮丁被激发而上前线者不一而足，有豫南土匪四百人观该队演剧后，自动请缨杀敌。

二十七年六月，由襄樊赶归武汉，经总政治部改编为抗剧第三队。任徐世津为队长。人员与装备皆经调整补充。"七七"周年纪念日起与各友队在武昌县花林受训。及武汉紧张，即分发各战区工作。该队被分派在四战场第二战区。二十七年九月九日全队二十八人由汉口大智门乘车出发，数百青年男女唱歌欢送此文化部队向□北国防第一线远征。

他们沿平汉路北上，在漯河、许昌、郑州整天遭受敌机空袭。旋冒敌人隔河炮击，渡过潼关到达西安。在西安演出《军民合作》（即一队编的《宣传》），并与抗宣四队配合，举行音乐大会联合美展，协助地方当局发动寒衣募捐运动，创办歌咏训练班。短短一月间成绩斐然。是年十一月离西安北行，沿途工作经洛川、宜川，到圪针滩渡河转入山西敌后，辗转至梁山流动于吉县、大宁、隰县、灵石、永和等地，像一支文化游击队出没敌人据点空隙间。他们所携剧本多不合西北战地条件，如《有力出力》一剧因山西重政治动员而无强征壮丁事实，故不切需要。他们的歌曲对于山西敌后民众与晋绥军感动力亦有不同。优美的几部合唱，农民们往往认为唱不整齐。于是该队开始在士兵民众中深入学习，广泛收集现实材料。注意地方形式与民间艺术，举办创作周、创作月，鼓励写作。如《武装宣传》《死路》《黄花曲》等便是此时产品。在表演技术上亦开始注意适合广大军民理解与爱好的民族形式问题。又为适合战斗环境，在剧团组织机构上，亦改得重军事化，更适合戏剧运动战的需要。敌人四路围攻吉县时该队毫无恐惧，反与战斗形势配合展开更积极的工作。公演教歌之外并集中四五个剧团，举办抗敌戏剧训练班，养成一百数十青年戏剧干部。直到二十八年三月敌人退出吉县之后，该队才渡过黄河回到二战区首脑部的兴集。

当时晋东南部队与地方政府直属及民众自组的剧团达数十单位，活跃在战地的每一角落。技术水平虽不甚高而学习精神之旺盛使人感佩。他们常步行七十里以外去抄一个剧本，或一天赶九十里路来看该队公演。该队得豫北军政当局电邀于四月二十八日以《黄河大合唱》的歌声告别兴集，重又踏上山峦重叠的征途。在敌寇日夜空袭与炮击的威胁下，冒黑夜偷渡潼关，穿过了灵宝、陕州，这一年轻的行列又出现在陇海线上。当该队到达渑池不到三日，而陕州专署巡回剧团，洛阳工作中的抗剧十队，闻讯先后赶来。再加驻渑十八补训处剧团，一时集中了百数十同一岗位上的青年战友，各以烈火般同志的热情从事工作上的讨论，并举行大规模联合公演，以资相互观摩。公演之后，在各队欢送中他们又告别渑池，渡过黄河，向中条山进军。经垣曲、阳城、高平，在两个月艰辛的跋涉后于"七七"第二周年的前三日到达长治闻名的上党城，方拟到沁州参加扩大纪念会，行抵故县适敌人九路围攻晋南，乃仓促返长治，随独立第三旅工作。"七七"两周之后，该队正与当地数十剧团举行联合公演，扩大纪念意义之际，敌人围攻长治的尖兵已经迫近城郊。他们当夜就开始长途行军。随着部队转进到大岳山抗日根据地。在敌人四面包围中，在经常的所谓"扫荡"战中，该队化整为零分成训练文艺等三小组。训练小组举办三区剧训班，文艺小组配合军队政治部编印传单画报、对敌伪的宣传品及采访材料。另一部与当地剧团联合，组织"前线工作队"，在战场与战地医院巡回演出。前线军民闻中央派剧团慰劳他们莫不盛奋欢跃。他们适应敌后环境随时变换组织与工作方式，战斗在戏剧的真正的前哨。部队弟兄称该队为"艺术小兵团"，实际他们已成为战斗中不可缺少的"兵种"。他们每一次演出后即将幕布与服装道具，驮上骡背。队员除随身行李与化装品外并荷步枪，挂手榴弹，冒雨雪迂回于大山峭壁之间，有时一夜行五六十里再赴另一地区工作，如是者遍历九八、二七、九三各军，独立三旅，一九七旅各部。其工作精神深得各部队官兵一致赞许。为着刻画他们这一期间英勇的姿态，这儿介绍该队女队员蒋旨暇同志的记录：

左手拿着演戏用的服装和道具，右手背着枪走上舞台。

十五里地外响着大炮，警戒哨在十里内派出了。我们这里——离长子城二十里的村子，开始了劳军大公演。

戏演到一半的时候从舞台口望去，大多数的观众兴奋地激动着，而后面少数的几个人在耳语着。一会儿，有一排武装同志出去了。跟着团长和几个人也出去了。我们的队长也追了上去。

队长传来的消息，敌情有变动，通知每个人准备好。武器放在一定的地方，背包一个挨一个地排列起来。服装、道具、化装品都赶快整理好，骡子备上了鞍。……一切都安排好了，只等出发。

队长仍然出去打听消息，公演仍然继续着。去时他补充了一句："不必告诉演员影响情绪，要镇静地把这幕戏演完。"

敌人的机关枪远远地在对面山头响起来了。我们机枪连也出动了，英勇地爬上山头，一会儿的工夫我们占领了两个山头。

我们被这战斗兴奋起来，全跑到团部里，进到办公室喊着："分配我们战斗任务吧。"然而团长笑了一笑，摆摆手回答："现在还用不着你们，你们有更重要的任务。"

没有战斗任务的被命令移动，立刻退出防线。

听到这让人不愉快的"移动"，好像命令退却似的，大家都埋怨着："为什么他们不让我们参加这次战斗呢？"走在半路，我们从前哨剧团小同志那里才听到他们在背后是这样说的："人家是中央派来的演剧队，慰劳咱们，咱们保护还保护不好，还能送他们上火线吗？"

整整爬了半个夜里的山，好容易达到最高点，大家都松了一口气，回头看看我们走过来的路，白烟和火光继续地在黑暗中燎烧着，敌人又在烧房子了。

紧张的后面疲乏和瞌睡袭来，七斤半的枪，像变成了十七斤半似的，把右膀子压酸了，包袱压在背后喘不过气来，腿酸得不愿再抬起来，脚底下起了泡，眼皮在打架，肚子又叫唤起来了，身上一切都好像不是我自己的了，不知不觉的昏沉沉的飘飘然了，但是心里还明白。突然听得后面说："快走快走，后面发现武装汉奸。"我心里一惊醒过来了，我们已经走到一个山脊上，下面是个村庄，这时我才发现刚才在手中提的洗脸包不知什么时候不见了，然而谁又能顾到这些呢！两边都是离敌人只十几里，我们走到这中间的大道上，时刻都有碰到敌人骑兵的危险。于是加快地拖着沉重的脚步，又往前走着，一边走着又一边睡着，一边睡着又一边走着。

　　记起了我第一天上前线时，人家都忠告我："上火线就得有饭就吃，有空就睡，不然就要吃亏。"今天这个夜行军，证明了这句话对于一个上前线人的价值。

　　在这次晋南敌后七个月工作中，他们奔波了五千余里。在晋绥军中工作极能沟通中央与地方关系。经常工作地点距敌人近则十数里，远亦不过百五十里。演剧工作外并依九十三军（刘侃部）嘱托主办艺术训练班，分戏剧、音乐、美术三系，受训团体达百数十单位。人数累千，在青年中留下深刻影响。

　　他们不仅在雨雪中是不屈不挠的文化勇士，在烈火般炎威下亦然。试再举该队二十八年八月十九日报告：

　　在高原上火球般的红日下，我们从四十里外赶到九三军军部。第二天和军部官兵与当地民众举行了"七七"扩大纪念会。暴雨后又举行公演，有我们新编的抗战歌曲和纪念"七七"反攻的剧本。观众千余人情绪甚高。在此次粉碎敌人春季"扫荡"的战斗中，九十三军各师，功绩甚伟，如仙翁山、紫沙腰，歼敌千余，又打下敌人仓库获战利品颇多。我们除慰劳公演外，又举行了晚会。我们是杂要、歌咏表演、对唱、独唱之类，师部官佐参加的是京戏、家乡小调，会场非常活泼。到一六六师更加亲热得像一家人。他们嚷着："欢迎我们的第三队""欢迎第三队回娘家"！到新八师兴致更高，他们定要挽留我们再开一次晚会。对于仙翁山战斗有功的几个团我们演剧之外，做了一次访问工作，搜集了许多战斗故事。

我们掀起了部队歌咏运动的高潮。利用公演前的时间教士兵唱歌，很有成绩。在一六六师我们留下两人专为教歌。在士兵中以连为单位已经举行过两三次歌咏竞赛了。该师又办了一个两星期的训练班养成歌咏干部，军部的排长训练班中至今还有我们三四个同志在那儿负责。

我们背着包裹步枪和手榴弹——在晋东南由部队把我们武装了——在酷热的太阳下从这一个师，到另一个师，从这个团，到那一个团，那就是说：从这几个山头过另几个山头。起码都在三十里以上。这我们虽早已习惯了，而一般部队长，以为我们青年学生能和军队一样的吃苦，非常感动。师长们诚恳地对我们说："我们一定要改革我们的部队，下次再见的时候我们一定有新的表现。希望你们能用艺术工作帮助我们，和我们配合工作。"这使我们深深觉得我们不仅要会演剧，而且要在生活上刻苦耐劳，才能取得人家的信任。

我们这一个月的流动工作大体上是胜利地完成了。但因天气太热，工作过忙，入夜又不能安睡，跳蚤太多，同志们接二连三地病下来了。担架老跟在我们队伍后面。在休息的现在，仍然有三四位同志在部队里任训练工作，有的在本村（杜村）部队里教歌。

因为跋涉过劳，营养不足，又饱受严寒酷暑，男女队员半数生病，二十八年冬首先牺牲了他们队里的"小弟弟"，十七岁的青年诗人庄玄。接着他们的队长徐世津也病倒了。徐君素顽健果毅，同辈中有"拿破仑"之称。常谓"不愿在任何困难前低头，不愿向任何人诉苦"。及归重庆养疴，卒于宽仁医院。但这些不幸未尝灰挫该队青年冒险犯难之勇气。

擦干我们的眼泪，

以血汗来纪念我们的死者，

踏着他们的足迹，

为中国新兴艺术奋斗到底。

这是他们第二领导者王负图君在追悼会上的讲演，也是全体同志的誓词。于是调整机构，由江啸平任总务，张帆任编辑，田冲、郑雪铃分任剧务音乐，赵幸生负责全队的学习。经一度补充后队员仍恢复原额，配备亦更整齐。从敌人九路围攻到二十九年所谓"四月攻势"，他们在封锁线上冒万千危难钻来钻去达一年余。二十九年九月奉令渡河穿过敌人两道封锁线重返渑池。这青年的行列第三次活跃于陇海线上。

二十九年冬季，他们正在渑池休整，奉令改编为总部"艺术宣传队第三队"。至三十年元旦，即以艺宣三队兴帜在渑池，两月中演出十三次。上演剧目为《败家子》、《武装宣传》、《演戏》（一名《鸭绿江边》）、《塞上风云》等。尤其是《败家子》一剧颇足表现出敌后戏剧的特点。在洛阳义赈公演时该队演出《祖国》，引起观众狂热的拥护。尤其值得记录的，是该队在此与抗剧第十队、抗宣第四队（一时改名艺宣十四队）弟兄相遇。为了珍重这机会，他们举行三队联合公演。所采的剧本不是都市化的多幕剧而是短小精悍富于战斗性的独幕剧，并重视小型的新旧形式的利用，意在渐次创造大多数人喜闻乐见的民族戏剧。

《黄河大合唱》集中了三个弟兄队伍雄壮的歌喉，代表了新中国青年强力的叫声。他们交换经验之外还交换了歌曲与剧本，又集合全洛阳剧人讨论如何展开西北剧运，建立戏剧堡垒。其意义之大不下于一、九、二、八各队在长沙会合时。

旋该队又奉总部电令，由义马常村跋涉七百里回到吉县，重新改编。三十年五月他们又以"抗敌演剧宣传队第二队"的旗帜在兴集各地演出《月亮上升》《一心堂》《鸭绿江边》《败家子》《反攻》《国家至上》《狂欢之夜》，及三幕歌剧《农村曲》等，给沉寂已久的吕梁剧运射出活跃的朝光。

但在革命的五月中他们遭遇了新的不幸，他们有力的女同志，蒋旨暇女士亦倒于抗战前线。蒋女士是一位典型的新女性，她出生于北平一封建家庭，三岁丧母，被一位奶妈抚育大。其父固执而冷酷，对她未尝有笑容，幸而继母贤美，女士又勤奋逾常人，每试辄列前茅，以是得卒业高中。在华北危急，她家由北平迁至武昌的时候，救亡热情蓬勃于每一青年胸底，她终于不顾一切逃出家庭，参加了当时的流动宣传第七队。直到发展为艺宣三队，她一直是工作得那么好。而且她做着多方面的努力，写标语唱歌，写论文，做妇运工作，最后定她志愿于剧本创作。她曾以不退转的尝试获得《演戏》（即《鸭绿江边》）一剧的成功。她有着富于生命力的红红的脸，曾经有背着步枪一夜行一百里，从没有害过病，她骑在马上一定要马儿奔跑，她有着爽朗的无忌惮的笑声，然而因工作过劳终于倒了。张帆君的哀歌足以表示我们对于这一新女性的歌颂与悼惜：

> 你的歌唱温暖着冬天的山岗，
>
> 你的笑声好像那春天的波浪。
>
> 你的两颊赛过那五月的朝阳，
>
> 像只飞燕投入一二·九的风暴，
>
> 从此你做了叛逆的女郎，
>
> 也是新女性的榜样。
>
> 用你的热血
>
> 灌溉着西北的战场，
>
> 用你的热情
>
> 抒写着时代的篇章，
>
> 啊，旨暇！你那青春的火焰，
>
> 永远地热耀着我们长征的路上！

综计该队四年以来跋涉数万里，踏破黄河两岸无数的村庄，出入晋东南敌后，演剧一百九十二次，观众超过二十一万以上。音乐戏剧外还到处展开着诗歌朗诵与美术展览。经常编辑壁报，出版《一月间》与《艺术部队》等定期刊物。把艺术理论与革命实践联系得紧紧的，男女同志虽不免都有牺牲者却也炼成铁的文化队伍，在西北战地播散着辉煌的种子。

抗敌演剧队第四队

队长：侯枫——翁村——许智

所属战区：第五战区

工作经过地点：武汉　新堤　湘阴　长沙　沙市　当阳　宜昌　龙泉铺　双莲寺　荆门　宜昌　荆门　钟祥　官桥　荆门　石桥驿　樊城　张家湾　双沟　戚家集　枣阳　万福店　樊城　茨河　河口　均县　老河口　石花街　老河口　唐河　泌阳　樊城

该队前身为上海救亡演剧十一队。编队前一度与金山王莹之第二队同在宋埠工作。遇敌机狂炸，一女队员受伤。二十七年"七七"前该队由宋埠回武汉改编。十月二十三日为朝鲜义勇队在世界大戏院演《最后一计》，武汉紧张，随三厅工作同志及演剧九队乘船离汉，过新堤与九队同志登岸作街头宣传并教《新堤歌》。又在新堤戏院演《两兄弟》，九队演《月亮直升》。引起当地民众极高情绪。及过湘阴之夜又与九队联合演出《生死关头》等剧于文庙广场。及抵长沙奉派赴各戏院讲演，各伤兵医院慰劳。岳州失陷，长沙紧张，政治部命以三辆汽车送该队赴沙市，照原定计划分配五战区工作。

在沙市停留一日，该队颇能不失时机调查宣慰。第二日车抵当阳找长官部不得，乃赴宜昌。住民众教育馆，举行抗战漫画展览会，材料大量使用《敌寇暴行录》插画，队员同志并分别解释，三日之间参观人数达四万余人。又召集当地戏剧团体举行戏剧座谈会，每周讨论一中心题目，像"如何写活报剧""如何演茶馆剧"之类，又常由各队写剧付座谈会评其得失。参加团体除该队外当时尚有七七少年剧团、武汉合唱团、抗敌后援会青年服务团，宜昌警备部工作团等，极一时之盛。武汉日报记者亦每次参加。座谈之外并与各团队举行联合公演三日招待伤兵与民众。该队上演节目为《军民合作》《荣誉大队》《生死关头》，及侯枫自作之《打游击去》。在宜月余各方对该队印象颇佳。惜女队员白静在此离队西上。

二十七年十二月五战区政治部韦主任电令该队赴荆门工作。侯枫与女队员留宜昌候车。十二月十八日男同志于风雨中徒步先行。道经龙泉铺留该地工作一日。二十日抵双莲寺，阻于雪。在当地联保处住两日。第二日即开始街头访问，与自卫队谈话教歌，并演出《两兄弟》《荣誉大队》两剧，招待当地军民到观众四百余人，情绪甚为热烈。二十二日发刊《军民》双莲寺版三百份。分析当时战局，说明中国抗战不是孤立的，又告诉农民为什么要服兵役。在文化粮食荒枯异常的鄂中，这种印刷精致的白报纸的油印刊物已经是稀有的宝贝。

第三天离双莲寺渡沮水，及抵荆门，受三十三集团军张自忠将军招待。适在年底，预备元旦日举行军民联欢公演，因女同志未到，除合唱外勉强演出《荣誉大队》。剧中女看护全改成男性，效果尚好。又是日出《军民》荆门版元旦号。二号总司令部已派汽车接侯队长与女队员，至六、七、八三日在总部举行劳军公演，演出节目为《死里求生》《生死关头》《两兄弟》等。队员每晨到总部特务连教歌。与民教馆合办十日讲座。当时荆门民众动员和组织非常不够，人民什九不知何为而战，经一两次敌机空袭后人民逃走一空，五九、七七两军来荆，人民对抗战军队反"坚壁清野"，经两军政治部及服务团月余努力，人民稍稍归来，该队到，政治工作力量较厚，情形亦改善不少。旋以宜昌军委会战地服务团电约，参加献金公演，该队乃于九日离荆门，十日返宜昌，上演三幕剧《敌》，一月十四日出《军民》宜昌版，说明义卖献金的意义及迄当时达一年七个月来抗战形势的发展。及宜昌军民俱乐部开幕该队又上演《反正》《八百壮士》及歌剧《团结□侮》。宜昌工作结束该队于一月二十四号回荆门。参加"一·二八"七周年纪念。出《军民》第六期。阴历年底总司令部要该队赴前线钟祥、官桥一带工作。至旧历新年初四五回荆门。其间一部同志留荆协助民众组训，三月一二号敌机滥炸荆门，该队尽力动员青年同志恤死扶伤。三月四日出第八期《军民》，发表为暴敌惨炸告荆门同胞书，鼓励人民以血还血。时前方情势甚紧，长官部令该队即赴樊城。张自忠将军亦恐路被截断劝该队速发。该队乃于三月四日早晨别荆门徒步向襄樊移动。以春雨连绵，泥冷而滑，天黑始抵石桥驿，才行六十里耳。

先是，队长侯枫与女队员白静相爱，白于宜昌离队赴重庆，至是侯枫亦有去志，四队同志以侯君于各方关系较为熟习，求其同赴樊城，而侯君去心甚坚而急。临行以许智为代。及其抵渝又改任翁村，以能力关系实际仍系许君负责。

经三日跋涉后，失去队长的该队于三月九日到达樊城。当时樊城市面表面似甚镇定而繁荣，而广大民众和别地一样尚未能充分加以动员。政治工作团队亦不够紧张活跃。及三月十七日敌机三十余架分七批轰炸樊城，商铺空闭，白昼如夜。即此表面上的镇定繁荣亦不能维持。

该队初到樊城时住战区政治部经营之军民俱乐部。三月十四日即在俱乐部演剧招待襄樊军民。十五日又在新生活促进社招待战区长官部政治部以及其他机关团体，演出节目有《打游击去》《反正》《荣誉大队》《生死关头》等，观众共约一千五百人。十七日参加战区政治部所领导之襄樊各界第二期抗战扩大宣传周，在政治部中正堂演《反正》等剧，并有歌咏讲演。并在樊城郊外乡村作口头和文字宣传。出版《军民》第九号，指出襄樊在第二期抗战中之重要性及襄樊民众的新任务，又发告襄樊同胞书。那时敌人正分东南两路向襄樊进攻，南路一面沿汉宜公路攻合蕉口，一面沿京钟路陷钟祥企图两处渡河攻宜城，东路沿襄花公路由浙河随县进击枣阳。该队为鼓舞将士作战勇气要求到前线工作，如是而有随枣之行。

四月六日美丽的曙色升起大地，这一队热情青年"到前线去，到敌人后方去"的豪壮的歌声惊破襄樊市民睡梦。他们除将必需公物及棉被交夫子挑送外，其他行李概由队员自己肩荷。他们在兴奋中走过张家湾，是日午后三时到达双沟。分别作街头宣传，并向商店住家作一般的调查访问。第二日宿戚家集，第三日在离此十余里的韦家湾小住，一面排戏练歌写宣传品，出版《轻骑队》，每日下午四时并携带各种通俗读物与宣传品赴戚家集第六十三伤兵收容所慰问。从四月八日起，四日之间未尝间断。负伤官兵皆愿于伤愈后重上前线。四月十一日到枣阳，三十一集团军用汽车送该队赴八十九师。十二日到达距前线四十余里的万福店。四月十四日该队假万福店天主堂演剧招待八十九师师部官佐。十七日招待一五六旅官兵。十九日又在距万福店十里之地公演招待一五七旅官兵。以事前曾发动四乡民众，故民众观者甚多，多有从数十里外赶至者。四月二十日又假天主堂举行抗敌漫画展览会，陈列漫画木刻、《敌寇暴行录》照片等三百余幅，并当场散发各种宣传品，是日参观人数五百以上。该地经常有许多部队经过或短期停留，该队为促进军民紧密关系，提高士气起见，或发起军民联欢，或欢送部队由后方赶赴战场，或慰劳部队从前线换防下来，共在该地公演八次之多。四月二十八日间八十九师奉令推进，该队乃四处发动民众举行欢送大会，地点在郊外山冈，节目有话剧、歌咏、讲演、呼口号，情绪非常热烈。

其后，该队又留万福店五日，除回四乡农村访问调查，绘制墙头标语外，大部时间费于开会检讨前线工作，及在前线所发见的问题，如儿童问题、私货问题、军民合作问题等。此外则赶排新戏，补充宣传品，而以各部队皆奉令推进出击，该队不得已乃结束前线工作，五一归抵随阳店，五二抵枣阳，五三抵双沟，五四下午回樊城。住郊外一小村落中。正准备如何展开今后襄樊工作，午后四时负责同志由城里带来紧急消息谓："敌人骑兵得土匪引路已到达四十里外，襄樊各机关团体已纷纷向均县撤退。"当时人心惶惶，前线零星队伍亦陆续退下。该队会议结果，决星夜随部转进均县。经紧急动员后，于是夜六七时与儿童保育院的孩子们同时启行。从黑暗中摸索上由樊城至光河的公路。行至距樊城四五十里之处回望樊城方面火光遍天。翌日正午该队于一竹林内进食。行至日暮抵黄河宿营，翌晨搭船北上。行两三里遇暴风雨，衣物尽湿，不得已退回黄河。次日继续动身。上水船行甚缓，数日航程中队员们或看书，或唱歌，或举行小组会。五月十四日抵光化之河口镇，此往均县凡一百八十里，水急滩多，逆流而上，船行不易，该队大部同志因赤脚涉水，或拉纤或推船，五月十八日乃达均县。是役参加该队才及三月之女同志吕冰途中病故。尚有五六个男队员亦染恙。

均县在内地是一个颇为富丽的大城市。而四郊农民劳动经年，常吃不到一口盐，主要食品为豆面红薯，歉收时则食南瓜、草根、树皮，人民知识水准极低，离城数里即有土匪。鉴于此种严重情形，该队原拟有较大之工作计划，并积极准备六月中参加战区政治部发起之"救济难民伤兵募捐公演"。以鄂中我军当时获得重大胜利，相继克复随、枣、钟祥，各部队相继挺进。汇集在均县的机关、团体都准备回襄樊，该队乃停止均县工作，决向老河口移动。五月二十七日黎明由均县搭船因是顺流而下，一百八十余里航程一日而毕。五月二十八上午这一青年文化部队已出现于老河口街头。

该队以老河口商会为宿所。这是一所精致堂皇的建筑，盖有琉璃瓦。当时战区政治部亦移至当地。六月一日该队参加了战区政治部领导的"光河军民联欢大会"。演出节目为《夜之歌》《死里求生》。同时以八十四军重上前线，该队与战区儿童工作团联合，在离市区五六里的古林庙门前举行欢送该军公演。自六月一日起一连四日，以观剧部队每日更换，故节目固定为《荣誉大队》《生死关头》《夜之歌》三剧。另有歌咏讲演，剧场四周张贴各种标语，公演前并散发战地文化服务处所征集的《全民抗战》《中苏文化》《士兵周报》及该队自出之《军民》第十二期欢送专号——

> 老乡，你去了，
> 踏着血花的马蹄，
> 迎着五月的黄沙风，
> 又奔向神圣的战场。
> 在岁月的休息之后，
> 又抖起一身新的力量，
> 雪亮的刺刀尖所指向处，
> 敌人灰色的脸在发抖了。

——自该号苏苏的诗

战区政治部主办的军民俱乐部已在光河复活。每周在中山公园内一剧场演剧一次，该队经常参加。六月十三日起至十七日，该队在光河军民俱乐部里又举行漫画展览五日。作品除原有者外，又重新搜集制作多种，无论质与量皆较以前充实。五日间获得四千余观众。又从六月十日起成立光河儿童歌咏训练班，人数百余。六月二十一日起为救济难童并为俱乐部募集基金演剧于俱乐部剧场。该队参加节目，二十一日为《反正》，二十五日为《菱姑》。七月七号创刊《战地文化》虽是油印刊物，而以钱志光君优秀的技术至今尤为可宝贵的精美的存在。该队复住光化小学，为协助教育工作，尝主办一战时小学。此外经常替白克领导的战区艺宣队排戏，替朝鲜义勇队第二队及战区儿童工作队教歌。与抗宣三队、十一集团军政工大队联系亦好。

七月底中央慰劳团北团由贺君山氏率领到达老河口，该队演出三幕剧《敌》于军民俱乐部以表欢迎。《战地文化》并出欢迎专号。

八月除经常工作外，仅出一通俗刊物名《打日本》，《战地文化》停刊。

"九一八"纪念演剧之后，于九月二十号到石花街干训团演剧。双十节演剧外并参加各界提灯大会。

十二月二十日左右鲁阳赴渝请示归。准备正月演出。

二十九日元旦，演出《凤凰城》。三日招待军民及敌冬季攻势告一段落，该队奉令赴豫南唐泌一带劳军。由×集团总部跋涉六日抵六十八军，各师各团驻地皆留有该队青春的歌声，并散发捐自后方的慰劳品。及春到战地，全队又踏破绿野走向战斗的桐柏山，在三十三军工作不久即续向第一线部队出发。凡行一千五百余里。话剧对于豫南前线军民是新奇之物，观众意外踊跃。该队亦举行漫画木刻照片展览，极收效果。又替士兵作家书，教歌，助部队际剧团排戏。及抵泌阳，适闻桂南之捷，乃号召军民祝捷大会，在《泌阳民报》出特刊，打破战地沉寂。工作约三月，以工作同志泰半离去，至四月奉令解散。

综观该队工作热情与能力皆甚强，惜缺乏坚强领导，侯枫走后队员间意见不甚集中，决议不尽能照案实行，热情虽高不能适应当时环境，每易流于骄傲幼稚，致引起猜忌。及工作不能开展，乃因苦闷彷徨而离散，数年艰苦历史徒委诸有心者之记忆，真可叹息。

岩下纵谈

——艺人的行路难

田　汉

一

冒着暮春的细雨，走进九如湘剧团。开演前夜的高升戏院的灯光还没有装好，昏暗的光线下，十来位男女艺人正在辛勤地工作着、讨论着。有着艺人的细腻和落拓的吴绍芝，短小精悍的徐绍清，懂得音乐更懂得人生甘苦的彭菊生，还有老伶工欧元霞、初云诸君，他们都以绝高的兴趣，努力于他们的新阵地的布置。因为他们不能失败，他们是湘剧的选手，他们的成败关系今后湘剧对全国的进出太大了。湘剧有她的特点，甚至和其他地方戏一样，也有她断然的优点。这些特点和优点，应该拿来向更广大的观众介绍，向各地先进的或姊妹的戏剧请益。可是这一趟却不能算是最好的介绍。这不因为这趟来的不是好的队伍，恰恰相反，这一队是湘剧界技术比较最优秀的队。但无疑地，他们的阵容还不十分匀称和新锐，他们的准备工作如宣传介绍等也不够充分。两年前在长沙的时候，我们曾计划到湘剧远征队的组

作品信息

《扫荡报（桂林）》1942 年 4 月 1 日、7 日、13 日，现根据《田汉全集》第 13 卷录入。

织，即从各剧队选拔出代表的人员，经过周到的剧目的排定与整理等。其实地方戏剧艺术，小之代表一地方的文物，大之代表一国的神明，此类工作原应由地方政府或文化机关来主持。无奈今日戏剧的一般处境，维持其存在已经不容易，谈不到被提倡保护的话。又兼他们来桂系受第三次长沙会战的影响，仓皇兵火之间，有的团员如元霞、升翥连服装行李也给丢了。负责人又不必有文化的眼光，以致湘剧原有的特色既未能尽量发挥，战后新的心态更无从表现。摆在桂林文化界眼前的，不过是一个普通的湘戏班。甚至同情该团的朋友们要帮忙也帮不上，这真是使人遗憾的事。

他们在"银宫"末期可以说苦极了。自从营业不振，他们没有拿过一次所谓"包银"。起先听说除伙食外每天还有三十元买食盐和小菜的钞，后来把这也取消了。他们不仅没有菜吃，甚至有两个礼拜不沾盐水。徐初云先生那样在湘剧净行可以说是湖南"省宝"的人手上长了一个疔疮，终日痛苦至于泪下，但找外科医生诊察的钱都没有。欧元霞、吴绍芝这些湖南代表的名角，每天也只能吃两顿稀饭。这实在不是我们西南文化界特别是湖南人太光荣的事。

然而，他们没有替湖南人"丢人"。他们尽管怄足了内外的气，尽管吃不饱喝不足，尽管有的不服水土害着满身的病，尽管前些日子连旬阴雨，观众少到可数，但是这些艺人一上台依旧那么精神饱满，和满座的时候没有两样。这是旧剧职业演员的可宝贵的德行，这也是湖南人难得的硬干精神，很值得那些因"上座不佳"而在台上"吃豆腐"的戏剧工作者们深刻地学习。

因为惩于"银宫"两月的经验，他们和"高升"订了现在的合同，决定自己负起责任来开拓自己的运命，演员虽然都不曾拿得生活费，为着团体的发展，从元霞先生以下他们谁也愿意苦干到底，不肯让湘剧坍台。行头虽然给"银宫"扣下了，他们以赵璧兄的介绍租了陈月楼君的箱子。人才不够整齐的，由于友军的帮忙，孔福凤女士以外如华定、华政们也陆续地到来，似乎他们的路又可以勉强走得通了。

长沙这几年是多灾多难的。湘剧演员更是多灾多难。从长沙大火以来他们所受的种种痛苦，我是比较了解的一个，因而对于他们运命和其一切挣扎我不能不特别关心。为着争取桂林社会特别是文化界对他们的认识，这些日子我邀了许多朋友去看他们的戏。很光荣地这中间包含着多数留港剧人。他们虽不曾看过湘剧，但他们对一般戏剧艺术的理解是那么深刻，我相信他们的印象是新鲜的，正确的。如宋之的兄夫妇于该团演员中特别满意绍芝的表演。许幸之兄承认湘剧在地方戏中形式比较完整，而觉得他们的唱做的速度是那么快，不像昆剧、平剧的悠闲。沙蒙观《翠屏山》后于其素朴的生活描写甚为赞许。小丁擅昆剧，于湘剧《赵五娘》高腔戏，看出其与昆腔许多相通之点。对《题碑》几场认为非常精彩，对《八义图》一类的戏认为表演比平剧真切而唱法则比较简单。夏衍、郁风虽以语言隔阂，于高腔词句艰于理解，而于《赵五娘·抢粮》各场的表演亦感兴趣。葛一虹兄在大雷雨中坐第一排看《赵五娘》始终不动。蓝马、凤子、舒强都次第做了湘剧热情的观众。此间文化人孟超兄亦甚喜《赵五娘》之《抢粮》，谓其民间气极重，因而极真实。《野草》编者秦似盛赞元霞的《水淹七军》与《翠屏山》，他不甚懂高腔戏，但仍满意《赵五娘》最后一场张广才（徐绍清饰）的表演，此外初云的《造白袍》、淑岩的《金沙滩》等。熊佛西兄一连看过三次湘剧，每次都加深了对湘剧的兴趣。欧阳予倩兄与元霞、绍清为浏阳小同乡，与元霞且为同宗，他对于湘剧的理解欣赏自在一般以上，二十七日晚看绍清的高腔戏的《斩三妖》，在剧场即席成诗两首云：

勾弋元音不入时，多君才艺足支持。
高歌破阵扬威曲，快写波澜壮阔辞。

湘桂梨园一脉传，风流并代各呈妍。
中兴谁与开宗派，应有新声被管弦。

这些专家的欣赏和赞许，应该是他们此行绝大的收获，也就是他们今后绝大的鼓励。

他们并不以表演老戏为满足。他们比平剧演员更知道旧剧的危机，也更知道该把自己的艺术贡献给抗战。他们不仅要求国家、要求文化界领导他们的改革，他们自己就在自发地改革。他们拥有好几位能自己编剧的演员，净行如罗裕庭、生行如徐绍清诸君都编过许多优秀的戏。此次在桂林表演的《新九龙山》《周武革命》《扫梧桐》等都出自徐绍清的手笔。虽然细处还有许多待商量之处，但大体上可以看出他们的才智和忠义之气，这应该是湘剧绝大的夸耀。《江汉渔歌》原是为平剧队写的。因为需要演员人数颇多，别的剧团不易上演，在湘剧各队中敢于尝试这戏的只有这个队。他们第一次在湘潭上演《江汉渔歌》的时候，我受了他们的邀请，带了好几位平宣团团员去参观。其初，我以为只是平剧的模仿，结果使我们惊喜过望的是许多地方都能表现湘剧的特点，甚至若干的独创。显然地，湘剧这一艺术形式在更好地运用之下有更高完成的可能。她不应被我们淡漠，她的更高完成将是民族新歌剧的一个有力的要素。

在贫苦颠沛中挣扎的湘剧艺人们，你们将不寂寞！

二

我国从汉代以来已经从西域诸国输入马戏的技术。所谓"角抵百戏""鱼龙曼衍"，当时正引起先民的兴奋。今日中国戏剧还保存着"马戏的要素"（Acrobatic element），就是我们优良的传统。

我从小也对马戏感绝大兴趣，不要说真正优秀的马戏表演，就是以马戏为题材的电影像卓别林的"Circus"之类，我也以先睹为乐。苏联在革命文化建设的过程中曾十分看重马戏，因其最能集中广大观众的兴趣，最适合他们的生活方式，我们不是也看过一部以打破人们偏见为主题的苏联马戏影片么？我常常想为什么不能使我们的马戏也服从抗战建国的需要呢？

在抗战初期的武汉，我们奉令组织了留汉歌剧演员战时讲习班，平、汉、楚各剧种之外，还包含一种马戏，那便是当时在汉口新市场献艺的亚细亚马戏团。他们一样地热心听讲，也一样地参加募捐、慰劳工作。他们那些小朋友功夫练得非常之好，我曾介绍他们和孩子剧团的小朋友交游，希望他们接受一点抗战教育。可惜不久大军从武汉撤退，他们也随军退出了。这几年我时常在西南各战区跑动，却从没有发现甚至听见他们的踪迹，真是使人怅然的事。他们有着很繁重的行头，极不便携带，是不是有一部分还在沦陷区？

在湘桂各地常常碰到的马戏班是一个"华侨国术马戏团"。第一次碰见他们是在首次南岳会议时的衡阳，第二次在三年前的桂林，第三次到柳州，顺便找他们，他们却到平乐去了。现在又在桂林碰到了他们。总算和他们的因缘不浅，因此多少知道他们的情形，关心他们的运命。所谓"人生的行路难"真好像单为他们说的，虽则他们和湘剧艺人不同，是跑惯了江湖的一群，而湘剧艺人则是初次出门的"嫩手"。

华侨马戏团的领导者孙富有君，是一位四十六七岁的面貌清癯，虽久历风霜，精悍中不失诚笃之气的中年绅士。他是河北吴桥县人，十几岁的时候以爱好技艺漫游欧陆。在帝政时期的俄国住了二十五年之久。因见各国皆有完美之马戏团体，为宣传祖国国术，学习欧洲技艺，他组织了华侨国术马戏班，离俄之后便向近东诸国的叙利亚、犹太移动，由此转入非洲、印度、（中国）香港，回到祖国广州献艺，旋又赴安南、西贡、新加坡、暹罗、苏门答腊、爪哇。爪哇工作后又折返苏门答腊，转赴槟榔屿、缅甸，华侨马戏团的声誉几乎遍于整个西南太平洋。当时他们的实力也非常雄厚，计有巨象九头，马四十匹，猛虎十余只，狗熊、豹子、狮及狗等动物百余只，团体方面优秀的演员四十余人，合其他工作人员达一百数十人，极一时之盛。民国二十二年江淮一带洪水为灾，灾区同胞数千百万风餐露宿，深感颠沛流离之苦，该团适在南洋表演，受全国赈济委员会电招，即由南洋率全体团员及虎豹狮象，专轮回国，表演于上海。沪地观众始知侨胞亦有此优秀技术，踊跃异常。未及旬余得款数十万元悉以助赈。旋九一八事变起，该团即在祖国各地表演。"七七"以前曾献技于首都南京，八一三战事爆发，由皖南浙赣一带辗转入湘，军事倥偬，自必影响马戏观众。又兼道路阻隔，运输不便，团员星散，狮象道毙，卡车马匹或卖入军中，但孙君仍辛苦支持不肯改弃。他们所期望的是抗战胜利以后，他们可以向敌人算账，并且可以随着民生的解决，国际地位的提高，争取中国马戏光辉的前途。

我们在衡阳碰见他们的时候，光景极为惨淡。我曾请孙富有先生和他的主要团员到成章中学和抗敌演剧队二、八队男女同志开过一次联欢会，孙先生谈了他的经历，我们也陈述了对马戏的希望和改革马戏的理想，孙先生非常虚心地采纳。他说他们正以百分之百的热诚期待着国家和文化界的领导。第二天孙先生招待我们看他们的表演。场子在警备部的侧面广场，是露天的。一只剩下的病虎就像一位落魄英雄，毫无火气地躺在铁笼子里，由它首先表演了一出《戏凤》。但这不是什么香艳的把戏，只是把一只小鸡丢至笼子里，让它随意地半戏弄地吃掉罢了。听了那只小鸡无法抵抗的绝望的啼声，颇引起相当的不愉快。虽然说是马戏，其实那时一匹马也没有了。值得欣赏的主要的是人戏。如《空中倒走》《大翻云梯》《步步梯子登高大顶》《百步飞刀》《扎人不伤》《空中大十字飞人》《钢丝上飞舞》《高杆献技》等都有独到之处。一位女演员表演《飞人》《走丝》诸技最为精绝，问孙先生知道她叫王陶英，从八岁起练功，十多年未尝间断，才获得那几门"绝活"。但此次至桂林再看他们的表演，却不见那位王小姐了。原来去年春间的某一日，他们预备表演一个新的节目。王小姐练习过几趟了，在孙老板去吃饭的时候，她自己为纯熟起见再去练习，太大意了一点，未带保险索，从钢丝下来不幸失足，后脑摔在木桩上，得了脑震荡，送入医院，延至一周，终至不救，死时才二十一岁。我听了这悲惨的故事之后更加觉得艺人们一技之成是如此的艰难而损害是如何的容易，我们享受艺人的绝活为之惊奇骇目的时候，艺人们却每一秒钟都在拼着性命！

前些日子孙先生偕一邻君至花桥来访我，我却出去了。第二天有人在体育场附近南强请客，我陪茅盾、胡风诸兄去看过他们的马戏一次。老虎是依然地病着。马却添了两匹了，训练得也还不坏。但据韩君说马太小了，不够气力，因此马上跳舞的许多技艺无法演出。王小姐溘然玉殒了，她的技术却分别地都有了继承人，有的也练得非常好了。孙先生那天也亲自表演了飞十字和飞刀，绝技一如当年，但他的面容消瘦，白发也和我一样地多了。望了望他们自建的大场子，我对他说：

"现在不是比衡阳的情形好得多吗，孙先生？"

"好是好一点了，但你知道在平乐一带表演仅够生活。回到桂林来修理场子花了七千余元，下雨时还有一点漏。现在据说场子的存在又有问题了。"

孙的忠厚的面容上泛起一抹深深的忧郁。

"啊，艺人的行路难！"听了他的话，我不禁吐出这样的叹息。

孙的团体有一个特点，团员不是亲戚就是乡邻，所以恰像一个大家庭，所以虽历千辛万苦还不易打散。前年因营业不振而百物昂贵不易支持，曾调一部分人，一部卡车至金华去经商，不想因为太外行了，别人赚钱的事到了他们的手里就赔本，结果把卡车也给赔掉了。工作人员又回团体来，孙先生因不愿让他们把多年苦练的功夫都荒疏了，也欢迎他们回来，情愿不发国难财而愿为祖国的马戏艺术的发展苦干到底。"人有善愿天必从之"，何况他们原以不忍祖国同胞流离颠沛而披发缨冠从南洋赶回，于今他们自己也变成流离颠沛的一群。祖国的同胞对这些有良心有技艺的艺人如何能吝惜热情的援手？

三

在桂林这半年中间，我在精神上甚至物质支持上曾挑过一个重担。在一切更加艰苦的今日，这重担几乎不曾把我压碎！

担子的一边是由平剧宣传队一部旧队员编成的文艺歌剧团，一边是大体由抗剧各队同志陆续汇聚而成的新中国剧团。

文艺歌剧团是以陈长官的嘱托而组织的。辞公把这团体交给湖北省文艺委员会管理，所以命名为文艺歌剧团。他们一共寄来了一万四千元。购买衣箱、添置各物费去万二千元，以剩下的这一两千元着手团体的恢复。原望在桂林补充阵容，加强训练，多排几个合用的抗战剧本，以便在文化种子比较稀薄的口战区展开戏剧宣传。我由黔江与辞公相别时，承嘱以招募能吃苦耐劳的戏剧兵，所以在训练团员时我总以"戏剧兵"三字勉励他们。开办之初，演员无固定待遇，不能不代养他们的家眷，这真是无可如何的事。因而全体八十余人单是食、住两项就成了大问题。我屡次发电向恩施求援，以道路阻隔，官场手续麻烦，缓不济急。其间文艺委员会负责人石信嘉先生数次来电，说"日内将携款来桂"。无如他所谓"日内"几乎是遥遥无期。如是这般剧团三个月来的给养及其一切费用，全得由一个清寒的文士独力支持。桂林粮价又是那么飞涨。全团每日吃米由九十余元加到百二三十元还不得一饱。每天早晨我常常在睡梦中就为着筹这团体的伙食而发抖。我自己为戏剧改革焦头烂额固属应该，连许多熟识的朋友如章东岩、张云乔诸兄都被我拖累不堪，那时还住在月牙山的巨赞法师也代我借过五百元，沫若兄由重庆寄来贺我母亲生日的五百元也给他们吃掉了。

石先生终于来了。虽说他来得太迟。团体的锐气在过渡困难之后有些涣散了，比较整齐的阵容也不完整了，但总还有几个比较可靠的干部没有走完。买来的衣箱也还没有卖掉。石先生带的钱有限，他还要购置大批的图书，我欠下的债要请石先生整个还清他就不能走了。我想三十六计以请石先生把团体和衣箱带走，了清手续为上计，我没有十分麻烦他。但他离桂之后，以车辆问题、女角问题久滞衡阳，听说到前日才勉强成行，也够他麻烦的了。

在他们走了以后，我感到一种轻松，但也感到一种怅惘。首先是三个月来一道吃苦的同志们有许多已经苦闷离开了。我对于他们的一部有着非常的失望甚至厌恶。但是平心而论，又何能单怪他们呢？他们从郑亦秋君起几个月拿不到最低的生活费，他们的儿女，啼饥号寒之外还疥疮满身。然而他们在学校、工场、官署做工作时始终那么热心。瞿、张二公殉国二百九十年纪念，他们几乎是以一天工夫突击了一出《双忠记》，而且演得那么真切。我们应该说这些人还是可用的。可惜国家始终没有好好地动员他们，爱护他们，指导他们，所以不能发挥其应有的力量。其次是我暂时不能同到湖北去，我不知道他们是否能始终维持一个工作团体的精神。虽则我相信只要他们自爱，在鄂西那样的地方一定会给各方宝爱吧。

但不管怎样，我的重担卸下了一边了。

剩下的这一边重担是新中国剧团。不，说"重担"实际已经不正确。因为假使算是重担，这重担已经不必靠少数人硬挑，它已经获得多数人支持了。何况它和文艺歌剧团有着本质上的不同。他们一样地能吃苦耐劳，但他们比旧剧伶人们更懂得为什么得吃苦耐劳、更明白戏剧运动的意义和它的前途。他们有着更多的干部，他们都做过长期的政治工作，有更多的自我批判精神。他们不容易因生活上的困难，因外界金钱的诱惑，而动摇而脱退。他们没有建立"角儿""零碎"的阶级制度，每人都是一个有力的单位，不会"拿乔"，不要求特殊的待遇。他们除少数例外都是没有结婚的青年男女，因而人事上少了许多麻烦问题。这些都是他们的强点，也就是他们为什么能得到多数人支持，为什么在至艰极苦中间能有较多的成就，也就是为什么一个后起的民间团体，能追求许多先进的更有力的友军，甚至给他们以一些工作上的鼓励的缘由。

桂林的戏剧团体以绥署的国防艺术社历史最长，其次是省府的艺术馆话剧部。在过去因为有经济上、时间上的富裕，有一年只排一个剧的时候。但职业剧团若那样迟滞就无法维持其存在。因而工作态度不能不提高。各剧团颇有以经费不够、工作困难的理由的，常常会得到这样的反驳：

"你们说钱不够？有'新中国'吧，他们何尝有一个钱？"

这儿我不妨报告一些《再会吧，香港！》被禁演后，这剧团所受损失的确数吧。

从请洪深先生来桂开始排演《黄化》到《再会吧，香港！》在新华上演为止，该社在剧务上、生活上的费用，实达一万元，其他置景费五千元，灯光二千元，被禁后两次退票款七千元，合宣传费与院租赔偿等二万八千余元。因为预售门票，得款都随时用到舞台工作上去了，及至退票，除向各方告贷外，临时把做天幕的布条押了一千五百元（这次《大雷雨》的天幕遂不能不借用国艺社的）。又将一千支光灯泡两个押了一千元。应云卫兄从重庆寄给我的《秋声赋》等预支上演税九百元，张云乔、夏衍两兄所得重庆剧协救济金共一千元，也都"退票"退掉了，自不必说。洪深先生在南京饭店两月有半，共用去六千余元，除镶了几个牙齿以外，别无所得。

当然一个苦干到底的团体也不会"全无所得"，那就是社会各方的同情。

他们三十二人每天的伙食是百元上下，现在是百三十元了。白饭之外每人只一样菜。但这是筹到钱的时候。筹不到断炊是常事。《再会吧，香港！》被禁后第二天，他们举行自我批判会，很兴奋地讨论到午后二时，他们锅里还没有早饭吃。每逢这样的时候，他们除了开检讨会之外，就是发动"马戏班"之类的娱乐组织，敲动面盆木桶翩翩起舞，苦中作乐，以忘饥饿。我们不是常常看到该社巴鸿君们领导的"马戏班"在活动着么？

在不断地与饥饿斗争中，他们顾不到一个知识分子离不开的文化生活。首先营养不良使他们容易生皮肤病。很唐突地说，一个时候（！）某些女同志甚至头上长虱子。

因为洗濯费太贵，又没有替换，男同志的衬衫时常穿过这一面，翻过来再穿那一面，天然地他们都是"节约主义者"，一块肥皂要用三个月，而且十个人中间有九个没有肥皂。牙膏的消费老早改成了牙粉，随后又改成食盐，最后干脆不用，单用牙刷。袜子太贵了。王悸平君演《大地回春》中的阔公子没有穿袜，在批评会上曾受人指摘。但哪里知道土君整整一年间没有穿过袜子。许秉铎君更是鞋袜俱无，老赤着脚穿一双破马靴。但朋友们宁可触他的破马靴，不要触他心上的悲痛。秉铎的父亲是被敌人打死了的，他的母亲仍旧滞居在曾经是孤岛的上海。因为生活上的困苦又兼思子心切，多少次要秉铎回上海看她，秉铎不愿回上海，他母亲就要他寄点钱去，但秉铎拿什么寄去呢？可寄的只是思亲的泪。团体的情形太苦，他又不愿把他的问题提出来，结果许多时候信也不敢回他母亲，谁知据沪友的来信竟说他的母亲因终朝思子把眼睛都哭瞎了，当他们欣赏《大雷雨》中奇虹的表演时，几人知道这傻角色内心的辛酸？

还有那些有儿女的男女同志苦痛更加入一筹，石联星女生有一个可爱的孩子寄养在马家河。因生治奇昂几次得信催联星寄钱，或是把孩子接回。联星向团体借过五十元，但怎么够呢？无可如何，联星准备狠心地丢了这孩子。男同志沈宏有两个孩子寄在长沙，敌寇数次侵入湘北，长沙危迫，人们也不肯再负他孩子的责，沈宏君也不知所可。

费克夫妇算是最幸福的，因为一直把爱女圆圆带在身边。然而那样的营养也够一个乳孩子的母亲辛苦的了。有一位因受伤停职的铁路工人林君，年五十许，浙江人，在福隆街一带卖麻团等类的熟食，他们没有饭吃的时候老赊给他们熟食吃。小圆圆也是主顾之一，看林的油渍渍的小折子，圆圆的欠款几十余元。他如朱琳、苏茵都有赊欠。他们油条麻团欠的总额竟达两百元。最近《大雷雨》演出，这位大债主被请来观剧，他是胖胖的脸，有一对小眼睛，满身是油。对于这些"债务者"不平凡的成就颇表示着惊异，也表示着骄傲。

由于《大雷雨》卖座之佳，外边的人多有这样说：

"这一下，'新中国'该发财了吧。"

其实以我所知，他们一点也发不了财。算盘是这样的：

这次和"大众"订约是拆账，院方四五，社方五五。捐税分担，看台归剧团改搭。上演税与导演税院方不肯承认，结果全由剧团负担，以迄七日止九场计算，总收入约三万四五千元，除掉捐税等开销，剧团可净得一万二三千元之谱。但《大雷雨》到上演止，生活、置景、宣传等费用共达一万二千元，其所以能在大挫之后卷土重来，得感谢本市电影经营家卢波、乌拉山、宗惟赓三君他们借给"新中国"八千五百元。利息以总收入百分之五厘计算，约二千五百余元。再加搭台费、灯光损失费（坏了两个千支光灯泡）等，事实上还债也相差尚远。

然而，观众的拥护，究竟救了这团体，也给了团员们很大的激励。

自这团体成立以来七八个月间，他们每人总共得过一百三十元零五毛的生活费，即《大地回春》公演为止共发过三十五元。其后《秋声赋》稍有盈余，又当旧历新年，每人发过二十元。此次《大雷雨》公演明知不会剩什么钱，因商之前台白先生，允许礼拜一、日，日场不拆账，所得悉以滋润团员。谁知六日一天忽发警报，直到午后一时半才解除，他们无法化装，只好在七星岩里面跺脚。幸而第二天天气仍好，日场共收入二千四百六十元，除工友六人分去八十元，印花税九十九元，娱乐捐等二十元外，他们净收二千一百六十元。三十二人每人分得六十七元五角，这在该团是"旷古未闻"的事，其兴奋可知，有的把脸上油彩一搽，赶工夫同爱人上小馆子去了。有的马上买了一块肥皂，有的买了一条牙膏，然而大部分的人得先还油条账，因为那位胖胖的林老板拿起折子笑嘻嘻地正在化装室门口等着他们呢。

这中间还有一个悲剧。

他们还有一位小工友叫徐红福，四川岳池人，今年十四岁。十二岁那年被征兵出来补充到张汉初的师部里当一名小号兵。湘北之战他也参加过。因负伤就医，辗转到桂林来，旋加入了这个团体当布景工友。年纪虽小，做事极肯负责。五号日场开演前他正在整理布景片的时候因贫血发晕，忽从高处掉下来，不幸把右手腕骨跌断了，他在痛楚中只叫：

"我的手，我的手!"

因为他是靠手吃饭，而且他还有一个老娘在四川指望着他养家。他担心他会残废。他哭得很伤心。

"不要哭，小兄弟，你若残废了，我们养你一辈子，我们有饭吃，你也有饭吃。"

"可是我还有娘呀。"

"我们养你的娘。"

他们是这样安慰那小工友，可是他们何尝有力量养他们自己的娘呢？

幸而有一位好心的医生诊视之后说："三百五十元包好。"不过每天药费平均得三十元以上。到痊愈为止怕要上千元吧。虽则这不免加重他们负担，但他们乐意出这钱。

他们是真正的"戏剧兵"，他们不会因为不发饷而不打仗。他们不会因为"行路难"而停止他们的进军。他们跌了会再爬起来，伤了会浴血裹创重上前线。

"抗战戏剧"的担子是这么重的，但我们挑下去吧。

岩下纵谈

——艺人的行路难（续）

田 汉

去年什么时候曾在《扫荡报》上发表过几段散文。那时我住在东灵街，正当七星岩下，所以题名《岩下纵谈》。小标题是《艺人的行路难》，主要地写了华侨马戏团、湘剧四队、平剧队和新中国剧社的事。这也有了一点影响，如恩施的演剧九队与平剧团看了此文便曾联合义演得款八千余元，捐给新中国剧社以解除他们的艰困。

佛西很愿意我把这文字继续下去。我刻下虽已迁居施家园七十二号小楼，唯仍旧可以说是在七星岩下，所以还用原题。

一 少青团与火的洗礼

在去年七月参加演剧五队的送别会那一次，我认识了少青团的郑庆光君。他是一位颇为清癯而精干的青年，着童子军制服，戴近视玳瑁眼镜，年约三十。我们是一道上柳州的。我的日记里是这样记载着当时的印象：

作品信息

原载桂林《文学创作》1943年第2卷第3期，现根据《田汉全集》第13卷录入。

七月二十六日

……至晚边，郑庆光、林斐、杨震及另一个少青团同志来。予稍收拾行李用品，纳一皮包中。……同进城，到津津食堂晚餐，遇张友良、瞿白音诸兄。餐后到青年会草地会饮茶。斐克、赵直等亦至。微雨后云开月见，银光穿林。谈至八时乃动身赴车站。卧车票已卖完，庆光托乐群社李君设法。正在待车室小坐，警报忽大鸣，李君劝速离车站范围，因折回洋桥方向的右边草地。郑君及其团友展油布于地，即憩于此。时月光隐阴云中，四围山峰划出若干美丽之线。予与郑君谈乘飞机经验。未几，飞机一架隆隆而来，与草中甲虫飞鸣之声相应和。解除后，归站，将近十时才开车。闻君定欲交涉二等卧铺，予婉谢之。因同坐三等，畅谈竟夜。郑君襟际悬有大型之帕克笔，举以相示，上刻有"尽忠难尽孝。母嘱"字样，问之，知为庆光老母病革时自沪上寄庆光者。因为言离沪时其母所表现的忠勇而慈爱之心，后虽病笃亦不愿庆光回沪而嘱其继续战地工作。今母死逾年矣。予闻之极感动。赠诗云："摩挲金笔感非常，各有丹心白发娘。千古尽忠难尽孝，泪痕和墨写成行。"

郑君至深夜爬卧行李搁板上，自称头等卧铺。林斐以油布铺车床上去是三等卧铺。予与另一少青团同志相对横卧座椅上，亦居然二等卧铺也。

这之后我和郑君有过许多交涉，彼此认识渐深。他告诉了他们的团体组织和工作的经过情形，出示他们的纪录和照片簿。他们原来是受着香港妇女四联会的支持的，而那时已经是太平洋战事爆发，香港陷敌之后。他与我商量如何艰苦撑持并教育团员之法。他很想在桂林曲江工作后把团体带到重庆去。为筹款与宣传计他要我根据他们的团史和团员个性写一剧本。因为这些男女青年在上海动身时都还是十几和二十来岁的少年，经过五六年的战地生活也都有些苍老了。工作的过劳和生活的清苦，再加恋爱问题、学习问题等在他们中间不断地引起一些波动，团员情绪颇难稳定。我曾对他们一些男女干部说：我们的抗战必然还有相当长的艰苦过程，为争取决定的胜利，还需更多的宝贵的血。我们的黄金时代固然可宝贵，但为着争取民族的黄金时代，我们不能不断然牺牲我们的黄金时代。——根据这个信念和他们许多际实的材料，我写了四幕剧《黄金时代》。

为着理解他们，我曾陪同他们到穿山一带共过野餐，也曾和大部分团员作过详细谈话。这我一一加以记录。后来当他们搬到东华门广东同乡会的时候，我曾和他们住过一些日子。早晚会食以外，有时参加他们朝会、晚会。那时，我也正为着吴绍芝们的湘剧团的改组与编导而烦心。东华路距正阳门边的高升戏院很近，庆光动员了他们的人力、物力帮了这个剧团很多忙。他们的同志帮助该团教歌，写广告，抄剧本，又借给他们天幕、灯泡。中兴湘剧团的组成和支持，郑君尽了最大的力。但郑君是广东人，他不大懂湖南戏，他所以这样帮助，当然主要的是因为帮助我的事业，也正因为过于为湘剧集中精力，实际上我不免松懈了对他们团体的工作。

《黄金时代》写到第二幕，曾请熊佛西先生替他们排练。他们广东人多，国语不太好，便又请了叶仲寅女士给他们教国语。有的女同志甚至因念不好台词而焦急落泪。写到第三幕时，因剧中人物已多过他们所能动员的，他们又不愿请别的团体帮忙，结果不能不放弃这剧的演出计划。这当然是大家十分怅然的事。

其后，他们参加了演剧四、五、七队的演出工作，完成了一部分的自我教育，便向衡阳移动了，投身于部队和民众中的工作。在动身的时候庆光来找过我们，谈过他的一些计划，我也在衡阳寄来的报纸上看到他们的消息。我们在东灵街住的时候，曾一度失窃。由王坪兄的动人的可又近于多事的报道，使得各地的朋友都知道我们这个疏忽的故事，有的甚至寄些钱来安慰我们。少青团的同志也曾写给我这样的信：

……报章传来您被窃的消息，使我们这些时刻关怀着您的孩子非常焦急。我们更惦念着卧病的老太太和玛琍小妹妹曾否受惊。

说起失窃，前几天我们在社会服务处举行音乐会的时候，同志们全体出动到前台去演奏，后台阒无一人，于是窃贼从横门把我们卸下的外衣搜括而去。这都是我们疏忽的一个教训。

现在盗窃的行为在各地都滋生着。我虽备极痛恨他们，但在米价涨到四百多元一担（这是三月三的信）而天气仍有着凛冽的寒意的现在，我们能以一般道德标准来裁判他们吗？我们对于产生盗贼的原因，实在不能轻轻放过。

我们来衡已经两个月了。曾在部队中工作过一个时期，后来移居市区。曾参加过衡市慰劳陆空军游艺大会及青年会招待会等工作一连八天。经一星期筹备又自举行音乐会三天。听众异常拥挤，可见新音乐运动在衡阳很有推展的必要和可能性。

明天又要迁离市区到附郭部队驻地工作，匆促中谨致慰问，并乞常示近况以慰渴念。

原来他们也失窃了，但得信不久我们就搬家了。匆忙中我也没有一一回朋友们的信。只听得人们说少青团已到了曲江。日前遇佛西谈起该团，也才知道一些青年朋友又遭遇了更大的损失。他们在替别人救火的时候自己家里着了火，把他们的行李公物都烧掉了。我首先想到那位姓潘的少年诗人，不知道他在工作寸暇中写成的诗稿救出来没有？女孩子们——特别是周小姐在给敌人撕毁后又继续写下去的日记还保存着没有？他们的报告写得这么沉痛：

曲江虽然不是一个陌生的地方，但对于多年在外漂泊的我们却是相当生疏的。

四月十日起连续三晚，我们假复兴剧场举行音乐演奏会。十七起三晚演出《重庆二十四小时》。此次音乐节目都是战后作品，每晚观众如潮水涌至。我们深觉撇开时代变革的内容，而求艺术的提高是不会有任何召感力的。

《重庆二十四小时》全用国语，演出前我们都捏着一把汗。但事实证明抗战已使国语普遍推行，能接受的观众占百分之九十。演出时反应热烈。台上下打成一片。三晚坐无隙地。我们恨不得这剧场能突然扩大起来，尽量容纳全市热情的观众。

本来预备紧接演出后举行六年战地工作照片展览。二十号下午二时我们正兴高采烈分组讨论此次工作得失的时候，突然看见左首韶东路的天空冒出黑烟，知道又闹火警。曲江火警的确太多了。于是同志们便一拥往救，希望在几分钟内把它扑灭。屋内只留少数女同志在看守。那时候风势甚大，而我们的住所正当风向，情势是非常不利的。两分钟后火势已经漫及。救火同志见势头不对，赶回来搬抢物品，我们的工具都因方便应用，散布各室，很不容易集中。但眼见火舌已从后门夺厨房而出，舐及屋盖。只好拼死力把东西掷到屋后广场低洼之地，望能幸免。不想火乘风势，瞬息间又燃着对门的木屋子，成功一面火焰的长围，烟已眯眼，我们更冒万死救出一些必需的工具之后，乃各挟铜乐器往河边走。这时候东西不辨，但见红光一片而已。

到河边后马上放哨，包围房子的四周，以防余物的被抢。火势刚敛我赶紧跑回去视察，当时仍极炽热，眼前只见浓烟罩着一根焦枯的柱子，瓦砾堆里还吞吐着火舌。在祝融的余威下，好容易找着我们的驻扎地。房子虽尚存空壳，而工作赖以贯彻的器具都成了焦炭。大家忍着一把热泪在火场里拼命发掘，希望还有什么残余。然而这只是徒劳而已。

从午后二时到九时余，我们大家机械地在火场里进进出出，不知道饥饿，不知道疲乏。当时我们每个人心里实在充满着无限的痛悼。悼惜这数年来团的辛苦的建设毁于一旦，使预期的工作展开会受到意外的阻碍。

雇了一条小艇，我们收拾残余，连人带物载到七战区政治大队去。就在一个戏台上，我们铺上几张新买来的草席躺下来。南国特别提早的蚊虻侵袭，苦痛灰挫的心情，再加扑鼻的焦味和汗臭，使无论是怎样困惫的我们也无从交睫。

但，一切预约的工作仍旧得继续啊！

第二天一早，我们挟着残余的铜乐，拖着沉重的脚步，又到十里外仲元中学参加校庆的祝贺表演。当他们知道我们昨天的遭遇之后，同学们热情的关怀和帮助，使我们禁不住流下感激的泪。他们帮我们解决了住宿的问题，借出了简单的日用必需品。这样我们才喘息下来整理善后。

虽然团的损失是那么的惨重，但众同志坚定如铁的信念，仍旧兀立着。我们决意照着原定的计划工作下去。我们知道只有从工作中进行再建设是最妥善的办法。火灾以后好些热情的朋友愿意协助我们，给我们以精神上实力上的最大帮助，这使我们更加兴奋，更加坚定……

四月三十日于曲江

的确，青年们的意志，不是任何猛火所能动摇摧毁的。听了他们的报告，使我想起长沙大火后的情形。长沙十一月十二夜大火。十六日我们的车子回到长沙余火未熄。我在财政厅楼上写过一首诗：

又驱尘雾过湘潭，乡国重来忍细谈。

市烬无灯惨夜黑，野烧余焰破天蓝。

衔枚荷重人千百，整瓦完垣户二三。

犹有不磨英气在，再从焦土建湖南。

实在的，我是亲眼看见长沙从毁灭中重新建设起来的。其后长沙虽屡经战火，但今日的长沙，又以崭新姿态复活起来，只要我们斗志犹存，一个大城市可以使它复兴，何况是一个工作团体呢？我们同情少青团所遭受的损失，这对于该团的男女同志们实在是不小的打击。但我们更赞美该团同志屡仆屡起工作不懈的作风、从工作中再建设的态度。我们相信在不久的将来，可以亲眼看见少青团的第二个黄金时代。

二　再记保罗之死

保罗就是刘廿兄。因为艺术剧社在上海演雷马克的《西线无战事》，他演剧中的保罗，这样，人们顺口都叫他保罗，把他的真名姓反而都忘了。

保罗是个钢铁一样的文化战士，他能在任何艰苦困难的条件下展开文化工作。抗战开始前，他在南京演《卢沟桥》，其后他领导"浙江省抗敌后援会救亡演剧队"，由杭州出发，转战浙江吴兴、长兴、德清各地。我曾在《抗战与戏剧》的小册子中，引过他的戏剧游击战的报告，他就是那样一位精悍勇毅的工作者。

武汉外围战的时候，他又领导这个团体在大别山一带工作，深得廖总司令们的信任。文化工作之外，他甚至领导一支游击队冲进过安庆城。他和易杰女士们也曾得过军事当局的嘉奖。

当他在潜山、太湖一带进行着英勇的战斗的时候，他曾寄过许多宝贵的纪录来，我转交当时在《救亡日报》的孙师毅兄，托他发表，可惜因人事多变，此稿散失，不可复得。不久，又接到他寄来的两期刊物《中原》，载有他的文字。

其后，隔了一年，我由重庆到桂林，忽由辛汉文兄的来信得知保罗的噩耗。当时有人传他是自杀的，所以欧阳予倩先生的追悼文里便那样说。隔了几个月，《戏剧春秋》社得了署名"亦明"的一位读者的来信。她是一个"爱好戏剧的女孩子"，她由"荒淫无耻"的孤岛奔向自由祖国，在真正献身戏剧的激流中与保罗工作在一起。由她的报告我们才知道保罗是在部队工作中，由于演员同志的不可恕的疏忽而误伤殒命的，同时死伤的不止他，还另有两人。当保罗中弹后，这位女同志是连忙解下脚上的裹腿，从破棉裤缝里拉出一块棉花给他包扎的。她又报告了保罗死后同志们是怎样忍住哀痛，继续演剧，怎样开讨论会批判演员汤某的疏忽，又处了他几个月禁闭。——这一报告不仅揭露了事实的真相，同时也使我们知道保罗的死是无可怀疑的了。

我把这信发表在《戏剧春秋》一卷六期上，并要这位女同志回答关于保罗的另一些问题，但是迄无消息。

直到今年春尽，我以偶然的机会认识了一位史君。他不仅也知道保罗，而且当保罗惨死的时候他也在场，他所晓得的前后情形比亦明还要详悉。我尽可能地把他的话记下来以告关心保罗的人，因为我们知道保罗的战斗精神得永久是戏剧文化界的楷模。

据史君说：他认识保罗是在 Y 城艺术学校的戏剧系。保罗是系主任，他自己同时也担任了表演艺术的课。他的钢铁般的人格和亲切实际的指导，极得同学们的爱戴。他们除在学校讲学之外，同时也担任了城乡军民中的宣传教育工作。

　　某日，他们奉令到离城四十里的部队里演剧。剧目原定《王玉凤》，这是许晴君根据苏联《海滨渔妇》的故事改编的。但时间不够，便加演保罗自作的《一个打十个》。惨变就出在后者的排演上。

　　这剧本的故事是写某游击区老百姓，在彻底地做着坚壁清野的工作，把什么都搬走了，但一位老妇爱乡心切，单单地不肯走，她要守住她的屋子和一只老母鸡。她有一个儿子却是当自卫队的，那天正背着一个伤兵下来，藏在她屋前的草堆里。一小队鬼子兵由汉奸引路来到她们那儿，搜查游击队，一无所获，却顺便把她的老母鸡抓去了。他们正在作威作福的时候，忽然听到枪响，原来大队国军到了，鬼子兵恐慌想逃。躲在草堆里的那个伤兵就趁势扔出了他最后一颗手榴弹，把十来个鬼子都歼灭了。她的儿子也抓住那要逃跑的汉奸，夺了他的枪，当场枪毙汉奸。——这是保罗在抗战初期的作品，在长兴时也曾大规模演出过，效果常常是很好的。这次是由史君和沙地们根据保罗原来的地位排演过好几次，最后请保罗来校正，没有想到这就是他最后一次的校正！

　　保罗来，就坐在舞台的正中。这儿恰当扮演汉奸的演员所站的地位。那次扮演汉奸的是费君，扮士兵的是汤海天。汤君的枪虽已把弹匣取出，但此人平日就是个极吊儿郎当的人，他没有想到那里面还留了一颗子弹。保罗平日都是异常谨慎的，他知道，舞台上使用真的武器，稍一不当心就很容易发生惨剧，而且发生过。每逢这样的时候他总要经过细心的检查，也教同学们这样做。这次也是合当有事！他因相信大家已经注意到这个了，便没有亲自去检查，谁知纰漏偏就出在这一次！

　　当汤某第一次排到枪毙汉奸的时候，保罗因他的表演"不像士兵而像知识分子"，所以要他再演。第一次汤某虽曾勾过扳机，但因那颗子弹尚未上膛，所以没有响，保罗更不虞有他。第二次再演时，汤某拉了一下机柄，无意中把子弹推进了膛，发第二枪时便轰然一声，扮演汉奸的费君当时殒命。保罗适在费君同一位置，被击中颈部。子弹再穿过墙壁，那时一位参谋碰巧外面走过，也被击中了小腿。保罗最初几分钟还能动弹。大家在慌乱中赶着给他包扎，并抬到两里外的军医院。一来那医院设备过于简陋；二来保罗伤中要害，无法施救，到院不久就死去了。同志们当时的悲伤激动无可比拟。他们马上打电话报告学校。少数同学要求停止演剧，整队送保罗的尸首回校。但校命尊重死者的工作态度，仍教他们照顾预定演出的两个戏。那晚演员同志特别努力。演《王玉凤》的杨露女士有一个动作曾经保罗纠正过几次不曾如法的，那晚居然演得极好。士兵观众都知道演员们系含泪登台，反应也十分热烈。

第二天同学们葬保罗于城外一土岗。由黄渊先生主持。同学们分成两排，举行简单的仪式。由章梅唱挽歌。会葬的数百人皆肃穆无声，但闻锤子一下下地敲着棺材上的钉子，大家都凄然落泪了。

有一位青年导演李振远君当时在另一战地遭了敌寇的毒手。当地剧协便把他和保罗一道开了一个盛大的追悼会。到会者六百余人。由林（？）君作了一首献给保罗同志的悼歌。歌词是：

迷雾笼罩着三月的大地，

寒风送走了夜航的白帆。

今天我们站在你的墓前，

献上沉痛的挽歌——

啊，保罗同志，

你是舞台的巨人，

你是文化的战士；

你的生涯是中国剧运的活史，

你的声音是被压迫者的呐喊。

啊，保罗同志！

你来自文化工作的底层，

你却站在艺术战线的最前哨；

你在工作中英勇地死去，

但你得永远地活在我们心上。

啊，保罗同志！

你静静地安眠吧。

我们会拾起你遗下的武器，

昂首走向前面的战场！

在这一天的会场上，一位原先也干过戏剧工作的贺先生报告了保罗的历史。另由邱、黄两先生演说勉励同学们不要过于悲伤，而谓当创造无数保罗来补偿此种重大损失。同学们也有说话的，他们表示了对保罗先生的苦干精神无限的感佩，说是一个精勤的戏剧家却从没有一般剧人的浪漫风格。保罗先生在戏剧技巧方面最使人佩服的，是对戏剧效果的把握极度准确。他说剧情发展到某处观众一定会静下来，或是会哭、会笑，在实地演出时常常不差毫发。

保罗遗下了一些战斗的剧本，几首战歌。后者最脍炙人口的有《当兵把仇报》，那是这样开始的：

人心有血，

黄海有潮，

潮涨浪涛高，

血涨意气豪……

史君的谈话实在给了我们很多的沉痛，也让我们知道保罗死得还不太寂寞。

谈到保罗，我们必都想到他的母亲和姊姊。邵荃麟先生在《一个钢铁样的人》文中也说道："保罗对他母亲和姊姊的真挚的爱，凡是认识他的人都说得出来的。除了生活的必需的以外，他连自己治病的钱都寄给他母亲的。"但他的母亲已经死了很久。现在只剩一位他所挚爱的，也一手辅助过他的老姊姊刘晰光。实际上保罗能在外面做他理想的工作而不必有后顾之忧，全亏了这姊姊。每逢保罗有了什么不幸的遭遇，他的姊姊便老远地从故乡赶来抚慰他的创伤。我曾写过一个独幕剧叫《姊姊》，就是写的这位姊姊。保罗的母亲之死，一切丧葬全是他的姊姊一手担任的。她早些年还有一副打洋袜子的机器，她就靠此为活，但因帮助她弟弟的成功，把她的一点点积蓄也全都花光了。当晰光在杭州看护保罗的时候，我和史东山兄正由南京过杭州赴徽州。那晚是中秋节，清丽的月光下，我们自己划着船到清波门访她。接她到城边一家小馆子吃饭。保罗病好了，晰光陪他一道到南京，在我们丹凤街的寓所里住了一个月。"八一三"战后，我由长沙到武汉，晰光也来看过我们。后来有很长的时候我不知道她的消息。去年，我住在东灵街的时候，她由湘乡写信到桂林某书店找我，这时候她已经知道她弟弟的不幸消息了，但她还当是被奸人所害。她是那样的哀切，她几乎失去了她的希望的全部。她说她不想再活下去，她只想知道保罗和王女士生的孩子是不是还在人间。她自己那时住在湘乡一个烟草公司的附近，替厂里的人洗洗衣服。我和孟超兄零碎寄过她一点钱，但那有什么用呢？她几次想到桂林来，又没有路费。她要求我找一个门路把她介绍到长沙百善堂里去，因为那里只收二十到二十五岁的，而她快五十岁了。这是她最近的信：

大哥：

　　有好久没有写信来告诉我的近况。因为想到桂林来，就不写信，但等到今天，一点机会也没有。以前有烟公司在湘乡，还有临时的事好做。自烟公司移动了，什么生计也找不到。想依然逃到长沙吧，也是无家可归。要求大哥设法写信给长沙（荷花池）百善堂堂长，收容我进去。我回到长沙就有栖身之所。在里面虽不能完全解决生活，至少减轻了一部分的困难。死者和生者都感激不尽，目前湘乡生活，高得古怪，每月二百元只够吃饭。回信寄湘乡西门外可心亭华昌饭店葛春桂转。祝好，并祝伯母福安！

晰光

旧历三月十八日

三 记李虹——一个现代的性格

因为写到保罗的死，我想借这机会谈谈李虹，我们演剧六队的一位特异的青年同志，他也是在人生的开始期就惨烈地倒下了。保罗是作了别人疏忽的牺牲，而他却是以明确的意识断绝了他自己的生命。单就死来说，显然李虹的死更有深刻的时代意义。

远在两年前，当六队还是八队的时候，我就听得人说起李虹的名字。

李虹是一个二十五岁的青年，一位年老的母亲的独生子。他是贵州贵阳人，先后卒业于贵阳私立连德学校、贵州省立高级中学。"九一八"后奋志报国，考入了空军学校，经两年的训练，他已经能够驾驶飞机了，终于因血压过高而离校，这是他精神上所受的第一个打击。

但他的报国之志仍不少屈，他于音乐、戏剧本极爱好，便想采取这个新的途径，通过艺术以趋着国人的抗战情绪，改造人类的灵魂。他曾在贵阳与当地救国青年组织一个剧社，经济来源全由他们自己筹募。他们诚恳的战斗的演技使贩夫走卒也受他们的感动。但物力日艰，工作不易，经过五年间的苦撑之后，团体终于解散了，这也是很使他难过的第二件事。

他一股热情无处发泄，想象前方军民的情绪必较后方大都会高得多，便决心投身战地工作。那时正是民国二十七年春，演剧八队由衡阳到长沙，冒着风雪出发将历访湘北前线，李虹毅然参加了这个队。

在八队的三年之间，李虹除热爱演剧、唱歌之外，并曾先后担任过效果、装置等繁重的舞台工作。他的体格在八队算是最好的。他挺欢喜唱歌，音色圆润而洪亮，到哪里哪里就可以听到他的雄健的歌声。他待朋友富于热情，又最欢喜和天真的儿童们相处，每到一地，他首先是那地方的儿童的最好的朋友。

他平日律己极严，对于自己的过失痛自爬搜检讨，不稍容恕。他要求进步更求光明的心非常急切。他的正义感极强。对于被压迫的弱者常常奋不顾身地帮助他。同时对于一切丑恶不正之事，有着火一般尖锐的厌恶。我曾读过他一篇文章叫《由演剧和看戏所想起的》。他是说我们在演戏和看戏的时候很容易表现我们厌恶丑恶、鄙弃污秽的正义感和善良的人性，而在现实生活中却往往会被"为自己的利害打算的自私的狭隘的观念"所战胜，这就说明了为什么"在闲谈中攻击社会丑恶的人那么多，而实际去从事社会改造的人是那么寥寥"。因而他慨叹地说：

"能做到在百般引诱与威胁下不失掉善良人性，并且即使牺牲生命也依然保有着他去爱正义，爱真理，这是不容易的。"

但后来的惨痛的事实证明他真正做到了这一点！

他们的队长刘斐章曾和李虹谈过好几次话，对他的性格作过这样的分析——

……我和他谈过不止一次话。他说他有许多弱点总是改不掉（其实他比以前已大有进步）。他对自己要求得非常之高。他认为别人都不如他那么积极。我曾劝他不要太急躁，应着重实干力行，做一点算一点。但他耐不下，忍受不了。尤其是他自己对自己非常严格，要求十分苛刻。一等到实践的时候又痛感到自己的力量的单薄和毅力的脆弱。像这样理论和实践愈拉愈远，因之他也就愈觉痛苦。

在情感问题上，他同小贺相当要好。但是许多地方表现得颇为感情的。这在一个平常人本来也可以相安无事，或根本不自觉有什么不应当的。但在打算做成一个英雄的李虹，可就成了问题了。他在组织上讲，决不愿苟活，要为人表率，反对小圈子的情感，痛恶不受理性引导的情感。他对别人也是如此要求，而要求自己更苛。但在这方面显然又是一个矛盾。他于是渐渐感到自己的无用与脆弱，他怀疑他的弱点怕是"先天的"。在极度苦痛与着急的时候，他的双手不断地出冷汗。常常紧张得上台时忘了台词，或是临到唱歌时又发慌起来……

李虹身体好，聪明，家庭好，没有受过什么磨折，没有真正过过集体生活。初到八队来的时候，抱着很大的自信，但等到自己发现了自己的弱点，他又一落千丈，变得极端地不自信。同时他在考虑什么问题的时候总不能抛开自己。我好，我不好；我能，或我不能；我为什么如此，或为什么不如此。总之，他是陷在小我的圈子里，他是在钻牛角尖。这种倾向发展下去不是去出家做和尚，或走向极端享乐的一途，便会走向一条痛快的，可是破灭的道路——个人主义的绝路。自然，他也曾受过一点刺激，受过一点委屈，这层恐怕你们都已经晓得。

他有一种怪想头，以为这么一来就可以把自己认为是毛病的地方通通解决。不单自己可以解决，甚至于可以把别人的毛病缺点都一道带走。但这怎么办得到呢？……

一月二十九日斐章的信

他的队里的同志，高林君也曾对他的不安静的灵魂作过这样的观察，这可以拿来和刘队长的分析相印证。他说：

自从你懂得真理以后，你的灵魂就不安静的。我们时常在一起谈着明天的工作，那是多么遥远而艰难。每一次你都是不能沉着气静下心来谈，本来是坐着的，你会忍不住要站起来；站起来说不上三两句话你又压抑不住你烈火般的血液，拔动两腿痉挛地徘徊起来。终而磨着牙齿，呼吸急促得使你说不出话来。

你不是怕明天的工作太艰难，你是不忍看到明天的路还是那么遥远而渺茫。你不能像沙漠里的骆驼一样，成群结队冒着风沙一步一步地耐心前进。你是一头猛虎，你要吞着风沙向明天飞跃地猛扑。你要燃烧自己的血肉在明天的太阳里。

我们时常谈起我们敌人的猖狂，我们时常讨论该如何运用各种各样的方法和步骤，通过我们的舞台表演和歌声去消灭他们。而你是那样的不耐烦。一谈到敌人的凶残卑怯，你的不安的灵魂更加暴乱起来。你的手心流汗，你的眼里冒火。你要捏死敌人，你要将他们捏成灰！仇恨的火焰烧毁了你英雄的智慧。对明天想，要一蹴即达的急躁与奢望，使你看轻了一切必要的步骤与方法。你的宝贵的同胞爱、人类爱，你的对敌人的憎恨、愤怒，没有能融化在你的日常生活和现实实践里去。你只图欣赏自己的血液喷射在敌人身上的大痛快，你只求你的不安静的灵魂得到彻底解放的大欢乐，你没有将你的不安静的灵魂合流在广大人民群众的大痛苦的灵魂里去。

你英雄地热爱单独作战。强烈的想念蒙住了你的眼睛，看不到人群整体的行动。

你既看不到别人作战的奇迹的英武，又看不到自己急切的英雄的成就，而敌人依然在我们的故乡、我们的广大田园狂暴着，使我们的母亲流泪，使我们兄弟姊妹遭蹂躏屠杀。你的不安静的灵魂怎么不要更加燃烧起来，爆炸起来……

见十一月二十一日《新湖北日报》高林作《不安静的灵魂》

这样失去了安静的灵魂，陷入尖锐矛盾的结果，便有了民国三十一年十二月十一日的事。

那天早上，和平日一样，六队的同志们正在他们的队部一间兼作会议室、排戏间的餐厅里吃着稀饭。这时候李虹把手插在棉军服大衣的口袋里，颇为安详而沉郁地走进来。他那副神情并不曾引起大家的注意。因为不止一天了，这半个月以来他早变成那样儿了。虽则最初也有些人觉得奇异，但日子久了大家也就松懈了。那天他离开桌子不吃稀饭（这也是很平常的事，当时无人注意），走在墙边站着，从衣袋拿出了匣枪。就在这同一时间，他说：

"同志们，我李虹今天对不起大家了！"

声音虽然有点异样，但听得出来是事先念过多少遍的。这句话才说完，枪口早已指着他自己的太阳穴。"砰"的一声响，响声不大。当时虽则满屋都是人，可是都在谈笑风生地吃着稀饭，先前还以为他是在开玩笑放个炮吓唬吓唬人的，但在那一声里，人是凭空地倒下了。那一刹那间，大家谁都不知道该做什么好。跑出，跑进，找医生，找担架，拿白药，撕绑腿，忙乱了几分钟。李虹头上血流个不止，脑浆已经被血冲出来了，生命实际上早已绝望。但年轻的同志们怎禁得起这样大的损失？他们想用一切方法把他们的李虹抢救回来。但抬到医院时候，医生说"已经没有人了"，拒绝接受。他们这才陷入了无泪的沉默。

那时正是岁暮天寒。装殓时，同志们怕他冷，反对着迷信的说法，把棉大衣棉被也全给装进去了。刘队长立即去报告参谋长，同时呈报政治部，又打电报给他母亲。陈司令长官晓得了，怜念这青年，也抚恤了一千元。第二天他们把这不安静的灵魂，埋葬在恩施南门外的纱帽山，让他永远在那儿安眠。十一月二十一日借青年剧社开了一个小规模的追悼会。唱挽歌的时候，队员同志们再也不能忍受了。起先歌声像是啜泣，逐渐地变成痛哭了。这空气感染了全场的人，无不替这畸零的时代青年洒着一掬同情的泪。

All or nothing，猛烈地追求着理想，做不通便死殉之，一点也不含糊妥协，李虹真是一个值得学习的特异的性格。

一年来的桂林文化界

涵　紫

一

最近一年来，因为香港、南洋各地的文化人相继归来，桂林的文化界，又显得非常热闹。三十年春天以后一度冷落过的桂林，现在已恢复了"文化城"的面目。

目前桂林出版物的众多，是过去几年来所没有的。在以前生活书店、新知书店存在的时候，出版物多数是社会科学部门中的各种理论书籍，现在因为环境不同，出版物的性质已偏重于文学方面。所以，如《文艺杂志》《文学译报》《诗创作》《青年文艺》等文艺刊物，如雨后春笋般地出现于桂林。

除了这许多文艺刊物之外，翻印各种世界文学名著，也成为桂林出版界的风气之一。托尔斯泰的名著如《安娜·卡列尼娜》《战争与和平》，高尔基的《我的童年》《母亲》等，为内地知识青年所普遍喜爱的读物。其他综合性的杂志刊物，因为去年重庆方面曾有命令停止办理登记，所以出版的并不多。代之而起的是许多杂志性

作者简介

涵紫，生平不详。

作品信息

《杂志》1943年第2期。

的单行本，倒出版了不少。这种单行本只需经过广西省"图书杂志审查处"的审查，就可以出版销售，并不和重庆的命令相抵触。

作为桂林"文化街"的桂西路，每天自下午五时到九时止的几个钟点内，家家书店里都挤满了公务员、学生、军人、职业青年等各色各样的人，其盛况不亚于事变以前的上海福州路。在这条倍形热闹的"文化街"上，有两家书店是例外的：一家是共产党《新华日报》桂林营业处；另一家是重庆党办的中国文化服务社。《新华日报》桂林营业处因为兼售各种社会科学的理论书籍，有时还有穿着灰布制服的青年学生走进去，他们是所谓"初生之犊不畏虎"，什么地方都会闯进去的。但自去年六月间被桂林警备司令部抄查之后，《新华日报》桂林营业处已纯粹成为一个派报所，除报纸及群众周刊之外，不准兼售其他书籍。中国文化服务社，则常年均有"门庭冷落"之感！

从外表看来，桂林的文化事业的确相当发达，但它并不是没有困难的。最主要的困难，是内地交通不便，出版物销售的地域比较狭小，所以尽管桂林文化事业如何发达，但桂林的邻近地区如湘、黔等省，有很多地方还是闻不到一点文化气息，其次是内地检查制度的不统一，也大大地妨害了出版物的销行。譬如广西省"图书杂志审查处"所通过的书籍刊物，常常在湖南、江西等地遭到禁售的处分。因为内地物价高涨，纸张缺乏，以致出版成本提高，因而使读者购买力一般地降低，这也是无可避免的事情。

自廿八年下半年起，内地出版物的纸张，已经看不到一张白报纸。现在桂林出版物所用的纸张，大部分是湖南宝庆所产的黄色土纸，这种纸张因为是手工业制品，所以非常粗糙，厚薄也不均匀，阅读的时候容易损伤目力。稍为讲究一点的刊物如《文化杂志》等，则采用赣南或闽西所产的土纸，这就比较光滑均匀了。但即使用种种粗劣的土纸所印成的东西，定价也贵得可以，一本不满二十页的十六开本的刊物，往往要卖三四元，十万字左右的一本书籍，定价总在十元以上。为减轻读者的负担，现在桂林各书店都有"图书出租部"的设立，这对无力购书的人，的确便利不少。

随着桂林出版事业的蓬勃发展，一般唯利是图的市侩书商，也大为活跃。各种东拼西凑，只有一页漂亮封面，或是一个动人书名的刊物，也大批陈列在书店里，这实在是一种投机行为。

二

这里想特别提一提桂林一个大规模的出版机关，即"文化供应社"。因为它在推动桂林文化活动上，有着很大的作用。

当二十七八年间，桂林逐渐成为内地文化中心的时候，广西当局就有意设立一个半官性质的文化机关，趁此机会尽力推进落后的广西地方文化事业。经过相当时期的筹备，"文化供应社"即于二十九年初，以企业组织的姿态出现在桂林。星加坡陷落以后不知去向的胡愈之，曾参与策划"文化供应社"的筹备工作，二十九年秋天以前，他还是"文化供应社"编辑部的负责人。

"文化供应社"的发起人，大半是广西省当局的负责者，以及广西"建设研究会"的会员。"建设研究会"可说是李、白、黄三巨头的"智囊团"，地质学家李四光、前广西大学校长白鹏飞等，都是该会会员，他们的工作，是研讨广西地方政治、经济、军事、文化等一般建设问题，将研究所得的结果，供广西当局的参考采纳。如要独当一面，专门负责推进广西地方文化事业，"建设研究会"自然是不可能的。

"文化供应社"是股份有限公司的组织，成立初期的资本只有十万元，现在已经增至三十万元左右。董事长是"广西省参议会"议长李任仁，实际主持人为陈劭先。内部组织分编辑、出版、总务三部，现在编辑部的负责人是傅彬然。宋云彬、曹伯韩、邵荃麟等均为编辑，全社职员共有四五十人之多。凭着雄厚的资金，以及种种有利条件，"文化供应社"俨然成为目前桂林出版业的巨擘，最近两三年来所出版的书籍数目，足以压倒其他任何出版机关！

在推进广西地方文化事业上，"文化供应社"因为得地方行政机关的协助，已经收到了相当大的效果。譬如：各种中小学生的课外补充读物，通过教育机关之手，有计划地播送到青年学生群中，各种通俗读物的小册子，以及连环图画、常识挂图等，也通过各县立图书馆及乡镇公所的关系，大量地散播到民众中间去。广西省内许多偏僻的小县，从前没有一点文化影子，现在则经常可以看到"文化供应社"的出版物了。

《文化杂志》月刊是"文化供应社"的机关刊物，同时也是内地较为高级的学术性的刊物。经常在该刊上执笔的人，有陈伯达、李达、翦伯赞、邓初民、张健甫等，各种专门问题的论著，时常可以在该刊上读到。香港归来的文化人如金仲华、羊枣等，有时也替《文化杂志》写点分析性的时事论文。因为内地交通困难，发行地区受到限制，所以它的销数，每期也只有三四千册。

去年"文化供应社"出版了许多"手册"之类的东西，如艾芜的《文学手册》、冼群的《演剧手册》、杨承芳的《英文手册》等，都在短时期内翻印了三四版，据说赚了不少钱。此外宋云彬编辑的《鲁迅语录》，也是畅销一时的书籍。但因此就有人讥"文化供应社"为"手册制造所"！宋云彬也被人攻击，说他有"窃盗版权"的嫌疑。

三

作为桂林文化活动重要一环的戏剧运动，目前也呈现着非常蓬勃的气象。欧阳予倩主持的"广西省立艺术馆"，以及田汉、瞿白音主持的"新中国剧社"，是桂林戏剧活动的中心。

"广西省立艺术馆"成立于二十九年，在欧阳予倩悉心经营之下，短短三年当中，已有很多的成绩。"艺术馆"的实验剧团，除了去广西省内各县作巡回演剧之外，时常在桂林举行公演。去年一年当中，它先后演出的《忠王李秀成》及《天国春秋》两出古装史剧，曾博得桂林各界的好评。

《忠王李秀成》为五幕史剧，是欧阳予倩自己编剧导演的。剧本内容是将太平天国亡国时统治阶层的腐化堕落，予以无情的揭露；对一般贪官污吏利用职权地位，作种种营私舞弊的行为，予以猛烈的鞭挞；而对忠王李秀成的苦心孤诣、力挽狂澜、处处顾全大局的伟大精神，则予以高度的表扬。这个剧本的演出，颇收针砭时政之效，给苦于当时现实环境的人们以不少的冲动。

"新中国剧社"是纯粹民间性的职业剧团。这个团体的组成分子，完全是过去各个战地演剧队的男女队员，他们有的是因为政治上的原因被迫离开，有的则是因为年龄关系，结婚生了孩子以后，势不能再留在原来的剧队里面，流动于战地，特别是女的。这个问题在内地流动性的剧队里面，已经成为非常严重而无法解决的问题。

去年三月间，"新中国剧社"继《大雷雨》以后，公演洪深、田汉、夏衍三人合编的《再会吧，香港！》时，曾经发生一次意外的风波。这个剧本在公演以前，是经广西省"图书杂志审查处"通过的，试演的时候，"新中国剧社"又招待过党、政、文化界，演出的一切手续，也已完全办妥，不料上演第一日演至中途，突被桂林警备司令部命令禁止。这事发生后，桂林各界都愤慨不置，因为这在桂林还是破题儿第一遭的事情。事后据说这是重庆方面有意给香港归来的文化人一个打击，剧本内容并没有什么问题，后来虽然更名《风雨归舟》仍由"新中国剧社"演出，但因为剧本内容又经删改，演出的成绩就比较差了。"新中国剧社"为筹演《再会吧，香港！》，事先曾举债两万元，经此挫折，致全部亏蚀。

《风雨归舟》公演以后，旅港剧人即于五月间举行救侨公演，演出曹禺名作《北京人》，由宋之的亲任导演，凤子及宋之的太太王苹等均参加演出。不久以后，又有湘、桂等处的战地演剧队，在桂林举行盛大的联合公演。

除了戏剧界的活动之外，桂林音乐界也在过去一年中举行过几次演奏会。马思聪的小提琴演奏，其盛况不亚于二月间"新中国剧社"的公演《大雷雨》。

桂林的艺术气氛常年浓重：留在桂林的各种艺术团体，固然像走马灯一样循环地活动着，而别处的剧团等，也不时到桂林来举行公演。

四

最后，要谈到留桂文化人的动态了。

当前年十二月八日，日本向英美宣战的消息传到桂林之后，桂林各方面人士，对留港文化人的安全，曾表示过稀有的关切和怀念。那种忧虑焦急的情形，不亚于对各人自己的亲属。

但关心香港文化人安全的，究竟还是在桂林的文化人。十二月八日上午十一点多钟，桂林各报的号外刚在街头出现之后，田汉首先赶到"军委会桂林办公厅主任"李济琛那里去，他想知道当局对留港文化人的态度如何，同时要求李氏向重庆建议，不念旧恶，在他们急难归来时，予以种种方便。因为大部分文化人在香港的时候，已和重庆方面到了短兵相接的地步，这次变起仓促，他们除了再回内地之外，别的可说一无办法。然而，偏偏李氏出席重要会议去了，田汉只好留下几个书面建议，怅然走出！

当天下午四点钟左右，田汉总算会到了李济琛，一见面，李氏就说："只要他们能够平安回来，还会有什么为难的地方呢？"田汉从李氏那里出来之后，急忙走到已经贴出"停收港电"条子的电报局，经过再三交涉，在千钧一发的情况下，他给夏衍拍了一个电报："一切已无问题，请从速设法归来！"

这个电报发出以后，香港方面一无回音，但关于大批文化人遇难的消息，却从四面八方传到桂林来了。如夏衍已在逃难途中死亡，茅盾、邹韬奋等行踪不明，大致已经死亡等，一时成为桂林人士谈话的中心。在当时那种混乱的局势中，尽管有一部分较为冷静的人，对这种未加证实的消息，采取保留态度，但也有不少人已置信不疑而为之唏嘘叹息！直到去年一二月间，夏衍、范长江、梁漱溟、茅盾、胡风等先后归来之后，真相才告大白，种种谣言也像云雾般的完全消散！

在夏衍、蔡楚生、郁风他们一行回到桂林的那天，还在火车站上演了一幕悲喜剧。事情的经过是这样的：夏衍他们刚一下车，田汉、洪深、欧阳予倩等一班欢迎的人，都蜂拥上前，大家欢呼拥抱，共庆生还。岂知在此一刹那间，夏衍忽从欢呼声中发出惨叫，脸色变成死白，急忙从洪深怀中挣扎而出！原来洪深是一个身材魁梧的伟丈夫，而夏衍是一个比较瘦弱的人，当洪深抱他的时候，他的身体恰巧贴在洪深的自来水笔上，因为刚力过猛，致将夏衍的肋骨折伤一根！

广西当局当时为救济一身之外，别无长物的文化人，曾在"广西省紧急救侨会"中拨出一部经费，予以救济。回桂文化人以社会地位的高下，分别得到二千元、一千五百元、一千元的救济费，李济琛、黄旭初也在"乐群社"茶会招待过他们。

从香港归来的文化人，留在桂林的并不多，他们多半是在桂林暂时驻足休息一下，考虑未来的出处。所以夏衍他们不久就去重庆，范长江等也即转往别处。现在留居桂林的，只有茅盾、胡风、金仲华、张友渔、千家驹、羊枣、张铁生、萨空了、胡仲持等一班人。

茅盾到桂林之后，写过一本以香港战事为背景的《劫后拾遗》小册子，并经常替几家文刊物写点艺杂感短文。胡风文章写得并不多，只对曹禺的剧作如《北京人》等，写了一点批评文章，刊载于田汉主办的《戏剧春秋》月刊上。金仲华、千家驹等回桂林以后，处境比茅盾、胡风等要困难些。千家驹在这一年当中，很少写过文章，几成为闭门读书，不问外事的"隐士"。金仲华也只是替《广西日报》及《文化杂志》写点剖析世界战局的论文。其余如张友渔、羊枣、萨空了等，只替胡仲持主编的《国际问题丛刊》写点时事丛书之外，也没有别的事情可做。最近听说羊枣已去衡阳，任《大刚报》总编辑，张铁生则去曲江，任职"第七战区编纂委员会"。

田汉在桂林是较为活跃的一个人，无形中成为西南戏剧界的中心。隶属于重庆"军委会政治部"的各个战地演剧队的青年人，大家都呼他为"姆妈"！实际上田汉对这些青年人，的确相当尽了保姆的责任。去年春天，田汉写了一个五幕悲剧《秋声赋》，剧中的主人公就是他自己，把他内心的哀怨悲愤，尽情刻画，读后令人有"满篇哀蝉落叶味，一片孤臣孽子心"之感！四月间"新中国剧社"公演该剧时，曾轰动桂林。

田汉虽然因为年华日老，头发已现花白，但他那种落拓不羁的"名士"气息，并未因之减少。去年夏天，常见他穿套蓝布工装，剃了光头，戴顶阔边草帽，流连于桂林七星岩前的露天茶社中。在柳州的张发奎，也时常邀请田汉去柳，借饮酒赋诗以遣心头的苦闷！最近他在桂林除经常协助"新中国剧社"的公演，以及负责《戏剧春秋》编务之外，对地方戏如湘剧等的提倡改进，颇为尽力。

在过去两三年前，桂林文化界的社会活动非常多，经常举行各种学术性的专门讲演和时事座谈会等，现在因为环境不同，这种集会已绝无仅有了。去年八月间英印关系决裂后，在"中苏文化协会"桂林分会召集下，举行过一次英印问题座谈会，香港归来的文化人也有被邀出席的，这可说是年来留桂文化人唯一的社会活动了。

再谈桂林文化界

涵 紫

桂林文化界的一般情形和文化人的动态，笔者曾在五月号本刊上，作过一次简略的报道，现在，再补充一点在这里。

一

桂林的文化事业，粗看起来，似乎热闹，出版物亦属众多，但是因为内地交通困难，邮递不便，以及审查制度的不统一等许多限制，一般出版物的销数，都不十分好。销行范围较广和销数较多的出版物，只限于几本历史长久的定期刊物，因为这些刊物经常拥有较多的基本读者。

桂林"文献出版社"发行的《野草》半月刊，是内地唯一的杂文刊物，同时也是桂林定期刊物中销路较广的刊物。篇幅虽只有三十二开本四五十页左右，定价则在四元以上，每期可销一万份。经常在《野草》上执笔的，是宋云彬、孟超、聂绀弩、何家槐等一班人，主持编务的是一个新进作家秦似。在内地写杂文本不容易，

作品信息
《杂志》1943 年第 4 期。

要办杂文刊物自然更不容易。《野草》所以能成为一本畅销的刊物，一方面是由于负责人的力求充实内容，另外是读杂文多少可以发泄一点时代的苦闷，所以爱读杂文的人就比较多了。

"文献出版社"除了发行《野草》半月刊之外，同时还出版了许多杂文、历史小品、散文一类的单行本。如夏衍的《此时此地集》、宋云彬的《骨鲠集》、孟超的《骷髅集》、聂绀弩的《蛇与塔》、林林的《崇高的忧郁》等，销路都非常好。去年出版的译文刊物《文学译报》月刊，现在也由"文献社"发行，主持这本刊物的人，是前《救亡日报》编辑人廖沫沙。

开明书店的《中学生》半月刊，是目前桂林定期刊物中销数最多的一本刊物。因为它有湘、桂、粤、赣等省的青年学生，作为基本读者，所以每期销数总在二万五千份以上。《中学生》所以成为青年学生爱读的刊物，是因为它的内容，实在比一般青年读物来得丰富和切实。每期除了提供一般的国际、政治、经济等时事常识之外，并经常刊载有系统的专门著作，介绍各种基本的科学知识。以前《中学生》的编辑人是胡愈之、千家驹和张铁生，现在则由傅彬然负责了。

开明书店除了出版《中学生》之外，同时还大量翻印战前出版的青年丛书，据说赚了不少钱。

《宇宙风》散文半月刊（乙刊），在桂林定期刊物中间，也是销数较多的刊物，颇受一般公务人员和中年人的欢迎。前年十二月八日以前，《宇宙风》是在香港集稿编排的，然后将纸型航寄桂林，印刷发行，有时因为航期误班，所以时常脱期。香港战后，《宇宙风》的负责人四散，曾经一度停刊，去年三月间始在桂林复刊，内部人事有了更动。编辑人为林语堂、林憾庐两人，不过林语堂远在美国，只是挂一个编辑人的空名，实际上一切都是林憾庐一人在主持的。最近林憾庐已在桂林逝世，《宇宙风》也跟着停刊了。

至于桂林的文艺刊物虽然相当多，但销数较好的只是王鲁彦主编的《文艺杂志》。虽然《文艺杂志》销行的区域还没有《文艺阵地》那样普遍，但在西南各省中，它是超过了《文艺阵地》的。茅盾、胡风、张天翼他们，都是《文艺杂志》的经常执笔者，王鲁彦自己也每期多少写一点，可说是内地第一流的文艺刊物。

葛琴主编的《青年文艺》半月刊，是一本通俗浅显的中级文艺刊物，极适合于一般中学生阅读。《青年文艺》虽没有经常登载名家的作品，但新进作家的佳作，却不时有的发现，理论文章和世界名著的翻译，大半是葛琴的丈夫邵荃麟在负责。所以这本刊物，也可说是他们夫妇俩合编的。

除却这些定期刊物之外，桂林出版物销数较广的，要算是各种实用书籍和以这次世界大战为背景的各种报告文学的译作了。至于各种世界文学名著，近年虽然出版了不少，但因为定价过高，不是一般读者所能购得起，所以销数并不十分大。

二

去年二三月间，可说是桂林最热闹的时候。因为香港等处回到内地的文化人，几全部集中在桂林。不过他们来到桂林，有的只是略为歇一歇足，不久就转到别处去了。

夏衍是第一个离开桂林去重庆的人。他去重庆以后，桂林《大公晚报》曾载过一则电讯，大意是："作家夏衍，自香港脱险归来，'中宣部'闻讯后，颇表欣慰。"这则电讯发表后不久，桂林方面就获得"中国文化服务社"社长刘百闵要来桂林，奉命"邀请"一部分文化人去渝的消息。这个消息传到桂林来，曾使一部分文化人感到惶惑过，范长江就在得到这个消息之后，悄然离开桂林。

刘百闵后来虽然确于五月中旬来到桂林，不过并没有达成他"邀请"文化人去渝的使命，只是把"中国文化服务社"桂林分社整顿一下，就匆匆走了。

读者总还记得民国十五六年"太阳社"时代，和蒋光赤、钱杏邨、杨邨人一同活跃过的诗人孟超吧？这几年来，他一直住在桂林，没有离开过。二十九年春，曾一度担任过广西"绥靖公署政治部"的职务，不过不久就辞职了。在这两三年当中，他写了不少历史小品，散见在桂林的报章杂志上，最近已由"文献出版社"印行单行本，题名：《骷髅集》。前年十二月八日以后，孟超曾撰《怀才如晦》一文，载在

《野草》半月刊上，对当时留居上海的钱杏邨（阿英），备至关切。不过孟超近年的生活境况不很好，主要是苦于穷。因为靠稿费维持生活，总究是非常困难的。去年秋天，常见他穿了一套旧的灰布制服，站在漓江大桥上，眺望桂林山水，极像一个广西省的下级公务人员。

作家孙陵原在桂林主编《自由中国》月刊。这本刊物就是二十七年创刊于武汉，由郭沫若主持的，后来因为武汉陷落而停刊。二十九年秋天，孙陵从鄂北战地回到桂林，商得郭沫若的同意，积极筹备复刊。《自由中国》复刊以后，因为孙陵的努力，远在西北各地的作家如碧野、田涛等，都经常有作品寄来，孙陵自己也写了长篇《大风雪》，分期连载。内容虽比武汉时期稍为差一点，销数倒还可以，但好事多磨，这本刊物复刊不过一年左右，因为去年重庆禁止内地报章杂志用"自由中国"这一名词，《自由中国》月刊亦连带被迫停刊。这个意外的挫折，别人对之颇为扼腕，孙陵则并不因之气馁，停刊以后，又筹创《文学报》旬刊，形式一如八开报纸，每期出两页，销数亦不差，现在还在继续出版中。

留在桂林的女作家，除了葛琴之外，安娥目前也在桂林，和田汉同居一起。战后她在襄樊、宜昌一带的战地走了不少时候，现在时常写点战地杂记之类的东西，载在《广西日报》副刊《漓水》上。另一位女作家杨刚，本来是香港《大公报》副刊的编者，自香港回内地之后，一度任过桂林《大公报》的外勤记者，去年浙赣战事紧张时，她曾赶赴战地，寄了不少通讯稿，载在《大公报》上。

顺便提一提前在上海办《辛报》的姚苏凤，去年亦自香港到了桂林，担任《广西日报》的总编辑，作风仍旧不脱"洋场才子"的本色。每天在《广西日报》副刊《漓水》上，写"桂林独白"一则，文中有句："桂东路某商店陈列香港皮鞋一双，标价一千五百元，假如我亦标价出售，不知能值几何？""新近我有了一个女朋友，生活不太寂寞，她是我一个朋友的女儿妮妮，今年四岁。"这种"海派"作风，广西当政者对之颇不满意，所以不久就辞职他去了。

三

最后谈一谈桂林新闻界的一股情形。桂林一共有《大公报》《扫荡报》《力报》《广西日报》《自由晚报》《大公晚报》等六家报纸。除重庆之外，桂林是内地第二个报业集中的地方。

《大公报》桂林版创刊于二十九年秋，主持人是王文彬。战前他是《大公报》的外勤记者，平津上海一带都有他的踪迹。二十七年《大公报》自武汉移往重庆以后，王文彬就担任《大公报》桂林办事处主任，一直驻在桂林，对广西各方面的情形，相当熟悉，所以《大公报》创刊桂林版的时候，总馆就决定由他负责了。

《大公报》是所谓"权威"的报纸，在桂林自然也是销数最多、影响最大的报纸。每天可以销三万多份，销行的地区，包括湘、桂、粤、赣、闽、浙各省。人们所以爱读《大公报》，是因为它具有两个特点：第一是专电多，许多重要新闻比别家报纸早，第二点是评论的犀利和敢言。专电多是因为内地比较大的城市如衡阳、曲江、长沙等处，《大公报》都有特派记者驻在那里，直接采访当地的新闻，电告报社。其次是《大公报》总馆在重庆，凭着它的优越地位，许多国内外的重要新闻，往往比别家报纸早得多，得到以后，立即电告桂林分馆，所以《大公报》在时间上，总比桂林别家报纸抢先一着。评论的犀利敢言，是因为《大公报》对重庆一切政治设施的批评指摘，往往出之于重庆的授意，所以它的发言要比别家报纸便利得多。因此也有人说《大公报》是蒋的代言人，它的评论无异是和政府唱双簧。

桂林不仅是重庆治下一个文化事业的中心，同时也是一个工商业日趋发达的城市。所以桂林各报的篇幅，常被广告占去一大半。《大公报》的广告更是拥挤不堪。内外中缝也没有一些空隙，遇到星期日，因为广告过于拥挤，时常增出半张或四分之一的篇幅。

《扫荡报》是桂林的第二张大报，它直接隶属于重庆"军委会政治部"，为黄埔系的机关报。日销近二万份，读者主要是军人，所以《扫荡报》注重的也是军事消息。桂林《扫荡报》的工作人员，大部分是武汉时期的旧人，主持人是易幼涟。

《扫荡报》因为总馆设在重庆，所以它的新闻也如《大公报》一样，可以抢在别人的先头。香港战事以前，《扫荡报》的社论，对当时先后去香港、南洋一带的文化人，抨击不遗余力。所以去年大批文化人回到桂林时，别的报纸都致其欢迎和慰问之意，独《扫荡报》一无表示。

《扫荡报》的小评，几乎是每天挑剔广西当局的一切设施，有时颇使广西当政者感到难堪。不过《扫荡报》是"中央"（重庆）的报纸，只好无可奈何了。

《力报》的前身，就是从前湖南邵阳的《力报》。二十八年邵阳《力报》因故被封，一部分旧人即来桂林创办《力报》，另外一部分人则在衡阳恢复《力报》，成为对峙的局面。桂林《力报》的经济情况十分窘困，所以设备比较简陋。新闻来源除了"中央社"的电讯之外，没有别的什么办法。所以它和桂林其他各报竞争的唯一办法，就是提早出版时间。不过《力报》的副刊《新垦地》，倒是一个非常出色的纯文艺副刊，青年学生非常爱读，聂绀弩和葛琴曾经先后主编过。前年聂绀弩主编的时候，曾和西南联大教授林同济、沈从文他们开过笔战，双方论争的问题是："妇女应否回到厨房去?"这场笔战一直延长到两个多月，着实热闹过一番。去年听说重庆"宣传部"准备以十万元的代价，强迫收买《力报》，使它成为直属的党报，最近不知《力报》的情形如何了。

《广西日报》是"广西省政府"的机关报，所以地方色彩非常浓厚。广西省政府的一切法令等，也通过《广西日报》，传达到各下层行政机构去，因此各行政机构均须订阅《广西日报》，所以销数也不下于《大公报》。香港战争以前，《广西日报》的负责人是"广西绥靖公署政治部"副主任韦赞唐，现在则由香港《珠江日报》前社长黎蒙负责了。《广西日报》最大的特点是：每周都有一篇精粹的"星期论文"。过去一两年，胡愈之、千家驹、张志让、张铁生等都是"星期论文"的执笔者。此次从香港归来的文化人如金仲华等的文章，也是首先在《广西日报》上登载出来。二十九年以前，诗人艾青，曾主编过《广西日报》副刊《漓水》。

《自由晚报》和《大公晚报》，是桂林仅有的两家晚报，日出半张，广告占去了大一半的篇幅，销行仅限于桂林，没有什么特殊可记的地方。

桂林除了这几家报纸以外，又有一种专载黄色新闻的小型报《小春秋》出现。从前在香港办《天文台》小报的陈孝威，也替这张报纸大写文章，不过这张报纸并不受人欢迎罢了。

《家》在桂林的演出

熊佛西

我排演《家》是一件偶然的事。

今年一月间某团体约我导演一个戏，一时找不出合适的剧本，恰巧在报上看到曹禺先生根据巴金先生的小说改编的剧本《家》出版了，我便同一个朋友去访巴金，与他商谈《家》在桂林演出的事情。但次日某团体的主事人听说我要排《家》就向人表示他要导演这个戏。这消息传到我耳朵之后，我便放弃导演《家》的计划。且拟导演这个戏的人也是我的朋友，他"排"或我"排"都是一样。在我个人只希望桂林多有几个好戏看，使此间的戏剧空气更深厚些，至于何人导演与何团体演出，都没有多大关系。

作者简介

熊佛西（1900—1965），江西省丰城县人。1919年入燕京大学学习教育和文学。1921年与茅盾、欧阳予倩等组织民众戏剧社。1924年赴美国哈佛大学学习戏剧、文学，获硕士学位。1926年回国，先后任北京国立艺术专科学校戏剧系主任、燕京大学教授、北京大学艺术学院戏剧系主任。1941年到桂林。1942年创办了大型文学刊物《文学创作》。1944年创办《当代文艺》，在桂林期间创作了长篇小说《铁苗》《铁花》，历史剧《袁世凯》和散文集《山水人物印象》。1946年任上海市立实验戏剧学校校长。1949年以后，历任上海戏剧专科学校校长、中央戏剧学院华东分院院长、上海戏剧学院院长等职。

作品信息

《文学创作》1943年第3期。

但事隔半年，《家》还未见演出。直到五月十四日，钢鸣、孟超、湘军诸兄光临榴园，说他们和寿昌兄发起的剧社要演出《家》，约我任导演。我当时颇为踌躇：一则是我已和朋友约定五月底到曲江去一趟，届时不能失约；二则是我正在写一个长篇小说，中途不便停止。但他们的情辞很恳切，一定叫我别推却。经再三考虑，我只好勉强承允了。

就是，在五月二十一那天晚上，我和演员们开始这件艰巨的工作。每晚七时至十时，风雨无困，我们摒除一切交际应酬的约会，准时到八桂街公所排练。我说这工作艰巨有两个原因：一是因为这剧本过长，人物众多，情节与场面都非常繁杂；二是因为留桂剧人联合演出，是一个临时组织，所有的演员与工作人员几乎全是有职业的，不能集中精力和时间来排这个戏，不但白天排戏不可能，即于晚间排戏而希望人人出席也是很难做到的。因此其中角色屡有调动，甚至有某几个人角色曾更换三四次之多。幸赖演出委员会诸君子的策划，诸演员与舞台工作同志的精诚合作，终于今日把这个戏搬上了舞台，虽然这次演出的成绩离我们的理想还很远。我们感到排练的时间还不够。从开始到现在，除了每位同志对于这剧本的自修时间不计外，我们在排练上大约费了二百小时。朋友们也许觉得我们花的工夫太多，我们自己却嫌放下去的时间太少，以致这次的演出未能如愿地"磨光"。

我怎样处理这个剧本呢？在未回答这问题之前，我们先应研究《家》的立意安在。无疑地，作者是想在这里暴露大家庭的不合理，想把这个不合理的牢笼摧毁，而另外建立一个新的路向，这个新路向是什么作者没有明显地告诉我们，但在字里行间他给了我们许多暗示，例如觉慧的反抗，以及他最后的走出，淑贞的解放，琴小姐与觉民的结合。所以，简单地说来《家》是一个反封建的剧本。

我便根据这个立场来处理这剧。我要把这个不合理的大家庭的形形色色赤裸裸地暴露出来，把这繁杂的人物的性格与互相的关系很清晰地介绍给观众；我固不忽略黑暗的一面，但我更强调光明的一面，所以对于觉慧这个角色的一切，我丝毫不肯放松。他是这剧里领导光明面的唯一人物，对于淑贞的解放，琴小姐和觉民的结合我予以高度的兴奋，对于觉新、瑞珏、梅小姐、鸣凤、婉儿的牺牲，我寄以无限的惋惜与同情。甚至在剧尾对于瑞珏遗下的小生命我也不肯忽略，因为我想唤起观众这样的警惕："第一代是这样的虚伪与守旧，第二代是这样的荒唐与腐化，第三代是这样的被封建势力束缚而卒至白白的牺牲。可是对于这第四代我们要好好地予以新的教养，寄以新的希望，使他们不再踏上前三代的覆辙！"

其次，对于整个的演出我以现实的方法处理，使它朴素而真切，因此在表演方面我极力劝演员们别在动作上加任何"噱头"，在对话上别过分夸张，希望他们依据每个人物的性格与心理过程创造淳厚朴实的表演。布景装饰方面也是如此。我期望他们向观众造成这样一种印象："这不是戏剧的戏剧，而是生活的戏剧"。

桂林的作家群

徐 贤

王鲁彦肺病沉重

来信要我报告一点文化界的情形和作家生活，这自然不好意思推却。不过桂林文化界，不久以前固然盛极一时，现在则已有今非昔比之感。原因很多，纸价和检查是一个问题，文化人的生活不能解决，有的流于消极，有的远走他乡，也是一个问题。最近访问过几位留在此间的作家，知道他们一点实际的生活情形，也许是上海的读者所关怀的吧。

最先往访的，是《文艺杂志》总编辑王鲁彦，现住西门朱紫巷。他身体很消瘦，满脸胡髭，声音暗哑了。我心里不禁暗暗惊奇。一年多的贫病生活，使他仅留下了一副皮和骨头。杂志在飘摇中，编辑费的收入，也绝不足以维持一家五口。医药费自然更不在话下了。王太太虽然在松坡中学教书，也依旧不能使一家人脱离饥饿线

作者简介

徐贤，疑为曾敏之的笔名，因为《桂林的作家群》与曾敏之的《桂林风雨与文人》一文从结构到内容极为相似，应该出同一作者。

作品信息

《杂志》1943年第3期。

的生活。

王氏以低哑的声音告诉笔者说："病是这样重，却又穷到无法医治，生命只好听命运支配了。西彦虽曾来担任过《文艺杂志》的编辑，但因为不能维持生活，终于离开了。"他的肺病程度已经很深。

艾芜、穆木天夫妇、端木蕻良

职业作家艾芜，也和王鲁彦过着一样的贫穷生活。他现住观音山附近，但最近因为市府决定收回观音山一带的土地，使他不得不为找房子而东奔西走。艾芜也有着几个孩子。孩子们是要吃的，而艾芜，因为最近出版家也没有钱，不能付他版税，因此他只得奔走亲友之门，借钱度日。他时常穿着一件破旧的青布长衫，亲自上街买米。他屡次想改行，但又不忍抛弃他一支笔，因此生活异常苦闷。他苦笑着告诉笔者："最近在写一部以太平天国为题材的小说。"

穆木天彭慧夫妇俩和艾芜住在一起。穆氏现正研究巴尔扎克的作品，着手翻译《人间喜剧》全文。他早已有翻译巴尔扎克全集的志愿，但十余年来的流浪生活，使他不能完成理想。现在则出版困难，纵使翻译完成，也难望出版吧。他的夫人彭慧女士，则正努力于创作小说。

端木蕻良现在桂林埋头写作《科尔沁旗草原》第二部。此外，继《红拂传》之后，又写成了《草莽英雄》五幕剧，最近他对歌剧非常感兴趣，现在倾全力于这方面的工作。他因为有一些家产，所以生活尚不若别的作家那样贫苦。

田汉和巴金

桂林一时盛极的活剧，现在已趋衰落。现在尚在桂林的剧作家，仅田汉、欧阳予倩和熊佛西数人而已。就像田汉那样，他的一支笔也养不了他的一家八口。他近来很消沉，仅仅每天的小菜钱，据说也要三十九元，夫人安娥女士没有办法，想出去担任家庭英语教师，但因田汉不赞成而作罢。他们现在住在东灵街的一宅破房子里面，书架上原稿倒不少，但尘封不动地放着。

欧阳予倩一家，完全靠着东拼西凑的方法勉度日子。但他非常关心将来。他的《忠王李秀成》原稿，最初为"图书审查处"所扣留，现在却已正式不准出版了。他改编的《木兰从军》与《桃花扇》，虽有书店答应出版，但亦为"图书审查处"所扣留。照这样下去，他说："我得重唱青衣，到乡下演戏去！"

熊佛西主编的《文学创作》已出版。但外间传说，他要到江西去担任教授了。为青年们所敬爱的巴金，则仍在桂林，还没有走。他的生活，较之一九三六年写《沉默》时更见沉默了。但在沉默中，《火》的第二部、第三部将陆续问世。最近为了"文化生活出版社"的发展问题，使他颇为烦恼。运输、印刷等的困难，以及审查手续的种种麻烦，尤其使他头痛不止。

从翻得到写诗

以翻译出名的胡仲持，在桂林青年会过着闲散的日子。他虽在最低生活的条件下，仍不忘自己的工作。他很少出外。不过要是他的朋友偶然碰见他，看见他那瘦削的姿态，不免要为之惊叹。目下他在翻译一些文学理论文字。

另一以翻译为业的周行，穷困已极，全靠借债度日。翻译稿件没有出路，刊物则日少一日。剩下来只有两条路：一是教书，一是改行。但没有资本，谈改行也不容易。

《人间世》的编辑周钢鸣，原来想离开桂林，但因为他的太太没有安顿之处，还没有走成。最近于忧闷中写作《浮沉》，当他孤檠独对，据案写作时，总不免有一番人世浮沉之感。

《文艺生活》已奉命停止发行，是为了纸张节约，编者司马文森对于写小说，最近已感疲倦。他的长篇小说《夜寒》审查不能通过。长篇传记小说《画家的一生》初稿已完成，目下在修改中。他的生活虽不能说极端困难，但始终忙忙碌碌，绝不

411

能说是有闲。

《自由港》的作者蔡楚生，自从由香港到桂林之后，一直住在文明路的朋友家里。《自由港》一剧修正后，预定在"艺术馆"上演。他又写了一部《二万五千万人的吼声》的剧本。

"明日社"的社长陈占元，最近遭窃，被偷去行李数件。《明日丛刊》停刊已久，再版或已绝望。

写历史小说的孟超，因检查困难，颇为他作品的出路发忧。

"彭燕马上就要做父亲了。""韩北屏的孩子送进了托儿所。"这两个消息，一时成了桂林文化界的话题。"水平书店"聘彭燕为编辑，计划出版丛书。韩北屏在《广西日报》编副刊。韩遒和他是同事，但最近因为心境不佳，已不再写诗。

千家驹和金仲华

宋云彬在研究经史，想从事于青年启蒙运动。时常可以看见他穿着土布长衫，土布鞋子，在丽君路上散步，完全是一种学者风度。

《诗》停止发行后，胡明树想回到乡下去了，他想种植甘蔗。不过他最近方醉心于海涅，译了很多海涅的政治诗。苏夫自译成《奥尼金》之后，也没有别的新译作，现执教于君武中学。芦荻与黄宁婴曾赴长沙，但最近又回到桂林来了。

著名经济学家千家驹，蛰居于七星岩附近。笔者去访问时，见他形容憔悴。不免想到为什么一个经济学家，也会经济困难到如此田地。他现在不得不从国家经济的研究，转到生活必需的柴米油盐的打算了。最近他写过名重经济学界的《财政学》一书，但以第二章检查发生问题，终于搁笔了。

"如果不靠写作而能生活，那是最大的幸福。然而这样便不得不借债。我以前在香港时，曾有一部分书籍留在桂林，真的等到研究工作不能继续时，这些破书恐怕就是我个人经济的最后资本了。"他感慨系之地说，笔者劝他去找一个教授位置，但他摇摇头，说这是不可能的，笔者又说，以他对于经济学的知识，去做生意，岂不是办法，他只有苦笑不答。

国际问题专家金仲华，情况和千字驹差不多，他除了为个人生活东奔西走之外，还不得不顾到家庭生活。他现在差不多已不写文章了。在外国题材远较本国题材更受重视的今日，他原可以搬出许多关于北非、地中海、印度洋等的材料，可是实际上也未能尽如人意。所以他只能保守沉默。

作家在这过去有"文化城"之称的桂林，都度着毫无生气的日子。开会和座谈会现在已很少了。笔者访过了几位文化界人士之后，知道桂林文坛确渐衰微。秋风一起，据说他们已在准备"冬眠"，至于所谓"冬眠"究竟怎样，那是笔者所不能知道的了。

评桂林出版的英文书

仲　实

太平洋战争爆发后，上海和香港相继沦陷，一向供给大后方各学校所需要的英文书的主要来源，顿告中断，内地学英文的人感到很大的不方便。为了适应内地的需要，大后方编印英文书的事业遂应时而起。以目前的情形而言，大后方出版英文书的中心有三个：桂林、成都、长沙。

桂林出版的英文书可以分为两类：一类是上海寄来的纸型，在桂林再版；一类是在桂林编印的。就书的内容来说，又可分为两类：一类是英汉对照的小册子，一类是英文"书信""作文""会话"之类的东西。英汉对照的小册子亦可分为两类：一类是从汉文译成英文，如鲁迅的《高老夫子》、姚雪垠的《差半车麦秸》、柔石的《为奴隶的母亲》；另一类是从英文译成汉文，如《男性的友情》《意外的惊愕》《名人逸事》《天性的研究》《跌蒂姨母》。整个来说，从汉译英的书，英文很多成问题的地方，尤其是因为翻译者的英文修养不够，翻出来的英文有许多是"中国式的英文"，初学英文的人辨别不清，很容易受害。所以严格地说，从汉译英的对照书，

作者简介

仲实，生平不详。

作品信息

《文化通讯》1943年第29期。

就目前已经出版的而论，英文水准高的很少。至于从英译汉的对照书，英文方面比较可靠，因为这种英文是英美人自己写的，而且写的人又是相当有名望的人，所以水准比较高，对于学英语的人的帮助比较大。

已经出版的英汉对照书有一个共同的缺点：偏重文艺方面而忽视了一般性的读物，尤其是自然科学方面的读物。

至于那些"模范会话""模范作文""模范书信"之类的东西，内容颇多问题，不仅谈不上"纯正"的英文，有些文句连文法都还没有弄通呢！例如在一本"模范作文"中，随手一翻，看到了这样的句子：

1.The bees are hoveing and are being busily in picking honey.

2.Any Kind of foods are easiey be decied.

3.If we want to avoid of the sickness, we must ofserve Sanitation.

4.We must bathe every day and let their body to be clear.

5.We can rid off Sickness in Summer if we keep above rules.

这种句子根本文法上就没有弄通。然而还自命"模范"！真是天晓得！

在大批的英文书中，有些是偷印的翻版书。例如上海"竞文书局"出版、葛传椝编的《怎样读通英文》，在桂林被人偷印翻版，将书名改为《怎样阅读英文》，著者葛传椝改为"曹志成"了。从上海寄来纸型在桂林再版的英文书，内容水准很低，在上海是所谓"一折八扣"的书，而且为害甚大，一本《英文成语八千句》中有这样不通的句子：

1.How many oclock it is now?

2.I shall meet you at three o'clock in this ofternoon.

3.The idle puplls sleep the classroon.

4.I am very like the little birds.

5.No,I have no lover write a love letter.

有一本所谓《标准英文问答百日通》的书，全用中文字注英文的发音，例如：one（混） two（土） three（雪利） four（福） five（发埃无） six（薛克司） seven（失文），这简直是"误人子弟"，尤其是对于初学英文的人，因为读音弄错了后，以后要改正亦很困难，这是学英语的人所宜当心的。

自然，桂林出版的英文书，好的未始没有。适合学生及一般人阅读的亦随时可以发现。在这方面，我们愿意推荐两本书：

一本是《中国见闻杂记》（*On A Chinese Screen*），一本是杨承芳选注《最新中学精读英文选》（*Selected English Readings for Advance Students*）。《中国见闻杂记》的著者穆谟（Somrrst Mangham）是当代英国有名的戏剧家和散文家，文笔轻松优美。二十多年前他曾经来过中国。《中国见闻杂记》内容包括散文五十多篇，全部描写他在中国的所见所闻。正因为他所描写的是中国的事物，所以我们读起来格外亲切，而且穆谟的文笔流利精练，值得中国学生的模仿。

《最新中学精读英文选》，正如它的名称所示，是一本"最新"的英文选。而且因为是"精读"的文选，所以所选的文章很严格。这本书和普通东拼西凑的所谓文选不同，它有三个特点：

第一，这本书是根据新的语言学和教育学原理编辑的，所以教材与编制都是从中国学生学习英语的立场为出发点，根据语言学与学习心理，引导学生走到精通英文的康庄大道。

第二，这本书包括五十篇文章，每篇都是当代名人的作品。在形式方面包括故事、诗歌、小说、随笔、杂文、会话、戏剧、评论、报告文学、书信、传记、书评、议决案、广播演说、游记等。在内容方面涉及英语学习法、现代英语的趋势、青年修养、学校生活、工作生活与学习诸问题，政治、经济、军事、地理、历史、国际时事、自然科学各部门。所以读了这本书后，一方面可以了解英文文章中各种不同的文体；一方面可以获得各科的新知识。这样就英语的学习来说，读者所学得的文体和语汇是多方面的，而且是现代的，学了就能用，足以应付现代生活各方面的需要。就发展青年的常识方面来说，读者能够从这书本中吸取各种宝贵的经验和知识。

第三，这本书是针对着中国学生的学习环境而编辑的。所以它所选的文章很能适合中国学生的兴趣和需要。书尾附有详细的中文注释，对于自修的人尤为便利。

在目前，大后方的学生和自修英语的人都一致感觉缺少优良的英语读物。学校所用的英语教科书内容陈旧不堪，而且大多数是所谓"文艺作品"的故事、小说，这些故事和小说的主题又与现代生活——尤其是战时的青年生活和一般社会生活隔离得太远，因此读了的英文不能用，要用的英文又没有读到。

《最新中学精读英文选》这本书正足以打破这种困难，高级中学和大学初年级采作教本或课外读物，自修的人用作自修读本，都是非常相宜的。

最近桂林新文艺出版物速写

赵又清

在这个爽凉的秋夜，我有机会把桂林最近半年出版的文艺书刊，都搜集拢来，陈列到书桌上——当然，数量相当的多，总共不下三百余册。

平常我们看报纸上的广告，看书店编的联合目录，或者走到书店里去参观一下，给我们的印象总不外是：出版界繁荣起来了！

是的呀！一个个新书店，新出版社的成立，一个个新的文艺刊物的发刊，一个个文艺丛书的问世：这不是在表明，新中国的文艺大有突飞猛进之势吗？

我们的文艺进军能达到这地步，当然使我们欣喜。不过，当我们冷静地来思考一下，当我们谨严的来审阅一下的时候，半年来的文艺出版物的成果，都是多么地不能使我们满意——它使我们感到混乱，它使我们感到空虚！

半年来的桂林文艺出版物的概况是怎样的呢？这是全国各地爱好文艺的朋友们所急需要知道的。下面，仅就我服务于出版界的实际经验所知，来做一个简略的报

作者简介

赵又清，生平不详。

作品信息

《文坛》1943年第4期。

告吧。

在这半年内发刊的文艺刊物中，特别值得一述的是王鲁彦编的《文艺杂志》及秦似、孟昌编的《文艺译报》，前者是创作居多，后者则全是译作。

《文艺杂志》，月刊，国内名作家撰稿。内容有创作、译作、散文、诗，而理论批评却很鲜见。分量相当的大，为全国文艺刊物中之冠。至于发表的作品中，首先值得介绍的是张天翼的长篇童话《金鸭帝国》。这篇生动、有趣、具象而明朗地描写帝国主义国家的成长、矛盾，而终至灭亡的故事，三年前曾以《帝国主义的故事》题名在《观察日报》上连载过。在今天，它又能在《文艺杂志》上分章连载，还是受着读者的盛大的欢迎的，而且也永久地会被读者欢迎着。其次，李健吾的《草莽》、袁俊的《美国总统号》、老舍的《大地龙蛇》等，都是半年来的优秀剧作。巴金、鲁彦、芦焚、沙汀、艾芜等的小说，亦均是读者期期热爱的作品。

《文学译报》，月刊，完全是翻译、小说、理论、批评、诗、散文、报告等并重。经常执笔的有秦似、孟昌、庄寿慈、茹芜、孟敬安等人。译作以美、苏作品较多，英、法、日居次，各弱小国家的作品亦常有刊载。在这些译作中，要算美国作家斯坦倍克的《人鼠之间》最为动人了。

张煌编的《创作月刊》，亦是今年发刊的，已出三期。内容、分量较《文艺杂志》稍次。托尔斯泰的《安娜·卡列尼娜》第二部在这里才和中国读者见了面。

其他还有周钢鸣编的《种子》月刊，至今共出了一期，久未见续出。内容像是偏重在文艺修养方面的综合刊物，它想在广大的青年读者中插下它文学的"种子"。

二十九年十一月，在桂林复刊的《自由中国》，经过了无数次的折磨与风波，到今年六月，出至二卷二期停了刊。编者孙陵，后又创刊《文学报》，周刊，是一个活泼的新型的文艺刊物，它除了编排与别的文艺刊物有显著的不同外，每期上还有一些不必要的或无其意义的文化消息。共出了三期，至今已几个月之久不曾续出了。

最近桂林有两个丛刊出版:《山水文艺丛刊》(第一集"死人复活的时候")、《新文学连丛》(第一集"孟夏集")。二刊上均是名家执笔，并有指导青年写作的文章。

目下又有三个分量较大的文艺刊物诞生：王郁天编的《文学批评》、熊佛西编的《文学创作》月刊、葛琴编的《青年文艺》。这些文艺界的新军，都将在国内放一异彩。

司马文森编的《文艺生活》、秦似编的《野草》月刊、胡危舟编的《诗创作》，都还茁壮地在生长着，在继续着其传播文艺种子的责任。

一般地说来，文艺刊物的销路都很好。销路最大的每期有一万五千份，最少的每期亦有五千份。

眼瞪瞪看着桌上摆着的文艺理论书，我找不到一本是在这半年内出版的。一本《戏剧手册》（洗群著）和一本《新演技手册》（华盛顿大学戏剧系教授集体著作）亦仅是偏重在一方面的理论。目前销行在市面上的文学理论书大多是维诺格拉多夫的《新文学教程》，茅盾的《创作的准备》，艾芜的《文学手册》，高尔基等人著的《给青年作家》《写作经验讲话》《给初学写作者》及其他等书的再版。而比较深厚一点的文学理论书，在桂林的书店里简直就没有一本，更不见哪一个出版家准备有这一类书籍的出版。

鲁迅的著作在目前是被广大的读者欢迎着，因之研究鲁迅著作的作品亦被欢迎着。除了鲁迅的创作方法及其他是再版外，一本鲁迅的书，一本《中国和中国人的镜子》的出版正是时候，当然销路极好。我还听说，刻下正有两本论鲁迅及鲁迅著作的书在排印中。

鲁迅的书，是经欧阳凡海费了四五年的长时间写成的一本三百六十页的论述鲁迅的由诞生到他四十七岁止的传记式的著作，内容当然是非常丰富、详尽。为此，它比别的研究鲁迅的著作更受读者的欢迎。

抬头再望望桌子上摆的这一堆半年来出版的文艺书刊中，谁能相信竟会没有一本长篇创作？我想，总该不会吧？半年来，我厮混在出版界，哪一本文艺书籍的出版能漏过了我的眼睛？是的，半年来我只看见《边陲线上》（骆滨基著，长篇），《火》《家》《春》《秋》（以上各书均巴金著的长篇）的再版出书，而不会见过一本新的长篇创作问世。但半年来的短篇创作集子的出版，却是值得我们一数的。仅在这半年内，只艾芜一人就有《荒地》《黄昏》《秋收》等三个集子的出版，以风格朴素、情节生动、乡土气味浓重著称的艾芜的作品，是在被读者热烈地爱戴着。《英雄》，是荃麟在抗战后所写的几个优秀短篇所集成，对现实挖掘极深，人物描写亦相当成功，这是值得推荐给大家研究的。

其余如司马文森的《转形》(中篇)、《奇遇》(短篇)，田涛的《牛的故事》、《西归》(均短篇),《默林的乔英》(短篇)，云彬注的《历史小品选》，孟超的《骷髅集》(历史小品集)，亦都是这半年来的重大收获。

荃麟为了给初学写作者推荐几个值得学习的短篇创作，编注了一本创作小说选，每篇篇末均加以注释，并指示出几个学习要点。欧阳山编集了几个能够代表着这伟大的时代变革期中的典型人物的作品，给指示出中国人民在这个过渡时代的"觉醒、昏睡与愁苦"的程度。这两个小说集是各有其特点的。

半年来，行销于市场上的文艺创作，除了上面所述的几本外，还有巴金主编的文学丛刊、文学小丛刊、文季丛刊、《艾芜的春天》、《鲁迅自选集》、《茅盾自选集》等的再版书，流行在书市上。

半年来出版的翻译作品中，长篇有圣·狄瑞披里著的《夜航》(陈占元译)，果尔巴尼托夫的《三天》(秦似译)，契诃夫的《草原》(彭慧译)。中篇有莫洛怀的《文人岛》(胡仲持译)，罗任弗里德的《克拉夫成果将军》(吴民译)。短篇有苏联短篇小说集《饥民们的橡树》(秦似等译)，桑宋的《山·水·阳光》(陈占元译)等。另外有一本名剧《带枪的人》(包哥廷著，葛一虹译)和一本史诗《奥尼金》(普式庚著，苏夫译)的出版，都是珍贵的成果。

在这些译作中，值得我们注意的是圣·狄瑞披里的《夜航》和莫洛怀的《文人岛》。前者是写一个邮航机飞行员的故事，后者是讽刺那些空头文学家的"孔乙己""高老夫子"式的有趣的故事。纪德说，他爱《夜航》的格调之高，他爱这个栩栩□活的故事。胡仲持说，当莫洛怀写作《文人岛》的时候法国的文艺界呈现着极度混乱的状态。反看，目前的中国的文艺界的表面热闹，而实际空虚，不正也需来一下讽刺吗？

最近有两本世界文学巨著《死魂灵》《安娜·卡列尼娜》在桂林再版出书。其他如高尔基的《我的大学》《我的童年》《爱的奴隶》，普式庚的《复仇艳遇》，阿·托尔斯泰的《粮食》，辛克莱的《汽车王》等书也都相继再版。在目前，中国广大的文艺青年，就是靠着这些译作来吸收世界文学的营养的。

你如果走到书店里去看看，你就会觉得最近出版的散文杂文集子之类的众多。不，请你容许我计算一下……《良心的存在》(胡明树著)，《窗》(楼栖著)，《海沙》(周为著)，《长年短辑》(欧阳凡海著)……噁！别的没有了。那么，你会问：书店里那么多的散文杂文集子呢？是的，但那些都不是最近出的。如野草丛书、今日文艺丛书、文学丛刊、文学小丛刊、呐喊小丛书等，都是以前出版的再版书。

由于欧洲战争的蔓延，由于太平洋战争的爆发，世界激起了一个极大的变动。于是，苏联的文学家都赶往前线去写报告文学。而一部分的中国文学家也都以香港的受难为题材写出一些报告文学，于是桂林的书市上便出现了一些新花样！

苏德战争的报告文学被翻译过来印成集子的已有《予打击者以打击》(阿·托尔斯泰等著)、《戴花冠的姑娘》(爱伦堡等著)，另外还有一本关于德法战争的报告文学集子《不是战争的战争》(爱伦堡著)的出版。而流行在书市上的关于法国沦陷的报告集子还是在去年出版的。

写香港受难的书，现在共有四本出版：华嘉的《香港之战》，唐海的《十八天的战争》，茅盾的《劫后拾遗》，马宁的《动乱》。前二者仅是新闻记者式的长篇报告，后二者则是速写式的报告文学。

《风雨归舟》(洪深、夏衍、田汉合著)是这半年来出版的唯一剧作。另外还有一本王光乃的独幕小喜剧《半斤八两》，其余没有了。

夏衍的《愁城记》，袁俊的《小城故事》，以及曹禺、李健吾的《剧作集》等书，均在以前出版，最近方到桂林再版的。在目前戏剧空气的沉寂中，这真是很难得的了。

还有两本新的剧作，于伶的《长夜行》、宋之的的《祖国在召唤》出版了。对目前的戏剧创作，这该是一个大的贡献吧！

桂林的唯一戏剧刊物《戏剧春秋》至今还在继续出版，只是内容方面，最近似乎译作较多了些。

也许，在这半年内，要算诗歌书籍的出版最多了。此刻摆在我桌子上共有译诗五册（普式庚著《奥尼金》，《恋歌》(短诗集)，《叶赛宁、布洛克、玛雅诃夫斯基三诗人的代表作》，《西班牙译诗选集》，《莎士比亚时代的抒情诗》），诗集十一册（卞之琳的《十年诗草》、冯至的《十四行诗》、萧野的《途中》、萧三等的《礼物》、郑思的《吹散的火星》、芦荻的《远讯》、胡明树编的《若干人集》、孙钿的《旗》、戈茅的《草原牧歌》、彭燕郊的《春天——大地的诱惑》、SM 的《无弦琴》），二册长诗（伍禾的《萧》、胡危舟的《金刚坡下》），二册诗的理论书（徐迟的《诗歌朗诵手册》、钟敬文的《诗心》）。

在这些诗的中间，当然是普式庚的史诗《奥尼金》和充满着反抗和战斗气氛的彭燕郊的《春天——大地的诱惑》、孙钿的《旗》、SM 的《无弦琴》，值得特别向读者推荐介绍的。

另外，《诗创作》十一期上的长诗专号，也是这半年的极大收获。

其他如艾青的《他死在第二次》《大堰河》《向太阳》，方敬的《雨景》，王健先的《横吹集》，邹荻帆的《尘土集》，胡风的《为祖国而歌》等诗集的再版，都使诗的出版物显得异常繁荣。

最后，我忽然想起，我忘记把承印这应许多文艺书刊的出版家告诉你了。如文化供应社、文学出版社、文化生活社、上海杂志公司、大时代书局，以及近年来成立的学艺出版社、今日文艺社、明日社、华华书店、丝文出版社等都是这许多文艺书刊的接生者和传递者。

上面，我已不惮厌烦、赘累地把桂林近半年来的文艺出版物作了一个冗长的叙述，我自然觉得很惭愧（因为我不能用更好一点的写作技巧来报告给你听）。但，到这里，我知道，已该是交卷的时候了。

略述广西省立艺术馆

萧 痕

广西设立了艺术馆有什么用？又发生了什么影响？

A. 每逢艺术馆演戏，衡阳、曲江等地常是派人来看的，一次演《面子问题》，湖南某团体连那张以人面孔画成问号式的广告都引用了去。《愁城记》因在新年上演取其吉利，改名《走出愁城》，以后福建、江西等地上演也都以《走出愁城》名。举凡《天国春秋》《忠王李秀成》《长夜行》……这有过以艺术馆为蓝本的湖南版、曲江版、柳州版甚至昆明版出现。

三十年美术节艺术馆举办了一次全省美术展览，搜集作品七百余件，展览品五百余件，包括水彩画、粉画、水墨画、油画、素描、图案、书法、雕塑、摄影、木刻、建筑、刺绣、金石及古代参考品等部门。听说此次以后，桂林美展次数占各地之冠，就拿三十二年元旦那一天来说，就有六个美展在桂林同时举行着。

艺术馆分三部现在分述如下：

作者简介

萧痕，生平不详。

作品信息

《艺丛》1943年第1卷第2期。

戏剧部

馆长欧阳予倩兼部主任。黄若海君有一篇文章谈及他的作风和戏剧部话剧团的工作目标和方式，兹节录如下：

关于欧阳予倩先生，我们可以不必介绍，因为一般人对他是太熟悉了，他从事戏剧运动的年代，可以说是和中国新剧运动史一样长的，他实在可以算是一个地地道道的前辈。他是中国第一流的好导演，在国内几个屈指可数的好导演中，他是最接近史坦尼斯拉夫斯基的一个了。他不像一般人那样从文字上去理解史氏体系，他是从实际上接触到了史氏体系的，因为他曾看过很多次史氏所排的戏。他之所以能够成为好导演，是因为他有丰富的生活经验、现实主义的头脑和敏锐的感觉。他排戏是以现实为蓝本的，因为他对现实生活理解得深，所以在舞台上他也能有高人一等的成就。他对于导演理论，并不怎么喜欢谈，他只凭着敏锐的感觉去排戏，觉得顺的就采用，觉得不顺的就舍弃。他不很善于计划，每次排戏之前，都没有什么周密的计划，差不多都是临时才"即兴式"地决定怎么排的。再说艺术馆话剧团的演戏，他们是和一般剧团不同，似乎是在向着"表演生活化"的路上走，虽然距成功还很远，但确实已经标出了他们所特有的风格了，这是很难得的。

再由他们所选著的戏里，也可以看出他们是朝着他们既决定的主张和理论前进，迄至三十一年底止，共演十九个戏剧目是：

目次	剧名	幕数	编剧	导演	场数	日期	地点
一	国家至上	四幕	老舍 宋之的	欧阳予倩	十一场	二十九年八月廿四日	新华戏院
二	战地鸳鸯	独幕	欧阳予倩	欧阳予倩	九场	九月一日	国民戏院
三	越打越肥	独幕	欧阳予倩	欧阳予倩	九场	九月一日	国民戏院

目次	剧名	幕数	编剧	导演	场数	日期	地点
四	在旅馆里	独幕	雅鲁纳著 杨帆译	欧阳予倩	一场	十一月七日	乐群社
五	心防	四幕	夏衍	欧阳予倩	十场	十二月六日	广西剧场
六	起死回生	三幕	本部同人 集体创作	党明	二场	三十年一月 十一日	三明戏院
七	日出	四幕	曹禺	黄若海	七场	五日廿四日	广西剧场
八	故乡	三幕	章泯	黄若海	五场	九月廿七日	广西剧场
九	忠王李秀成	五幕	欧阳予倩	欧阳予倩	三十场	十月三十日	广西剧场
十	半斤八两	独幕	王光乃	陈光	四场	十二月廿八日	省府大礼堂
十一	人命贩子	独幕	王震之	王光乃	一场	三十一年一月 三日	广西剧场
十二	走出愁城	四幕	夏衍	欧阳予倩	十四场	二月七日	金城戏院
十三	独裁者	四幕	乌尔夫著 吴天译	吴剑声	九场	二月十五日	金城戏院
十四	面子问题	三幕	老舍	吴剑声	十八场	三月二十日	金城戏院
十五	这不过是 春天	三幕	李健吾	陈光	六场	三月廿八日	金城戏院
十六	天国春秋	六幕	阳翰笙	欧阳予倩	十七场	四月廿四日	广西剧场
十七	一刻千金	独幕	欧阳予倩	欧阳予倩	四场	六月二十日	广西剧场
十八	人约黄昏	独幕	雅鲁纳著 施谊改编	欧阳予倩	一场	八月十六日	省府大礼堂
十九	长夜行	四幕	于伶	欧阳予倩	八场	十一月廿一日	广西戏场

就是戏剧部的工作仅仅是演剧，那的确是误解戏剧部了。戏剧部还有它经常的工作，在他们的辅导组就帮助别人演出过五六十个戏，研究组还办过戏剧讲习班两期，及既成人才的再教育方面，编辑部也经常地注意剧本的精选评介。

美术部

名誉部主任是徐悲鸿，实际代拆代行的是代主任张安治。有十三太保担当着这一部的重任，桂林十字路口有一块观众最多最被人注目的广告牌，那上面贴是美术部出版的《每周画刊》，而今已出到八十期，从未间断。在书店则可以买到他们出版的《收获》和《克敌》木刻集、《战时素描》画册、《战时美术论丛》等书。以前还可以经常在《扫荡报》上看到"美术专页"，而今因该报改组而停刊。

绘画研究会是为便利爱好美术人士业余进修和研究而设的，毕业生有二百人。工商美术供应社专门协助各界设计图案，受惠者有更生瓷器厂等。

还有些开展览会的记录，辅导工作的记录，请恕我懒得抄上去了。

音乐部

前主任是胡彦久，新主任陆华柏。

在三部中音乐是最差的一部。有人说造就一位音乐人才，比其他艺术部门都要费劲，同时在表现上也比其他艺术部门难上数倍。这些话也可以算是音乐部所以没有能够与其他两部并驾齐驱的原因之一。

说音乐部表现太差，那也冤枉，近来他们每天不是都在努力练习着吗？不有时也到各团体去演奏吗？他们的音乐会不是仍被人认为在西南首屈一指吗？

据说经费问题和人才缺乏阻碍了音乐部的发展，但，它的希望在将来。

胡说乱道的就此结束，像是站在个人立场，应了该丛编者之约，做了篇交卷文章而已。

戏剧节与西南剧展

田　汉

首先我们得知道，戏剧是民主的东西，她生于民间，成为广大民众娱乐、教育的重要的工具。戏剧工作者在□的意义上，不仅是人民精神上的"供奉"，实际上他们是人生问题的教师。戏剧的这种教育上的意义特别应该认识而且把它加强。因为它的影响实在太大了。就旧戏说，他可以"教忠教孝"，也可以"诲淫诲盗"，甚至还可以教出一些汉奸。

但长期封建统治的中国，戏剧常被视为上而宫廷下而广大豪绅地主的供奉，在上海、天津那样的通商口岸，主要的又供奉那些买小资产阶层。戏剧的教育意义被冲淡得几乎其微。戏剧不过是娱乐，有毒素的娱乐。戏剧演员是所谓"戏子"，而戏子们是不会□成为国家旷典的自己的令节的。

中国戏剧的改革运动，从清末起就与当时中国整个革命运动相配合，成为它的一翼。在民国初期新的剧运开过颇为灿烂的花。及袁世凯称帝，一切革命运动被暂时镇压。革命情绪暂时低落，而有着反封建意义的新剧运动跟着消沉起来。那些新剧运动者有些同时是革命志士，有的甚至在这个逆流中贡献了宝贵的血，封建军阀

作品信息

《中学生》1944年第74期。

们所提倡保护的自然是足供他们娱乐的封建的旧风。在这时梅兰芳的时代，迅速地展开。他的代表作是一连串以后妃仙女故事为题材的戏，如《太真外传》《别姬》《上元夫人》《天女散花》《洛神》《西施》等。而新剧被去势了革命性，送到游戏场中去供奉姨太太们，成了所谓"文明戏"。

新的戏剧的重复抬头在五四运动爆发之后。五四运动是揭橥"科举""民主""反帝""反封建"的运动。新的话剧也成为这一革命运动的斗争武器。欧洲的主要剧作家的作品及许多新的戏剧理论也被介绍出来，作为中国剧运发展的重要营养。在这时新文化运动者站在话剧一边，尖锐地与旧剧对立，甚至取着完全否定旧剧的态度。

第一次世界战争以后，欧洲资本主义经过一度激烈动摇，又进入相对稳定。国际帝国主义者重复挟着他们的敌舰和商品向东方进攻。作为五四运动的经济背景的中国民族资本的抬头，受到无情的打击。话剧运动的蓬勃发展也必然受到阻碍。同时由于战后社会思想的发达，使过去以小资产阶层知识分子为主要对象的话剧运动，开始以更广大的社会层——小市民、工人、农民为对手，展开新的启蒙运动。

"九一八""一·二八"以后，由于民族危机的日益深重，戏剧成为唤起国内团结，提高反帝情绪的武器。而它也的确尽了它的任务。神圣的抗日战争的爆发，戏剧显然有其推动的力量。

"八一三"以后戏剧进入一新的时期。首先表现在戏剧界的是在抗敌救亡的旗帜下的大团结。一切剧人都为这神圣的民族任务而动员。上海沦陷后，在上海救亡剧协下的十余剧团的向内地展开移动宣传，实为剧人纪律化、军事化的第一步。其后武汉时代的再编队再出发，使纪律化、军事化达到更高阶段。经过七年来的战斗，戏剧工作者的足迹已遍及全国各地。不仅大后方如重庆、桂林话剧艺术正有显著的进步，就是在抗战的最前线，敌人炮弹所及的地方，我们的戏剧团队也都有优秀沉着的活动。到今日新的演剧团队在全国范围内达二千数百个单位，话剧工作者扩大到六万余人，而数十万旧剧工作者尚不曾计入。因而戏剧影响的深入是空前的，最近就演剧各队的统计，七年以来获得前后方观众达六十五万余人。合其他重要剧团，观众总数当不下千数百万。

这便是戏剧被国家重视的理由，也就是戏剧节与剧展的社会基础。

第一届戏剧节是在武汉举行的。武汉剧协盛时，集合全国剧团十四个以上，戏剧工作者七百余人。在成立中华全国戏剧界抗敌协会时，同时宣布以双十节日为戏剧节。这样举行了三四届。后来当局觉得以双十国庆为戏剧节有多不妥与不便，决意更改。今年正式定二月十五日为戏剧节，通令全国各地举行。

这日子据张道藩先生的报告，是和美术节、音乐节一样是随意选定的，不含何种特殊意义。他以为意义可以由人去赋予创造的。此次桂林戏剧界在戏剧节日同时举行西南八省戏剧展览会，也正是赋予这节日以特殊意义的一举。

这次西南剧展的发起，一半是偶然的。广西省立艺术馆建筑新馆，包含一颇为精美的剧场。为着这剧场的开幕，主持者欧阳予倩先生想邀一些团队来热闹一番。但在筹备中意义和规模逐渐扩大，成为今日这样包含西南八省戏剧工作者一千余人集中桂林互相表演观赏的盛会。这在中国戏剧史上是创举。同时替将来更盛大的中华全国戏剧工作者年会奠定了一个重要的基础，实在值得注意。

这剧展的筹备虽然匆促，而且经费是那样少得出乎想象，所以我们也无法作太大的希望。但我们也不愿轻轻放过这次盛举。不想使它仅仅热闹一阵子。我们至少要使它发挥两种意义：一是政治的，我们以为中国抗战虽是胜利在望，但到真正的最后胜利显然还有距离。我们大反攻的准备还没有完成。今日戏剧工作者必须再为扩大抗战宣传而动员。彻底阐发它的反国际法西斯争取民主自由的新意义。正确估计当前及最近将来的局势，巩固我们对抗战的信心和牺牲的决心。也通过我们的艺术唤起广大军民同样的信心和决心。其次是文化的，我们曾号召从抗战工作中建剧，而过去六七年来的工作，的确也使我们的技术水平大大地提高。这不仅以后方知识观众为对象的一般演剧，就是在战地贫弱的物质条件下演出的抗战戏，由于对地形地物及一切材料的巧妙的运用，不仅社会效果宏大，就是舞台技术上的革命的成就也十分值得我们研究和观摩。我们希望大家能把七年摸索所得的东西趁这机会展览出来，消极的可以克服一些缺点，积极的可以取得更多的自信。为着达成这两项任务，剧展会的工作分成舞台竞演、资料展览与工作者大会三大部门。第一项今日报到团队已及三十余。每一团体演五日。其节目之多在同一剧场演出时要延长到三个多月。这网罗各种剧种、各种派别、各种地方语、各个时代的东西，在观摩学习上实在有重大意义。对于各地戏剧工作者尤属难得的机会。资金方面单就目下所看到的其丰富切实和新颖已经使人惊异。这包括新旧戏剧纵的横的叙述，各团队在战区工作的宝贵的史料，中西古今的舞台模型，在战区利用庙台、广场、丘陵或水边林下，演出的模型或图画，旧剧的各种文献、剧本、脸谱、衣箱等。还有关于东、西重要戏剧家画像传记等，这对于一个真诚的戏剧学作者真是一个宝山。工作者大会则是戏剧工作者自我检讨、自我教育的机构。通过此会我们想更深刻地认识我们自己的足迹，我们走错了路没有。假使错了错到什么地步，假使不错我们走到了什么境界，够不够当前现实的需要。同时戏剧又是整个人生、整个社会的镜子，我们的健康发展显然不能单求在狭窄范围的艺术修养，而必须从广大学术界求得丰富的滋养。我们将虚心地接受各种戏剧工作者所必要的实际知识和意见。最后为着总结过去六七年来的战斗经历，我们希望从此建立我们更坚实的戏剧理论。我们不但要能行，而且要能知。我们不单要知道过去干了些什么，而且要知道今后该怎么干。我们希望今后戏剧运动有更多的理论基础，庶几我们的努力不致白费。

关于西南第一届戏剧展览会

欧阳予倩

　　抗战以来，中国的戏剧运动有飞跃的进步，这是很显著的事实。七年来从艰苦中积累来的建设和功绩，可举出的证明甚多。西南各省的诸团队，从全中国整个地看来，不是最强的一环，可是他们有几种特色，颇值得注意：

　　第一是"明星制"绝不存在，从来没有拿一两个主角来作号召，也从来没有挂过某某主演的牌。还有就是人事纠纷少得教人不相信。各团队之间说是联系得怎样密切，合作得怎样美满，那却未免夸张过甚，但是彼此之间绝无倾轧、毁谤、破坏、相轻的情形存在，确是事实。原因是彼此都有共同的认识和信念，而每一个团队对于自己的能力、地位、环境似乎都认得很清楚，无须别人代为解释；对于"友军"的能力、地位、环境也看得明白而能予以尊重。

　　团队之间最容易引起误会的是演员和剧本。以前也未尝没有野心家秉承过去的作风，主张挖角，可是近两年来绝对没有这样的事了。演员退出甲团参加乙团的事当然很平常，不过十之八九是预先商量，得到彼此的同意。而关于这类的事，也并不是有什么协定，尤其不是有所顾忌，完全出于至诚相与，最近更好了：各团队随

作品信息
《当代文艺》1944年第1卷第1期。

时可以合作，有几个团队，常常互相派遣团员或队员替换来往，这很可以使彼此收得切磋观摩之效。演出时的互相帮忙尤其成了一种习惯例的。例如"新中国"公演时，"省艺"的同志就到了他们的后台；"省艺"公演，"新中国"的同志就来帮着化妆，帮着搬射灯，搬布景；"省艺"到了柳州，第四队的同志又补充演员，又帮着把门收票，还帮着带位。诸如此类的事不胜枚举，各团队都是一样。"新中国"在湖南与九队合作之密切，相互影响之佳尤为人所称道。

至于剧本方面，从没有争执过，也没有听着人家要演就马上赶排、抢先的事，更不会打过对台，把许多剧本的名称一齐公布在报上，说是早已预定，用以封锁人家的上演，这种手段，早已绝迹了。本来每一个团队性质和作风多少总有不同，演员的素质和修养也不会一样，因此每一团队有其最适宜的剧本，当剧本荒的时候，有个大家认为好的剧本，未免就同时有几个团队想演。当这种场合，多少会感到为难，但是曾有过几桩像这类的事都得到了合法而圆满的解决。我们不妨考虑对方的经济情形和其他种种条件，求相互的谅解。

直接为抗建作宣传的剧本，不妨大家分途多演。但抗战不仅在前线，也在后方；不仅是一时的，也是长期的；不仅是局部的，也是全面的。若是再把建国的条件检讨一下，戏剧作者的眼光就放得更深远，而我们选择剧本的范围也就更宽广。本来抗战与建国是不能分的，请把西南各戏剧团队的上演目录检查一下，十分之九是根据新时代的意义，并没有和政治、和社会脱节。大家在相见谈话之中，随时都在互相勉励，因此得到了步骤的大体一致。生意眼始终没有侵犯到宣传和教育的尊严。虽不免也有少数人只想为着个人兴趣而演戏，禁不住大多数工作者态度的严肃，使他们无从歪曲当前的任务。尽管是物资艰难，营养不足，根本信念绝无动摇。

根据以上所说，西南的戏剧运动已经被大多数的工作者在艰苦的五六年中奠定了健全的基础。正因为有这个健全的基础，这次的"西南第一届戏剧展览会"才得顺利地号召起来。这次的会就是七年来西南戏剧工作者建树的总览。

这回的展览会，不是少数人号召起来的，是大多数戏剧工作者的要求。最初几个朋友谈起的时候，并没有打算大规模地举办，只想就广西省立艺术馆新建馆址落成的机会邀请近邑几个团队连续演几个戏。恰好"新中国剧社"回到桂林，四队的同志也来了几位，大家一谈，展览会的组织就被提出。恰好九队副队长刁光覃同志也到了桂林，各方面的朋友相聚商讨，办法就大体决定了。瞿白音同志（自）告奋勇拟通启和简则，有的便私人写信征求各团队的意见，四队、七队、九队，首先决定参加，曲江方面也托朋友来问，充分做参加的准备。为着办事的简单便利起见，推"省艺"主办，这在省艺同人是引为荣幸的，尽管力量不够大，条件不够充分，也曾无推辞之理。好在主持的是与会的各位，在桂林的剧团尽可能聊尽地主之谊，得跟随大家办成一桩事，就愿毫无保留地竭其绵薄。

这次的会，多蒙本省暨有关各省长官赐予支持赞助，使能顺利推进，令得大家格外奋发，表示无穷感谢；而所须于艺坛先进之指导与督励的地方甚多，我们已经分别邀请，以十二分的至诚，盼望随时赐教。

目下初步筹备已大体就绪，通启和简则已经印发。将来开幕的时候，各参加单位到达桂林，举行公演、开大会等，事务纷繁，自所难免，招待和供应方面，深恐会有疏忽，当其事者必求任劳任怨，始终如一。这是创举，是大事，是有绝对意义的措施，必有显明的收获。经过这一次的集会，团队间以及个人间的联系加密，感情更融洽。对于戏剧运动的认识必更深切，步伐必更整齐，而获得更快、更鲜明的展开。

我们所希望的是使戏剧成为教育、成为学术、成为富于滋养性的精神的食粮，成为化除一切腐旧的不良习惯的药石。我们希望在这一次的大会里产生一个学会以为研究的机构，更深入地互相讨论一切问题；希望产生一个互通声气的刊物；希望彼此间获得更深切的了解，把共同的信念更坚强地建立，把大家的力量集中以贡献于国家民族以迎接伟大的胜利。

现在我把致各地同志的信附录在这里，作为这篇报告的结束。

敬爱的同志：

抗战以来中国的戏剧工作者承继着数十年来优良的革命传统，热烈地响应了神圣的号召。用我们的武器——戏剧艺术，积极而毫无保留地参加了全民族的英勇战争。在前线，在敌后，在边省，在后方，忍受了一切艰难困苦，不顾一切危险，对抗建大业，贡献了所有的力量，这一剧运的巨潮，在艺术运动史上，写成光辉的一页。

戏剧工作者不仅对抗战贡献了一切，自身也从抗战中获得了飞跃的进步。抗战也使我们的工作和运动奠下了更坚实、更稳固的基石。同志们，我们试看，这七年来，我们的阵营里增添了多少巨大而新生的力量！我们的营地，扩展到了多么辽阔和遥远的地方！有战斗的地方就有戏剧，有戏剧的地方就有战斗。我起的技术，在质和量上，都无可否认地得到了急遽而显著的提高。我们自身获得了空前广大而坚确的团结。七年，这短短的七年，我们所付出的和所收获的，抵得上平时的十倍。同志们，我们应该欢欣，应该安慰。

可是，我们更应该自谦、自省。如其把我们的战斗任务深切地忆起的话，我们应该说，我们的成就，和客观的要求相比，还有着不近的距离。尤其是战斗进入严重阶段、胜利行将接近的目前，战斗一定会更艰辛、更残酷，而我们更必须磨砺我们的刀枪，增长我们的力量，来催生这胜利的婴儿。

我们应该承认，在这些战斗的日子里，我们彼此间还没有充分地联系，缺乏相互观摩和借鉴的机会，缺乏分享彼此得失忧乐的愉快。这在我们的工作上是一个不容忽视的损失。为了迎接更艰辛的战斗与更繁重的任务，我们必须弥补这些损失。桂林的戏剧工作者有鉴于此，拟就广西省立艺术馆新址落成之机会，于民国三十三年二月十五日戏剧节，在桂林举行戏剧展览会及戏剧工作者大会，推本馆主办。诚挚地向敬爱的同志们邀请，请同志们热烈参加。为了地方辽阔，交通不便，我们想暂以粤、湘、桂、黔、滇西南五省及其邻省闽、赣、鄂等共八省为基本单位，定名为西南戏剧展览会和西南戏剧工作者大会。希望由于这一个集合，我们得以聚首一堂，力量集中，讨论我们的得失，把我们七年来的辛苦、短长、艰难、快乐，面对面、心印心地倾诉，使我们更坚实、更壮大，以迎接更艰巨的任务。企盼你们能以七年来丰饶而辉煌的成绩，来参加这一个盛会！

在巴金的家里

魏　岑

（上略）……

　　我有两个朋友，是北大的高才生，在教育界服务多年，现在因为工作不如意，生活的压迫太重，他们改了行，开了一爿汤圆店，自己做，自己跑堂打杂，托我替他们做义务宣传。宣传必须请别人帮忙，别人也就少不得要我请客，——当然是文化界的穷朋友，好在没有钱可以记账，便是这样地请孙陵他们吃了一次汤圆，他们一致赞扬价廉物美。后来，他们也回请了一次，吃好了，他们又约我到巴金那儿去吃牛肉，因为桂林的牛肉比猪肉的价钱要便宜一半，多煮一两斤牛肉，请一桌客也很合算的。

　　巴金是被一般青年读者所爱护的作家，他的生活很严肃，不像一般名作家那样的浪漫——故意装出那种衣冠不整的名士派样子，来表现自己的身份。他住在漓江东岸一条新辟马路旁边的一间木屋子里，三个朋友住在一起从事写作。屋子很窄小，一进门就是客厅，中间放了一张吃饭的方桌，旁边的"余地"就很少了。客厅

作者简介

魏岑，生平不详。

作品信息

《春秋》1944年第1卷第8期。

后面的一间小房子里，堆满了书籍，一张小桌子做了他的书案，他的写作之地也就在这里。自从来到桂林，他已完成了十部以上的创作及译作，最近翻译的托斯姆短篇小说《迟开的蔷薇》刚由文化出版社印就问世，虽是薄薄的一本小册子，给予读者群的注意力却很强，销路也很广。现在他正在翻译屠格涅夫的一部长篇小说，不久即可杀青。他的工作很忙，一面自己要写作、翻译，一面要和文化出版社编书、校对稿件。常常写作到半夜，还不停下他的笔，所以他的近视眼的深度，也和他的文学修养的程度差不多了。

巴金的生活情形很简单，不抽烟，不饮酒，以前爱喝咖啡，现在改用红茶代替。我们一桌人吃完了面和牛肉之后，他就在一个罐子里取出了茶叶，提了煮好的开水，给每人冲上一杯茶，像一个贤惠的主妇一样。真的！巴金的生活过得很有秩序，屋子里琐碎的事情，自己动手整理；屋子外面一块干燥的土地，也栽了树，种了花。树在生长，花在开放，占地虽然不广，花树虽然幼稚，可是在巴金的眼里，对这一方小小的领域，却不啻是他的乐园，他说："这树是我栽的，花是我种的。……"这好像等于他自己产生了一部杰作一样的欢喜。在黄土飞扬的马路旁边，有这样一片绿色的小花园，有如镀金的古玩上镶嵌着一块玉石，这不但巴金欢喜，凡是访他的朋友也都欢喜。房子虽然简陋，环境总还符合文人雅士的起码生活条件。自己栽树种花，自己来享受，自己劳心劳力换饭吃，这是很合理的人生哲学。

我们几个人围着桌子，喝着红茶，谈生活，谈写作，我问他对于最近新中国剧社公演的洪深新作《黄白丹青》的四幕剧的意见怎么样。他说没有看过，所以不能发表意见，但是他却说了另外的一段话："……洪深的生活很苦，这个剧本是银行界请他写的，大概他也需要一点稿费维持他的生活，原稿还曾经过一位银行家修改过，……洪深也算是作家中倒霉的一个，前年因为妻女病了没有钱医，加上负了几千元的债被债主逼得无路可走，所以要自杀，……因为他没有死得成，只好再教书、写作，以此为生。去年他到桂林来，和田汉几个人写了个集体创作的剧本《再会吧！香港》，他自己卖掉了两套西装，充作装置费，好容易把这个戏搬上了舞台，演了一半，忽然奉令停演退票，他遭受了这一个打击，只好垂头丧气地离开桂林，之后很少读到他的作品。《黄白丹青》戏我没有看，剧本是看过的，这好像不是他写的东西，因为一个作家应该有他自己的人格和自己的灵魂，而这个戏里的人物性格，却写得不够显明，稳定金融的办法也太抽象，如果仅仅给银行里的职员看，倒是很好，可就不像是洪深凭自己的思想所写的。"

谈了洪深又谈到林语堂，林语堂在金圆国发了一点写作的洋财，在那里造了洋房，置了田产，这当然是足以为中国的作家增光的。不过他去年回国以后，文化界对他似乎很冷淡，孙陵说："他不回国倒比回国好！"巴金说："他回国来，等于不回国一样。"陈占元笑了笑，没有表示什么。

桂林的生活程度之高，正和桂林山水一样地甲于全国，一般文化人无不日困愁城。在作家之中，巴金算是比较安定的，他可以租一间可避风雨的房子，栽树种花之外，还可以上街喝茶，买牛肉招待朋友。他的朋友之中有一个青年富翁——他有一口金牙齿，有人主张请他将金牙齿敲下来救济穷朋友，巴金说："叫人家敲下牙齿来，未免手段太辣，文化人总不能学那些棺材里伸出手来的人。"现在一颗金牙齿值五千元，那位青年镶了五颗，值二万五千元，战前只要二十多元就够了！如果现在囤积的人有罪，那么这位青年作家也不能例外。

安娥病在省立医院里，我预备去看她。当走的时候，他们还要我请他们吃一次汤圆。大学生在北平最高学府读书的时候，是希望将来做个顶天立地的人物的，可是现在只好卖汤圆。对于这，我不自禁地发生了感慨，而巴金却很羡慕地说："我也想改行！如果到了不得不改行的时候，就是做汤圆买卖也是好的。"

……（下略）

桂林作家的流亡

胡道静

朋友，你为什么又要问起桂林的作家们呢？一提到桂林的作家们，在我便感到了无边的酸辛。我应当怎样用我的秃笔，来写尽桂林作家们的苦难呢？……

桂林的作家们，原先都不是在桂林，都是从别的地方流亡过来的。战时的生活是非常的畸形，商人可以赚大宗的钱，唯有文化事业却是一落千丈，尤其是战时的中国，执政者对待文化人都是采用了监视的态度。在这样的趋势下，作家的作品被禁止出版，出版的刊物也有被禁止发行的。恶意检删和故意扣压的结果，作家们的作品便无法换得充分的金钱，于是躺在作家们面前的唯一的道路，便是"贫穷"和"疾病"了。

在前几次的信里，我不是提到桂林作家们的贫病的故事么？但现在，在疏散命

作者简介

胡道静（1913—2003），安徽省泾县人，出生于上海。1931年毕业于上海持志大学文科国学系。1932年入上海通志馆，专事修志工作。抗战期间在上海、浙江金华、安徽屯溪致力抗日新闻工作。1954年，中华书局上海编辑所成立，他调任该所编辑。有《〈梦溪笔谈〉校证》和《新校正〈梦溪笔谈〉》等学术著作。

作品信息

《文艺春秋丛刊》1945年第3期。

令颁布以后的桂林，人们开始流亡了，作家们开始流亡了，人心不定，生活更是不定，文化事业和文化机关不是停顿便是撤退，这时候作家们的稿子无处投，即使投寄，也是暂时得不到稿费。而这些完全失去了活的凭依的作家，却不得不被迫踏上流亡的道路，——他们携带着他们的家属，在慌乱、贫穷和疾病里重又踏上了流亡的征程。

南社诗人柳亚子，这位时常在青年人群中见到的鬓发萧疏的长者，曾经从上海迁到香港，曾经从香港流亡到桂林，他始终在桂林过着半安定的生活，他的生活的资源，便是靠着他自己的心血（诗篇）和儿女的奉养。当这次疏散令颁布了以后，这位老年的长者便不得不重复踏上流亡的道路了。他从桂林逃亡到了八步。有人在八步遇到了他，只见风尘之色堆在他的脸上，问起生活，他只是摇了摇头。从这里，我们也可以见到这位年老的长者的心境了。……他流亡在八步，我是知道的，但此后据说又再度流亡。而最近，据说他已转辗到了重庆，是真是假，不得而知，但像他那样的年纪，在流亡的道路上奔波，过着惨淡酸辛的流亡生活，在我的内心，真有些不忍。记得桂林还没有疏散以前，在他寄给我的信里说，他的令堂太夫人逝世，因而给他精神上偌大的打击，而不久以前，他自己又更脑病复发，真是祸不单行，不胜悬怀，如今更是旧创新伤，能不令人加倍地遥念呢！

当柳亚子在八步的时候，那位和柳亚子在桂林一同组织过南明史社的宋云彬，挟着南明史的残篇，也同在一道。现在柳氏离开了八步，想来他也平安无恙的吧？在桂林流亡出来的文化人之中，胡仲持是逃到平乐去的。在平乐，他还携带了十余年来呕尽心血的译著。艾芜在柳州，一家六口，简直陷于穷途。虽然文协会救济了他一万五千元，数目确是不能算少，但要回到他那阔别十年的故乡，却还是成为问题。他在这次逃难之中，不但尝尽了流亡的辛酸，也还遇到了"友情"的轻蔑。为了后者，他曾以愤懑的感触，写了一篇文章，历述他搭车时遭到一位有车可乘的朋友的拒绝。真的，在生命的紧要关头，在时代的毁灭式的波浪里，"友情"该是何等的轻薄呵！尤其是别无长技的文人，除了一支秃笔，任何人都可以奚弃他，侮辱他，让他陷于四面楚歌无法生还的境地！

再如司马文森、周钢鸣、韩北屏，他们挈妻携雏，在柳州和艾芜同样地狼狈：文章没有地方发表，稿费便断了来源。那时候我在柳州，遇到了韩北屏，他说要教书，以为教书匠还能够活命。而司马文森也向他的友人诉苦，他说："设法活下去，已成了最迫切的问题。但今后，行动却不能一定，到底……"言下不胜怅惘。

此外方敬、邵荃麟、葛琴、穆木天、彭慧、熊佛西等，都散处在贵阳等地，他们和逃亡在柳州的作家们一同地，用坚韧的耐力忍受着生活的鞭笞。所引为侥幸的，他们至今还没有再度流亡，而那些驻足于平乐、八步、柳州等地的作家，却都又踏上了再度流亡的道路，至今我还不知道他们到底在哪里。

当大批作家离开桂林而踏上流亡之途的时候，依旧留在桂林而工作着的作家也不是没有，例如老牌戏剧家欧阳予倩和孟超。欧阳予倩导演着艺术馆的演出《草木皆兵》，这是由夏衍、宋之的、于伶三人合作编成的名剧。（按：艺术馆是最后留桂的唯一剧团。新中国剧团曾在艺术馆之先，疏散到柳州，后又因为生活无法解决，便合并于怀远剧团。）此外，过去领导桂林文坛的田汉，则率领了一群"戏剧兵"，到前线和战地去做宣传工作了。……

但是这一次的流亡生活中，最为凄惨的，要算是小说家王鲁彦的"死"了。是的，王鲁彦的死，是为了不堪流亡道路的磨难而死的。

……朋友，在上一次的信里你也问起了王鲁彦，你这样的关心，真使我感到无边的温暖。是的，现在让我细细地说来吧。当鲁彦兄还没有离开桂林的时候，他曾编了一部文艺杂志，可是战时的生活是这样的高昂，而偏偏文人多病，鲁彦兄便陷入贫病的交迫中了。他不能继续在桂林生活，于是王西彦继任了这部杂志的编务，而鲁彦兄携了他的家属回到了茶陵去养病。这期间，柳亚子先生曾为他发起募集医药费运动，这对他自然是不无小补。可是后来茶陵失陷，他在临危前扶病跟着他的夫人，带了儿女三人逃难，他们逃到了衡阳，在衡阳他们预备搭乘火车再往桂林，可是车子是那么的挤轧，扶病的他怎么能够上去呢？于是他在衡阳的车站上等车，连躺了三日三夜，最后，总算得到了车站工友的仁慈，帮助了他搭上火车，以后一直到了桂林。然而经过这次旅途的辛劳，他的疾病已是不堪支持了。在桂林，他又经友人的帮助，到某医院去养病，但是国事日非，忧患交逼，他在内心的磨难之下，终于不能支持，而在八月二十一日病逝了。……

他的死，正可以说明了作家们在这次流亡生活里所遭受到的折磨和苦难……

新中国剧社的苦斗与西南剧运

田 汉

一 他们是这样开始的

当我奉老母蛰居在南岳菩提园的时候，杜宣兄远道从桂林来访。我是一年半前在衡阳见过他的，那时他和九队在一道。他从日本回来便参加救亡运动，在江西一带做过很久的剧运，九队从南昌退下来便和他们的团队会合。在衡阳我们是同住在一所中学里面的，长沙第一次会战中，学校是空了，我们就把大礼堂改成一个实验剧场，在那儿联合演剧，六、九两队和平剧宣传队举行了一个小规模的戏剧节。平剧队在那次演出我写的《江汉渔歌》和《新雁门关》，在一个检讨会上我听了演剧队同志的批评，杜宣的话很使我注意。那时我觉得他是位很有进步理解的人，也有救亡青年特有的丰富热情，在比较寂寞的南岳再度接触了他的热情，是足够使我兴奋的。在我的简朴的书室里，在我老母的绩篮边，他滔滔地娓娓地谈起了桂林的剧运和文化界一般情况。他在艺术馆服务过，他谈起予倩先生，谈起桂剧，也谈到同时在桂林的焦菊隐、李文钊诸先生。演剧队的机关刊物《戏剧春秋》是他和许之乔

作品信息
《评论报》1946年第1—2期。

兄实际负责，他当然谈到这刊物和围绕这刊物的许多演剧队同志。他们那时有一难决的问题，即从国防艺术社退出的李文钊先生有意集中相当大量资金创办一个新中国剧社，邀他们参加，他们有一部分如他，如严恭、许秉铎、姚平们都是同艺术馆有关系的。他们要不要参加李先生这组织呢？那时正在江南事变之后，中国内部不幸的分裂之端已肇，救亡青年们心情都是非常灰暗的，许多人甚至想退出现有的岗位。我其实也是以同样沉重的心情复从陪都回到南岳来的。但从南岳那宁静的环境中默察大势，我还是坚决主张这抗战工作还得搞下去。虽然会艰苦一点，在西南我们需要一个较能自主的有效率的民间剧团。

于是杜宣回桂林去了，不久我得了他们的信：大家参加了"新中国"。

那年秋天，滨湖稻熟，敌寇第二次大举入侵湘北，前锋已到株州，南岳不再是宁静安全的天地，我同老母和三弟夫妇仓皇到了桂林。在建干路一所小洋房里握晤了杜宣兄和他的卧病经年的太太。在环湖北路一间小屋子里会了严恭、秉铎、石联星等许多男女同志。新中国剧社社址却在靠近大菜园的福隆街一个十足的陋巷里。李文钊先生也会见了，当初大人先生们给他经济支持的诺言都不能履行，他得独自挑起"新中国"的担子，实在已经十分竭蹶。城门的房产已经变卖了，他于今也住在对河建干路一座有楼的木房子里。为着支持"新中国"的伙食，据说连他太太的金镯子也押掉了。穷余一策他找了几位当时桂林的小"大亨"来做股东，这些人钱是出得有限的，却首先介绍了两位他们的干女儿来做社员，第一次公演是陈白尘兄的《大地回春》，找不到导演，就用了我的名字，而实际由杜宣负责。他们的工作精神实在是很好的。为的要赶双十节（当时的戏剧节），只有十来天工夫就突击了这么一个大戏。剧本有一点改动。当时我住在花桥边靠月牙山一条嚣杂的街上，只能靠晚上在菜油灯下工作。他们晓得我的脾气，派石联星大姊们在我那儿坐索，稿成了，她点起"巴巴灯"冒着深秋的夜风，经七星岩，经漓水支流上的木桥带回到福隆街去，立即写蜡纸，油印，时常通夜不眠。

那时虽在一派萧瑟的秋气中，桂林文化界讨论问题却依然非常热烈。唐性天的弟弟开了一爿三教咖啡厅，我和他也是在衡阳认识的。他是个有野心的人，他想将来全世界的大都市每处有一个三教咖啡厅。因为容许记账，容许超过时间，他那儿便成我们常用的辩论会场。一九四一年（民国三十年）的双十节那天晚上，我们恰也有这么一个讨论会，予倩、佛西、文钊、菊隐、黄若海，还有许多朋友都发了言。似乎那晚还有张西曼，他是因他哥哥遇害回长沙去料理的。那时新中国剧社正在新世界剧院演出他们的第一戏——《大地回春》。我们讨论会还没有结果，街上忽然一片鞭爆之声，据说是第二次长沙大捷。许多市民都挤到街头，剧场里的观众也是如此。还有那相当伟丽的中正大桥也是那时通车。九日在新世界剧院彩排，完毕的时候已经天亮了，我和严恭、杜宣、秉铎等疲乏而兴奋的同志们回家的时候，在晓风曙色残灯消影中走过这刚刚剪彩的桥。

《大地回春》演得不算错。但他们的招牌还没有打出来，营业不太好。那些"大亨"股东守住票房争着把他们的股本都收回去了。新中国剧社的同志们在戏演完的那天晚上就没有饭吃。

二　这样证明了自己的力量

这样不能不引起同志们的不满。

在和李文钊先生多次协议之下，成立了这样一个解决方案：

（1）因李社长无力也无意继续支持，剧社改由社员全体推举理事会接办。李社长以顾问名义留社指导。

（2）李社长应付出之社员生活费以《大地回春》演出时编制之"生财"（景片道具等）作抵，即作为今后社员全体之财产。

（3）由李社长登一启事申明该社变更制度之经过，并结束前次应负之一切责任。

李文钊先生也非常慷慨地登了一个申明。新中国剧社便这样由社长手里移到社员全体的手里了。但他们抱住这几块布景片吃不得，穿不得。还有人对他们离开李文钊先生表示不满。情形不能说有利。那时我们组织了一个文艺歌剧团，原是平剧宣传队的后身，主要演员有李迎春、郑亦秋们，他们都是极愿为平剧改革献身的。

大伙儿住在七星岩右侧一栋竹子搭的平屋里，大家忍饥挨冻为新戏剧而吃苦硬干的精神真足以"惊天地，泣鬼神"。因为好的女演员如李雅琴之流都以她的一家十五口都指着她吃，她不能也不愿参加，我们就排了两个专重男角色的戏：一是《岳飞》，一是《双忠记》。后者的创作是很偶然的。某日我过花桥忽见桥柱上贴了一张瞩目的大红招贴，说本月某日是明末力抗清寇身殉桂林的瞿阁部武耜、张司马同敞两公殉国后若干年的纪念日，是日在栖霞山右侧瞿、张二公殉国纪念亭致祭，由李任潮将军主祭，希各界参加公祭云。我曾读过瞿张两公狱中唱和诗《浩气吟》，素来敬慕两公忠节，心想何不表扬他们一下呢？便赶回去写《双忠记》剧本。洪深先生长公子洪镇弟那时住在我家，我让他请郑李诸君来花桥即日排演，亦秋饰瞿阁部，迎春饰张司马，另由一杨瀛洲君饰清将孔有德。第二日公祭后，我邀"别山会"（张同敞字别山，张居正曾孙，桂林有纪念张公的"别山会"的组织）的以鹤笙龙积之诸老去看，他们看后都非常感动，特请郑、李诸君到月牙山齐叙。但一般较落后的小市民谁愿意看单是男角色的戏呢？因此剧场收入除付园租开销外只够一饱，戏停下来便挨饿。我住的那房子隔壁是一家米店。我和他们有来往。比如今天赊了一担米，半担给文艺歌剧团，半担给"新中国"。他们便有伙夫来挑去了。文艺歌剧团赚了钱养"新中国"，"新中国"有了办法也养文艺歌剧团。这样继续了一个短短的时期。

福隆街实在太湫隘了。"新中国"改组后，同志们穷自穷，斗志却还是很高的。他们在附近坤元横街三号邓家看好了房子，要八百元一月。我碰巧身上有四百元，给他们交了定洋，他们立时全体搬过去了。这新的环境增加了同志们的不少的勇气，也活泼了他们的兴趣。他们像征服者似的，上上下下地跳着唱着，得意地布置着，不知疲劳地工作着。

文协总会传来了庆祝郭沫若先生创作二十五年纪念的号召。我写了一首长诗叫《南山之什》，由姚牧作曲，新中国合唱团歌唱，另杜宣以郭夫人安娜及其儿女们在千叶的遭遇为题材写《英雄的插曲》。这在桂林戏院演出了。因为是和冯焕章先生的六十华诞一道庆祝，名义是冯、郭两先生诞日庆祝晚会，主席的也是李任潮先生。

《英雄的插曲》饰郭夫人安娜女士的便是此次由滇入筑翻车负伤的苏茵小姐，饰郭大小姐的是李露玲女士。这晚的演出是成功的，全剧充满温暖而悠凉的人情。会场观众拥挤至千余人，曲终人不肯散去，直到电影放映第一队放过《长沙大捷》(《胜利进行曲》)之后才满意而归。

那时剧坛已开始演"大戏"的风气。大家都在说独幕剧不卖钱，不敢尝试。而演剧队的朋友们却是从战斗的独幕剧锻炼出来的。再从冯、郭晚会看出桂林观众对独幕剧有要求，他们便于同一桂林戏院举行了该社首次实验公演。剧目是：

《风波亭》(江作《岳飞》的最后一幕)，严恭导演；

《蠢货》(柴霍夫作)，许秉铎导演；

《英雄的插曲》(杜宣作)，杜宣导演。

果然这次演出甚为成功。观众对于他们的苦干精神寄予了热烈的同情，写了许多信来鼓励他们。但在物质上依然是可怜的。他们的演出费是由前述的小"大亨"赵善安垫的，戏一开，他也是自己到票房里毫不客气地把垫款先扯走了。

一九四一年底，他们在非常窘迫中进行拙作《秋声赋》演出的准备。瞿白音先生，以前抗敌剧团的负责人之一，从山西倦游抵渝，以秉铎、严恭们的催约，飘然到了桂林，他的导演经验和处理事务的丰富才能给"新中国"添了许多力量。恰在此时，由杜宣的关系，章东岩先生也以他的经济力做了这剧社的热心的支持者。东岩系长沙章士钊先生的令侄，原是湖南一位进步的文化运动者，经过一度横暴的政治压迫，他和他的朋友王礼斌先生都投笔从商，在湘西某地经营一个纱厂，他到桂林是收买棉花？或是和广西某被服厂进行了一笔布匹的买卖？这我们局外人都说不上来了。反正那时他很赚了一点钱的样子。他在"新中国"对社员同志演说很有自信，他鼓励大家"向艺术精进，不要太担心物质困难"。他起先住在七星岩边幽静高雅的星曲旅馆。我去看过他几次，几乎每次都是向他借钱替两个剧团买米。因此每次都去得很早。后来他夫人张女士也来了，我去敲门，他们夫妇还没有起床，但知道我来了，也依旧慌忙起来，殷勤招待。他是一个"忏悔贵族"型，很想赚许多钱替进步文化服务，而实际上使他的精神上陷入更深的矛盾。他曾经说他是所谓"夹缝中人"，他似乎有许多苦闷。这就在他在他母亲和妻子之间也是如此。《秋声赋》的演出费似乎主要是东岩垫出的。但究竟垫出了多少，还了多少，我因从不过问"新中国"经济，不甚清楚。东岩的商业经营也不是一帆风顺的，据说还遭受了不小的亏折。他由七星岩搬到施家园新居以后我去得较少。最后一次同杜宣去看他，他已经病了。我们这些人已经不很受他老太太和令弟们的欢迎。他们当然反对东岩拿出本不太多的钱来支持一个剧团。本来嘛，许多当代的大人先生还看不起新戏剧，何怪内地的老太太呢？

当时的残酷现实，商业上的不易再起的失败，家庭的黯淡空气使东岩本来忧郁的负担更加沉重了。就在滩声如泣的漓水之滨，以那样短短的病断送了一位不过三十来岁的有为青年。新中国剧社的同志们没有辜负这位好友，出殡之日，全体同志从施家园经马坪街一直送到离城五六里的湖南墓地。那天下着潇潇的雨，回社时男女同志衣履全湿了。后来我们又替东岩开了一个肃穆而诚挚的追悼会。

《秋声赋》以一个作家的生活为经，表现了若干当时时代的忧郁。如我的许多剧本一样也插入了一些歌曲。导演是瞿白音兄，他为此剧也用了一些工夫，以加强其抒情的效果。我的女儿玛琍也演了一个角色，也表现她一点演剧才能。石联星和朱琳分饰两个女角色，朱琳原在九队，因《大地回春》演出后其中女主角演得不太坏，便"往上爬"而离开"新中国"了，我们一气便攀请朱琳来。朱琳女士果然没有负我们的期待，她演得好，唱得更不错。其中一首《落叶之歌》很快地便为桂林的女学生们传唱一时了。

当时桂林进步观众少了，每一新戏只能卖三天。《秋声赋》因接触了当时沉闷空气，也描画了一些本地风光，却从一九四一年十二月二十八日在国民大戏院上演起，演到第二年一月三日。这也就稳住了"新中国"的经济基础，给了大家再接再厉的勇气。

三 从《再会吧，香港！》到《风雨归舟》

《秋声赋》演过，因白音系业余剧团旧干部，对奥斯特拉夫斯基的《大雷雨》甚感兴趣，也充满自信，提议以该剧为一九四二年该社第二个节目，业已开始排练了一部分了。此时洪深先生由砰石广州中山大学应约来桂，住榕湖边一江南旅社的六楼，预备替他们排几个戏。第一个选了李健吾的《黄花》。此剧写一香港舞女在抗战中的运命，也正经排练得差不多了，服装布景也都制备好了。在看总排的时候朋友们提出了异议。那时正在太平洋战事爆发之后不久，留港文化战士们相率归国，什九集中桂林。关于香港沦陷前后的事谈得极多，引起了全桂林的兴奋。大家看过《黄花》的总排，不免觉得不够表现当时的香港，要求一个同样以香港为题材而现实性更强的戏。改作呢，是限制太多，事倍功半，便决议集体创作。大家商定了一个大体的故事，由夏衍写第一幕，洪深写第二、第三幕，我写第四幕。在旅馆不分日夜，分途执笔。夏衍的第一幕首先完成，他是从孙夫人在香港召集园游会为"工合"募基金写起的。一位香港小姐带真狗上台，是为后来香港沦陷时逃难者无交通工具而狗坐飞机的伏笔。大家写好后我做了一下调整工作，又写了一个《再会吧，香港！》的主题歌。

这戏的号召力量很大的。我经过新华大戏院是午时六时，门口已经竖起"满座"牌。但也因其现实性颇强引起了大人先生们的严重注意。剧本是通过了的。彩排之夜又经他们派员看过。三月八日下午剧社得到省党部和警备部两种准演执照。开演前他们把执照钉在大幕上。而以民政厅邱厅长一个电话临时禁演。很多疏通的努力都做了。欧阳予倩先生亲自打电话给黄主席，足足陈说了二十分钟而一切徒然。剧场里满座的热情观众，看完了第一幕之后正期待第二幕更精彩的表演。幕启了，登场的不是剧中人物而是本剧的导演洪深！

洪深先生悲愤而冷静地对观众说明了本剧被临时禁演和负责人向当局交涉的经过。最后他说：

"我们对当局的出尔反尔是深致抗议的。但我们生为中国人，又在民族战争紧张阶段，不能不服从政府法令。现在遵令停演。门口票房已准备好了退票，请大家有秩序地出去。不愿退的将来若能解禁上演时票子依然有效。"

洪深先生是最能镇静地处理这种场面的。他说得那么不亢不卑，而又充满着悲愤。观众听了这不幸的消息都十分难过。有几位军官站起来对大家说：

——我们不退票！我们抗议！

说着他们把票子当众撕碎了。许多人都站起来跟着这样做。有的甚至含着同情的热泪，静静地走出剧场。

剧场内的演员们像蓝马，像许秉铎、石联星们，还有同一在桂林戏剧界活跃的潘砚之、郭眉眉小姐们都哭成了一片。特别是"新中国"的朋友们，他们几月来的辛苦算是白用了，《秋声赋》以后投下的血汗得来的资本算是毫无结果了，他们怎能不哭？

但是有什么说的？

他们只用加紧《大雷雨》的准备。

一度当过师长的白惟义将军这时丢下枪杆干起电影事业来了。他集资创建了一座大众电影院，自任经理。同时运用他的资力和人事关系收买了好些戏馆，意思是想成立一桂林戏剧电影业的托拉斯。有名的绥署副官处长唐纪原已控制了好几家园子，当然是白将军的合作者。桂林关于这位白将军的传说很多。他和许多内广将领一样是一位好货兼好色的人物。他曾亲手击毙过他的太太。他女宠甚多但也因此患了不治之症，在湘桂撤退的时候据说死在贵定途中。

因国民大戏院也是白家的事业之一，"新中国"在国民演剧时无意中使白成为话剧爱好者，也成为"新中国"的同情者。《再会吧，香港！》事件，白将军甚至表示非常的愤慨：

"这戏里所说都是真的嘛，有什么说不得？回头上我们园子来演吧。看谁敢来禁演！"

这一半是白将军的正义感，一半也是他的"生意眼"。他明知道那次事件之后新中国剧社已获得了社会热烈的同情，只要上演一定卖满。因此他毅然跟"新中国"

签订了四个戏的合同，替他们垫出演出费，并且把舞台加深使宜于演话剧。

第一个是上《大雷雨》。原在铁血剧团的钟耀群女士与吴枫君同时参加了"新中国"。钟女士是长身玉立，有着银铃似的声音，不幸因长期战地工作，过度劳苦，染了 TB，静养年余，此时稍稍复原，她的卡婕丽娜是了不起的。还有许秉铎的奇虹，无论外形或性格的创造上都够标准。这戏是成功的。卖座也打破了以前纪录。

接下去他们翻演了《大地回春》《秋声赋》，又把《再会吧，香港！》改成了《风雨归舟》。前两剧继《大雷雨》之后赶出，演员换得太多，装置比较马虎。后者原是有强烈的现实感，但经过几度划改，本来面目已不可复识，现实感大大地稀薄了。翻演的戏反赔了本。

这时留港剧人协会们借这同一剧场演出了曹禺的《北京人》。"新中国"帮了他们很多忙，由于他们若干不同的作风也给了"新中国"一些艺术上的刺激。

九月三日美术节，"新中国"演出哥果里的《钦差大臣》，严恭饰主题人物，而由九队刁光覃饰县知事。所有道具全部自己制作，排练十分认真。欧阳予倩先生看了也称为"新中国"的"磨光之作"。

四　长沙、湘潭、衡阳

十月初旬假新华戏院演出《重庆二十四小时》后，"新中国"应一个商业戏院之约到了衡阳。这里是行政效率、社会秩序和雨天里街道一样坏的地方，对于话剧演出不会是适当环境。每张戏票扣税多至二十七种，连看守所的囚粮都得由戏票里出。从十一月五日起，他们上演了《大雷雨》《重庆二十四小时》《钦差大臣》《秋声赋》《大地回春》各剧。我的女孩子玛琍也因《秋声赋》里的童角无人可代曾向学校请假一月。因当时剧宣九队适在衡阳，他们又联合演出《保卫大湖南》，那是吕复描写第一次长沙会战的戏。

战时长沙的新闻界是相当活泼的，中央社的胡定芬，《大公报》的高元礼，住在一起，他们对演剧队素感兴趣。由他们发起，邀约"新中国"和九队到长沙劳军。一九四二年除夕，他们在薛伯陵的长官部举行了首次晚会。对他们的印象算是不错。那年长沙奇冷。"新中国"诸同志装备不够，又加系刚从比较温暖的广西来，一个个缩瑟不堪。九队诸友便各把棉袄棉大衣匀出来给他们穿。但九队同志自己也是不够的。幸而除夕晚会之后薛伯陵将军送他们每人一件军大衣，这样才勉强度过了这个严冬。但他们穿军大衣而无军帽，无符号。一位在剧社管伙食的工友便因此被宪兵当散兵游勇抓去，关了一天。

长沙银行界有一些欢喜话剧的朋友。受着他们的支持，"新中国"演出了洪深先生的《黄白丹青》，这恰是以银行界为题材的。阴历年底替新闻界募捐在大华戏院演出《大雷雨》。大华是个演电影的园子，自备发电机。那时长沙全市没有电灯，忽然看了《大雷雨》的灯光布景当然分外觉得新鲜兴奋。因此生意甚好。也正因这样，到了大年夜他们回到北门外留芳里三号的时候，新闻界的朋友们送来了许多酒肉来慰劳他们，他们算过了一个好年。

在北门留芳里的生活是值得记忆的。

长沙大火之后，许多居民都逃开了这不幸的楚人旧都。我们因奉令回长做火灾救济工作，带来了好几个演剧队。他们的一部便住在北门外的留芳里。我一时也住在留芳里二号，与九队——当时的二队贴邻而居。青年们不顾一切解救民族苦难的热情是值得我们衷心赞美的，但他们不是没有苦闷，从学习上的苦闷到恋爱的苦闷。我曾经数度听得间壁女同志们深夜啜泣，越哭越惨痛，久久不止，我在这一边又无法劝慰，只好放下笔敲敲墙壁，和她们几声叹息。

后来这留芳里便和演剧队及其他戏剧工作者结了深深的因缘。"新中国"来长沙便也住在这里。因为他们有许多是九队出身的，而九队此时却住在彭家井。

就在这留芳里，"新中国"和九队同志合开了一个迎春晚会。这两个姊妹团体各有四个小组，一共八个小组。每小组担任一个活报剧，题材从演剧团队自己的生活中汲取，意在通过此种生活报告执行自我批评。为郑重将事，公选了几位评刊委员。

那次活报剧的竞赛，冠军为"新中国"第一小组的长篇朗诵诗歌《青春大合唱》，获得亚军的是九队队员黄蕴如的《远方来的客人》，写一位远来的人偶然在演剧队里做客，渐渐理解他们。此刻便是远客眼里的演剧队观，即作者通过远客来直率地批评演剧工作者的生活与工作态度。

第二是"新中国"严恭的《突击》。在桂林戏剧界曾有"突击"和"磨光"之争。新中国剧社原是被派在突击论一边的。而实际上"新中国"成功处恰在其对工作的认真。此剧虽不反对突击精神而对粗制滥造极力抨击。

第三是九队赵明的《酒后》，写演剧工作者恋爱苦闷，有点像南国初期的情味。

第四是"新中国"的石联星大姐的《有情人终成眷属》，也是处理恋爱问题的。是一篇很抒情的东西，结果没有演出而由许秉铎朗诵。……

凡此诸剧都透出了艺术与实际生活的纠纷苦闷，并暗示其解决之道，对自我教育意义极大。两队生活工作由此更加融洽无间，他们自我批评的成果也影响了许多友军。但对竞赛的胜利者，奖品是不太丰厚的。荣膺亚军的黄蕴如小姐得了一瓶墨水。

他们没有茶喝。大家爱到北门外大街四海春茶店去消磨半天。他们采取了"接班"制，就是甲一早去泡好一壶茶，甲喝够了乙去接班，乙去，丙又继之。一壶茶可以喝整一天。这样原是不受欢迎的，但他们演戏时不忘记请老板和伙计们去看戏，慢慢地便建立了很好的关系。这不受欢迎的"接班"制也被默认了。

他们不只是在那儿饮茶，也在那儿和九队同志一块读书、写作、讨论问题。本来是小市民集合所、小贩们议定价钱的四海春，变成了战地的"文化沙龙"。

茶是每壶一元，他们时常一元也没有，可又不能不喝，便只好记账。

同一可以记账的地方是和记米粉店。这对于清寒的剧人们有更大的便利，因为饥的威胁究竟比渴的威胁来得实在，队员中那些带孩子的母亲运用这一便利减少了孩子们不少的苦痛。

剧人们酬报他们好处的机会终于来了。一天，有警报。敌机凌空在北门丢了许多燃烧弹，照火头判断，那着弹的位置显然在四海春跟和记之间。"莫非我们的'文化沙龙'被炸了？"他们毫不怠慢地大伙儿去救火。

果然四海春在一片烟焰之中！老板伙计们不知所措。但我们演剧工作者是从惊险里历练出来的——他们镇定而勇敢。社员巴鸿原是学童子军的，做事很得要领。他知道这茶馆店最要紧的就是那把大铜壶。他首先关了自来水龙头，倒去了壶里的开水，终于把大铜壶给抬出来了，大火也被扑灭。

那茶店原是火后的临时建筑，壶没有损失，草草收拾一下，又开张了。

第二天他们再去喝茶的时候老板伙计们都另眼相看，尊他们为上客，请他们喝茶用点心，不要他们出钱。但他们再三不肯，这天特别付现。

三月，他们由长沙到了湘潭。先后在"百代""广寒宫"演出《大雷雨》《黄白丹青》《重庆二十四小时》《大地回春》《日出》《名优之死》诸剧。《名优之死》改题《一代名优》，湘潭县政府以耳代目，派警察来通知禁演，说"有伤风化"，他们打电话到长官部参谋处，后来才解禁。湘潭虽是小都市，市民们对这些戏都能欣赏。但连日大雨之后湘江忽然猛涨，这小都市成了泽国。"百代""广寒宫"都在江边大街，演出停顿，他们困居山上旅寓望洪流而兴叹。

他们是闲居不得的穷团体，只得逆来顺受，利用这困水的机会赶排新戏。由严恭、许秉铎、瞿白音分别导演《女子公寓》《复活》《海国英雄》三剧。

社员张友良君熟识一位湘潭布业公会理事长翁先生。此君热肠古道，看过他们的戏非常感动，同情他们困难的处境，愿意拿布匹帮助他们。于是他们运用这些布匹做《海国英雄》诸剧的服装，湘潭缝工便宜，他们演出费大大地节省了。上演时他们就用戏券抵翁先生的布款。翁先生看见舞台上他的那些布匹经过巧妙的剪裁涂饰之后竟成了古英雄们身上雍容华贵的衣冠，也非常得意。

大水退后，排过的戏逐次第在"广寒宫"上演，前次印象好，此次卖座甚佳。六月演毕，重过衡阳，翻演新排各剧。

那时衡阳市长兼警备司令便是后来做长春市长的赵君迈先生。他颇关心文化，给了剧社一些方便。过衡阳正是七月天气，炎热非常。他命令把园子里的座位原是七百的撤去两百，翻了五百座。虽则座儿少了，但毕竟空气较好，秩序亦佳。上演中他几乎每晚要来巡视一周。他老是穿便衣的，某日刚从园里出去，碰上了一位军官硬要无票入场，给赵先生派人抓走了。

"八一三"空军节，赵市长动员"新中国"去慰劳陈纳德的飞虎队，他们到衡阳飞机场演了一出《希特勒的摇篮曲》。赵市长又提倡体育，举行了一次运动会。"新中国"也参加，社员阮培小姐是女子长距离赛跑的冠军，带回了一个大大的银盾。

五 "西南剧展"前后

一九四三年十月，揽着一天秋色，"新中国"诸友别了湘江回到漓江。抵达坤元横街的社部时，很整齐地运到三十二只漆着浅蓝、上有社徽的木箱，这便是他们远征潭州的具体收获，使许多友军艳羡不置。

为着回答桂林文化界的欢迎会，他们演出活报剧《画饼充饥》。那时当局以节省纸张的名义限制进步刊物的出版。靠版税或稿费生活的文化人都被驱向饥饿线上，只得画饼充饥。但这也被取缔了，因为画饼总得用纸啊，这也是纸张的浪费啊。这讽刺曾使桂林文化人哭笑不得。

十月在国民大戏院作回桂首次公演。计演出《海国英雄》十场，《黄白丹青》七场，《复活》十七场。

十一月初举行第三届年会于社部。

一九四四年一月起，在欧阳予倩先生主持的广西剧场上演《金玉满堂》、《百花香》（汪群作）。

这期间他们在中央电工厂第四、第二厂，及无线电厂巡回演出，因此很得他们的帮助，他们以较廉的代价购得了一个精美的扩音器，这帮助了后来许多工作。

《金玉满堂》的上演期，桂林戏剧界在商量着如何迎接行将到来的新订的戏剧节——二月十五日。某日我在中正大桥的东堍遇瞿白音兄，他和我谈到西南戏剧展览的计划。他已经和予倩先生谈过，我也极赞成他的旺盛的企图心，答应尽力帮助这一理想的实现。

予倩先生为着广西艺术馆的建筑正搞得焦头烂额，新馆大部分算差不多了，但剧场何时完成殊无把握。但何不努力一下赶在二月十五日前完成，就在戏剧节那天同时举行艺术馆落成式和西南剧展开幕式呢？——这一理想给了予倩先生绝大的勇气，也给了他若干的便利，使他更有理由争取省当局和社会各方的援助。

这一空前盛会之实现是由于新中国剧社与广西省立艺术馆的高度合作。在筹备处全权代表"新中国"的是瞿白音君，代表艺术馆的是田念萱女士。他们两个都是干才，又都勇于负责。筹备的初步是大量的文书工作，得请有关的政府首长充任会长和名誉会长，得请西南八省教育当局指导支持，更得向广大戏剧界人士和戏剧团体，发出参加展览的号召。还有如何筹幕经费、特约剧场、布置交通及住宿便利等，他们都做得很好。所以然者当然也因为他们后面都有群众基础。新中国全体社员和艺术馆的一样都编入大会作职员，全部机器和器材也都供大会之用。

参加这次剧展的团体达四十，人员达九百数十，泛及西南七省，有的甚至从江西修水步行而来。周沙龙、李昌庆两君也代表昆明华山剧社由滇南赶到桂林。共有四个展览场，演出剧种包括话剧、平剧、桂剧、湘剧、粤剧、徽调等地方剧，马戏，杂剧，傀偏戏，苗瑶侗罗等少数民族舞剧。同一话剧亦有国语、粤语两种。节目共达百余，时间从二月十五起凡三个月零十天。开了十天"戏剧工作者大会"，由各剧人各剧团报告工作经验，经热烈讨论后决议今后戏剧运动路线及信条八项。另在艺术馆画廊举行空前丰富之戏剧资料展览凡两周，由许秉铎君负责。各剧团每一演出之精美的舞台模型即达百余个。

大会经费不敷，"新中国"以《大雷雨》演出全部收入捐赠大会。艺术馆也捐出了"旧家"的收入。因为忙于剧展的工作，"新中国"有三个月没有演戏，长沙湘潭赚的钱都吃光了。《大雷雨》收入捐出后又竭尽力量演出第二个节目——《戏剧春秋》。

电影方面也配合了此项的展览，免费招待全体剧人参观过《大独裁者》《民主万岁》《马门教授》《斯瓦洛夫元帅》诸片。

大会结束的那天，全体会员千多人集中在艺术馆剧场举行了"狂欢之夜"。话剧方面演出了剧运初期的许多戏，像《湖上的悲剧》《屏风后》之类。活报大会串，有四队的《八年了》、五队的《沙坪之夜》、"新中国"的《一盒火柴》。金素琴、金素秋两小姐也贡献了她们的妙技。四维儿童剧团的小朋友们也不含糊，大家直闹了一个"通宵"！

正在这个时候，开始了第四次长沙会战！

六　《怒吼罢，桂林！》

一九四四年五月，湘北的烽火继续扩大，深入。桂林是一个敏感的城市，在长沙危迫的时候，桂林文化界举行了一个为慰劳保卫长沙的将士的扩大宣传周，分诗歌、话剧、平剧、电影、漫画等日。诗歌日举行街头朗诵，漫画日举行街头画展，电影日放映抗战电影，并捐出收入一日。平剧日亦如此，我们也曾到桂林戏院作幕间演说。话剧日由"新中国"与艺术馆演出街头剧。他们先在体育场集中演出，然后乘卡车出发，十字街，大桥，西门，北门，火车站。他们因有无线电厂备用的扩音器，宣传效果更大。他们沿途唱着安娥词费克曲的《献金歌》：

献金，献金，快快来献金，

不在乎献多与献少，

在乎你一片爱国心。

积少成多，去买草鞋和毛巾，

积少成多，去买枪炮杀敌人。

同胞们，同胞们，

我们能在后方住安稳，

全靠他们前方把命拼。

同胞们，同胞们，

战士把生命献给国家，

我们把血汗献给抗日军。……

这歌也传唱一时。宣传车所到之处便展开献金运动。由社员扮成社会各阶层的人物上车踊跃献金，樊赓苏君扮一奸商独不肯捐献，经别人反复激劝仍是一毛不拔，最后因见情势不对才捐了很少的钱，仓皇遁去。宣传车移到别处演出，久等樊君不至。最后只见他狼狈而来，跑得满头大汗，原来人力车夫因他是个不明大义的奸商都不愿拉他，他只得跑路。也可见当时桂林人心的激昂。

宣传周后接着便是国旗大游行。由李任潮、龙积之诸老领头。而实际跟着在车上嚷的是"新中国"的年轻朋友，而且是通过他们的扩音器。那是一个热烈庄严的场面。我曾有一首绝句记这事：

百万人民离不开，苍眉炯眼再登台。

国旗到处金如雨，尽道西南长老来。

国旗大游行的第二天，长沙已经不守了。敌人的铁骑直指衡阳。桂林震动。六月二十七日，"新中国"在艺术馆剧场上演《怒吼吧，桂林！》（汪巩、严恭编剧，许秉铎导演）。这是一个大型的活报剧，包括下述的九场戏：

1.《桂林无战事》。写当时奸商们、高等华人们荒淫无耻，饮酒作乐不问国事，不知隔他们不太远的地方已经炮火连天。

2.《新墙河畔》。写湘北战事叙幕。我军在劣势配备、饥冻生活下苦战的情形。

3.《不朽的人民》。写湘北人民的苦难及其惨烈反抗。

4.《混水摸鱼》。写大后方奸商们趁此囤积居奇，发国难财，不顾人民死活。

5.《血染捞刀河》。写敌人已迫近长沙遭遇我军反击。

6.《后庭花》。写桂林绅士淑女们各挟细软向重庆、昆明纷纷逃避。

7.《天下一家》。写美空军参战，不幸迫降洞庭湖畔敌区为渔民所救，辗转归队继续与我并肩作战，反抗法西斯。里面的歌曲全由王天栋作曲。

8.《四十万颗心》。写桂林献金运动，及打丽都餐厅事件。

9.《怒吼吧，桂林！》。写国旗大游行。

此剧因题材皆系当时眼前事实，观众反应无比热烈。六月二十八日是旧历端阳节，他们加演了日场。六月二十九日韦云淞将军下第一次桂林紧急疏散令，这戏原定演五天的，只演两天便打住了。

七月初，"新中国"全体由桂林转进到柳州。

在柳州，又汇合了演剧四队、九队，四战区政工大队，边政大队共一百五十余人在抗建堂演出《怒吼吧，大后方！》，这当然是《怒吼吧，桂林！》的改作。又以集体创作演出《同盟军进行曲》慰劳盟友。规模之大、组织之严、合作之佳至今为剧界所称道。他们又计划演出《四城记》，剧本已成，吕复写长沙，严恭写衡阳，汪巩写桂林，李超写柳州。主题针对当时一种谬论（认为桂柳丧失无关战局），而强调保卫西南，坚持抗战，不得轻易放弃一寸国土。这剧本刚要演出而柳州也继桂林之后进行紧急疏散了。

因为长期在广西工作，对于桂柳山川人民发生一种热爱，不忍离去，愿为其保卫战而牺牲一切。"新中国"便一度编入张向华将军的长官部，改称怀远剧团。就在长官部受了一个月严格的军训，准备参加战地演剧工作。而战局发展急转直下，黄沙河失守，全州继陷，敌军已过界首，迫桂林。怀远剧团奉令沿黔桂线工作，集中长官部所在地的六寨。八月离开柳州经金城江、南丹、河池，步行到六寨。从八月到十月是为暴风雨前的小休期。他们因当时战局混乱，演剧工作无法开展，便办了一张《怀远日报》，油印的，但极精致，因有中国银行的收音机，消息倒也很灵通可靠。

桂柳相继弃守，敌军跟踪西上，南丹告警，十万人潮涌向独山，六寨被炸之四、九各队同志有几位负伤。"新中国"幸得原桂林无线电厂钱应瑞、陆增元两先生设法派车将人员器材全部由六寨运独。（四、九两队却亏了运输总队的车子。）

在南丹失守之日，瞿白音兄谒见了从柳州退出匆匆经过独山的张向华将军，张将军告诉他战局的危迫，要他们快走。瞿提到车辆问题，张将军说：

——还管什么车辆？于今最靠得住的是自己的脚。

——我们的器材太可惜了。

——有什么办法呢？我搜集多年的向华藏书也全丢了。

据说那天张将军流了热泪。因为这样，我虽那时也在独山却没有去看他。

张将军的绝望情绪感染了白音，立时叫全社男女同志各带轻装步行到贵阳。他们费了九牛二虎之力带到独山的那三十二箱器材和社员大批行李就那么扔在一所已经埋上炸药的厂场了。

战争破坏文化建设之惨由此也可以痛感到。

七 《岁寒曲》

我是和"新中国"同志们同时离开独山的，但我比他们先到贵阳，因在我是坐车的缘故。我一到贵阳便参加了文化人救济工作，因此对他们做了一点小小的帮助。

他们和四、九各队被收容在南城外一所商业学校内。房子是很精雅的，临着绕城的河水，且多花木。但他们大行李都丢在独山了。晚上有盖稻草的，和那房子很不相称。有孩子的母亲们当然情形更惨。

许多人要请他们在贵阳公演，但他们忽又奉命出发安顺，四战区长官部是在安顺的。

在安顺过年，他们集体写成了长篇朗诵诗——《岁寒曲》，记录黔桂撤退的大悲剧。词是瞿白音、周钢鸣、樊赓苏等几位写的，而由王天栋、费克、舒模作曲。这《岁寒曲》一九四五年元旦在长官部演出的时候，把仓皇入筑的全体长官部官佐感动得至于泣下。但中间痛定思痛的自我批评却也刺痛了某些死硬派。这长诗后来在昆明出版了。

他们起先是住在安顺女中的，因为是女中，所以他们终于被赶出来了。最后和四队一起住在安顺医学院。

安顺虽是黔南一个中等城市，但因抗战的关系，欢喜话剧的人却也不少。那里的陆军医院、兽医学校、医学院都有剧团组织。安顺民众教育馆也附有民众剧社，民教馆长任德恰又是"新中国"社员严恭的同学。一九四五年二月十五日他们便以民教馆为中心，汇合了陆军医院、兽医学校、医学院的剧团和民众剧社，演剧四队，"新中国"各单位举行了一个戏剧节。在晚会上，"新中国"和四队各演了一个活报剧。此外如戏剧讲演、资料展览等，虽则赶不上桂林之盛，却也具体而微，在安顺已经算空前的了。

三月九日他们在安顺胜利戏院演出于伶作的《心狱》，这是他们逃难九月后第一次正式演出。那胜利戏院原本是一个庙宇改成的。后台依然陈列着大小偶像多尊，女孩子们在那儿化装，镜子里时常要照出许多怪嘴脸来使她们毛骨悚然。那年四月我经过安顺的时候，四队同志正在这同一舞台上演着夏衍的《愁城记》。

还真是一个"愁城"啊！四队和"新中国"在安顺过着不安不顺的日子。费克是"新中国"优秀的演员和作曲家，但他却是那样的畸零。他自己因长期劳苦和营养不良，染上了 TB，已够苦的了。谁想他的大孩子小弟和女儿圆圆，一个患了急症，一个染上天花，竟在三个礼拜之内相继夭折。这岂是一个多感的艺术工作者所能堪？过安顺时到医学院看他，我只能紧紧地握着他的手而找不出话来安慰他。真是，说什么好呢？

那时政治环境也坏。四队同志一部参加苗区工作，和苗人接近。作曲家宋阳写过一首《苗家月》，代表了苗人苦痛的呼声。这首优秀的歌竟然被禁止了，宋阳也受了警告。

八　从红花巷到景虹街

一九四五年五月中旬，他们全部到达了昆明。

因安顺无法使一个现代剧团生存发展，更无法使一个器材尽失的团体重新获得进步装备，他们早已打好了入滇的主意。我在贵阳三个月，原拟回渝，其所以改到昆明也主要由于白音同志的一个电报。白音、汪巩、秉铎、钢鸣们早已在昆明了。

白音和叶露茜小姐们住在学院坡附近，水晶宫，红花巷。我到昆明不久他们便替我做寿，我是在红花巷度过我四十七岁的生辰的。那晚除露茜外，"新中国"同志有瞿白音、汪巩、巴鸿、王悸平、杨人鸿等。周钢鸣、许之乔都是社友。酒后我写了这几首绝句：

四十七年飞也似，怕举金尊催热泪。

座中汪巩伤心人，众人皆醒甘独醉。

——赠汪巩

转战归来气未疲，春风吹起草离离（那时他们正演过夏衍的《离离草》）。

乱头粗服红花巷，争羡新人叶露茜。

——赠露茜

纵酒高谈几少年，狂飙时代未明天。

东墙处子烽烟远，宋玉于今愁可怜。

——赠之乔

吉鞳歌来意转浓，当时君亦可怜虫（巴鸿会演《复活》中公爵）。

于今不是愁时候，盘马看云射日弓（君参加美军工作）。

——赠巴鸿

西南烽火尚盈眸，千里投荒门未休。

错节盘根人几个，再为戏剧写春秋。

——赠白音

慷慨犹存未白头，剧人宁为稻粱谋？

· 463 ·

相逢又是春回日（君曾演《大地回春》，赤脚穿皮鞋，曾受观众讥评），

借问于今有袜否？

——赠悍平

惯将热眼向山川，虎掷龙腾点线间。

为愤神州常变色，却移才笔铸忠奸。（君原长画地图）

——赠人鸿

千里曾追大众潮，又来滇海竞兰桡。

周耶百战才英发，无对微波憧小乔（周夫人未来）。

——赠钢鸣

　　云南军人金汉鼎将军在景虹街有一栋高大房子，原先是租给人家办喜事的。上下有二十余间，索价月租十万元。这在昆明真是太便宜了。别人都难于到手。幸而金将军女公子映琨原先是演剧四队的队员。她的先生田鲁也是搞戏剧的，以此因缘，"新中国"租定了景虹街的房子。

　　又金焰兄曾和王晋笙兄组织大鹏剧社，在成都演过《罗密欧与朱丽叶》，在昆明也演过郭先生的《孔雀胆》，后者造成当时很高的卖座纪录。但终因经营不善，大鹏停顿了。晋笙因同情"新中国"，愿将大鹏全部服装器材以较廉价格让给他们。这使"新中国"重新获得装备，后来在每次演出补充，比桂林时代反而更精美了。

　　"新中国"全体抵昆之后，昆明文协借昆华女中开了一个欢迎会。徐梦麟先生主席。我也报告了"新中国是怎样奋斗出来的？"六月初，昆明九个周刊社联合欢迎"新中国"，由评论报的楼兆揭先生主席。在第一个节目演过之后忽然来了大批警察禁止开会。观众正看得高兴，都吼叫起来了。经兆揭对大家说"这完全是因手续没有完备之故。会于明天同时照开，入场券继续有效"，大家听了才散去。

　　第二天果然开成会。"新中国"演了一个活报叫《金碧交辉》，暴露当时在后方

一些畸形现象。如像做投机生意的知识分子，走国际路线的妇女等，但也歌颂了那些为和平民主坚贞不屈的学者。

"新中国"中，老九队同志曾由长沙派赴南昌工作与罗卓英将军有旧，罗将军主持桂林西南干团时，"新中国"一度编为团属剧团。那时他恰由重庆来昆检阅青年军二〇七师，便由他把"新中国"介绍给当时任昆明城防司令的杜聿明将军，请他设法维持，至少能吃军米。杜将军因政治部无额余，便把"新中国"同志中的三十五名编入"水上警察队"，领水上警察的薪米，"新中国"同志变成了水上警察了，这对他们真是哭笑不得的事。然而该社在全国物价最高的昆明而能支持那么久，也未尝不是受军米之赐。

九 云南政变与"新中国"

七月初上演《蜕变》《金玉满堂》于昆华女中，这是为孙启孟先生主持的昆明职业教育社募集基金，因此许多对外关系如剧场捐税等都由孙先生们对付。而这第一炮的成绩也算不错。接着改借云南省党部演出《家》，为长城中学募款。一切演出准备都做好了，海报宣传也都出去了，满拟因此奠定剧社的基础。谁知就在彩排完毕的那天晚上爆发了云南政变！

他们住在景虹街，适当由翠湖到武成路的孔道，昆明城防部就在翠湖正中。而沿华山西路过去便是五华山省府的所在。杜将军指挥下的部队去包围省府缴云南宪兵的械，是在大家疲倦入睡后的午前四时前后。起先是机枪冲锋枪的声音，他们还只惊异地听着。及至甘海子（炮五团所在）方面的重炮响了，睡在楼上的女同志们全给吓醒了，经白音的建议才赶紧搬到地下来睡。为着戒严，市中心的居民足足有三天断绝了和外间的交通，无法买到菜，甚至得不到水。"新中国"派了一位同志到小西门城外去采买，结果被关在城外一天之久。

白音是一个胆小的人。因为"新中国"的门口挂着"城防部政治部政工大队附属剧团"的牌子，他怕云南土著见了要打进来，赶忙把它取掉了。事后政治部的人曾笑他说："既是取了牌子，你怎么又来领钱来了？"也可知当时"新中国"处境之尴尬。

受政变的影响，"新中国"的《家》的演出迟滞了半个多月。

为了吃军米，他们每半月得到城防部去主持一次晚会。某次说是何总长来了，杜聿明将军要欢迎他，除了"新中国"的节目之外，并特邀当时在昆的四维儿童剧团表演《双忠记》。沈维志的瞿式耜演得那么动人，看的人都说"这孩子有前途"。杜将军说："这戏最好给韦云淞们看一看。"真没有想到这个前途无量的孩子在不久的以后竟不幸在湘贵交界的玉屏县覆车夭折了。

"新中国"那晚演了两个活报，一个是《收回这枝枪》，反映当时法国的新军阀拿起美国租借法案供给他们的武器在中东耀武扬威，压迫黎巴嫩醒觉的民众。还有一个是《纳粹侧影》，因化装巧妙，对话警策，很使何敬之将军注意，他连问："这剧团是哪里来的？"

《家》演出后，"新中国"本身也起了内部分裂。瞿白音兄领了十三位社员和几位社友脱离了"新中国"，到广州香港另建了一个"建国剧团"去了。

这分裂的原因第一是生活方式上的。由于一部同志参加了美军工作，收入较为丰足，及再归社，与原有社员间，不能不有生活作风上的显著歧异。这当然会引起不协和的。第二，抗战忽然胜利了，对胜利的估计各有不同。有的对胜利后的展望过于天真、乐观。在抗战中赚了些钱的朋友们组织了一个文化建设公司，内分戏剧、电影、出版诸部，他们希望到香港、广州一带争取几个据点，在那里比较称心如意地工作下去。他们甚至幻想一个较为美满安定的生活。而另一些同志却不那么乐观，他们同意目前的中国不是单纯的复员，而是为和平民主的再度动员。他们宁愿留在内地继续其艰辛的工作。这样他们终于各行其是了。其后的现实发展不幸证明了前者的幻想破灭。日益严重的内战和新的民族危机使新戏剧之正规的和平的发展成为不可能，文化建设公司的计划在他的初步便受到残酷阻碍。一方留在内地也因种种政治险恶落后，社会经济破产也无法存在下去。

《家》之后原拟为衡岳中学演出美国赫尔曼女士作的反纳粹剧《守望莱茵河》。

排了两幕，因该剧的电影在南屏大戏院演映，卖座并不甚佳，他们怕推票没有把握，才中途停止。在此期间，因昆华女中与省党部礼堂都不肯借给话剧团体用，他们不能不拿一些小戏和活报剧到昆明近郊的工厂，如马街子的中央炼钢厂、中央电工厂、昆明电厂和川滇铁路总局等处巡回公演，借以解决伙食问题，因他们早已没有军米可吃了。

省党部不借是直接受政变影响，新书记长不肯负责。昆华女中据说是因有一位女学生以事被学校开除，她的爸爸是省参议员，借端告了学校一状说学校当局以公家建筑营利，上演"有伤风化"的话剧，因此学校当局拒绝租借。虽多方设法疏通迄无结果。昆华女中及省党部租金原为二万，后来涨至六万，这显然是比较便宜的。但等了一个多月，剧场还不能解决，"新中国"是要靠工作来维持存在的，只好冒一个大险去租云南大戏院，上演计划已久的《大雷雨》。

"云南"是龙三公子经营的。经理殷君自称"总管后人"，是《孔雀胆》故事中大理总管殷功的后裔。殷君虽肯帮忙，但这院子与杜文林平剧团有长期合同，"新中国"要租他的，除了院租外还要担负杜文林剧团每天的最低开销。这两项合起来是五十五万元，外加捐税十五万元，演出费三十余万元，以当时的物价要卖上百万才能够本。这实在是不很有把握的事。但大家决心忍受任何条件，我们的口号是"演出便是胜利！"

《大雷雨》要的人多，而"新中国"适在分裂之后，元气大伤。幸而舞台工作有联大剧艺社同志踊跃帮忙，他们正在考期，为"新中国"事忘餐废寝牺牲甚大。女主角卡婕丽娜请了凌珺如女士"客串"。凌女士是剧校高才生，友人平江凌碧如先生的令妹。她参加"新中国"是从在曹禺的《家》里演那位薄命的表妹时起的。她和她丈夫陈健之间有一位美丽的掌珠——贝贝。他们夫妇由霑益来昆明参加演剧期间，不幸陈健先生与剧中另一位女角色熊显员相爱，以致珺如在舞台上念着凄婉悱恻的台词的时候，她的身边进行着使她不能忍的实际的悲剧。他们夫妇就那么分开了。陈健先生同熊女士走了，而珺如和她的爱女贝贝留在"新中国"。也正因她的参加便稳定了《大雷雨》的阵容。

十　学生事件中演出《大雷雨》

十一月二十七日晚《大雷雨》剧全部对词的时候，陡闻远处机枪步枪冲锋枪的枪声，愈来愈密。他们是惊弓之鸟，以为又发生什么事变了。及至一部社友回社才知是联大教授张奚若、费孝通们在联大图书馆前草地召集时事讲演会，提出了"争民主""反内战"的口号，而邱清泉部官兵就在图书馆边的土山上举行夜间演习。枪弹横飞，掠六千听众的头顶而过。但教授们依旧在弹雨中吼着，枪声太密时听众便伏在地下听讲。

第二天报上说是西郊土匪滋事国军弹压，联大剧艺社一位同志写了一个短小精悍的剧本叫《匪警》，反映这一事件。到了十二月一日竟发展到暴徒若干队武装攻击联大、云大等四大学，联大师范学院被投掷手榴弹，潘琰、张华昌等四烈士殉难的所谓"一二·一事件"。全昆明震动了，全中国震动了，余波所激，全民主世界无不愤慨。

"新中国"在这期间虽仍埋头排戏，但社友个人对于表扬忠烈扶持正义，也未尝自惜其力。他们搞音乐的朋友们写了几支歌，在这期间也起了不小的影响。如孙慎作曲的《我们反对这个》表现人民对内战之厌恶，《民主是哪样？》是用云南语言对昆明人民作民主精神的呼唤，都被广大学生市民所传唱。还有费克作曲的《五块钱》《茶馆小调》，前者代表了法币贬值后人民所受的痛苦，所谓"五块钱小钞票没有人要，穷人吃不饱，富人哈哈笑"。后者写茶馆老板劝人别谈国事。喝过茶"回去睡一个蒙头觉"。最后号召人民不要做糊涂胆小的人，对国事漠不关心，而应该齐心协力"把国家来改造"。还有值得一提的，是社友张客替联大剧艺社导演了描写"一二·一"烈士潘琰小姐一生的《潘琰传》。

《大雷雨》的演出是颇为成功的。"新中国"的人力物力都使用到最高限度。凌琯如女士的卡婕丽娜明丽不及钟耀群，而深沉过之。高博的奇虹虽有些追随许秉铎，但也有不同的创造。舞台工作在昆明恐怕是空前的。卖座力超过当时杜文林剧团的平剧。衡岳中学因开销太大虽净收不多，但也没有赔本。

《大雷雨》在云南大戏院的演出可以说客观困难逼起话剧走向大剧场，也终于征服了大剧场。殷经理和"新中国"续订了三个戏的合同。因杜剧团到曲靖沾益旅行演出，院租减少到三十五万。有了剧场，"新中国"的世界又接长了。

十一 李闻事件前后的新中国

以石炎的努力终于把洪深先生给请来了。

洪先生用他特有的进步方法排演《草莽英雄》，费了好几天的工夫同大家开会，细细密密地启发大家自动把握剧本的精神，分析人物的性格，等大家对全剧有了健全的认识了，然后开始排戏，只八天工夫便把那么繁重的戏交出来了。

洪先生的导演方法给了"新中国"同志甚大的启示。

因为《草莽英雄》是写四川"炮哥"在辛亥革命中的英烈行动与失败教训的，洪深先生从重庆就带了龙大公子的亲笔信来拜访昆明方面"圈子里的人"，对于江湖上的礼节、习惯，及"汉留"历史有所订正。《草莽英雄》彩排时特意邀了他们来看。一位是在昆明开乐乡餐厅的余谦先生，他后来帮"新中国"的忙很大。另一位王慧生以前当过帅长，便是后米被解散了的"民主自由大同盟"的负责人。另外还有一些二哥三哥们，如林处长等。彩排是在景虹街新部的天井里。那天忽然下雨，他们便冒着雨排下去，精神贯注一如平日，这次印象很使这些云南的"草莽英雄"们感动。

演出规模是很大的。台上演员有七十人，后台工作者有三十余人。也亏着联大剧艺社和其他学校剧团同人来帮忙所以不感竭蹶。

接下去演《鸡鸣早看天》。洪深先生匆忙排过就回重庆去了，没有看演。

这个戏是赔了的。因快近阴历年了，学生多以寒假离省，话剧基本观众的外省人多已还乡，四郊工厂此时多已遣离复员，也去了一大批支持者。加之《鸡》剧是一景剧，青年学生观众对其中的知识层人物的描写不感满足。结构也较为松懈，所以观众减少，生意不佳。这一个时期他们亏累共达七百万元。

为争取存在，也为争取本地市民，乃接演《牛郎织女》。

原来吴祖光先生的主题是在这年头每人不妨有幻想。他们却强调幻想是空虚的，应该回到地上来面向现实辛勤工作。因此删去其最后牛郎再回到天上去一幕。演牛郎者即此次翻车伤脑的岳勋烈君。此剧在舞台工作上配合得甚好。用了三个幻灯、三个扩音器，换景不超过两三分钟，一切比以前跨进了一步。

把省党部礼堂重新替话剧打开的是第五军子弟学校——中正中学的校长罗石圃。早在"新中国"分裂之后，石炎和罗石圃之间已经有过商谈。罗先生甚至想"新中国"到他们学校所在的安宁温泉去过一九四六的新年。《牛郎织女》后便开始合作，即"新中国"为他们演出《风雪夜归人》。严恭导演，由高博、苏茵、王天栋分饰主角。因云南人不太熟悉故都梨园界生活，因此难于接受此剧趣味，虽演出尚称完整，而观众甚少。

《风雪夜归人》演出后停了一个时期，此时剧社亏累达八百万元。由刘玲女士介绍一话剧爱好者曾君投资四百万元，又由余谦先生担保向商业银行借得四百万元，这样才竭力从事《桃花扇》与《陈圆圆》的演出准备。正在赶排《桃花扇》的时候，昆明忽连续发生两次血案，陨落了两颗民主巨星：李公朴、闻一多。这一个破坏社会秩序的偶然事件，又使"新中国"的工作停顿了半个月。李案发生是七月十三夜。他们是七月十四日上午看治丧委员会的大讣告才晓得的。外面风声甚紧，他们依夏康农先生劝告，全体社员集中社部埋头排戏，不许外出。七月十七日闻一多先生遇刺，夏康农先生也藏起来了，直到卅日《桃花扇》上演，夏先生才偷偷地来看了一次。

八月二十二日，汪巩、孟超合作的《陈圆圆》上演。由王天栋饰吴三桂，苏茵饰陈圆圆，高博饰李闯。昆明吴、陈遗迹甚多，昆明事件后云南人看此剧亦具有相当现实联想。听说顾祝同将军到昆明调查李闻事件亦曾一度偕卢汉将军到省党部观剧。

九月十日《陈圆圆》演完。九月二十一日再替省党部工作人员进修室开幕捐演完《国家至上》。九月二十八日搭联总车登程来沪。搭车者除全体社员外，尚有社友许之乔、廖冰兄、周沙龙诸兄。

刚出关岭，经霸陵桥，不幸而有覆车之祸，社员多人负伤，王天栋、沙龙两兄竟及于难！

艺术工作者的命运常常是这样悲惨的！倘若他们不是搞艺术的也将无法忍受这不断的不幸的袭击！

但就在这样的时候，他们依然发挥了救亡工作者的面目。因此次四部难民车系以该社蒋可夫君为总领队，出事之后别的车子都开走了，不管他们。蒋君却除救护"新中国"同志外，于其他难民一视同仁。王天栋君遇难，原可得百万元恤金，蒋君请求与难民死者一律待遇，各恤三十万元。棺木亦然。社员孙天秩君因在湘潭坠楼负伤有经验，此次自撕衣服争先为伤者包扎。其他社员更将死伤者贵重物品及银钱分别编号保存，及到安顺军医院，贵阳难民站，原封发还，无一错误遗漏，深得难胞感佩。

十二　他们组织上的强点

一个毫无凭借的剧团能在飘风暴雨中转战西南数省，苦撑达六年之久，屡压屡起，虽中经分裂，终得壮大如昔，这当然由于此辈文化战士有其高度觉悟与勇气，但也主要由于其组织上的强点。

"新中国"是一个职业剧团，而没有一般职业团体常有的雇佣关系。纯是同人性质，人事变动甚少。社员多来自战地，什九参加过演剧队，重任务，耐劳苦。生活与工作制度都保有集体作风和民主精神。因没有固定资本不能不全靠工作收入，故此也重效率，重计划，重自己，能控制并调整全局。

他们的组织是由社员全体选出理事会，下分若干委员会，如：一、经济委员会（内分总务、会计、保管三部）；二、艺术委员会（内分剧务部、舞台部）；三、生活委员会（内分福利、学习两部）；四、秘书室（内分文书、交际两部）。另有监事会监督最高领导机构。又社员经常分管若干小组，每三日开会一次，报告时事与读书心得，讨论生活上、工作上的问题。小组并有对领导机构建议询问之权。

每半年举行社员全体大会一次，对前期生活与工作做周到严格的检讨，常连续三四日不倦，并彻底改选机构。

他们大体接受了剧队的良好作风与制度，因此他们在长沙衡阳和九队合作，在柳州和四队合作，都能吻合无间。在长沙留芳里时代，甚至与九队同志编成混合小组。西南剧展中各队工作小组又分别合并成一单位，讨论其本身技术问题，交换经验，决定今后方向。

因为这样，他们虽遇任何困难，还不致太影响工作进行，或使团体解体。

平常戏剧团体破裂无不从经济问题起。"新中国"值得推荐的正是它的经济制度。第一是账目公开。所有全社日常收支及每次演出盈亏增耗等由负责机构随时公布，并于每日早会或其他特定会合详细报告。全体社员于社的经济状况都能了然，省却许多猜疑，也就加重了每一成员的责任感。第二是待遇平等。他们社员待遇每月一律一万五千元，全部员工薪金每月共支出七十万元（不及一平剧的三四等角色一个人的收入），连房租伙食在内，每月经常费二百八十万元，其俭约使人难以置信。但同志们工作情绪依然极高，这主要因为大家都认为这是他们自己的事，在创造的欢喜前面忘记了他们自己。第三是预算准确。因为他们是毫无凭借的苦干，要保持社的安全发展就得完全控制预算。浪费是要节省到最高度的，而该用的钱决不吝惜，但有时演出费不足，便不能不要求本来要用五十万元的，在二十万元以内办到同样的效果。负责同志也真会想出穷办法来做到那样，决不超出预算。没有别的团体各部门为各显神通是坚持多额预算之弊。第四，建立经济信誉。正因他们没有基本金，全靠工作收入，团体帮助解决个人困难。他们每人虽拿钱甚少，但过得都并不太苦。这因团体常常运动集体力量解决个人问题。如结婚团体会替你布置喜筵，招待宾客，比你自己办的要热闹得多；有了孩子团体会助你请干娘，办托儿室，送孩子入学；生了病，小则有同情团体的社医医治，大则会送你进医院。他们这些关系，大都弄得甚好。你家里有负担，或有人生病，团体会代你寄钱。第五，福利工作。"新中国"很重视福利工作。平时的福利部，到上演时便变成贩卖部，卖水果、香烟、饮料等，每次演出可获利数十万或百万不等。此种盈余，剧社便拿来补充社员的鞋、袜、肥皂、毛巾，使工作者的兴趣加倍提高。第六，慰劳竞赛。演剧应该是愉快的事。上海许多职业剧团演员在工作中或工作后的疲困饥冻除少数明星外，一般演员向来由各人自己理会。但"新中国"与演剧各队十分注重此事。他们在长沙、桂林时，后台常用布景板布置一个精美舒适的咖啡座，演员自由取用饮料食物。在昆明期间，每演至第二幕即分发丰富而多样的点心。上《大雷雨》时，我在云南后台就吃过他们自制的牛肉和五香茶叶蛋。戏完之后照例有消夜，亦有不吃糖稀饭而领钱到附近馆子里吃米线、耳块的。此项开支列入演出预算。负责同志时常各人想出新花样来作慰劳竞赛。因此人人感觉一种集体的温暖，疲劳也就容易恢复。

这使人想起一九四一年冬，他们住在坤元横里三号时的事。那时他们时常断炊，要等到晚边才能吃午饭，但他们决不垂头丧气。由巴鸿、岳勋烈、石联星、李露玲们组织了一个新奇的马戏团，用铅皮桶做大鼓，播声筒做喇叭，用口哨代横笛，居然有板有眼，铿锵入耳。其中最精彩的是石大姐的"巧走钢丝"，那真要笑痛你的肚皮。同时你的肚皮饿也就那样混过去了。

他们最懂得饥饿的痛苦，因此最替饥疲的工作者想得周到。此外，由于他们没有靠山，纯靠自己工作收入，无工作时专靠借钱，所以他们非常注重经济信用。借人家的钱还得非常准时而爽快，人家也乐意借给他们。又他们平日很欢喜帮别人的忙，结果他们也没有吃亏，别人也乐意帮助他们。此次离昆明，有二十余团体送他们，帮他们许多忙，这些团体也都是"新中国"替他们服过务的。

他们同社会的接触面非常之宽，因他们的对外关系是分门另类建立的，他们的演员熟悉外边的演员，他们的舞台工作者与外边的舞台工作者有很好的联系。他们不专靠一两个人对外交涉，时常这边失败，那边也许成功，这边借不到钱，那边又有了办法。不像一般职业剧团，演员只管演戏，整个团体安危不太过问，也问不着。

因他们大家自己管理自己的事，也就造出了许多专门技术人才和政务事务人才。这充分表现在西南剧展那个阶段，他们不管是在秘书处方面，舞台工作方面，音乐方面，美术方面，宣传方面，交通方面，都那么活跃能干。后来在湘桂大撤退阶段，也是如此，没有那么多的能干人他们吃的苦头将更多，损失将更大。

他们也都好学，在桂林时他们有一个颇为丰富的戏剧图书馆，同志们都有读书习惯，他们常常请专门讲话，吸收各种必要的知识。在昆明时，联大教授们许多对他们说过话。

他们有许多美术、音乐方面的人才我是晓得的，同时他们还有许多诗人。有的竟是平日专做舞台工作的，手拿钉锤钢锯的无名英雄，这真使我吃惊。在桂林的几次盛大的诗歌朗诵会都是他们一手主持的。

他们六年演过四十八个大戏，而演过更多的活报。他们拥有好几位活报剧独幕剧的作家，如汪巩、严恭、白音等，他们随时随地都演出活报剧，那就是说他们随时随地都迅速地反映现实。这使"新中国"继承了"五四"以来新戏剧的优秀传统，这使新戏剧在所谓"卖不得大戏"的潮流中始终保持一种清新的业余性，这使新戏剧始终和发展中的中国现实紧密结合着，这也就锻炼了一些将来的现实主义的剧人、创作家。

他们自然还有许多缺点，不然不会分裂，不然会有更好成就，会给人更好印象。但他们既然常在患难之中，常与艰苦困难奋斗，这些缺点必然也会随着克服的，如内部团结应该更巩固，社员间应更温暖，对外应更有信用，剧目准备应更丰富，自我教育应更认真，某些自私倾向应更有效地肃清等。等他们来了，我们将有当面批评的机会。而他们的另一好处也就是很能诚恳地接受批评。

一九四四到四六

欧阳予倩

两年前的今日——一九四四年二月十五日——广西省立艺术馆落成，西南戏剧展览会开幕，参加的剧团单位三十个，公演节目四十二个，时间延长到三个月。其中包括着戏剧工作者大会、资料展览和许多次的座谈会；外国报纸传载，认为全世界戏剧界有数的大会。当时的盛况已成陈迹，但在人们的心目中记忆犹新，而艺术馆的建筑经过敌寇的焚掠，只剩下一片瓦砾之场，主办这次大会的工作人员也各方星散了！

两年后的今天，胜利属于我们的今天，和平建国开始的今天，我们把烧了的房子重新建造，工作重新整理，也想把过去在疏散中的情事回顾一下：

结束了西南剧展，不久便由桂林疏散到昭平住了一年，五个月在县城，以后都在黄姚。

第一次疏散，我们买了一条船，另外雇了三条，公物和私人行李，能带走的，一律装箱下了船。听说停止疏散，又把船退了，物资全部搬回，花了不知若干冤枉钱。

作品信息

《半月文萃》1946年第3期。

工作又恢复了，美术演习班，抗战美展，都已开始；音乐方面的活动和各方面配合着又作新的布置；演出了一个戏《草木皆兵》；《杏花春雨江南》正开排，新中国剧社的《怒吼吧，桂林》正上演；诗歌朗诵会得到了普遍的支持，正蓬勃地发展；文艺界桂北前线去工作的组织也已就绪，敌人到了黄沙河，忽然紧急疏散！

前次买好的船雇有船夫守着，忽然不知被哪个有力者硬撑去了。花了许多黑钱，还有几个朋友帮忙，好容易雇到了五条船，黎民伟先生自己还雇了一条，一共六条，连家属一百多人，开到昭平，七万多元的疏散费，超出四倍。

艺术馆本来是一个艺术教育研究和辅导的机关，注重的是艺术工作者的自我教育和再教育，并从实际工作推进新的艺术运动。所以对一般的宣传工作如贴标语，或在墙壁上写字之类的事从来没有干过。一到昭平，在桂林那些工作完全无法继续，只能够发刊壁报，开小规模的晚会和简单的歌咏会，画展和影展也开过几次。因为疏散，美术、音乐、戏剧三部的人员合起来只剩下六十几个。原来三部门是各自独立的，一到乡村便感觉到原来的组织有些不便，于是将三部合并，组织工作队参加昭平自卫工作委员会，分向昭平各乡镇从事于组训与慰问的工作。馆中同人全是都市青年，对乡村工作不大习惯，因此在出发之先准备了将近一个半月，又得到当地人士的许多指示，进行颇为□适。我们帮着把各乡自卫分会组织起来，把县政府和自卫会的意思传达给各乡村；把各乡村的缺点和痛苦情形带回昭平报告，以为增加自卫组织的参考资料。同时从实际宣传军民合作，顺便督导乡村行政，这其中有许多见闻，异常宝贵，可说是很有意义的经历。这些工作只继续了一个月，时间太短。本应当再做下去，无奈经费有限，而自卫工作委员会也遭受了痛心的打击，被迫无形停顿，根本就什么也谈不到了！于是不得不退而求其次——想开一次自卫工作画展和影展，想演两个多幕剧，十之八九预备好了，正在开始布置，忽然又来个紧急疏散！敌人真来了呢，还是没有来？谁也不知道。会不会来？更不知道。来了怎么样？那就各有各的说法，也各有各的打算。总而言之，民船民夫，征雇一空，行李的搬运通宵达旦，敌人要来，不论是来五个也好，十个也好，总是一走；就是敌人不来，在那种混乱情形之下，也不能不走。走之先。自卫委员会虽然毫无办法，还开了一次惨淡的会。我们又用相当高价雇了船，装上行李，许多人便冒着冬季的斜风细雨，扒着泥泞的山路，走到庇江。由庇江到西坪，由西坪到黄姚，一路上风雪漫天，人们为悲愤的火把心肝都燃透了，不然许多都是衣衫不够，那山上的冰，路上浸没脚跟的泥浆雪水，怕不冻坏了他们！

路上听说惊慌出于误会，敌人始终没有到昭平。据说敌人根据"哀兵必胜"的说法，生怕我们那些没有棉衣棉被，没有雨帽草鞋，在半饥饿状态中，挟着破枪的自卫队会跟他们拼命，所以有所顾忌而不敢来，——尽管后来他们还是借蒙山的叛兵为向导，从黄村直抢到昭平城里，劫了不少物资和妇女！

馆中同人分四五批先后到了黄姚，公粮断了，一直断了四个多月。馆中经费一整年没有领到，馆中同人也就一直没有领过一文薪水。可是，黄姚这个地方，我们有几个同人去做过工作，曾经留下一些好戏。承当地人士设法，陆续借给我们谷子，幸而不致断炊，而最伤脑筋的却是突然而来的所谓"黄罗事变"。这些情形，比起在黔桂铁路线向西疏散苦况是不值得一提的，却给我们精神上的许多刺激而不在生活的艰难。

黄姚是一个闭塞的小乡镇，可是我们在那里办了识字班、图书馆、学术讲座等，晚会也开过好多次，壁报经常发刊，战时画展和影片展览也有许多乡下人来看。此外最难得的是有好几位朋友组织了《广西日报》昭平版，消息相当灵通，而那报纸销行到附近各乡县每天有二千份之多。因此我们感觉到：（一）穷乡僻壤的老百姓渴求文化，可惜教育和艺术的光明往往照不到他们。（二）基层工作是最实际的工作。十几个有大学教授资格的人做一县的文化工作勉强够用，范围太大就会忙不过来。（三）基层工作最要紧是要取得老百姓的信任，一件事得到信任，就紧接第二件事，必然越来越顺利。所以工作者必须虚心学习，若能和清明的政治相配合，绝没有什么难办的事情。如果不能样样设身处地为老百姓着想，充分给予他们便利，那就只有一天天增加隔阂，什么事也不能办。这是我们疏散一年来从实地学习得到的。

如今回到桂林来了，馆址重建——没有房子，工作无从开展，有了房子不极力充实内容也和没有房子一样，用什么来充实它呢？是不是重新计划一次西南剧展那样的盛会？那不一定。今后所注重是学术，是教育，是制作，尤其是大众艺术运动。这个建筑虽然是省会的文化会堂，是都市艺术运动的据点，同时也应当是农村艺术教育的策划所、试验室、发动的总机构。疏散以来的工作经验告诉我们，这是当前最重要的问题。

六年来的广西省立艺术馆

党　明

广西省立艺术馆于民国二十九年三月成立，至今已六年半的历史了。由于战时的种种限制，如物价的飞涨、人员的流动、撤退的损失等，在这六年半当中，却并没有如理想的实现预定的工作。特别是今年九月初，前馆长——广西艺术馆的保姆欧阳予倩先生自沪归后，便辞去馆长职务返沪。这是我们——馆里的工作同人，认为最失望、最遗憾的事。

六年半来，本省以及全国艺术界的先进和社会贤达人士，曾给我们鼓励、帮助与同情。在战时物质困难条件下，欧阳先生号召最优秀的艺术工作者参加本馆；在荒芜的文庙建筑雄视华南的新馆址，举行空前盛大的西南剧展；复员归来，又在废墟中重建新馆。由于欧阳先生的领导与艰苦奋斗，同人的努力工作，我们已开始摸索出一条艺术发展的道路。兹简要地将本馆的组织及历年工作概况向友人们公开介绍，希望能借此获得友人们更多的、更详细的指示。

作者简介

党明，曾任国防艺术社少校指导员、戏剧部主任、话剧导演、戏剧演出队第一队队长。1940年后到广西省立艺术馆工作。

作品信息

《新生路月刊》1947年第13卷。

一　馆的任务

抗战开始后，艺术工作者在前线与后方，坚定地站在自己的工作岗位上为抗战而服务。艺术的成就是空前的。本省对抗战的贡献无论在人力与财力的比例上都起了模范的作用。广西省政府设立艺术馆的目的，就是以艺术的武器更深入地动员民众、教育民众。其次，今天的艺术已再不是像平塔里的玩物，近年艺术活动一再证明，它不单能移风易俗，而且是国民教育最有力和有效的工具之一。而"教育即生活""社会即教育"，使艺术活动构成社会教育重要的一部门。本省民间艺术有桂剧、傀儡戏、的人歌舞。本馆的设立，是想要建立一个艺术教育的基础。从而一方面发扬新艺术活动的成果；一方面学习民间艺术，改良其形式与内容，而尽艺术的任务。因此，本馆的艺术活动是综合性的，它是表现的同时又是研究与训练的。对于抗战的宣传工作，从不忽略。大体说来，艺术馆担负的全部任务是——

（一）培养推行艺术教育的干部。

（二）从实际行动，有系统地研究各艺术部门的理论和技术，以及推行艺术教育的方法。

（三）利用各种艺术作抗战的宣传。在这时代任务之下，艺术馆不能尽是研究与训练，也不可能只担负一般宣传工作队的工作就是这个原因了。

二　方针与组织

抗战把艺术活动的范围扩大了，它脱离了狭窄的都市市民，跑到兵营、农村与工厂。抗战初期，各种艺术工作无论在前线还是后方都起了很大的作用。它从"为艺术而艺术"或者单为知识分子的艺术囚笼中解放出来。艺术工作者正如前方作战的战士，后方生产的农工大众一样，他们的情感与战士的情感血肉相连的，他们的工作是严肃的、战斗的。

因此，艺术馆的工作方针，它不是一种点缀品，也不是少数士大夫的游闲消遣的对象，它是为鼓励战士更英勇地战斗，生产民众更努力地为国捐输而服务的。艺术给他们精神上的鼓舞，心灵上的安慰。艺术馆一贯地都朝着一个方向迈步，那些"艺术至上""艺术与政治无关""靡靡之音""风花雪月""感伤"与"发古思之幽情"等与我们是无关的。

可是，抗战初期的艺术活动在动员宣传的任务上已有初步成就。民众也渐渐爱好救亡歌曲、话剧与粗线的漫画了。但艺术如只停留在《大刀进行曲》《放下你的鞭子》的阶段，群众是感到不满足的。抗日战争是一种持久的战斗。抗战进入相持阶段需要我们做韧性的战斗与深入的动员。中国社会是封建残余起决定因素与组织散漫的国家，如何有效地利用各种有利的武器，这是艺术工作当时的课题。前线回来的工作队，他们都说：弹药（作品）已耗尽了，新积蓄下来的经验未加整理，他们亟待补充。"艺术工作者再教育""学习""提高理论与技术的水平"又成为异常重要的目标。当然的，"为干部即是为群众"。如果艺术活动不脱离群众的话，这句话是百分之百的正确。

有个时候，我们热烈地讨论"粗造"与"磨光"的问题。在抗战的紧张步调与物质困难情形下，我们不能有像苏联史坦尼斯拉夫斯基的导演系统，排练半年始出演一次，也不可能集中强大的管弦乐队演奏贝多芬的交响乐曲，但"粗造"是绝不应该的。口号式的作品不能算作艺术品，同样单有形式而没有时代内容的作品也不是好艺术品。因此，我们要"磨光"，在现在的艺术水准上不断地提高。一方面普及艺术教育，普遍地提高群众艺术水准；同时，艺术工作者要不断地自我学习。他们不只要向本国的先进学习，也要向莎士比亚、易卜生、贝多芬等伟大作家学习，在"论理上艺术上提高自己"，"磨光"，"精益求精"，从而教育民众，这是我们第二个方针。

馆的组织是遵照省府颁发的组织大纲直属于广西省政府的，综理全馆职务的馆长由省政府任命馆长以下设一组四部——

（一）总务组——下分文书、保管、庶务三股。

（二）美术部——下分绘画、工艺、美术三组。

（三）音乐部——下分器乐、声乐两组。

（四）戏剧部——下分话剧、歌剧两组。

这三部所担任的主要的是研究和训练以及各部门的行政工作。桂林疏散前，为了适应实际工作需要，美术部成立了"工商美术供应社"。音乐部组织了小型乐队和合唱团。戏剧部组织了话剧实验团和桂剧实验团。胜利归来后，组织上呈请省府略加更改。内分：

（一）总务部分设文书、保管、庶务三组及出纳员一人。

（二）研究部分设编译、学习、辅导三组，附设资料、图书、陈列三室。

（三）美术部分设绘画、雕塑、工艺、图案与摄影五组。

（四）音乐部分设器乐、声乐二组。

（五）戏剧部分设话剧、歌剧二组。

由于疏散期间一年来局处桂东一隅，经费接济无着，大部分工作同志都为生活而离散。归来后，又因重建剧场，把空额的盈余作为建筑费用。是以本馆迄今仍在"战时"状态。工作同志深感不足。

三　我们的困难

艺术馆成立迄今，已有六年半的历史了。我们在此期间的工作，大都公之于世，好坏自有公正的批评，但我们感到本省艺术运动，尚在启蒙时间，困难自所不免，但归纳起来，大约可分作三方面说：

（一）人才——艺术人才在广西特别缺乏，战时如此，战后更为严重。因为战时桂林为中国文化城之一，胜利后文化都集中到沿海大城镇了。我们不能如期复员，一方面要用节余款项建筑新馆，另一方面实在不容易聘请人才。比方，现在没有钢琴手，没有导演，至今没有完备的艺术演出。八月欧阳先生自沪归，曾商聘省外专家来馆，又计划如何展开全省区大农村之艺术运动，惜以种种条件限制，一直无法实现。

（二）经费——外面有些人误以为艺术馆是一个"肥缺"的机关。其实照预算，本馆每月只有十余万的经费，要支持范围太广、部门太多的工作，绝对不能应付得了的。本馆的财政收支，历来对外对内公开。因为演出一个戏，要添购服装道具，就不得不在节余下想办法。几年来，演出收入，有盈有亏，盈的都购置了服装道具。疏散期间，欧阳先生与同人物品损失不少，但公物无缺，这是我们可告无憾的。

因为工作范围太广，在在需钱，以现在经济情形来说，工作颇受限制，比如音乐部的乐器乐谱，动一动就是千百万。比如我们想在沪聘请一位专家来馆做短期导演，单是旅费与生活费就上百万，其他酬劳不在内，这笔款就无法筹措了。由于人才与经费的困难，虽有周详的计划，正确的艺术路线，亦无从展开。人才与经费实有连带的关系。

艺术馆的组织，在本省来说，还是一种创举，因为本省的首创，黔粤两省相继成立了。艺术是一种集体的工作，各处来参加的人，在性格与作风上，不无大同小异，但对于工作的热情，对艺术的忠诚态度是一致的。几年来，未尝不想为艺术教育而服务。记得归来途中，欧阳先生充满信心与希望，他接触到中国农民的伟大性格，他认识民众的痛苦，他要把艺术推广到农村去，本馆虽在都市，但要为农村艺术的策划所试验室，与发动的总机构。就是艺术工作者集中上海时，他仍号召他们回到内地去。几十年来艺术运动已找出自己发展的道路：就是"艺术要为民众"的正确指标。正如欧阳先生讨论艺术运动方向的一文中说：

"如果把都市当前剧运当作阵地战来看，把当前农村的剧运便不妨当作游击战，阵地战当然须有必要的条件，游击战也并不是可以马马虎虎的。我们必须将都市和农村剧运并重，但是中国农村落后的情形往往出乎我们意料之外，要把中国农民从封建的桎梏和落后的状态中拯救出来，提高他的文化水平，自不单独是戏剧工作者的任务。而且当农村受着过分的榨取和剥削陷入破产状态的时候，戏剧教育也实在不容易开展。不过戏剧工作者对农村所发的宏愿必须以绝大的毅力和忍耐彻底达到。

"替老百姓讲话；真实地描写大众的生活状况和动态，教导他们，使他们明了，并实际参加民主政治；用'潜移默化'的方法，改革传说的不良习惯。这些都是可能圆满办到的，但必须有计划，有步骤，还要不避艰苦，用一贯的精神，一个比较长的时间支持下去才能办得到的。"

这一段话，就拿来作本馆今后艺术教育发展的新方向吧！

内政部登记暨京警粤字第十六号

中华邮政特准挂号认为新闻纸类